MILLENNIUM 1

STIEG LARSSON

OS HOMENS QUE NÃO AMAVAM AS MULHERES

Tradução
Paulo Neves

12ª reimpressão

COMPANHIA DAS LETRAS

Título original sueco
Män som hatar kvinnor

Traduzido da edição francesa (Les hommes qui n'aimaient pas les femmes)

Capa
Retina 78

Preparação
Maria Cecília Caropreso

Revisão
Marise S. Leal
Carmen S. da Costa

Dados Internacionais de Catalogação na Publicação (CIP)
(Câmara Brasileira do Livro, SP, Brasil)

Larsson, Stieg, 1954-2004
Os homens que não amavam as mulheres / Stieg Larsson ; tradução Paulo Neves. — São Paulo : Companhia das Letras, 2008. — (Millennium ; 1)

Título original : Män som hatar kvinnor.
ISBN 978-85-359-1324-8

1. Ficção policial e de mistério (Literatura sueca) 2. Romance sueco I. Título. II. Série.

08-08796 CDD-839.737

Índice para catálogo sistemático:
1. Romances : Literatura sueca 839.737

[2010]

EDITORA SCHWARCZ LTDA.
Rua Bandeira Paulista 702 cj. 32
04532-002 — São Paulo — SP
Telefone (11) 3707-3500
Fax (11) 3707-3501
www.companhiadasletras.com.br

SUMÁRIO

PRÓLOGO
SEXTA-FEIRA 1º DE NOVEMBRO

Acontecia todos os anos, quase como um ritual. O homem que recebia a flor festejava naquele dia seus oitenta e dois anos. Ele abriu o envelope e retirou o papel de presente do embrulho. Depois pegou o telefone e digitou o número de um ex-inspetor de polícia que desde sua aposentadoria instalara-se na Dalecarlia, perto do lago Siljan. Os dois homens não só tinham a mesma idade mas haviam nascido no mesmo dia — o que, nessas circunstâncias, parecia irônico. O inspetor sabia que receberia esse telefonema após a passagem do carteiro por volta das onze da manhã, e tomava seu café enquanto aguardava. Nesse ano, o telefone tocou às dez e meia. Ele atendeu e foi direto ao assunto.

— Ela chegou, suponho. E então, qual é a flor deste ano?

— Não faço a menor idéia. Vou mandar identificá-la. Uma flor branca.

— Nenhuma carta, como sempre?

— Não. Apenas a flor. A moldura é a mesma do ano passado. Uma dessas molduras baratas do tipo faça-você-mesmo.

— Selo do correio?

— Estocolmo.

— Escrita?

— Como sempre, maiúsculas de imprensa. Letras retas e bem traçadas.

Haviam esgotado o assunto e ficaram em silêncio durante quase um minuto. O inspetor aposentado inclinou-se para trás na cadeira da cozinha e aspirou seu cachimbo. Sabia muito bem que não se esperava dele uma pergunta concisa ou um comentário perspicaz que lançassem uma nova luz sobre o caso. Essa época acabara havia anos, e a conversa entre os dois homens idosos tinha o caráter de um ritual em torno de um mistério que ninguém mais no mundo, a não ser eles, estava disposto a resolver.

O nome latino da planta era *Leptospermum rubinette* (*Myrtaceae*). Uma planta de mato, relativamente comum, com folhas pequenas que lembram as da urze, e uma flor branca de dois centímetros com cinco pétalas. Comprimento total: cerca de dez centímetros.

Era encontrada no mato e nas regiões montanhosas da Austrália, onde brotava sob a forma de grossos tufos de erva. Lá, chamavam-na *desert snow*. Mais tarde, uma especialista do jardim botânico de Uppsala constataria se tratar de uma planta rara, muito pouco cultivada na Suécia. Em seu relatório, a botânica escreveu que a planta era aparentada da murta de apartamento, seguidamente confundida com sua prima bem mais comum, a *Leptospermum scoparium*, abundante na Nova Zelândia. Segundo a especialista, a diferença consistia num número restrito de microscópicos pontos rosados na extremidade das pétalas, que davam à flor uma leve tonalidade rósea.

De maneira geral, a *rubinette* era uma flor particularmente insignificante. Não tinha valor comercial nem virtudes medicinais conhecidas, e não era alucinógena. Não comestível, inutilizável como condimento e desprovida de propriedade colorante. Contudo, tinha certa importância para os aborígenes da Austrália, que, por tradição, consideravam sagradas a região e a flora ao redor de Ayers Rock. Assim, a única finalidade dessa flor parecia ser valorizar agradavelmente o entorno com sua beleza caprichosa.

Em seu relatório, a botânica de Uppsala constatava que, se na Austrália a *desert snow* era pouco difundida, na Escandinávia, então, era raríssima. Ela própria nunca vira nenhum exemplar, mas, por informações obtidas com alguns colegas, sabia de tentativas de introdução da planta num jardim em Göteborg, e não se excluía a possibilidade de que jardineiros amadores e fanáticos da botânica a cultivassem em pequenas estufas pessoais. A principal dificuldade de sua aclimatação na Suécia era que ela exigia um clima suave e seco, e devia passar os seis meses do inverno protegida. Os solos calcários não lhe convinham e ela necessitava de uma irrigação subterrânea, diretamente absorvida pela raiz. Exigia conhecimento e habilidade no cultivo.

Em tese, o fato de essa planta ser rara na Suécia devia facilitar o rastreamento da origem desse exemplar, mas, concretamente, era uma tarefa impossível. Não existiam nem registros a consultar nem licenças a examinar. Ninguém sabia quantos horticultores amadores podiam ter importado aleatoriamente uma planta tão difícil — poucas pessoas ou até mesmo centenas de apaixonados por flores podiam ter tido acesso às sementes e às plantas. Qualquer jardineiro poderia tê-las comprado de um colega sem nota fiscal, ou por correspondência, ou de algum jardim botânico na Europa. Ela podia até mesmo ter entrado na Suécia com alguém que estivesse retornando de uma viagem à Austrália. Ou seja, identificar esses cultivadores entre os milhões de suecos proprietários de uma pequena estufa ou de um vaso de flores no peitoril da janela era uma tarefa destinada ao fracasso.

Ela não passava de mais um número na série de flores inexplicáveis que chegavam todos os anos, sempre num grande envelope acolchoado, no dia 1º de novembro. A espécie mudava de ano para ano, mas eram sempre flores lindas e em geral bastante raras. Como sempre, a flor estava prensada em um vidro, cuidadosamente fixada sobre papel de desenho e emoldurada no formato 29 por 16.

O mistério dessas flores nunca fora divulgado à imprensa e só era conhecido por um círculo limitado. Três décadas antes, a chegada anual da flor fora objeto de análises — do laboratório criminológico do Estado, de peritos em impressões digitais e grafologistas, de criminologistas formados e de um certo número de familiares e amigos do destinatário. Agora, os atores desse drama não eram mais que três: o velho herói aniversariante, o policial aposentado e, naturalmente, a pessoa desconhecida que enviava o presente. Como pelo menos os dois primeiros haviam atingido uma idade mais que respeitável, chegava o momento de se preparar para a inelutável diminuição, em breve, desse círculo de iniciados.

O policial aposentado era um veterano fortalecido pela profissão. Nunca esquecera sua primeira ocorrência: a detenção de um bêbado — um mecânico ferroviário —, violento e disposto a colocar sua vida ou a de qualquer um em jogo. Ao longo de sua carreira, o policial pusera na prisão gatunos, homens que batiam na mulher, vigaristas, ladrões de carro e motoristas embriagados. Confrontara-se com assaltantes, ladrões, traficantes, estupradores e um dinamitador com uma certa dose de problemas mentais. Participara de nove inquéritos sobre crimes e assassinatos. Em cinco deles, o próprio culpado, atormentado pelo remorso, chamara a polícia para confessar o assassinato da mulher, do irmão ou de algum outro familiar. Três casos haviam exigido investigações; dois tiveram seu desfecho depois de alguns dias e um, com o auxílio da Polícia Federal, passados dois anos.

O nono inquérito não tinha bases policiais sólidas, isto é, os investigadores sabiam quem era o assassino, mas as provas eram tão insignificantes que o procurador decidiu deixar o caso em suspenso. Para grande prejuízo do inspetor, o caso acabou prescrevendo. No todo, porém, ele deixara atrás de si uma carreira impressionante e, claro, deveria se sentir satisfeito pelo trabalho realizado.

Mas ele não estava nada satisfeito.

Para o inspetor, o *caso das flores secas* era um espinho que continuava encravado — o inquérito frustrante, jamais resolvido, ao qual indiscutivelmente dedicara mais tempo.

A situação era duplamente absurda porque, após milhares de horas de reflexão, tanto em serviço como em seu tempo livre, ele não estava sequer seguro de ter havido um crime.

Os dois homens sabiam que a pessoa que colara a flor seca utilizara luvas, porém não havia impressões nem na moldura nem no vidro. Sabiam que era impossível descobrir o remetente. Sabiam que a moldura era vendida em lojas de fotografias ou em papelarias do mundo inteiro. Simplesmente não havia como seguir a menor pista. E o selo do correio sempre mudava; com mais freqüência era de Estocolmo, mas três vezes foi de Londres, duas de Paris, duas de Copenhague, uma de Madri, uma de Bonn e uma vez, a mais intrigante, de Pensacola, nos Estados Unidos. Enquanto todas as outras cidades eram capitais, Pensacola era um nome tão desconhecido que o inspetor foi obrigado a procurar a cidade num atlas.

* * *

Depois de desligar o telefone, o homem que festejava seus oitenta e dois anos permaneceu imóvel por um longo momento, contemplando a bela mas insignificante flor cujo nome ainda não conhecia. Em seguida ergueu os olhos para a parede acima da escrivaninha. Havia ali quarenta e três flores penduradas, prensadas sob o vidro e emolduradas, formando quatro fileiras de dez flores e uma fileira inacabada de quatro. Na fileira superior, faltava um quadro. O número 9 estava vazio. A *desert snow* ia ser o número 44.

Pela primeira vez, no entanto, ocorreu algo que quebrou a rotina de todos aqueles anos. De repente, de forma inesperada, ele começou a chorar. Ele mesmo se surpreendeu com essa súbita efusão sentimental depois de quase quarenta anos.

ÁRVORE GENEALÓGICA DA FAMÍLIA VANGER

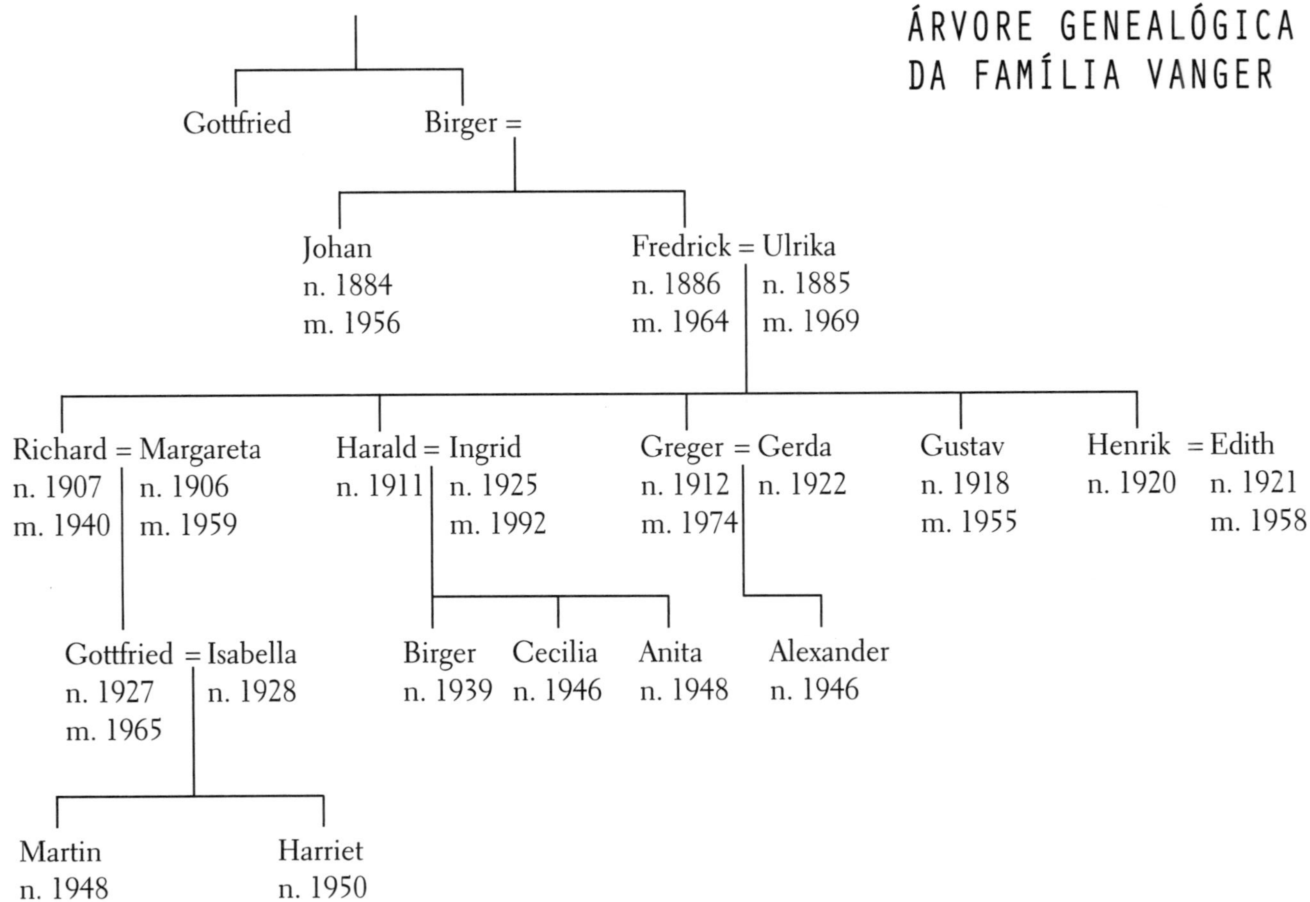

I. INCITAÇÃO
20 DE DEZEMBRO A 3 DE JANEIRO

Na Suécia, 18% das mulheres foram ameaçadas por um homem pelo menos uma vez na vida.

1. SEXTA-FEIRA 20 DE DEZEMBRO

O processo estava definitivamente encerrado e tudo que podia ser dito fora dito. Ele não duvidara um só instante que seria declarado culpado. A sentença fora pronunciada às dez da manhã desta sexta-feira e agora não restava senão ouvir a opinião dos jornalistas que aguardavam no corredor do tribunal.

Mikael Blomkvist os viu pela fresta da porta e deteve-se alguns segundos. Não tinha vontade de discutir o veredicto cuja cópia acabava de obter, mas as perguntas eram inevitáveis e ele sabia — melhor que ninguém — que elas deviam ser feitas e que era preciso respondê-las. *Eis o que é ser um criminoso*, pensou. *Do outro lado do microfone.* Endireitou-se, pouco à vontade, e tentou sorrir. Os repórteres o receberam e o cumprimentaram gentilmente, um pouco constrangidos.

— Vejamos... *Aftonbladet*, *Expressen*, TT, TV4 e... você de onde é?... Ah, sim, *Dagens Industri*. Parece que virei uma celebridade — constatou Mikael Blomkvist.

— Uma declaração, por favor, Super-Blomkvist! — disparou o enviado de um dos jornais vespertinos.

Mikael Blomkvist, cujo nome completo era Carl Mikael Blomkvist, forçou-se a não levantar os olhos para o céu como fazia todas as vezes que ouvia esse apelido. Certa vez, vinte anos antes, quando tinha vinte e três anos e iniciava-se na profissão de jornalista como substituto de férias de verão, Mikael Blomkvist descobrira por acaso uma gangue de assaltantes de bancos, autores de cinco ações violentas muito noticiadas naqueles últimos dois anos. Tratava-se, com toda a certeza, do mesmo grupo; sua especialidade era chegar de carro em cidades pequenas e assaltar um ou dois bancos com precisão militar. Usavam máscaras de borracha dos personagens de Walt Disney e foram batizados — segundo uma lógica policial não de todo absurda — de o Bando do Pato Donald. Os jornais, porém, preferiram chamá-los de os Irmãos Metralha, apelido um pouco mais sério, já que em duas ocasiões haviam disparado, sem escrúpulos, tiros de advertência, sem se importar com a segurança das pessoas, ameaçando transeuntes e curiosos.

O sexto ataque à mão armada ocorreu num banco de Östergötland, em pleno verão. Um repórter da rádio local achava-se no banco no momento do assalto e reagiu de acordo com as regras da profissão. Assim que os assaltantes deixaram o banco, ele correu até uma cabine telefônica e se comunicou com a rádio para transmitir ao vivo a informação.

Mikael Blomkvist passava alguns dias com uma amiga na casa de campo dos pais dela, não muito distante de Katrineholm. Quando a polícia o interrogou, ele não soube dizer exatamente por que fizera a ligação, mas no momento em que escutava as informações no rádio lembrou-se de quatro sujeitos numa casa de veraneio a poucas centenas de metros dali. Já os vira dois dias antes, quando passeava com a amiga: os sujeitos jogavam *badminton* no jardim.

Ele vira apenas quatro jovens louros e atléticos, de bermuda e peito nu, visivelmente adeptos do *body-building*, mas algo nesses jogadores de *badminton* o fizera olhar uma segunda vez — talvez porque jogassem, sob um sol escaldante, com uma energia e uma violência espantosas. Não parecia um jogo, e isso chamara a atenção de Mikael.

Não havia nenhum motivo racional para suspeitar que aqueles homens fossem os assaltantes do banco; no entanto, depois do *flash* na rádio, Mikael Blomkvist saiu para dar uma volta e se posicionou numa colina com vista para a casa, de onde constatou que tudo ali parecia vazio até o momento. Depois de uns quarenta minutos, ele viu o grupo chegar num Volvo e estacionar. Pareciam apressados, cada um carregava uma sacola, o que apenas podia significar que eles haviam saído para tomar banho em algum lugar. Mas um deles voltou ao carro e pegou um objeto, que se apressou a cobrir com o blusão do abrigo. Mesmo de seu posto de observação relativamente afastado, Mikael viu que se tratava de um rifle AK4, do tipo dos que ele mesmo manipulara havia não muito tempo durante seu ano de serviço militar. Foi o que o levou a chamar a polícia e a relatar suas observações. Começaram então três dias de uma intensa vigilância da casa, com Mikael na primeira fila, sustentado por copiosos honorários de *freelance* pagos por um dos jornais vespertinos. A polícia montou seu quartel-general num *trailer* estacionado no terreno da casa de campo onde Mikael passava férias.

O caso dos Irmãos Metralha deu a Mikael a incontestável condição de vedete, que ele tanto necessitava como jornalista iniciante. O reverso da celebridade foi que o outro jornal vespertino não pôde deixar de dar a manchete: "Super-Blomkvist resolve o mistério dos Metralha". O texto gozador, escrito por uma redatora não muito jovem, continha várias referências ao herói dos romances juvenis de Astrid Lindgren. Para completar, o jornal ilustrava o artigo com uma foto não muito clara, em que Mikael, de boca aberta e dedo indicador erguido, parecia dar instruções a um policial de uniforme. Na realidade, o que ele indicava nesse momento eram os sanitários no fundo do jardim.

A partir desse dia, para seu grande desespero, seus colegas jornalistas passaram a chamá-lo de Super-Blomkvist. Era um apelido pronunciado com um toque malicioso, nunca maldoso, mas também nunca verdadeiramente carinhoso. Ele não tinha nada contra a pobre Astrid Lindgren — adorava seus livros e as aventuras de seu jovem herói detetive —, porém detestava o apelido. Haviam sido necessários vários anos e méritos jornalísticos bem mais consistentes para que o apelido começasse a se diluir, e Mikael ainda hoje se contraía toda vez que o chamavam de Super-Blomkvist.

Assim, armou um sorriso tranqüilo e olhou o enviado do jornal vespertino bem nos olhos.

— Você só precisa inventar alguma coisa. Não é o que costuma fazer quando escreve?

O tom não era áspero. Todos se conheciam um pouco, e os críticos mais ferrenhos de Mikael não tinham vindo. Ele já havia trabalhado com um dos rapazes que estavam ali; quanto à moça da TV4, por pouco não transara com ela numa festa anos antes.

— Eles não acreditaram em você — constatou o *Dagens Industri*, que parecia ter enviado um foca.

— Pode-se dizer que sim — reconheceu Mikael. Dificilmente poderia responder outra coisa.

— Como está se sentindo?

Apesar da gravidade da situação, nem Mikael nem os jornalistas credenciados puderam deixar de esboçar um sorriso ao ouvir a pergunta. Mikael trocou um olhar com a moça da TV4. *Como está se sentindo?* Pergunta que os jornalistas sérios dizem ser a única que os repórteres esportivos sabem fazer ao Esportista Sem Fôlego que cruzou a linha de chegada. Mas ele voltou a ficar sério.

— É evidente que só posso lamentar que o tribunal não tenha chegado a outras conclusões — respondeu um tanto formal.

— Três meses de prisão e cento e cinqüenta mil coroas por perdas e danos. Não é pouco — disse a moça da TV4.

— Sobreviverei.

— Você pretende se desculpar com Wennerström, apertar-lhe a mão?

— Não, nem imagino uma coisa dessas. Minha opinião sobre a moralidade do senhor Wennerström nos negócios não mudou muito.

— Então continua afirmando que ele é um escroque? — perguntou vivamente o *Dagens Industri*.

Uma declaração acompanhada de uma manchete potencialmente devastadora anunciava-se por trás da pergunta, e Mikael poderia ter pisado na casca de banana se o repórter não tivesse assinalado o perigo ao avançar o microfone com demasiada pressa. Ele refletiu sobre a resposta por alguns segundos.

O tribunal acabara de concluir que Mikael Blomkvist caluniara o financista Hans-Erik Wennerström. Ele fora condenado por difamação. O processo terminara e Mikael não pretendia recorrer. Mas o que aconteceria se, por imprudência, reiterasse suas acusações ao sair da sala do tribunal? Decidiu que não tinha vontade de saber.

— Julguei ter tido boas razões para publicar as informações de que eu dispunha. A opinião do tribunal foi outra e evidentemente sou obrigado a aceitar que o processo siga seu curso. Agora vamos discutir esse julgamento a fundo na redação da revista antes de decidir o que faremos. Não posso dizer mais nada.

— Mas você está esquecendo que nós, como jornalistas, devemos ter como provar nossas afirmações — disse a moça da TV4 com um tom de voz levemente cáustico. Ponto difícil de contestar. Eles haviam sido amigos. Ela exibia um rosto neutro, mas Mikael teve a impressão de vislumbrar uma sombra de decepção em seus olhos.

Ainda durante alguns dolorosos minutos, Mikael Blomkvist respondeu às perguntas. A que pairava no ar e que nenhum repórter decidia-se a fazer — talvez porque de tão incompreensível se tornava incômoda — era como Mikael pudera escrever um texto tão sem substância. Os repórteres ali presentes, com exceção do foca do *Dagens Industri*, eram todos veteranos, com grande experiência profissional. Para eles, a resposta a essa pergunta achava-se além do limite do compreensível.

A moça da TV4 pediu que ele ficasse em frente à porta do Palácio de Justiça e fez suas perguntas à parte, diante da câmera. Ela foi mais amável do que ele merecia, e Mikael deu declarações suficientes para satisfazer a todos os jornalistas. O caso renderia grandes manchetes — era inevitável —, mas ele se forçou a pôr na cabeça que não se tratava, de modo algum, do maior acontecimento do ano na mídia. Quando os repórteres conseguiram o que queriam, foram embora para suas respectivas redações.

Tinha a intenção de voltar a pé para casa, mas ventava muito naquele dia de dezembro e ele sentia frio. Ao sair sozinho do Palácio de Justiça, viu William Borg descer de um carro no qual permanecera durante a entrevista. Seus olhares se cruzaram, William Borg exibia um grande sorriso.

— Valeu a pena vir até aqui para vê-lo com esse documento na mão.

Mikael não respondeu. William Borg e Mikael Blomkvist se conheciam havia quinze anos. Durante algum tempo trabalharam juntos como jornalistas substitutos na seção de economia de um diário matutino. Talvez pela falta de química entre os dois, esse período estabelecera uma hostilidade permanente entre eles. Aos olhos de Mikael, Borg era um jornalista execrável, um sujeito fatigante e vingativo, de espírito curto, que aborrecia os que estavam a sua volta com gracejos imbecis e que insinuava desprezo pelos jornalistas mais velhos, portanto mais experientes. Borg parecia ter particular aversão por jornalistas mulheres de uma certa idade. Eles discutiram uma primeira vez, depois outras, até que suas diferenças adquiriram um caráter profundamente pessoal.

No decorrer dos anos, Mikael e Borg haviam se cruzado com regularidade, mas só se indispuseram de fato no final dos anos 1990. Mikael escrevera um livro sobre jornalismo econômico e extraíra mais de uma citação absurda dos artigos assinados por Borg. Segundo Mikael, Borg era um presunçoso que entendera de maneira errada a maior parte das informações e elevara às nuvens empresas "pontocom" que não tardariam a sucumbir. Borg não gostou da crítica de Mikael e, quando se encontraram por acaso num bar em Söder, por pouco não chegaram às vias de fato. Borg abandonara o jornalismo e agora trabalhava como relações-públicas, recebendo um salário consideravelmente mais alto, numa empresa que, para completar, pertencia à esfera de interesses do industrial Hans-Erik Wennerström.

Eles se encararam por um bom tempo antes de Mikael virar as costas e ir embora. Vir ao Palácio com a única finalidade de tirar um sarro era bem típico de Borg.

Mikael tinha começado a caminhar quando o 40 chegou e ele subiu no ônibus, antes de mais nada para sair dali. Desceu em Fridhemsplan e ficou indeciso no abrigo de ônibus, sempre segurando na mão a cópia de sua sentença. Decidiu enfim ir a pé até o café Anna, ao lado da garagem da delegacia.

Menos de um minuto depois de pedir um *caffè latte* e um sanduíche, o noticiário do meio-dia começou pelo rádio. O assunto foi o terceiro, depois de um atentado suicida em Jerusalém e da notícia de que o governo formara uma comissão de inquérito para investigar aparentes cartéis ilícitos na construção civil.

> O jornalista Mikael Blomkvist, da revista *Millennium*, foi condenado nesta sexta-feira a três meses de prisão por difamação contra o industrial Hans-Erik Wennerström. Num artigo sobre o suposto caso Minos, que há alguns meses chocou a opinião pública, Blomkvist acusava Wennerström de ter desviado fundos sociais, destinados a investimentos industriais na Polônia, para o tráfico de armas. Mikael Blomkvist também foi condenado a pagar cento e cinqüenta mil coroas por perdas e danos. O advogado de Wennerström, Bertil Camnermarker, disse que seu cliente estava satisfeito com a sentença. "Trata-se de um caso de difamação particularmente grave", declarou.

A sentença ocupava vinte e seis páginas. Ela apresentava as razões pelas quais Mikael fora julgado culpado em quinze pontos, por difamação agravada contra o financista Hans-Erik Wennerström. Mikael constatou que cada uma das acusações que o condenavam custava dez mil coroas e seis dias de prisão. Sem contar as custas do processo e suas próprias custas com advogado. Ele não tinha sequer a coragem de começar a refletir sobre o tamanho da conta, mas também dizia a si mesmo que podia ter sido pior; o tribunal o inocentara em sete itens.

À medida que lia o enunciado da sentença, uma sensação de peso cada vez mais desagradável ia se instalando em seu estômago. Ficou surpreso com isso. Desde o início do processo, sabia que só um milagre o livraria da condenação. Não tinha a menor dúvida a respeito e acostumara-se com a idéia. Permanecera com o espírito relativamente tranqüilo durante os dois dias em que transcorrera o julgamento, e por onze dias esperou, sem sentir nada de especial, que o tribunal acabasse de refletir e formulasse o texto que ele segurava na mão. Mas só agora, encerrado o julgamento, é que o mal-estar se insinuara.

Mordeu um pedaço do sanduíche, mas o pão pareceu inchar dentro de sua boca. Teve dificuldade de engolir e o cuspiu no prato.

Era a primeira vez que Mikael Blomkvist era condenado por um delito — a primeira vez que se via acusado de alguma coisa ou chamado a comparecer em juízo. Pensando bem, a sentença era insignificante. Um delito peso-pena. Afinal, não se tratava de roubo à mão armada, de assassinato ou estupro. Mas, do ponto de vista financeiro, a condenação teria conseqüências. A *Millennium* não era nenhum carro-chefe do mundo da mídia, nem dotada de recursos ilimitados — a revista atuava com uma estreita margem de lucro —, mas a condenação também não era uma catástrofe. O problema é que Mikael era ao mesmo tempo um dos acionistas da *Millennium* e, estupidamente, redator e editor responsável pela publicação. Ele pretendia tirar do próprio bolso as cento e cinqüenta mil coroas por perdas e danos, o que reduziria a zero sua poupança. A revista se encarregaria dos custos judiciais. Navegando com perspicácia, dava para seguir em frente.

Ocorreu-lhe vender o apartamento, mas essa hipótese ficou atravessada em sua garganta. No final dos felizes anos 1980, numa época em que tinha emprego fixo e um salário relativamente alto, adquirira um imóvel. Visitou uma porção de apartamentos e recusou todos, até encontrar uma água-furtada de sessenta e cinco metros quadrados, bem no começo da Bellmansgatan. O ex-proprietário havia começado a transformá-la em algo habitável, mas fora contratado por uma empresa de informática no exterior e Mikael adquiriu seu projeto de reforma por um preço irrisório.

Mikael não quis plantas desenhadas por arquitetos, preferiu ele mesmo terminar as obras, reservando dinheiro para a cozinha e o banheiro, e deixando o resto como estava. Em vez de substituir o piso e instalar divisórias para criar dois ambientes, poliu o assoalho, passou cal nas grosseiras paredes originais e cobriu os defeitos mais graves com algumas aquarelas de Emanuel Bernstone. O resultado foi um *loft* arejado, com um quarto atrás de uma estante de livros, um canto para refeições e uma sala com uma pequena cozinha americana. O apartamento tinha duas janelas de mansarda e outra triangular com vista para os telhados, para as águas do Riddarfjärden e para a cidade velha. Ele até podia avistar uma ponta do Slussen e do paço municipal. Levando em conta os preços de mercado, agora ele não podia mais pagar um apartamento como aquele, por isso tinha muita vontade de conservá-lo.

Mas o risco de perder o apartamento não era nada comparado à enorme bofetada profissional que sofrera, cujos danos levaria algum tempo para reparar, supondo que fossem reparáveis.

Era uma questão de confiança. Num futuro próximo, muitos redatores hesitariam em publicar artigos em sua revista. Ele ainda tinha amigos capazes de entender que fora vítima do azar e das circunstâncias, mas não poderia mais se dar ao luxo de cometer o menor erro.

O mais doloroso, porém, era a humilhação.

Tivera todos os trunfos na mão, mas perdera para uma espécie de gângster vestido de Armani. Um especulador safado. Um *yuppie* defendido por um advogado do *jet-set* que passou o processo inteiro rindo.

Como as coisas tinham dado tão errado?

O caso Wennerström, no entanto, começara de forma bastante promissora um ano e meio antes na cabine de um veleiro Mälar-30 amarelo, numa noite de São João. Tudo porque o acaso fizera um ex-colega seu jornalista, na época relações-públicas da prefeitura, alugar um Scampi, sem muito refletir, para impressionar a mais recente namorada, levando-a a um cruzeiro romântico de alguns dias pelo arquipélago de Estocolmo. A garota, que tinha vindo de Hallstahammar para estudar em Estocolmo, após certa resistência, concordou em ir, mas com a condição de que sua irmã e o namorado dela também fossem. O problema é que os três nunca tinham estado num veleiro, e o relações-públicas era um marujo mais entusiasmado que experiente. Três dias antes da partida, desesperado, ele chamou Mikael e o convenceu a ser o quinto tripulante, por ter mais experiência que ele em navegação.

A princípio reticente, Mikael acabou cedendo diante da oportunidade de ter pela frente alguns dias de descanso no arquipélago e da anunciada perspectiva de boa comida e companhia agradável. As promessas se revelaram falsas, e o cruzeiro acabou sendo uma catástrofe que superou seus piores pesadelos. Eles haviam navegado, a menos de dez nós, de Bullandö até o estreito de Furusund — bonito, é verdade, mas pouco excitante —, o que não impediu que a namorada do relações-públicas enjoasse desde o início. Sua irmã brigou com o namorado e ninguém mostrava o menor interesse em aprender o mínimo que fosse de navegação. Logo ficou evidente que esperavam que Mikael fizesse o barco funcionar, enquanto eles se limitavam a dar conselhos bem-intencionados porém totalmente inúteis. Após a primeira noite ancorado numa enseada de Ängsö, ele estava decidido a descer em Furusund e pegar o primeiro ônibus de volta para casa. Somente as súplicas desesperadas do relações-públicas o convenceram a permanecer a bordo.

Na manhã seguinte, por volta do meio-dia, cedo ainda para que encontrassem alguns lugares, eles atracaram ao cais dos visitantes em Arholma. Prepararam uma refeição e tinham acabado de comer quando Mikael avistou um M-30 com casco de poliéster entrando na enseada com apenas a vela mestra. O barco deu uma volta tranqüila enquanto seu piloto procurava uma vaga no cais. Mikael deu uma olhada ao redor e constatou que o espaço entre o seu Scampi e um iate a estibordo era provavelmente o único lugar disponível, suficiente e na medida exata, para o estreito M-30. Foi até a proa e agitou o braço; o piloto do M-30 ergueu a mão em sinal de agradecimento e virou em direção ao cais. Um solitário que não usa o motor para atracar, observou Mikael. Ele ouviu o ruído da corrente da âncora e, segundos depois, a vela mestra foi arriada, enquanto o piloto saltava de um lado a outro para manter o leme em posição e, ao mesmo tempo, preparar a ancoragem na proa.

Mikael saltou para o cais e estendeu a mão para oferecer ajuda. O recém-chegado corrigiu a rota uma última vez e o barco veio com seu impulso colocar-se suavemente ao longo do Scampi. No momento em que o piloto lançou a amarra a Mikael, eles se reconheceram e sorriram, encantados.

— Olá, Robban — disse Mikael. — Se utilizasse o motor, evitaria arranhar outros barcos no porto.

— Olá, Micke. Eu disse a mim mesmo que conhecia esse cara. Sabe, eu teria usado o motor se tivesse conseguido fazê-lo funcionar. Essa droga pifou há dois dias perto de Rödöga.

Apertaram-se as mãos por cima da amurada.

Uma eternidade antes, no colégio de Kungsholmen nos anos 1970, Mikael Blomkvist e Robert Lindberg haviam sido companheiros, e até mesmo muito bons amigos. Como acontece com freqüência entre velhos colegas de escola, a amizade acabou depois da conclusão do secundário. Cada um seguiu seu caminho e eles se viram raras vezes nos vinte anos seguintes. O último encontro antes deste, inesperado, no cais de Arholma, ocorrera sete ou oito anos atrás. Agora os dois se examinavam com curiosidade. Robert estava bronzeado, com cabelos emaranhados e uma barba de quinze dias.

De repente, Mikael recobrou o ânimo. Quando o relações-públicas e seu bando de imbecis partiram para dançar em volta do mastro de são João erguido diante do armazém, do outro lado da ilha, ele ficou na cabine do M-30 batendo papo com seu velho companheiro de colégio, em volta do tradicional arenque regado a aquavita.

À noite, em dado momento, depois de muitos tragos e de terem desistido de lutar contra os tristemente famosos mosquitos de Arholma e irem se refugiar na cabine, a conversa se transformou numa altercação amistosa sobre a moralidade e a ética no mundo dos negócios. Os dois tinham escolhido carreiras que, de um modo ou de outro, estavam focalizadas nas finanças do país. Robert Lindberg passara do colégio aos estudos de comércio e depois ao mundo financeiro. Mikael Blomkvist cursara a faculdade de jornalismo e dedicara grande parte de sua vida a denunciar negócios duvidosos justamente do mundo financeiro. A conversa girava em torno da imoralidade de alguns pára-quedas dourados (as famosas indenizações milionárias de demissão) surgidos ao longo dos anos 1990. Depois de ter valentemente defendido alguns dos mais espetaculares, Lindberg acabou admitindo, a contragosto, que no mundo das finanças provavelmente havia alguns especuladores corruptos disfarçados. Ele ficou sério de repente e olhou Mikael bem nos olhos.

— Já que você é jornalista investigativo e vasculha delitos econômicos, por que não escreve alguma coisa sobre Hans-Erik Wennerström?

— Não sabia que havia algo a escrever sobre ele.

— Pelo amor de Deus, que espécie de bisbilhoteiro você é? Então não conhece o programa CAI?

— Bem, era uma espécie de programa de apoio, nos anos 1990, para reabilitar a indústria dos ex-países do Leste Europeu. Foi extinto há alguns anos. Nunca escrevi nada a respeito.

— Isso, CAI, Comitê de Apoio Industrial. O projeto tinha o aval do governo, e a tramóia era gerenciada por representantes de uma dezena de grandes empresas suecas. O CAI obteve garantias do Estado para uma série de projetos firmados em acordos com os governos da Polônia e dos países bálticos. A confederação operária participava, para garantir que o movimento operário dos países do Leste Europeu se fortalecesse graças ao modelo sueco. Na teoria, o projeto significava um apoio baseado no princípio de ajuda ao desenvolvimento, e supostamente oferecia aos regimes do Leste Europeu uma possibilidade de sanear suas economias. Na prática, equivalia a conceder subvenções do Estado para que empresas suecas estabelecessem parcerias com empresas do Leste Europeu. Lembra daquele ministro cristão cretino? Era um defensor ardoroso do CAI. Falava-se de construir uma fábrica de papel na Cracóvia, de restabelecer a indústria metalúrgica em Riga, de montar uma usina de cimento em Tallinn, e por aí afora. O dinheiro era distribuído pelo conselho do CAI, exclusivamente formado por pesos pesados do mundo financeiro e industrial.

— Ou seja, dinheiro do contribuinte?

— Cerca de cinqüenta por cento eram subvenções do Estado, o resto vinha dos bancos e da indústria. Mas não se pode realmente falar de uma atividade desinteressada. Os bancos e as empresas contavam com um lucro consistente, caso contrário não teriam por que se lançar no negócio.

— Qual era o montante desses fundos?

— Espere um minuto, escute. O CAI era constituído principalmente por empresas suecas sólidas, desejosas de penetrar no mercado do Leste Europeu. Empresas de peso, como ABB, Skanska e outras do gênero. Nada de capital especulativo, se entende o que quero dizer.

— Você está dizendo que a Skanska não faz especulação? Como explicar então a demissão de seu diretor-executivo, depois que um de seus rapazes perdeu meio bilhão especulando com títulos de curto prazo? E como não rir de seus negócios imobiliários histéricos em Londres e Oslo?

— Sim, claro, há cretinos em todas as empresas do mundo, mas você sabe o que estou querendo dizer. Trata-se de empresas que pelo menos produzem alguma coisa. A coluna vertebral da indústria sueca, como se diz.

— E Wennerström, onde ele entra no esquema?

— Wennerström é o curinga da história. Ou seja, um cara surgido do nada, sem nenhum passado na indústria pesada e que, na realidade, nada tem a ver com esse meio. Mas ele acumulou uma fortuna colossal na Bolsa e investiu em empresas estáveis. Entrou, por assim dizer, pela porta de serviço.

Mikael tornou a encher seu copo com a aquavita Reimersholms e inclinou-se para trás na cadeira, refletindo sobre o que sabia a respeito de Wennerström. Era magro. Nascido na região do Norrland, onde criou uma empresa de investimentos nos anos 1970, juntou algum dinheiro e se transferiu para Estocolmo, fazendo ali uma carreira fulgurante nos gloriosos anos 1980. Criou o Wennerströmgruppen, rebatizado de Wennerström Group quando foram abertos os escritórios de Londres e Nova York, e quando nos jornais a empresa começou a ser mencionada no mesmo nível que a Beijer. Negociando com ações, participações e operações rápidas, passou a figurar na imprensa VIP como um dos novos bilionários suecos, proprietário de um *loft* em Strandwägen, de uma suntuosa residência de verão em Värmdö e de um iate de vinte e três metros, comprado de uma ex-estrela do tênis em decadência. Um calculista esperto, certamente, mas os anos 1980 foram sobretudo a década dos calculistas e dos especuladores imobiliários, e Wennerström não se destacou mais que os outros. Pelo contrário, permaneceu de certo modo à sombra dos figurões. Não tinha a lábia de um Stenbeck nem se exibia na imprensa como Barnevik. Desprezando os bens imobiliários, focalizou seu interesse em investimentos maciços no ex-bloco do Leste Europeu. Quando, nos anos 1990, a bolha murchou e os empresários foram obrigados, um após outro, a recolher seus pára-quedas dourados, as empresas de Wennerström continuaram em ótimo estado. Nenhuma sombra de escândalo. A *Swedish success story*, foi assim que o *Financial Times* resumiu seu caso.

— Foi em 1992 que Wennerström, de repente, recorreu ao CAI. Ele precisava de ajuda financeira. Apresentou um projeto que aparentemente atendia gente interessada na Polônia: tratava-se de estabelecer um setor de fabricação de embalagens para a indústria alimentícia.

— Quer dizer, uma fábrica de latas de conserva?

— Não exatamente, mas algo do tipo. Não faço a menor idéia das pessoas que ele conhecia no CAI, mas saiu de lá com sessenta milhões de coroas no bolso, sem problema.

— A história começa a me interessar. Deixe-me adivinhar: ninguém mais voltou a ver a cor desse dinheiro.

— Errado — disse Robert Lindberg.

E sorriu como quem sabe das coisas, antes de beber as últimas gotas de sua aquavita.

— O que se passou depois foi o clássico em matéria de balanço financeiro. Wennerström de fato montou uma fábrica de embalagens na Polônia, mais precisamente em Lodz. A empresa chamava-se Minos. O CAI recebeu alguns relatórios entusiasmados em 1993. E então, em 1994, a Minos faliu de repente.

Robert Lindberg bateu o copo vazio na mesa, com um golpe seco, para sublinhar a que ponto a empresa afundara.

— O problema do CAI é que não havia procedimentos bem definidos para avaliar os relatórios sobre os projetos. Lembre-se do espírito da época. Todo mundo estava otimista com a queda do muro de Berlim. Iam introduzir a democracia, a ameaça de uma guerra nuclear não existia mais e os bolchevistas se tornavam verdadeiros capitalistas da noite para o dia. O governo queria ancorar a democracia no Leste Europeu. Todos os capitalistas desejavam contribuir para a construção da nova Europa.

— Eu nunca soube de capitalistas propensos à caridade.

— Acredite, era o sonho tropical de todo capitalista. Agora a Rússia e os países do Leste Europeu são os maiores mercados depois da China. Os industriais não hesitavam em ajudar o governo, sobretudo quando as empresas só precisavam contribuir com uma parte ínfima dos gastos. Somando tudo, o CAI abocanhou mais de trinta bilhões de coroas do contribuinte. O dinheiro voltaria sob a forma de ganhos futuros. No papel, o CAI era uma iniciativa governamental, mas a influência da indústria era tão grande que, na prática, o conselho do CAI desfrutava de uma completa liberdade de ação.

— Entendo. Mas há material para um artigo também sobre esse ponto?

— Calma. Quando os projetos começaram, não havia problema de financiamento. A Suécia ainda não conhecia o choque das taxas de juros. O governo estava feliz de poder pedir, através do CAI, uma contribuição sueca importante em favor da democracia do Leste Europeu.

— Era um governo de direita.

— Não misture política com isso. Trata-se de dinheiro, e pouco importa saber se são os socialistas ou os moderados que indicam os ministros. Então, com os cofres cheios, surgiram os problemas de câmbio, e em seguida aqueles novos democratas imbecis — lembra-se da Nova Democracia? — começaram a se lamentar, achando que faltava transparência às atividades do CAI. Um deles confundiu o CAI com a Swedish International Development Authority, imaginando um projeto de desenvolvimento para boas obras, como a ajuda à Tanzânia. Na primavera de 1994, uma comissão foi encarregada de investigar o CAI. A essa altura, já se faziam críticas a vários projetos, mas um dos primeiros a ser investigados foi o da Minos.

— E Wennerström não conseguiu justificar a utilização dos fundos.

— Pelo contrário. Wennerström apresentou um excelente relatório financeiro, mostrando que mais de cinqüenta e quatro milhões de coroas haviam sido investidas na Minos. Mas alegou que os problemas estruturais de um país a reboque como a Polônia eram grandes demais para que uma fábrica de embalagens moderna pudesse dar certo, e ela acabou desbancada pela concorrência de um projeto alemão similar. Os alemães estavam comprando tudo no bloco do Leste Europeu.

— Você disse que ele obteve sessenta milhões de coroas.

— Isso mesmo. O dinheiro do CAI funcionava na forma de empréstimos sem juros. A idéia, evidentemente, era que as empresas reembolsassem uma parte depois de alguns anos. Mas a Minos faliu e o projeto fracassou. Wennerström não podia ser responsabilizado. É aqui que entram as garantias do Estado: a dívida de Wennerström foi apagada. Ele simplesmente não precisou reembolsar o dinheiro perdido na falência da Minos e conseguiu demonstrar que perdera a mesma quantia do próprio bolso.

— Deixa eu ver se entendi bem toda essa história. Além de fornecer bilhões do contribuinte, o governo oferecia diplomatas para abrir portas. A indústria recebia o dinheiro e o utilizava para investir em *joint ventures* que lhe permitiam, em seguida, acumular um lucro recorde. Em outras palavras, as negociatas de sempre. Alguns enchem os bolsos enquanto outros pagam a conta, e conhecemos bem os atores dessa peça.

— Meu Deus, como você é cínico! Os empréstimos deviam ser devolvidos ao Estado.

— Você disse que não corriam juros. Isso significa que os contribuintes não receberam nenhum dividendo pelo que pagaram. Wennerström obteve sessenta milhões e investiu cinqüenta e quatro. O que fez com os outros seis milhões?

— No momento em que ficou evidente que os projetos do CAI passariam a ser controlados, Wennerström enviou um cheque de seis milhões para reembolsar a diferença. Assim o caso estava resolvido do ponto de vista jurídico.

Robert Lindberg calou-se e lançou um olhar inquieto a Mikael.

— Wennerström certamente desviou um pouco de dinheiro do CAI, mas, comparado ao meio bilhão que desapareceu da Skanska ou à história do pára-quedas dourado de um bilhão do diretor da ABB — coisas que realmente revoltaram as pessoas —, não me parece um caso realmente digno de uma reportagem — constatou Mikael. — Os leitores, hoje, estão fartos de textos sobre especuladores incompetentes da Bolsa, mesmo aqueles que operam com fundos públicos. Há algo mais na sua história?

— Ela está apenas começando.

— Como você ficou sabendo desses negócios do Wennerström na Polônia?

— Eu trabalhei no Banco do Comércio nos anos 1990. Adivinhe quem conduziu as investigações como representante do banco no CAI?

— Entendo. Continue.

— Bem... resumindo: o CAI recebeu uma explicação de Wennerström. Documentos foram redigidos. O dinheiro restante foi reembolsado. Esse retorno de seis milhões foi esperto. Se alguém chega na sua casa insistindo em te dar um saco de milho, você diz que aquele é um bom sujeito, não é mesmo?

— Vamos aos fatos.

— Mas, meu velho, o fato é exatamente esse. O CAI ficou satisfeito com o relatório do Wennerström. O investimento fracassou, mas não havia nada a dizer sobre a maneira como fora conduzido. Examinamos faturas, transferências e um monte de papelada. Tudo estava minuciosamente justificado. Eu acreditei. Meu chefe acreditou. O CAI acreditou e o governo nada teve a acrescentar.

— E onde é que a coisa tropeça?

— A história entra agora na sua fase sensível — disse Lindberg com um tom de voz subitamente fúnebre. — Levando em conta que você é jornalista, o que vou dizer agora é *off the record.*

— Espere aí. Você não pode começar a me contar falcatruas e depois me dizer que não posso divulgá-las.

— Claro que posso. Tudo que contei até agora é de conhecimento público. Você mesmo pode consultar o relatório, se quiser. Concordo que escreva sobre o resto da história — que ainda não contei —, mas quero ser tratado como fonte anônima.

— Ah, melhor assim, porque, na terminologia habitual, *off the record* significa que obtive uma informação confidencial, mas que não tenho o direito de escrever sobre ela.

— Pouco importa a terminologia. Escreva o que quiser, contanto que eu seja sua fonte anônima. Estamos de acordo?

— Claro — respondeu Mikael.

Considerando o que houve depois, sua resposta foi naturalmente um erro.

— Bem, esse caso Minos aconteceu há dez anos, logo após a queda do Muro e quando os bolcheviques começaram a virar capitalistas freqüentáveis. Eu era um dos que investigavam Wennerström, e sempre tive uma puta impressão de que toda a história estava mal contada.

— E por que não disse nada na época?

— Discuti com o meu chefe. A questão é que não havia nada de sólido. Todos os papéis estavam em ordem. Nada mais fiz que pôr minha assinatura no final do relatório. Mas em seguida, sempre que eu topava com o nome de Wennerström na imprensa, Minos me vinha à lembrança.

— E aí?

— Acontece que alguns anos mais tarde, em meados dos anos 1990, meu banco fez alguns negócios com Wennerström. Na verdade, altos negócios. E a coisa não foi muito bem.

— Ele roubou vocês?

— Não, eu não diria isso. As duas partes lucraram. Tratava-se de... Não sei bem como explicar. É que agora começo a falar do homem que me contratou e isso não me agrada. Mas a impressão que ficou — a impressão geral e duradoura, como dizem — não foi nada positiva. Na mídia, Wennerström é apresentado como um considerável oráculo da economia. É disso que ele vive. É seu capital de confiança.

— Entendo o que quer dizer.

— Eu tinha a impressão de que o sujeito era simplesmente um blefe. Que não tinha nenhum dom especial para as finanças. Ao contrário, achei-o de uma estupidez assombrosa em certas áreas, embora estivesse cercado de alguns jovens tubarões de fato astutos como conselheiros. Eu o detestava cordialmente.

— Continue.

— Há cerca de um ano, fui à Polônia por outro motivo. Nossa delegação jantou com alguns investidores de Lodz e na minha mesa estava o prefeito. Discutimos sobre o quanto era difícil repor a economia da Polônia nos trilhos et cetera, e mencionei o projeto Minos. O prefeito me pareceu totalmente perplexo por um momento — como se nunca tivesse ouvido falar de Minos —, depois lembrou que era um pequeno negócio de merda que dera em nada. Despachou o assunto com um sorrisinho, dizendo que — reproduzo exatamente suas palavras — se isso fosse tudo que os investidores suecos sabiam fazer, nosso país entraria em falência rapidamente. Está me acompanhando?

— Essa declaração revela que o prefeito de Lodz é um homem sensato. Mas continue.

— Essa declaração, como você diz, não parou de me azucrinar. No dia seguinte, eu tinha uma reunião de manhã, mas estava com a tarde livre. Só para remexer na merda, resolvi visitar, numa pequena aldeia perto de Lodz, a fábrica abandonada da Minos, situada dentro de uma granja com latrinas no pátio. A grande fábrica Minos era um depósito arruinado prestes a desabar, um velho hangar com telhas onduladas, montado pelo Exército Vermelho nos anos 1950. Encontrei um guarda no local que falava algumas palavras em alemão, e soube que um de seus primos trabalhara na fábrica. O primo morava quase ali ao lado e fomos até a casa dele. O guarda serviu de intérprete. Está interessado em ouvir o que ele disse?

— É óbvio que sim.

— A Minos começou a funcionar no outono de 1992. Ela tinha quinze empregados, quando muito, na maior parte mulheres velhas. O salário equivalia a cento e cinqüenta coroas por mês. No começo não havia máquinas, os empregados se ocupavam fazendo a limpeza do local. No início de outubro chegaram três máquinas de cartonagem compradas em Portugal. Estavam velhas, deterioradas e totalmente ultrapassadas. No ferro-velho, não valeriam mais que algumas notas de mil. Funcionavam, é verdade, mas pifavam a todo instante. Evidentemente não havia peças de reposição, de modo que a Minos sofria de eternas paradas de produção. Em geral era um empregado que consertava as máquinas, como podia.

— Agora está começando a parecer uma matéria de verdade — reconheceu Mikael. — O que a Minos fabricava realmente?

— Em 1992 e na primeira metade de 1993, as clássicas embalagens de sabão em pó, caixas de ovos e coisas do gênero. Depois passaram a produzir sacos de papel. Mas sempre faltava matéria-prima e o volume de produção era mínimo.

— Nada que correspondesse a um investimento gigantesco.

— Fiz as contas. O custo total do aluguel em dois anos equivale a quinze mil coroas. Os salários podem ter chegado a cento e cinqüenta mil no máximo — e estou sendo generoso. Compra de máquinas e meios de transporte... uma caminhonete que entregava as caixas de ovos... vamos pôr uns duzentos e cinqüenta mil. Mais taxas de autorização, alguns custos de viagem — aparentemente, só uma pessoa veio da Suécia algumas vezes para visitar a aldeia. Digamos que todo o negócio custou menos de um milhão. Num dia do verão de 1993, o contramestre foi até a fábrica, anunciou que ela seria fechada e, algum tempo depois, um caminhão húngaro recolheu e levou embora a maquinaria. *Bye-bye*, Minos.

Durante o processo, Mikael recordara várias vezes essa noite de São João.

De modo geral, a conversa transcorrera como uma discussão entre dois colegas, em tom de camaradagem, exatamente como nos tempos de colégio. Adolescentes, eles haviam compartilhado os fardos que se carrega nessa idade. Adultos, eram na verdade estranhos um para o outro, seres totalmente diferentes. Durante a noitada, Mikael refletiu que não conseguia de fato se lembrar do que os havia aproximado no colégio. Lembrava-se de Robert como um rapaz taciturno e reservado, tímido ao extremo com as meninas. Adulto, ele era... bem, um talentoso alpinista do universo bancário. Para Mikael, não havia dúvida que seu colega tinha opiniões diametralmente opostas à sua própria concepção de mundo.

Mikael quase nunca bebia a ponto de se embriagar, mas esse encontro fortuito transformara um cruzeiro malsucedido numa noitada agradável, em que o nível da garrafa de aquavita se aproximava aos poucos do fundo. Justamente porque a conversa teve esse tom ginasiano, de início ele não levou a sério o relato de Robert sobre Wennerström, mas no final seus instintos jornalísticos despertaram. De repente, escutava atentamente a história de Robert, e as objeções naturais apareceram.

— Espere um pouco — disse Mikael. — Wennerström é uma estrela entre os investidores da Bolsa. Se não estou enganado, ele deve ser bilionário...

— O capital do Grupo Wennerström é de cerca de duzentos bilhões. Você deve estar querendo saber por que um bilionário roubaria as pessoas por uns magros cinqüenta milhões, quase um dinheiro de bolso.

— O que quero saber antes de mais nada é por que ele arriscaria tudo com uma fraude tão evidente.

— Não sei se se pode dizer que se trata de uma fraude evidente, já que o conselho do CAI, os representantes dos bancos, o governo e os auditores do Parlamento aceitaram as contas apresentadas por Wennerström.

— Mesmo assim é uma soma ridícula.

— Certo. Mas veja: o Grupo Wennerström é uma empresa de investimentos que lida com qualquer coisa que possa dar lucro a curto prazo — imóveis, títulos, opções, moedas... Wennerström entrou em contato com o CAI em 1992, no momento em que o mercado estava a ponto de atingir o fundo. Lembra do outono de 1992?

— E acha que posso esquecer? Eu tinha feito empréstimos a taxas variáveis para comprar meu apartamento, quando os juros do Banco da Suécia atingiram quinhentos por cento em outubro. Tive que arcar com juros de dezenove por cento durante um ano.

— Não foi fácil! — disse Robert sorrindo. — Também perdi um bocado naquele ano. E Hans-Erik Wennerström — como todos os outros no mercado — enfrentava os mesmos problemas. A empresa tinha bilhões aplicados em contratos de diferentes tipos, mas muito pouca liquidez. E aí fica impossível conseguir facilmente novos empréstimos. Numa situação dessas, em geral se vendem alguns imóveis para lamber as feridas — só que em 1992 não havia ninguém para comprar imóveis.

— *Cash-flow problem.*

— Exatamente. E Wennerström não era o único a enfrentar esse tipo de problema. Qualquer homem de negócios...

— Não diga homem de negócios. Chame como quiser, mas qualificá-los de homens de negócios é ofender uma categoria profissional séria.

— ...qualquer investidor da Bolsa, então, tinha *cash-flow problems*... Considere as coisas assim: Wennerström obteve sessenta milhões de coroas. Devolveu seis, e somente depois de três anos. Os gastos com a Minos dificilmente ultrapassaram um milhão. Mas os juros de sessenta milhões durante três anos representam uma boa quantia. Dependendo da maneira como foi investido, o dinheiro do CAI pode ter sido dobrado ou multiplicado por dez. E aí não estamos mais falando de bagatelas. A propósito, um brinde ao nosso encontro!

2. SEXTA-FEIRA 20 DE DEZEMBRO

Dragan Armanskij tinha cinqüenta e seis anos e nascera na Croácia. Seu pai era um judeu armênio da Bielo-Rússia. A mãe, uma muçulmana bósnia de ascendência grega. Como ela é que se encarregara de sua educação cultural, na idade adulta ele se viu incluído no grande grupo que a mídia define como muçulmanos. Estranhamente, os serviços de imigração o registraram como sérvio. O passaporte estabelecia que ele era cidadão sueco, e a foto mostrava um rosto quadrado com poderosas mandíbulas, um fundo de barba escuro e cabelos grisalhos nas têmporas. Freqüentemente chamavam-no de árabe, embora não houvesse a menor gota de sangue árabe em seu passado. Por outro lado, era um autêntico cruzamento do tipo que os aficionados por biologia racial descreveriam, sem a menor hesitação, como matéria humana inferior.

Seu rosto lembrava vagamente o de um gângster de filme americano. Na realidade, ele não era um traficante de drogas nem um assassino mafioso; era um economista de talento que começara como assistente da Milton Security no início dos anos 1970, e três décadas mais tarde chefiava todas as operações como diretor-executivo.

O interesse por questões de segurança crescera aos poucos até se transformar em fascínio. Era como um jogo de estratégia — identificar situações de ameaça, desenvolver contra-estratégias e sempre se antecipar aos espiões industriais, aos vigaristas e aos fraudadores. Tudo começou quando descobriu a maneira como tinha se dado um engenhoso golpe contra um cliente, com o auxílio de uma contabilidade sutilmente maquiada. Conseguiu apontar, num grupo de umas doze pessoas, quem estava por trás da manipulação, e hoje, decorridos trinta anos, lembra-se de como ficou surpreso ao se dar conta de que o desvio só ocorrera porque a empresa em questão omitira alguns pontos nos processos de segurança. Desde então, passou de simples contador a responsável pelo desenvolvimento da empresa, e mais tarde a especialista em crimes financeiros. Cinco anos depois, já fazia parte da direção e, passados dez anos, tornou-se — não sem alguma relutância — diretor-executivo. Agora a relutância havia muito se acalmara. Durante seus anos de chefia, tinha transformado a Milton Security numa das empresas de segurança mais competentes e mais consultadas da Suécia.

A Milton Security contava com trezentos e oitenta funcionários trabalhando em tempo integral e com mais de trezentos *freelancers*, remunerados por tarefa. Uma pequena empresa, portanto, se comparada com a Falck ou com a Svensk Bevakningstjänts, o Serviço de Proteção Sueco. Quando Armanskij entrou na empresa, ela ainda se chamava Companhia de Vigilância Geral Johan Fredrik Milton e sua clientela era formada por centros comerciais que tinham necessidade de controladores e seguranças musculosos. Sob sua direção, a empresa passou a se chamar Milton Security, nome mais propício para um ambiente internacional, e investiu em tecnologia de ponta. Houve uma renovação de pessoal; guardas-noturnos em fim de carreira, fetichistas do uniforme e estudantes apenas interessados em bicos foram substituídos por pessoas mais competentes. Armanskij contratou ex-policiais já de uma certa idade como chefes de operações, cientistas políticos especializados em terrorismo internacional, em proteção pessoal e em espionagem industrial e, principalmente, técnicos em telecomunicações e informática. A empresa deixou Solna e a periferia para se instalar em prédios mais prestigiosos do Slussen, no centro de Estocolmo.

No começo dos anos 1990, a Milton Security estava pronta para oferecer um novo tipo de sistema de segurança a um círculo exclusivo de clientes, sobretudo empresas de médio porte com volume de negócios extremamente elevado, e novos-ricos — astros do rock em evidência, investidores da Bolsa e chefes de empresas "pontocom". Grande parte da atividade estava centrada na oferta de proteção pessoal e soluções de segurança para empresas suecas no exterior, sobretudo no Oriente Médio. Essas atividades representavam atualmente cerca de setenta por cento do volume de negócios. Durante o reinado de Armanskij, o volume de negócios passou de quarenta milhões de coroas para cerca de dois bilhões. Vender segurança era um ramo extremamente lucrativo.

A atividade estava distribuída em três áreas principais: *consultoria em segurança*, que consistia na identificação de perigos possíveis ou imaginados; *medidas preventivas*, que em geral consistiam na instalação de câmeras de vigilância custosas, alarmes contra roubo ou incêndio, sistemas eletrônicos de bloqueio e equipamentos de informática; e, por fim, *a proteção pessoal* de indivíduos ou empresas que se julgavam vítimas de ameaças, reais ou imaginárias. Este último mercado mais que quadruplicara na última década, e nos últimos anos surgira um novo tipo de clientela: mulheres ricas querendo proteger-se de um ex-namorado ou marido, ou de molestadores desconhecidos que as teriam visto na televisão e se teriam fixado em sua blusa colante ou no batom de seus lábios. Além disso, a Milton Security trabalhava em parceria com empresas que gozavam da mesma boa reputação que ela em outros países europeus e nos Estados Unidos, encarregando-se da segurança de personalidades internacionais em visita à Suécia, como uma célebre atriz americana em filmagem durante dois meses em Trollhättan, cujo agente achou que seu status exigia que ela estivesse acompanhada de seguranças em seus raríssimos passeios em volta do hotel.

Uma quarta área, bem mais restrita, que ocupava apenas alguns funcionários de tempo em tempo, era constituída pelas chamadas IP, isto é, as investigações pessoais. Armanskij não era um adepto incondicional desse setor de atividade. Além de ser menos lucrativo, era um ramo delicado, que exigia do funcionário mais discernimento e habilidade do que conhecimento em técnica de telecomunicações ou em instalação discreta de aparelhos de vigilância. As investigações pessoais eram aceitáveis quando se tratava de simples informações sobre a solvência de alguém, de verificar o currículo de um futuro colaborador ou a conduta de um empregado suspeito de deixar vazar informações sobre sua empresa ou de se entregar a uma atividade criminosa.

Nesses casos, as IP caíam no âmbito operativo.

Mas a toda hora os clientes vinham lhe apresentar problemas de ordem pessoal que tendiam a trazer conseqüências indesejadas. *Quero saber quem é o vagabundo com quem minha filha está saindo... Acho que minha mulher está me traindo... O rapaz é legal, mas está se envolvendo com más companhias... Estão me chantageando...* Na maioria das vezes, Armanskij respondia com um não categórico. Se a filha era maior de idade, ela tinha o direito de sair com o vagabundo que quisesse, e na sua opinião a infidelidade devia ser resolvida entre os cônjuges. Por trás de todas essas demandas, havia armadilhas dissimuladas que podiam potencialmente conduzir a escândalos e causar problemas jurídicos para a Milton Security, razão pela qual Dragan Armanskij exercia um controle rigoroso sobre essas missões, que, além do mais, só geravam rendimentos modestos no volume total de negócios da empresa.

O assunto desta manhã, por azar, era justamente uma investigação pessoal, e Dragan Armanskij arrumou o vinco da calça antes de se inclinar para trás na sua confortável poltrona do escritório. Com ceticismo, contemplou Lisbeth Salander, sua colaboradora trinta e dois anos mais jovem, e pela milésima vez constatou que ninguém parecia mais mal instalada que ela numa prestigiosa empresa de segurança. Seu ceticismo era ao mesmo tempo refletido e irracional. Aos olhos de Armanskij, Lisbeth Salander era indiscutivelmente a *researcher* mais competente que ele encontrara em todos os seus anos naquele ramo. Durante os quatro anos em que trabalhava para ele, Lisbeth Salander não havia falhado em uma única missão nem produzido um só relatório medíocre.

Ao contrário, o que ela realizava podia ser classificado como fora de série. Armanskij estava convencido de que Lisbeth Salander possuía um dom único. Qualquer um era capaz de obter informações bancárias ou efetuar um controle fiscal, mas Salander tinha imaginação e trazia sempre algo mais do que era esperado. Ele realmente nunca entendeu como ela conseguia; às vezes sua capacidade de obter informações parecia magia pura. Familiarizada ao extremo com os arquivos administrativos, ela sabia desencavar as informações mais obscuras. Tinha sobretudo a capacidade de se infiltrar na pele da pessoa investigada. Se houvesse merda a revelar, atingia o alvo como um míssil programado.

Sem dúvida, ela possuía o dom.

Seus relatórios podiam se revelar uma verdadeira catástrofe para a pessoa detectada por seu radar. Armanskij nunca se esqueceu de uma missão que uma vez lhe dera, uma investigação de rotina sobre um pesquisador da indústria farmacêutica que estava prestes a se associar a uma empresa. O trabalho, que devia durar uma semana, prolongava-se. Depois de quatro semanas de silêncio e de várias chamadas que ela ignorou, Salander apareceu com um relatório especificando que o objeto da pesquisa era a pedofilia. Duas vezes, pelo menos, o sujeito recorrera a uma prostituta de treze anos em Tallinn, e havia indícios de que estava interessado na filha menor de idade da companheira com quem vivia.

Salander tinha qualidades que em alguns momentos levavam Armanskij à beira do desespero. Quando descobriu que o homem era pedófilo, ela não telefonou para avisar Armanskij, não correu até seu escritório para terem uma conversa. Ao contrário: sem indicar por uma palavra sequer que o relatório continha informações explosivas de proporções quase nucleares, colocou-o certa noite sobre a mesa, no momento em que Armanskij se preparava para deixar o escritório e voltar para casa. Ele levou consigo o relatório e só o abriu mais tarde, no momento em que, finalmente descontraído, dividia uma garrafa de vinho com a mulher diante da tevê, na sua casa de campo em Lidingö.

Como sempre, o relatório era de uma minúcia quase científica, com notas de rodapé, citações e indicações exatas das fontes. As primeiras páginas reconstituíam o passado do objeto, sua formação, carreira e situação econômica. Somente na página 24, num parágrafo intermediário, é que Salander soltava a bomba das escapadas a Tallinn, no mesmo tom objetivo utilizado para dizer que ele morava numa casa de campo em Sollentuna e que dirigia um Volvo azul-marinho. Para sustentar suas afirmações, ela remetia a um anexo volumoso, com fotografias da menor de idade em companhia do objeto. A foto fora tirada no corredor de um hotel em Tallinn e a mão dele estava debaixo da blusa da menina. Além disso, Lisbeth Salander conseguira, não se sabe como, encontrar a menina e convencê-la a prestar um depoimento detalhado, gravado em fita cassete.

O relatório desencadeou exatamente o caos que Armanskij queria evitar. Para começar, ele foi obrigado a tomar dois comprimidos que o médico receitara para sua úlcera de estômago. Depois, convocou o pesquisador farmacêutico para uma conversa sinistra e breve. Para terminar — e apesar dos veementes desmentidos deste —, viu-se obrigado a transmitir imediatamente as informações à polícia. O que significava que a Milton Security corria o risco de se envolver num processo de acusações e contra-acusações. Se o dossiê não fosse aceito ou se o homem fosse absolvido, a empresa podia ser processada por difamação. Desastre total!

No entanto, não era a surpreendente falta de emoção em Lisbeth Salander que mais o perturbava. A época exigia investimento na imagem, e a imagem da Milton era a de uma estabilidade conservadora. E Lisbeth Salander correspondia tão pouco a essa imagem quanto uma escavadeira num salão náutico.

Armanskij teve dificuldade de se habituar ao fato de seu melhor cão de caça ser uma jovem pálida, de uma magreza anoréxica, com cabelos quase raspados e *piercings* no nariz e nas sobrancelhas. Tinha a tatuagem de uma vespa no pescoço e uma faixa tatuada ao redor do bíceps do braço esquerdo. Nas poucas vezes em que Lisbeth usara uma regata, Armanskji constatara que ela também tinha uma tatuagem maior na omoplata, representando um dragão. Originalmente ruiva, tingira os cabelos de preto. Parecia estar sempre chegando de uma semana de farra na companhia de uma banda de *heavy-metal*.

Ela não sofria de distúrbios alimentares — Armanskij estava convencido disso. Ao contrário, parecia consumir qualquer tipo de comida. Simplesmente nascera magra, com uma ossatura fina que indicava um aspecto frágil e delicado de menina, com mãos pequenas, tornozelos estreitos e seios que mal despontavam sob as roupas. Tinha vinte e quatro anos, mas parecia ter catorze.

A boca era larga, o nariz pequeno e as maçãs do rosto altas, o que lhe dava um vago ar oriental. Tinha movimentos rápidos e aracnídeos, e quando trabalhava no computador seus dedos voavam excitados sobre as teclas. O corpo não se prestava a uma carreira de modelo, mas, com uma maquiagem adequada, um primeiro plano de seu rosto não faria má figura num cartaz publicitário. Embora às vezes passasse nos lábios um repugnante batom preto, e apesar das tatuagens e dos *piercings*, ela era... digamos... atraente. De um modo totalmente incompreensível.

O fato de Lisbeth Salander trabalhar para Dragan Armanskij era, em si, assombroso. Ela não era o tipo de mulher com quem ele cruzava habitualmente, muito menos a quem pensaria oferecer trabalho.

Ele lhe oferecera um emprego no escritório depois que Holger Palmgren, um advogado semi-aposentado que cuidava dos assuntos pessoais do velho J. F. Milton, os informara que Lisbeth Salander era uma *moça perspicaz, apesar do seu comportamento um pouco perturbado.* Palmgren pedira que Armanskij desse uma oportunidade à menina, o que ele prometera, a contragosto. Palmgren era desses homens que um não só faz redobrar esforços, de modo que o mais simples era dizer sim imediatamente. Armanskij sabia que Palmgren se encarregava de crianças problemáticas e de outras insignificâncias sociais do gênero, mas que possuía, apesar de tudo, um bom julgamento.

Ele se arrependeu no instante em que viu Lisbeth Salander.

Ela não só parecia perturbada — aos olhos dele, ela era o próprio sinônimo da perturbação — como também abandonara a escola e não tinha nenhum tipo de estudo superior.

Nos primeiros meses, ela trabalhou em tempo integral, ou melhor, quase em tempo integral; só de vez em quando aparecia no trabalho. Preparava o café, cuidava da correspondência e tirava fotocópias. O problema é que não dava a mínima para os horários normais do escritório ou os métodos de trabalho.

Em compensação, tinha uma grande capacidade de irritar os funcionários. Era chamada de *a moça de dois neurônios*, um para respirar, o outro para se manter de pé. Nunca falava de si mesma. Os colegas que tentavam iniciar uma conversa raramente obtinham uma resposta e logo desistiam. As tentativas de brincar com ela nunca davam certo — ou porque contemplava o gracejador com grandes olhos inexpressivos, ou porque reagia com uma irritação manifesta.

Logo ganhou a reputação de irascível, de mudar drasticamente de humor se enfiasse na cabeça que alguém estava zombando dela, comportamento bastante comum num ambiente de trabalho. Sua atitude não encorajava confidências nem amizade, e ela rapidamente se tornou um fenômeno ocasional que vagava como um gato perdido pelos corredores da Milton. Consideravamna totalmente irrecuperável.

Depois de um mês de confusões ininterruptas, Armanskij chamou-a à sua sala com a intenção de despedi-la. Ela ouviu passivamente a enumeração de seus erros, sem objeções e sem sequer levantar a sobrancelha. Ele terminou por dizer que ela não tinha a *atitude correta*, e estava a ponto de lhe sugerir outro emprego, no qual soubessem *tirar proveito da sua competência*, quando foi interrompido no meio de uma frase. Pela primeira vez, ela não falou apenas com palavras esparsas.

— Olha, se é um criado que o senhor quer, procure alguém na agência de empregos temporários. Quanto a mim, posso descobrir qualquer coisa sobre qualquer pessoa, e se quer me usar apenas para separar a correspondência, então o senhor é um idiota.

Armanskij ainda lembrava o quanto ficou mudo de cólera e de surpresa, enquanto ela continuava, sem prestar atenção nele.

— Há na sua empresa um sujeito que dedicou três semanas a escrever um relatório completamente nulo sobre esse *yuppie* que estão pensando em recrutar como presidente do conselho administrativo de uma "pontocom", o senhor sabe do que estou falando. Fotocopiei ontem à noite o relatório de merda dele e, se não estou enganada, é esse que está aí na sua mesa.

Armanskij pôs os olhos no relatório e, o que não era de seu feitio, elevou o tom de voz.

— Você não está autorizada a ler relatórios confidenciais.

— Provavelmente não, mas as rotinas de segurança na sua empresa deixam um pouco a desejar. Segundo suas instruções, ele mesmo deve tirar a fotocópia, mas ele me passou o relatório antes de sair para o almoço. Aliás, há algumas semanas o relatório anterior que ele tinha feito ficou esquecido na cantina.

— Como assim, esquecido? — exclamou Armanskij, chocado.

— Não se preocupe. Guardei-o no cofre dele.

— Ele te passou a combinação do seu cofre pessoal? — perguntou Armanskij, sufocado.

— Não exatamente. Mas anotou num papel que deixa sobre sua mesa de trabalho, com a senha do computador. Mas o ponto aonde quero chegar é que o relatório que ele fez, esse seu detetive particular de araque, não tem o menor valor. Ele não descobriu que o cara tem dívidas monumentais, que cheira coca mais que um aspirador, e que sua companheira precisou se refugiar no SOS-Mulheres porque ele a espancou.

Depois, silêncio. Armanskij não disse nada durante alguns minutos, distraído em folhear o relatório. Ele era apresentado com competência, escrito numa prosa compreensível e carregada de referências, fontes e declarações de amigos e conhecidos do objeto. Por fim, levantou os olhos e pronunciou duas palavras:

— Prove isso.

— Quanto tempo me dá?

— Três dias. Se não conseguir provar suas afirmações até sexta-feira ao meio-dia, está despedida.

Três dias depois, ela entregou um relatório com referências de fontes igualmente explícitas, que transformavam o agradável jovem *yuppie* numa pessoa não confiável. Armanskij leu o relatório várias vezes durante o fim de semana e passou parte da segunda-feira numa contraverificação pouco entusiasmada de algumas daquelas afirmações. Antes mesmo de começar o controle, sabia que as informações se revelariam exatas.

Armanskij estava perplexo e irritado consigo mesmo por tê-la manifestamente julgado mal. Achou-a estúpida, talvez até um pouco retardada. Não esperava que uma menina que falhara nos estudos e que não tinha sequer notas no final do colégio pudesse escrever um relatório não somente correto do ponto de vista lingüístico mas que apresentava também observações e informações que o faziam se perguntar como ela as tinha obtido.

Ele sabia que ninguém na Milton Security poderia conseguir um trecho do diário confidencial de um médico do SOS-Mulheres. Quando lhe perguntou como procedera, só obteve uma resposta evasiva. Ela disse que não pretendia queimar suas fontes. Aos poucos, ficou claro para Armanskij que Lisbeth Salander também não tinha a intenção de discutir seus métodos de trabalho, nem com ele nem com qualquer pessoa. Isso o inquietou, mas não o bastante para resistir à tentação de pô-la à prova.

Refletiu sobre esse ponto durante alguns dias.

Lembrou-se das palavras de Holger Palmgren quando a enviou. *Todo mundo deve ter sua chance.* Pensou em sua própria educação muçulmana, que lhe ensinara que o dever para com Deus era ajudar os excluídos. Embora ele não acreditasse em Deus e nunca tivesse posto os pés numa mesquita desde a adolescência, tinha a impressão de que Lisbeth Salander era alguém que precisava de ajuda e de um apoio sólido. Na verdade, ele não realizara muitas ações desse gênero em sua vida.

* * *

Em vez de despedi-la, convocou Lisbeth Salander para uma conversa particular, na qual tentou entender qual era realmente o problema daquela moça complicada. Sua convicção de que ela sofria de um distúrbio sério se reforçou, mas ele descobriu que por trás de seu perfil problemático escondia-se uma pessoa inteligente. Achava-a frágil e complicada, mas também começava — não sem espanto — a gostar dela.

Nos meses seguintes, Armanskij pôs Lisbeth Salander debaixo de suas asas. Se fosse sincero consigo mesmo, diria que se encarregava dela como de um pequeno projeto social. Dava-lhe tarefas de pesquisa simples e procurava instruí-la sobre a melhor maneira de proceder. Ela escutava com paciência, ia embora e realizava a missão totalmente à sua maneira. Ele pediu ao responsável pelos serviços técnicos da Milton para dar-lhe um curso básico de informática; Salander permaneceu sem protestar em sua cadeira durante toda uma tarde, antes que o responsável, um pouco deslumbrado, viesse relatar que ela parecia ter mais conhecimentos de informática que a maioria dos funcionários da empresa.

Armanskij rapidamente percebeu que, apesar das conversas sobre plano de carreira, ofertas de desenvolvimento interno e outros meios de persuasão, Lisbeth Salander não tinha a intenção de se adaptar às rotinas da Milton. Isso o colocou diante de um dilema complicado.

Ela continuava sendo um elemento de irritação para os colegas. Armanskij tinha consciência de que não aceitaria tais horários aleatórios de outro colaborador, e que numa situação normal lhe teria dado um ultimato, exigindo uma mudança. Imaginava também que, se desse um ultimato a Lisbeth Salander ou ameaçasse despedi-la, ela apenas encolheria os ombros. Portanto, teria ou que se separar dela, ou aceitar que ela não funcionava como as pessoas normais.

O maior problema para Armanskij, porém, é que ele não conseguia definir seus sentimentos em relação à moça. Ela era como uma comichão desconfortável, repulsiva e atraente ao mesmo tempo. Não se tratava de atração sexual — pelo menos não de algum tipo que Armanskij quisesse reconhecer.

As mulheres que ele cobiçava eram geralmente louras e opulentas, com lábios carnudos que atiçavam sua imaginação. Além do mais, estava casado havia vinte anos com uma finlandesa chamada Ritva, que, mesmo tendo passado dos cinqüenta, ainda satisfazia essas exigências. Ele nunca fora infiel — digamos que vivera só alguns raros momentos que a mulher poderia interpretar mal se ficasse sabendo —, tinha um casamento feliz e duas filhas da idade de Salander. Seja como for, não se interessava por meninas sem peito que de longe podiam ser confundidas com rapazes magricelas. Não era seu estilo.

Não obstante, começou a pegar-se em flagrante delito tendo sonhos acordados com Lisbeth Salander, e admitiu que não era totalmente indiferente à presença dela. Mas a atração, dizia Armanskij a si mesmo, vinha do fato de Salander ser para ele uma criatura exótica. Ele poderia ter se enamorado também do quadro de uma ninfa grega. Salander representava uma vida irreal que o fascinava mas que ele não podia compartilhar — e que de todo modo ela o impedia de compartilhar.

Um dia, Armanskij estava no terraço de um café na praça Stortorget, na cidade velha, quando Lisbeth Salander chegou e instalou-se numa mesa na outra ponta do terraço. Estava acompanhada de três moças e de um rapaz, todos vestidos de forma semelhante. Armanskij a observou com curiosidade. Parecia tão reservada como no escritório, mesmo assim sorriu quando uma das moças, de cabelo roxo, lhe contou alguma coisa.

Armanskij perguntou-se como Salander reagiria se ele chegasse ao escritório com cabelos verdes, um jeans rasgado e um blusão de couro com rebites e pingentes. Seria aceito como um dos seus? Talvez — ela parecia aceitar tudo ao redor com um ar de *tanto faz, não estou nem aí* —, mas o mais provável é que zombasse dele.

Ela estava de costas e não olhou uma única vez para o lado dele, parecendo ignorar que ele estivesse ali. Mas Armanskij sentiu-se estranhamente perturbado pela presença dela quando, passado um momento, levantou-se para sair de mansinho e ela virou a cabeça, o mirou bem nos olhos, como se soubesse o tempo todo que ele estava ali e o tivesse sob vigilância. Seu olhar o atingiu tão de repente que ele o sentiu como um ataque; fingiu não vê-la e deixou o terraço com passos rápidos. Ela não o chamou, mas o seguiu com os olhos, e esse olhar não cessou de arder em suas costas até ele dobrar a esquina.

Ela raramente ria. Armanskij, no entanto, tinha a impressão de haver notado um abrandamento nela. Seu humor era seco e eventualmente acompanhado de um leve sorriso irônico.

Às vezes, Armanskij sentia-se tão provocado pela falta de resposta emocional de Lisbeth Salander que tinha vontade de sacudi-la e abrir uma passagem nessa carapaça para conquistar sua amizade ou pelo menos seu respeito.

Numa única ocasião, quando fazia nove meses que ela trabalhava para ele, tentou discutir esses sentimentos com ela. Foi numa noite de dezembro, na festa de Natal da Milton Security, e dessa vez ele bebera bastante. Nada de inconveniente se passou — ele apenas tentou dizer que gostava muito dela. Sobretudo, quis explicar que tinha um instinto de proteção por ela e que, se um dia ela precisasse de alguma coisa, podia procurá-lo com toda a confiança. Tentou mesmo abraçá-la — amigavelmente, é claro.

Ela se desvencilhou desse abraço desajeitado e foi embora da festa. Não apareceu mais no escritório nem atendia o celular. Dragan Armanskij viveu sua ausência como uma tortura — quase como uma punição pessoal. Não tinha ninguém com quem dividir seus sentimentos, e pela primeira vez compreendeu, com uma lucidez aterradora, o poder devastador que Lisbeth Salander tinha sobre ele.

Três semanas depois, numa noite de janeiro, quando Armanskij fazia hora extra para verificar o balancete do ano, Salander voltou. Entrou na sala suavemente como um fantasma e de súbito ele a percebeu junto à porta, observando-o dali da penumbra. Não tinha a menor idéia de quanto tempo fazia que ela estava ali.

— Quer café? — ela perguntou, estendendo-lhe um copinho da máquina de café expresso da cantina.

Sem dizer uma palavra, ele pegou o copinho e sentiu ao mesmo tempo alívio e temor quando ela fechou a porta com a ponta do pé e instalou-se na poltrona dos visitantes, olhando-o bem nos olhos. A seguir, fez a pergunta tabu de tal modo que ele nem pôde despachá-la com um gracejo nem contorná-la.

— Dragan, você sente tesão por mim?

Armanskij ficou como que paralisado, refletindo como um louco sobre que resposta dar. Seu primeiro impulso foi negar, com ar ofendido. Depois, viu o olhar dela e entendeu que, pela primeira vez, ela perguntava alguma coisa. Uma pergunta séria e, se ele tentasse se safar com um gracejo, ela tomaria aquilo como um insulto pessoal. Ela queria falar com ele, e ele se perguntou há quanto tempo ela estava reunindo coragem para fazer essa pergunta. Depositando a caneta bem devagar sobre a mesa, ele se reclinou na poltrona e, por fim, conseguiu relaxar.

— O que a faz supor isso? — perguntou.

— A maneira como me olha e a maneira como não me olha. E as vezes em que esteve a ponto de estender a mão para me tocar e se conteve.

Ele sorriu de repente.

— Eu tinha a impressão de que você morderia a minha mão se eu tocasse um dedo em você.

Ela não sorriu. Esperava.

— Lisbeth, sou seu chefe e, mesmo que estivesse atraído por você, nunca faria um gesto.

Ela continuava esperando.

— Entre nós, sim, houve momentos em que me senti atraído. Não consigo explicar, mas aconteceu. Por uma razão que eu mesmo não entendo, gosto imensamente de você. Mas não é nada físico.

— Melhor assim. Porque nunca haverá nada entre nós.

Armanskij soltou uma risada. Mesmo dando a informação mais negativa que um homem podia receber, Salander acabava de lhe falar, de certa maneira, com intimidade. Ele buscou as palavras apropriadas.

— Lisbeth, entendo que não esteja interessada em um velho com mais de cinqüenta anos.

— Não estou interessada num velho com mais de cinqüenta anos *que é meu chefe*. — Ela ergueu a mão. — Espere, deixe-me falar. Às vezes você é tacanho e insuportável com esse seu jeito de burocrata, mas o fato é que também é um homem atraente e... eu também posso me sentir... Só que você é meu chefe, eu conheci sua mulher, quero conservar esse emprego na firma, e a pior coisa que eu poderia fazer seria ter um caso com você.

Amanskij ficou em silêncio, ele mal ousava respirar.

— Estou perfeitamente consciente do que fez por mim, e não sou uma ingrata. Aprecio de verdade que tenha passado por cima dos preconceitos e tenha me dado uma chance aqui. Mas não o quero como amante e você não é meu pai.

Ela se calou. Depois de um momento, Armanskij suspirou, desamparado.

— O que quer de mim então?

— Quero continuar trabalhando para você. Se acha isso conveniente.

Ele assentiu com a cabeça e em seguida respondeu com a maior franqueza possível.

— Realmente, tenho muita vontade que trabalhe para mim. Mas também quero que sinta alguma forma de amizade e de confiança por mim.

Ela concordou com a cabeça.

— Você não é uma pessoa que incite à amizade — ele disparou de repente. Ela se contraiu um pouco, porém ele prosseguiu, inexorável. — Entendi que não quer que se envolvam com a sua vida e tentarei não fazer isso. Mas tudo bem se continuo a gostar de você?

Salander refletiu por um bom tempo. Sua resposta, então, foi se levantar, contornar a mesa e abraçá-lo. Ele ficou paralisado. Somente quando ela o soltou, ele pegou sua mão.

— Podemos ser amigos? — ele perguntou.

Ela concordou com a cabeça mais uma vez.

Foi a única ocasião em que ela lhe mostrara ternura e a única em que o tocara. Um momento de que Armanskij se lembrava sempre com emoção.

Quatro anos haviam transcorrido agora, e ela quase nada revelara a Armanskij sobre sua vida pessoal ou sobre seu passado. Uma vez, ele direcionou a ela sua própria competência na arte da investigação. Teve também uma longa conversa com Holger Palmgren — que não pareceu surpreso de ouvi-lo —, e o que acabou por saber em nada contribuiu para aumentar sua confiança. Nunca discutiu esse assunto com ela, nunca fez a menor alusão nem lhe deu a entender que vasculhara sua vida privada. Em vez disso, ocultou sua inquietação e reforçou a vigilância.

Antes que essa memorável noitada terminasse, Salander e Armanskij chegaram a um acordo. Ela passaria a trabalhar para ele como *freelancer*. Receberia um pequeno pagamento mensal fixo, quer realizasse ou não missões; os verdadeiros rendimentos viriam das faturas que apresentasse em cada missão. Trabalharia como bem entendesse; em contrapartida, ela se comprometeria a nunca fazer nada que prejudicasse ou criasse problemas para a Milton Security.

De acordo com Armanskji, era uma solução vantajosa para a empresa, para ele mesmo e para Salander. Ele restringiu o penoso serviço das IP a um único funcionário fixo, um colaborador muito jovem que desempenhava corretamente as tarefas rotineiras e cuidava das informações sobre solvência. Todas as missões complicadas e duvidosas, ele reservou a Salander e a outros *freelancers* que — se as coisas saíssem mal — eram seus próprios patrões e pelos quais a Milton Security não precisava responder. Como ele lhe passava missões com freqüência, ela obtinha rendimentos confortáveis. Rendimentos que até poderiam ser bem mais elevados, porém ela trabalhava somente quando tinha vontade, segundo o princípio de que, se Armanskij não gostasse, bastava dispensá-la.

Armanskij a aceitou tal como era, com a condição de que não devia se encontrar com os clientes. Quase nunca havia exceções a essa regra, mas o caso que hoje se apresentava era, infelizmente, uma delas.

Naquele dia, Lisbeth Salander vestia uma camiseta preta com uma imagem do E. T. exibindo dentes ferozes e as palavras *I am also an alien*. Usava saia preta com a bainha desfeita, uma jaqueta curta de couro também preta e ralada, cinto com rebites, botas Doc. Martens e meias com listas transversais vermelhas e verdes, subindo até os joelhos. A maquiagem indicava que talvez fosse daltônica. Ou seja, apresentava-se com o maior esmero.

Armanskij suspirou e dirigiu o olhar à terceira pessoa presente na sala — um visitante de aspecto antiquado e óculos com lentes espessas. O advogado Dirch Frode tinha sessenta e oito anos e insistira para se encontrar com o autor do relatório, a fim de lhe fazer algumas perguntas. Armanskij tentou evitar o encontro recorrendo a falsos expedientes, dizendo que Salander estava gripada, que estava viajando e às voltas com outros trabalhos. Frode respondera despreocupadamente que não tinha pressa — o caso não era urgente e ele podia esperar mais alguns dias sem problema. Armanskij praguejou em voz baixa e não achou outra saída senão reuni-los. Agora Frode observava Lisbeth Salander com evidente fascínio. Salander respondeu com um olhar furioso, sua expressão indicando claramente que não nutria a menor simpatia por ele.

Armanskij suspirou mais uma vez e olhou para o dossiê que ela depositara em cima da mesa, com o título *Carl Mikael Blomkvist*. O nome era acompanhado de um número de registro, meticulosamente escrito na capa. Ele pronunciou o nome em voz alta. Frode saiu de seu estado de enfeitiçamento e voltou os olhos para Armanskij.

— Bem, o que pode me dizer sobre Mikael Blomkvist? — perguntou.

— Esta é a senhorita Salander, que redigiu o relatório. — Armanskji hesitou um segundo e prosseguiu com um sorriso destinado a transmitir confiança a Frode, mas que sobretudo pedia desculpas desamparadas. — Não se surpreenda com a juventude dela. É sem dúvida nossa melhor investigadora.

— Estou certo disso — respondeu Frode com uma voz seca que indicava o contrário. — Conte-me o que ela descobriu.

Evidentemente o advogado não fazia a menor idéia de que comportamento adotar com Lisbeth Salander e procurava pisar um terreno mais seguro dirigindo a pergunta a Armanskij, como se ela não estivesse na sala. Salander aproveitou a ocasião para fazer uma grande bola com seu chiclete. Antes que Armanskij tivesse tempo de responder, ela falou ao chefe como se Frode não existisse.

— Pode ver com o seu cliente se ele deseja a versão longa ou a resumida?

Na mesma hora Frode percebeu a gafe que cometera. Seguiu-se um breve e penoso silêncio, então ele se virou para Lisbeth Salander e tentou corrigir o erro adotando um tom gentilmente paternal.

— Eu ficaria muito grato, senhorita, se pudesse me fazer um resumo do que descobriu.

Salander parecia uma fera cruel das savanas espreitando Dirch Frode para devorá-lo. Havia em seu olhar um ódio tão intenso e inesperado que Frode sentiu um arrepio nas costas. Rapidamente o rosto dela suavizou-se. Frode se perguntou se o que vira naquele olhar fora imaginação. Quando ela começou a falar, seu tom de voz era o de um funcionário de Estado.

— Antes de mais nada, permita-me dizer que essa missão não foi especialmente complicada, a não ser pelo fato de que a descrição das tarefas a cumprir era bastante vaga. O senhor queria que bisbilhotássemos por toda parte para descobrir tudo a respeito dele, mas esqueceu de indicar se buscava algo em particular. Razão pela qual chegamos a uma espécie de amostra de sua vida. O relatório contém cento e noventa e três páginas, mas cento e vinte são, na verdade, cópias de artigos que ele escreveu ou recortes de imprensa nos quais aparece. Blomkvist é uma figura pública com poucos segredos e não tem muito a esconder.

— Mas então ele tem segredos? — perguntou Frode.

— Todo mundo tem segredos — ela respondeu, imperturbável. — Trata-se apenas de descobrir quais.

— Sou todo ouvidos.

— Mikael Blomkvist nasceu em 18 de janeiro de 1960, portanto logo completará quarenta e três anos. Nasceu em Borlänge, mas nunca morou lá. Seus pais, Kurt e Anita Blomkvist, tinham cerca de trinta e cinco anos quando ele nasceu; atualmente os dois são falecidos. O pai era instalador de máquinas e devia se deslocar bastante; a mãe nunca foi senão dona de casa, pelo que entendi. A família mudou-se para Estocolmo quando Mikael começou a escola. Ele tem uma irmã três anos mais nova, ela se chama Annika e é advogada. Tem também tios e primos... E esse café, vem ou não vem?

A última frase era dirigida a Armanskij, que sem demora abriu a garrafa térmica que ele pedira para a reunião. Com um gesto, convidou Salander a continuar.

— Em 1966, portanto, a família se mudou para Estocolmo. Moravam em Lilla Essingen. Blomkvist cursou a escola primária e secundária em Bromma, depois fez o colegial em Kungsholmen. Suas notas de final de curso foram excelentes, encontrará cópias delas no dossiê. Quando estava no colégio, fazia música, tocava baixo num grupo de rock, os Bootstrap, que teve até um compacto tocado no rádio, no verão de 1979. Depois do colégio, trabalhou como vigia no metrô, juntou dinheiro para viajar ao exterior. Esteve fora um ano, passeando principalmente pela Ásia — Índia, Tailândia e uma breve estadia na Austrália. Começou a estudar jornalismo em Estocolmo quando tinha vinte e um anos, mas interrompeu o curso ao cabo de um ano para prestar o serviço militar no regimento de caçadores, em Kiruna. Uma espécie de unidade de machos, da qual saiu com notas 10-9-9, o que é um bom resultado. Depois do serviço militar, formou-se jornalista e começou a trabalhar. Até onde devo ir com os detalhes?

— Conte tudo que lhe pareça essencial.

— Certo. Ele é sobretudo o tipo primeiro da classe. Até hoje tem sido um jornalista talentoso. Nos anos 1980, fez uma série de serviços temporários, primeiro na imprensa do interior, depois em Estocolmo. A lista está no dossiê.

Mas se tornou realmente conhecido com a história dos Irmãos Metralha — o bando de assaltantes que ele ajudou a prender.

— Super-Blomkvist.

— Ele detesta esse apelido, o que é compreensível. Eu deixaria alguém de olho roxo se me chamassem de Píppi Meialonga numa manchete de jornal.

Ela lançou um olhar sombrio para Armanskij, que engoliu em seco. Mais de uma vez, ele pensara em Lisbeth Salander justamente como Píppi Meialonga, e felicitou-se por nunca haver soltado esse gracejo. Fez sinal para que ela prosseguisse, agitando o indicador no ar.

— Uma fonte diz que até então ele queria ser repórter criminal, chegou mesmo a fazer um trabalho temporário nessa seção num jornal vespertino, mas o que o tornou famoso foi sua atuação como investigador político e econômico. Trabalhou principalmente como *freelancer* e teve um único emprego fixo num jornal vespertino, no final dos anos 1980. Pediu demissão em 1990, quando participou da criação da revista mensal *Millennium*. Ela começou como zebra, sem um editor de peso que a bancasse. A tiragem aumentou, hoje está em torno de vinte e um mil exemplares. A redação está instalada na Götgatan, a poucas ruas daqui.

— Uma publicação de esquerda.

— Tudo depende de como se define esquerda. A *Millennium* é tida como uma revista de crítica à sociedade, mas algo me diz que os anarquistas a vêem como uma publicação pequeno-burguesa do mesmo filão da *Arena* ou da *Ordfront*, enquanto a União dos Estudantes Moderados provavelmente pensa que a redação é composta de bolchevistas. Nada indica que Blomkvist tenha exercido uma atividade política, mesmo durante a onda esquerdista do seu tempo de colégio. Quando estava na faculdade de jornalismo, viveu com uma militante sindicalista que hoje ocupa uma cadeira no Parlamento pelo partido da esquerda. O rótulo de esquerdista se deve sobretudo ao fato de ele ter se especializado, como jornalista econômico, em reportagens que revelaram a corrupção e negócios suspeitos no mundo empresarial. Ele fez algumas descrições devastadoras de empresários e políticos, sem dúvida nenhuma bem merecidas, e está na origem de um bom número de demissões e processos jurídicos. O mais conhecido é o caso Arboga, que resultou na demissão forçada de um político conservador e na sentença de um ano de prisão dada a um ex-tesoureiro municipal, por desvio de verba. Denunciar delitos dificilmente pode ser considerado uma atitude de esquerda.

— Entendo o que quer dizer. E o que mais?

— Ele escreveu dois livros. Um sobre o caso Arboga e outro sobre jornalismo econômico, intitulado *Os templários* e publicado há três anos. Não li, mas, a julgar pelas críticas, o livro é bastante controvertido e suscitou muitos debates na mídia.

— E quanto a dinheiro?

— Ele não é rico, mas não tem do que se queixar. Suas declarações de renda estão anexadas ao dossiê. Tem pouco mais de duzentas e cinqüenta mil coroas no banco, aplicadas num plano de aposentadoria e num fundo de poupança. Dispõe de cerca de cem mil coroas na conta corrente, que usa para as despesas normais, viagens et cetera. Possui um apartamento que comprou financiado e já terminou de pagar. Sessenta e cinco metros quadrados na Bellmansgatan. Não fez empréstimos nem dívidas.

Salander levantou um dedo.

— Ele possui ainda um outro bem: uma propriedade rural em Sandhamn. É uma cabana de vinte e cinco metros quadrados, que funciona como casa de férias, situada à beira-mar, na parte mais atraente da aldeia. Ao que parece foi comprada por um dos tios nos anos 1940, quando os simples mortais ainda podiam se oferecer esse tipo de coisa, e foi por causa da herança que a cabana passou a pertencer a Blomkvist. Ele e a irmã dividiram os bens, ela ficou com o apartamento dos pais em Lilla Essingen e Mikael Blomkvist com a cabana. Não sei quanto ela vale hoje, com certeza alguns milhões, mas ele não parece querer vendê-la e vai para lá com bastante freqüência.

— Seus rendimentos?

— É co-proprietário da *Millennium*, mas retira apenas doze mil coroas de salário mensal. Compensa com atividades de *freelancer*; no final, a soma é variável. Atingiu um pico há três anos, quando recebeu muitas solicitações da mídia, o que lhe rendeu cerca de quatrocentas e cinqüenta mil coroas no ano. No ano passado, seus honorários não foram além de cento e vinte mil.

— Ele vai ter que pagar cento e cinqüenta mil por perdas e danos, mais as custas do advogado e coisas desse tipo — constatou Frode. — Pode-se dizer que a soma será elevada, sem esquecer que ele não terá rendimentos enquanto estiver cumprindo a pena de prisão.

— O que significa que sairá sem nada no bolso — observou Salander.

— Ele é honesto? — perguntou Dirch Frode.

— É o seu capital de confiança, por assim dizer. Ele insiste em se apresentar como um sólido guardião da moral no mundo das empresas, e seguidamente é convidado a ir à televisão para comentar diversos casos.

— Certamente não restará muita coisa desse capital após o julgamento de hoje — disse Frode com ar pensativo.

— Não estou muito por dentro do que se exige de um jornalista, mas depois dessa bofetada certamente vai demorar muito até o Super-Blomkvist receber o Grande Prêmio de Jornalismo. Ele se queimou magistralmente — constatou Salander com lucidez. — Mas se me permite uma reflexão pessoal...

Armanskij abriu bem os olhos. Nos anos em que Lisbeth Salander vinha trabalhando para ele, nunca emitira a menor reflexão pessoal numa investigação sobre um indivíduo. Para ela, contavam apenas os fatos brutos, mas hoje abria uma exceção.

— Não competia à minha missão examinar o caso Wennerström, mas acompanhei o processo e confesso que fiquei perplexa. Todo o caso parece muito mal contado, e é totalmente... totalmente improvável que Mikael Blomkvist publicasse algo a tal ponto sem fundamento.

Salander coçou o queixo. Frode parecia aguardar com paciência. Armanskij se perguntou se estava enganado ou se Salander não sabia realmente como prosseguir. A Salander que ele conhecia nunca se mostrava indecisa nem hesitante. Por fim ela se decidiu.

— Isto ficará fora do relatório... realmente não mergulhei no caso Wennerström, mas acho que o Super-Blomkvist... perdão, Mikael Blomkvist, caiu numa armadilha. Acho que há nessa história algo bem diferente daquilo que a sentença indica.

Dessa vez, foi Dirch Frode que se ergueu de repente na poltrona. O advogado examinou Salander com atenção e Armanskij notou que, pela primeira vez desde o início da exposição, ele mostrava um interesse que ia além da simples polidez. De início, Armanskij achou que o caso Wennerström representava aparentemente algo bem preciso para Frode. Mas logo se corrigiu. *Na verdade, o caso Wennerström não interessa a Frode — foi somente quando Salander insinuou que Blomkvist se deixou pegar que Frode reagiu.*

— O que está querendo dizer exatamente?

— Simples especulação, mas estou convencida de que alguém o enganou.

— E o que a faz supor isso?

— Tudo no passado de Blomkvist indica que ele é um jornalista muito prudente. Todas as revelações passíveis de controvérsia que ele fez sempre foram muito bem documentadas. Assisti a uma sessão do julgamento. Ele não forneceu argumentos contraditórios; pareceu ter abandonado a luta, o que não combina com seu caráter. A acreditar no tribunal, ele fabricou uma história sobre Wennerström sem nenhuma prova e a publicou como se fosse um jornalista camicase, e esse não é de modo algum o estilo de Blomkvist.

— O que aconteceu, na sua opinião?

— Posso apenas especular. Blomkvist acreditou na sua história, mas algo aconteceu no caminho e a informação se revelou falsa. Isso significa que a fonte era alguém em quem ele confiava, ou então que alguém deliberadamente lhe passou informações erradas, o que me parece complicado e inverossímil. A alternativa pode ser ele ter sido exposto a uma ameaça tão grave que preferiu jogar a toalha e passar por um imbecil incompetente em vez de entrar na luta. Mas, como eu disse, são só especulações.

Salander se preparava para prosseguir seu relato, quando Dirch Frode a interrompeu com um gesto. Ficou um momento silencioso tamborilando com a ponta dos dedos no braço da cadeira, antes de se voltar novamente para ela com alguma hesitação.

— Se quiséssemos contratá-la para desvendar o caso Wennerström... quais seriam suas chances de descobrir alguma coisa?

— Não sei dizer. Talvez não haja nada para descobrir.

— Mas aceitaria tentar?

Ela encolheu os ombros.

— Não cabe a mim decidir. Trabalho para Dragan Armanskij e é ele quem decide que tarefas deseja me atribuir. Depois, depende do tipo de informação que o senhor quer descobrir.

— Deixe-me pôr as coisas assim... Presumo que esta conversa seja confidencial, não? — Armanskij assentiu com a cabeça. — Nada sei sobre esse caso, mas sei, de forma incontestável, que Wennerström foi desonesto em outros contextos. Esse caso teve um impacto enorme na vida de Mikael Blomkvist e eu gostaria de saber se suas especulações poderiam conduzir a algum lugar.

A conversa tomara um rumo inesperado e Armanskij imediatamente ficou alerta. O que Dirch Frode pedia era que a Milton Security aceitasse investigar um caso judiciário já julgado, no qual talvez tivesse ocorrido alguma forma de ameaça ilícita contra Mikael Blomkvist e no qual a Milton potencialmente se arriscava a entrar em colisão com o exército de advogados de Wennerström. Armanskij não estava nem um pouco tentado pela idéia de lançar Lisbeth Salander em tal situação, como um míssil descontrolado.

Não se tratava apenas de preocupação com a tarefa. Salander já dissera claramente que não queria ver Armanskij desempenhando o papel de pai adotivo angustiado, e depois do acordo que fizeram ele evitava comportar-se como tal, mas interiormente nunca deixaria de se preocupar com ela. Às vezes, surpreendia-se comparando Salander com as próprias filhas. Considerava-se um bom pai que não interferia inutilmente na vida das filhas, mas sabia que jamais aceitaria que elas se comportassem ou vivessem como Lisbeth Salander.

No fundo do seu coração croata — ou bósnio, talvez, ou armênio —, ele nunca conseguira se libertar de uma convicção de que a vida de Salander era uma corrida rumo ao desastre. A seus olhos, ela se oferecia como vítima ideal para alguém com más intenções, e ele temia ser despertado uma manhã com a notícia de que alguém lhe fizera mal.

— O custo de uma investigação como essa pode ser muito alto — disse Armanskij com prudência, para sondar a seriedade da proposta de Frode.

— Precisamos apenas fixar um teto — replicou Frode, perspicaz. — Não estou pedindo o impossível, mas é evidente que sua colaboradora, como você afirmou, é competente.

— Salander? — disse Armanskij, erguendo uma sobrancelha em direção a ela.

— Não tenho nenhum outro trabalho em andamento.

— Certo. Mas eu gostaria que chegássemos a um acordo sobre algumas formalidades. Vamos ouvir o resto do relatório.

— Não há muita coisa mais, exceto detalhes sobre a vida privada dele. Em 1986 casou-se com uma tal Monica Abrahamsson, e no mesmo ano tiveram uma filha chamada Pernilla, hoje com dezesseis anos. O casamento não durou muito, em 1991 eles se divorciaram. Abrahamsson voltou a se casar, mas parece que os dois continuam tendo boas relações. A filha mora com a mãe e não vê Blomkvist com muita freqüência.

* * *

Frode pediu uma segunda xícara de café e voltou-se outra vez para Salander.

— Há pouco você deu a entender que todo mundo tem segredos. Descobriu algum?

— Eu quis dizer que as pessoas têm coisas que consideram privadas e que não costumam expor. Blomkvist parece apreciar o convívio com as mulheres. Teve várias histórias de amor e muitas ligações ocasionais. Em suma, tem uma vida sexual intensa. No entanto, existe uma pessoa em sua vida já há muitos anos e o relacionamento deles é bastante incomum.

— Em que sentido?

— Ele tem um relacionamento sexual com Erika Berger, diretora da *Millennium*; filha da alta sociedade, de mãe sueca e pai belga radicado na Suécia. Berger e Blomkvist se conheceram na faculdade de jornalismo e desde então têm uma ligação mais ou menos constante.

— Não parece tão incomum — observou Frode.

— Certamente não. Mas Erika Berger é casada com o artista plástico Lars Beckman, um sujeito ligeiramente famoso, que espalhou uma porção de instalações horrorosas em lugares públicos.

— Ou seja, ela é infiel.

— Não. Beckman sabe do relacionamento deles. É um *ménage à trois*, aparentemente aceito pelas partes. Às vezes ela dorme na casa de Blomkvist, às vezes na casa do marido. Não sei bem como a coisa funciona, mas sem dúvida foi o que fez acabar o casamento de Blomkvist e de Monica Abrahamsson.

3. SEXTA-FEIRA 20 DE DEZEMBRO — SÁBADO 21 DE DEZEMBRO

Erika Berger levantou as sobrancelhas quando um Mikael Blomkvist visivelmente morto de frio chegou à redação já no final da tarde. O escritório da *Millennium* ficava na Götgatan, na parte alta da rua, um andar acima da sede do Greenpeace. O aluguel, na verdade, era um pouco superior aos recursos da revista, mas Erika, Mikael e Christer julgavam que deviam conservar o local.

Ela olhou seu relógio: cinco e dez. Já havia algum tempo que escurecera em Estocolmo. Achando que ele voltaria mais cedo, ela o esperara para o almoço.

— Desculpe o atraso — ele falou, antes que ela tivesse tempo de dizer alguma coisa. — Eu queria ficar sozinho, não estava com vontade de falar. Saí andando por aí para pensar.

— Ouvi a sentença pelo rádio. Uma moça da TV4 telefonou, queria uma declaração minha.

— E o que você disse?

— Mais ou menos o que já tínhamos decidido, que vamos estudar o veredicto detalhadamente antes de nos pronunciarmos. Ou seja, não disse nada. E a minha opinião continua a mesma: acho que não é uma boa estratégia nos colocarmos numa posição de fraqueza e perdermos o apoio da mídia. A tevê deve abordar o assunto hoje à noite.

Abatido, Blomkvist assentiu com a cabeça.

— Como está se sentindo?

Ele encolheu os ombros e deixou-se cair em sua poltrona preferida em frente à janela da sala de Erika. A peça era escassamente mobiliada: uma mesa de trabalho, uma estante funcional e móveis de escritório baratos. Foram comprados na Ikea, com exceção de duas poltronas confortáveis e extravagantes, e de uma pequena mesa baixa — uma concessão à minha educação, como ela costumava gracejar. Quando queria fazer uma pausa Erika geralmente se instalava numa das poltronas, com os pés recolhidos. Mikael olhava pela janela. Embaixo, na penumbra, pedestres apressados galopavam pela Götgatan. A histeria das compras de Natal chegava à reta final.

— Suponho que vai passar — disse ele. — Mas neste momento é como se eu acabasse de levar uma tremenda surra.

— Sim, é mais ou menos isso, e o mesmo vale para todos nós. Janne Dahlman foi embora hoje de manhã para casa.

— Imagino que ele não tinha ilusões quanto à sentença.

— Não é exatamente o homem mais otimista que eu já conheci.

Mikael assentiu com a cabeça. Janne Dahlman era secretário de redação da *Millennium* havia nove meses. Entrou quando o caso Wennerström estava começando e viu-se numa redação em crise. Mikael tentou lembrar a conversa que tiveram, ele e Erika, quando decidiram contratá-lo. Era um jovem competente, sua passagem pela TT o familiarizara com as assessorias de imprensa, e trabalhara como temporário em jornais vespertinos e na rádio. Mas não era alguém pronto para enfrentar tempestades. Durante o ano que terminava, Mikael se arrependeu várias vezes de ter contratado Dahlman, que tinha uma tendência profundamente irritante de ver tudo sob os aspectos mais negativos.

— Teve notícias do Christer? — perguntou Mikael sem desviar o olhar da rua.

Christer Malm, responsável pela ilustração e diagramação da *Millennium*, era co-proprietário da revista com Erika e Mikael, e no momento estava no exterior, viajando com o namorado.

— Ele telefonou, te mandou um abraço.

— Ele vai ter de ficar no meu lugar como editor.

— Espere aí, Micke, você deveria saber que um editor responsável leva muitos socos no nariz, faz parte do jogo.

— Sim, eu sei. Mas acontece que eu é que redigi o texto que foi publicado na revista da qual eu sou o redator-chefe, ou, mais exatamente, o editor responsável. Isso muda tudo. Isso se chama erro de avaliação.

Erika Berger sentiu que a ansiedade que o acompanhara o dia todo estava a ponto de explodir. Antes do julgamento, nas últimas semanas, Mikael Blomkvist estivera mal-humorado, mas ela não o sentira tão tristonho e resignado como parecia estar agora, no momento da derrota. Ela contornou a mesa de trabalho, sentou-se de pernas abertas sobre os joelhos dele e passou os braços em volta de seu pescoço.

— Mikael, escute. Sabemos bem como tudo aconteceu. Sou tão responsável quanto você. Temos que enfrentar essa tempestade.

— Não há tempestade para enfrentar. Essa sentença significa que levei um tiro na nuca, que estou morto do ponto de vista da mídia. Não posso continuar dirigindo a *Millennium*. A credibilidade da revista está em jogo, é preciso reduzir os prejuízos. Você sabe tão bem quanto eu.

— Se acha que pretendo deixá-lo assumir o erro sozinho, então você nunca entendeu, nesses anos todos, como eu funciono.

— Sei exatamente como você funciona, Ricky. Você é de uma lealdade cega com seus colegas. Se pudesse se lançar contra os advogados de Wennerström, faria isso até também perder sua credibilidade. Precisamos ser mais inteligentes.

— E acha inteligente abandonar o navio como se eu tivesse te despedido?

— Já falamos sobre isso centenas de vezes. Se a *Millennium* deve sobreviver, cabe a você comandar. Christer é um cara ótimo, um sujeito que entende de fotografia e diagramação, mas enfrentar bilionários não é o forte dele. É preciso que eu desapareça da *Millennium* por algum tempo como publisher, jornalista e membro da equipe; você fica no meu lugar. Wennerström sabe que eu sei o que ele faz, e estou convencido de que, enquanto eu estiver ligado à revista, fará o possível para afundá-la. Não podemos permitir isso.

— Mas por que então não contar o que se passou? Ou vai ou racha!

— Porque não podemos provar nada e porque neste momento não tenho credibilidade nenhuma. Wennerström ganhou esse *round*. Ponto final.

— Está bem, eu despeço você. E o que vai fazer em seguida?

— Preciso de um tempo, só isso. Estou completamente esgotado, entrei de cabeça na parede, como se diz. Vou cuidar de mim durante algum tempo. Depois veremos.

Erika estreitou Mikael com força nos braços e encostou a cabeça no peito dele. Ficaram em silêncio por alguns minutos.

— Quer companhia esta noite? — ela perguntou.

Mikael assentiu com a cabeça.

— Eu já tinha avisado Lars que dormiria na sua casa hoje.

A única fonte de luz do quarto era a iluminação da rua que entrava pela janela. Erika adormecera pouco depois das duas da manhã e Mikael, ainda acordado, observava o perfil dela na penumbra. A colcha a cobria até a cintura e ele observou os seios erguendo-se e abaixando-se num ritmo lento. Estava apaziguado e a bola de angústia no estômago se dissolvera. Erika produzia esse efeito nele, sempre fora assim. E ele sabia que produzia exatamente o mesmo efeito nela.

Vinte anos, pensou. Fazia vinte anos que ele e Erika mantinham uma ligação. E ele esperava que continuassem fazendo amor por mais vinte anos ainda. Pelo menos. Nunca haviam tentado a sério esconder essa relação, mesmo quando ela criou situações um pouco ambíguas com os outros. Ele sabia que as pessoas em volta falavam e faziam perguntas, às quais tanto Erika quanto ele davam respostas evasivas, sem se preocupar com os comentários.

Conheceram-se numa festa na casa de amigos comuns. Ambos estavam no segundo ano da faculdade de jornalismo e cada um, na época, tinha um parceiro regular. De início foi só uma paquera divertida, se é que as lembranças eram exatas. Depois, levaram mais longe o jogo de sedução mútua e, antes de se separar, trocaram os números de telefone. Os dois sabiam que iam se reencontrar na cama e, menos de uma semana depois, executaram esse plano sem que os respectivos parceiros soubessem.

Mikael tinha certeza de que não se tratava de amor — pelo menos não do amor tradicional, que acaba num domicílio comum, em compromissos comuns, árvore de Natal e crianças. Algumas vezes, nos anos 1980, chegaram a pensar em alugar um apartamento juntos. Mikael teria gostado. Mas Erika sempre desistia no último instante, argumentando que não daria certo e que não deviam arriscar destruir sua relação se apaixonando um pelo outro.

Sabiam que a relação se baseava no sexo, e Mikael várias vezes se perguntou se era possível sentir mais desejo por uma mulher do que o que sentia por Erika. A relação funcionava como uma verdadeira droga.

Às vezes viam-se com tanta freqüência que tinham a impressão de ser um casal; outras vezes transcorriam semanas, meses, entre cada encontro. Mas, como os alcoólatras atraídos pela prateleira de bebidas após um período de abstinência, retornavam sempre um para o outro em busca de mais.

A coisa, evidentemente, não funcionava. Uma relação como essa só podia ser uma fonte de dor. Erika e ele haviam deixado pelo caminho promessas não cumpridas e ligações frustradas — o próprio casamento de Mikael acabou porque ele não conseguiu se manter afastado de Erika. Nunca mentiu à mulher sobre a existência desse caso, mas ela pensou que, com o casamento e o nascimento da filha, ele terminaria. Além do mais, praticamente na mesma época, Erika se casou com Lars Beckman. Mikael também pensou que o caso terminaria e, nos primeiros anos do casamento dela, ele e Erika só se viram profissionalmente. Aí veio a *Millennium* e, menos de uma semana depois, todas as resoluções vieram abaixo quando, no final de um dia de trabalho, os dois fizeram amor selvagemente em cima da mesa de Erika. Seguiu-se um período difícil, no qual Mikael queria viver com a família e ver a filha crescer, ao mesmo tempo que, contra a vontade, era atraído para Erika como se não conseguisse mais comandar seus atos. O que, evidentemente, era só uma questão de força de vontade, como Lisbeth Salander bem percebeu: foi essa perpétua infidelidade que levou Monica a querer acabar com o casamento.

O estranho é que Lars Beckman parecia aceitar totalmente a ligação deles. Erika sempre foi clara sobre sua relação com Mikael e imediatamente informou o marido quando os dois recomeçaram. Talvez só uma alma de artista pudesse suportar isso, um artista voltado à sua criação, ou talvez voltado somente a si mesmo, que não reagia quando sua mulher dormia na casa de outro homem ou até mesmo interrompia as férias para passar uma semana com o amante na cabana em Sandhamn. Mikael não gostava muito de Lars e nunca entendeu por que Erika havia se ligado a ele. Mas apreciava que Lars aceitasse que ela pudesse amar dois homens ao mesmo tempo.

Ele suspeitava que Lars considerava que a ligação da mulher trazia uma excitação extra ao casamento. Mas nunca abordou esse assunto com Erika.

Mikael não conseguia dormir e por volta das quatro da manhã levantou-se. Instalou-se na cozinha e mais uma vez leu o veredicto do começo ao fim.

A leitura do dossiê lhe permitia enxergar com mais clareza, e ele percebia o quanto o encontro em Arholma tinha a ver com o destino. Nunca conseguiu descobrir se Robert Lindberg revelara a fraude de Wennerström apenas como uma boa história durante uma conversa entre dois tragos, ou se a intenção fora de fato fazê-la vir a público.

Espontaneamente, Mikael pendia a favor da primeira possibilidade, mas também era possível imaginar que Robert, por razões altamente particulares ou profissionais, desejasse atingir Wennerström e aproveitou a oportunidade de ter um jornalista disposto a escutá-lo numa cabine fechada. Robert talvez tivesse bebido um pouco, o que não o impediu de cravar os olhos em Mikael no instante decisivo da história, quando evocou as palavras mágicas que o transformariam numa fonte anônima. Com isso, Robert tinha a certeza de que Mikael podia divulgar o que quisesse, mas nunca se permitiria revelar o nome de seu informante.

No entanto Mikael estava certo de uma coisa: se o encontro em Arholma tinha sido organizado por um conspirador com o objetivo de atrair sua atenção, a atuação de Robert fora perfeita. Só que o encontro em Arholma acontecera por puro acaso.

Robert não tinha a menor idéia da extensão do desprezo de Mikael por gente como Hans-Erik Wennerström. Depois de anos de observação, Mikael estava convencido de que não havia um único diretor de banco ou dono de empresa célebre que não fosse também um escroque.

Mikael nunca ouvira falar de Lisbeth Salander e ignorava completamente o relatório que ela fizera naquele dia, mas, se o tivesse lido, teria balançado a cabeça em concordância quando ela afirmou que a aversão dele pelos tubarões das finanças não era um mero acesso de radicalismo de esquerda. Mikael não era um desinteressado de política, mas encarava os *ismos* políticos com a maior desconfiança. Na única eleição em que votou — as legislativas de 1982 —, escolhera sem muita convicção os socialdemocratas simplesmente porque para ele nada podia ser pior do que mais três anos com um moderado como Gösta Bohman nas finanças, um centrista como Thorbjörn Fälldin e um liberal como Ola Ullsten no comando do governo. Assim, votou em Olof Palme sem grande entusiasmo, para depois deparar com o assassinato do primeiro-ministro, o escândalo da venda de armas de Bofors em Omã e as intrigas sórdidas de Ebbe Carlsson no inquérito sobre o assassinato de Olof Palme.

O desprezo de Mikael pelos jornalistas econômicos se devia a algo tão elementar, a seus olhos, como a moral. Para ele era uma equação simples. Um diretor de banco que perde algumas centenas de milhões em especulações tresloucadas não deveria permanecer no cargo. Um empresário que monta firmas fictícias para seus negócios pessoais devia ser preso. Um proprietário de imóveis que obriga jovens a pagar, sem nota, o aluguel de um quarto com banheiro no quintal devia ser pendurado pelos pés no pelourinho.

Mikael Blomkvist acreditava que a missão do jornalista econômico era investigar e desmascarar os tubarões financeiros capazes de provocar crises de juros e de especular com o dinheiro do pequeno poupador. Acreditava que sua verdadeira missão jornalística era investigar os donos de empresa com o mesmo zelo implacável que os jornalistas políticos vigiam o menor passo em falso de ministros e parlamentares. Jamais ocorreria a um jornalista político transformar em ícone um chefe de partido, e Mikael tinha dificuldade em entender por que tantos jornalistas econômicos, dos mais importantes veículos do país, estavam prontos a elevar medíocres arrivistas à categoria de vedetes do *showbiz*.

Essa atitude um tanto atípica no jornalismo econômico o levou a ter, mais de uma vez, conflitos abertos com colegas, entre os quais William Borg, que virou seu inimigo ferrenho. Mikael erguera a cabeça e criticara os colegas, acusando-os de não cumprir sua missão e de fazer o jogo dos arrivistas financeiros. O papel de crítico da sociedade certamente dera a Mikael algum status e o transformara no arroz-de-festa das câmeras de tevê — era sempre convidado a dar sua opinião quando se sabia que algum empresário se safara de dificuldades com um pára-quedas no valor de alguns bilhões —, porém isso também lhe angariava um círculo fiel de inimigos jurados.

Mikael bem podia imaginar que algumas redações haviam estourado champanhe naquela noite.

Erika tinha a mesma postura que ele diante do papel do jornalista, e desde que se formaram os dois se divertiam juntos pensando numa publicação com esse perfil.

Mikael não podia imaginar um chefe melhor do que Erika. Perfeita organizadora, ela transmitia calor e confiança aos funcionários, mas ao mesmo tempo não temia o confronto e sabia se mostrar intratável quando necessário. Sua sensibilidade se exacerbava sobretudo na hora de tomar decisões sobre o conteúdo da edição que estava sendo preparada. Ela e Mikael tinham muitas vezes opiniões contrárias e os dois às vezes discutiam abertamente, mas nutriam uma confiança inabalável um pelo outro e formavam uma equipe imbatível. Ele fazia a coleta, ela encaixotava e vendia.

A *Millennium* era uma criação dos dois, mas nunca teria existido sem a capacidade de Erika de levantar um financiamento. Um filho de operário e uma filha de burguês reunidos. Erika dispunha de uma boa herança. De início, lançou mão de seus recursos e convenceu o pai e amigos a investir quantias consideráveis no projeto.

Muitas vezes Mikael se perguntou por que Erika apostara na *Millennium*. É verdade que ela era acionista — majoritária — e diretora de sua própria revista, o que lhe dava prestígio e uma liberdade editorial que ela não teria em nenhum outro local de trabalho. Diferentemente de Mikael, ela se encaminhara para a tevê depois da faculdade de jornalismo. Tinha coragem, apresentava-se com competência diante da câmera e sabia se afirmar entre os concorrentes. Possuía, além disso, bons contatos no governo. Se tivesse continuado, certamente teria alcançado um cargo de direção na tevê, com um salário muito alto. Mas preferiu abandonar tudo e apostar na *Millennium*, um projeto de alto risco iniciado em instalações precárias no bairro de Midsommarkransen, mas que deu suficientemente certo para se transferir, poucos anos depois, para salas mais amplas e agradáveis na Götgatan, a dois passos do centro da cidade, no Södermalm.

Erika também convencera Christer Malm a se associar à revista; celebridade do mundo gay, exibicionista nas horas vagas, aparecia de vez em quando nas colunas sociais em companhia do namorado. O interesse da mídia voltou-se para ele quando passou a viver com Arnold Magnusson, conhecido por Arn, um ator de teatro que só se revelou verdadeiramente ao desempenhar o próprio papel num *reality show* na tevê. A vida de Christer e Arn virou então um folhetim na mídia.

Aos trinta e seis anos, Christer Malm, fotógrafo profissional e *designer* muito requisitado, sabia dar à *Millennium* um padrão gráfico moderno e atraente. Seu escritório ficava no mesmo andar que a redação da *Millennium*, e ele cuidava da diagramação em tempo parcial, uma semana por mês.

Além desses três, a *Millennium* contava com dois colaboradores fixos, três em tempo parcial e um temporário. Era o tipo de publicação que estava sempre no vermelho, porém muito prestigiosa e na qual os colaboradores adoravam trabalhar.

A *Millennium* não era um negócio lucrativo, mas havia conseguido equilibrar suas despesas, e tanto a tiragem quanto as receitas publicitárias não cessavam de aumentar. Até o momento, a revista mantinha a imagem de um produto com estilo editorial franco e confiável.

Provavelmente agora as coisas iam mudar. Mikael lia o breve comunicado que ele e Erika haviam escrito algumas horas antes e que logo se transformou num despacho da agência de notícias TT veiculado nas páginas da *Aftonbladet*, na internet.

CONDENADO NA JUSTIÇA, MIKAEL BLOMKVIST ABANDONA A *MILLENNIUM*

Estocolmo (TT). O jornalista Mikael Blomkvist deixa o cargo de editor responsável da revista mensal *Millennium*, anuncia Erika Berger, diretora e acionista majoritária.

Mikael Blomkvist deixa a *Millennium* por decisão própria. Esgotado após o período dramático que acaba de viver, ele precisa de um descanso, diz Erika, que assume o cargo de editora responsável da publicação.

Mikael Blomkvist foi um dos criadores da *Millennium* em 1990. Segundo Erika Berger, o caso Wennerström não deverá interferir no futuro da revista.

"A *Millennium* sairá normalmente no mês que vem", ela acrescenta. "Mikael Blomkvist teve um papel fundamental no desenvolvimento da revista, mas agora vamos virar a página. Considero o caso Wennerström como uma sucessão de circunstâncias infelizes e lamento os dissabores causados a Hans-Erik Wennerström."

Não foi possível encontrar Mikael Blomkvist para obter seu depoimento.

— Acho isso terrível — dissera Erika após enviar por e-mail o comunicado de imprensa. — A maioria das pessoas vai concluir que você é um cretino incompetente e que eu não passo de uma puta que aproveita a ocasião para te acertar um tiro pelas costas.

— Considerando todos os outros boatos que circulam, pelo menos nossos amigos terão algo de novo com que se divertir — tentou gracejar Mikael. Mas Erika não achou graça.

— Não tenho um plano B, mas acho que estamos cometendo um erro.

— É a única solução — replicou Mikael. — Se a revista quebrar a cara, todos os nossos esforços terão sido inúteis. Você sabe que a partir de agora vamos perder muitas receitas. Aliás, qual foi a decisão daquela empresa de informática?

Ela suspirou.

— Hoje de manhã eles comunicaram que não vão anunciar na edição de janeiro.

— E, não por acaso, Wennerström detém muitas cotas dessa empresa.

— Podemos cortejar outros anunciantes. Por mais que Wennerström seja um figurão das finanças, ele não possui tudo neste mundo, e nós também temos nossos contatos.

Mikael estreitou Erika no peito.

— Um dia vamos torpedear Hans-Erik Wennerström a ponto de fazer tremer Wall Street. Mas não hoje. A *Millennium* deve sair do campo minado. Não podemos nos arriscar a perder a confiança que alguns depositam em nós.

— Eu sei, eu sei, mas vou ser vista como a bruxa de plantão e você ficará numa pior se dermos a entender que houve um rompimento entre nós.

— Eu, você e Ricky confiamos um no outro, temos uma chance. Precisamos tocar o barco, e chegou a hora de eu me retirar.

Ela reconheceu, a contragosto, que havia uma triste lógica nessa conclusão.

4. SEGUNDA-FEIRA 23 DE DEZEMBRO — QUINTA-FEIRA 26 DE DEZEMBRO

Erika passou o fim de semana na casa de Mikael Blomkvist. Praticamente só saíram da cama para ir ao banheiro e comer alguma coisa, mas nem por isso ficaram o tempo todo fazendo amor; passaram horas um junto do outro, discutindo o futuro e pesando conseqüências, possibilidades e probabilidades. Na segunda-feira de manhã — faltavam dois dias para o Natal —, Erika beijou Mikael, despediu-se com um "até breve" e voltou para a casa do marido.

Mikael começou a segunda-feira lavando a louça e pondo um pouco de ordem no apartamento, depois foi caminhando até a redação, para recolher seus papéis no escritório. Não tinha a menor intenção de romper com a revista, mas acabou convencendo Erika que durante algum tempo era importante separar Mikael Blomkvist da *Millennium*. A partir de agora, ele trabalharia no seu apartamento da Bellmansgatan.

Estava sozinho na redação, fechada por causa do Natal e com os funcionários de folga. Selecionava alguns papéis e livros para pôr numa pasta quando o telefone tocou.

— Gostaria de falar com Mikael Blomkvist — disse uma voz desconhecida mas cheia de expectativa na outra ponta da linha.

— É ele.

— Sinto muito perturbá-lo na véspera de Natal. Meu nome é Dirch Frode. — Instintivamente, Mikael anotou o nome e a hora. — Sou advogado e represento um cliente que gostaria muito de conversar com o senhor.

— Bem, diga a seu cliente que ele mesmo me telefone.

— O que quero dizer é que ele gostaria de encontrá-lo.

— Tudo bem, marque um encontro e mande-o vir até o meu escritório. Mas seja rápido, pois estou esvaziando a mesa.

— Meu cliente gostaria muito que fosse encontrá-lo na casa dele. Ele mora em Hedestad, são apenas três horas de trem.

Mikael parou de selecionar os papéis. A imprensa tem a capacidade de atrair as pessoas mais malucas, detentoras das informações mais absurdas. Todas as redações do mundo recebem chamados de fanáticos por óvnis, grafólogos, cientologistas, paranóicos e outros teóricos da grande conspiração.

Um dia, Mikael ouvia uma conferência do escritor Karl Alvar Nilsson, organizada pela universidade popular na época do aniversário do assassinato de Olof Palme. A conferência era absolutamente séria e na platéia se achavam Lennart Bodström e outros velhos amigos de Palme. Mas muitas pessoas comuns também compareceram, entre elas uma mulher de uns quarenta anos, que se apoderou do microfone quando chegou o inevitável momento das perguntas. Com exceção da voz baixa, como num cochicho, nada fazia prever uma seqüência interessante, e ninguém ficou especialmente surpreso quando a mulher começou sua intervenção anunciando: "*Sei quem matou Olof Palme*". Os que estavam à mesa responderam, com uma ponta de ironia, que, se ela possuía aquela informação tão decisiva, seria do maior interesse comunicá-la à comissão de inquérito. Ao que ela vivamente retrucou, num murmúrio quase inaudível: "*Não posso, é perigoso demais!*".

Mikael se perguntou se Dirch Frode também não seria um desses profetas ansiosos por revelar a existência de um hospital psiquiátrico secreto, onde a Polícia Federal se dedicava a experimentos de controle mental.

— Não atendo em domicílio — respondeu secamente.

— Nesse caso, espero convencê-lo a abrir uma exceção. Meu cliente tem mais de oitenta anos e vir a Estocolmo representa para ele uma viagem penosa. Se o senhor insiste, creio que poderíamos encontrar outra solução, mas, para ser bem franco, seria preferível que tivesse a gentileza de...

— Quem é o seu cliente?

— Alguém de quem o senhor nunca deve ter ouvido falar na sua profissão, imagino: Henrik Vanger.

Mikael fez um movimento para trás, surpreso. Henrik Vanger — claro que ouvira falar dele. Grande industrial e ex-diretor administrativo do grupo Vanger, um império cujos negócios eram serrarias, florestas, minas, fábricas de aço, empresas metalúrgicas e têxteis, produção e exportação. Henrik Vanger fora um dos grandes de seu tempo, com a reputação de um honesto patriarca à antiga que não se curvava diante da tempestade. Fazia parte dos fundamentos da vida econômica sueca, bravo seguidor da velha escola, ao lado dos Matts Carlgren, de MoDo e de Hans Werthen, da antiga Electrolux. A coluna vertebral da indústria democrática sueca, por assim dizer.

O grupo Vanger, ainda hoje uma empresa familiar, fora sacudido nos últimos vinte e cinco anos por reestruturações, catástrofes na Bolsa, crises de juros, concorrência asiática, declínio das exportações e outros problemas que, somados, relegaram Vanger ao pelotão da rabeira. A empresa agora era dirigida por Martin Vanger, cujo nome Mikael associava a um sujeito gordo de cabelos fofos que ele vira na televisão, mas que na verdade não conhecia. Fazia bem uns vinte anos que Henrik Vanger estava fora de circuito e Mikael ignorava que ainda estivesse vivo.

— Por que Henrik Vanger quer me ver?

— Sinto muito. Sou o advogado de Vanger há muitos anos, mas cabe a ele contar o que deseja. Por outro lado, posso adiantar que Henrik Vanger gostaria de discutir com o senhor um possível trabalho.

— Um trabalho? Não tenho nenhuma intenção de passar a trabalhar para as empresas Vanger. Estão precisando de um assessor de imprensa?

— Não se trata em absoluto desse tipo de trabalho. Não sei como me exprimir... tudo que posso dizer é que Henrik Vanger está particularmente interessado em vê-lo e consultá-lo sobre um assunto particular.

— O senhor não poderia ser mais direto?

— Peço que me perdoe. Mas me diga: existe alguma possibilidade de o senhor fazer uma visita a Hedestad? Claro que reembolsaremos sua viagem e lhe daremos uma remuneração razoável.

— Seu telefonema chega numa péssima hora. Estou bastante ocupado... e suponho que viu as notícias sobre mim nesses últimos dias.

— O caso Wennerström? — e Dirch Frode deixou escapar um risinho abafado na outra ponta da linha. — Sim, ele teve o mérito de interessar bastante o público. Mas, para dizer a verdade, foi justamente a publicidade em torno desse processo que atraiu a atenção de Henrik Vanger para o senhor.

— É mesmo? E quando é que Henrik Vanger gostaria que eu fosse visitá-lo? — quis saber Mikael.

— O mais cedo possível. Amanhã à noite é véspera de Natal e suponho que o senhor não esteja livre. Mas que tal 26 de dezembro? Ou um dos dias seguintes?

— Então é urgente mesmo. Sinto muito, mas se não me der uma pista aceitável da finalidade da visita...

— Eu lhe garanto que o convite é totalmente sério. Henrik Vanger gostaria de consultá-lo, ao senhor e não a uma outra pessoa. Gostaria de lhe propor um trabalho como *freelancer*, se isso lhe interessa. Quanto a mim, sou apenas um intermediário. Cabe a ele explicar do que se trata.

— É um dos chamados mais estranhos que já recebi. Vou pensar no assunto. Como posso contatá-lo?

Após desligar o telefone, Mikael ficou contemplando a desordem em sua mesa. Não conseguia entender por que Henrik Vanger desejava encontrá-lo. Uma viagem a Hedestad não lhe despertava nenhum entusiasmo, mas o advogado Frode conseguira despertar sua curiosidade.

Ligou o computador, conectou-se no www.google.com e digitou "empresas Vanger". Centenas de páginas estavam disponíveis. Embora o grupo Vanger agora andasse a reboque, ele figurava praticamente todos os dias na mídia. Salvou uma dúzia de artigos de análise do grupo e passou em seguida às pesquisas sobre Dirch Frode, Henrik Vanger e Martin Vanger.

Martin Vanger aparecia com freqüência, na qualidade de atual diretor do grupo. O advogado Dirch Frode estava aposentado, era membro da Associação de golfe de Hedestad e seu nome estava associado ao Rotary. Henrik Vanger só era encontrado em textos ligados ao grupo Vanger, com uma única exceção. Dois anos antes, o *Hedestads-Kuriren*, jornal local, celebrara o octogésimo aniversário do ex-magnata da indústria e o jornalista traçara um breve perfil dele. Mikael imprimiu alguns textos que pareciam conter informações sólidas e constituiu assim um dossiê de umas cinqüenta páginas. Depois terminou de arrumar sua mesa, encheu as pastas e foi para casa. Não fazia a menor idéia de quando iria voltar.

Lisbeth Salander passava a véspera de Natal na casa de saúde de Äppelviken, em Upplands-Väsby. Trouxera de presente um frasco de água-de-toalete Dior e um bolo inglês comprado na Ahlens. Ela contemplava a mulher de quarenta e cinco anos que, com dedos inábeis, tentava desfazer o laço do embrulho. Havia ternura nos olhos de Salander, embora sempre lhe causasse espanto que aquela mulher estranha diante dela *pudesse* ser sua mãe. Por mais que tentasse, não conseguia encontrar a menor semelhança física ou de personalidade.

A mãe por fim abandonou seus esforços e olhou o embrulho com ar desamparado. Ela não estava num de seus bons dias. Lisbeth Salander empurrou a tesoura que estava bem à vista em cima da mesa e a mãe se iluminou como se despertasse de repente.

— Você deve me achar uma estúpida.

— Não, mamãe. Você não é estúpida. A vida é que é injusta.

— Tem visto sua irmã?

— Falei com ela há pouco tempo.

— Ela nunca vem me ver.

— Eu sei, mamãe. Ela também não vem me ver.

— Você trabalha?

— Sim, mamãe. Estou me virando bem.

— Está morando onde? Eu nem sei onde você mora.

— Moro no nosso antigo apartamento da Lundagatan. Estou ali há muitos anos. Paguei as contas atrasadas.

— Quem sabe no verão vou visitar você.

— Claro. No verão.

A mãe acabou abrindo a embalagem e aspirou o perfume, deliciada.

— Obrigada, Camilla — disse.

— Lisbeth. Sou a Lisbeth. Camilla é a minha irmã.

A mãe pareceu incomodada. Lisbeth Salander propôs que elas fossem até a sala de tevê.

* * *

Os programas Disney de Natal eram retransmitidos a toda hora na televisão quando Mikael Blomkvist passou para ver sua filha Pernilla na casa da ex-mulher Monica e do novo marido dela, em Sollentuna. Trazia presentes para Pernilla; após discutir o assunto com Monica, eles concordaram em dar à filha um iPod, um MP3-player bastante caro e não maior que uma caixa de fósforos, capaz de abrigar toda a sua volumosa coleção de discos.

Pai e filha passaram uma hora juntos no quarto dela, no andar de cima. Mikael e a mãe de Pernilla se divorciaram quando ela tinha somente cinco anos, e dois anos depois ela ganhara um novo pai. Mikael não havia de modo algum evitado o contato; Pernilla ia visitá-lo algumas vezes por mês e todo ano, durante as férias, passava temporadas de uma semana na cabana de Sandhamn. Monica nunca tentou impedir que os dois se encontrassem, e Pernilla nada tinha contra rever o pai — ao contrário, os dias que eles passavam juntos costumavam ser bons momentos. Ainda assim, Mikael deixou a filha decidir em que medida desejava vê-lo, sobretudo depois que Monica voltou a se casar. Houve alguns anos, no início da adolescência, em que o contato praticamente cessou e Pernilla só havia pedido para voltar a vê-lo com mais freqüência nos últimos dois anos.

A filha acompanhara o processo convicta de que Mikael afirmava a verdade: ele era inocente mas não podia provar.

Ela falou de um eventual namorado no colégio e o surpreendeu ao revelar que se tornara membro de uma Igreja local e que se considerava uma devota. Mikael se absteve de qualquer comentário.

Foi convidado para jantar, mas recusou a oferta; já combinara com a irmã passar a véspera de Natal com ela e a família no subúrbio *yuppie* de Stäket.

De manhã, também fora convidado a passar o Natal com Erika e o marido em Saltsjöbaden. Recusou o convite com polidez, certo de que havia sem dúvida um limite na boa vontade de Lars para com os dramas triangulares, e ele não tinha vontade nenhuma de descobrir até onde ia esse limite. De acordo com Erika, a proposta partira do próprio marido, e ela criticou sua timidez em participar dos jogos de um trio. Mikael rira — Erika sabia que ele era um heterossexual inflexível e que o convite não era a sério —, mas a decisão de não festejar o Natal na companhia do marido da amante era irrevogável.

Em vez disso, ele foi bater à porta da irmã Annika Blomkvist, agora Annika Giannini. O marido de origem italiana, os dois filhos e vários outros membros da família do marido cortavam naquele momento o peru de Natal. Annika cursara direito sem a menor vontade, depois trabalhara alguns anos como estagiária no tribunal e como substituta de promotor, antes de abrir seu próprio escritório de advocacia, associada a alguns amigos e numa sala com vista para o bairro de Kungsholmen. Especializou-se em direito de família e, sem que Mikael percebesse, sua irmã mais nova começou a aparecer nas páginas das revistas e em debates da televisão como feminista célebre e advogada dos direitos da mulher. Defendia com freqüência mulheres ameaçadas ou importunadas por ex-maridos ou ex-namorados.

Quando Mikael a ajudava a preparar o café, ela pôs a mão em seu braço e lhe perguntou como ele estava.

— Nunca me senti tão por baixo, se quer saber.

— Da próxima vez arranje um advogado de verdade — disse ela.

— Acho que nesse caso nem o melhor advogado do mundo mudaria a situação.

— O que realmente aconteceu?

— Depois eu conto, maninha.

Ela o abraçou com ternura e deu-lhe um beijo na bochecha antes de voltarem para junto dos outros com o bolo e o café.

Por volta das sete da noite, Mikael se desculpou e pediu licença para utilizar o telefone na cozinha. Chamou Dirch Frode e ouviu sua voz na outra ponta da linha, com uma algazarra de vozes ao fundo.

— Feliz Natal! — saudou Frode. — Então, decidiu?

— Não tenho nada de especial para fazer e o senhor conseguiu despertar minha curiosidade. Irei no dia 26, se lhe convém.

— Perfeito. Não sabe o quanto sua decisão me alegra. Desculpe-me, mas estou cercado de filhos e netos e mal consigo ouvir o que diz. Posso ligar amanhã para marcar uma hora?

Mikael Blomkvist se arrependeu da decisão antes mesmo que a noite terminasse, mas como agora lhe parecia muito complicado voltar atrás, na manhã do dia 26 instalou-se num trem rumo ao Norte. Mikael tinha carteira de habilitação, porém nunca se dera o trabalho de comprar um carro.

Frode tinha razão, a viagem era curta. Ele passou por Uppsala, depois percorreu as pequenas cidades industriais espalhadas ao longo da costa. Hedestad era uma das menores, a pouco mais de uma hora ao norte de Gävle.

Durante a noite houvera fortes precipitações de neve, mas o céu limpara e o ar estava gelado quando ele desceu na estação. Mikael logo percebeu que suas roupas não estavam adequadas ao inverno rigoroso do Norrland. Dirch Frode o identificou imediatamente, o acolheu com simpatia na plataforma e o fez entrar depressa no interior aquecido de um Mercedes. Na cidade, o trabalho de desobstrução da neve era intenso, e Frode manobrou com prudência entre as grandes escavadeiras. A neve criava um contraste exótico com Estocolmo, teriam dito em outro país, embora não houvesse mais de três horas de distância até a capital e seus enfeites de Natal na cidade velha. Mikael olhava furtivamente o advogado: um rosto anguloso, cabelos brancos bem curtos, óculos de lentes grossas sobre um nariz volumoso.

— É a primeira vez que vem a Hedestad? — perguntou Frode.

Mikael assentiu com a cabeça.

— É um velho burgo industrial. Não muito grande, tem apenas oitenta mil habitantes. Mas as pessoas gostam daqui. Henrik mora em Hedeby, na parte antiga, a aldeia, como é chamada. Fica logo na entrada sul da cidade.

— O senhor também mora aqui? — perguntou Mikael.

— Atualmente, sim. Nasci em Skane, mas comecei a trabalhar para Vanger logo depois que me formei, em 1962. Especializei-me em direito comercial e, com o passar dos anos, Henrik e eu nos tornamos amigos. Hoje estou aposentado, mas Henrik continua sendo meu cliente, o único. Ele também está aposentado e não precisa dos meus serviços com muita freqüência.

— A não ser para aliciar jornalistas de má reputação.

— Não se subestime. Você não é o único que perdeu uma parada contra Hans-Erik Wennerström.

Mikael olhou Frode de soslaio, não sabendo muito bem como interpretar essa observação.

— Esse convite tem algo a ver com Wennerström? — perguntou.

— Não — respondeu Frode. — Henrik Vanger não faz parte exatamente do círculo de amigos de Wennerström, e ele acompanhou o processo com grande interesse. É para um caso bem diferente que ele deseja vê-lo.

— Sobre o qual o senhor não quer me falar.

— Sobre o qual não me cabe falar. Ajeitamos as coisas de modo que possa passar a noite na casa de Henrik Vanger. Se não lhe convém, podemos fazer uma reserva no Grande Hotel da cidade.

— Bem, é possível que eu volte a Estocolmo de trem esta noite.

Na entrada de Hedeby, a aldeia, a escavadeira de neve ainda não havia passado, e Frode fez o carro avançar por trilhas congeladas deixadas pelas rodas. Havia ali um pequeno núcleo de velhas casas de madeira, no estilo das antigas aglomerações mineiras ao longo do golfo de Botnia. Ao redor viam-se mansões modernas maiores. A aldeia começava em terra firme e, cruzando uma ponte, prosseguia numa ilha de relevo acidentado — Hedebyön. No lado do continente, uma igrejinha de pedra pintada de branco erguia-se junto à ponte e defronte cintilava um velho cartaz luminoso anunciando *Pães e doces. Café Susanne.* Depois de atravessar a ponte, Frode continuou por mais uma centena de metros até entrar numa esplanada diante de uma casa de pedra. A casa era pequena demais para ser qualificada de solar, embora fosse maior que as outras construções, e tratava-se, evidentemente, dos domínios senhoriais.

— Eis a casa Vanger — disse Dirch Frode. — Antigamente havia muita animação, mas hoje apenas Henrik e uma governanta moram aqui. E não é por falta de quartos de hóspedes.

Desceram do carro. Frode apontou com o dedo para o norte.

— A tradição exige que quem dirige o grupo Vanger more aqui, mas Martin Vanger, o sobrinho-neto de Henrik, queria algo mais moderno e mandou construir uma mansão na ponta do promontório.

Mikael olhou ao redor e se perguntou que loucura o fizera aceitar o convite do advogado Frode. Prometeu-se tentar a qualquer preço voltar a Estocolmo naquela mesma noite. Uma escada de pedra conduzia até a entrada e, antes que tivessem tempo de chegar, a porta se abriu. Mikael reconheceu prontamente Henrik Vanger, cujas fotos vira na internet.

As fotos o mostravam mais jovem, mas ele parecia surpreendentemente vigoroso para os seus oitenta e dois anos; um corpo musculoso, rosto severo e de traços marcantes, grossos cabelos grisalhos penteados para trás, provando que seus genes não o destinavam à calvície. Vestia uma calça escura cuidadosamente passada, camisa branca e uma malha marrom um tanto gasta. Tinha um bigode estreito e usava óculos com armação de metal.

— Sou Henrik Vanger — ele se apresentou. — Obrigado por ter concordado em vir me ver.

— Bom dia. Admito que achei o convite surpreendente.

— Vamos entrar. Mandei preparar um quarto de hóspedes. Quer descansar um pouco? Passaremos à mesa mais tarde. Esta é Anna Nygren, que lhe prestará os serviços necessários.

Mikael cumprimentou com um breve aperto de mão uma mulher de uns sessenta anos. Ela pegou seu sobretudo para pendurá-lo num cabide e propôs que ele usasse pantufas para proteger os pés das correntes de ar do chão.

Mikael agradeceu e voltou-se para Henrik Vanger:

— Não estou certo se ficarei até o almoço. Depende um pouco do objetivo deste encontro.

Henrik Vanger trocou um olhar com Dirch Frode. Havia uma conivência entre os dois que Mikael não conseguiu entender bem.

— Bem, vou deixá-los agora — disse Frode. — Preciso voltar para casa e impor um pouco de disciplina antes que meus netos destruam tudo.

E, dirigindo-se a Mikael:

— Moro à direita, do outro lado da ponte. Daqui até lá são cinco minutos a pé; passando a padaria, é a terceira casa do lado da praia. Se precisar de mim, telefone.

Mikael pôs a mão no bolso e acionou um gravador. *Virei paranóico?*, pensou. Não tinha a menor idéia do que Henrik Vanger queria, mas, depois do que acontecera com Hans-Erik Wennerström, fazia questão de ter evidências precisas de todas as coisas estranhas que se passassem a sua volta, e esse inesperado convite a Hedestad pertencia, definitivamente, a tal categoria.

O ex-industrial bateu no ombro de Dirch Frode para se despedir e fechou a porta de entrada, antes de se voltar para Mikael.

— Então irei diretamente ao que interessa. Não se trata de um jogo. Gostaria de falar com você, mas o assunto exige uma longa conversa. Peço-lhe que escute o que tenho a dizer e depois decida. O senhor é jornalista e eu gostaria de contratá-lo para um trabalho. Anna serviu o café no meu escritório, no andar de cima.

Henrik Vanger indicou o caminho e Mikael o acompanhou. Entraram num gabinete comprido, de cerca de quarenta metros quadrados, situado na extremidade da casa. Uma das paredes estava coberta por prateleiras de livros, dez metros de comprimento do chão ao teto, numa mistura curiosa de romances, biografias, livros de história, manuais de comércio e de pesca, folhas de ofício encadernadas. Os livros estavam dispostos sem uma classificação aparente, mas pareciam ser consultados com regularidade, e Mikael concluiu que Henrik Vanger era um homem que lia. No lado oposto, havia uma mesa de carvalho escuro, posicionada de modo a deixar um espaço livre entre a cadeira e a parede, e nela estava pendurada uma coleção bastante considerável de flores emolduradas e meticulosamente alinhadas.

Pela janela ao fundo, Henrik Vanger podia contemplar a ponte e a igreja. Havia um sofá, poltronas e uma mesa baixa sobre a qual Anna dispusera xícaras, uma garrafa térmica e biscoitos caseiros.

Com um gesto, Henrik Vanger convidou Mikael a se sentar, gesto que Mikael fingiu não perceber, o que lhe permitiu observar um pouco mais o ambiente. Primeiro notou a biblioteca, depois a parede com os quadros. A mesa estava arrumada, com exceção de alguns papéis empilhados. Numa das pontas havia uma foto emoldurada de uma menina bonita e morena, de olhos inteligentes. *Uma mocinha que vai causar estragos*, pensou Mikael. Parecia uma foto de primeira comunhão, descolorida, que dava a impressão de estar ali havia muitos anos. Mikael percebeu, de repente, que Henrik Vanger o observava.

— Lembra-se dela, Mikael? — perguntou.

— Como assim? — Mikael levantou as sobrancelhas.

— Sim, você a conheceu. Aliás, você já esteve neste escritório.

Mikael olhou ao redor e negou com a cabeça.

— Não? Como poderia se lembrar? Conheci seu pai. Contratei Kurt Blomkvist em várias ocasiões nos anos 1950 e 1960, para instalar máquinas e cuidar da manutenção. Era um homem talentoso. Tentei convencê-lo a prosseguir os estudos e a ser engenheiro. E você... você esteve aqui no verão de 1963, quando renovamos o maquinário da fábrica de papel aqui em Hedestad. Como foi difícil achar um alojamento para sua família, solucionamos o problema instalando vocês numa pequena casa de madeira do outro lado da estrada, que pode ser vista dessa janela.

Henrik Vanger se aproximou da mesa e pegou o retrato.

— Esta é Harriet Vanger, a neta do meu irmão Richard. Ela brincou com você mais de uma vez naquele verão. Você ia completar, ou talvez já tivesse, três anos, não lembro bem. Na época ela tinha doze.

— Desculpe, mas não me lembro de nada do que o senhor diz, do que você diz, se me permite tratá-lo assim.

— Naturalmente. Posso entender que não se lembre, mas eu me lembro muito bem de você correndo por todos os lados, com Harriet nos seus calcanhares. Eu ouvia você chorar quando tropeçava em alguma coisa. Lembro que dei um brinquedo de presente para você, um trator de metal amarelo, que eu mesmo tive quando era garoto, e que você recebeu com um entusiasmo incrível. Acho que foi por causa da cor.

Mikael sentiu um arrepio gelado. De fato, ele se lembrava do trator amarelo. Quando cresceu, o trator continuou enfeitando uma prateleira do seu quarto.

— Lembra? Lembra desse brinquedo?

— Lembro. E talvez você fique feliz de saber que esse trator ainda existe, no Museu do Brinquedo em Estocolmo. Há uns dez anos, fiz a doação quando eles procuravam brinquedos antigos.

— É mesmo? — Henrik Vanger riu, encantado. — Deixe-me mostrar...

O velho foi buscar um álbum de fotografias numa das prateleiras baixas da estante. Mikael notou que ele tinha dificuldade de se inclinar e que foi obrigado a se apoiar na prateleira para se reerguer. Henrik Vanger fez sinal para que Mikael se sentasse no sofá enquanto ele mesmo folheava o álbum. Ele parecia saber o que procurava e, quando encontrou, depositou o álbum sobre a mesa baixa. Mostrou uma foto de amador, em preto-e-branco, na base da qual se percebia a sombra do fotógrafo. No primeiro plano, um garotinho louro olhava para a objetiva com ar perturbado e um pouco inquieto.

— É você naquele verão. Seus pais aparecem ao fundo, nas cadeiras de jardim. Harriet está um pouco encoberta pela sua mãe, e o rapaz à esquerda de seu pai é o irmão de Harriet, Martin Vanger, que atualmente dirige o grupo.

Mikael não teve nenhuma dificuldade em reconhecer seus pais. A mãe, visivelmente grávida — a irmã de Mikael estava a caminho. Contemplou a foto, não sabendo bem o que pensar, enquanto Henrik Vanger servia o café e lhe oferecia o prato com biscoitos.

— Sei que seu pai morreu. E sua mãe, ainda está viva?

— Não — disse Mikael. — Morreu há três anos.

— Era uma mulher agradável. Lembro muito bem dela.

— Mas estou certo de que não me chamou aqui para falar dos meus pais e dos bons velhos tempos.

— Tem razão. Há vários dias venho preparando o que vou lhe dizer, mas agora que você finalmente está diante de mim não sei por onde começar. Bem, você sabe que houve um tempo em que tive uma grande influência sobre a indústria sueca e o mercado de trabalho. Hoje sou um velho que não deveria tardar a morrer, e a morte é talvez um ponto de partida bastante conveniente para esta conversa.

Mikael tomou um gole de café. Um autêntico café fervido e amargo do Norrland, pensou, perguntando-se aonde aquilo tudo ia levar.

— Sofro de lombalgia, não consigo mais fazer grandes caminhadas. Um dia você também verá que a força acaba nos faltando, mas não sou hipocondríaco nem senil. Tampouco obcecado pela morte, porém estou na idade em que devo aceitar que meu tempo está chegando ao fim. Há um momento em que se tem vontade de fazer um balanço e resolver o que ficou inacabado. Entende o que quero dizer?

Mikael assentiu com a cabeça. Henrik Vanger falava com voz clara e firme, e Mikael já concluíra que o velho não era nem senil nem irracional.

— O que me intriga é a razão pela qual estou aqui — ele repetiu.

— Pedi que viesse porque gostaria que me ajudasse nesse balanço de que falei. Tenho algumas questões que precisam ser resolvidas.

— E por que eu? Quero dizer... por que imagina que posso ajudá-lo?

— É que no momento em que eu estava pensando em chamar alguém, seu nome começou a aparecer no caso Wennerström. Eu sabia quem você era. E também porque subiu nos meus joelhos quando era um garotinho.

Ele agitou a mão como para apagar suas palavras.

— Não me entenda mal. Não espero que me ajude por razões sentimentais. Quis apenas explicar por que tive o impulso de procurá-lo.

Mikael sorriu afavelmente.

— Bem, não tenho a menor lembrança desses joelhos. Mas como soube quem eu era? Afinal, isso aconteceu no começo dos anos 1960.

— Desculpe, não me expliquei bem. Você foi para Estocolmo quando seu pai assumiu o cargo de chefe de seção na Zarinder. Era uma das muitas empresas do grupo Vanger e fui eu que lhe arranjei esse emprego. Ele não tinha diploma, mas eu sabia o quanto valia. Encontrei seu pai várias vezes quando tinha assuntos a tratar na Zarinder. Talvez não fôssemos amigos íntimos, mas sempre ficávamos um bom tempo conversando. A última vez que o vi foi um ano antes de sua morte, e ele me disse que você havia entrado na faculdade de jornalismo. Estava muito orgulhoso. Depois você ficou famoso no país com aquela história da gangue — Super-Blomkvist e tudo aquilo. Acompanhei sua carreira e li muitos artigos que escreveu ao longo dos anos. Leio a *Millennium* com bastante freqüência.

— Certo, entendo. Mas o que quer exatamente que eu faça?

Henrik Vanger examinou suas mãos por um breve instante e tomou um gole de café, como se precisasse de uma pequena pausa antes de entrar no assunto.

— Mikael, antes de chegar aos detalhes, eu gostaria que fizéssemos um acordo. Que você fizesse duas coisas por mim. Uma é um pretexto e a outra é o meu verdadeiro pedido.

— Que espécie de acordo?

— Vou contar uma história em duas partes. Uma parte fala da família Vanger: é o pretexto. É uma história longa e sombria, mas tentarei me ater à estrita verdade. A outra parte da história envolve o meu verdadeiro pedido. Acho que em alguns momentos interpretará meu relato como... loucura. O que desejo é que escute minha história até o fim — meu pedido e minha oferta — antes de tomar a decisão de aceitar ou não o trabalho.

Mikael suspirou. Evidentemente, Henrik Vanger não pretendia expor seu pedido de maneira breve e concisa, para que ele pudesse embarcar no trem da tarde. Mikael tinha certeza de que, se chamasse Dirch Frode e lhe pedisse para levá-lo à estação, o motor do carro se recusaria a pegar por causa do frio.

O velho devia ter dedicado muito tempo pensando num meio de amarrá-lo. Mikael sentia como encenação tudo o que se passara desde que entrou naquela casa; a começar pela surpresa de ficar sabendo que já estivera com Henrik Vanger quando criança, depois a foto de seus pais no álbum e a ênfase no fato de seu pai e Henrik Vanger terem sido amigos; depois, ainda, quando o velho o lisonjeou ao contar ter acompanhado sua carreira à distância ao longo dos anos... No todo certamente havia um fundo de verdade, mas se tratava também de psicologia das mais elementares. Em outras palavras: Henrik Vanger era um bom manipulador, habituado havia anos a lidar com pessoas inflexíveis atrás das portas fechadas das salas de negociação. Não por acaso ele se tornara um dos mais eminentes magnatas da indústria sueca.

Mikael concluiu que Henrik Vanger queria que ele fizesse algo que, com certeza, não tinha a menor vontade de fazer. Restava descobrir do que se tratava e em seguida dizer não. Quem sabe, a tempo ainda de pegar o trem da tarde.

— Sinto muito, senhor Vanger, sem acordo — respondeu Mikael, olhando seu relógio. — Estou aqui há vinte minutos e lhe dou mais trinta para me contar o que deseja. Depois pego um táxi e volto para casa.

Por um instante, Henrik Vanger abandonou seu papel de patriarca benevolente e Mikael entreviu o dono de empresas ameaçador, do tempo de seus amplos poderes, que acabava de sofrer um revés ou que era obrigado a se haver com um funcionário recalcitrante. Sua boca contraiu-se rapidamente num sorriso severo.

— Entendo.

— É simples. Não há necessidade de tantos rodeios. Diga o que quer que eu faça e sem dúvida vou poder julgar se quero ou não fazer.

— Você quer dizer que, se eu não conseguir convencê-lo em trinta minutos, tampouco conseguirei em trinta dias?

— É mais ou menos isso.

— Mas a verdade é que meu relato é longo e complicado.

— Abrevie e simplifique. É o que fazemos no jornalismo. Vinte e nove minutos.

Henrik Vanger ergueu uma das mãos.

— Está bem, entendi. Mas também não exagere, por favor. O fato é que preciso de alguém dotado de espírito crítico que saiba fazer pesquisas, e que seja igualmente íntegro. Acho que você é tudo isso, e não o estou adulando. Um bom jornalista deve possuir minimamente essas qualidades, e li seu livro *Os templários* com grande interesse. Sou bastante honesto quando digo que escolhi você porque conheci seu pai e porque sei quem você é. Se entendi bem, você foi licenciado da *Millennium* depois do caso Wennerström — ou decidiu afastar-se por conta própria. Isso significa que por ora não tem emprego, e não é preciso ser muito inteligente para entender que provavelmente seu dinheiro está curto.

— O que lhe permite tirar proveito da minha situação, não é o que está querendo dizer?

— Talvez. Mas não pretendo mentir nem inventar falsos pretextos, Mikael. Estou muito velho para esse tipo de coisa. Se não gosta do que eu disse, basta cair fora. E então terei que procurar outra pessoa que aceite trabalhar para mim.

— Está bem, em que consiste esse trabalho que quer me oferecer?

— O que você sabe sobre a família Vanger?

Mikael afastou as mãos.

— Mais ou menos o que tive tempo de ler na internet depois do telefonema de Frode na segunda-feira. O grupo Vanger chegou a ser, na sua época, um dos grupos industriais mais importantes da Suécia, hoje a empresa está consideravelmente enfraquecida, Martin Vanger é o diretor-executivo. Bem, sei mais duas ou três coisas além disso, mas aonde está querendo chegar?

— Martin... é um bom sujeito, mas no fundo só gosta de navegar com vento fraco. Deixa muito a desejar como diretor-executivo de um grupo em crise. Ele quer modernizar e especializar, o que é razoável, porém tem dificuldade de transmitir suas idéias e mais ainda de financiá-las. Há vinte e cinco anos, o grupo Vanger era um concorrente sério do império Wallenberg. Tínhamos cerca de quarenta mil funcionários na Suécia. Produzíamos emprego e rendimentos ao país inteiro. Hoje a maior parte desses empregos deslocou-se para a Coréia ou para o Brasil. Atualmente, temos pouco mais de dez mil funcionários e dentro de um ano ou dois — se Martin não conseguir decolar — cairemos para cinco mil funcionários, essencialmente em pequenas manufaturas. Ou seja, o grupo Vanger está a ponto de ser relegado a lixo da história.

Mikael concordou, balançando a cabeça. O que Henrik Vanger contava era aproximadamente o que ele concluíra após a pesquisa em seu computador.

— O grupo Vanger continua sendo uma das raras empresas familiares do país, com uns trinta membros da família como acionistas mais ou menos minoritários. Isso foi sempre a força do grupo, mas também nossa maior fraqueza.

Henrik Vanger fez uma pausa retórica e então passou a falar com mais intensidade na voz.

— Mikael, faça perguntas depois, mas quero que acredite na minha palavra quando digo que detesto a maioria dos membros da minha família. Ela é principalmente formada por trapaceiros, aproveitadores, fanfarrões e incapazes. Dirigi o grupo durante trinta e cinco anos, praticamente sempre envolvido em lutas implacáveis com os demais membros da família. Eles é que eram os meus piores inimigos, não os concorrentes.

Fez uma pausa.

— Eu disse que desejo contratá-lo para que faça duas coisas. Gostaria que escrevesse uma crônica ou uma biografia da família Vanger. Para simplificar, digamos a minha biografia. O resultado não será um texto a ser lido numa igreja, mas uma história de ódio, disputas familiares e cobiça imensuráveis. Porei à sua disposição todos os meus diários íntimos e meus arquivos. Terá livre acesso aos meus pensamentos mais secretos e poderá publicar exatamente toda a merda que encontrar, sem restrição. Acho que essa história fará de Shakespeare um mero divertidor do grande público.

— E qual a finalidade disso?

— Por que quero publicar uma história de escândalos sobre a família Vanger? Ou qual é minha motivação para pedir que escreva essa história?

— As duas coisas.

— Sinceramente, pouco me importa saber se o livro será publicado ou não. Mas acho que essa história merece ser escrita, nem que seja num único exemplar, que você depositará na Biblioteca Real. Quero minha história acessível à posteridade quando eu estiver morto. Minha motivação é a mais simples que se pode imaginar — vingança.

— E de quem você quer se vingar?

— Você não é obrigado a acreditar em mim, mas tentei ser um homem honesto, mesmo sendo um capitalista e um dirigente industrial. Tenho orgulho de que meu nome esteja associado a um homem que cumpriu sua palavra e suas promessas. Nunca me envolvi em jogos políticos. Nunca tive problemas para negociar com os sindicatos. E mesmo um socialdemocrata inveterado como Tage Erlander me respeitava. A meu ver, tratava-se de uma questão de ética; eu era responsável pelo ganha-pão de milhares de pessoas e cuidava dos meus empregados. É curioso, Martin tem a mesma atitude, embora seja um tipo de homem bem diferente. Ele também tentou agir de maneira correta. Talvez nem sempre tenhamos sido bem-sucedidos, mas de modo geral me envergonho de poucas coisas. Infelizmente, Martin e eu somos exceções em nossa família — prosseguiu Henrik Vanger. — Há muitas razões que explicam por que o grupo Vanger está hoje à beira da bancarrota, mas uma das mais importantes é a avidez de curto prazo de muitos membros da família. Se aceitar esse trabalho, explicarei direitinho como eles levaram o grupo a afundar.

Mikael refletiu por um instante.

— O.k. Mas também não vou mentir. Escrever um livro como esse exigirá meses de trabalho. Não tenho vontade nem força para isso.

— Acho que posso convencê-lo.

— Duvido. Mas você disse que há duas coisas que deseja que eu faça. Acabou de me dar o pretexto. Qual é o objetivo real?

Henrik Vanger levantou-se, mais uma vez com dificuldade, e foi buscar na mesa a fotografia de Harriet Vanger. Colocou-a na frente de Mikael.

— Se desejo que escreva uma biografia da família Vanger, é porque quero que trace um panorama das pessoas com olhos de jornalista. É também um pretexto para esquadrinhar a história da família. O que desejo realmente é que me resolva um mistério. Esse é o seu trabalho.

— Um mistério?

— Harriet, como eu disse, era a neta do meu irmão Richard, filha do filho dele. Éramos cinco irmãos. Richard o mais velho, nascido em 1907, e eu o mais novo, nascido em 1920. Não entendo como Deus pôde produzir um grupo de irmãos que...

Durante alguns segundos, Henrik Vanger perdeu o fio da meada e pareceu mergulhar nos próprios pensamentos. Depois virou-se para Mikael com uma nova resolução na voz.

— Deixe-me falar um pouco do meu irmão Richard Vanger. É também uma amostra da crônica que quero que escreva.

Serviu-se de café e ofereceu a Mikael uma segunda xícara.

— Em 1924, com dezessete anos, Richard era um nacionalista fanático. Anti-semita notório, aderiu à Liga nacional-socialista sueca pela liberdade, um dos primeiros grupos nazistas suecos. É fascinante como os nazistas sempre conseguem colocar a palavra “liberdade” em sua propaganda, não é mesmo?

Henrik Vanger pegou outro álbum de fotografias e o folheou até encontrar a página buscada.

— Aqui está Richard na companhia de Birger Furugard, um veterinário que rapidamente passou a liderar o chamado Movimento de Furugard, principal grupo nazista dos anos 1930. Mas Richard não permaneceu nele. Um ano mais tarde, aderiu à SFKO, organização de luta fascista sueca. Ali conheceu Per Engdahl e outros indivíduos que ao longo dos anos haveriam de ser a vergonha da nação.

Virou uma página do álbum. Richard Vanger de uniforme.

— Em 1927, ele se juntou ao Exército, contra a vontade do nosso pai, e durante os anos 1930 aderiu à maior parte dos grupos nazistas do país. Você poderá encontrar seu nome na lista de membros até mesmo do menor grupo de conspiração. Em 1933 foi fundado o Movimento de Lindholm, isto é, o Partido Operário Nacional-socialista. Você está um pouco familiarizado com a história do nazismo sueco?

— Não sou historiador, mas li alguns livros.

— Bem, a Segunda Guerra começou em 1939 e a Guerra de Inverno da Finlândia em 1940. Muitos ativistas do Movimento de Lindholm se engajaram como voluntários a favor da Finlândia. Richard estava entre eles; era capitão do Exército sueco. Foi morto em 1940, pouco antes do acordo de paz com a União soviética. O movimento nazista o transformou num mártir e seu nome foi dado a um grupo de luta. Ainda hoje, alguns fanáticos se reúnem num cemitério de Estocolmo no dia do aniversário da morte de Richard Vanger para homenageá-lo.

— Entendo.

— Em 1926, quando tinha dezenove anos, ele freqüentava uma certa Margareta, filha de um professor de Falun. Viam-se em contextos políticos e tiveram uma ligação da qual nasceu um filho, Gottfried, em 1927. Richard se casou com Margareta quando seu filho nasceu. Durante a primeira metade dos anos 1930, meu irmão instalou a mulher e o filho aqui em Hedestad, enquanto eu servia no regimento de Gävle. Ele ocupava quase todo o seu tempo com viagens de propaganda pró-nazismo. Em 1936, teve um sério atrito com meu pai. O resultado é que meu pai retirou toda a ajuda financeira a Richard, que a seguir foi obrigado a se manter sozinho. Ele se mudou para Estocolmo com a família, onde viveram em relativa pobreza.

— Ele não tinha seu próprio dinheiro?

— A parte que lhe cabia no grupo estava bloqueada. Não podia ser vendida fora da família. É preciso também dizer que Richard, em casa, era um tirano brutal. Batia na mulher e maltratava o filho. Gottfried era uma criança submissa e humilhada. Tinha treze anos quando Richard morreu na guerra; acho que foi o dia mais feliz da vida de Gottfried. Meu pai se compadeceu da viúva e do neto e os chamou de volta a Hedestad, alojando-os num apartamento e cuidando para que Margareta tivesse uma existência decente. Se Richard representava o lado sombrio e fanático da família, Gottfried representava seu lado preguiçoso. Quando completou dezoito anos, eu me encarreguei dele, afinal, era filho do meu falecido irmão, ainda que a diferença de idade entre nós não fosse grande. Eu era apenas sete anos mais velho que meu sobrinho, mas já estava na direção do grupo e era evidente que assumiria o comando depois do meu pai, enquanto Gottfried era praticamente considerado um intruso na família.

Henrik Vanger refletiu por um momento.

— Meu pai não sabia muito bem como se comportar com o neto e fui eu que insisti para que cuidássemos dele. Arranjei-lhe trabalho no grupo, isso depois da guerra. Sem dúvida ele tentou desempenhar honestamente suas tarefas, mas tinha dificuldade em se concentrar. Era um cabeça-tonta, charmoso e festeiro, sempre às voltas com mulheres, e havia épocas em que bebia muito. Eu não sabia definir meus sentimentos por ele... não era um incapaz, mas estava longe de ser confiável, e muitas vezes me decepcionou profundamente. Com os anos tornou-se alcoólatra e, em 1965, morreu afogado num acidente. Aconteceu aqui, na outra extremidade da ilha, onde construíra uma cabana para a qual se retirava seguidamente a fim de beber.

— Então ele é o pai de Harriet e de Martin? — perguntou Mikael, apontando para o retrato sobre a mesa baixa. A contragosto, foi obrigado a reconhecer que o relato do velho o interessava.

— Exatamente. No fim dos anos 1940, Gottfried conheceu uma mulher chamada Isabella Koenig, uma jovem alemã que havia chegado à Suécia depois da guerra. Isabella era uma mulher linda, tão linda como Greta Garbo ou Ingrid Bergman. Sem dúvida Harriet herdou genes mais de Isabella que de Gottfried. Como você pode ver na foto, ela já era muito bonita com apenas catorze anos.

Imitando Henrik Vanger, Mikael contemplou a foto.

— Mas deixe-me prosseguir. Isabella nasceu em 1928 e ainda está viva. Tinha onze anos quando estourou a guerra, e você bem pode imaginar o que era ser adolescente em Berlim com a aviação aliada despejando bombas sobre a cidade. Imagino que, quando desembarcou na Suécia, ela teve a impressão de estar chegando ao paraíso. Infelizmente, tinha muitos vícios em comum com Gottfried: era esbanjadora e vivia o tempo todo em festas; ela e Gottfried mais pareciam companheiros de bebida que marido e mulher. Viajava sem parar, na Suécia e no exterior, e de maneira geral não tinha o menor senso de responsabilidade. O que evidentemente afetou os filhos. Martin nasceu em 1948 e Harriet em 1950. A infância deles foi caótica, com uma mãe que a toda hora os abandonava e um pai que afundava no alcoolismo. Em 1958 resolvi intervir. Gottfried e Isabella moravam em Hedestad e forcei-os a se mudar para cá. Eu estava começando a ficar cansado daquilo e decidi romper aquele círculo infernal. Martin e Harriet viviam ao deus-dará.

Henrik Vanger olhou seu relógio.

— Meus trinta minutos se esgotaram, mas estou chegando ao final da história. Concede-me alguns minutos mais?

Mikael balançou a cabeça e falou:

— Continue.

— Vou ser breve então. Eu não tinha filhos, um contraste considerável com os outros irmãos e membros da família, que pareciam obcecados pela necessidade estúpida de perpetuar a linhagem. Gottfried e Isabella vieram morar aqui, mas o casamento começou a se desfazer. Depois de um ano, Gottfried se instalou em sua cabana, onde passava longos períodos sozinho, só retornando à casa de Isabella quando estava muito frio. Acabei me encarregando de Martin e de Harriet. Em mais de um aspecto eles passaram a ser os filhos que nunca tive. Martin era... Para dizer a verdade, houve um momento em sua juventude em que temi que seguisse as pegadas do pai. Era indolente, introvertido e hipocondríaco, mas também podia ser charmoso e entusiasta. Passou por alguns anos difíceis na adolescência, mas se endireitou ao começar a universidade. Ele... bem, apesar de tudo ele é o diretor-executivo do que resta do grupo Vanger, o que deve ser encarado como um saldo razoável.

— E Harriet? — perguntou Mikael.

— Harriet tornou-se a menina dos meus olhos. Tentei dar a ela segurança e, a partir daí, confiança em si mesma. Nós dois nos entendíamos muito bem. Considerava-a como filha e ela passou a ser mais próxima de mim que dos próprios pais. Entenda, Harriet era uma menina muito especial. Introvertida como o irmão, na adolescência teve uma atração romântica pela religião, o que a distinguia de todos os outros membros da família. Mas também tinha talentos evidentes e uma inteligência rara. Um grande senso moral e uma grande honestidade. Quando estava com catorze, quinze anos, eu tinha a certeza de que ela, mais do que o irmão e todos os primos e sobrinhos ao meu redor, seria um dia chamada para dirigir o grupo Vanger ou, pelo menos, para desempenhar algum papel central nele.

— E o que aconteceu?

— Chegamos agora à verdadeira razão pela qual eu gostaria de contratá-lo. Quero que descubra quem, na família, assassinou Harriet Vanger e há quase quarenta anos vem tentando me fazer mergulhar na loucura.

5. QUINTA-FEIRA 26 DE DEZEMBRO

Pela primeira vez desde que Henrik Vanger iniciara seu monólogo, o velho conseguiu surpreender Mikael, que pediu mesmo que ele repetisse, para estar certo de ter ouvido bem. Nenhuma das informações que colhera na internet sugeria que um assassinato tivesse ocorrido na família Vanger.

— Foi em 22 de setembro de 1966. Harriet tinha dezesseis anos e acabava de se classificar em primeiro lugar no colégio. Era um sábado e foi o pior dia da minha vida. Reconstituí o desenrolar dos acontecimentos tantas vezes que penso ser capaz de descrever minuto a minuto o que se passou naquele dia, exceto o mais importante.

Fez um gesto com a mão, como se varresse o ar.

— Grande parte da família estava reunida aqui nesta casa. Era um daqueles terríveis jantares anuais de família, quando sócios do grupo Vanger se reuniam para discutir negócios. Meu avô criara essa tradição na sua época, e o resultado, na maioria das vezes, eram reuniões mais ou menos detestáveis. A tradição chegou ao fim nos anos 1980, quando Martin decidiu, pura e simplesmente, que todas as discussões relativas à empresa ocorreriam nas reuniões e nas assembléias regulares. Foi a melhor decisão que tomou na vida. Faz vinte anos que a família não se reúne para esse tipo de encontro.

— Você disse que Harriet foi assassinada...

— Espere. Deixe-me contar o que aconteceu. Era um sábado, portanto. Era também a Festa das Crianças, com um desfile organizado pelo clube de atletismo de Hedestad. Harriet foi à cidade, durante o dia, para assistir ao desfile com alguns colegas do colégio. Voltou um pouco depois das duas da tarde; o jantar estava previsto para as cinco e ela era esperada, como todos os outros jovens da família.

Henrik Vanger levantou-se e foi até a janela. Fez um sinal para que Mikael o acompanhasse e apontou com um dedo:

— Às duas e quinze, alguns minutos depois de Harriet ter chegado em casa, um acidente terrível aconteceu ali na ponte. Um certo Gustav Aronsson, irmão de um proprietário rural de Östergarden, uma fazenda aqui da ilha, entrou de carro na ponte e colidiu de frente com um caminhão-tanque que se dirigia à ilha para fornecer óleo doméstico. Nunca se chegou a estabelecer realmente como o acidente ocorreu, pois há boa visibilidade nos dois sentidos, mas ambos vinham muito depressa, e o que podia ter sido um acidente menor se transformou em uma catástrofe. O motorista do caminhão tentou evitar a colisão girando instintivamente o volante. O caminhão-tanque bateu na grade lateral e virou, ficando atravessado na ponte com a traseira em grande parte para fora da beirada... Uma barra de metal furou o tanque, e óleo inflamável começou a vazar. Enquanto isso, Gustav Aronsson, prensado no carro e sofrendo terrivelmente, berrava sem parar. O motorista do caminhão-tanque também se feriu, mas conseguiu sair da cabine.

O velho fez uma pausa e voltou a se sentar.

— Na verdade, o acidente não teve relação alguma com Harriet. Mas, de certo modo, desempenhou seu papel. Pois foi um caos completo quando as pessoas correram para ajudar. Havia ameaça de incêndio, e o alerta foi dado. A polícia, uma ambulância, as primeiras pessoas aproximando-se depressa para socorrer, os bombeiros, jornalistas e curiosos acorreram na maior desordem ao local. Evidentemente, todos se amontoavam do lado do continente, enquanto na ilha fazíamos o possível para tirar Aronsson dos destroços, o que acabou sendo uma tarefa terrivelmente difícil. Ele estava prensado e seriamente ferido. Tentamos retirá-lo das ferragens com a força das mãos, mas não adiantou. Era preciso usar uma serra. O problema é que não podíamos fazer nada que produzisse fagulhas, estávamos no meio de um mar de óleo ao lado de um caminhão-tanque virado. Se ele explodisse, seria o nosso fim. Demorou algum tempo até chegarem reforços do continente; o caminhão atravessado obstruía a ponte, e passar por cima do tanque era o mesmo que escalar uma bomba.

Mikael teve a impressão de que o velho fazia um relato minuciosamente ensaiado e calculado com a intenção de captar seu interesse. E foi obrigado a admitir que Henrik Vanger era um excelente contador de histórias. Sabia cativar o ouvinte. No entanto, ele continuava sem ter a menor idéia de que rumo a história tomaria.

— O importante nesse acidente é que a ponte permaneceu fechada durante as vinte e quatro horas seguintes. Só no fim da tarde de domingo é que conseguiram bombear o óleo que restava no tanque, remover o caminhão e reabrir a ponte para circulação. Durante essas vinte e quatro horas, a ilha esteve separada do mundo. O único meio de se chegar ao continente era através de uma canoa dos bombeiros, mobilizada para transportar as pessoas do porto de recreio na ilha até o velho porto atrás da igreja. Durante várias horas, o barco só foi utilizado pelos socorristas. Só bem tarde no sábado, à noite, é que começaram a transportar os moradores. Entende o que isso significa?

Mikael assentiu com a cabeça.

— Suponho que alguma coisa aconteceu a Harriet na ilha e que o número de suspeitos se limita às pessoas que estavam aqui. Uma espécie de versão insular do mistério do quarto fechado?

Henrik Vanger deu um sorriso irônico.

— Mikael, você não sabe o quanto tem razão. Eu também li Dorothy Sayers. Eis os fatos comprovados: Harriet chegou aqui por volta das duas e dez. Se contarmos também as crianças e os casais não casados, ao todo haviam chegado cerca de quarenta pessoas durante o dia. Contando empregados e moradores fixos, havia sessenta e quatro pessoas aqui ou nos arredores da casa. Alguns, os que pretendiam passar a noite, ocupavam-se em se instalar nas casas vizinhas ou nos quartos de hóspedes. Harriet havia morado antes numa casa do outro lado da estrada, mas, como já contei, nem seu pai Gottfried nem sua mãe Isabella eram muito estáveis, e percebi o quanto Harriet andava atormentada. Não conseguia se concentrar nos estudos e, em 1964, quando completou catorze anos, fiz que viesse se instalar aqui em casa. Isabella certamente achou cômodo poder desembaraçar-se dos cuidados que a filha representava. Harriet tinha um quarto no andar de cima, e passamos dois anos juntos. Assim, foi para cá que ela veio naquele dia. Sabemos que trocou algumas palavras com Harald Vanger no pátio, ele é um dos meus irmãos. Depois, subiu a escada e veio até aqui, a este cômodo, me dar um alô. Disse que queria me contar alguma coisa. Outros membros da família estavam comigo nesse momento e não tive tempo para escutá-la. Mas ela parecia tão preocupada que prometi ir ao seu quarto sem demora. Ela concordou com a cabeça e saiu por aquela porta. Foi a última vez que a vi. Um minuto mais tarde, houve o choque na ponte e o caos que se seguiu alterou todos os outros planos do dia.

— Como ela morreu?

— Espere. A coisa é mais complicada e devo contar a história em ordem cronológica. Quando ocorreu a colisão, as pessoas deixaram tudo o que estavam fazendo e se precipitaram ao local do acidente. Eu era... digamos que assumi a direção das operações, não pensei em outra coisa nas horas seguintes. Sabemos que Harriet também foi até a ponte depois da colisão, várias pessoas a viram, mas o risco de explosão me fez ordenar que todos que não estavam ajudando a retirar Aronsson dos destroços se afastassem. Éramos somente cinco pessoas no local do acidente: eu e meu irmão Harald; Magnus Nilsson, espécie de empregado faz-tudo em minha casa; um operário da serraria chamado Sixten Nordlander, que morava numa cabana junto ao porto de recreio; e um jovem chamado Jerker Aronsson. Este tinha dezesseis anos e eu devia tê-lo mandado embora, mas era o sobrinho do Aronsson prensado dentro do carro e chegara de bicicleta um minuto ou dois após o acidente; ele estava indo para a cidade. Por volta das vinte para as três, Harriet estava na cozinha, aqui em casa. Bebeu um copo de leite e trocou algumas palavras com Astrid, a cozinheira. Juntas, elas ficaram olhando pela janela o que se passava na ponte. Às cinco para as três, Harriet atravessou o pátio. Foi vista, entre outros, pela mãe, Isabella, mas elas não se falaram. Um minuto depois, ela cruzou com Otto Falk, o pastor de Hedeby. Nessa época, o presbitério ficava onde hoje Martin Vanger tem a sua casa, do lado de cá da ponte. O pastor, resfriado, fazia uma sesta quando a colisão ocorreu; não vira o acidente, acabavam de informá-lo e ele se dirigia apressado à ponte. Harriet o deteve no caminho, queria falar com ele, mas o pastor a interrompeu com um gesto de mão e prosseguiu em seu caminho. Otto Falk é a última pessoa que a viu viva.

— Como ela morreu? — repetiu Mikael.

— Não sei — respondeu Henrik Vanger com um olhar atormentado. —

Só conseguimos retirar Aronsson do carro por volta das cinco da tarde (aliás, mesmo gravemente ferido, ele sobreviveu) e às seis a ameaça de incêndio já não existia. A ilha continuava isolada, mas as coisas começavam a se acalmar. Só nos demos conta da ausência de Harriet no momento em que nos sentamos à mesa para um jantar tardio, às oito da noite. Enviei uma de suas primas para chamá-la no quarto, mas ela voltou dizendo que não a encontrara. Isso não me deixou muito inquieto; achei que ela resolvera dar uma volta ou que não fora informada de que o jantar estava servido. E durante a noite estive ocupado com diversas disputas familiares. Só na manhã seguinte, porque Isabella a procurava, é que percebemos que ninguém sabia onde ela estava e que ninguém a vira desde a véspera.

Ele abriu amplamente os braços.

— Desde esse dia, Harriet Vanger continua desaparecida, sem que haja o menor sinal dela.

— Desaparecida? — ecoou Mikael.

— Em todos esses anos não conseguimos descobrir nada, nem um fragmento microscópico dela.

— Mas, se ela desapareceu, então não se pode afirmar que tenha sido assassinada.

— Entendo sua alegação. Meus pensamentos seguiram o mesmo caminho. Quando alguém desaparece sem deixar sinal, quatro coisas podem ter acontecido. A pessoa resolveu desaparecer por livre e espontânea vontade e está escondida. Pode ter sofrido um acidente fatal. Pode ter se suicidado. E, por fim, pode ter sido vítima de um crime. Pesei todas as possibilidades.

— E por que acha que alguém a matou?

— Porque é a única conclusão plausível.

Henrik Vanger levantou um dedo e continuou:

— No início achei que ela tivesse fugido. Mas os dias se passaram e todos nós percebemos que não era esse o caso. Quero dizer: uma jovem de dezesseis anos que vivia num ambiente relativamente protegido, mesmo sendo esperta, como poderia se virar, se esconder e permanecer escondida sem ser descoberta? Onde conseguiria dinheiro? E, mesmo se arranjasse trabalho em algum lugar, precisaria de um documento de identidade e de um endereço.

Levantou dois dedos.

— Meu segundo raciocínio, evidentemente, é que ela tenha sofrido um acidente. Faça-me um favor, abra a gaveta de cima da escrivaninha. Vai encontrar um mapa ali.

Mikael fez o que ele pedia, depois abriu o mapa sobre a mesa baixa. Hedebyön, a ilha, era uma massa de terra irregular de cerca de três quilômetros de comprimento e um e meio em sua parte mais larga. Um bom trecho da ilha era constituído de floresta. As moradias se concentravam ao redor da ponte e do porto de recreio; na outra extremidade da ilha havia uma fazenda, Östergarden, de onde o infeliz Aronsson iniciara seu trajeto de carro.

— Lembre que ela não deixou a ilha — sublinhou Henrik Vanger. — Aqui em Hedebyön pode-se morrer num acidente como em qualquer lugar do mundo. A pessoa pode ser atingida por um raio, embora naquele dia não tivesse desabado nenhuma tempestade. Pode ser pisoteada por um cavalo, cair num poço ou numa furna. Certamente há inúmeras maneiras de se sofrer um acidente aqui. Refleti sobre tudo isso.

Ele ergueu um terceiro dedo.

— Resta um problema, e equivale também à terceira possibilidade: que, contra todas as expectativas, ela tenha se suicidado. Mas então o corpo teria sido encontrado em alguma parte desta área tão limitada.

Henrik Vanger espalmou a mão no meio do mapa.

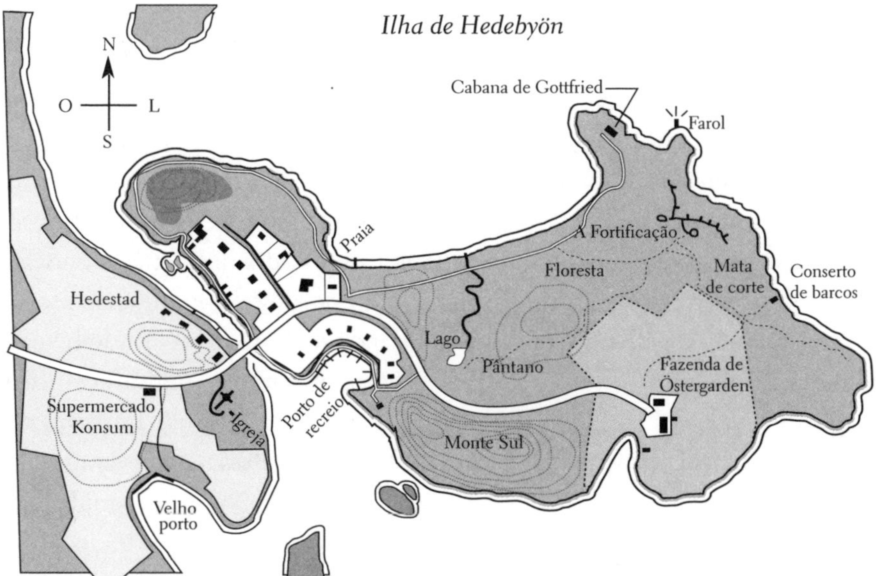

— Nos dias seguintes ao desaparecimento, organizamos uma batida, primeiro num sentido, depois no outro. Os homens vasculharam o menor fosso, a menor porção de mato, tudo que se assemelhasse a uma furna ou a um monte de terra. Examinamos cada construção, cada chaminé, cada poço, cada granja, cada celeiro.

O velho moveu a cabeça e olhou para fora. Começava a escurecer. Sua voz ficou mais baixa e mais intimista.

— No outono continuei procurando-a, depois que as buscas tinham se encerrado e todos já haviam desistido. Quando eu não estava ocupado com meu trabalho, percorria a ilha em todas as direções. O inverno chegou sem que tivéssemos encontrado o menor sinal dela. Na primavera eu prossegui, mesmo sabendo que meus esforços eram irracionais. O verão chegou, contratei três peritos em floresta, que reiniciaram as buscas com cães. Eles rastrearam sistematicamente cada metro quadrado da ilha. Eu começava a considerar que alguém podia ter feito mal a ela. Assim, eles buscavam uma espécie de cova onde a tivessem enterrado. Procuraram por três meses. Não encontramos o menor sinal de Harriet. É como se ela tivesse evaporado.

— Há outras possibilidades — lembrou Mikael.

— Diga.

— Ela pode ter se afogado, acidental ou voluntariamente. Estamos numa ilha e a água pode ocultar muitas coisas.

— É verdade. Mas não é muito provável. Veja: se Harriet sofreu um acidente e se afogou, isso logicamente deve ter acontecido muito perto do povoado. Lembre que a confusão na ponte era o maior drama que Hedebyön vivia desde muitas décadas, e seria estranho uma jovem de dezesseis anos escolher bem esse momento para ir passear do outro lado da ilha. Mais importante ainda — prosseguiu — é que não há muitas correntes por aqui, e nessa época do ano os ventos costumam soprar do norte e do nordeste. Qualquer coisa que caísse na água teria sido lançada à praia do lado da terra firme, onde há construções praticamente ao longo de toda a costa. Claro que pensamos nisso e investigamos todos os locais onde ela poderia ter caído na água. Também contratei jovens de um clube de mergulho de Hedestad. Passaram o verão esquadrinhando o fundo do canal e das praias próximas... Nenhum sinal. Estou convencido de que ela não está no mar, senão a teríamos encontrado.

— E se ela sofreu um acidente em outra parte? A ponte estava fechada, é verdade, mas a distância entre a ilha e o continente não é grande. Ela pode ter atravessado a nado ou de barco.

— Era final de setembro, a água estava muito fria. Se Harriet decidisse tomar banho no meio da confusão geral, teria sido vista e chamaria a atenção. Havia gente na ponte e, do lado da terra firme, duzentas ou trezentas pessoas observavam a cena.

— E um barco?

— Naquele dia havia exatamente treze barcos em Hedebyön. A maioria já havia deixado o mar. No porto de recreio, apenas dois estavam na água. Havia sete barcos, cinco dos quais já trazidos para a praia. Abaixo do presbitério, havia um bote recolhido em terra e um na água. Todos esses barcos foram verificados e se achavam exatamente em seus respectivos lugares. Se ela tivesse feito a travessia a remo, teria sido obrigada a deixar a embarcação do outro lado.

Henrik Vanger levantou um quarto dedo.

— Só resta uma possibilidade verossímil, a de que Harriet desapareceu contra a sua vontade. Alguém lhe fez mal e deu sumiço no corpo.

Lisbeth Salander passou a manhã de Natal lendo o controvertido livro de Mikael Blomkvist sobre jornalismo econômico. O livro tinha duzentas e dez páginas e chamava-se *Os templários*, com o subtítulo *O jornalismo econômico em questão*. A capa, de *design* muito moderno, assinada por Christer Malm, representava a Bolsa de Estocolmo. Christer trabalhara no Photoshop e o observador levava algum tempo para perceber que o prédio flutuava livremente no ar. Não havia fundo. Difícil imaginar uma capa mais explícita e eficaz para dar o tom do que viria a seguir.

Salander constatou que Blomkvist tinha um estilo excelente. O livro era escrito de maneira direta e envolvente, e mesmo pessoas que não conheciam os meandros do jornalismo econômico podiam ler e tirar proveito. O tom era mordaz e sarcástico, mas sobretudo convincente.

O primeiro capítulo era uma espécie de declaração de guerra em que Blomkvist falava sem papas na língua. Os analistas econômicos suecos haviam se tornado, nos últimos anos, um grupo de lacaios incompetentes, que se julgavam importantes e não possuíam o menor pensamento crítico. Mikael chegava a essa conclusão depois de mostrar que os jornalistas econômicos se contentavam o tempo todo, e sem a menor objeção, em reproduzir as afirmações transmitidas por dirigentes de empresas e especuladores da Bolsa — mesmo quando essas afirmações eram claramente falaciosas e errôneas. Esses jornalistas, portanto, ou eram ingênuos e crédulos que deviam ser demitidos de seus cargos, ou, pior, gente que traía deliberadamente sua missão jornalística por não proceder a exames críticos e por não fornecer ao público uma informação correta. Blomkvist escrevia que muitas vezes se envergonhava de ser qualificado como jornalista econômico, pois se arriscava a ser confundido com pessoas que ele não considerava nem mesmo jornalistas.

Blomkvist comparava as contribuições dos analistas econômicos com o trabalho dos jornalistas especializados em assuntos criminais ou dos correspondentes no exterior. Traçava um panorama dos protestos que se levantariam se um jornalista jurídico de um grande jornal passasse a publicar, sem o menor senso crítico, afirmações do promotor, dando-as automaticamente como verídicas, por exemplo, no processo de um assassinato, sem buscar as informações da defesa e sem entrevistar a família da vítima, para formar uma idéia do que seria plausível ou não. Dizia que as mesmas regras deviam se aplicar aos jornalistas econômicos.

O restante do livro trazia uma série de provas que reforçavam o discurso da introdução. Um longo capítulo examinava declarações sobre uma empresa "pontocom" em seis importantes jornais, bem como nas revistas *Finanstidningen*, *Dagens Industri* e no programa de tevê *A-ekonomi*. Primeiro ele reproduzia essas citações e depois acrescentava o que os repórteres tinham dito e escrito, antes de comparar com a situação real. Descrevendo o desenvolvimento da empresa, várias vezes ele mencionava perguntas simples que um *jornalista sério* teria feito, mas que o grupo de especialistas da economia não fizera, numa clara omissão.

Outro capítulo abordava a privatização da Telia — era a parte mais cômica e irônica do livro, na qual articulistas econômicos declaradamente citados eram reduzidos a pó, entre os quais um certo William Borg, contra quem Mikael parecia sentir uma particular hostilidade. Outro capítulo, mais no final do livro, comparava o nível de competência entre jornalistas econômicos suecos e estrangeiros. Blomkvist descrevia a maneira como *jornalistas sérios* do *Financial Times*, *The Economist* e de alguns periódicos econômicos alemães haviam noticiado os mesmos assuntos em seus países. A comparação não era muito favorável aos jornalistas suecos. O último capítulo esboçava uma proposta para corrigir essa lamentável situação. A conclusão do livro remetia de volta à introdução:

> Se um repórter, no Parlamento, realizasse sua tarefa do mesmo modo, sustentando sem a menor crítica cada moção proposta, ainda que totalmente insensata, ou se um jornalista político carecesse de uma forma semelhante de julgamento, esse jornalista seria despedido ou pelo menos transferido a um serviço no qual ele ou ela não pudesse causar prejuízos. No jornalismo econômico, porém, não é a missão jornalística natural que prevalece, ou seja, oferecer aos leitores análises críticas e um relato objetivo dos resultados. Não, aqui se celebra o vigarista mais bem-sucedido. E é assim que o futuro da Suécia está sendo moldado, minando-se a última confiança ainda depositada nos jornalistas como categoria profissional.

Não havia rodeios. O tom era áspero e Salander não teve dificuldade em entender o debate enfurecido que se seguiu tanto no *Journalisten*, o órgão da categoria, em alguns jornais de economia como também nos artigos de fundo das revistas especializadas. Mesmo que apenas um número pequeno de jornalistas econômicos tivesse sido mencionado no livro, Lisbeth Salander supunha que a corporação era bastante pequena para que todos soubessem exatamente quem era visado quando se citavam as diferentes publicações. Blomkvist arranjara sérios inimigos, o que se refletia também nas dezenas de comentários que se alegravam de maneira maldosa com a sentença do caso Wennerström.

Ela fechou o livro e observou a fotografia do autor na quarta capa. Mikael Blomkvist aparecia numa foto pequena. Uma mecha castanho-clara pendia displicentemente sobre a testa, como se uma rajada de vento tivesse passado bem na hora em que o fotógrafo acionou o botão da máquina, ou como se (o que era mais provável) o ilustrador Christer Malm tivesse feito algum retoque. Ele olhava para a objetiva com um sorriso irônico e um olhar que certamente pretendia ser charmoso e travesso. *Um cara bastante atraente. Tirado de circulação por três meses de prisão.*

— Muito bem, Super-Blomkvist — disse ela em voz alta. — Você só quis se divertir um pouco, não foi?

* * *

Por volta do meio-dia, Lisbeth Salander ligou seu notebook e abriu o programa Eudora para passar um e-mail. Digitou uma única e eloqüente linha:

[Vc tem tempo?]

Assinou Wasp e enviou a mensagem para Praga_xyz_666@hotmail.com. Por precaução, passou pelo programa de encriptação PGP.

Depois vestiu um jeans preto, botas de inverno, malha de gola alta, jaqueta escura, luvas, um gorro e um cachecol da mesma cor amarelo-pálido. Tirou os anéis das sobrancelhas e do nariz, passou nos lábios um batom cor-de-rosa e examinou-se no espelho do banheiro. Estava parecida com qualquer pessoa que fosse passear num domingo e achou que sua indumentária era uma camuflagem de combate adequada para uma incursão às linhas inimigas. Tomou o metrô de Zinkensdamm na Östermalmstorg e depois foi a pé para a Strandvägen. Caminhou pelo canteiro central enquanto ia lendo o número dos prédios. Um pouco antes de chegar à ponte de Djurgarden, deteve-se e contemplou a porta que procurava. Atravessou a rua e esperou a alguns metros da entrada.

Observou que a maioria das pessoas que havia saído para passear nesse dia frio de Natal andava no meio da rua; somente uns poucos utilizavam a calçada diante dos prédios.

Foi preciso esperar cerca de meia hora até que uma mulher já de uma certa idade se aproximasse, com uma bengala, vindo da Djurgarden. A mulher parou e lançou um olhar desconfiado a Salander, que sorriu amavelmente e cumprimentou-a com um breve movimento de cabeça. A senhora com a bengala devolveu o cumprimento e pareceu tentar se lembrar de onde conhecia a jovem. Salander deu-lhe as costas e se afastou da porta com alguns passos, como se estivesse andando para lá e para cá à espera de alguém. Quando se virou de novo, a senhora já estava diante da porta, digitando o código de acesso com muita aplicação. Salander não teve dificuldade em vê-la digitar 1260.

Esperou mais cinco minutos antes de se aproximar da porta. Quando acionou o código, a fechadura emitiu um estalo. Ela abriu a porta e olhou para dentro. No *hall* havia uma câmera de segurança, ela deu uma espiada e depois a ignorou; o modelo, vendido pela Milton Security, só era ativado em caso de arrombamento. No fundo, à esquerda, passando um elevador antigo, havia outra porta com um código de segurança; ela testou 1260 e constatou que a combinação da porta de entrada era a mesma da porta de acesso ao subsolo e ao depósito de lixo. *Que negligência!* Levou exatamente três minutos para examinar o subsolo, onde localizou uma lavanderia destrancada e um local de triagem do lixo. Depois utilizou um conjunto de chaves falsas que havia pegado "emprestadas" do serralheiro da Milton para abrir uma porta trancada que dava para o que parecia ser a sala de reuniões do condomínio. Bem ao fundo havia um local para jogos e passatempos. Por fim encontrou o que procurava — o quadro de luz do prédio. Examinou os relógios, os fusíveis e as junções, tirou do bolso uma máquina fotográfica digital, uma Canon do tamanho de um maço de cigarros. Tirou três fotos do que a interessava.

Ao sair, passou os olhos pela lista de nomes junto ao elevador e leu o do último andar: *Wennerström*.

Depois deixou o prédio e andou com passos rápidos até o Museu Nacional. Entrou na cafeteria para se aquecer e tomar um café. Meia hora depois, retornou ao Söder e subiu ao seu apartamento.

Ela recebera uma resposta de Praga_xyz_666@hotmail.com. Descriptografou-a em PGP, e a resposta lacônica formava simplesmente o número 20.

6. QUINTA-FEIRA 26 DE DEZEMBRO

O prazo de trinta minutos fixado por Mikael Blomkvist fora amplamente ultrapassado. Eram quatro e meia e não havia mais como cogitar o trem da tarde. Mas Mikael ainda podia pegar o trem das nove e meia da noite. De pé diante da janela, ele massageou a nuca enquanto contemplava a fachada iluminada da igreja do outro lado da ponte. Henrik Vanger mostrara-lhe um álbum de recortes com artigos sobre o acontecimento publicados tanto nos jornais da região quanto na imprensa nacional. O interesse da mídia fora relativamente grande durante algum tempo — a filha de uma célebre família industrial desaparecida sem deixar vestígios era uma notícia e tanto. Mas, como o corpo não foi encontrado e as investigações não avançaram, o interesse foi diminuindo. Embora o caso Harriet Vanger envolvesse uma ilustre família industrial, passados mais de trinta e seis anos era uma história esquecida. A teoria preponderante nos artigos do final dos anos 1960 era de que ela se afogara e fora arrastada ao largo — uma tragédia que podia atingir qualquer família.

Curiosamente, Mikael ficara fascinado com o relato do velho, mas, quando Henrik Vanger pediu uma pausa para ir ao banheiro, Mikael voltou a ficar cético. No entanto o velho ainda não concluíra a história e Mikael prometera escutá-lo até o fim.

— E o que aconteceu a ela, na sua opinião? — perguntou Mikael quando Henrik voltou.

— Normalmente, cerca de vinte e cinco pessoas tinham domicílio permanente aqui, mas por causa da reunião familiar havia umas sessenta pessoas na ilha naquele dia. Dessas, entre vinte e vinte e cinco podem ser excluídas. Creio que um desses que restam, muito provavelmente alguém da família, matou Harriet e escondeu o corpo.

— É preciso levar em conta algumas coisas.

— Diga.

— Bem, uma, evidentemente, é que mesmo que alguém tivesse escondido o corpo, ele teria sido descoberto se as buscas foram mesmo tão minuciosas como você disse.

— Para falar a verdade, as buscas foram ainda mais amplas do que descrevi. Só quando comecei a pensar que Harriet podia ter sido vítima de um assassinato foi que me dei conta de que o corpo podia ter desaparecido de outras formas. Não posso provar que o que digo é verdade, mas estamos dentro dos limites do possível.

— Certo, continue.

— Harriet desapareceu por volta das três da tarde. Às cinco para as três, o pastor Otto Falk a viu, quando se dirigia apressado ao local do acidente. Mais ou menos no mesmo instante, um fotógrafo do jornal local passou a tirar um grande número de fotos de todo o drama. Nós, isto é, a polícia, examinamos essas fotos e constatamos que Harriet não aparecia em nenhuma delas; em compensação, todas as outras pessoas que moravam na ilha podiam ser vistas em pelo menos uma fotografia, com exceção das crianças muito pequenas.

Henrik Vanger foi buscar outro álbum, que colocou sobre a mesa diante de Mikael.

— São as fotos daquele dia. A primeira foi tirada em Hedestad, durante o desfile das crianças. Pelo mesmo fotógrafo. Foi tirada à uma e quinze e nela Harriet aparece.

A foto fora tirada do primeiro andar de uma casa e via-se uma rua por onde passava o desfile — caminhões com palhaços e meninas com maiô de banho. Espectadores amontoavam-se na calçada. Henrik Vanger mostrou uma pessoa na multidão.

— Aqui está Harriet. Mais ou menos duas horas antes do desaparecimento, ela está na cidade com algumas colegas da escola. É sua última foto. Mas há outra interessante.

Henrik folheou algumas páginas. O restante do álbum continha pouco mais de cento e oitenta fotos — seis rolos — da catástrofe na ponte. Depois de ouvido o relato, era quase desconfortável ver tudo ali de repente, sob a forma de fotografias em preto-e-branco. O fotógrafo que imortalizara o caos do acidente era um bom profissional. Um grande número de imagens focalizava as atividades em torno do caminhão-tanque tombado. Mikael não teve dificuldade de identificar um Henrik Vanger de quarenta e seis anos gesticulando, manchado de óleo.

— Este é o meu irmão Harald. — Henrik indicou um homem em mangas de camisa meio inclinado para a frente e que apontava com o dedo alguma coisa nos destroços onde Aronsson estava esmagado. — Meu irmão Harald é um homem desagradável, mas creio que se pode riscá-lo da lista de suspeitos. Com exceção de um breve momento, quando foi obrigado a correr até a casa para trocar de sapato, esteve o tempo todo na ponte.

As fotos se sucederam. Primeiro plano do caminhão-tanque. Plano geral dos espectadores à beira d'água. Detalhe do carro destroçado de Aronsson. Panorâmicas. Fotos indiscretas com teleobjetiva.

— Esta foto é muito interessante — disse Henrik Vanger. — Pelo que calculamos, foi tirada entre 15h40 e 15h45, portanto quarenta e cinco minutos depois que Harriet foi vista pelo pastor Falk. Se observar nossa casa, a janela do meio, no primeiro andar, é a do quarto de Harriet. Aqui ela aparece aberta.

— Então alguém estava no quarto de Harriet nesse momento.

— Perguntei isso a todos; ninguém admitiu ter aberto a janela.

— O que significa que foi Harriet mesmo que a abriu, e portanto estava viva naquele momento, ou que alguém mentiu. Mas por que um assassino entraria no quarto dela para abrir a janela? E por que alguém mentiria?

Henrik Vanger balançou a cabeça. Ele não tinha a resposta.

— Harriet desapareceu por volta das três, ou um pouco depois. Essas fotos dão uma idéia do lugar onde as pessoas estavam naquela hora. Por isso posso riscar algumas da lista de suspeitos. Pela mesma razão, posso dizer que outras que não aparecem nas fotos na hora em questão devem ser acrescentadas à lista de suspeitos.

— Você não respondeu à minha pergunta: como acha que o corpo desapareceu? Sei que já tem uma resposta: algum passe de mágica.

— Há várias maneiras bastante realistas de se fazer isso. Por volta das três, o assassino age. Ele ou ela provavelmente não utilizou uma arma, senão teríamos encontrado sinais de sangue. Suponho que Harriet foi estrangulada e que a coisa aconteceu aqui: atrás do muro do pátio, um lugar que o fotógrafo não pôde ver e que forma um ângulo oposto em relação à casa. Há um atalho dissimulado para quem vem do presbitério a pé para a casa, último lugar onde ela foi vista. Hoje existe uma pequena plantação e um gramado nesse lugar, mas nos anos 1960 era um terreno coberto de saibro e usado como estacionamento de carros. Tudo o que o assassino precisava fazer era abrir o porta-malas e pôr Harriet ali. Quando começamos as buscas no dia seguinte, ninguém imaginava que um crime tivesse sido cometido; nos concentramos nas praias, nas construções e na parte arborizada mais próxima do povoado.

— Então ninguém examinou os porta-malas.

— E, na noite seguinte, o assassino estava livre para pegar seu carro, atravessar a ponte e esconder o corpo em outro lugar.

Mikael assentiu com a cabeça.

— Nas barbas de todos os que participavam das buscas. Se foi o que aconteceu, trata-se de um canalha com muito sangue-frio.

Henrik Vanger deixou escapar um riso amargo.

— Você acaba de dar uma descrição perfeita de um grande número de membros da família Vanger.

Eles continuaram a discussão durante o jantar, às seis. Anna serviu lebre assada com batatas e geléia de groselha. Henrik Vanger abriu uma garrafa de vinho tinto seco. Mikael ainda tinha tempo de pegar o último trem. Sua intenção era encerrar a conversa.

— Reconheço que me contou uma história fascinante. Mas não consigo realmente entender por que me contou.

— Eu já disse. Quero descobrir quem foi o canalha que matou minha jovem sobrinha. É para isso que quero contratá-lo.

— Mas por que agora?

Henrik Vanger depôs os talheres.

— Mikael, vai fazer trinta e sete anos que eu me consumo refletindo sobre o que aconteceu com Harriet. Com os anos, passei a usar cada vez mais meu tempo livre para procurá-la.

Calou-se, retirou os óculos e contemplou uma mancha invisível no copo. Depois levantou os olhos e disse a Mikael:

— Para ser bem honesto, o desaparecimento de Harriet foi o que me levou a abandonar progressivamente a direção do grupo. Perdi toda a motivação. Sabia que havia um assassino na minha família, e as especulações e a busca da verdade se tornaram um peso para o meu trabalho. O pior é que o fardo não aliviou com o tempo; ao contrário. Por volta de 1970, houve um período em que quis, sobretudo, ser deixado em paz. Nessa época Martin entrou para o conselho administrativo e foi se encarregando aos poucos do meu trabalho. Em 1976 aposentei-me e Martin se tornou o diretor-executivo. Continuei participando do conselho administrativo, mas não fiz grande coisa depois dos meus cinqüenta anos. Nos últimos trinta e sete anos, não houve um dia em que eu não tivesse levantado hipóteses sobre o desaparecimento de Harriet. Você deve achar que isso beira a obsessão. Em todo caso, é o que pensam a maioria dos membros da nossa família. E eles provavelmente têm razão.

— O que aconteceu foi terrível.

— Mais do que isso. Destruiu minha vida. E fui tomando cada vez mais consciência disso à medida que o tempo passava. Você... você acha que se conhece bem?

— Acho que sim.

— Eu também. Não consigo esquecer o que aconteceu. Mas minhas motivações mudaram com os anos. No começo era mais um sofrimento profundo, uma aflição. Queria encontrá-la para pelo menos poder enterrá-la. Tratava-se de reabilitar Harriet.

— O que mudou então?

— Hoje se trata mais de descobrir o canalha que a matou. Mas o estranho é que quanto mais envelheço, mais isso se transformou numa espécie de hobby para mim.

— Hobby?

— Sim, a palavra cai bem. Depois que a investigação da polícia não deu em nada, continuei por conta própria. Tentei proceder de maneira sistemática e científica. Coletei todas as informações que consegui encontrar: as fotos que você viu, o inquérito policial, anotei tudo o que as pessoas me disseram ter feito naquele dia. Ou seja, dediquei quase metade da minha vida a coletar informações relativas a um único dia.

— Você tem consciência de que o próprio assassino, trinta e seis anos depois, já pode estar morto e enterrado?

— Não acredito nisso.

Mikael ergueu as sobrancelhas diante dessa declaração categórica.

— Vamos terminar a refeição e depois voltaremos ao meu escritório. Resta um detalhe para eu completar minha história. E é o mais desconcertante.

Lisbeth Salander estacionou o Corolla automático junto à estação ferroviária de Sundbyberg. Ela havia pegado emprestado o Toyota da frota de veículos da Milton Security. Não pedira exatamente permissão, mas Armanskij tampouco nunca a proibira, de forma explícita, de utilizar os veículos da Milton. Cedo ou tarde, ela pensou, vou precisar de um carro. Possuía apenas uma moto, uma Kawasaki 125 de segunda mão, que usava no verão. Durante o inverno, a moto ficava na garagem.

Caminhou até a Högklintavägen e tocou o interfone pontualmente às seis da tarde. A porta abriu depois de alguns segundos, ela subiu a escada até o primeiro andar e bateu na porta onde se lia o nome banal Svensson. Não fazia a menor idéia de quem era Svensson, nem mesmo se essa pessoa havia morado no apartamento.

— Oi, Praga — ela saudou.

— Wasp. Você só aparece quando precisa de alguma coisa.

O homem, que tinha três anos mais que Lisbeth Salander, media um metro e oitenta e nove e pesava cento e cinqüenta e dois quilos. Ela, que media um metro e cinqüenta e quatro e pesava quarenta e dois quilos, sempre se sentia uma anã ao lado de Praga. Como de costume, o apartamento estava na penumbra, só se entrevia a frouxa claridade de uma única lâmpada acesa no quarto que ele usava como escritório. Cheirava a mofo.

— É porque você nunca toma banho e fede como um macaco que te chamam de Praga? Se um dia você resolver sair à rua, eu te digo onde comprar sabão.

Ele esboçou um sorriso, mas não disse nada e fez a ela um sinal para acompanhá-lo até a cozinha. Instalou-se à mesa sem acender a luz. A única claridade vinha de um poste de iluminação pública diante da janela.

— Também não sou muito chegada a limpeza doméstica, mas quando caixas de leite vazias começam a atrair moscas, eu junto tudo e jogo fora.

— Recebo uma pensão por invalidez — ele disse. — Sou socialmente incompetente.

— É por isso que o Estado te deu uma moradia e rapidamente te esqueceu. Você não tem medo que os vizinhos se queixem e chamem a inspeção sanitária? Desse jeito vai acabar num asilo de loucos.

— Tem alguma coisa para mim?

Lisbeth Salander abriu o zíper da jaqueta e tirou cinco mil coroas.

— É tudo o que posso dar. Estou sacando dos meus fundos pessoais e não posso incluí-lo como dependente.

— O que você quer?

— O cabo de que me falou dois meses atrás. Conseguiu fazê-lo?

Ele sorriu e pôs um objeto sobre a mesa diante dela.

— Me explica como funciona.

Durante uma hora, ela escutou com atenção. Depois testou o cabo. Praga podia ser socialmente incapaz, mas sem dúvida nenhuma era um gênio.

De volta a seu escritório, Henrik Vanger esperou ter novamente a atenção de Mikael. Este consultou seu relógio.

— Você comentou sobre um detalhe desconcertante.

Henrik concordou com a cabeça.

— Nasci num 1º de novembro. Quando Harriet tinha oito anos, ela me deu um quadro de presente de aniversário. Uma flor prensada sob um vidro dentro de uma moldura simples.

Henrik deu a volta ao redor da mesa e mostrou a primeira flor. Campânula. Emoldurada sem muita habilidade.

— Foi o primeiro quadro, que recebi em 1958.

Ele mostrou o quadro seguinte.

— 1959, ranúnculo. 1960, margarida. Passou a ser uma tradição. Ela preparava o quadro durante o verão e o guardava para o meu aniversário. Sempre os pendurei aqui, nessa parede. Em 1966 ela desapareceu e a tradição foi interrompida.

Henrik Vanger calou-se e mostrou uma lacuna no alinhamento dos quadros. Mikael sentiu os cabelos se eriçarem na nuca. A parede inteira estava coberta de flores prensadas.

— Em 1967, um ano após o desaparecimento dela, recebi esta flor no meu aniversário. Uma violeta.

— Recebeu como? — perguntou Mikael em voz baixa.

— Num pequeno embrulho de presente dentro de um envelope enviado pelo correio. Postado em Estocolmo. Sem remetente. Nenhuma mensagem.

— Quer dizer que... — Mikael fez um gesto largo com a mão.

— Exatamente. No meu aniversário, todo maldito ano! Entende o que sinto? É dirigido contra mim, como se o assassino quisesse me torturar. Mortifiquei-me com especulações, dizendo a mim mesmo que Harriet foi eliminada por alguém que talvez quisesse me atingir, a mim. Todos sabiam que Harriet e eu tínhamos uma relação especial e que eu a considerava como filha.

— O que quer que eu faça? — perguntou Mikael, com a voz de repente mais dura.

Depois de deixar o Corolla na garagem do subsolo da Milton Security, Lisbeth Salander aproveitou para subir ao escritório com a intenção de ir ao banheiro. Usou o cartão com senha no elevador e foi direto para o segundo andar, sem passar pela entrada principal no primeiro, onde trabalhavam os que estavam de guarda. Ao sair do banheiro, pegou um café na máquina de *espressos* que Dragan Armanskij por fim resolvera adquirir, ao entender que Lisbeth jamais prepararia bem um café. Em seguida foi até sua sala e estendeu a jaqueta de couro no encosto de uma cadeira.

Seu lugar de trabalho era um cubículo de dois metros por três, atrás de uma divisória de vidro. Havia uma mesa com um computador Dell bastante antigo, uma cadeira giratória, um cesto de lixo, um telefone e uma estante com uma porção de listas telefônicas e três blocos de notas não usados. As duas gavetas da mesa continham algumas canetas esferográficas usadas, clipes de papel e um bloco. No parapeito da janela, um vaso com uma planta murcha de folhas castanhas e secas. Lisbeth Salander examinou a planta com ar pensativo, como se a visse pela primeira vez. Um momento depois, jogou-a decididamente no cesto de lixo.

Ela quase nunca tinha o que fazer em seu escritório e passava por ali não mais que umas seis vezes por ano, principalmente quando sentia necessidade de ficar a sós e de trabalhar num relatório antes de entregá-lo. Dragan Armanskij insistira que ela tivesse seu próprio espaço, acreditando que assim ela se sentiria parte da empresa, mesmo trabalhando como freelancer. Mas Lisbeth suspeitava que Armanskij queria mesmo era ficar de olho nela e acompanhar seus passos. De início fora instalada em outro ponto do corredor, numa sala maior que deveria dividir com um colega, mas, como nunca estava presente, Armanskij acabou por lhe destinar esse cubículo, que não servia a ninguém.

Lisbeth Salander pegou o cabo que trouxera do apartamento de Praga. Depositou o objeto à sua frente, na mesa, e o contemplou, refletindo e mordendo o lábio inferior.

Passava das onze da noite, ela estava sozinha no andar. Sentiu-se de repente muito cansada.

Alguns minutos depois, levantou-se e foi até o fim do corredor, onde testou a porta da sala de Dragan Armanskij. Trancada. Olhou ao redor. A probabilidade de alguém surgir no corredor à meia-noite daquele 26 de dezembro era quase zero. Abriu a porta com uma cópia do cartão com a senha principal da empresa, pirateado alguns anos antes.

O escritório de Armanskij era amplo, com escrivaninha, cadeiras para visitantes e uma pequena mesa de reunião de oito lugares num canto. Limpeza impecável. Fazia tempo que não revistava as coisas dele, mas já que estava ali... Passou uma hora no escritório e coletou os últimos dados do dossiê de um provável espião industrial, folheou um outro de colegas estúpidos destacados para uma empresa onde agiam ladrões bem organizados, e tomou conhecimento das medidas secretas adotadas para proteger uma cliente que temia que o filho fosse seqüestrado pelo próprio pai.

Ao terminar, recolocou todos os papéis exatamente no mesmo lugar, trancou a porta do escritório de Armanskij e voltou a pé para sua casa na Lundagatan. Estava satisfeita com sua jornada.

Mikael Blomkvist balançou de novo a cabeça. Sentado atrás de sua escrivaninha, Henrik Vanger contemplava Mikael com olhos calmos, como se já estivesse preparado para todas as suas objeções.

— Não sei se algum dia descobriremos a verdade, mas não quero descer ao túmulo sem fazer ao menos uma última tentativa — disse o velho. —

Gostaria de contratá-lo para que percorresse uma última vez todo o material reunido nessa investigação.

— Isso é totalmente insano — constatou Mikael.

— Por que insano?

— Ouvi com atenção, Henrik, entendo seu pesar, mas vou ser franco. O que você me pede é uma perda de tempo e de dinheiro. Pede que eu solucione, como por magia, um mistério que a polícia e investigadores experientes, dispondo de recursos bem mais completos, não encontraram em todos esses anos. Pede que eu solucione um crime quase quarenta anos depois de ele ter sido cometido. Como eu conseguiria?

— Ainda não falamos de seus honorários — replicou Henrik Vanger.

— Não vale a pena.

— Se recusar, não poderei forçá-lo. Mas escute o que ofereço. Dirch Frode já redigiu um contrato. Podemos discutir detalhes, porém o contrato é simples e a única coisa que falta é sua assinatura.

— Henrik, isso não vai servir para nada. Não posso resolver o enigma do desaparecimento de Harriet.

— O contrato não estipula isso. Tudo o que peço é que faça o melhor possível. Se fracassar, será a vontade de Deus ou, se não crê em Deus, do destino.

Mikael suspirou. Começava a se sentir cada vez menos à vontade e queria pôr um ponto final na sua visita a Hedeby, mas mesmo assim cedeu.

— Vá lá, diga.

— Quero que durante um ano more e trabalhe aqui em Hedeby. Quero que percorra toda a investigação sobre o desaparecimento de Harriet, documento após documento. Quero que examine tudo com olhos novos, totalmente novos. Quero que questione todas as antigas conclusões, como deve fazer um jornalista investigativo. Quero que examine o que eu mesmo, a polícia e outros investigadores podem ter deixado escapar.

— Está pedindo que eu abandone a minha vida e a minha carreira para me dedicar durante um ano a uma coisa que será uma completa perda de tempo?

Henrik Vanger sorriu.

— No que se refere à carreira, admita que por ora ela está bastante atravancada.

Mikael não soube o que responder.

— Quero comprar um ano da sua vida, oferecer-lhe um trabalho. O salário é superior a qualquer outra oferta que você jamais receberá. Pagarei duzentas mil coroas por mês, ou seja, dois milhões e quatrocentas mil coroas, se aceitar e permanecer por um ano.

Mikael emudeceu de espanto.

— Não tenho ilusão. Sei que a probabilidade de êxito é mínima, mas se, contra todas as expectativas, você resolver o enigma, ofereço um bônus — emolumentos dobrados, isto é, quatro milhões e oitocentas mil coroas. Sejamos generosos: cinco milhões para arredondar.

Henrik Vanger cedeu o corpo para trás e inclinou de lado a cabeça.

— Posso depositar o dinheiro na conta bancária de sua escolha, em qualquer lugar do mundo. Você também pode receber o dinheiro em papel-moeda, numa valise, cabendo-lhe decidir se quer ou não declarar a soma ao fisco.

— Não é... correto — gaguejou Mikael.

— E por quê? — perguntou Henrik calmamente. — Tenho mais de oitenta anos e continuo dono da minha cabeça. Tenho uma imensa fortuna pessoal e disponho dela como quiser. Não tenho filhos e não sinto a menor vontade de dar dinheiro a parentes que odeio. Meu testamento estipula que a maior parte do meu dinheiro irá para o World Wildlife Fund. Algumas poucas pessoas que me são próximas vão receber quantias merecidas — entre elas Anna, do andar de baixo.

Mikael Blomkvist balançou negativamente a cabeça.

— Tente me entender. Estou velho e em breve morrerei. Só desejo uma coisa no mundo: uma resposta à questão que me atormenta há quase quatro décadas. Não acredito que acharei a resposta, mas possuo meios suficientes para fazer uma última tentativa. Diga-me o que há de extravagante em utilizar parte da minha fortuna para essa finalidade. É uma dívida para com Harriet. E também para comigo.

— Vai gastar vários milhões de coroas para nada. Tudo o que preciso fazer é assinar o contrato e ficar numa boa durante um ano.

— Você não fará isso. Ao contrário, trabalhará mais duro do que jamais trabalhou em toda a sua vida.

— Como pode ter certeza?

— Porque posso lhe oferecer algo que deseja mais do que qualquer outra coisa no mundo e que dinheiro nenhum conseguirá comprar.

— O quê?

Os olhos de Henrik Vanger se estreitaram.

— Posso lhe entregar Hans-Erik Wennerström. Posso provar que ele é um vigarista. Começou sua carreira na minha empresa há trinta e cinco anos e posso lhe oferecer a cabeça dele numa bandeja. Resolva esse mistério e poderá transformar a sua derrota no tribunal na reportagem do ano.

7. SEXTA-FEIRA 3 DE JANEIRO

Erika estava de costas para Mikael. De pé em frente à janela da casa dele, ela olhava a cidade velha. Eram nove da manhã do dia 3 de janeiro. Toda a neve desaparecera com a chuva que caíra durante as festas de fim de ano.

— Sempre gostei da vista da sua casa — ela disse. — Só um apartamento como este poderia me fazer abandonar Saltsjöbaden.

— Você tem as chaves. Nada contra você deixar seu condomínio classe A para vir morar aqui — disse Mikael. Ele fechou a mala e colocou-a na entrada. Erika voltou-se e olhou para ele com ar incrédulo.

— Isso não faz sentido! — disse. — Estamos na pior das crises e você enche duas malas e vai embora para se instalar num fim de mundo.

— Em Hedestad. A algumas horas de trem. E não estou indo para sempre.

— Poderia ser também Ulan Bator! Não entende que dará a impressão de estar fugindo com o rabo entre as pernas?

— É exatamente o que estou fazendo. Sem esquecer que este ano também terei de cumprir uma pena de prisão.

Christer Malm estava sentado no sofá de Mikael. Sentia-se pouco à vontade. Desde o começo da *Millennium*, era a primeira vez que via Mikael e Erika divergindo tanto. Ao longo dos anos, os dois haviam se tornado inseparáveis.

Se eventualmente entravam em furiosas discussões, elas sempre se referiam a questões cujo ponto litigioso se dissolvia antes de caírem nos braços um do outro e saírem para fazer um lanche. Ou irem para a cama. O último outono não fora fácil, e agora era como se um abismo tivesse se aberto. Christer Malm se perguntou se assistia ao começo do fim da *Millennium*.

— Não tenho escolha — disse Mikael. — Nós não temos escolha.

Atravessou a sala e foi sentar-se junto à mesa da cozinha. Erika balançou a cabeça e sentou-se diante dele.

— E você, Christer, o que pensa disso? — ela perguntou.

Christer Malm afastou as mãos. Ele esperava a pergunta, temendo o momento em que seria obrigado a tomar posição. Era o terceiro sócio, mas os três sabiam que a *Millennium* era Mikael e Erika. Só lhe pediam conselho quando estavam realmente em desacordo.

— Com toda a franqueza — respondeu Christer —, vocês dois sabem que o que eu penso não tem a menor importância.

Calou-se. Ele adorava criar imagens. Adorava trabalhar com formas gráficas. Nunca se considerara um artista, mas sabia que era um *designer* de primeira. Em compensação, era uma nulidade quando se tratava de intrigas e decisões políticas.

Erika e Mikael se olharam. Ela, com uma cólera fria. Ele, refletindo.

Não estou assistindo a uma discussão, pensou Christer, mas a um divórcio. Foi Mikael que rompeu o silêncio.

— Bem, deixem-me expor os argumentos mais uma vez. — Ele fitou Erika. — Ir embora não significa que estou abandonando a *Millennium*. Trabalhamos duro demais para eu agora querer abandoná-la.

— Mas não estará na redação, eu e Christer é que carregaremos o fardo. Não entende que está se auto-exilando?

— Esse é o outro aspecto. Preciso dar um tempo, Erika. Estou fora de combate. Completamente estressado. Férias remuneradas em Hedestad talvez seja exatamente o que eu preciso.

— Toda essa história é muito estranha, Mikael. É como se você resolvesse ir trabalhar num circo.

— Eu sei. Mas me darão dois milhões e quatrocentos mil para ficar com a bunda numa cadeira por um ano, e não estarei inativo. Esse é o terceiro aspecto. O primeiro *round* contra Wennerström terminou e ele ganhou. O segundo já está em andamento: ele tentará afundar definitivamente a *Millennium*, pois sabe que, enquanto a revista existir, há pessoas na redação que sabem o que ele está fazendo.

— Sei muito bem disso. É o que venho constatando há seis meses nas receitas publicitárias, todo fim de mês.

— Exatamente. Por isso mesmo é que eu preciso me afastar da redação. Eu represento uma ameaça para ele. Ele fica paranóico comigo. Enquanto eu permanecer, ele prosseguirá na sua campanha. Nós agora temos que nos preparar para o terceiro *round*. Se quisermos ter uma chance mínima contra Wennerström, precisamos dar marcha a ré e elaborar uma nova estratégia. Precisamos descobrir alguma coisa em que possamos bater firme. Será o meu trabalho durante este ano.

— Eu entendo tudo isso — replicou Erika. — Mas por que simplesmente você não tira férias? Vá viajar, pegar sol numa praia durante um mês, fazer uma pesquisa sobre a vida amorosa das espanholas. Relaxe, passe um tempo em Sandhamn olhando para o mar.

— E quando eu voltar nada terá mudado. Wennerström vai esmagar a *Millennium*. Você sabe. A única coisa capaz de detê-lo é descobrirmos algo sobre ele que possa derrubá-lo.

— E acha que descobrirá isso em Hedestad?

— Verifiquei recortes de imprensa. Wennerström trabalhou para o grupo Vanger de 1969 a 1972. Fazia parte do estado-maior, responsável pelos investimentos estratégicos. Saiu muito de repente. Não se pode excluir a possibilidade de que Henrik Vanger saiba de fato alguma coisa sobre ele.

— Mas se Wennerström cometeu um delito há trinta anos, dificilmente isso poderá ser provado hoje.

— Henrik Vanger prometeu contar tudo o que sabe. Ele é obcecado pela sobrinha desaparecida. Eu diria que nada mais no mundo lhe interessa e, se isso significa queimar Wennerström, acho que há muita chance de que o faça. Em todo caso, não podemos nos dar ao luxo de deixar escapar essa chance. Ele é o primeiro a se dizer disposto a revelar toda a merda sobre Wennerström.

— Mesmo que você volte com provas de que Wennerström estrangulou a menina, não poderíamos utilizá-las. Não depois de tanto tempo. Ele nos massacraria no tribunal.

— Eu também pensei nisso, mas sinto muito: ele cursava a escola superior de comércio quando ela desapareceu e não tinha nenhuma ligação com o grupo Vanger. — Mikael fez uma pausa. — Erika, não vou deixar a *Millennium*, mas é importante que as pessoas tenham essa impressão. Você e Christer devem continuar levando adiante a revista. Se puderem... se tiverem a possibilidade de propor um acordo de paz com Wennerström, proponham. Não vão poder fazer isso se eu estiver na redação.

— Tudo bem, a situação está ruim, mas acho que você está indo atrás de nada em Hedestad.

— Tem uma idéia melhor para me propor?

Erika encolheu os ombros.

— Deveríamos buscar informantes. Retomar a investigação desde o início. Sem cometer erros desta vez.

— Esqueça, Ricky, o assunto está morto.

Erika deixou a cabeça pender sobre as mãos em cima da mesa, num gesto de abandono. Quando voltou a falar, no início teve dificuldade de olhar para Mikael.

— Estou muito irritada com você. Não por ter escrito o que escreveu, eu me envolvi no caso tanto quanto você. E não por abandonar seu cargo de editor, essa é uma decisão prudente na atual situação. Não me importo que pensem que houve um conflito ou uma luta de poder entre nós. Entendo a lógica de fazer Wennerström supor que eu sou apenas uma figura inofensiva e que a ameaça é você.

Fez uma pausa e olhou diretamente nos olhos dele, com os dentes cerrados.

— Mas acho que está enganado. Wennerström não morderá a isca. Continuará tentando afundar a *Millennium*. A única diferença é que a partir de agora terei de enfrentá-lo sozinha, e você sabe o quanto é necessário aqui na redação. Está certo, também quero levar adiante a guerra contra Wennerström, mas me incomoda você abandonar o navio desse jeito, nos deixando no meio da tempestade.

Mikael estendeu a mão e acariciou-lhe os cabelos.

— Você não está sozinha. Pode contar com Christer e com o resto da redação.

— Não com Janne Dahlman. Aliás, por falar nele, acho que foi um erro contratá-lo. É competente, mas faz mais mal do que bem. Não confio nele.

Passou o outono inteiro com aquele sorriso falso nos lábios. Não sei se apenas está esperando uma chance para pegar o seu lugar ou se simplesmente há uma incompatibilidade de humor entre ele e o resto da redação.

— Acho que você tem razão — disse Mikael.

— E o que devo fazer? Demiti-lo?

— Erika, você é a diretora e a principal acionista da *Millennium*. Se acha que deve demiti-lo, demita-o.

— Nunca demitimos ninguém, Micke. E agora você também joga para cima de mim essa decisão. Não vejo mais graça em sair de manhã para ir trabalhar.

Nesse instante Christer Malm decidiu se levantar.

— Se quer pegar mesmo o trem, Mikael, precisamos ir. — Erika esboçou um protesto, mas ele a interrompeu com um gesto de mão. — Espere, Erika, você me perguntou o que eu pensava. Acho que é uma situação fodida. Mas se o que Mikael diz é verdade, ou seja, que não há outra saída, deixe que ele vá, nem que seja só por ele mesmo. Devemos isso a ele.

Tanto Mikael quanto Erika olharam Christer surpresos, enquanto este lançava um olhar aborrecido a Mikael.

— Vocês dois sabem que a *Millennium* é vocês. Sou sócio, vocês sempre foram legais comigo, adoro a revista e tudo o mais, mas poderiam me substituir por qualquer outro *designer* sem o menor problema. Vocês me perguntaram o que eu penso e vou dizer. No que se refere a Janne Dahlman, sou da mesma opinião. Se está querendo demiti-lo, Erika, posso fazer isso no seu lugar. Precisamos apenas de um motivo razoável.

Fez uma pausa antes de continuar.

— Concordo com você, de fato pega mal Mikael desaparecer justamente agora. Mas acho que não temos muita escolha. — Olhou para Mikael. — Vou com você até a estação. Erika e eu seguraremos as pontas até a sua volta.

Mikael balançou devagar a cabeça.

— Meu medo é que Mikael não volte — disse Erika em voz baixa.

Dragan Armanskij despertou Lisbeth Salander ao chamá-la ao telefone à uma e meia da tarde.

— O que é? — ela perguntou, meio dormindo. Sua boca estava com gosto de alcatrão.

— A história de Mikael Blomkvist. Acabo de falar com o nosso cliente, o senhor Frode.

— E aí?

— Ele telefonou para dizer que podemos abandonar a investigação sobre Wennerström.

— Abandonar? Mas eu já comecei a trabalhar no caso.

— Entendo, mas Frode não está mais interessado.

— Assim, sem mais?

— Ele é quem decide. Se não quer continuar, paciência.

— Havíamos acertado uma remuneração.

— Você trabalhou quanto tempo?

Lisbeth Salander refletiu.

— Um pouco mais que três dias completos.

— Acertamos um teto de quarenta mil coroas. Vou fazer uma fatura de dez mil; você ficará com a metade, o que é razoável para três dias desperdiçados. É o preço que ele terá de pagar por ter iniciado o caso.

— E o que faço com o material que encontrei?

— É alguma coisa importante?

Ela refletiu um pouco.

— Não.

— Frode não pediu um relatório. Guarde o material em algum lugar, caso ele volte. Ou então jogue fora. Tenho um outro trabalho para você na semana que vem.

Lisbeth Salander permaneceu um momento com o telefone na mão depois que Armanskij desligou. Foi até seu canto de trabalho na sala de estar e olhou as anotações que espetara na parede e o monte de papéis amontoados na escrivaninha. Sua coleta consistia principalmente de recortes da imprensa e textos copiados da internet. Pegou os papéis e os enfiou numa gaveta da escrivaninha.

Franziu as sobrancelhas. O estranho comportamento de Mikael Blomkvist na sala do tribunal lhe parecera um desafio interessante e Lisbeth Salander não gostava de interromper o que havia começado. Todo mundo tem segredos. Trata-se apenas de descobrir quais são.

II. ANÁLISE DAS CONSEQÜÊNCIAS
3 DE JANEIRO A 17 DE MARÇO

Na Suécia, 46% das mulheres sofreram violência de um homem.

8. SEXTA-FEIRA 3 DE JANEIRO — DOMINGO 5 DE JANEIRO

Quando Mikael Blomkvist desceu do trem em Hedestad pela segunda vez, o céu estava azul-pastel e o ar gelado. Um termômetro na fachada da estação indicava dezoito graus negativos. Mais uma vez ele usava sapatos pouco adaptados ao frio. Ao contrário da visita anterior, o amável advogado Frode não viera esperá-lo com um carro aquecido. Mikael apenas dissera o dia em que chegaria, sem especificar o horário do trem. Supôs que haveria um ônibus para a aldeia, mas não teve vontade de carregar duas malas pesadas e uma sacola atrás de um ponto de ônibus. Dirigiu-se a um ponto de táxi do outro lado da esplanada em frente à estação.

Entre o Natal e o Ano-novo, as precipitações de neve haviam sido violentas e as montanhas acumuladas ao longo do caminho provavam que o serviço de desobstrução da prefeitura de Hedestad trabalhara sem parar. O motorista de táxi, que a placa de identificação no pára-brisa dizia chamar-se Hussein, concordou com a cabeça quando Mikael perguntou se o tempo causara muitos problemas. Com o mais puro sotaque do Norrland, contou que fora a pior tempestade de neve havia décadas e que se arrependia de não ter tirado férias de inverno para passar o Natal na Grécia.

Mikael indicou o caminho ao taxista até o pátio amplo em frente à casa de Henrik Vanger e, depois de subir com as malas até a entrada, olhou o carro desaparecendo em direção a Hedestad. Sentiu-se de repente muito só e indeciso. Erika talvez tivesse razão em dizer que todo esse projeto era insensato.

Ouviu a porta se abrir às suas costas e se virou. Henrik Vanger estava ali, vestindo um espesso casaco de couro, calçando botas forradas e tendo na cabeça um boné com orelheiras. Mikael vestia apenas jeans e uma jaqueta leve de couro.

— Já que vai morar aqui, primeiro precisa aprender a se vestir nesta época do ano. — Apertaram-se as mãos. — Tem certeza de que não quer ficar na casa principal? Não? Então vamos acomodá-lo em sua nova moradia.

Uma das exigências nas negociações com Henrik Vanger e Dirch Frode fora que Mikael pudesse morar num lugar onde ficasse independente e pudesse ir e vir à vontade. Henrik guiou Mikael em direção à ponte e abriu o portão de um pátio recentemente desobstruído diante de uma pequena casa de madeira. Não estava trancada, e o velho abriu a porta. Entraram num pequeno vestíbulo, onde Mikael depositou as malas com um suspiro de alívio.

— Aqui está o que chamamos a casa dos convidados, onde hospedamos as pessoas que ficam por algum tempo. Foi aqui que você e seus pais se instalaram em 1963. É uma das construções mais antigas do povoado, embora modernizada. Cuidei para que Gunnar Nilsson, o meu faz-tudo, pusesse o aquecimento para funcionar esta manhã.

A casa consistia em uma grande cozinha e dois pequenos quartos, ao todo uns cinqüenta metros quadrados. A cozinha ocupava a metade da área; moderna, tinha fogão elétrico, uma pequena geladeira, um balcão com pia, e junto à parede que dava para o vestíbulo havia também um velho aquecedor de metal fundido, no qual já ardia um bom fogo.

— Só precisará usar esse aquecedor se fizer muito frio. Há um baú com lenha no vestíbulo e um pequeno depósito nos fundos da casa. Estava desativado desde o último outono e voltamos a acendê-lo esta manhã para aquecer as paredes. Mas os aquecedores elétricos deverão ser suficientes durante o dia. Evite apenas pôr roupas em cima deles, para não provocar um incêndio.

Mikael assentiu com a cabeça e olhou ao redor. Havia janelas em três lados; da mesa da cozinha avistava-se a ponte a uns trinta metros. Além da mesa, a cozinha era equipada com dois armários, cadeiras, um antigo banco de madeira e uma prateleira com jornais. No alto da pilha, um número de *Se*, datado de 1967. Num canto próximo à mesa, um aparador podia servir de escrivaninha.

A porta de entrada da cozinha ficava próxima ao aquecedor a lenha. Do outro lado, duas portas estreitas conduziam a dois pequenos cômodos. O da esquerda, mais próximo da parede externa, estava mobiliado com uma mesa de trabalho, uma cadeira e uma estante ao longo da parede. O outro cômodo, entre o vestíbulo e o escritório, era um quarto relativamente pequeno, com uma cama de casal bastante estreita, um criado-mudo e um armário. Nas paredes havia alguns quadros com cenas da natureza. Os móveis e os papéis de parede da casa estavam velhos e descoloridos, mas tudo cheirava a limpeza. O soalho fora cuidadosamente encerado. O quarto tinha outra porta, que levava diretamente ao vestíbulo, onde um velho cubículo fora transformado em banheiro com ducha.

— A água pode vir a ser um problema — disse Henrik. — Verificamos que está funcionando bem hoje de manhã, mas como a tubulação é muito superficial, se o frio persistir, pode congelar. Há um balde no vestíbulo. Se for necessário, vá buscar água na minha casa.

— Vou precisar de um telefone — disse Mikael.

— Já fiz o pedido. Virão instalar depois de amanhã. E então, o que acha? Se mudar de opinião, pode se transferir para a casa principal quando quiser.

— Tudo vai correr bem — respondeu Mikael, longe de estar convencido de que a situação na qual se metera era razoável.

— Ótimo. Ainda temos uma hora antes que escureça. Podemos dar uma volta para você conhecer o povoado. Sugiro que use botas e meias grossas de lã, que poderá encontrar no armário do vestíbulo.

Mikael aquiesceu, mas decidiu que no dia seguinte percorreria as lojas para comprar ceroulas e calçados próprios para o inverno.

O velho começou o passeio explicando que o vizinho de Mikael do outro lado da estrada era Gunnar Nilsson, o empregado que Henrik insistia em chamar de seu faz-tudo. Mas Mikael logo entendeu que ele cuidava da manutenção das construções da ilha e também de várias residências em Hedestad.

— O pai dele, Magnus Nilsson, trabalhou do mesmo modo em minha casa nos anos 1960, e foi um dos que prestaram ajuda no dia do acidente na ponte. Magnus ainda está vivo, mas se aposentou e mora em Hedestad. Gunnar vive nessa casa com a mulher, chamada Helen. Os filhos partiram para viver sua vida.

Henrik Vanger fez uma pausa e refletiu um momento antes de prosseguir.

— Mikael, a explicação oficial para sua presença aqui é que você vai me ajudar a escrever a minha biografia. Isso permitirá que você investigue em todos os cantos e faça perguntas às pessoas. Mas a verdadeira missão é um assunto restrito a você, a mim e a Dirch Frode. Somos os únicos que a conhecem.

— Entendo. E repito o que já disse: é uma perda de tempo. Não vou poder resolver o enigma.

— Peço apenas que tente. Devemos, no entanto, prestar atenção ao que dizemos quando houver pessoas por perto.

— Tudo bem.

— Gunnar tem cinqüenta e seis anos agora, portanto tinha dezenove quando Harriet desapareceu. Há uma questão para a qual nunca obtive resposta: Harriet e Gunnar eram bons amigos e creio que houve uma espécie de flerte adolescente entre os dois. Em todo caso, ele estava bastante interessado nela. No dia do desaparecimento, Gunnar estava em Hedestad, é um dos que ficaram presos em terra por causa do acidente na ponte. Considerando-se a relação dos dois, evidentemente ele foi investigado com cuidado. A polícia verificou seu álibi e ele é sólido. Passou o dia com colegas e só voltou para cá no começo da noite.

— Imagino que você tenha uma lista completa de quem estava na ilha e de quem fez o que durante o dia.

— Isso mesmo. Continuamos?

Detiveram-se na subida, no cruzamento dos caminhos diante da casa Vanger, e Henrik indicou o porto de recreio.

— Toda a ilha de Hedeby pertence à família Vanger, ou, para ser mais preciso, a mim. A não ser pela fazenda de Östergarden e algumas casas particulares aqui no povoado. As pequenas cabanas ali embaixo, onde antigamente ficava o porto de pesca, são propriedades privadas, mas funcionam como casas de veraneio e, de modo geral, permanecem desabitadas no inverno. A única exceção é a cabana bem ali na ponta. Está vendo a fumaça da chaminé?

Mikael fez que sim com a cabeça. Já estava gelado até os ossos.

— Aquele barraco miserável está cheio de frestas, mas serve de habitação o ano todo. Quem mora ali é Eugen Norman. Tem sessenta e sete anos, é uma espécie de artista, pintor. Acho as pinturas dele um tanto kitsch, mas ele é bastante conhecido por suas paisagens. É um pouco o tipo excêntrico da aldeia.

Henrik guiou os passos de Mikael ao longo do caminho em direção ao promontório, apontando cada uma das casas pelas quais passavam. O povoado tinha seis casas do lado oeste da estrada e quatro do lado do Leste Europeu. A primeira, muito próxima da casa dos convidados onde Mikael se instalara e defronte à casa Vanger, pertencia a Harald, irmão de Henrik. Era um sobrado retangular, de pedra, aparentemente abandonado. As cortinas nas janelas estavam corridas e meio metro de neve se acumulava no caminho que subia até a casa. Examinando mais de perto, porém, marcas de passos revelavam que alguém pisara a neve entre a estrada e a porta.

— Harald é um misantropo. Nunca nos entendemos bem, eu e ele. Com exceção dos conflitos relacionados às empresas — ele é acionista —, mal nos falamos nos últimos sessenta anos. É mais velho que eu, tem noventa e dois anos e é o único dos meus cinco irmãos ainda vivo. Contarei os detalhes mais tarde, mas ele estudou medicina e trabalhou principalmente em Uppsala. Voltou a morar em Hedebyön ao completar setenta anos.

— Entendi que não gosta dele. No entanto são vizinhos.

— Acho-o detestável e teria preferido que continuasse em Uppsala, mas a casa lhe pertence. Estou falando como um verdadeiro crápula, não?

— Fala apenas como alguém que não gosta do seu irmão.

— Passei os primeiros vinte e cinco, trinta anos da minha vida desculpando pessoas como Harald apenas porque éramos da mesma família. Depois descobri que o parentesco não é uma garantia de amor e que eu tinha muito poucas razões para defender Harald.

A casa seguinte pertencia a Isabella, a mãe de Harriet Vanger.

— Ela completará setenta e cinco este ano, continua sendo uma mulher vistosa e elegante. É a única no povoado que fala com Harald e o visita de vez em quando, mas eles não têm muita coisa em comum.

— Como eram as relações entre ela e Harriet?

— Boa pergunta. As mulheres também devem entrar no círculo de suspeitos. Eu disse a você que muitas vezes ela não dava a menor atenção aos filhos. Não sei muito bem, acho que ela até gostaria mas era incapaz de assumir responsabilidades. Harriet e ela não tinham intimidade, porém não eram inimigas. Isabella pode se mostrar um pouco insensível, às vezes também é um pouco individualista. Você vai entender o que estou querendo dizer quando a vir.

A vizinha de Isabella era Cecilia Vanger, filha de Harald Vanger.

— Enquanto esteve casada, ela morou em Hedestad, mas há pouco mais de vinte anos separou-se do marido. A casa me pertence e propus a ela que viesse morar aqui. Cecilia é professora e é o oposto do pai em muitos aspectos. Posso acrescentar que ela e o pai se falam apenas o necessário.

— Qual a idade dela?

— Nasceu em 1946. Tinha então vinte anos quando Harriet desapareceu. E era uma das pessoas que estavam na ilha naquele dia.

Refletiu por um momento.

— Cecilia pode parecer meio cabeça-tonta, mas na realidade é bastante esperta. Não a subestime. Se alguém vier a descobrir o que você está realmen-

O povoado

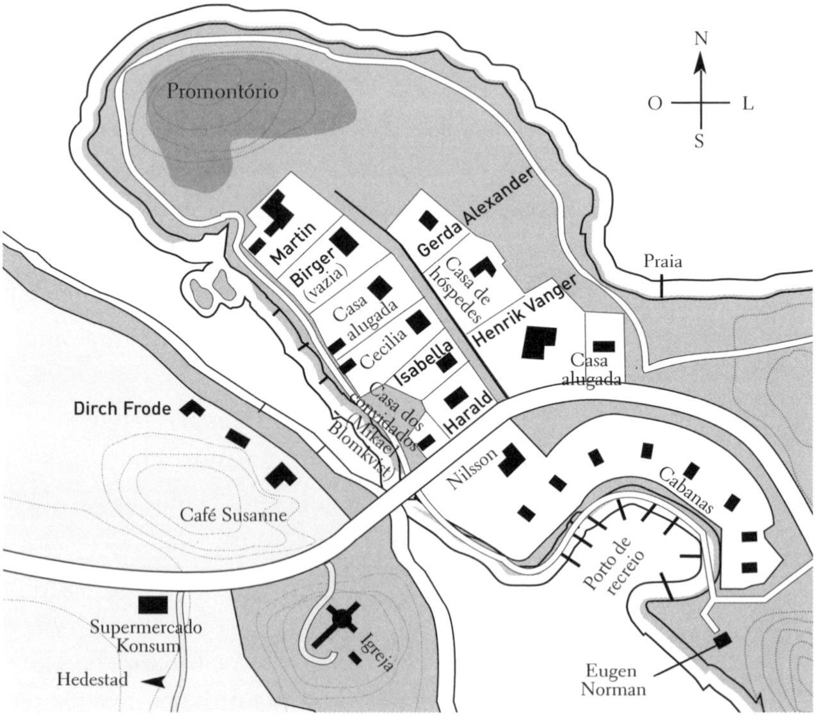

te fazendo aqui, será ela. Eu diria que é um dos membros da família que mais aprecio.

— Isso significa que não suspeita dela?

— Não chegaria a tanto. Gostaria que considerasse o caso sem a menor restrição, independentemente do que eu penso ou acredito.

A casa ao lado da de Cecilia pertencia a Henrik Vanger, mas estava alugada a um casal de idade que trabalhara na direção do grupo Vanger. Como vieram morar na ilha nos anos 1980, nada tinham a ver, portanto, com o desaparecimento de Harriet. A casa seguinte era propriedade de Birger Vanger, o irmão de Cecilia. Estava vazia havia anos, desde que Birger se instalara numa mansão moderna em Hedestad.

Em sua maior parte, as construções ao longo da estrada eram sólidas casas de pedra que datavam do começo do século anterior. A última, porém, era de outro tipo, uma casa de arquitetura moderna, de tijolos brancos, portas e janelas escuras. Sua localização era excelente. Mikael calculava que a vista do primeiro andar devia ser magnífica: o mar no Leste Europeu e Hedestad ao norte.

— É aqui que mora Martin Vanger, o irmão de Harriet e atual diretor-executivo do grupo Vanger. Antigamente era aqui que o presbitério estava situado, mas foi parcialmente destruído por um incêndio nos anos 1970 e Martin resolveu construir essa casa quando assumiu o comando.

Bem ao fundo, do lado do Leste Europeu da estrada, morava Gerda Vanger, viúva de Greger, um outro irmão de Henrik, e seu filho Alexander Vanger.

— Gerda é inválida, sofre de reumatismo. Alexander tem uma pequena participação no grupo Vanger, mas possui também alguns negócios próprios, restaurantes, por exemplo. Costuma passar vários meses do ano em Barbada, nas Antilhas, onde investiu dinheiro no turismo.

Entre a casa de Gerda e a de Henrik havia duas casas pequenas, vazias, utilizadas para hospedar membros da família em visita. Do outro lado da casa de Henrik, havia outra, alugada para um ex-empregado do grupo, agora aposentado, e sua mulher. Mas o casal passava o inverno na Espanha, e a casa estava desabitada.

Voltaram ao cruzamento dos caminhos e o passeio terminou. Começava a escurecer. Mikael tomou a iniciativa.

— Henrik, só posso voltar a dizer que nos lançamos numa aventura que não dará resultado, mas farei aquilo para o qual fui contratado. Escreverei sua biografia e, conforme me pediu, lerei o material sobre Harriet Vanger com o máximo de atenção e cuidado. Quero simplesmente que entenda que não sou detetive particular, portanto não deposite em mim esperanças sem fundamento.

— Não espero nada. Como eu disse, quero apenas que seja feita uma última tentativa para descobrir a verdade.

— Então, perfeito.

— Deito-me cedo — explicou Henrik. — Poderá me encontrar depois do café-da-manhã e ao longo do dia. Vou preparar um local de trabalho aqui para você, do qual poderá dispor à vontade.

— Não, obrigado. Já tenho um lugar de trabalho na casa dos convidados e é lá que tenho a intenção de trabalhar.

— Como quiser.

— Quando eu precisar de informações, conversaremos no seu escritório, mas não vou começar com perguntas já esta noite.

— Entendo. — O velho deixava transparecer uma timidez enganadora.

— Vou precisar de algumas semanas para ler todos os dossiês. Trabalharemos em duas frentes: nos veremos algumas horas por dia, quando farei perguntas para coletar material para a biografia. Quando eu tiver perguntas sobre Harriet, virei discuti-las com você.

— Parece razoável.

— Trabalharei com bastante liberdade, sem horários fixos.

— Organize-se como quiser.

— Você não deve ter esquecido que, dentro de alguns meses, vou precisar cumprir uma pena de prisão. Não sei ainda quando será, mas não vou recorrer. O que significa que acontecerá durante este ano.

Henrik Vanger franziu o cenho.

— Isso é ruim. Teremos que achar uma solução quando chegar o momento. Poderia pedir um *sursis*.

— Se tudo correr bem e eu já tiver elementos suficientes sobre a família, poderei trabalhar na prisão. Mas vamos esquecer isso por enquanto. Outra coisa: continuo sendo sócio da *Millennium*, que neste momento é uma revista em crise. Se acontecer algo que exija minha presença em Estocolmo, serei obrigado a deixar o que estou fazendo aqui para ir até lá.

— Não o contratei como escravo. Quero que trabalhe de forma racional e leve adiante a tarefa que lhe passei, mas é evidente que deve se organizar como bem entender, trabalhar de acordo com seus próprios métodos. Se precisar licenciar-se, faça-o, mas se eu notar que está negligenciando o trabalho, considerarei como um rompimento de contrato.

Mikael concordou com a cabeça. Henrik Vanger olhava em direção à ponte. O homem era magro e Mikael de repente teve a impressão de que ele parecia um espantalho.

— No que se refere à *Millennium*, deveríamos ter uma conversa sobre a crise, para ver se posso ser útil de alguma forma.

— O melhor meio de ser útil é entregar-me a cabeça de Wennerström logo.

— Ah, não, essa não é a minha intenção. — O velho lançou um olhar severo a Mikael. — A única razão pela qual aceitou minha proposta é que prometi desmascarar Wennerström. Se eu entregá-lo agora, poderia ficar tentado a abandonar o trabalho. Terá essa informação dentro de um ano.

— Henrik, perdoe-me falar assim cruamente, mas nada me garante que você estará vivo daqui a um ano.

— Entendo. Vou falar com Dirch Frode e veremos como arranjar isso. Mas, no que se refere à *Millennium*, talvez eu possa intervir de outro modo. Pelo que entendi, o problema é que os anunciantes estão saindo.

Mikael assentiu lentamente com a cabeça antes de responder:

— Os anunciantes são o problema mais imediato, porém a crise é mais profunda. É uma questão de confiança. Pouco importa o número de anunciantes que temos se as pessoas não quiserem mais comprar a revista.

— Sim, entendo. Mas continuo sendo membro do conselho administrativo de um grupo importante, mesmo como membro passivo. Também temos necessidade de divulgar nossas informações em algum lugar. Discutiremos isso mais tarde. Quer comer alguma coisa...?

— Não. Vou me instalar na casa, fazer algumas compras e me familiarizar com o lugar. Amanhã irei a Hedestad comprar roupas de inverno.

— Boa idéia.

— Gostaria que transferisse os arquivos relativos a Harriet para minha casa.

— Eles devem ser manipulados...

— ... com o maior cuidado, imagino eu.

* * *

Mikael retornou à casa dos convidados batendo os dentes. Um termômetro diante da janela indicava quinze graus negativos, e ele não lembrava de alguma vez ter sentido tanto frio como após esse passeio de apenas meia hora.

Ele dedicou a hora seguinte a se instalar na que haveria de ser a sua moradia naquele ano. Tirou as roupas da mala e as colocou no armário do quarto. Artigos de toalete, no móvel do banheiro. A segunda bagagem era uma volumosa mala com rodinhas; dela tirou livros, CDs, um MP3, blocos de anotações, um gravador Sanyo, uma máquina fotográfica digital Minolta e vários outros objetos que julgara indispensáveis para um exílio de um ano.

Distribuiu os livros e os CDs na estante da saleta de trabalho, ao lado de dois arquivos contendo documentos relativos à sua investigação sobre Hans-Erik Wennerström. O material não tinha valor, mas Mikael não conseguia se desembaraçar dele. Como se os dois arquivos devessem se transformar, de uma maneira ou de outra, em elementos determinantes na continuação de sua carreira.

Abriu por fim a bolsa e tirou de lá o notebook, que pôs sobre a mesa de trabalho. Depois deteve-se e olhou ao redor, com uma expressão estúpida no rosto. Da vantagem da vida no campo! Acabava de perceber que não havia tomada para o cabo. Não havia sequer uma entrada de telefone para ligar um velho modem.

Mikael voltou à cozinha e, usando seu celular, ligou para a companhia telefônica Telia. Depois de insistir um pouco, conseguiu convencer alguém a localizar o pedido que Henrik Vanger fizera para a casa dos convidados. Perguntou se a linha tinha capacidade para ADSL e responderam-lhe que era possível através de um ponto retransmissor em Hedeby, mas que levaria alguns dias.

Eram pouco mais de quatro da tarde quando Mikael terminou a arrumação. Pôs as meias grossas de lã, as botas e vestiu um pulôver suplementar. Quando ia sair, deteve-se diante da porta: não lhe haviam dado as chaves da casa, e seu instinto de habitante de Estocolmo revoltava-se contra a idéia de deixar a porta de entrada aberta. Voltou à cozinha e vasculhou as gavetas. Acabou por encontrar a chave pendurada num prego no guarda-comida.

O termômetro descera a menos dezessete. Mikael atravessou a ponte com passos rápidos e subiu a encosta diante da igreja. O supermercado Konsum ficava a apenas trezentos metros. Encheu duas sacolas de papel com produtos básicos, que transportou para casa. Antes de cruzar a ponte uma segunda vez, passou pelo Café Susanne. Perguntou a uma mulher de cinqüenta anos, atrás do balcão, se ela era a Susanne do letreiro e apresentou-se dizendo que provavelmente viria com regularidade durante algum tempo. Era o único freguês e Susanne ofereceu-lhe café para acompanhar o sanduíche que ele pediu. Mikael comprou também pão e croissants. Pegou o *Hedestads-Kuriren* do mostruário de jornais e instalou-se numa mesa, de onde avistava a ponte e a igreja, cuja fachada estava iluminada e parecia, na obscuridade, um cartão de Natal. Quatro ou cinco minutos foram suficientes para ler o jornal. A única informação interessante era um artigo curto que dizia que um representante da comunidade, Birger Vanger (liberal), queria investir no IT TechCent — um centro de desenvolvimento tecnológico em Hedestad. Ficou ali por meia hora, até que o café fechasse, às seis.

Às sete e meia, Mikael ligou para Erika, mas só obteve como resposta uma voz dizendo que o telefone procurado não estava disponível. Sentou-se no banco da cozinha e tentou ler um romance, que, pelo que dizia a quarta capa, era a estréia sensacional de uma adolescente feminista. O romance narrava as tentativas da autora de pôr ordem em sua vida sexual durante uma viagem a Paris, e Mikael se perguntou se o chamariam de feminista se ele próprio escrevesse um romance com um vocabulário de colegial sobre sua vida sexual. Provavelmente não. Uma das razões que levaram Mikael a comprar o livro era que o editor descrevia a estreante como "uma nova Carina Rydberg". Logo constatou que não era nada disso, nem no estilo nem no conteúdo. Fechou o livro e começou a ler uma novela sobre Hopalong Cassidy numa *Rekordmagasinet* dos anos 1950.

Cada meia hora era pontuada por um breve toque do sino da igreja. Havia luz nas janelas da casa de Gunnar Nilsson, o faz-tudo do outro lado da estrada, mas Mikael não distinguia ninguém no interior. A casa de Harald Vanger estava mergulhada na escuridão. Por volta das nove da noite, um carro atravessou a ponte e desapareceu em direção ao promontório. Cerca de meia-noite, a iluminação da fachada da igreja se apagou. Aparentemente, resumiam-se a isso as distrações que Hedeby oferecia numa noite de sexta-feira naquele começo de janeiro. O silêncio era impressionante.

Tentou falar com Erika mais uma vez, e ouviu uma voz pedindo que deixasse uma mensagem. Fez isso, depois apagou a luz e foi se deitar. Seu último pensamento antes de dormir foi que corria o sério risco de enlouquecer com o isolamento em Hedeby.

Despertar num silêncio total foi completamente inusitado para ele. Mikael passou do sono profundo a um estado de vigília absoluta numa fração de segundos e em seguida permaneceu tranqüilo, escutando. O frio reinava no cômodo. Virou a cabeça e olhou o relógio que pusera num banquinho ao lado da cama: 7h08. Nunca acordava cedo e precisava de duas chamadas do despertador para levantar. Mas ali, despertado sem alarme, sentia-se repousado.

Esquentou água para o café antes de tomar um banho, onde foi subitamente invadido pela sensação prazerosa da autocontemplação. Super-Blomkvist, o explorador das causas perdidas.

Ao mais leve toque, o misturador passava de uma água escaldante para uma água gelada. Não havia jornal para ler no café-da-manhã. A manteiga congelara e não havia fatiador de queijo na gaveta dos talheres. Lá fora, ainda estava tudo escuro. O termômetro indicava vinte e um graus negativos. Era um sábado.

O ponto de ônibus na aldeia Hedeby ficava diante do supermercado Konsum, e Mikael iniciou seu exílio indo às compras. Em Hedestad, desceu em frente à estação e foi até o centro da cidade para comprar calçados de inverno, duas ceroulas, algumas camisas de flanela, uma jaqueta espessa, gorro de lã e luvas forradas. Na Teknikbutiken, encontrou um pequeno aparelho de televisão com antena telescópica. O vendedor garantiu que na aldeia ele conseguiria captar pelo menos a rede nacional, e Mikael o fez prometer um reembolso caso não fosse verdade.

Inscreveu-se na biblioteca e emprestou dois romances policiais de Elizabeth George. Numa papelaria, adquiriu canetas e blocos de notas. Comprou também uma mochila para carregar suas novas aquisições.

Para terminar, comprou um maço de cigarros. Parara de fumar dez anos antes, mas tinha recaídas episódicas e estava sentindo uma necessidade súbita de nicotina. Pôs o maço no bolso da jaqueta sem abri-lo. A última visita foi a uma ótica, onde procurou um produto de limpeza e encomendou novas lentes de contato.

Aproximadamente às duas da tarde, já de volta à ilha, estava retirando as etiquetas das roupas, quando ouviu a porta de entrada ser aberta. Uma mulher loura de uns cinqüenta anos bateu na porta da cozinha ao entrar. Trazia um pão-de-ló num prato.

— Bom dia, venho desejar as boas-vindas. Meu nome é Helen Nilsson, moro do outro lado da estrada. Somos vizinhos agora.

Mikael apertou-lhe a mão e se apresentou.

— Sim, já vi você na tevê. É agradável ver luz acesa à noite na casa dos convidados.

Mikael preparou café — ela primeiro o recusou, mas acabou sentando-se à mesa da cozinha. Olhou pela janela.

— Aí vem vindo Henrik com meu marido. Estão trazendo caixas para o senhor, acredito.

Henrik Vanger e Gunnar Nilsson detiveram-se diante da casa com um carrinho de mão e Mikael saiu depressa para cumprimentar os dois homens e ajudar a carregar quatro pesadas caixas. Depuseram-nas no chão, ao lado do aquecedor a lenha. Mikael serviu mais xícaras de café e cortou em fatias o pão-de-ló de Helen.

Gunnar e Helen Nilsson eram pessoas simpáticas. Não pareciam muito curiosos de saber por que Mikael se achava em Hedestad — trabalhar para Henrik Vanger parecia-lhes uma explicação suficiente. Mikael constatou que os Nilsson e Henrik Vanger tratavam-se de maneira muito natural, sem distinção entre patrão e empregados. Falavam da aldeia e de quem construíra a casa onde Mikael habitava. O casal corrigia Vanger quando sua memória falhava; este, por sua vez, contou com humor a vez em que Gunnar Nilsson, ao voltar para casa tarde da noite, avistou o retardado mental da aldeia tentando entrar pela janela da casa dos convidados, e então perguntou ao pobre-coitado por que não entrava pela porta, que não estava trancada. Gunnar Nilsson observou com ceticismo o pequeno aparelho de televisão e convidou Mikael a ir à casa deles à noite, quando quisesse ver algum programa. Tinham uma parabólica.

Henrik Vanger ficou mais um momento depois que os Nilsson foram embora. O velho explicou que preferia deixar o próprio Mikael fazer uma seleção dos arquivos e que viria vê-lo se surgisse um problema. Mikael agradeceu, certo de que seria melhor assim.

Quando voltou a ficar a sós, Mikael levou as caixas para a saleta de trabalho e começou a examinar seu conteúdo.

As investigações pessoais de Henrik Vanger sobre o desaparecimento de sua jovem sobrinha haviam sido feitas ao longo de trinta e seis anos. Mikael tinha dificuldade de determinar se o interesse devia-se a uma obsessão doentia ou se, com o passar do tempo, transformara-se num jogo intelectual. O certo é que o velho patriarca pusera mãos à obra com a aplicação de um arqueólogo amador. As pastas, enfileiradas, chegavam a quase sete metros.

Vinte e seis arquivos compunham a base do inquérito policial sobre o desaparecimento de Harriet. Era difícil para Mikael imaginar que um desaparecimento "normal" produzisse um resultado tão volumoso. Henrik Vanger provavelmente exercera bastante influência para que a polícia de Hedestad seguisse todas as pistas, tanto as plausíveis como as inconcebíveis.

Além do inquérito policial, havia pastas com recortes de imprensa, álbuns de fotografias, mapas, suvenires, artigos de jornais sobre Hedestad e as empresas Vanger, o diário íntimo de Harriet Vanger (relativamente pequeno), livros de escola, atestados de saúde et cetera. Havia também uns quinze volumes encadernados, formato ofício, de cem páginas cada um, que poderiam ser definidos como o diário de bordo pessoal das investigações de Henrik Vanger. Nesses papéis o patriarca anotara, com letra cuidadosa, suas próprias reflexões, suas idéias, suas pistas que não levaram a nada e suas observações. Mikael folheou-os ao acaso. O texto era bem redigido e ele teve a impressão de que esses volumes eram cópias passadas a limpo de cadernos mais antigos. Para terminar, havia uns dez arquivos com material sobre diferentes membros da família Vanger; as páginas estavam datilografadas e haviam sido claramente redigidas por um longo período.

Henrik Vanger conduzira a investigação contra a própria família.

Por volta das sete da noite, Mikael ouviu um miado alto e abriu a porta da entrada. Um gato ruivo, diante dele, entrou correndo em busca de calor.

— Eu te entendo — disse Mikael.

O gato ficou algum tempo farejando tudo pela casa. Mikael despejou um pouco de leite numa travessa que o convidado não tardou a lamber. Depois o gato saltou para cima do banco e se enrolou, quieto, decidido a não sair dali.

Passava das dez da noite quando Mikael conseguiu ter uma idéia clara do material e dispor tudo nas prateleiras numa ordem compreensível. Foi até a cozinha, esquentou água para o café e preparou dois sanduíches. Ofereceu um pouco de presunto e patê de fígado ao gato. Não comera de forma adequada durante o dia, mas sentia-se estranhamente pouco preocupado com a alimentação. Depois de comer, tirou o maço de cigarros do bolso da jaqueta e o abriu.

Ouviu as mensagens do celular. Erika não chamara e ele tentou localizá-la. Novamente obteve como resposta apenas a secretária eletrônica.

Uma das primeiras providências de Mikael em sua investigação particular foi escanear o mapa de Hedebyön. Colocou o nome dos moradores em cada casa, enquanto ainda os tinha na memória após a visita guiada por Henrik. Logo percebeu que o clã Vanger oferecia uma galeria de personagens tão vasta que ele precisaria de tempo para se familiarizar com cada um.

Um pouco antes da meia-noite, agasalhou-se, pôs os calçados novos e saiu para um passeio do outro lado da ponte. Tomou a estrada que costeava o canal abaixo da igreja. O gelo cobria o canal e o velho porto, mas ao longe podia-se ver uma faixa mais escura de água livre. A iluminação da fachada da igreja se apagou nesse meio-tempo e ele ficou cercado pela escuridão. O frio era intenso e o céu estrelado.

De repente, Mikael sentiu-se muito deprimido. Não conseguia entender como pudera se deixar convencer a aceitar aquele trabalho insensato. Erika tinha razão, era perda de tempo. Ele deveria estar em Estocolmo agora — na cama com Erika, por exemplo —, preparando a ofensiva contra Hans-Erik Wennerström. Mas mesmo isso não o animava e ele não fazia a menor idéia de como iniciar uma estratégia de ataque.

Se não fosse tão tarde, teria procurado Henrik Vanger para romper o contrato e voltar para casa. Do alto da colina da igreja, podia constatar que a casa Vanger já estava em silêncio e com as luzes apagadas. Da igreja, via todas as moradias da ilha. A casa de Harald também estava às escuras, mas havia luz na de Cecilia e na mansão de Martin na ponta do promontório, e também uma lâmpada acesa na casa alugada. Próximo ao porto de recreio, via-se luz na casa de Eugen Norman, o pintor que morava no barraco com frestas, cuja chaminé expelia fagulhas. Também o andar superior do Café Susanne estava iluminado e Mikael se perguntou se ela morava ali e, nesse caso, se vivia sozinha.

Mikael dormiu até tarde no domingo e despertou, assustado, com um alarido irreal dominando toda a casa. Precisou de um segundo para se localizar e entender que eram os sinos chamando para a missa, e que portanto deviam ser quase onze horas. Ficou mais um pouco na cama, sem vontade de nada. Quando ouviu um miado exigente diante da porta, levantou-se e deixou o gato sair.

Perto do meio-dia, tomou um banho e fez o desjejum. Entrou decididamente na saleta de trabalho e pegou o primeiro arquivo do inquérito policial. Depois hesitou. Da janela lateral da casa, avistou o letreiro do Café Susanne, pôs o arquivo na bolsa e vestiu a jaqueta. Ao chegar ao café, viu que estava abarrotado de fregueses e então teve a resposta a uma pergunta que lhe martelava a cabeça: como um café pode sobreviver num buraco como a aldeia de Hedeby? Susanne contava com os fiéis que iam à igreja e com as refeições ligeiras após os enterros e outras cerimônias.

Optou por uma caminhada. Como o Konsum fechava aos domingos, andou mais umas centenas de metros pela estrada de Hedestad, onde comprou jornais na loja de conveniências de um posto de gasolina. Dedicou uma hora andando a pé pela aldeia e se familiarizando com os arredores em terra firme. A área mais próxima da igreja e diante do Konsum constituía o núcleo, com edificações antigas, sobrados de pedra que Mikael julgou construídos nos anos 1910 ou 1920, alinhados para formar uma pequena rua. No começo da via de acesso a Hedestad, erguiam-se pequenos prédios de apartamento para famílias com filhos e, mais adiante, junto à margem e do lado sul do supermercado, algumas mansões. A aldeia Hedeby era sem dúvida onde moravam as pessoas abastadas de Hedestad.

Quando voltou a se aproximar da ponte, o Café Susanne já não estava tão cheio, mas a proprietária ainda limpava as mesas.

— Rush de domingo? — ele comentou ao entrar.

Ela concordou com a cabeça e ajeitou uma mecha de cabelos atrás da orelha.

— Bom dia, senhor Mikael.

— Lembra o meu nome?

— Difícil não lembrar — ela respondeu. — Eu o vi na tevê, no julgamento antes do Natal.

Mikael sentiu-se constrangido.

— Eles precisam ocupar os noticiários com alguma coisa — murmurou, apressando-se em direção à mesa de canto, de onde podia avistar a ponte. Quando seu olhar cruzou com o de Susanne, ela sorria.

Às três da tarde, Susanne avisou que o café ia fechar. Após a afluência de clientes depois da missa, raros fregueses apareceram. Mikael lera pouco mais de um quinto do primeiro arquivo do inquérito policial sobre o desaparecimento de Harriet. Tornou a fechá-lo, pôs o bloco de anotações na bolsa e atravessou a ponte com passos rápidos, de volta para casa.

O gato esperava junto à porta e Mikael olhou ao redor perguntando-se a quem pertencia aquele gato. Mesmo assim deixou que ele entrasse, afinal era alguma companhia.

Tentou outra vez o celular de Erika, mas de novo caiu na secretária eletrônica. Ela estava certamente furiosa com ele. Poderia ter ligado direto para a redação ou para a casa dela, mas, teimoso como era, decidiu não fazer isso. Já deixara mensagens suficientes. Preparou um café, conduziu o gato ao banco da cozinha e abriu o arquivo em cima da mesa.

Lia devagar, concentrando-se para não deixar escapar detalhes. Quando voltou a fechar o arquivo, tarde da noite, enchera várias páginas do seu bloco com pontos de referência e perguntas cuja resposta esperava encontrar nos arquivos seguintes. Tudo estava organizado em ordem cronológica; não sabia ao certo se Henrik Vanger classificara assim ou se era esse o sistema da polícia nos anos 1960.

A primeira folha era a fotocópia de um formulário de declaração, preenchido à mão, do comissariado central da polícia de Hedestad. O agente que atendera o chamado assinara Ap Ryttinger, o que Mikael interpretou como "agente de plantão". Henrik Vanger fora designado como declarante, seu endereço e número de telefone estavam anotados. O relatório trazia a data: domingo, 23 de setembro de 1966, 11h14. O texto era breve e seco:

Chamado de Hrk Vanger inf. que sua sobrinha (?) Harriet Ulrika Vanger, nascida em 15 jan. 1950 (16 anos), desapareceu do seu domicílio na ilha Hedeby desde sábado à tarde. O declarante demonstra grande inquietação.

Às 11h20, uma nota estabelecia que P-014 (policial? patrulha? piloto de uma lancha?) fora despachado ao local.

Às 11h35, outro texto, mais difícil de interpretar que o de Ryttinger, acrescentava que *Magnusson inf. ponte Hedeby ilha cont. fechada. Transp. por barco.* Na margem, a assinatura era ilegível.

Às 12h14, Ryttinger novamente: *Chamada tel. Magnusson em H-by inf. que Harriet Vanger, 16 anos, está ausente desde começo tarde de sábado. Fam. demonstra grande inquietação. Aparentemente não dormiu em sua cama. Não pôde deixar ilha por causa acidente na ponte. Nenhum dos membros da família sabe onde* HV *se encontra.*

Às 12h19: *G. M. informado do caso por tel.*

A última informação fora anotada às 13h42: *G. M. chegou a H-by; encarrega-se do caso.*

A folha seguinte revelava que as misteriosas iniciais G. M. referiam-se a Gustav Morell, um inspetor de polícia que chegara de barco à ilha Hedeby, assumira o comando das operações e fizera uma declaração formal sobre o desaparecimento de Harriet Vanger. Ao contrário das notas preliminares com suas abreviações, os relatórios de Morell estavam escritos à máquina e numa prosa legível. Nas páginas seguintes, ele relatava as medidas que haviam sido tomadas com uma objetividade e uma riqueza de detalhes que surpreenderam Mikael.

Morell fora sistemático. Primeiro interrogara Henrik Vanger em companhia de Isabella Vanger, a mãe de Harriet. A seguir falara sucessivamente com

Ulrika Vanger, Harald Vanger, Greger Vanger, com o irmão de Harriet, Martin Vanger, e Anita Vanger. Mikael concluiu que essas pessoas haviam sido interrogadas segundo uma espécie de escala de importância decrescente.

Ulrika Vanger era a mãe de Henrik e parecia ter um estatuto semelhante ao de uma rainha-mãe. Ulrika morava na casa Vanger e não tinha nenhuma informação para dar. Fora deitar-se cedo na véspera e fazia dias não via Harriet. Na verdade, ela só insistira em falar com o inspetor Morell para expressar sua opinião de que a polícia devia agir imediatamente.

Harald Vanger era o irmão de Henrik e o número dois na lista dos membros influentes da família. Ele explicava que tinha visto Harriet muito rapidamente quando ela voltou do desfile em Hedestad, mas que não a vira desde que o acidente ocorrera na ponte e não sabia onde ela se encontrava no momento.

Greger Vanger, irmão de Henrik e Harald, declarava que vira a jovem desaparecida quando ela tinha ido ao escritório de Henrik pedir para conversar com o tio-avô após sua ida a Hedestad, na manhã de sábado. Greger acrescentava que não dirigira a ela senão um bom-dia. Não sabia onde ela podia estar, mas achava que decerto fora à casa de alguma colega sem avisar ninguém e que seguramente não tardaria a voltar. Não soube responder à pergunta de como, então, ela teria deixado a ilha.

Martin Vanger fora interrogado às pressas. Aluno do último ano num colégio de Uppsala, morava nessa cidade na casa de Harald Vanger. Como não houve lugar para ele no carro de Harald, viera de trem a Hedeby. Chegou tão tarde que ficou preso do outro lado da ponte e só pôde chegar à ilha tarde da noite, de barco. Fora interrogado na esperança de que a irmã pudesse ter se aberto com ele e talvez confessado a intenção de fugir. A pergunta fora recebida com protestos da mãe de Harriet, mas o inspetor Morell julgou naquele instante que uma fuga representava antes uma esperança. Martin, porém, não falava com a irmã desde as últimas férias e não tinha nenhuma informação importante a dar.

Anita Vanger, a filha de Harald, era apresentada, de maneira errônea, como "prima" de Harriet — na realidade, Harriet era filha do primo de Anita. Estava no primeiro ano da faculdade em Estocolmo e passara o verão em Hedeby. Tinha quase a mesma idade que Harriet e as duas eram muito amigas. Ela declarava que chegara à ilha com o pai no sábado, que se alegrara em poder rever Harriet, mas que não tivera tempo para isso. Anita dizia-se inquieta porque não era próprio de Harriet desaparecer sem dizer nada à família. Nisso concordava tanto com Henrik quanto com Isabella Vanger.

Enquanto interrogava os membros da família, o inspetor Morell ordenara aos agentes de polícia Magnusson e Bergman — a patrulha 014! — que organizassem uma primeira busca antes do anoitecer. A ponte continuava fechada, era difícil trazer reforços do continente; o primeiro grupo de busca foi formado por cerca de trinta pessoas disponíveis, homens e mulheres de idades variadas. Até o final da tarde foram examinadas as cabanas desabitadas no porto de recreio, as praias do promontório e as margens do canal, a parte arborizada perto do povoado e também o monte Sul, acima do porto de recreio, isso depois de alguém sugerir que Harriet talvez tivesse subido lá para obter uma boa visão geral do acidente na ponte. Patrulhas foram igualmente enviadas a Östergarden e ao chalé de Gottfried do outro lado da ilha, para onde Harriet ia de vez em quando.

No entanto as buscas não deram em nada e foram interrompidas com a noite já avançada, por volta das dez horas. Na madrugada, a temperatura caíra a zero grau.

Durante a tarde, o inspetor Morell instalara seu QG numa sala que Henrik Vanger pusera à sua disposição no andar térreo da casa Vanger. Ele tomou uma série de providências.

Acompanhado de Isabella Vanger, inspecionou o quarto de Harriet para tentar descobrir se faltava alguma coisa, roupas, uma sacola ou algo semelhante que pudesse indicar que Harriet fugira. Isabella, pouco prestativa, não parecia ter a menor idéia do guarda-roupa da filha. *Ela geralmente veste jeans, mas são todos parecidos*. A bolsa de Harriet foi encontrada em cima da escrivaninha. Continha sua carteira de identidade, um porta-moedas com nove coroas e cinqüenta centavos, um pente, um espelhinho e um lenço. Após a inspeção, o quarto de Harriet foi lacrado.

Morell interrogou outras pessoas, tanto membros da família quanto empregados. Todos os interrogatórios foram minuciosamente registrados.

Como os participantes da primeira batida iam voltando aos poucos e sem informações proveitosas, o inspetor decidiu realizar buscas mais sistemáticas. No começo da noite, reforços foram chamados; Morell entrou em contato, entre outros, com o presidente do clube de orientação de Hedestad, pedindo-lhe que convocasse seus membros para uma batida. Por volta da meia-noite, responderam-lhe que cinqüenta e três atletas ativos, sobretudo da categoria júnior, estariam na casa Vanger às sete da manhã do dia seguinte. A contribuição de Henrik Vanger fora convocar, pura e simplesmente, toda a equipe da manhã da fábrica de papel Vanger local, cinqüenta homens, além de providenciar bebida e comida para todo esse pessoal.

Mikael Blomkvist não teve nenhuma dificuldade em imaginar as cenas que devem ter se passado na casa Vanger durante aqueles dias repletos de acontecimentos. Estava claro que o acidente na ponte contribuíra para a confusão das primeiras horas, seja complicando a possibilidade de obter reforços eficazes, seja porque todos achavam que dois acontecimentos tão dramáticos ocorridos no mesmo lugar e na mesma hora tinham necessariamente uma ligação. Depois que retiraram o caminhão-tanque da ponte, contra todas as probabilidades, o inspetor Morell fora certificar-se pessoalmente de que Harriet não se achava sob os destroços. Foi a única ação irracional que Mikael identificou nos procedimentos do inspetor, pois a jovem desaparecida fora comprovadamente vista na ilha depois de ocorrido o desastre. No entanto, sem que pudesse explicar a si mesmo por quê, o responsável pelas investigações não conseguia tirar da cabeça a idéia de que um dos acontecimentos havia, de algum modo, provocado o outro.

As primeiras vinte e quatro horas viram minguar as esperanças de um desfecho rápido e feliz do caso, substituídas gradualmente por duas especulações. Apesar das dificuldades evidentes de poder abandonar a ilha sem ser vista, Morell não queria excluir a possibilidade de Harriet ter fugido. Decidiu ampliar as buscas e ordenou que os policiais da patrulha em Hedestad ficassem de olhos abertos. Também passou a um colega da divisão criminal a tarefa de interrogar motoristas de ônibus e o pessoal da ferrovia, para o caso de alguém a ter visto.

Quanto mais respostas negativas chegavam, mais parecia provável que Harriet fora vítima de um acidente. Essa hipótese passou a dominar a organização das buscas nos dias seguintes.

Dois dias depois do desaparecimento, uma grande batida foi realizada, e, de acordo com a avaliação de Mikael Blomkvist, com a maior competência. Policiais e bombeiros com experiência em casos semelhantes comandaram as buscas. Embora houvesse algumas áreas de difícil acesso, a superfície era limitada e a ilha inteira foi submetida a uma operação pente-fino. Um barco da polícia e dois de recreio, voluntários, sondaram da melhor maneira possível as águas ao redor da ilha.

No dia seguinte, as buscas foram retomadas com uma equipe reduzida. Dessa vez, patrulhas foram enviadas a uma segunda batida nos pontos de acesso mais difícil, bem como numa área chamada "A Fortificação" — um conjunto de bunkers abandonados que a defesa costeira havia montado durante a Segunda Guerra. Assim foram examinados nesse dia todos os pequenos redutos, poços, grutas, depósitos e porões do povoado.

Podia-se ler uma certa frustração numa nota de serviço que anunciava a interrupção das buscas no terceiro dia após o desaparecimento. Naturalmente Gustav Morell ainda não tinha consciência disto, mas naquele instante, na realidade, ele havia atingido o ponto culminante de suas buscas, o qual jamais ultrapassaria. Mergulhado na maior perplexidade, não sabia como recomendar a próxima etapa lógica ou um local onde as buscas devessem recomeçar. Harriet Vanger aparentemente sumira no ar, e o calvário de Henrik Vanger, que haveria de prosseguir por quarenta anos, estava apenas começando.

9. SEGUNDA-FEIRA 6 DE JANEIRO — QUARTA-FEIRA 8 DE JANEIRO

Mikael continuou lendo até o amanhecer e levantou-se tarde no Dia de Reis. Um Volvo azul-marinho, último tipo, estava estacionado diante da casa de Henrik Vanger. No momento em que Mikael punha a mão na maçaneta da porta, ela se abriu e um homem de uns cinqüenta anos saiu. Por pouco não colidiram. O homem parecia apressado.

— Sim, posso ajudá-lo?

— Vim ver Henrik Vanger — respondeu Mikael.

O olhar do homem se abrandou. Ele sorriu e estendeu a mão.

— Você deve ser Mikael Blomkvist, o homem que vai ajudar Henrik a fazer a crônica da família, não?

Mikael assentiu com a cabeça e apertou-lhe a mão. Aparentemente, Henrik já começara a espalhar a história que, para todos os efeitos, explicaria a presença de Mikael em Hedestad. O homem tinha excesso de peso — resultado dos muitos anos de estresse em escritórios e salas de reunião —, mas Mikael notou imediatamente em seu rosto traços que lembravam Harriet Vanger.

— Sou Martin Vanger — ele confirmou. — Bem-vindo a Hedestad.

— Obrigado.

— Vi você na televisão não faz muito tempo.

— Tenho a impressão de que o mundo todo me viu na televisão.

— Wennerström não é... muito popular nesta casa.

— Foi o que Henrik me disse. Estou esperando o desenrolar da história.

— Ele me contou outro dia que o havia contratado. — Martin Vanger deu uma risada. — Disse-me que foi provavelmente por causa de Wennerström que você aceitou este trabalho.

Mikael hesitou um segundo antes de se decidir a falar com franqueza.

— Admito que é uma das razões. Mas, para ser franco, estava precisando me afastar de Estocolmo, e Hedestad apareceu na hora certa, acho. Não posso fazer de conta que o processo não existiu. Terei que cumprir uma pena de prisão.

Martin Vanger assentiu com a cabeça e voltou a ficar sério.

— Você tem a possibilidade de recorrer?

— No meu caso não adiantaria nada.

Martin consultou seu relógio.

— Preciso estar em Estocolmo hoje à noite. Estou com pressa, voltarei dentro de alguns dias. Vá jantar lá em casa qualquer dia. Tenho muita vontade de ouvir o que realmente se passou nesse processo.

Apertaram-se de novo as mãos antes de Martin descer e abrir a porta do Volvo. Ele se virou e disse a Mikael:

— Henrik está no andar de cima. Vá até lá.

Henrik Vanger estava sentado no sofá de seu escritório com o *Hedestads-Kuriren*, o *Dagens Industri*, o *Svenska Dagbladet* e os dois jornais vespertinos sobre a mesa diante dele.

— Encontrei Martin na entrada.

— Está partindo em socorro do império — respondeu Henrik, brandindo a garrafa térmica. — Café?

— Sim, aceito — respondeu Mikael. Sentou-se, perguntando-se por que Henrik Vanger parecia divertir-se tanto.

— Estão falando de você no jornal.

Henrik Vanger empurrou um dos jornais da noite, aberto na manchete "Curto-circuito jornalístico". O artigo era escrito por um ex-cronista do *Finansmagasinet Monopol*, o perfeito insípido de terno e gravata, especialista na arte de denegrir todos os que se engajavam em alguma causa ou que ousavam levantar a cabeça. Feministas, anti-racistas e militantes do meio ambiente podiam contar com suas farpas, sem que ele próprio emitisse nenhuma opinião passível de controvérsia. Mas agora, aparentemente, convertera-se em crítico; semanas após o julgamento do caso Wennerström, passou a focalizar suas energias contra Mikael Blomkvist, que descrevia com todas as letras como um verdadeiro idiota. Erika Berger era pintada como um vaso decorativo da mídia, perfeitamente incompetente:

> Corre o rumor de que a *Millennium* está sucumbindo, embora sua diretora seja uma feminista de minissaia e desfile seu mau humor na tevê. Por vários anos a revista sobreviveu da imagem que a redação conseguiu vender — a de jovens repórteres ávidos por investigações que desmascaram os vigaristas do mundo dos negócios. O truque comercial talvez funcione com jovens anarquistas desejosos de ouvir essa mensagem, mas não funciona no tribunal. E o Super-Blomkvist acaba de comprovar isso.

Mikael verificou no celular se havia alguma chamada de Erika. Não havia nenhuma. Henrik Vanger esperava, silencioso. Mikael percebeu de repente que o velho pretendia que ele interrompesse o silêncio.

— Ele é um cretino — disse Mikael.

Henrik riu, mas acrescentou um comentário desprovido de qualquer sentimentalismo:

— É possível. Mas não foi ele que foi condenado pela Justiça.

— É verdade. E também nunca será. Não é o tipo que gosta de investigar, pega sempre o trem em marcha e joga a última pedra nos termos mais degradantes possíveis.

— Cansei de encontrar gente assim na minha vida. Um bom conselho, se é que quer aceitar um conselho meu: ignore-o quando ele estiver provocando, nunca esqueça nada e dê-lhe o troco quando puder. Mas não agora que ele ataca em posição de força.

Mikael o interrogou com o olhar.

— Tive numerosos inimigos ao longo dos anos e aprendi uma coisa: não aceitar o combate quando é certo que se vai perder. Em compensação, jamais dê folga a quem o demoliu. Seja paciente e responda quando estiver em posição de força, mesmo que não haja mais necessidade de responder.

— Obrigado por essa aula de filosofia. Mas agora gostaria que me falasse da sua família. — Mikael colocou um gravador na mesa entre os dois e acionou a tecla.

— O que deseja saber?

— Li o primeiro arquivo, sobre o desaparecimento de Harriet e as buscas dos primeiros dias. Mas há tantos Vanger que não consigo distinguir um do outro.

Imóvel no *hall* do elevador vazio, Lisbeth Salander permaneceu durante cerca de dez minutos com o olhar fixo na placa de metal amarelo que anunciava Dr. N. E. Bjurman, advogado, antes de tocar a campainha. A fechadura da porta emitiu um pequeno estalo.

Era terça-feira. Era o segundo encontro e ela tinha maus pressentimentos.

Não que tivesse medo do dr. Bjurman — Lisbeth Salander raramente tinha medo das pessoas ou das coisas. Mas sentia um profundo mal-estar diante desse novo tutor. O predecessor de Bjurman, o dr. Holger Palmgren, tinha uma índole bem diferente; correto, cortês e amável. Sua relação com ele terminara brutalmente três meses antes, Palmgren sofrera um derrame cerebral. E Nils Erik Bjurman o sucedera segundo uma lógica administrativa que ela não entendia.

Durante os doze anos em que Lisbeth Salander foi objeto de cuidados sociais e psiquiátricos, dois deles passados numa clínica pediátrica, em nenhum momento ela respondeu — nem uma vez sequer — à simples pergunta "Como você está se sentindo hoje?".

Lisbeth Salander tinha treze anos quando o tribunal de primeira instância, cumprindo a lei de proteção a menores, decidiu que ela deveria ser internada na clínica de psiquiatria infantil Sankt Stefan, em Uppsala. A decisão se baseava principalmente num parecer segundo o qual ela apresentava distúrbios psiquiátricos e era considerada potencialmente perigosa para seus colegas de classe e eventualmente para si mesma.

Essa suposição se apoiava mais em julgamentos empíricos do que numa análise cuidadosa. Cada tentativa de médicos e professores para iniciar uma conversa sobre seus sentimentos, seus pensamentos ou seu estado de saúde sempre esbarrara, para grande frustração deles, num silêncio compacto, obtuso e num olhar obstinadamente dirigido ao chão, ao teto e às paredes. Ela cruzava os braços de modo sistemático e se recusava a participar de testes psicológicos. Sua total resistência a todas as tentativas de medi-la, pesá-la, cartografá-la, analisá-la e educá-la se aplicava também aos trabalhos escolares — as autoridades podiam levá-la a uma sala de aula e acorrentá-la à carteira, mas não podiam impedi-la de tapar os ouvidos e de se recusar a pegar uma caneta na hora dos testes. Ela deixou a escola sem um boletim de avaliação.

O simples estabelecimento de um diagnóstico sobre seus problemas mentais revelou-se, portanto, algo complicado. Lisbeth Salander era tudo, menos uma pessoa manejável.

Tinha treze anos quando foi tomada também a decisão de atribuir-lhe um administrador *ad hoc* para zelar por seus interesses e bens até a maioridade. O administrador designado, o advogado Holger Palmgren, apesar de um começo relativamente difícil, foi bem-sucedido onde psiquiatras e médicos fracassaram. Aos poucos, ganhou não apenas uma certa confiança mas também uma pequena afeição dessa menina complicada.

Quando completou quinze anos, os médicos puseram-se mais ou menos de acordo sobre ela não ser violenta e perigosa e não constituir um perigo para si mesma. Como sua família fora declarada incompetente, e não havendo mais ninguém que pudesse se responsabilizar por seu bem-estar, decidiu-se que Lisbeth Salander poderia deixar a clínica de Uppsala e retornar à sociedade por intermédio de uma família substituta.

A operação não foi simples. Ela fugiu da casa da primeira família substituta já na segunda semana. As famílias número 2 e número 3 também foram descartadas rapidamente. Palmgren teve então uma conversa séria com ela e explicou que, se prosseguisse naquele caminho, fatalmente acabaria voltando a uma instituição. A falsa ameaça fez que ela aceitasse a família número 4 — um casal idoso que morava em Midsommarkransen.

Isso não quis dizer que ela se transformou em uma moça bem-comportada. Com dezessete anos, Lisbeth Salander foi detida pela polícia quatro vezes, duas delas num estado de embriaguez tão avançado que precisou ser levada ao hospital, e uma vez sob o efeito de drogas. Numa dessas ocasiões, encontraram-na completamente bêbada e com as roupas em desordem no banco traseiro de um carro estacionado na Söder Mälarstrand. Estava acompanhada de um homem também embriagado e consideravelmente mais velho que ela.

A última intervenção ocorrera três semanas antes de ela completar dezoito anos, quando desferiu um pontapé na cabeça de um passageiro na estação de metrô de Gamla Stan. Estava perfeitamente sóbria. O incidente lhe valeu um indiciamento por insulto e agressão. Salander justificou o gesto dizendo que o homem a bolinara e, como sua aparência era de alguém de doze e não de dezoito anos, ela achou que o bolinador tinha tendências pedófilas. Na medida, é claro, em que conseguiu explicar alguma coisa. Contudo, suas declarações foram sustentadas por testemunhas e o promotor arquivou o caso.

Mesmo assim, com base em informações sobre seu passado, o tribunal ordenou um exame psiquiátrico. Fiel a seus hábitos, ela se recusou a responder às perguntas e a participar dos exames, e os médicos consultados pela direção de Saúde e Assistência Social acabaram dando um parecer sobre "suas observações da paciente". O que exatamente se podia observar no caso de uma jovem sempre calada, sentada de braços cruzados e com expressão amuada, era um tanto vago. Ficou estabelecido apenas que ela sofria de problemas psíquicos que requeriam tratamento. O relatório médico-legal preconizava um acompanhamento numa instituição psiquiátrica. Paralelamente, um subdiretor da comissão de assistência social redigiu um relatório no qual constavam as conclusões da perícia psiquiátrica.

Referindo-se ao quadro de Lisbeth Salander, o relatório mencionava *um grande risco de abuso de álcool ou de drogas e falta de instinto de preservação*. Seu caso era descrito em termos categóricos: *introvertida, socialmente limitada, ausência de empatia, egocêntrica, comportamento psicopata e anti-social, dificuldades de colaboração e de aprendizado*. Quem lesse o dossiê podia facilmente concluir que ela tinha um grave retardo. Outro fato também a prejudicava: a equipe de intervenção dos serviços sociais a observara diversas vezes na companhia de diferentes homens nos arredores da rua Mariatorget. Certa vez, fora também interpelada no parque Tantolunden, de novo acompanhada de um homem consideravelmente mais velho. Supunha-se que, de uma forma ou de outra, Lisbeth Salander praticava, ou corria o risco de começar a praticar, a prostituição.

No dia em que o tribunal de primeira instância — a jurisdição à qual cabia determinar seu futuro — se reuniu para tomar uma decisão sobre o caso, a saída parecia traçada de antemão. Sendo manifestamente uma jovem com problemas, era pouco provável que os magistrados seguissem outro caminho que não as recomendações dadas pelo inquérito social e pelo inquérito de psiquiatria legal.

Na manhã do dia em que deveria comparecer ao tribunal, foram buscar Lisbeth Salander na clínica psiquiátrica onde ela estava internada desde o incidente na estação de Gamla Stan. Ela se sentia como um boi no matadouro, sem a menor esperança de sobrevivência. A primeira pessoa que avistou na sala de audiência foi Holger Palmgren, e ela demorou um momento até entender que ele não estava ali na qualidade de administrador, mas como seu advogado e conselheiro jurídico. Descobriu então um novo aspecto desse homem.

Para sua grande surpresa, Palmgren estava a seu lado no canto do ringue e argumentou vigorosamente contra a proposta de internação. Ela não deixou transparecer surpresa nem sequer erguendo uma sobrancelha, mas escutou intensamente cada palavra pronunciada por ele. Palmgren mostrou-se brilhante durante as duas horas em que interrogou o dr. Jesper H. Löderman, o médico que assinara a recomendação de encerrar Salander numa instituição. Tudo o que o relatório dizia foi discutido e o médico chamado a explicar o fundamento científico de cada afirmação. Aos poucos ficou evidente, visto que a paciente se recusara a se submeter aos testes, que as conclusões médicas se baseavam apenas em suposições e não numa certeza.

No final das deliberações do tribunal, Palmgren deu a entender que, muito provavelmente, uma internação coercitiva não apenas se opunha às decisões do Parlamento sobre questões desse gênero mas também podia se tornar um cavalo de batalha para os políticos e a mídia. Portanto, era do interesse de todos encontrar uma alternativa conveniente. Tal linguagem não era habitual nas deliberações desse tipo de caso, e os membros do tribunal manifestaram certa inquietação.

A solução foi, de fato, um acordo político. O tribunal de primeira instância estabeleceu que Lisbeth Salander sofria de doença mental, mas que sua loucura não requeria necessariamente internação. Em troca, levou-se em conta a recomendação, feita pelo diretor da assistência social, de uma tutela. Ao que o presidente do tribunal se virou com um sorriso venenoso em direção a Holger Palmgren, que até então fora o administrador *ad hoc* de Salander, perguntando-lhe se aceitava assumir esse papel. O presidente esperava evidentemente que o advogado recuasse e tentasse tirar o corpo fora, mas Palmgren declarou, ao contrário, que se encarregaria com prazer da tarefa de tutoriar a srta. Salander — com uma condição.

"Isso pressupõe, evidentemente, que a senhorita Salander tenha confiança em mim e me aceite como tutor."

E virou-se para ela. Lisbeth Salander estava um pouco perplexa após as trocas de réplicas disparadas acima de sua cabeça ao longo de toda a jornada. Até então, nunca ninguém pedira sua opinião. Ela olhou demoradamente para Holger Palmgren e então assentiu com a cabeça uma vez.

Palmgren era uma mistura estranha de jurista e trabalhador social da velha escola. No início da carreira, fora membro da comissão de assistência social e dedicara quase toda a vida a lidar com crianças difíceis. Um respeito constrangido, que beirava a amizade, se estabeleceu entre o advogado e sua protegida incomparavelmente mais difícil.

A relação dos dois durou onze anos, desde os treze anos de Lisbeth até o final do ano anterior, quando ela fora à casa de Palmgren algumas semanas antes do Natal, já que ele não comparecera a um de seus encontros marcados. Como ele não abriu a porta, embora se ouvissem ruídos no apartamento, ela entrou por fora, escalando um tubo de escoamento pluvial até a sacada do quarto andar. Encontrou-o estendido no vestíbulo, consciente mas incapaz de falar e de se mover após um derrame cerebral. Ela chamou a ambulância e o acompanhou ao hospital com uma sensação crescente de pânico no estômago. Durante três dias e três noites, ela praticamente não deixou o corredor da UTI. Como um cão de guarda fiel, vigiava cada passo dos médicos e enfermeiras que entravam e saíam. Andava pelo corredor de um lado para o outro e cravava os olhos em cada médico que se aproximava dela. Finalmente, um médico, cujo nome ela nunca soube, a introduziu numa sala e lhe explicou a gravidade da situação. O estado de Holger Palmgren era crítico após uma grave hemorragia cerebral. Provavelmente não recuperaria a consciência. Tinha apenas sessenta e quatro anos. Ela não chorou nem demonstrou o menor sentimento. Levantou-se, deixou o hospital e nunca mais retornou.

Cinco semanas depois, a comissão de tutelas convocou Lisbeth Salander para um primeiro encontro com o novo tutor. Seu primeiro impulso foi ignorar a convocação, mas Holger Palmgren inculcara cuidadosamente em sua consciência que todo ato acarreta conseqüências. Nesse estágio, ela aprendera a analisar as conseqüências antes de agir e, refletindo melhor, concluiu que a saída mais indolor para aquele dilema era satisfazer a comissão de tutelas, comportando-se como se a opinião deles realmente importasse.

Assim, em dezembro apresentou-se docilmente — uma curta pausa na investigação sobre Mikael Blomkvist — no escritório de Bjurman na rua Sankt Eriksplan, onde uma mulher de idade, representante da comissão, entregara o volumoso dossiê ao advogado. A senhora perguntou-lhe gentilmente como estava e pareceu satisfeita com o silêncio obstinado que obteve como resposta. Ao cabo de meia hora, deixou Salander aos cuidados de Bjurman.

Lisbeth Salander detestou o advogado cinco segundos depois de apertar-lhe a mão.

Examinou-o furtivamente enquanto ele lia o dossiê. Pouco mais de cinqüenta anos. Corpo atlético, de quem joga tênis às terças e sextas-feiras. Louro. Cabelos finos. Covinha no queixo. Loção de barba Boss. Terno azul. Gravata vermelha com alfinete dourado e botões no punho da camisa com as iniciais N. E. B. Óculos com armação metálica. Olhos cinzentos. A julgar pelas revistas em cima de uma mesa baixa, interessava-se por caça e tiro.

Durante os dez anos em que se encontrara regularmente com Palmgren, ele lhe oferecia café e conversava com ela. Mesmo suas piores fugas das famílias substitutas ou suas ausências sistemáticas da escola não conseguiram desestabilizá-lo. A única vez que Palmgren ficou realmente furioso foi quando a indiciaram por insulto e agressão ao sujeito nojento que a tinha bolinado no metrô. Percebe o que fez? Você atacou um ser humano, Lisbeth. Parecia um velho professor e ela pacientemente ignorou cada palavra da descompostura.

Bjurman não estava disposto a conversar. Logo de início constatou que havia incompatibilidade entre os deveres de Holger Palmgren previstos pelo regulamento da tutela e o fato de ele aparentemente ter deixado que a própria Lisbeth Salander administrasse seu apartamento e seu orçamento. Fez uma espécie de interrogatório. Quanto você ganha? Quero uma cópia da sua contabilidade. Quem são seus amigos? Paga o aluguel em dia? Costuma beber? Palmgren estava de acordo com esses anéis que tem no rosto? É cuidadosa em matéria de higiene?

Vá se foder!

Palmgren tornara-se seu administrador *ad hoc* pouco depois que todo o Mal aconteceu. Ele insistira em vê-la pelo menos uma vez por mês em encontros fixos, e às vezes com mais freqüência. Desde que ela retornara à Lundagatan, eles eram praticamente vizinhos. Palmgren morava na Hornsgatan, perto da casa dela, e quase sempre se cruzavam e iam tomar um café no Giffy ou em outra parte do bairro. Palmgren nunca fora importuno, mas às vezes passava para vê-la com um presentinho de aniversário, por exemplo. Ela tinha o convite permanente para visitá-lo a qualquer momento, privilégio que raramente usou, mas nos últimos anos passara as vésperas de Natal na casa dele depois de visitar a mãe. Comiam peru de Natal e jogavam xadrez. Esse jogo de modo nenhum a interessava, mas, depois que aprendeu as regras, não perdeu uma só partida. Palmgren era viúvo e Lisbeth Salander encarava como um dever seu ter piedade dele e de sua solidão nesses dias de festa.

Achava que lhe devia isso, e ela sempre pagava suas dívidas.

Palmgren é que sublocara o apartamento da mãe na Lundagatan até que Lisbeth tivesse necessidade de lugar próprio para morar. O apartamento de quarenta e nove metros quadrados estava decrépito e sujo, mas ainda assim era um teto.

Agora Palmgren se fora, e outro laço com a sociedade normal acabava de ser desfeito. Nils Bjurman era outro tipo de gente. Ela não imaginava passar uma véspera de Natal na casa dele. A primeira medida que ele tomou foi estabelecer novas regras sobre o acesso à conta bancária na qual era depositado seu salário. Palmgren fechara gentilmente os olhos para o regime das tutelas e deixara que ela mesma administrasse seu orçamento. Lisbeth pagava as contas e podia utilizar sua poupança quando bem entendesse.

Tendo se preparado para o encontro com Bjurman na semana anterior ao Natal, ela tentou explicar a ele que seu predecessor confiara nela e que ela nunca o decepcionara. Palmgren deixara-a conduzir o barco sem se intrometer em sua vida particular.

— Esse é justamente um dos problemas — respondeu Bjurman, tamborilando sobre a pasta do dossiê.

Depois fez um longo discurso a respeito das regras e dos decretos administrativos referentes às tutelas, antes de informá-la que uma nova ordem entraria em vigor.

— Ele deixou que você agisse à vontade, não foi? Eu me pergunto como conseguiu não bater com o martelo nos dedos.

Porque fazia quarenta anos que o velho cuidava de adolescentes com problemas, seu imbecil!

— Não sou mais uma criança — disse Lisbeth Salander, como se isso bastasse como explicação.

— Não, não é mais uma criança. Mas fui designado para ser seu tutor e, como tal, sou jurídica e economicamente responsável por você.

A primeira medida de Bjurman foi abrir uma nova conta bancária em nome dele, que ela devia indicar à contabilidade da Milton e que seria utilizada daí em diante. Salander se deu conta de que os dias felizes tinham acabado: agora Bjurman pagaria suas contas e ela teria uma quantia fixa para os gastos mensais e lhe forneceria os recibos das despesas. Ele decidiu que ela receberia mil e quatrocentas coroas por semana — "para alimentação, roupas, cinema e coisas do gênero".

Conforme escolhesse trabalhar muito ou pouco, Lisbeth Salander podia ganhar até cento e sessenta mil coroas por ano. Podia facilmente dobrar essa quantia se trabalhasse em tempo integral e aceitasse todas as missões que Dragan Armanskij viesse a propor. Por outro lado, tinha poucas contas a pagar e não gastava muito. O apartamento custava-lhe duas mil coroas por mês e, apesar de seus rendimentos modestos, tinha noventa mil coroas na conta de poupança. Poupança da qual não ia mais poder dispor livremente.

— Eu sou o responsável pelo seu dinheiro — ele explicou. — Você deve reservar um dinheiro para o futuro. Mas não se preocupe, eu me encarregarei disso.

Eu mesma me encarrego disso há dez anos, seu babaca!

— Está se saindo suficientemente bem de um ponto de vista social para não precisar ser internada, mas a sociedade é responsável por você.

Ele a interrogou em detalhe sobre suas tarefas na Milton Security. Instintivamente, ela mentiu sobre seu trabalho. A resposta que forneceu era uma descrição do que havia feito nas primeiras semanas de trabalho. Assim, Bjurman teve a impressão de que ela apenas fazia o café e selecionava a correspondência — atividades de uma pessoa de pouca inteligência — e pareceu satisfeito com as respostas.

Ela não sabia por que mentira, mas estava convencida de que agira bem.

Mesmo que o advogado Bjurman figurasse numa lista de espécies de insetos ameaçadas de extinção, não teria hesitado em esmagá-lo com o calcanhar.

Mikael Blomkvist passou cinco horas na companhia de Henrik Vanger e dedicou uma parte da noite e a terça-feira toda para organizar suas notas e montar o quebra-cabeça genealógico dos Vanger. A história familiar que resultava das conversas com Henrik era uma versão muito diferente da que era dada no retrato oficial da família. Mikael sabia perfeitamente que todas as famílias têm esqueletos no armário. A família Vanger tinha um cemitério inteiro.

Mikael precisou lembrar-se várias vezes de que seu trabalho real não era escrever uma biografia da família Vanger, mas desvendar o que acontecera com Harriet Vanger. Aceitara a missão convencido de que, na realidade, desperdiçaria um ano com a bunda numa cadeira e de que os esforços que faria por Henrik Vanger não levariam a nada. Ao cabo de um ano, receberia um salário extravagante — o contrato redigido por Dirch Frode fora assinado. Mas o verdadeiro salário, ele esperava, seria a informação sobre Hans-Erik Wennerström, que Henrik afirmava possuir.

Depois da conversa com Henrik Vanger, ele começou a dizer a si mesmo que podia não ser um ano perdido. Um livro sobre a família Vanger tinha lá seu valor — era simplesmente um assunto interessante.

Não lhe passava pela mente, nem por um único segundo, que pudesse descobrir o assassino de Harriet Vanger — se é que ela fora mesmo assassinada; podia ter sido vítima de um acidente absurdo ou desaparecido de outra maneira. Mikael concordava com Henrik sobre a quase improbabilidade de uma jovem de dezesseis anos desaparecer por vontade própria e conseguir permanecer oculta a todos os sistemas de vigilância oficiais durante trinta e seis anos. Em contrapartida, Mikael não excluía a possibilidade de Harriet Vanger ter fugido, para Estocolmo talvez, e de alguma coisa ter acontecido no caminho — drogas, prostituição, uma agressão ou simplesmente um acidente.

Por seu lado, Henrik estava convencido de que Harriet fora assassinada e de que um membro da família era o responsável — talvez em colaboração com outro. A força do seu raciocínio se baseava no fato de Harriet ter desaparecido durante as horas dramáticas de isolamento da ilha, quando todos os olhos estavam voltados para o acidente.

Erika teve razão em dizer a Mikael que seu trabalho era mais do que insensato se o objetivo era resolver o mistério de um crime, mas ele começava a entender que o destino de Harriet Vanger tivera um papel central na família, principalmente para Henrik Vanger. Justificadas ou não, as acusações de Henrik contra seus familiares eram de grande importância para a história dessa família. Ele os acusava abertamente havia mais de trinta anos e essa suspeita marcara as reuniões familiares e criara oposições inflamadas que contribuíram para desestabilizar o grupo. Examinar o desaparecimento de Harriet, portanto, seria um capítulo à parte e até mesmo um fio condutor da história da família — e as fontes eram abundantes. Um ponto de partida lógico seria estabelecer uma galeria de personagens — sem se importar se Harriet Vanger era sua principal missão ou se ele se contentaria em escrever uma crônica familiar. Foi esse o tema da conversa com Henrik naquele dia.

A família Vanger era constituída de uma centena de pessoas, contando os filhos de primos de primeiro e segundo grau de todos os ramos. A família era tão numerosa que Mikael foi obrigado a criar um banco de dados no notebook. Utilizou o programa NotePad (www.ibrium.se), um desses produtos completos que dois rapazes do KTH [Real Instituto de Tecnologia], de Estocolmo, haviam criado e disponibilizado na internet em troca de quase nada. Programas como esse, tão indispensáveis a um jornalista investigativo, eram raros, pensou Mikael. Cada membro da família ganhou sua própria ficha.

A árvore genealógica podia ser reconstituída com segurança até o começo do século XVI, época em que o nome era Vangeersad. Segundo Henrik Vanger, o nome talvez se originasse do holandês Van Geerstad; nesse caso, a árvore genealógica retrocedia ainda mais no tempo, até o século XII.

Numa época mais recente, a família se estabelecera no norte da França e chegara à Suécia com Jean-Baptiste Bernadotte no começo do século XIX. Alexander Vangeersad não conheceu pessoalmente o rei, mas destacou-se como chefe militar e, em 1818, recebeu as terras de Hedeby em agradecimento por seus longos e fiéis serviços. Alexander Vangeersad obteve assim uma fortuna pessoal que utilizou para adquirir áreas florestais bastante extensas no Norrland. Seu filho Adrian nasceu na França, mas, a pedido do pai, veio morar no canto perdido de Hedeby, longe dos salões parisienses, para administrar a propriedade. Explorando as terras e as florestas com novos métodos importados da Europa, fundou a fábrica de papel em torno da qual Hedestad se desenvolveu.

O neto de Alexander chamava-se Henrik e reduziu o nome para Vanger. Montou uma rede comercial com a Rússia e criou uma pequena frota de escunas mercantis que assegurava a ligação com os países bálticos, a Alemanha e a Inglaterra das metalurgias, em meados do século XIX. Henrik Vanger, o antigo, diversificou a empresa familiar e iniciou uma modesta exploração de minas e as primeiras indústrias metalúrgicas do Norrland. Deixou dois filhos, Birger e Gottfried, que deram início às atividades financeiras da família Vanger.

— Você conhece alguma coisa sobre as antigas leis da herança? — perguntara Henrik Vanger.

— Não é exatamente a minha área de competência.

— Entendo. É algo que também me deixa perplexo. De acordo com a tradição familiar, Birger e Gottfried eram como cão e gato, concorrentes legendários em luta por poder e influência. Essa disputa tornou-se uma ameaça à sobrevivência da empresa e o pai deles decidiu, pouco antes de morrer, criar um sistema em que cada membro da família teria uma parte na herança da empresa. Isso provavelmente partiu de um bom sentimento, mas provocou uma situação insustentável. Em vez de atrair pessoas competentes e possíveis parceiros do exterior, deparamo-nos com uma direção composta de membros da família, cada qual com um ou dois por cento de direito de voto.

— A regra se aplica ainda hoje?

— Totalmente. Se um membro da família quiser vender sua parte, terá que ser para alguém da família. A assembléia geral reúne hoje uns cinqüenta membros da família. Martin possui pouco mais de dez por cento das ações. Eu tenho cinco por cento, pois as vendi, entre outros, a Martin. Meu irmão Harald tem sete por cento, mas a maioria dos que comparecem às assembléias tem apenas um ou um e meio por cento.

— Não acredito. Parece coisa da Idade Média.

— É completamente absurdo. Significa que, se Martin quiser hoje adotar determinada política, ele é obrigado a fazer um lobby em grande escala para conseguir o apoio de pelo menos vinte e cinco por cento dos co-proprietários. É uma mixórdia de alianças, divisões e intrigas.

Henrik Vanger prosseguiu.

— Gottfried Vanger morreu sem filhos em 1901. Perdão: na verdade era pai de quatro filhas, mas naquela época as mulheres não contavam. Possuíam cotas, porém eram os homens da família que recebiam os juros. Foi só com a introdução do direito de voto, no século XX, que as mulheres passaram a assistir às assembléias gerais.

— Muito liberais, pelo que vejo.

— Não zombe. Eram tempos diferentes. Seja como for, o irmão de Gottfried, Birger, tinha três filhos homens: Johan, Fredrik e Gideon Vanger, todos nascidos no final do século XIX. Podemos eliminar Gideon: ele vendeu sua parte e emigrou para a América, onde seguimos tendo um ramo. Mas Johan e Fredrik fizeram da empresa o grupo Vanger moderno.

Enquanto narrava, Henrik Vanger pegou um álbum com fotos desses personagens. As fotos do começo do século passado mostravam dois homens de queixos vigorosos e cabelos lisos de brilhantina olhando para a câmera sem a menor sombra de um sorriso. Depois prosseguiu:

— Johan Vanger era o gênio da família. Estudou engenharia e desenvolveu a indústria mecânica com várias novas invenções que patenteou. O aço e o ferro passaram a ser a base do grupo, mas a sociedade estendeu seus negócios a outras áreas, como a têxtil. Johan Vanger morreu em 1956 e deixou três filhas, Sofia, Märit e Ingrid, que foram as primeiras mulheres a ter acesso automático à assembléia geral do grupo. O outro irmão, Fredrik Vanger, era meu pai. Ele foi o homem de negócios, o capitão de indústria que transformou as invenções de Johan em rendimentos. Meu pai só morreu em 1964. Participou ativamente da direção até sua morte, ainda que, já nos anos 1950, tivesse me passado a direção do dia-a-dia da empresa. Johan Vanger, ao contrário da geração precedente, teve apenas filhas. — Henrik Vanger mostrou fotos de mulheres com seios generosos, usando sombrinhas e chapéus de abas largas. — E Fredrik, meu pai, teve apenas filhos homens. Éramos cinco irmãos. Richard, Harald, Greger, Gustav e eu.

Para tentar situar-se entre todos os membros da família, Mikael desenhou uma árvore genealógica em algumas folhas tamanho ofício coladas pelas pontas. Assinalou com um marca-texto o nome dos membros presentes na ilha de Hedeby durante a reunião de família em 1966 e que, portanto, ao menos teoricamente, poderiam ter alguma ligação com o desaparecimento de Harriet.

Mikael deixou de lado as crianças com menos de doze anos — partia do princípio de que, qualquer que tenha sido a sorte de Harriet Vanger, ele devia se limitar ao que era plausível. Sem colocar-se muitas questões, omitiu também Henrik Vanger — se o patriarca estivesse implicado no desaparecimento da neta do irmão, seus procedimentos nos últimos trinta e seis anos eram um caso psicopatológico. A mãe de Henrik Vanger, que em 1966 tinha a venerável idade de oitenta e um anos, podia razoavelmente ser riscada também. Os vinte e dois membros restantes da família, segundo Henrik, deviam entrar no grupo dos "suspeitos". Sete já haviam morrido e alguns atingiam idades respeitáveis.

Contudo, Mikael não estava disposto a aceitar sem exame a convicção de Henrik de que um membro da família era o responsável pelo desaparecimento de Harriet. À lista de suspeitos deviam ser acrescentadas outras pessoas.

Dirch Frode começara a trabalhar como advogado de Henrik na primavera de 1962. E, quando Harriet desapareceu, o faz-tudo da época, Gunnar Nilsson — não importa se com um álibi ou não —, tinha dezenove anos e, assim como seu pai, Magnus Nilsson, estava na ilha de Hedeby, do mesmo modo que o artista pintor Eugen Norman e o pastor Otto Falk. E esse Falk, era casado? O fazendeiro de Östergarden, Martin Aronsson, assim como seu filho Jerker Aronsson, se encontravam na ilha e foram próximos de Harriet Vanger ao longo de toda a sua infância. Quais eram as relações deles? Martin Aronsson era casado? Havia outras pessoas na fazenda?

Quando Mikael escreveu todos os nomes, o grupo chegou a umas quarenta pessoas. Com um gesto de frustração, jogou longe o marca-texto. Já eram três e meia da manhã e o termômetro indicava vinte e um graus negativos. A onda de frio parecia querer se instalar. Seu desejo era estar na cama, em sua cama na Bellmansgatan.

Mikael Blomkvist despertou às nove da manhã da quarta-feira, quando o técnico da Telia bateu à sua porta para instalar a linha telefônica e o modem ADSL. Às onze já podia se conectar e não se sentia mais em total desvantagem profissional. O telefone, porém, permanecia mudo. Fazia uma semana que Erika não respondia a seus chamados. Devia estar realmente zangada. Ele também começava a se sentir um pouco teimoso e recusava-se a chamá-la na redação; ao ligar para ela do celular, ela podia ver que era ele e decidir se queria atender ou não. Portanto, ela não queria.

Seja como for, ele abriu sua caixa de mensagens e passou os olhos pelos

FREDRIK VANGER
(1886–1964)
esp. **Ulrika**
(1885–1969)

Richard (1907–1940)
esp. Margareta
(1906–1959)

Gottfried
(1927–1965)
esp. **Isabella** (1928–)

Martin (1948–)
Harriet (1950–)

Harald (1911–)
esp. **Ingrid**
(1925–1992)

Birger (1939–)
Cecilia (1946–)
Anita (1948–)

Greger (1912–1974)
esp. **Gerda** (1922–)

Alexander (1946–)

Gustav (1918–1955)
solteiro, sem filhos

Henrik (1920–)
esp. Edith (1921–1958)
sem filhos

JOHAN VANGER
(1884–1956)
esp. Gerda
(1888–1960)

Sofia (1909–1977)
esp. **Åke Sjögren**
(1906–1967)

Magnus Sjögren
(1929–1994)
Sara Sjögren (1931–)
Erik Sjögren (1951–)
Håkan Sjögren (1955–)

Märit (1911–1988)
esp. **Algot Günther**
(1904–1987)

Ossian Günther (1930–)
esp. **Agnes** (1933–)
Jakob Günther (1952–)

Ingrid (1916–1990)
esp. **Harry Karlman**
(1912–1984)

Gunnar Karlman (1942–)
Maria Karlman (1944–)

trezentos e cinqüenta e-mails que lhe haviam sido enviados na última semana. Conservou uma dúzia deles, o resto eram spams ou mailings dos quais era assinante. O primeiro e-mail que abriu era de demokrat88@yahoo.com e dizia: "Espero que nesse buraco te façam chupar muitos paus, seu comunista sujo". Mikael arquivou o e-mail numa pasta intitulada Crítica Inteligente.

Escreveu uma breve mensagem a erika.berger@millenium.se.

[Oi, Ricky. Suponho que está com muita raiva de mim, pois não atende os meus chamados. Quero apenas te dizer que agora estou na internet e podemos conversar por e-mail, se você quiser me perdoar. Fora isso, Hedeby é um lugarzinho rústico que vale uma visita. M.]

Na hora do almoço, pôs o notebook na bolsa e foi até o Café Susanne, onde se acomodou na habitual mesa de canto. Quando Susanne lhe serviu um café com sanduíche, ela lançou um olhar de curiosidade ao computador e perguntou no que ele estava trabalhando. Mikael utilizou pela primeira vez seu pretexto e explicou que Henrik Vanger o contratara para escrever uma biografia. Trocaram algumas palavras polidas. Susanne convidou Mikael a procurá-la quando estivesse preparado para as verdadeiras revelações.

— Atendo os Vanger há trinta e cinco anos e conheço a maior parte dos mexericos da família — ela falou, antes de voltar à cozinha com um passo meio gingado.

O quadro que Mikael desenhou indicava que a família Vanger não cessava de produzir novos rebentos. Somando os filhos, netos e bisnetos — que ele nem se deu o trabalho de mencionar —, os irmãos Fredrik e Johan Vanger tinham cerca de cinqüenta descendentes. Mikael constatou também que havia na família uma tendência à longevidade. Fredrik Vanger morrera com setenta e oito anos, seu irmão Johan com setenta e dois. Ulrika Vanger falecera com oitenta e quatro. Dos dois irmãos ainda vivos, Harald tinha noventa e dois anos e Henrik Vanger oitenta e dois.

A única exceção fora Gustav, o irmão de Henrik, morto de uma doença pulmonar aos trinta e sete anos. Henrik explicou que Gustav sempre tivera a saúde frágil e seguira seu próprio caminho, um pouco à margem do resto da família. Não se casou nem teve filhos.

Quanto aos demais, os que morreram jovens não sucumbiram a doenças, mas por outros motivos. Richard Vanger foi morto como voluntário durante a guerra de Inverno da Finlândia, com trinta e quatro anos. Gottfried Vanger, o pai de Harriet, havia se afogado um ano antes do desaparecimento da filha. E a própria Harriet tinha então somente dezesseis anos. Mikael notou a estranha coincidência nesse ramo da família em que avô, pai e filha foram vítimas de acidentes. De Richard restava apenas Martin Vanger, que aos cinqüenta e cinco anos continuava solteiro e sem filhos. Henrik Vanger informou, porém, que Martin tinha uma companheira, uma mulher que morava em Hedestad.

Martin tinha dezoito anos quando a irmã desapareceu. Fazia parte dos raros parentes próximos que, com toda a certeza, não podiam ter ligação alguma com o desaparecimento. Naquele outono, ele morava em Uppsala, onde concluía o colegial. Devia participar da reunião de família, mas só chegou no fim da tarde e ficou retido do outro lado da ponte durante a hora crítica em que a irmã evaporou.

Mikael notou duas outras particularidades na árvore genealógica. A primeira é que os casamentos pareciam ser vitalícios; nenhum membro da família Vanger se divorciara nem voltara a se casar, mesmo quando o parceiro havia morrido jovem. Perguntou-se qual a freqüência disso em termos estatísticos. Cecilia Vanger estava separada do marido havia vários anos, mas, se Mikael tinha entendido bem, ainda eram casados.

A outra particularidade é que a família parecia geograficamente dividida entre "homens" e "mulheres". Os descendentes de Henrik Vanger, aos quais Henrik pertencia, tradicionalmente haviam desempenhado papel de destaque na empresa e morado principalmente em Hedestad ou arredores. Os membros do ramo Johan Vanger — apenas mulheres na primeira geração — espalharam-se por outros cantos do país; moravam em Estocolmo, Malmö e Göteborg ou no exterior, e só vinham a Hedestad para as férias de verão e as reuniões importantes do grupo. A única exceção era Ingrid Vanger, cujo filho Gunnar Karlman morava em Hedestad. Era o redator-chefe do jornal local, o *Hedestads-Kuriren*.

Na conclusão de seu inquérito pessoal, Henrik observava que o "motivo por trás do assassinato de Harriet" devia ser buscado, talvez, na estrutura da empresa e no fato de ele ter assinalado muito cedo as qualidades excepcionais de Harriet. A intenção talvez fosse prejudicar o próprio Henrik, ou então Harriet descobrira uma espécie de informação delicada relativa ao grupo e se convertera numa ameaça para alguém. Tudo isso não passava de especulação, mas, partindo dessa hipótese, ele identificou um círculo de treze pessoas que apresentava como "particularmente interessantes".

A conversa da véspera com Henrik Vanger também esclarecera Mikael sobre outro ponto. Desde a primeira conversa, o velho falara da família em termos tão desdenhosos e degradantes que chegava a ser estranho. Mikael se perguntara se as suspeitas do patriarca sobre a família, quanto ao desaparecimento de Harriet, haviam afetado seu juízo, mas agora começava a entender que a avaliação de Henrik era, na verdade, de uma clarividência estupenda.

A imagem que começava a se esboçar revelava uma família bem-sucedida social e economicamente, mas claramente cheia de disfunções no cotidiano.

O pai de Henrik Vanger, homem frio e insensível, trouxera os filhos ao mundo e depois delegara à esposa o cuidado com sua educação e seu bem-estar. Eles raramente viam o pai antes de completarem dezesseis anos, exceto nas festas de família às quais deviam comparecer e ficar invisíveis. Henrik Vanger não se lembrava do pai manifestando, de alguma maneira, algum tipo de amor; ao contrário, várias vezes Henrik fora chamado de incompetente e recebera críticas arrasadoras. Castigos corporais eram raros por serem desnecessários. Só veio a ganhar o respeito do pai mais tarde, quando passou a trabalhar para o grupo Vanger.

O irmão mais velho, Richard, se revoltara. Após uma disputa cujo motivo nunca foi discutido em família, Richard partiu para Uppsala com a intenção de lá estudar. Foi quando iniciou sua carreira nazista, já mencionada por Henrik a Mikael, e que mais tarde o levaria às trincheiras da guerra de Inverno da Finlândia.

O que o velho ainda não havia contado é que dois outros irmãos tomaram caminhos idênticos.

Harald Vanger e seu irmão Greger seguiram os passos do irmão mais velho em Uppsala, em 1930. Harald e Greger eram muito próximos, mas Henrik Vanger não sabia dizer se conviveram muito com Richard. O certo é que os irmãos aderiram ao movimento fascista de Per Engdahl, a Nova Suécia. Harald Vanger manteve-se leal a Per Engdahl ao longo dos anos, primeiro na União

Nacional da Suécia, depois na Oposição sueca e, por fim, no Movimento neossueco, desde sua fundação, no final da guerra. Continuou como membro até a morte de Per Engdahl nos anos 1990 e em alguns períodos foi um dos mais importantes financiadores do fascismo sueco remanescente.

Harald Vanger formou-se médico em Uppsala e em seguida envolveu-se com grupos entusiastas por higiene e biologia racial. Em certa época, trabalhou no instituto sueco de biologia das raças e, como médico, foi um agente de primeira ordem na campanha de esterilização dos elementos indesejáveis da população.

> Declaração de Henrik Vanger, cassete 2, 02950:
> *Harald foi mais longe ainda. Em 1937, foi co-autor — sob pseudônimo, graças a Deus! — de um livro intitulado* A Nova Europa dos povos. *Fiquei sabendo disso só nos anos 1970. Tenho uma cópia que você pode ler. É provavelmente um dos livros mais ignóbeis já publicados na Suécia. Harald não argumenta apenas a favor da esterilização, mas também da eutanásia — uma ajuda ativa para morrer direcionada às pessoas que perturbavam seu gosto estético e não se adaptavam à sua imagem do sueco perfeito. Ou seja, um arrazoado a favor do massacre, redigido numa prosa acadêmica impecável e contendo todos os argumentos médicos necessários. Livremo-nos dos retardados. Não deixemos a população dos lapões aumentar; eles possuem genes mongóis. Os doentes mentais aceitarão a morte como uma libertação, não é mesmo? Mulheres de maus costumes, vagabundos, ciganos e judeus — pode-se ter uma idéia do quadro. Nos fantasmas do meu irmão, Auschwitz podia ser aqui mesmo, na Dalecarlia.*

Depois da guerra, Greger Vanger se tornou professor e mais tarde diretor do colégio de Hedestad. Henrik achava que ele havia abandonado o nazismo após a guerra e se tornado apolítico. Morreu em 1974, e só quando Henrik examinou seus papéis é que ficou sabendo, pelas cartas conservadas, que nos anos 1950 seu irmão aderira ao Partido Nórdico Nacional, o NRP, uma seita sem importância política mas totalmente desmiolada, da qual foi membro até falecer.

Declaração de Henrik Vanger, cassete 2, 04167: "*Três dos meus irmãos eram, portanto, politicamente dementes. Até onde iria a doença deles em outras circunstâncias?*".

O único irmão benquisto, em certa medida, por Henrik Vanger, era Gustav, de saúde frágil e vítima de uma doença pulmonar em 1955. Gustav não se interessava por política e era visto sobretudo como um espírito artístico distante do mundo, sem o menor interesse pelos negócios nem por uma atividade no grupo Vanger. Mikael perguntou a Henrik:

— Restam apenas você e Harald hoje. Por que ele voltou a morar em Hedeby?

— Ele voltou em 1979, pouco antes de seus setenta anos. A casa lhe pertence.

— Deve ser estranho viver tão perto de um irmão odiado.

Henrik Vanger olhou Mikael, surpreso.

— Você me entendeu mal. Não odeio meu irmão. Na verdade, tenho pena dele; é um perfeito imbecil. É ele quem me odeia.

— Ele odeia você?

— Muito. Acho que foi por isso que voltou a viver aqui. Para poder passar seus últimos anos me odiando de perto.

— Por que ele te odeia?

— Porque me casei.

— Acho que terá que me explicar isso.

Henrik Vanger perdera o contato com os irmãos mais velhos bastante cedo. Era o único dos cinco que revelava talento para os negócios — a última esperança do pai. Não se interessava por política e evitou Uppsala, tendo preferido estudar economia em Estocolmo. Desde os dezoito anos, passou todas as suas férias estagiando num dos muitos escritórios do grupo Vanger ou colaborando nos conselhos de administração. Ficou conhecendo todos os labirintos da sociedade familiar.

Em 10 de junho de 1941 — no auge da Segunda Guerra —, Henrik foi enviado à Alemanha para uma visita de seis semanas aos escritórios comerciais do grupo Vanger em Hamburgo. Tinha vinte e um anos, e o representante alemão das empresas Vanger, um veterano idoso chamado Hermann Lobach, serviu-lhe de protetor e mentor.

— Não vou fatigá-lo com todos os detalhes, mas naquele momento Hitler e Stalin ainda eram bons amigos e não havia até então combates no fronte oriental. Todos achavam Hitler invencível. Havia um sentimento de... otimismo e desespero, acho que são as palavras adequadas. Mais de meio século depois, continua sendo difícil encontrar palavras apropriadas. Não me entenda mal: nunca fui nazista e Hitler me parecia um personagem ridículo de opereta. Mas era difícil não se contaminar pela fé no futuro que reinava entre as pessoas comuns de Hamburgo. A guerra se aproximava lentamente e vários bombardeios ocorreram em minha temporada na cidade; apesar disso, todos pareciam pensar que era um momento de irritação passageiro: a paz logo chegaria e Hitler ia instaurar sua Neuropa, a nova Europa. As pessoas queriam acreditar que Hitler era Deus: é o que a propaganda dava a entender.

Henrik Vanger abriu um de seus numerosos álbuns fotográficos.

— Este é Hermann Lobach. Ele desapareceu em 1944, provavelmente morto e sepultado durante um bombardeio. Nunca soubemos que destino ele teve. Na minha temporada em Hamburgo, fiquei muito amigo dele. Eu tinha um quarto na sua suntuosa residência, num bairro onde só moravam famílias ricas. Nós nos víamos diariamente. Era tão pouco nazista quanto eu, mas filiara-se ao partido por comodidade. A carteira de membro abria portas e facilitava suas chances de negócio em favor do grupo Vanger, e negócios era exatamente o que fazíamos. Construíamos vagões para trens, e ainda hoje me pergunto se esses vagões partiam com destino à Polônia. Vendíamos tecidos para os uniformes e tubos catódicos para aparelhos de rádio, mas oficialmente não fazíamos idéia de para que servia a mercadoria. E Hermann Lobach sabia como agir para obter um bom contrato, tinha uma boa lábia e era jovial. Um perfeito nazista. Aos poucos, entendi que era também um homem que tentava desesperadamente esconder um segredo. Na noite de 22 de junho de 1941, Hermann Lobach bateu na porta do meu quarto e me acordou. Meu quarto ficava ao lado do quarto de sua mulher e com um sinal ele me pediu que eu não fizesse barulho, me vestisse e o acompanhasse. Descemos ao térreo e nos instalamos numa pequena sala de fumar. Lobach certamente estivera acordado a noite toda. Ligou o rádio e compreendi que algo dramático acontecera. Tivera início a operação "Barbarossa", a Alemanha atacara a União Soviética no fim de semana em que o verão se iniciava.

Henrik Vanger fez um gesto resignado com a mão.

— Hermann Lobach pegou dois copos e despejou uma dose generosa de aquavita em cada um. Pareceu-me meio embriagado. Quando lhe perguntei quais poderiam ser as conseqüências, respondeu-me com lucidez que aquilo significava o fim para a Alemanha e para o nazismo. Só acreditei em parte — Hitler parecia invencível —, mas Lobach brindou comigo a derrota da Alemanha. Em seguida pôs-se a falar de assuntos práticos.

Mikael balançou a cabeça para indicar que acompanhava a história.

— Em primeiro lugar, ele descartou a possibilidade de entrar em contato com meu pai para pedir instruções e por conta própria decidiu interromper minha temporada na Alemanha, mandando-me de volta para casa o mais cedo possível. Em segundo lugar, queria que eu lhe prestasse um serviço.

Henrik mostrou um retrato amarelecido e com os cantos rasgados, em tamanho três por quatro, de uma mulher morena.

— Hermann Lobach era casado havia quarenta anos, mas em 1919 conhecera uma mulher que tinha a metade da sua idade, uma pobre e modesta costureira, de uma beleza avassaladora. Apaixonou-se por ela. Cortejou-a e, como tantos outros homens ricos, tinha os meios de instalá-la num apartamento a pouca distância de seu escritório. Ela passou a ser sua amante. Em 1921, deu à luz uma menina, que foi chamada Edith.

— Um homem rico já de alguma idade, uma mulher pobre e uma filha desse amor: isso não deveria causar um grande escândalo, mesmo nos anos 1940 — comentou Mikael.

— É verdade. Se não houvesse um problema. A mulher era judia e Lobach, portanto, pai de uma menina judia em plena Alemanha nazista. Concretamente, ele era um *traidor de sua raça*.

— Ah! isso muda tudo. O que aconteceu?

— A mãe de Edith foi detida em 1939. Desapareceu e pode-se imaginar o que lhe aconteceu. Todos sabiam que tinha uma filha que ainda não fora inscrita nas listas de transporte, e essa moça judia era procurada pela unidade da Gestapo encarregada de capturar judeus fugitivos. No verão de 1941, na mesma semana em que cheguei a Hamburgo, fez-se a ligação entre a mãe de Edith e Hermann Lobach, e convocaram-no para um interrogatório. Ele admitiu a ligação e a paternidade, mas declarou que não fazia a menor idéia do lugar onde se encontrava a filha e que havia dez anos não tinha contato com ela.

— E onde ela estava?

— Eu a via diariamente na casa de Lobach. Uma moça de vinte anos, meiga e calma, que fazia a limpeza do meu quarto e ajudava a servir o jantar. Em 1937, as perseguições aos judeus já duravam vários anos e a mãe de Edith suplicou a Hermann que a ajudasse. E ele ajudou — amava a filha ilegítima tanto quanto seus filhos legítimos. Escondeu-a no lugar mais improvável — diante do nariz de todo mundo. Providenciou-lhe falsos documentos e a contratou como empregada.

— A mulher dele sabia quem ela era?

— Não, não fazia a menor idéia.

— E depois, o que houve?

— A coisa funcionou durante quatro anos, mas Lobach sentia que o cerco se estreitava. Em breve a Gestapo viria bater à sua porta. Foi tudo o que me contou naquela noite, poucas semanas antes de eu voltar à Suécia. Depois, mandou chamar a filha e fomos apresentados. Era muito tímida e não ousou sequer me olhar nos olhos. Lobach me suplicou que salvasse a vida dela.

— Como?

— Ele arranjara tudo. Segundo seus planos, eu devia ficar por mais três semanas e em seguida tomar o trem noturno para Copenhague, depois o *ferryboat* para atravessar o estreito de Oresund — uma viagem sem muita importância, mesmo em tempo de guerra. No entanto, dois dias depois da nossa conversa, um cargueiro de propriedade do grupo Vanger devia deixar Hamburgo com destino à Suécia. Lobach resolveu enviar-me com o cargueiro, para que eu deixasse a Alemanha sem demora. Qualquer alteração dos projetos de viagem devia ser aprovada pelos serviços de segurança; problemas burocráticos, mas não insuperáveis. Lobach insistiu para que eu fosse naquele navio.

— Com Edith, suponho.

— Edith embarcou ilegalmente, escondida numa das trezentas caixas contendo peças para máquinas. Minha tarefa era protegê-la se fosse descoberta antes de deixarmos as águas territoriais da Alemanha, e impedir o capitão de fazer uma besteira. Não havendo problemas, eu devia esperar até estarmos a uma boa distância da Alemanha e então deixá-la sair.

— E aí?

— Parecia simples, mas a viagem foi um pesadelo. O capitão chamava-se Oskar Granath e não estava nem um pouco encantado com a responsabilidade de conduzir o herdeiro do seu patrão. Deixamos Hamburgo às nove horas de uma noite de verão. Estávamos saindo do porto quando as sirenes de alerta antiaéreo puseram-se a uivar. Um raide inglês: o pior que vivi, e o porto era evidentemente um alvo estratégico. Não exagero ao dizer que por pouco não me mijei quando as bombas começaram a explodir muito perto. Mas, de um modo ou de outro, conseguimos sair e, após uma pane de motor e uma noite horrível de tempestade nas águas recheadas de minas, chegamos à Suécia, em Karlskrona, no dia seguinte à tarde. Agora você vai me perguntar o que aconteceu com a moça.

— Acho que já sei.

— Meu pai ficou furioso, claro. Coloquei muita coisa em risco com meu ato insensato. E a moça podia ser extraditada a qualquer momento — lembre que estávamos em 1941. Mas nesse meio-tempo também me apaixonei por ela, como Lobach se apaixonara pela mãe dela. Pedi-a em casamento e dei um ultimato a meu pai: ou aceitava o casamento, ou que procurasse outra jovem esperança para a empresa da família. Ele cedeu.

— Mas ela morreu?

— Sim, morreu muito jovem. Em 1958. Vivemos juntos pouco mais de dezesseis anos. Ela tinha um problema cardíaco, de nascença. E eu me revelei estéril — nunca tivemos filhos. É por isso que meu irmão me odeia.

— Porque se casou com ela.

— Porque me casei — são os termos dele — com uma prostituta suja judia. No entender dele, eu traí a raça, o povo, a moral e tudo o que ele defendia.

— Mas ele é completamente louco.

— Eu não saberia dizer melhor.

10. QUINTA-FEIRA 9 DE JANEIRO — SEXTA-FEIRA 31 DE JANEIRO

A julgar pelo *Hedestads-Kuriren*, o primeiro mês de Mikael no exílio foi o mais frio já registrado na memória ou, pelo menos (segundo Henrik Vanger), desde o inverno da guerra em 1942. Mikael estava inclinado a acreditar nessa informação. Após uma semana em Hedeby, aprendera tudo a respeito de ceroulas, meias de lã e camisetas forradas.

Viveu alguns dias e noites terríveis em meados de janeiro, quando a temperatura baixou a inconcebíveis trinta e sete graus negativos. Nunca enfrentara nada semelhante, mesmo no ano que passou em Kiruna durante o serviço militar. Uma manhã, a tubulação da água congelou. Gunnar Nilsson arranjou-lhe dois grandes baldes de plástico para que pudesse cozinhar e se lavar, mas o frio era paralisante. Rosáceas de gelo formaram-se nas vidraças da janela, do lado interno, e, por mais que alimentasse o aquecedor a lenha, sentia-se continuamente gelado. Todos os dias passava longos minutos rachando lenha no depósito dos fundos da casa.

Em alguns momentos, tinha vontade de chorar e pensava em tomar um táxi até a cidade e embarcar no primeiro trem com destino ao Sul. Em vez disso, enfiava mais um pulôver e se enrolava num cobertor, sentado à mesa da cozinha com seu café e os velhos relatórios da polícia.

Depois a tendência se inverteu e a temperatura subiu para agradáveis dez graus negativos.

Mikael começou a conhecer as pessoas em Hedeby. Martin Vanger cumpriu sua promessa e lhe ofereceu um jantar que ele mesmo preparou — assado de carne de alce regado a vinho tinto italiano. O chefe da empresa não era casado, porém convivia com uma certa Eva Hassel, que os acompanhava. Eva era uma mulher calorosa e divertida, que Mikael achou muito atraente. Era dentista e morava em Hedestad, mas passava os fins de semana na casa de Martin. Mikael ficou sabendo que fazia muitos anos que eles se conheciam, mas começaram a conviver somente na idade madura e julgaram não haver necessidade de casamento.

— A verdade é que ela é a minha dentista — disse Martin Vanger.

— E misturar-me a essa família de malucos não é bem o que eu quero — disse Eva, batendo afetuosamente com os dedos no joelho de Martin.

Desenhada por um arquiteto, a mansão de Martin Vanger era o sonho de todo celibatário, com móveis pretos, brancos e de metal cromado. Peças dispendiosas e com um *design* que teria fascinado Christer Malm, o ilustrador da *Millennium*. A cozinha tinha equipamentos de um cozinheiro profissional. Na sala de estar havia uma aparelhagem de som estereofônico com, entre outras preciosidades, uma excelente coleção de jazz em vinil, de Tommy Dorsey a John Coltrane. Martin tinha dinheiro e seu lar era suntuoso e funcional, embora um pouco impessoal. Mikael notou que os quadros nas paredes eram simples reproduções e pôsteres encontrados em grandes lojas, como a Ikea — bonitos mas sem nada de especial. As estantes, pelo menos na parte da casa que Mikael viu, estavam cuidadosamente ocupadas pela *Enciclopédia Nacional* e por alguns livros desses que as pessoas oferecem como presente de Natal na falta de idéia melhor. Em suma, Mikael conseguiu perceber apenas duas paixões na vida de Martin Vanger: a música e a culinária. A primeira se manifestava em cerca de três mil álbuns de trinta e três rotações. A segunda podia-se ver na carne opulenta de Martin Vanger.

Como pessoa, Martin era uma estranha mistura de estupidez, causticidade e amabilidade. Não era preciso ser um grande analista para concluir que o chefe da empresa era um homem com problemas. Enquanto escutavam

Night in Tunisia, a conversa se voltou para o grupo Vanger, e Martin não tentou esconder que lutava pela sobrevivência do grupo. A escolha desse assunto deixou Mikael perplexo; Martin não ignorava que tinha por convidado um jornalista econômico que ele conhecia muito pouco, no entanto discutia os problemas internos da empresa com tanta franqueza que havia nisso alguma imprudência. Ele parecia considerar Mikael como alguém da família, já que trabalhava para Henrik, e, a exemplo do ex-diretor-executivo, achava que a família só podia culpar a si mesma pela situação na qual a empresa se encontrava. Contudo, não compartilhava a amargura e o desprezo intransigente do velho em relação à família, parecendo antes achar graça da loucura incurável dela. Eva Hassel assentiu com a cabeça, mas não fez comentários. Certamente já haviam conversado sobre essa questão.

Martin Vanger sabia, portanto, que Mikael fora contratado para escrever uma crônica familiar e perguntou como estava indo o trabalho. Mikael respondeu, sorrindo, que tinha dificuldade de lembrar os nomes dos membros da família, depois perguntou a Martin se podia voltar para entrevistá-lo em outra ocasião. Em vários momentos tentou dirigir a conversa para a obsessão do velho pelo desaparecimento de Harriet Vanger. Supunha que Henrik devia ter aborrecido o irmão de Harriet mais de uma vez com suas teorias. Martin certamente sabia que, se a incumbência de Mikael era escrever uma crônica familiar, ele não podia ignorar o fato de que um membro da família desaparecera sem deixar vestígios. No entanto, Martin não mostrou a menor intenção de entrar no assunto e Mikael decidiu esperar. Oportunamente, teriam razões para conversar sobre Harriet.

Depois de várias rodadas de vodca, encerraram a noitada por volta das duas da manhã. Mikael estava um tanto bêbado e titubeou no percurso de trezentos metros de volta para casa. De maneira geral, fora uma noite agradável.

Uma tarde, na segunda semana de Mikael em Hedeby, bateram à porta de sua casa. Mikael deixou de lado o arquivo do inquérito policial que acabara de abrir — o sexto — e fechou a porta da saleta de trabalho atrás de si, antes de ir abrir a porta da frente para uma mulher loura de uns cinqüenta anos, vestida como para o Pólo Norte.

— Bom dia. Vim conhecê-lo. Sou Cecilia Vanger.

Apertaram-se as mãos e Mikael foi pegar xícaras para o café. Cecilia Vanger, filha do nazista Harald Vanger, parecia uma mulher aberta e encantadora sob muitos aspectos. Mikael lembrou que Henrik falara dela com estima e mencionara que raramente via o pai, embora morasse quase ao lado da casa dele. Conversaram por alguns momentos antes que ela mencionasse o motivo da visita.

— Fiquei sabendo que vai escrever um livro sobre a família. Não acho que seja uma idéia que me agrada — disse. — Quis saber que tipo de pessoa é o senhor.

— Bem, Henrik Vanger me contratou. É um assunto dele, por assim dizer.

— E o bom Henrik não é lá muito objetivo quando se trata de dar seu ponto de vista sobre a família.

Mikael examinou seus olhos, não sabendo muito bem aonde ela queria chegar.

— Opõe-se a que escrevam um livro sobre sua família?

— Eu não disse isso. E certamente minha opinião não tem a menor importância. Mas acho que já deve ter percebido que nem sempre foi muito fácil ser uma Vanger.

Mikael não tinha nenhuma idéia do que Henrik dissera e em que medida Cecilia conhecia seu trabalho. Afastou as mãos num gesto de escusa:

— Fui procurado por Henrik para escrever uma crônica familiar. Henrik tem opiniões acirradas sobre vários membros da família, mas pretendo me ater aos fatos comprovados.

Cecilia Vanger sorriu, porém de forma pouco calorosa.

— O que eu gostaria de saber é se devo escolher o exílio e emigrar quando o livro sair.

— Creio que não — respondeu Mikael. — As pessoas são capazes de ver a diferença entre uma pessoa e outra.

— Como meu pai, por exemplo.

— Seu pai, o nazista? — perguntou Mikael. Cecilia Vanger levantou os olhos para o céu.

— Meu pai é louco. Só o vejo uma ou duas vezes por ano, embora nossas casas sejam vizinhas.

— Por que não quer vê-lo?

— Antes de me fazer um monte de perguntas, diga: tem a intenção de citar o que estou dizendo? Ou podemos ter apenas uma conversa normal sem que eu precise ter medo de ser apresentada como uma imbecil?

Mikael hesitou um segundo, não muito seguro de que esclarecimento devia dar.

— Meu trabalho é escrever um livro que começa quando Alexander Vangeersad desembarca com Bernadotte e vem até os dias de hoje. Ele acompanhará o império industrial dos Vanger ao longo de muitas décadas, mas evidentemente também falará da razão pela qual o império está desmoronando e das divergências que existem no seio da família. Nesse tipo de relato, é impossível evitar que a lama venha à tona. O que não significa que farei um retrato abominável da senhora nem que traçarei uma imagem infame da família. Estive com Martin Vanger, por exemplo. Achei-o um homem simpático e pretendo descrevê-lo como tal.

Cecilia Vanger não respondeu.

— Tudo que sei a seu respeito é que é professora...

— Pior que isso; sou diretora de colégio em Hedestad.

— Desculpe. Sei que Henrik a quer muito bem, que é casada mas está separada... e é mais ou menos tudo. Claro que poderá falar comigo sem medo de ser citada ou lançada ao escândalo. Contudo, com certeza a procurarei algum dia para pedir que me conte sobre determinado acontecimento, porque necessito da sua versão. Mas direi claramente quando fizer uma pergunta desse gênero.

— Então posso lhe falar... *off the record,* como dizem.

— Com certeza.

— E isto é *off the record*?

— A senhora é apenas uma vizinha que veio me dar bom-dia e tomar uma xícara de café, nada mais.

— Perfeito. Será que posso lhe perguntar uma coisa?

— Fique à vontade.

— Até que ponto esse livro falará sobre Harriet Vanger?

Mikael mordeu o lábio inferior e hesitou. Tentou permanecer tranqüilo.

— Para ser sincero, não sei. É verdade que haverá talvez um capítulo... afinal foi um acontecimento dramático, não se pode negar, e que influenciou pelo menos Henrik Vanger.

— Mas não está aqui para investigar o desaparecimento dela?

— O que a faz pensar assim?

— Bem, o fato de Gunnar Nilsson ter trazido para cá quatro caixas volumosas. Suponho que seja o conjunto das pesquisas pessoais de Henrik ao longo dos anos. Quando dei uma espiada no antigo quarto de Harriet onde Henrik costuma guardar sua coleção, ela não estava mais lá.

Cecilia não era boba.

— Preferiria que discutisse isso com Henrik e não comigo — respondeu Mikael. — De todo modo, é claro que Henrik me falou bastante sobre o desaparecimento da menina, e acho interessante ler os documentos a respeito.

Cecilia mais uma vez esboçou um sorriso triste.

— Às vezes me pergunto quem é o mais louco, se meu pai ou meu tio. Cansei de ouvi-lo falar milhares de vezes sobre o desaparecimento de Harriet.

— O que acha que aconteceu com ela?

— Essa pergunta faz parte da entrevista?

— Não — disse Mikael, rindo. — Apenas curiosidade.

— O que eu gostaria de saber é se o senhor também é maluco. Se aderiu ao raciocínio de Henrik ou se está instigando Henrik.

— Está querendo dizer que Henrik é maluco?

— Não me entenda mal. Henrik é um dos homens mais calorosos e gentis que conheço. Gosto imensamente dele. Mas, quando se trata desse assunto, ele é obsessivo.

— Uma obsessão, cá para nós, que parece ter fundamento. Harriet realmente desapareceu.

— É que estou simplesmente farta de toda essa história. Ela envenenou nossas vidas durante tantos anos e não acaba nunca.

Levantou-se de repente e vestiu seu casaco de pele.

— Preciso ir. O senhor me pareceu simpático. Foi o que Martin também disse, mas o julgamento dele nem sempre é o melhor. Passe para tomar um café quando quiser. À noite estou quase sempre em casa.

— Obrigado — disse Mikael. Quando ela se encaminhava para a porta de entrada, ele falou às suas costas: — Não respondeu à minha pergunta, que, afinal, não era uma pergunta de entrevista.

Ela se deteve diante da porta e respondeu sem olhar para ele:

— Não faço a menor idéia do que aconteceu a Harriet. Mas acho que foi um acidente com uma explicação tão simples e banal que vamos ficar surpresos quando um dia soubermos a resposta.

Virou-se e sorriu para ele — pela primeira vez com calor. Depois acenou com a mão e partiu. Mikael permaneceu imóvel à mesa, pensativo. Cecilia Vanger era uma das pessoas relacionadas na lista de membros da família presentes à ilha quando Harriet Vanger desapareceu.

Se conhecer Cecilia Vanger foi relativamente agradável, o mesmo não aconteceu com Isabella Vanger. Com setenta e cinco anos, a mãe de Harriet Vanger era uma mulher muito elegante, uma espécie de Lauren Bacall idosa. Magra, vestindo um casaco de astracã preto e um gorro que combinava com ele, apoiava-se numa bengala preta quando Mikael topou com ela, uma manhã, ao dirigir-se ao Café Susanne. Ele pensou num vampiro começando a envelhecer, de uma beleza impressionante mas venenosa como uma serpente. Isabella parecia estar voltando para casa após uma caminhada; ela o chamou quando se cruzaram.

— Você aí, moço! Venha cá.

Difícil equivocar-se quanto ao tom de comando. Mikael olhou ao redor e concluiu que ele é que estava sendo chamado. Aproximou-se.

— Sou Isabella Vanger — anunciou a mulher.

— Bom dia, meu nome é Mikael Blomkvist. — E estendeu uma mão que ela ignorou soberbamente.

— Você é o sujeito que está remexendo na história da nossa família?

— Digamos que sou o sujeito que Henrik Vanger procurou para ajudá-lo a fazer o histórico da família Vanger.

— Não é um assunto que lhe compete.

— Qual é o problema? O fato de Henrik ter me procurado ou de eu ter aceitado? No primeiro caso, acho que isso diz respeito a Henrik; no segundo, o problema é meu.

— Sabe muito bem o que estou querendo dizer. Não gosto de gente vasculhando a minha vida.

— Não vou vasculhar a sua vida. Além do mais, deve discutir isso com Henrik.

Isabella Vanger ergueu subitamente a bengala e bateu no peito de Mikael com o castão. Um golpe sem violência, mas a surpresa o fez recuar um passo.

— Mantenha-se a uma boa distância de mim.

Isabella Vanger girou os calcanhares e prosseguiu em direção à sua casa. Mikael continuou pregado no lugar, com o rosto imóvel como se tivesse acabado de conhecer um personagem de quadrinhos em carne e osso. Mikael moveu os olhos e avistou Henrik Vanger na janela de seu escritório. Tinha uma xícara de café na mão, que levantou com ironia. Mikael afastou as mãos num gesto de impotência, balançou a cabeça e retomou o caminho em direção ao Café Susanne.

A única viagem que Mikael fizera durante o primeiro mês foi uma excursão de um dia às margens do lago Siljan. Tomou emprestado o Mercedes de Dirch Frode e rodou numa paisagem nevada para passar uma tarde em companhia do inspetor Gustav Morell. Mikael tentara fazer uma idéia de Morell baseando-se na impressão que emanava do inquérito policial; encontrou um velho encurvado que se movia devagar e falava ainda mais devagar. Mikael rabiscara num bloco umas dez perguntas que lhe ocorrera fazer depois da leitura do inquérito. Morell forneceu uma resposta didática a cada pergunta. No final, Mikael deixou o bloco de lado e explicou ao inspetor aposentado que aquelas perguntas tinham sido apenas um pretexto para visitá-lo. O que ele queria realmente era conversar e poder lhe fazer a única pergunta fundamental: havia algo no inquérito que ele não pusera no papel, alguma reflexão ou intuição que pudesse lhe transmitir?

Como Morell, do mesmo modo que Henrik Vanger, havia passado trinta e seis anos refletindo sobre o mistério do desaparecimento de Harriet, Mikael esperava encontrar certa reticência ao novato que vinha se embrenhar no matagal onde ele se perdera. Mas Morell não mostrou a menor sombra de hostilidade. Encheu cuidadosamente o cachimbo e riscou um fósforo antes de responder.

— Sim, é claro que tenho minhas teorias. Mas são tão vagas e fugazes que não consigo formulá-las muito bem.

— O que aconteceu a Harriet, na sua opinião?

— Creio que foi assassinada. Nesse ponto, concordo com Henrik. É a única explicação plausível. Mas nunca entendemos o motivo. Acho que foi morta por alguma razão precisa. Não foi obra de um louco nem de um estuprador, ou coisa que o valha. Se conhecêssemos o motivo, saberíamos quem a matou.

Morell refletiu um instante.

— O assassinato pôde ser cometido de improviso. Quero dizer com isso que alguém aproveitou a ocasião quando uma possibilidade surgiu na confusão ocasionada pelo acidente. O assassino escondeu o corpo e o transportou mais tarde, enquanto todos saíam para procurá-la.

— Nesse caso, falamos de alguém que agiu com sangue-frio.

— Há um detalhe. Harriet foi ao gabinete de Henrik pedir para falar com ele. Isso me parece um comportamento estranho. Ela sabia que ele estava às voltas com os membros da família que não paravam de chegar. Acho que Harriet significava uma ameaça para alguém, acho que ela quis contar alguma coisa a Henrik e o assassino percebeu que ela ia... digamos, denunciá-lo.

— Henrik estava ocupado com alguns membros da família...

— Havia quatro pessoas no cômodo, além de Henrik. Seu irmão Greger, o filho de uma prima chamado Magnus Sjögren e os dois filhos de Harald Vanger, Birger e Cecilia. Mas isso não significa nada de especial. Vamos supor que Harriet descobriu que alguém estava desviando dinheiro da empresa. Apenas uma hipótese. Ela pode ter guardado essa informação por meses, ou mesmo tê-la discutido várias vezes com a pessoa em questão. Pode ter tentado chantageá-la ou ter se compadecido dela, sem saber se deveria denunciá-la. Pode ter tomado uma decisão repentina, informou o assassino disso, e ele, assustado, a eliminou.

— O senhor disse "assassino"?

— Do ponto de vista estatístico, os assassinos são em geral homens. Mas não se pode negar que a família Vanger tem algumas mulheres que são verdadeiras víboras.

— Conheci Isabella.

— É uma delas. Mas há outras. Cecilia Vanger pode se mostrar bastante inflexível. Conheceu Sara Sjögren? — Mikael fez que não com a cabeça. — É a filha de Sofia Vanger, uma das primas de Henrik. Uma mulher realmente desagradável e sem escrúpulos, eu lhe garanto. Mas ela morava em Malmö e, até onde consegui descobrir, não tinha razão para eliminar Harriet.

— Humm.

— O único problema é que, por mais que tenhamos virado e revirado essa história, jamais entendemos o motivo. Esse é o ponto. Quando descobrirmos o motivo, saberemos o que houve e quem foi o responsável.

— O senhor trabalhou a fundo nesse caso. Há alguma pista que não tenha seguido?

Gustav Morell deu uma risadinha.

— Ah, não, Mikael. Dediquei um tempo danado a esse caso e não há o menor detalhe que eu não tenha rastreado tão longe quanto possível. Mesmo depois que fui promovido e que deixei Hedestad.

— Deixou?

— Sim, não sou originário de Hedestad. Fui destacado para lá entre 1963 e 1968. Depois fui nomeado delegado e trabalhei o restante da minha carreira na polícia de Gävle. Mas mesmo em Gävle continuei trabalhando no desaparecimento de Harriet.

— Henrik Vanger não largou do seu pé, imagino.

— Sim, é claro, mas não foi por isso. O enigma Harriet me fascina até hoje. Quero dizer... entenda, todo tira tem seu próprio mistério não resolvido. Lembro que quando eu estava em Hedestad meus colegas mais velhos falavam do caso Rebecka na hora do café. Havia um policial chamado Torstensson, ele já morreu há muitos anos, que voltava a esse caso ano após ano. Durante seu tempo livre e nas férias. Quando as coisas estavam calmas com os delinqüentes locais, ele pegava os arquivos e punha-se a refletir.

— Também se tratava de uma jovem desaparecida?

O comissário Morell pareceu surpreso por um segundo. Depois sorriu quando percebeu que Mikael buscava uma espécie de ligação.

— Não, não o mencionei por esse motivo. Falo da alma de um policial. O caso Rebecka data de bem antes do nascimento de Harriet Vanger e está prescrito há muito tempo. Nos anos 1940, uma mulher de Hedestad foi atacada, violentada e assassinada. Isso não é nada raro. Durante sua carreira, todo policial tem que elucidar esse tipo de acontecimento pelo menos uma vez. O que quero dizer é que há casos que se incrustam, se enfiam debaixo da pele dos investigadores. Essa moça foi morta de uma forma particularmente brutal. O assassino atou-lhe as mãos e os pés e afundou sua cabeça nas brasas de uma lareira. Não sei quanto tempo a pobre moça levou para morrer, nem que dores foi obrigada a suportar.

— Que horror!

— Exatamente. Um horror total. O pobre Torstensson foi o primeiro investigador a chegar quando a descobriram, e o crime nunca foi elucidado, mesmo com o reforço de peritos de Estocolmo. Ele nunca conseguiu abandonar o caso.

— Entendo.

— O meu caso Rebecka é Harriet. Não sabemos como ela morreu. Tecnicamente, não podemos sequer provar que houve um crime. Mas jamais consegui abandoná-lo.

Ele refletiu por um momento.

— O ofício de investigador criminal talvez seja o mais solitário do mundo. Os amigos da vítima ficam revoltados e desesperados, mas cedo ou tarde, ao cabo de algumas semanas ou meses, a vida volta ao normal. Para os familiares próximos, leva mais tempo, porém eles também acabam superando o desgosto e o desespero. A vida continua. Mas os crimes não resolvidos permanecem nos corroendo por dentro. No final das contas, uma única pessoa permanece pensando na vítima e tentando lhe fazer justiça: o tira encarregado do inquérito.

Três outras pessoas da família Vanger viviam na ilha. Alexander Vanger, nascido em 1946 e filho de Greger, morava numa casa de madeira reformada, construída no começo do século XX. Henrik informou a Mikael que Alexander encontrava-se atualmente nas Antilhas, onde se dedicava a suas atividades favoritas — velejar e viver à toa. Henrik demoliu o sobrinho com tamanho vigor que Mikael concluiu que Alexander Vanger era um de seus principais suspeitos. Alexander tinha vinte anos quando Harriet Vanger desapareceu e era um dos que estavam no local.

Com Alexander morava sua mãe Gerda, de oitenta anos e viúva de Greger Vanger. Mikael nunca a via; tinha a saúde frágil e permanecia a maior parte do tempo na cama.

A terceira pessoa era, evidentemente, Harald Vanger. Durante o primeiro mês, Mikael não conseguiu avistar sequer a sombra do velho biologista das raças. A casa de Harald, o vizinho mais próximo de Mikael, tinha um aspecto lúgubre com suas janelas cobertas por espessas cortinas. Várias vezes Mikael teve a impressão de ver um leve movimento dessas cortinas, e uma noite, já bem tarde, quando se preparava para deitar-se, viu luz no quarto do andar de cima. A cortina estava semi-aberta. Durante mais de vinte minutos, ficou ali fascinado, na escuridão da cozinha, observando a luz, antes de desistir e ir para a cama tiritando de frio. De manhã, a cortina estava novamente fechada.

Harald Vanger parecia um espírito invisível mas eternamente presente, marcando a vida do povoado com sua ausência. Na imaginação de Mikael, Harald adquiria cada vez mais a forma de um Gollum malévolo que espionava os arredores atrás das cortinas e se entregava a atividades misteriosas em seu covil hermeticamente fechado.

Uma vez por dia, Harald recebia a visita de uma empregada doméstica, uma mulher de idade que vinha do outro lado da ponte e chafurdava, com cestos carregados de alimentos, na neve amontoada até a porta, já que ele se recusava a desobstruir a entrada. Gunnar Nilsson, o faz-tudo, balançou a cabeça quando Mikael o questionou. Explicou que se propusera limpar a neve, mas que Harald não queria ninguém pondo o pé no seu terreno. Uma única vez, no primeiro inverno depois que Harald retornou à ilha, Gunnar Nilsson dirigiu-se automaticamente com o trator à casa de Harald para desobstruir a neve da entrada, como fazia diante de todas as casas. A iniciativa lhe valeu ver Harald Vanger sair de casa, vociferando, gesticulando, exigindo que ele fosse embora.

Por outro lado, Nilsson lamentava não poder limpar o pátio de Mikael, pois o trator não passava naquela entrada estreita. Ali era preciso uma pá de neve e trabalho braçal.

Em meados de janeiro, Mikael Blomkvist encarregou seu advogado de tentar saber quando ele deveria cumprir os três meses de prisão. Queria se livrar da pena o mais rápido possível. Ir para a prisão revelou-se mais fácil do que imaginava. Após uma semana de lengalenga, ficou decidido que Mikael se apresentaria no dia 17 de março à prisão de Rullaker, perto de Östersund, penitenciária em regime aberto para condenações leves. O advogado de Mikael informou também que a pena provavelmente seria reduzida.

— Ótimo — disse Mikael sem grande entusiasmo.

Estava sentado à mesa da cozinha acariciando o gato de pêlos ruivos, que se habituara a surgir a intervalos regulares para passar a noite na casa dele. Helen Nilsson, do outro lado da estrada, disse-lhe que o gato se chamava Tjorven, que não pertencia a ninguém em particular, mas fazia a ronda de casa em casa.

* * *

Mikael se reunia com Henrik Vanger quase todas as tardes. Às vezes para uma breve conversa, às vezes para discutir durante horas o desaparecimento de Harriet e diferentes detalhes da investigação particular de Henrik.

Quase sempre Mikael formulava uma teoria que Henrik se aplicava em torpedear. Mikael tentava manter distanciamento de sua missão, mas em alguns momentos se sentia terrivelmente fascinado pelo mistério do desaparecimento de Harriet.

Mikael prometera a Erika montar também uma estratégia que lhes permitisse retomar a luta contra Hans-Erik Wennerström, mas, depois de um mês em Hedestad, não havia sequer aberto as pastas sobre o caso que o levara ao tribunal. Ao contrário — rechaçava inteiramente o problema. Toda vez que começava a refletir sobre Wennerström e sua própria situação, caía num desânimo profundo. Nos momentos de lucidez, perguntava-se se não estaria ficando maluco como o velho Vanger. Sua carreira profissional desabara como um castelo de cartas e sua reação fora refugiar-se num vilarejo do campo para expulsar seus fantasmas. Sem contar a falta que sentia de Erika.

Henrik Vanger observava seu colega de investigação com uma discreta inquietude. Notava que Mikael nem sempre exibia um equilíbrio perfeito. Em fins de janeiro, o velho tomou uma decisão que surpreendeu a si próprio. Pegou o telefone e ligou para Estocolmo. A conversa durou vinte minutos e girou principalmente em torno de Mikael Blomkvist.

Foi necessário cerca de um mês para que a cólera de Erika se abrandasse. Às nove e meia de uma das últimas noites de janeiro, ela telefonou.

— Então está mesmo disposto a continuar aí? — perguntou de supetão. O telefonema pegou Mikael tão de surpresa que de pronto não soube o que responder. Depois sorriu e estreitou o cobertor junto ao corpo.

— Oi, Ricky. Você também devia vir aqui experimentar.

— Por quê? Há algum atrativo particular em morar nesse fim de mundo?

— Acabo de escovar os dentes com água gelada. Isso faz minhas obturações berrarem.

— A culpa é toda sua. Mas confesso que aqui em Estocolmo também está fazendo um frio danado.

— Me conte as novidades.

— Perdemos dois terços dos nossos anunciantes fixos. Ninguém tem vontade de dizer claramente, mas...

— Eu sei. Guarde o nome de todos que pularam fora. Um dia faremos uma boa reportagem sobre eles.

— Micke... fiz uns cálculos e, se não conseguirmos novos anunciantes, afundaremos no outono. Simples assim.

— O vento vai mudar.

Ela deu uma risada cansada do outro lado da linha.

— Você não pode dizer uma coisa como essa e se contentar em ficar aí nesse inferno lapão.

— Não exagere, a aldeia lapônia mais próxima fica a mais de quinhentos quilômetros daqui.

Erika calou-se um momento e depois prosseguiu:

— Eu sei. Homem que é homem executa seu trabalho, patati, patatá, conheço bem essa história. Não estou pedindo que se justifique. Me desculpe por ter sido grossa e por não ter respondido aos seus telefonemas. Será que podemos recomeçar? Seria muita ousadia minha eu ir visitá-lo?

— Quando você quiser.

— Devo levar um fuzil para enfrentar os lobos?

— De jeito nenhum. Contrataremos alguns lapões com trenós puxados por cães. Quando você vem?

— Sexta-feira à tarde. Está bem?

De um momento para o outro, a vida pareceu infinitamente mais alegre para Mikael.

Com exceção do estreito caminho desobstruído até a porta, o terreno estava coberto por cerca de um metro de neve. Mikael olhou demoradamente a pá, pensando no que precisaria fazer, depois foi perguntar aos Nilsson se Erika podia estacionar o BMW na casa deles durante a permanência dela ali. Não havia problema. A garagem era ampla e eles até ofereceram um aquecedor de bloco para o motor.

Erika fez o trajeto à tarde e chegou por volta das seis. Os dois se olharam com certa reserva por alguns segundos e depois se estreitaram um nos braços do outro durante um tempo bem mais longo.

A não ser pela igreja iluminada, não havia muito o que ver na obscuridade do anoitecer. O supermercado Konsum e o Café Susanne já estavam fechando as portas. Eles se apressaram a entrar em casa. Enquanto Mikael preparava o jantar, Erika bisbilhotava todos os cantos, lançando comentários sobre os *Rekordmagasinet* dos anos 1950 e folheando os arquivos na saleta de trabalho. Jantaram costeletas de carneiro com batatas à *la crème* — muitas calorias — e beberam vinho tinto. Mikael tentou retomar o assunto, mas Erika não estava disposta a conversar sobre a *Millennium*. Em vez disso, falaram durante duas horas de si mesmos e das atividades de Mikael. Depois foram verificar se a cama era bastante larga para dois.

O terceiro encontro com o advogado Nils Bjurman fora cancelado, transferido e finalmente marcado para as cinco da tarde da mesma sexta-feira. Nas reuniões anteriores, Lisbeth Salander fora recebida por uma cinqüentona perfumada de almíscar que funcionava como secretária. Desta vez, ela não estava presente e o advogado Bjurman exalava um leve cheiro de álcool. Ele fez sinal para Salander se sentar numa poltrona e ficou folheando distraidamente papéis até parecer de repente se dar conta da presença dela.

Seguiu-se um novo interrogatório. Ele indagou Lisbeth acerca de sua vida sexual, que ela considerava definitivamente um assunto privado, sem ter a menor intenção de discuti-lo com quem quer que fosse.

Depois do encontro, viu que havia conduzido mal a conversa. Silenciosa de início, evitara responder às perguntas dele, que interpretara aquilo como timidez, deficiência mental ou uma tentativa de dissimulação, enquanto a pressionava para obter respostas. Percebendo que ele não desistiria, dera respostas sumárias ou anódinas, do tipo que supunha combinar com seu perfil psicológico. Mencionou Magnus — descrito como um programador nerd da sua idade que se comportava como um gentleman com ela, que a levava ao cinema e às vezes para a cama. Magnus era pura ficção e foi tomando forma à medida que ela falava, mas Bjurman aproveitou o pretexto para traçar um mapa detalhado da vida sexual dela na hora seguinte. Com que freqüência você faz amor? De tempo em tempo. Quem toma a iniciativa, você ou ele? Eu. Vocês usam preservativos? Claro — ela ouvira falar do HIV. Qual é a sua posição preferida? Geralmente de costas. Gosta de fazer sexo oral? Ei, espera aí... Já praticou sexo anal?

— Não, não acho nem um pouco divertido me foderem por trás, mas isso não é da sua conta, de modo nenhum!

Era a segunda vez que se irritava com Bjurman. Consciente de que ele poderia interpretar seu olhar de modo equivocado, ela o fixou no teto para tentar controlar a raiva. Quando voltou a olhá-lo, ele estava rindo do outro lado da mesa. Lisbeth Salander entendeu de repente que sua vida tomaria um rumo dramático. Deixou o advogado Bjurman com um sentimento de nojo. Não estava preparada para isso. Jamais ocorreria a Palmgren fazer esse tipo de pergunta; ao contrário, ele estava sempre disposto a escutá-la, oferecimento que ela raramente aproveitou.

Bjurman era um *problema sério* em vias de se tornar um problema *muito sério*.

11. SÁBADO 1º DE FEVEREIRO – TERÇA-FEIRA 18 DE FEVEREIRO

Aproveitando as breves horas de luz do sábado, Mikael e Erika fizeram um passeio que os levou das cabanas do porto à fazenda Östergarden. Embora estivesse na ilha havia um mês, Mikael ainda não visitara seu interior; o frio e várias tempestades de neve o dissuadiram de tais exercícios. Mas o sábado estava ensolarado e agradável, como se Erika tivesse trazido um começo de primavera ao horizonte. A temperatura era de cinco graus negativos. Às margens da estrada, elevava-se um metro de neve arrastada pelos tratores. Assim que deixaram a região das cabanas, entraram num bosque de pinheiros denso e Mikael ficou surpreso ao constatar que o monte Sul, que dominava o porto de recreio, era bem mais alto e inacessível do que diria quem o visse do povoado. Por um momento perguntou-se quantas vezes Harriet Vanger fora brincar ali quando criança, depois não pensou mais nisso. Alguns quilômetros adiante, o bosque terminava de modo brusco diante do cercado da fazenda de Östergarden. Viram uma casa branca de madeira e um imponente celeiro vermelho. Decidiram não ir até a fazenda e voltaram pelo mesmo caminho.

Passavam em frente ao acesso da casa Vanger, quando Henrik bateu palmas na janela do andar de cima e, com gestos, os convidou a subir. Mikael e Erika se olharam.

— Quer conhecer um industrial legendário? — perguntou Mikael.

— Ele morde?

— Não aos sábados.

Henrik Vanger os recebeu à porta de seu escritório com um aperto de mão.

— Acho que sei quem você é, deve ser a senhorita Berger — disse. — Mikael não comentou que viria a Hedeby.

Uma das maiores qualidades de Erika era sua capacidade de criar vínculos de amizade com as mais diversas pessoas. Mikael já a vira despejar seu charme sobre garotinhos de cinco anos que, dez minutos depois, não queriam mais saber da mãe. Velhos com mais de oitenta anos não pareciam ser exceção. Suas covinhas sorridentes eram só o aperitivo. Passados dois minutos, Erika e Henrik Vanger ignoravam totalmente Mikael e conversavam como se fossem velhos amigos de infância — digamos, da infância de Erika, considerando a diferença de idade deles.

Sem nenhum constrangimento, Erika começou censurando Henrik por ter atraído seu melhor redator para aquele buraco. O velho replicou que, segundo entendera ao ler os diversos comunicados de imprensa, ela já o havia dispensado e, se não o tivesse feito, seria um ótimo momento para aliviar a redação. Fingindo-se de interessada, Erika examinou Mikael com olhar crítico. De todo modo, uma pausa no campo seria proveitosa ao jovem Blomkvist, acrescentou Henrik Vanger. Erika estava inteiramente de acordo.

Durante cinco minutos, eles fizeram piada sobre os reveses de Mikael. Afundado na poltrona, calado, fingindo-se ofendido, ele fez cara feia quando Erika lançou alguns comentários equívocos que podiam eventualmente se aplicar aos seus defeitos como jornalista, mas também ao seu desempenho sexual. Com a cabeça para trás, Henrik gargalhava muito.

Mikael ficou estupefato; eram apenas chacotas amistosas, mas nunca tinha visto Henrik tão descontraído e à vontade. Ocorreu-lhe então que um Henrik Vanger cinqüenta anos mais jovem — digamos, com trinta anos — devia ter sido um homem sedutor e atraente. Não voltara a se casar. Certamente tivera mulheres pelo caminho, mas continuara solteiro por quase meio século.

Mikael tomou um gole de café e voltou a prestar atenção na conversa, que de repente tinha ficado séria e tratava da *Millennium*.

— Mikael deu a entender que vocês estão com problemas na revista.

Erika voltou-se para Mikael.

— Não, ele não falou de assuntos internos, mas seria preciso ser surdo e cego para não perceber que tanto a revista de vocês como as empresas Vanger estão em dificuldades.

— Acredito que podemos dar um jeito na situação — respondeu Erika com prudência.

— Duvido — replicou Henrik.

— É? Por quê?

— Vejamos: quantos funcionários vocês têm, seis? Uma tiragem de vinte e um mil exemplares com circulação mensal, custos de impressão e de distribuição, aluguel... Precisam de algo em torno de dez milhões, digamos. Metade dessa quantia é assegurada pelos anunciantes.

— E...?

— Hans-Erik Wennerström é um safado, vingativo, mesquinho que não vai esquecer de vocês tão cedo. Quantos anunciantes vocês perderam nos últimos meses?

Erika aguardou o que viria a seguir, observando Henrik Vanger. Mikael surpreendeu-se de respiração contida. Quando ele e o velho falavam da *Millennium*, era apenas para fazer comentários insignificantes ou para falar do quanto a situação da revista podia depender da capacidade de Mikael fazer um bom trabalho em Hedestad. Mikael e Erika eram co-fundadores e co-proprietários da *Millennium*, mas era evidente que naquele momento Vanger dirigia-se exclusivamente a Erika, de patrão para patrão. Uma conversa que seguia um código que Mikael não conseguia entender nem interpretar e que talvez se devesse ao fato de, no fundo, ele ser apenas um filho de operário pobre do Norrland e ela uma filha da aristocracia, dotada de uma bela árvore genealógica internacional.

— Posso tomar mais um café? — perguntou Erika. Henrik a serviu imediatamente.

— Bem, vamos admitir que o senhor seja perspicaz. A água está começando a subir nos porões da *Millennium*. Mas estamos sobrevivendo.

— Por quanto tempo?

— Temos seis meses pela frente para dar meia-volta. Oito, nove meses no máximo. Mas não temos liquidez suficiente para nos manter à tona por mais tempo que isso.

O rosto do velho estava insondável quando olhou pela janela. A igreja continuava em seu lugar.

— Sabem que já fui proprietário de um jornal?

Mikael e Erika balançaram negativamente a cabeça ao mesmo tempo. Henrik deu uma risada.

— Possuíamos seis jornais do Norrland. Foi nos anos 1950 e 1960. Idéia do meu pai; ele achava que podia haver vantagens políticas em participar da mídia. Ainda somos proprietários do *Hedestads-Kuriren*, Birger Vanger é presidente do conselho administrativo do jornal. É o filho de Harald — acrescentou, dirigindo-se a Mikael.

— Ele também é vereador — observou Mikael.

— Martin também faz parte do conselho. Procura manter Birger sob controle.

— Por que não participa mais dos jornais? — perguntou Mikael.

— Reestruturação nos anos 1960. A atividade jornalística era mais um hobby do que um interesse. Quando precisamos reduzir o orçamento, foi um dos primeiros bens que pusemos à venda nos anos 1970. Mas sei o que significa estar à frente de um periódico... Posso fazer uma pergunta pessoal?

A pergunta era dirigida a Erika, que levantou uma sobrancelha e com um gesto convidou Vanger a prosseguir.

— Não perguntei a Mikael sobre isso e, se não quiserem responder, não se sintam obrigados. Gostaria de saber por que se meteram nesse lodaçal. Havia ou não uma história?

Mikael e Erika trocaram olhares. Desta vez, Mikael é que parecia ter um ar insondável. Erika hesitou um segundo antes de falar.

— Tínhamos uma história. Mas na verdade estávamos abordando outra.

Henrik Vanger balançou a cabeça, como se entendesse perfeitamente. Mas o próprio Mikael não entendia.

— Não quero falar sobre isso — interveio Mikael. — Fiz minhas investigações e escrevi o texto. Tinha todas as fontes necessárias. E aí a coisa desandou.

— Mas tinha uma fonte para tudo o que escreveu?

Mikael assentiu com a cabeça. A voz de Henrik tornou-se incisiva de repente.

— Não vou fingir que entendo como conseguiu meter o pé em cima dessa mina. Não conheço nenhuma história similar, exceto talvez o caso Lundhall no *Expressen*, nos anos 1960, se é que já ouviram falar dele, pois são muito jovens. Seu informante também era um perfeito mitômano? — Ele balançou a cabeça e voltou-se para Erika, baixando a voz. — Já fui editor de periódicos e posso voltar a ser. O que acha de ter mais um sócio?

A pergunta foi como um relâmpago num céu azul, mas Erika não pareceu nem um pouco surpresa.

— O que está querendo dizer?

Henrik Vanger evitou a pergunta fazendo outra.

— Quanto tempo ficará em Hedestad?

— Até amanhã.

— O que é que você acha — você e Mikael, claro — de fazer um velho feliz e vir jantar comigo esta noite? Às sete?

— Por mim tudo bem. Viremos com prazer. Mas o senhor se esquivou da pergunta que eu fiz. Por que deseja se associar à *Millennium*?

— Não me esquivei da pergunta. Achei que poderíamos falar sobre isso no jantar. Preciso discutir com meu advogado, Dirch Frode, antes de propor algo mais concreto. Mas, para resumir, digamos que tenho dinheiro para investir. Se a revista sobreviver e começar a ser rentável, terei lucro. Caso contrário... bem, já sofri perdas bem maiores que essa na vida.

Mikael ia abrir a boca quando Erika pôs a mão em seu joelho.

— Mikael e eu sempre lutamos para ser inteiramente independentes.

— Bobagem. Ninguém é inteiramente independente. Mas não estou querendo me apossar da revista e não estou interessado no conteúdo. Aquele cretino do Stenbeck encheu os bolsos publicando *Moderna Tider*; por que não posso ajudar a *Millennium*, que, além do mais, é uma boa revista?

— Há alguma relação com Wennerström? — perguntou Mikael subitamente. Henrik Vanger sorriu.

— Mikael, tenho mais de oitenta anos. Há coisas que lamento não ter feito e pessoas que lamento não ter importunado um pouco mais. Mas, voltando ao assunto — e virou-se novamente para Erika —, esse investimento inclui pelo menos uma condição.

— Qual? — disse Erika.

— Mikael deve reassumir seu posto de editor responsável.

— Não — disse Mikael de pronto.

— Sim — disse Henrik Vanger num tom igualmente firme. — Wennerström terá um ataque se divulgarmos um comunicado à imprensa anunciando que as empresas Vanger apóiam a *Millennium* e que, ao mesmo tempo, você reassume como editor responsável. Será o sinal mais claro que podemos enviar. Todo mundo vai entender que não se trata de tomada de poder e que a política editorial permanecerá a mesma. E isso dará aos anunciantes que pensam em se retirar uma razão para refletir um pouco mais. Wennerström não é todo-poderoso. Ele também tem inimigos, e algumas empresas vão achar que é o momento de buscar espaço na revista.

— Afinal, que história maluca é essa? — disparou Mikael no momento em que Erika fechou a porta de entrada.

— É o que chamam de sondagem preliminar tendo em vista um acordo comercial — ela respondeu. — Você não me contou que Henrik era tão irresistível.

Mikael plantou-se bem na frente dela.

— Ricky, você já sabia exatamente qual seria o tema dessa conversa.

— Acalme-se, meu bem! São apenas três da tarde e quero que se ocupem muito bem de mim antes do jantar.

Mikael Blomkvist fervia de cólera. Mas ele nunca conseguiu ficar furioso com Erika por muito tempo.

Erika usava um vestido preto, um casaquinho e escarpins, que, por precaução, pusera na sacola de viagem. Insistiu para que Mikael vestisse paletó e gravata. Ao chegarem na hora marcada à casa de Henrik Vanger, viram que Dirch Frode e Martin Vanger também tinham sido convidados, ambos de terno e gravata, enquanto Henrik vestia gravata-borboleta e uma malha de lã marrom.

— A vantagem de ter mais de oitenta anos é que ninguém ousa criticar a sua maneira de vestir — ele observou.

Erika mostrou excelente humor durante todo o jantar.

A discussão só começou de fato quando passaram a uma sala com lareira e o conhaque foi servido em todos os copos. Falaram durante cerca de duas horas, até o rascunho de um acordo ser esboçado.

Dirch Frode criaria uma sociedade em nome de Henrik Vanger, cujo conselho administrativo seria formado por ele mesmo, Frode e Martin Vanger. Durante quatro anos, a sociedade investiria uma soma de dinheiro que cobriria a diferença entre as receitas e as despesas da *Millennium*. O dinheiro viria dos recursos pessoais de Henrik Vanger. Em contrapartida, ele teria uma posição determinante no conselho administrativo da revista. O acordo seria válido por quatro anos, mas poderia ser rescindido pela *Millennium* depois de dois. Tal rescisão, porém, custaria caro, pois a parte de Henrik só poderia ser resgatada adquirindo-se a totalidade da soma investida.

Em caso da morte súbita de Henrik Vanger, Martin Vanger o substituiria no conselho administrativo durante o período de vigência do contrato. Martin decidiria, chegado o momento, se estenderia ou não o acordo além desse prazo. Martin parecia tentado pela possibilidade de dar o troco a Hans-Erik Wennerström, e Mikael se perguntou em que realmente consistia a disputa entre eles.

Estabelecido o acordo preliminar, Martin encheu novamente os copos com conhaque. Henrik aproveitou para se inclinar em direção a Mikael e explicar em voz baixa que o acordo não afetava de maneira nenhuma o contrato entre os dois.

Também ficou decidido que para que essa reorganização tivesse o máximo de repercussão na imprensa ela seria anunciada em meados de março, no mesmo dia em que Mikael Blomkvist fosse para a prisão. Associar um acontecimento necessariamente negativo com uma reestruturação era tão estranho do ponto de vista da comunicação, que só poderia confundir os detratores de Mikael e dar o máximo de audiência à chegada de Henrik Vanger à *Millennium*. O sinal seria claramente percebido deste modo: retirava-se a bandeira amarela da peste que pairava sobre a redação e a revista tinha protetores que não estavam dispostos a ceder. Por mais que as empresas Vanger estivessem em crise, elas continuavam sendo um grupo industrial de peso e capaz de ter atuação pública se necessário.

Toda a conversa foi uma discussão entre Erika, de um lado, e Henrik e Martin, de outro. Ninguém pediu a opinião de Mikael.

Mais tarde, à noite, Mikael estava apoiado sobre o peito de Erika e a fitava com olhos inquiridores.

— Há quanto tempo você e Henrik vinham discutindo esse acordo? — perguntou.

— Há cerca de uma semana — ela respondeu sorrindo.

— Christer está sabendo?

— Claro.

— Por que não me disse nada?

— E por que eu deveria dizer? Você foi demitido, abandonou a redação e veio se instalar neste fim de mundo.

Mikael refletiu um momento sobre o que ela tinha dito.

— Está querendo me dizer que mereço ser tratado como um cretino?

— Isso mesmo — ela disse, marcando as palavras.

— Você ficou mesmo muito zangada comigo?

— Mikael, eu nunca me senti tão furiosa, abandonada e traída como no momento em que você deixou a redação. Nunca tive tanta raiva de você. — E o pegou firmemente pelos cabelos e o empurrou mais para baixo na cama.

Quando Erika deixou a aldeia no domingo, Mikael estava tão zangado com Henrik Vanger que não queria correr o risco de topar com ele ou com outro membro do clã. Partiu então para Hedestad e passou a tarde dando voltas pela cidade, foi à biblioteca, tomou café numa confeitaria... À noite foi ao cinema assistir a *O senhor dos anéis*, que ainda não tinha visto, embora o filme já estivesse há um ano em cartaz. Disse a si mesmo que os orcos, diferentemente dos humanos, eram criaturas simples, nada complicadas.

Encerrou a noitada no McDonald's de Hedestad e voltou à ilha à meia-noite, no último ônibus. Preparou café e instalou-se à mesa da cozinha para examinar um arquivo. Ficou lendo até as quatro da manhã.

Alguns pontos de interrogação no inquérito sobre Harriet Vanger revelavam-se cada vez mais estranhos à medida que Mikael avançava na leitura da documentação. Não se tratava de nenhuma descoberta revolucionária que acabara de fazer, mas de problemas que haviam mantido o inspetor Gustav Morell ocupado por longos períodos, sobretudo em seu tempo livre.

No último ano de sua vida, Harriet Vanger havia sofrido uma transformação. Mudança explicável, em certa medida, pela metamorfose que todos os jovens passam na adolescência. Harriet começava, certamente, a se tornar adulta, mas várias pessoas, tanto colegas de classe quanto professores e membros da família, afirmaram que ela se tornara mais fechada e reservada.

A menina que dois anos antes era uma adolescente perfeitamente normal e brincalhona parecia ter se distanciado de seu meio. Na escola, continuou a estar com os amigos, mas de um modo definido como "impessoal" por uma das colegas. Um termo bastante incomum para que Morell o registrasse e fizesse outras perguntas. A explicação que lhe deram é que Harriet deixara de falar de si mesma, de comentar as últimas fofocas ou de fazer confidências.

Na juventude, Harriet Vanger fora cristã como a maioria das crianças — culto aos domingos, orações à noite etc. No último ano, pareceu ter virado crente. Lia a Bíblia e ia regularmente à igreja. No entanto não se confiou ao pastor Otto Falk, amigo da família Vanger, e na primavera passou a freqüentar uma congregação de pentecostais de Hedestad. Sua ligação com a Igreja pentecostal não durou muito. Dois meses depois, deixou a congregação e passou a ler livros sobre catolicismo.

Exaltação religiosa da adolescência? Talvez, mas ninguém na família Vanger havia sido crente, e era difícil saber que impulsos guiaram seus pensamentos. Uma explicação do interesse por Deus podia ser, evidentemente, a morte do pai, afogado num acidente um ano antes. Em todo caso, Gustav Morell concluiu que algo ocorrera na vida de Harriet que a oprimira e a influenciara, mas ele não sabia determinar o quê. Assim como Henrik Vanger, Morell dedicou muito tempo a conversar com as amigas de Harriet, na esperança de encontrar alguém a quem ela pudesse ter feito confidências.

Havia muita expectativa a respeito de Anita Vanger, a filha de Harald Vanger que passou o verão de 1966 na ilha, que se dizia amiga íntima de Harriet e era dois anos mais velha que ela. Mas tampouco Anita tinha alguma informação pessoal a dar. As duas se viram durante o verão, tomaram banho juntas, passearam, falaram de filmes, grupos de rock e livros. Harriet várias vezes acompanhou Anita em suas aulas de habilitação de motorista. Um dia, se embriagaram levemente com uma garrafa de vinho surrupiada da adega. Também passaram várias semanas sozinhas na pequena casa de Gottfried na extremidade da ilha, uma cabana rústica construída pelo pai de Harriet no começo dos anos 1950.

As questões sobre os pensamentos íntimos e os sentimentos de Harriet permaneciam sem resposta. Mikael notou, porém, uma discordância nas opiniões sobre ela: aqueles que achavam seu caráter fechado eram em grande parte colegas de classe e, em certa medida, membros da família, mas Anita Vanger não a achara de modo algum retraída. Ele anotou esse ponto para discuti-lo eventualmente com Henrik Vanger.

Um problema mais concreto, que levara Morell a se fazer muitas perguntas, era uma página misteriosa da agenda finamente encadernada de Harriet Vanger, um presente de Natal recebido um ano antes de seu desaparecimento. A primeira metade da agenda continha anotações diárias com horários de encontros, datas de provas no colégio, deveres de casa e coisas do gênero. Havia espaço para anotações pessoais, mas só muito esporadicamente Harriet escrevia um diário íntimo. Começou em janeiro com muita ambição, com observações sobre pessoas encontradas durante as férias de Natal e alguns comentários sobre os filmes que tinha visto. Depois, não escreveu mais nada de pessoal até o fim do ano escolar, quando parece — é assim que se pode interpretar as anotações — ter se interessado de longe por um rapaz cujo nome não revelou.

O verdadeiro mistério, porém, estava na lista de endereços e telefones. Minuciosamente caligrafados em ordem alfabética, apareciam os nomes de alguns de seus familiares, colegas de classe, professores, membros da Igreja pentecostal e outras pessoas de seu meio facilmente identificáveis. Na última página da lista, depois de um espaço em branco e fora de ordem alfabética, havia cinco nomes associados a números telefônicos. Três nomes de mulheres e duas iniciais.

Magda - 32016
Sara - 32109
RJ - 30112
RL - 32027
Mari - 32018

Os números de cinco algarismos que começavam por 32 correspondiam a telefones de Hedestad nos anos 1960. A exceção iniciada por 30 era de Norrbyn, perto de Hedestad. O único problema, depois que o inspetor Morell contatou sistematicamente todo o círculo de conhecidos de Harriet, era que ninguém tinha a menor idéia de a quem pertenciam esses números de telefone.

O primeiro, "Magda", parecia promissor. Levou a uma loja de retrós na rua do Parque, número 12. O telefone estava em nome de uma Margot Lundmark, cuja mãe chamava-se Magda e que de vez em quando trabalhava na loja. No entanto Magda tinha sessenta e nove anos e não fazia idéia de quem era Harriet Vanger. Nada indicava também que Harriet tivesse ido lá fazer compras. A costura não fazia parte de suas atividades.

O segundo número, "Sara", levou a uma família com filhos pequenos, os Toresson, que moravam em Väststan, do outro lado da ferrovia. A família era formada por Anders, Monica e seus filhos Jonas e Peter, que na época ainda não tinham idade de ir à escola. Não havia nenhuma Sara na família e eles tampouco sabiam quem era Harriet Vanger, a não ser pelo que tinham lido nos jornais sobre seu desaparecimento. A única ligação muito vaga entre Harriet e a família Toresson era que Anders, pedreiro, trabalhara durante algumas semanas, um ano antes, na reforma do telhado da escola em que Harriet cursava o último ano do colegial. Teoricamente, portanto, havia uma possibilidade de que tivessem se encontrado, ainda que isso fosse bastante improvável.

Os três outros números telefônicos conduziam a becos sem saída idênticos. O número 32027 pertencera de fato a uma Sosemaroe Larsson, mas ela falecera havia muitos anos.

Durante o inverno de 1966-1967, o inspetor Morell dedicou grande parte de suas investigações a tentar explicar por que Harriet anotara esses nomes e números.

Uma primeira suposição era que os números telefônicos seguiam uma espécie de código pessoal — e Morell se esforçou para raciocinar como uma adolescente. Como a série iniciada por 32 se aplicava claramente a Hedestad, ele tentou inverter os outros três algarismos. Mas nem tentando 32601, nem 32160, conseguiu chegar a alguma Magda. Obstinado em resolver o mistério dos números, descobriu que, se modificasse bastante os algarismos, cedo ou tarde acabaria encontrando alguma ligação com Harriet. Por exemplo, se somasse 1 a cada um dos três últimos algarismos de 32016, obteria o número 32127, que era o do escritório do advogado Frode em Hedestad. O problema era que tal ligação não significava absolutamente nada. Além do mais, ele nunca descobriu um código que pudesse explicar os cinco números ao mesmo tempo.

Morell ampliou seu raciocínio. Será que os algarismos podiam significar outra coisa? Os números das placas dos veículos nos anos 1960 tinham uma letra associada a uma região, e cinco algarismos — novo impasse.

Depois o inspetor abandonou os algarismos para se concentrar nos nomes. Chegou a fazer uma lista de todas as pessoas de Hedestad chamadas Mari, Magda e Sara e outras com nomes iniciados pelas letras RL e RJ. Obteve um repertório de trezentas e sete pessoas. Entre elas, vinte e nove tinham alguma conexão com Harriet; por exemplo, um colega de classe do colégio chamava-se Roland Jacobsson, RJ. Mas eles não eram particularmente próximos e haviam deixado de ter contato desde que Harriet fora para o colegial. Além disso, não existia nenhuma ligação com o número de telefone.

O mistério da agenda telefônica continuou sem solução.

O quarto encontro com o dr. Bjurman não fora marcado com antecedência. Ela é que foi obrigada a entrar em contato com ele.

Na segunda semana de fevereiro, o computador portátil de Lisbeth Salander sofreu um acidente tão estúpido que ela esteve a ponto de assassinar o planeta Terra inteiro. Ao chegar de bicicleta para uma reunião na Milton Security, estacionou atrás de um pilar e pôs a mochila no chão para pegar o cadeado. Um Saab vermelho-escuro escolheu bem esse momento para dar marcha a ré. Ela estava virada de costas e ouviu o estalo. O motorista não se deu conta de nada e tranqüilamente subiu a rampa para desaparecer pela saída da garagem.

A mochila continha seu iBook Apple 600, branco, com um disco rígido de 25 gigas e memória RAM de 420 megas, fabricado em janeiro de 2002 e com tela de 14 polegadas. Quando o adquiriu, era o que havia de melhor na Apple. Os computadores de Lisbeth Salander dispunham das configurações mais recentes e às vezes bastante caras — seu equipamento de informática era o único item extravagante de suas despesas.

Ela abriu a mochila e constatou que a tampa do computador estava quebrada. Tentou fazê-lo funcionar, mas ele não emitiu sequer um último suspiro. Levou os restos à MacJesus Shop de Timmy, na Brännkyrkagatan, na esperança de que pelo menos uma parte do disco rígido pudesse ser recuperada. Após um breve exame do aparelho, Timmy balançou a cabeça.

— Sinto muito, não há o que fazer — anunciou. — Pode encomendar o enterro.

A perda do computador era um golpe moral, mas não uma catástrofe. Lisbeth Salander se entendera perfeitamente bem com ele ao longo de um ano de convivência. Fizera cópias de todos os documentos e ainda possuía um velho computador de mesa Mac G3 e outro Toshiba portátil que poderia usar. Mas ela precisava de uma máquina rápida e moderna.

Optou, como era de se esperar, pela melhor escolha possível: o novo Apple Powerbook G4 de 1 Ghz, com tampa de alumínio e dotado de um processador PowerPC 7451, AltiVec Velocity Engine, memória RAM de 960 megas e disco rígido de 60 gigas. Tinha Bluetooth e um gravador de CD e DVD integrado.

Mais que isso, era o primeiro notebook do mundo com tela de 17 polegadas, uma placa Nvidia e resolução de 1440 por 900 pixels que deixavam embasbacados adeptos dos PC e faziam esquecer tudo o que havia de novo no mercado.

Era o Rolls-Royce dos computadores portáteis, mas o que mais aguçou a vontade de Lisbeth Salander de possuí-lo foi um teclado esperto provido de retro-iluminação, que permitia enxergar as letras das teclas mesmo na escuridão total. Simples, não? Por que ninguém pensara nisso antes?

Foi um caso de amor à primeira vista.

Custava trinta e oito mil coroas, mais as taxas.

Aí havia um problema sério.

Mesmo assim fez a encomenda na MacJesus, onde sempre comprava seus equipamentos de informática e que lhe concedia um desconto razoável. Alguns dias depois, Lisbeth Salander fez as contas. O seguro do computador acidentado cobriria boa parte da compra, mas, considerando a franquia e o preço elevado da nova aquisição, faltava-lhe ainda um pouco mais de dezoito mil coroas. Em casa, ela guardava dez mil coroas num pote de café para ter sempre dinheiro líquido à mão, mas isso não cobria toda a soma. Mesmo amaldiçoando-o, decidiu telefonar para o dr. Bjurman e explicar que precisava de dinheiro para uma despesa imprevista. Bjurman respondeu que não tinha tempo de recebê-la naquele dia. Salander explicou que ele não demoraria mais de vinte segundos para passar um cheque de dez mil coroas. Ele retrucou que não podia fazer um cheque com tão poucos elementos, mas depois acabou cedendo e, após um instante de reflexão, marcou um encontro com ela após o expediente, às sete e meia.

Mikael admitia não ter competência para avaliar um inquérito criminal, mas ainda assim concluiu que o inspetor Morell fora excepcionalmente consciencioso e movera céus e terras muito além do que seu trabalho exigia. Deixando de lado o inquérito policial, Mikael via Morell retornar às anotações de Henrik; uma amizade desenvolvera-se entre os dois e Mikael se perguntou se Morell se tornara tão obsessivo quanto o empresário. Mas concluiu que nada de importante escapara a Morell. A solução do mistério Harriet Vanger não podia estar num inquérito policial praticamente perfeito. Todas as questões imagináveis haviam sido levantadas e todos os indícios verificados, mesmo os mais absurdos.

Ele ainda não lera todo o inquérito, mas, quanto mais avançava, mais os indícios e as pistas exploradas se tornavam obscuros. Não esperava descobrir algo que seu predecessor não tivesse percebido, e não via sob que novo ângulo atacar o problema. Uma conclusão se impunha aos poucos: o único caminho possível era tentar descobrir as motivações psicológicas das pessoas implicadas.

O ponto de interrogação mais evidente dizia respeito à própria Harriet. Quem era ela afinal?

Da janela de sua casa, Mikael viu acender-se, por volta das cinco da tarde, a luz no andar de cima da casa de Cecilia Vanger. Bateu à sua porta às sete e meia, no momento em que o noticiário começava na tevê. Ela vestia um penhoar quando abriu a porta, e tinha os cabelos molhados sob uma toalha amarela. Assim que a viu, Mikael desculpou-se por incomodá-la e já se preparava para partir quando ela o convidou a entrar na cozinha. Ligou a cafeteira elétrica e desapareceu no alto da escada durante alguns minutos, para depois descer vestindo um jeans e uma camisa de flanela xadrez.

— Eu já estava começando a achar que você não teria coragem de vir. Podemos nos tratar por você?

— Claro. Sim, eu deveria ter telefonado antes, mas, quando passei e vi a luz acesa, me deu uma vontade repentina.

— E eu tenho visto que a luz fica acesa a noite toda na sua casa. E que geralmente você sai para passear depois da meia-noite. Você é uma ave noturna?

Mikael encolheu os ombros.

— Foi o ritmo que adotei aqui. — Seus olhos dirigiram-se a alguns livros escolares empilhados na beira da mesa. — Continua dando aulas, senhora diretora?

— Não, como diretora não tenho mais tempo. Mas já dei aulas de história, religião e de educação cívica. E só me restam uns poucos anos.

— Poucos?

Ela sorriu.

— Estou com cinqüenta e seis. Em breve me aposento.

— Sinceramente, eu lhe dava uns quarenta.

— Bondade sua. E você, que idade tem?

— Um pouco mais de quarenta — sorriu Mikael.

— E ainda ontem você tinha apenas vinte. Como passa depressa... a vida, eu quero dizer.

Cecilia Vanger serviu o café e perguntou se Mikael estava com fome. Ele respondeu que já tinha comido; o que era verdade, a não ser por um detalhe: ele andava se alimentando de sanduíches em vez de preparar refeições de verdade. Mas não estava com fome.

— Então, o que o traz aqui? Chegou a hora de me fazer as famosas perguntas?

— Para falar a verdade... não vim fazer perguntas. Acho que estava simplesmente com vontade de vê-la.

Cecilia Vanger sorriu, surpresa.

— Você foi condenado à prisão, trocou Estocolmo por Hedeby, anda mergulhado nos arquivos favoritos de Henrik, não dorme à noite, faz longas caminhadas noturnas debaixo de um frio de rachar... esqueci alguma coisa?

— Minha vida é um trem fora dos trilhos. — Mikael retribuiu o sorriso.

— Quem é a mulher que veio vê-lo no fim de semana?

— Erika... a dona da *Millennium*.

— Sua namorada?

— Não exatamente. Ela é casada. Sou mais um amigo e um amante ocasional.

Cecilia Vanger deu uma gargalhada.

— O que é tão engraçado?

— O modo como você disse isso. Amante ocasional. Adorei a expressão.

Mikael riu. Essa Cecilia Vanger decididamente lhe agradava.

— Gostaria muito de ter um amante ocasional — ela disse.

Descalçou as pantufas e pôs o pé sobre o joelho de Mikael. Maquinalmente ele pegou o pé dela e acariciou sua pele. Hesitou um segundo — sentiu que navegava em águas inesperadas e incertas. Mas com o polegar começou a massagear com suavidade a planta do pé de Cecilia Vanger.

— Também sou casada — disse ela.

— Eu sei. Ninguém se divorcia no clã Vanger.

— Não vejo meu marido há quase vinte anos.

— O que aconteceu?

— Não te interessa. Não faço amor há... humm... digamos, há uns três anos.

— Você me surpreende.

— Por quê? É uma questão de oferta e procura. Não estou nem um pouco interessada em ter um namorado, um marido legítimo ou um companheiro. Sinto-me bem comigo mesma. Com quem eu faria amor? Com um dos professores da escola? Duvido. Com um aluno? Seria um assunto delicioso para as fofocas da cidade. Todos vigiam de perto os Vanger. E aqui em Hedebyön moram apenas membros da família ou pessoas já casadas.

Ela se inclinou para a frente e enlaçou os braços no pescoço dele.

— Estou chocando você?

— Não. Mas não sei se é uma boa idéia. Trabalho para o seu tio.

— E eu seria certamente a última pessoa a contar para ele. Mas é bem provável que Henrik não tivesse nada contra.

Ela sentou de pernas abertas sobre os joelhos de Mikael e o beijou na boca. Os cabelos ainda estavam úmidos e cheiravam a xampu. Ele demorou um pouco para abrir os botões da camisa de flanela, descobrindo-lhe os ombros. Ela não se dera o trabalho de pôr sutiã. Quando ele tocou seus seios, ela estreitou o corpo contra o dele.

O advogado Bjurman contornou a mesa e mostrou-lhe o extrato da conta, cujo saldo ela conhecia até o último centavo, mas do qual não podia mais dispor livremente. Ele se mantinha de pé às suas costas. Súbito, começou a acariciar a nuca de Lisbeth, deslizando a mão sobre o ombro esquerdo e o seio dela. Pôs a outra mão sobre o seio direito e a deixou ali. Como ela não protestou, ele apertou o seio. Lisbeth Salander não se mexia. Sentiu o hálito dele em sua nuca e olhou para o cortador de papel em cima da mesa; poderia facilmente atingi-lo com a mão livre.

Mas não fez nada. Uma coisa que Holger Palmgren lhe ensinara ao longo dos anos era que atos impulsivos traziam problemas, e problemas podiam trazer conseqüências desagradáveis. Ela nunca fazia nada sem antes pesar as conseqüências.

Esse primeiro abuso sexual — em termos jurídicos podia ser qualificado como abuso sexual e de poder sobre uma pessoa dependente, e teoricamente podia significar até dois anos de prisão para Bjurman — durou apenas alguns segundos. O suficiente, porém, para transpor, sem volta, uma fronteira. Lisbeth Salander entendeu isso como a demonstração de força de uma tropa inimiga — um modo de deixar claro que, para além da relação jurídica cuidadosamente estabelecida, ela estava à mercê da boa vontade dele, e desarmada. Quando seus olhos se cruzaram alguns segundos depois, a boca de Bjurman estava entreaberta e ela viu desejo em seu rosto. O rosto de Salander não traía o menor sentimento.

Bjurman contornou novamente a mesa e sentou-se em sua confortável cadeira de couro.

— Não posso te passar cheques assim, sem mais — disse abruptamente. — Por que você precisa de um computador tão caro? Há equipamentos bem mais baratos nos quais você pode instalar seus jogos.

— Quero dispor do meu dinheiro como antes.

Bjurman lançou-lhe um olhar cheio de piedade.

— Veremos isso mais tarde. Primeiro você precisa aprender a ser sociável e a se entender com as pessoas.

O sorriso do dr. Bjurman certamente teria se contraído um pouco se ele pudesse ler os pensamentos de Lisbeth por trás de seus olhos inexpressivos.

— Acho que podemos ser bons amigos — disse Bjurman. — Precisamos confiar um no outro.

Como ela não respondeu, ele foi mais explícito.

— Você agora é uma mulher adulta, Lisbeth.

Ela fez que sim com a cabeça.

— Venha cá — disse ele, estendendo-lhe uma mão.

Lisbeth Salander pôs novamente os olhos no cortador de papel por alguns segundos antes de se levantar e ir até lá. Conseqüências. Ele pegou a mão dela e a pôs em seu púbis. Ela sentiu o membro através da calça de gabardine escura.

— Se for gentil comigo, serei gentil com você — ele disse.

Ela estava rígida como um tronco quando ele pôs a outra mão atrás de sua nuca e forçou-a a ajoelhar-se, o rosto diante do púbis.

— Já fez esse tipo de coisa, não fez? — ele perguntou, abrindo a braguilha. Ela percebeu que ele se lavara com água e sabonete.

Lisbeth Salander virou o rosto para o lado e tentou se levantar, mas ele a reteve com firmeza. Na força pura, não podia medir-se com ele; pesava quarenta e dois quilos contra os noventa e cinco dele. Ele pegou a cabeça de Lisbeth com as mãos e virou-lhe o rosto para vê-la bem nos olhos.

— Se você for gentil comigo, serei gentil com você — repetiu. — Se me criar problemas, posso fazê-la ficar internada com os loucos o resto da sua vida. Gostaria disso?

Ela não respondeu.

— Gostaria disso? — ele repetiu.

Ela balançou negativamente a cabeça.

Bjurman esperou até que ela abaixasse o olhar, submissa, ele pensou. Depois a puxou para junto de si. Lisbeth Salander descerrou os lábios e pôs o membro na boca. Em momento nenhum ele deixou de segurá-la pela nuca e de pressioná-la violentamente. Ela se sentiu como que amordaçada ao longo dos dez minutos em que ele se agitou até finalmente ejacular; ele a segurara com tanta força que ela mal pôde respirar.

Bjurman deixou-a usar um pequeno banheiro anexo ao gabinete. O corpo inteiro de Lisbeth Salander tremia quando ela lavou o rosto e tentou limpar as manchas do pulôver. Usou o dentifrício dele para tirar o gosto da boca. Ao voltar ao gabinete, encontrou-o instalado à mesa, folheando papéis, como se nada tivesse acontecido.

— Sente-se, Lisbeth — ele disse, sem olhar para ela.

Ela sentou-se. Finalmente ele olhou para ela e sorriu.

— Você agora é adulta, não é, Lisbeth?

Ela assentiu com a cabeça.

— Então deve ser capaz de jogar jogos de adultos — ele disse, como se falasse com uma criança.

Lisbeth não respondeu. Uma pequena ruga se formou na testa de Bjurman.

— Acho que não seria uma boa idéia falar dos nossos jogos a outra pessoa. Pense bem: quem acreditaria em você? Há papéis que comprovam sua irresponsabilidade. — Como ela não respondeu, ele prosseguiu: — Seria a sua palavra contra a minha. Qual delas você acha que pesaria mais?

Ele suspirou diante da obstinação dela em não responder. De repente ficou irritado de vê-la sentada ali, muda, com os olhos fixos nele. Mas controlou-se.

— Seremos bons amigos, você e eu. Foi muito sensata em vir me procurar. Conte sempre comigo.

— Preciso de dez mil coroas para o meu computador — ela falou de repente, em voz baixa, como se retomasse a conversa iniciada antes da interrupção.

O dr. Bjurman ergueu as sobrancelhas. Que puta mais dura de roer! É totalmente retardada. Estendeu-lhe o cheque que havia preparado enquanto ela estava no banheiro. É mais que uma puta; ela se paga com o próprio dinheiro! Dirigiu-lhe um sorriso superior. Lisbeth Salander pegou o cheque e foi embora.

12. QUARTA-FEIRA 19 DE FEVEREIRO

Se Lisbeth Salander fosse uma cidadã comum, ela provavelmente iria à polícia denunciar o estupro no instante em que deixava o escritório do dr. Bjurman. Os hematomas na nuca e no pescoço, bem como as manchas de esperma com o DNA de Bjurman em seu corpo e em suas roupas, teriam sido provas materiais pesadas. Mesmo que o advogado se esquivasse, alegando que *ela concordou* ou *foi ela que me seduziu*, ou *foi ela que quis a felação* e outras afirmações para as quais os estupradores apelam sistematicamente, ainda assim ele seria culpado de tantas infrações do código de tutelas, que lhe teriam retirado de imediato o controle que exercia sobre ela. Uma denúncia teria provavelmente permitido a Lisbeth Salander conseguir um verdadeiro advogado, bem informado a respeito dos abusos de poder sobre as mulheres, o que por sua vez poderia levar a uma discussão do problema central — sua condição de tutelada.

Desde 1989, a noção de maior de idade incapaz deixou de existir.

Há dois níveis de assistência — a curadoria e a tutela.

Um curador intervém para ajudar, com benevolência, pessoas que por diversas razões têm dificuldade de lidar com suas atividades cotidianas, pagar contas ou cuidar da saúde. O curador designado em geral é um parente ou amigo próximo. Se a pessoa não tem ninguém na vida, as autoridades sociais se encarregam de encontrar alguém que cumpra essa função. A curadoria é uma forma moderada de tutela em que a pessoa interessada conserva o controle de seus recursos e em que as decisões são tomadas em comum.

A tutela é uma forma de controle bem mais estrita. A pessoa é impedida de dispor livremente de seu dinheiro e de tomar decisões em diferentes áreas. A formulação exata declara que o tutor *administra os bens e efetua todos os atos cívicos ou jurídicos* da pessoa em questão. Na Suécia, cerca de quatro mil pessoas se encontram nessa situação. As causas mais freqüentes que levam alguém a ser posto sob tutela são uma doença psíquica manifesta ou uma doença psíquica ligada a forte dependência de álcool ou drogas. Os dementes senis constituem uma parcela menor. Não deixa de ser surpreendente que haja, entre as pessoas colocadas sob tutela, muitas relativamente jovens, com menos de trinta e cinco anos. Uma delas era Lisbeth Salander.

Privar uma pessoa do controle de sua vida, ou seja, de sua conta bancária, é uma das medidas mais degradantes a que pode recorrer uma democracia, ainda mais quando se trata de um jovem. É degradante, mesmo que a intenção seja considerada boa e socialmente justificável. As questões de tutela, portanto, são um problema político que pode se revelar bastante delicado, cercadas de disposições rigorosas e controladas por uma comissão de tutelas. Esta depende do conselho geral, submetido por sua vez ao procurador geral.

Via de regra, a comissão de tutelas trabalha em condições difíceis. Levando em conta as questões delicadas de que se ocupa essa administração, é surpreendente que tão poucas reclamações ou escândalos tenham sido divulgados nos meios de comunicação.

De vez em quando se toma conhecimento de uma ação na Justiça contra um curador ou um tutor que desviou dinheiro ou que vendeu indevidamente o apartamento do cliente para embolsar o dinheiro. Mas são casos relativamente raros, e isso por duas possíveis razões: ou porque a administração cumpre muito bem suas tarefas, ou porque as pessoas em questão não têm a possibilidade de prestar queixa e de se fazerem ouvir de modo convincente por jornalistas e autoridades.

A comissão de tutelas é obrigada a avaliar, todos os anos, se há alguma razão para solicitar a suspensão de uma tutela. Como Lisbeth Salander persistia em sua recusa obstinada de submeter-se a exames psiquiátricos — não dirigia sequer um polido bom-dia aos médicos —, a administração nunca encontrou razões para modificar sua decisão. Mantido o *statu quo*, sua tutela era renovada anualmente.

O texto da lei estipula, porém, que a determinação de uma tutela *deve se adaptar a cada caso*. Quando Holger Palmgren era o responsável, ele interpretou isso à sua maneira e deixou a Lisbeth Salander a responsabilidade de administrar seu dinheiro e sua vida. Ele cumpria meticulosamente as exigências da administração e fazia um relatório mensal e uma revisão anual. Fora isso, tratava Lisbeth Salander como qualquer jovem normal e não se imiscuía em suas escolhas de vida ou amizades. Achava que não cabia nem a ele nem à sociedade decidir se aquela jovem queria ter um *piercing* no nariz e uma tatuagem no pescoço. Essa atitude um tanto permissiva em relação à decisão do tribunal de instância era uma das razões pelas quais Lisbeth e ele se entendiam tão bem.

Enquanto Holger Palmgren foi seu tutor, Lisbeth Salander não se preocupou muito com seu estatuto jurídico. Mas o dr. Nils Bjurman interpretava a lei de tutela de modo radicalmente diferente.

Seja como for, Lisbeth Salander não pertencia à categoria das pessoas normais. Tinha um conhecimento rudimentar em direito — área na qual nunca se interessou em se aprofundar — e sua confiança no serviço de manutenção da ordem quase não existia. Para ela, a polícia era um poder inimigo relativamente imperfeito, cujas intervenções concretas ao longo dos anos haviam sido detê-la ou humilhá-la. A última vez que havia se defrontado com a polícia fora numa tarde de maio do ano anterior. Caminhava pela Götgatan para ir à Milton Security, quando de repente viu-se cara a cara com um policial munido de capacete com viseira, que, sem a menor provocação da parte dela, aplicou-lhe um golpe de cassetete no ombro. Seu instinto de defesa a levou imediatamente à ofensiva com a garrafa de Coca-Cola que trazia na mão. Por sorte, antes que ela tivesse tempo de reagir, o policial já virara as costas e partia para reprimir outras pessoas. Mais tarde, ficou sabendo que naquele dia a associação A Rua Nos Pertence organizara uma manifestação no bairro.

A idéia de ir ao QG dos capacetes-com-viseira ou de denunciar Nils Bjurman por abuso sexual não lhe passava pela cabeça. Aliás, denunciar o quê? Bjurman tocara-lhe os seios. Qualquer policial a examinaria com os olhos para constatar que, com seus peitinhos de menina, aquilo parecia improvável e, mesmo que houvesse acontecido, ela devia mais era se orgulhar de *alguém* tê-la tocado. Quanto à história de chupar — era a palavra dela contra a de Bjurman e, geralmente, a palavra dos outros contava mais que a dela. A *polícia não era uma boa alternativa.*

Depois de deixar o escritório de Bjurman, foi para casa, tomou um banho, devorou dois sanduíches de queijo com picles, e então instalou-se para refletir no sofá da sala com seu tecido puído e embolotado.

Qualquer indivíduo normal talvez tivesse considerado sua falta de reação como um elemento de acusação — uma prova de que, de certo modo, Lisbeth era tão anormal que mesmo um estupro não conseguia provocar nela uma resposta emocional satisfatória.

Seu círculo de amizades era bastante restrito e também não abrangia jovens de classe média protegidos por seus condomínios fechados do subúrbio. Desde a maioridade, Lisbeth Salander não conhecia uma única garota que, pelo menos uma vez, não tivesse sido forçada a realizar algum tipo de ato sexual. Eram abusos cometidos quase sempre por namorados mais velhos que, usando de alguma persuasão, davam um jeito de conseguir o que queriam. Pelo que ela sabia, tais incidentes resultavam às vezes em crises de choro e de raiva, mas jamais numa queixa levada à delegacia.

No mundo de Lisbeth Salander, era esse o estado natural das coisas. Enquanto mulher, ela era uma presa autorizada, sobretudo a partir do momento em que vestia uma jaqueta de couro preto e gasto, tinha *piercings* nas sobrancelhas, tatuagens e um status social nulo.

Não havia por que derramar lágrimas por isso.

Por outro lado, estava fora de questão que o dr. Bjurman pudesse obrigá-la a chupar seu pau *impunemente*. Lisbeth Salander nunca esquecia uma afronta e estava disposta a tudo, menos a perdoar.

Mas seu estatuto jurídico trazia um problema. Desde suas lembranças mais remotas, fora considerada uma menina obstinada e de uma violência injustificável. As primeiras anotações a seu respeito haviam sido feitas pela enfermeira da escola primária. Fora mandada para casa por ter batido num colega de classe e por tê-lo empurrado com tanta força contra um cabide que ele se machucou. Ela ainda se lembrava com irritação da vítima, um menino gordo chamado David Gustavsson que não parava de provocá-la e de atirar-lhe coisas na cabeça, e que com o passar do tempo tornou-se um perfeito algoz, embora na época ela não conhecesse a palavra. De volta à escola, David prometeu vingar-se em tom ameaçador e ela o derrubou com um soco bem dirigido e reforçado por uma bola de golfe no punho, o que resultou em mais sangue derramado e em um novo registro de mau comportamento.

As regras da vida em comum na escola sempre a deixaram perplexa. Ela se ocupava de seus afazeres e não se intrometia na vida dos outros. Mas havia sempre alguém disposto a jamais deixá-la em paz.

No ensino primário, foi mandada várias vezes para casa em virtude de violentas disputas com colegas. Os garotos de sua classe, bem mais fortes que ela, logo descobriram que podia ser desagradável implicar com aquela menina franzina — ao contrário das outras meninas, ela nunca batia em retirada e não hesitava um segundo em usar os punhos ou instrumentos diversos para se defender. Sua atitude significava que ela preferia ser maltratada até a morte a aceitar qualquer abuso.

Além disso, vingava-se.

No ginásio, Lisbeth Salander desentendeu-se com um rapaz bem mais alto e mais forte que ela. Do ponto de vista puramente físico, ela não representava um grande obstáculo para ele. Várias vezes o rapaz divertiu-se em fazê-la cair, para depois esbofeteá-la quando ela tentava reagir. Mas, apesar dessa superioridade, a idiota insistia em reagir e, depois de algum tempo, mesmo os outros alunos começaram a achar que a coisa estava indo longe demais. Ela era tão visivelmente indefesa que dava pena. O rapaz acabou por acertar-lhe um soco magistral que cortou seu lábio e a fez ver estrelas. Ficou caída no pátio do ginásio. Passou dois dias em casa. Na manhã do terceiro dia, esperou seu algoz com um taco de beisebol e o desferiu contra sua orelha. Isso lhe valeu uma convocação do diretor, que decidiu apresentar queixa contra ela por agressão física, o que resultou num inquérito social.

Seus colegas de classe diziam que ela era maluca e a tratavam como tal. Ela também despertava pouca simpatia entre os professores, que em alguns momentos achavam-na insuportável. Nunca fora especialmente loquaz e era considerada a aluna que nunca levantava a mão e que em geral não respondia quando o professor lhe fazia uma pergunta. Ninguém sabia se era porque ela não conhecia a resposta ou se a razão era outra, mas suas notas refletiam uma situação de fato. Com certeza ela tinha problemas, porém, curiosamente, ninguém quis se encarregar dessa menina difícil, embora seu caso fosse discutido várias vezes entre os professores. Assim, mesmo eles a deixavam de lado, enclausurada num silêncio intratável.

Certo dia, um substituto que não conhecia seu comportamento peculiar a intimou a responder a uma questão de matemática; ela teve uma crise histérica e atacou o professor com socos e pontapés. Ao terminar o ginásio, foi cursar o colegial em outra escola sem ter um único colega a quem dizer adeus. Uma menina de comportamento desviante que ninguém amava.

Depois, quando estava no auge da adolescência, aconteceu-lhe todo o Mal no qual não queria pensar, a última crise que veio completar o quadro e que fez com que reabrissem os arquivos do ginásio. Desde então foi considerada, do ponto de vista jurídico... enfim, maluca. *Uma doente mental.* Lisbeth Salander nunca teve necessidade de documentos para saber que era diferente. No entanto, ninguém a aborreceu enquanto seu tutor foi Holger Palmgren, um homem que ela podia conduzir à vontade, se necessário.

Com a chegada de Bjurman, a tutela corria o risco de virar um peso dramático em sua vida. Não importa para quem se voltasse, haveria armadilhas potenciais em seu caminho, e o que aconteceria se perdesse o combate? Seria levada a uma instituição? Encerrada num asilo de loucos? *Bela alternativa!*

Mais tarde na noite, quando Cecilia Vanger e Mikael se aquietaram, pernas entrelaçadas, Cecilia repousando a cabeça no peito de Mikael, ela levantou os olhos para ele.

— Obrigada. Fazia muito tempo. Você não é ruim de cama.

Mikael sorriu. Esse tipo de elogio sempre lhe causava uma satisfação pueril.

— Foi bom — disse Mikael. — Inesperado, mas gostoso.

— Gostaria que se repetisse — disse Cecilia. — Se isso lhe agrada.

Mikael olhou para ela.

— Está dizendo que gostaria de ter um amante?

— Um amante ocasional, como você disse. Mas quero que vá dormir em sua casa. Não quero acordar de manhã com você aqui, antes de eu poder recompor meus músculos e meu rosto. E também não seria bom você sair espalhando pelo povoado o que fazemos juntos.

— Acha que eu faria isso? — disse Mikael.

— Sobretudo não quero que Isabella saiba. É uma mulher muito maldosa.

— E sua vizinha mais próxima... eu sei, já nos encontramos.

— Ainda bem que da casa dela não se vê minha porta de entrada. Seja discreto, Mikael, por favor.

— Serei.

— Obrigada. Você bebe?

— Às vezes.

— Estou com vontade de beber um gim-tônica. Que tal?

— Ótimo.

Ela se envolveu no lençol e desceu a escada. Mikael aproveitou para ir ao banheiro e lavar o rosto. Nu, ele observava os livros na estante quando ela voltou com uma garrafa de água gelada e dois gins-tônicas com limão. Fizeram um brinde.

— Por que veio à minha casa? — ela perguntou.

— Por nada de especial. Simplesmente eu...

— Estava na sua casa lendo o inquérito de Henrik e depois vem me ver. Não é preciso ser muito inteligente para perceber o que o atormenta.

— Você leu o inquérito?

— Em parte. Passei toda a minha vida adulta às voltas com esse inquérito. Não se pode conviver com Henrik sem ser contaminado pelo mistério Harriet.

— A verdade é que é um problema fascinante. Quero dizer, é a versão insular do mistério do quarto fechado. E nada no inquérito me parece seguir a lógica normal. Todas as questões continuam sem resposta, todos os indícios levam a um beco sem saída.

— Humm, essas coisas tornam as pessoas obsessivas.

— Você estava na ilha naquele dia.

— Sim. Estava aqui e presenciei os acontecimentos. Na época eu estudava em Estocolmo. Preferia ter ficado em casa naquele fim de semana.

— Como era Harriet de fato? As pessoas parecem tê-la interpretado de tantas maneiras diferentes.

— É *off the record* ou...?

— *Off the record*.

— Não faço a menor idéia do que se passava na cabeça de Harriet. Suponho que você queira falar do último ano. Num dia era uma crente, no dia seguinte maquiava-se como uma puta e ia à escola com a blusa mais colante que encontrava. Não é preciso ser psicólogo para perceber que estava profundamente infeliz. Mas eu não vivia aqui, como eu disse; apenas ouvia as histórias.

— O que desencadeou esses problemas?

— Gottfried e Isabella, sem dúvida. Que desgraça de casamento! Levianos e sempre dispostos a brigar. Não fisicamente. Gottfried não era do tipo que bate em mulher, e ele até tinha medo de Isabella. No começo dos anos 1960, instalou-se de modo mais ou menos definitivo em sua cabana na extremidade da ilha, onde Isabella nunca punha os pés. De tempos em tempos surgia aqui na aldeia parecendo um mendigo. Depois voltava ao normal e vestia-se com cuidado, tentando retomar seu trabalho.

— Não havia ninguém disposto a ajudar Harriet?

— Henrik, claro. Ela acabou vindo morar na casa dele. Mas não esqueça que ele andava ocupado em desempenhar seu papel de grande industrial. Geralmente estava viajando a negócios para algum lugar e não tinha muito tempo de se dedicar a Harriet e a Martin. Não acompanhei bem essa história, pois morei primeiro em Uppsala e depois em Estocolmo — e também não tive uma juventude muito fácil com Harald como pai, posso lhe assegurar. Mas aos poucos entendi que o problema vinha do fato de Harriet nunca se abrir com ninguém. Ao contrário, ela procurava manter as aparências e fingir que eles eram uma família feliz.

— Negação sistemática.

— Exatamente. Mas ela mudou depois que o pai se afogou. Não podia mais fingir que estava tudo bem. Até então ela fora... não sei como dizer, superdotada e precoce, mas de modo geral uma adolescente bem comum. No último ano, continuou sendo de uma inteligência brilhante, tirava as melhores notas do colégio, mas era como se não tivesse uma verdadeira personalidade.

— Como seu pai se afogou?

— Gottfried? Da maneira mais banal possível. Caiu de um barco que estava próximo da sua cabana. A braguilha estava aberta e verificou-se uma taxa de álcool extremamente alta no sangue, dá pra imaginar o que aconteceu. Martin foi quem o encontrou.

— Eu não sabia.

— É engraçado. Martin evoluiu, tornou-se uma pessoa saudável. Se me perguntassem isto trinta e cinco anos atrás, eu teria dito que, de todos na família, ele é que precisava de um psicólogo.

— Por quê?

— Harriet não era a única a sofrer com a situação. Durante anos Martin foi tão taciturno e fechado que podia ter sido apelidado de urso. As duas crianças viviam momentos penosos. Mas não era muito diferente com todos nós. Eu tinha problemas com meu pai, você deve ter percebido que ele é louco de dar nó. Minha irmã Anita tinha os mesmos problemas, assim como Alexander, meu primo. Era duro ser jovem na família Vanger.

— O que aconteceu com sua irmã?

— Anita mora em Londres. Foi para lá nos anos 1970, a fim de trabalhar numa agência de viagens sueca, e lá ficou. Viveu com um sujeito que ela nunca quis apresentar à família e de quem depois se separou. Hoje é chefe de escala na British Airways. Nos damos bem, eu e ela, mas temos muito pouco contato, nos vemos mais ou menos de dois em dois anos. Ela nunca vem a Hedestad.

— Por quê?

— Nosso pai é louco. Basta como explicação?

— Mas você ficou aqui.

— Eu e Birger, meu irmão.

— O político.

— Está tirando um sarro? Birger é mais velho que Anita e eu. Nunca nos entendemos muito bem. Ele se considera um político muito importante com um futuro no Parlamento e talvez um cargo de ministro, se os conservadores ganharem. Na realidade, é um vereador medíocre num povoado perdido, o que deveria representar ao mesmo tempo o auge e o fim de sua carreira.

— Uma coisa que me fascina na família Vanger é o ódio recíproco de todos os lados.

— Não é bem assim. Gosto muito de Martin e de Henrik. E sempre me dei bem com minha irmã, mesmo nos vendo pouco. Detesto Isabella, não tenho muita simpatia por Alexander. E não falo com meu pai. Eu diria que é mais ou menos meio a meio na família. Mas sei o que você quer dizer. Entenda assim: quando se é da família Vanger, aprende-se muito cedo a falar às claras. Costumamos dizer o que pensamos.

— Sim, percebi que você foi muito franca. — Mikael estendeu a mão e tocou os seios dela. — Bastaram quinze minutos na sua casa para você pular em cima de mim.

— Para ser bem franca, já na primeira vez que o vi eu me perguntei como você seria na cama. E me pareceu muito normal eu querer fazer o teste.

Pela primeira vez na vida, Lisbeth Salander sentiu uma necessidade premente de pedir um conselho. No entanto havia um problema: para se aconselhar com alguém, ela seria obrigada a confiar na pessoa, o que significava ser obrigada a se entregar e a contar seus segredos. Com quem poderia falar? Não era muito boa em se relacionar com as pessoas.

Quando passou mentalmente em revista seu caderninho de endereços, Lisbeth Salander contou não mais que dez pessoas que, de um modo ou de outro, pertenciam a seu círculo de conhecidos. Uma estimativa generosa, ela mesma admitiu.

Podia falar com Praga, um ponto mais ou menos fixo em sua existência. Mas não se tratava de um amigo, e ele seria o último a poder ajudá-la a resolver seus problemas. Não era uma boa solução.

Na verdade, a vida sexual de Lisbeth Salander não era tão modesta como dera a entender ao dr. Bjurman. E, na maioria das vezes, seus relacionamentos se desenrolaram de acordo com suas condições e por iniciativa sua. Desde os quinze anos, teve uns cinqüenta parceiros, ou seja, algo como cinco por ano, o que era normal para uma mulher solteira da idade dela que considerava o sexo como um passatempo.

Mas ela conheceu a maioria desses parceiros ocasionais num período de dois anos, na época tumultuosa do fim da adolescência. Lisbeth Salander viu-se então numa encruzilhada, sem controle real sobre sua vida, e seu futuro poderia ter se transformado numa nova série de ocorrências relacionadas com drogas, álcool e internação em diferentes instituições. Depois dos vinte anos e de seu início na Milton Security, ela se acalmara consideravelmente e julgava estar no comando de sua vida.

Não se sentia mais obrigada a retribuir favores a quem lhe tivesse pago três cervejas num bar, nem a menor obrigação de acompanhar um bêbado, cujo nome mal lembrava, até a casa dele. No último ano, teve um único parceiro regular, o que dificilmente se podia qualificar de atitude desavergonhada, como insinuavam os documentos médicos do final de sua adolescência.

Fora isso, para ela o sexo estava ligado ao fato de pertencer a um grupo de garotas do qual na realidade não fazia parte, mas que a aceitara por ser amiga de Cilla Norén. Ela conhecera Cilla no final da adolescência, quando, a pedido insistente de Holger Palmgren, tentou obter o certificado de conclusão do segundo grau em um curso supletivo. Cilla tinha cabelos vermelhos com mechas escuras, vestia calça de couro preto, tinha um piercing no nariz e um cinto com rebites, como Lisbeth. Elas se olharam com desconfiança na primeira aula.

Por uma razão que Lisbeth não conseguia entender, começaram a se ver. Lisbeth não era das que logo faziam amizade, sobretudo naquela época, mas Cilla ignorou seu silêncio e a levou a um bar. Por intermédio dela, Lisbeth tornou-se membro das Evil Fingers, originalmente um grupo da periferia composto de quatro adolescentes de Enskede que gostavam de *hard rock* e que, dez anos depois, formavam um grupo considerável de amigas que se reuniam no Moulin, terças-feiras à noite, para falar mal dos rapazes, conversar sobre feminismo, ciências ocultas, música e política, e beber quantidades enormes de cerveja. Elas, de fato, faziam jus ao nome.

Salander gravitava na periferia desse grupo e raramente dava sua contribuição às discussões, mas era aceita do jeito que era, podia ir e vir à vontade e ficar a noite toda com um copo de chope na mão sem dizer nada. Também era convidada para os aniversários de uma ou outra, Natal e festas do gênero, embora quase nunca comparecesse.

Durante os cinco anos em que freqüentou as Evil Fingers, as meninas sofreram transformações. As cores dos cabelos foram voltando ao normal e as roupas agora provinham mais das lojas H&M que dos brechós do Exército da Salvação. Todas ou estudavam ou trabalhavam, e uma deu à luz um menino. Lisbeth tinha a impressão de ser a única que não mudara em nada, o que talvez significasse que patinava no mesmo lugar.

Mas elas se divertiam sempre que se encontravam. Se havia um lugar ao qual sentia uma espécie de pertencimento, era na companhia das Evil Fingers e, por extensão, na companhia dos rapazes que constituíam o círculo de amigos do grupo.

As Evil Fingers a escutariam e se mobilizariam a seu favor. Mas elas ignoravam que Lisbeth Salander estava submetida a uma decisão da Justiça que a declarava juridicamente irresponsável. Não queria que elas também passassem a olhá-la torto. *Não era uma boa alternativa.*

Quanto ao resto, nem um único colega de classe de antigamente figurava no seu caderninho de endereços. Ela não dispunha de nenhuma rede de apoio ou de contatos políticos. Haveria alguém a quem pudesse contar seus problemas com Nils Bjurman?

Sim, talvez houvesse alguém. Ela refletiu demoradamente sobre a idéia de se abrir com Dragan Armanskij, de procurá-lo para expor sua situação. Ele dissera que se ela precisasse de qualquer tipo de ajuda não devia hesitar em procurá-lo. Ela estava convencida de sua sinceridade.

Armanskij também a tocara uma vez, mas fora um gesto gentil, sem más intenções, não tivera nada de demonstração de força. No entanto ela relutava em lhe pedir ajuda. Ele era seu chefe, e isso a tornaria devedora. Lisbeth Salander sorriu ao pensar em como seria sua vida se tivesse Armanskij como tutor em vez de Bjurman. A idéia não era desagradável, mas Armanskij certamente levaria tão a sério a missão que a sufocaria com sua solicitude. *Era... humm... uma alternativa possível.*

Embora estivesse perfeitamente a par do papel do SOS-Mulheres, nunca lhe passou pela cabeça utilizar esse recurso. Para ela, esses centros de apoio destinavam-se às *vítimas* e ela nunca tinha se considerado como tal. Portanto, a única boa alternativa que lhe restava era agir como sempre agira — resolver ela mesma seus problemas. *Essa, sim, era a boa solução.*

E uma solução que nada de bom prometia ao dr. Nils Bjurman.

13. QUINTA-FEIRA 20 DE FEVEREIRO — SEXTA-FEIRA 7 DE MARÇO

Na última semana de fevereiro, Lisbeth Salander confiou a si mesma uma missão, que tinha o dr. Nils Bjurman, nascido em 1950, como objeto principal. Trabalhou cerca de dezesseis horas por dia e fez uma investigação mais minuciosa do que nunca. Utilizou todos os arquivos e todos os documentos oficiais que conseguiu encontrar. Vasculhou as relações familiares e pessoais, verificou as contas e reconstituiu em detalhe a carreira e os trabalhos realizados pelo advogado.

O resultado foi desanimador.

Ele era jurista, membro da Ordem dos Advogados e autor de uma tese verborrágica e especialmente tediosa sobre direito comercial. Sua reputação era impecável. O dr. Bjurman nunca recebera uma crítica. Uma única vez foi chamado à Ordem dos Advogados — teria intermediado negócios imobiliários escusos dez anos antes —, mas comprovou sua inocência e o caso foi arquivado. Suas contas estavam em ordem; Bjurman era rico, dispunha de pelo menos dez milhões de coroas. Pagava mais impostos que o necessário, era membro do Greenpeace e da Anistia Internacional, e fazia doações regulares à Fundação para o Coração e os Pulmões. Seu nome raramente aparecia na mídia, mas várias vezes assinou petições a favor de prisioneiros políticos do

Terceiro Mundo. Morava num apartamento de cinco quartos da Upplandsgatan, perto da Odenplan, e era secretário do conselho de condôminos de seu prédio. Divorciado, sem filhos.

Lisbeth Salander dirigiu o foco para sua ex-mulher, chamada Elena. Nascera na Polônia, mas sempre vivera na Suécia. Trabalhava num centro de reeducação e voltara a se casar, aparentemente um casamento melhor, com um colega de Bjurman. Nada a investigar desse lado. O casamento durara catorze anos e o divórcio fora amigável.

Bjurman se ocupava regularmente do controle de jovens com problemas na Justiça. Fora curador de quatro menores de idade antes de ser nomeado tutor de Lisbeth Salander. Cada uma dessas missões terminou por simples decisão do tribunal no dia em que alcançaram a maioridade. Um desses clientes ainda tinha Bjurman como advogado, mas também aí não parecia haver nada de importante a descobrir. Se Bjurman montara um sistema para tirar proveito de seus protegidos, pelo menos nada aparecia na superfície, e, por mais que Lisbeth pesquisasse em profundidade, também nada encontrou de errado. Os quatro tinham vidas regulares com um namorado ou namorada, emprego, casa e um monte de cartões de crédito.

Ela entrou em contato com os quatro, apresentando-se como secretária de assuntos sociais encarregada de pesquisar jovens que no passado estiveram sob regime de curadoria, para saber como estava a vida deles comparada à de outros jovens. *Sim, com certeza, é uma pesquisa completamente sigilosa.* Montou um questionário com dez itens. Várias das perguntas eram formuladas de modo a incitar os interlocutores a dar sua opinião sobre o funcionamento da curadoria — se tivessem algo a dizer sobre Bjurman, isso certamente teria transparecido em pelo menos um dos entrevistados. Mas ninguém tinha nada de negativo a declarar.

Terminada a pesquisa, Salander enfiou toda a documentação num saco de papel de supermercado e o pôs, com um monte de jornais velhos, na entrada de seu prédio. O dr. Bjurman era, aparentemente, irreprochável. Nada havia em seu passado que Lisbeth pudesse usar como alavanca. No entanto, e ela tinha motivos para pensar isto, o cara não passava de um canalha estúpido e nojento. Ainda assim, não encontrava nada que pudesse utilizar como prova.

Chegou o momento de considerar outras possibilidades. Depois de passar em revista todas as análises, restava uma solução relativamente tentadora

— ao menos muito realista. O mais simples seria Bjurman desaparecer de vez da sua vida. Um infarto fulminante. Fim dos problemas. A questão é que mesmo sujeitos viciosos de cinqüenta e cinco anos não estavam tão vulneráveis a um infarto.

Mas se podia dar um jeito nisso.

Mikael Blomkvist conduzia seu relacionamento com Cecilia Vanger na maior discrição. Ela estabelecera três condições: não queria que ninguém soubesse que eles se encontravam. Queria que ele fosse à casa dela somente quando o chamasse pelo telefone e quando ela estivesse de bom humor. E queria que ele fosse embora antes da meia-noite.

A atitude de Cecilia deixava Mikael perplexo. Quando a via casualmente no Café Susanne, ela se mostrava amável, porém fria e distante. Mas, quando se encontravam em seu quarto, ela ardia de paixão.

Mikael não tinha nenhum motivo especial para revolver a vida particular dela, mas fora contratado para investigar a de toda a família Vanger. Sentia-se dividido e ao mesmo tempo curioso. Um dia, perguntou a Henrik Vanger com quem ela se casara e o que acontecera. Fez a pergunta quando eles falavam do passado de Alexander, de Birger e de todos os outros membros da família presentes na ilha no dia em que Harriet desapareceu.

— Cecilia? Pelo que sei, ela não se relacionava com Harriet.

— Fale-me do passado dela.

— Veio morar aqui depois de seus estudos e começou a trabalhar como professora. Conheceu um certo Jerry Karlsson, que infelizmente trabalhava no grupo Vanger. Casaram-se. Pensei que fosse um casamento feliz — ao menos no começo. Mas depois de alguns anos percebi que as coisas não andavam bem. Ele batia nela. A história de sempre: ele batia, mas ela concedia-lhe circunstâncias atenuantes. Até que um dia ele bateu demais. Ela ficou gravemente ferida e precisou ser hospitalizada. Falei com ela e ofereci-lhe ajuda. Ela veio morar na ilha e desde então se recusa a ver o marido. Encarreguei-me de despedi-lo.

— Mas eles continuam casados.

— Só no papel. Não sei por que ela não pediu o divórcio. Como não quis se casar de novo, nunca houve problema.

— Esse Jerry Karlsson tinha alguma relação...

— ... com Harriet? Não, ele não morava em Hedestad em 1966 e ainda não havia entrado para o grupo.

— Certo.

— Mikael, eu gosto de Cecilia. Ela pode ser complicada, mas é uma das raras pessoas boas da minha família.

Tão sistemática como um perfeito burocrata, Lisbeth Salander dedicou uma semana planejando a morte do dr. Nils Bjurman. Considerou — e rejeitou — diferentes métodos, até dispor de um número de roteiros realistas entre os quais escolher. *Não agir impulsivamente.* Seu primeiro pensamento foi tentar forjar um acidente, mas, refletindo bem, logo concluiu que pouco importava que falassem de homicídio.

Apenas uma condição era necessária. Bjurman devia morrer sem que jamais a associassem com o crime. Suspeitava que cedo ou tarde, quando os tiras examinassem as atividades de Bjurman, seu nome apareceria num inquérito policial. Mas ela era somente um grão de areia numa galáxia de clientes atuais e antigos, encontrara-se com ele raras vezes e, a menos que Bjurman tivesse anotado na agenda que a forçara a chupar seu pinto — o que era bastante improvável —, não tinha razão para assassiná-lo. Não haveria a menor prova de que a morte dele tinha alguma relação com seus clientes; poderiam pensar em ex-namoradas, parentes, conhecidos e um monte de outras pessoas. Poderiam mesmo classificar o caso como *violência casual*, quando assassino e vítima não se conhecem.

Mas digamos que o nome dela aparecesse. E aí? Ela seria apenas uma pobre menina sob tutela, amparada por documentos que provavam que era uma retardada mental. O ideal, portanto, é que a morte de Bjurman se desse num esquema bastante sofisticado, para que não fosse plausível pensar que uma retardada mental pudesse ser a autora do crime.

De saída rejeitou a solução arma de fogo. Não teria muitos problemas de ordem prática para obter uma, mas os tiras sabem como descobrir a origem das balas.

Considerou uma arma branca; embora uma faca pudesse ser comprada em qualquer bazar, rejeitou também essa solução. Mesmo que agisse com presteza e lhe cravasse a faca nas costas, nada garantia que ele fosse morrer em seguida e sem ruído, nem mesmo que morreria. Pior: poderia haver luta, o que chamaria a atenção, e suas roupas manchadas de sangue poderiam incriminá-la.

Considerou também uma bomba, coisa, porém, ainda mais complicada. Preparar uma bomba não seria problema — a internet está cheia de manuais que ensinam a fabricar os objetos mais mortíferos. Difícil seria achar um jeito de explodir o canalha sem atingir também um inocente. Sem contar, mais uma vez, que nada garantiria a eliminação do canalha.

O telefone tocou.

— Oi, Lisbeth, é Dragan. Tenho um trabalhinho para você.

— Estou sem tempo.

— É importante.

— Estou ocupada.

E desligou.

Por fim, decidiu-se por uma solução inesperada — o veneno. A escolha a surpreendeu, mas, pensando bem, era perfeita.

Lisbeth Salander dedicou alguns dias e noites a pesquisar na internet um veneno adequado. A escolha era ampla. Primeiro aparecia o veneno mais mortal conhecido pela ciência, considerando todas as categorias — o ácido cianídrico, também chamado de ácido prússico.

O ácido cianídrico era utilizado na indústria química, entre outras, como componente de algumas tintas. Alguns miligramas bastariam para liquidar alguém; um litro despejado no reservatório de água de uma cidade de porte médio poderia destruí-la completamente.

Por razões evidentes, tal substância mortal sofria um controle rigoroso. Mas se um fanático com projetos de assassinato político não podia entrar na farmácia mais próxima e pedir dez mililitros de ácido cianídrico, era possível fabricá-lo em quantidades quase ilimitadas numa cozinha qualquer. Um modesto equipamento de laboratório, disponível num jogo infantil como *O pequeno químico*, custa duzentas coroas e não requer mais que alguns ingredientes, que podem ser extraídos de produtos domésticos comuns. A receita estava disponível na internet.

Havia também a nicotina. De um único maço de cigarros, Lisbeth poderia extrair miligramas suficientes da substância para preparar um xarope não muito viscoso. Melhor ainda, embora um pouco mais difícil de fabricar: o sulfato de nicotina, que tinha a vantagem de ser absorvido pela pele; bastaria pôr luvas de borracha, encher uma pistola d'água e dispará-la no rosto do dr. Bjurman. Em vinte segundos ele perderia a consciência e em alguns minutos estaria morto.

Até então Lisbeth Salander não imaginava que tantos produtos domésticos perfeitamente comuns, encontrados em drogarias, pudessem se transformar em armas mortais. Examinando a fundo o assunto durante alguns dias, convenceu-se de que não haveria obstáculos técnicos para acertar as contas com seu tutor.

Só havia dois problemas: a morte de Bjurman não lhe devolveria o controle de sua vida e não havia garantia de que o sucessor de Bjurman não fosse dez vezes pior. *Análise das conseqüências.*

O que ela precisava era descobrir um meio de controlar seu tutor e desse modo controlar sua própria situação. Estendida no velho sofá da sala, passou a noite reconsiderando mentalmente as possibilidades. Por volta das dez, havia eliminado os projetos de assassinato por envenenamento e elaborado um plano B.

O plano não era atraente e compreendia deixar Bjurman atacá-la mais uma vez. Mas, se chegasse até o fim, ganharia a parada.

Pelo menos é o que acreditava.

Nos últimos dias de fevereiro, a temporada de Mikael em Hedeby já adquirira uma rotina. Levantava-se às nove todos os dias, tomava o café-da-manhã e trabalhava até meio-dia, lendo e reunindo novos dados. Depois dava uma caminhada de uma hora, qualquer que fosse o tempo. À tarde retomava o trabalho, em casa ou no Café Susanne, aprofundando o que lera de manhã ou escrevendo passagens do que haveria de ser a biografia de Henrik. Estabeleceu seu tempo livre entre três e seis da tarde, para fazer compras, lavar a roupa, ir a Hedestad e cuidar de outros assuntos. Por volta das sete da noite, passava na casa de Henrik e lhe expunha os pontos de interrogação que haviam surgido durante a jornada. Às dez já estava em casa e lia até uma ou duas da manhã. Examinava sistematicamente os documentos fornecidos por Henrik.

Descobriu com surpresa que o trabalho de redação da biografia de Henrik avançava rapidamente. Já dispunha, num primeiro jato, de cerca de cento e vinte páginas da crônica familiar — o vasto período desde o desembarque de Jean-Baptiste Bernadotte na Suécia até por volta dos anos 1920. A partir daí precisaria avançar mais lentamente e começar a pesar suas palavras.

Na biblioteca de Hedestad, conseguiu livros que tratavam do nazismo nessa época, entre outros a tese de doutorado de Helene Lööw *A suástica e o feixe dos Wasa*. Rascunhou mais quarenta páginas sobre Henrik e seus irmãos, tendo Henrik como personagem principal. Tinha uma lista extensa de pesquisas a fazer sobre as empresas do começo do século, sua estrutura e seu funcionamento, e descobriu que a família Vanger esteve intimamente envolvida com o império de Ivar Kreuger — mais uma história paralela para investigar. Calculou que ao todo faltava escrever umas trezentas páginas. Planejara apresentar um primeiro esboço a Henrik no começo de setembro e previa utilizar o outono para dar acabamento ao texto.

Em contrapartida, Mikael não avançou um milímetro na investigação sobre Harriet. Por mais que lesse e refletisse sobre detalhes dos numerosos documentos, não encontrou um só que fizesse as coisas andarem.

Num sábado à noite, no fim de fevereiro, teve uma longa conversa com Henrik, na qual prestou contas de seus inexistentes progressos. Pacientemente, o velho o escutou enumerar todos os becos sem saída que visitara.

— Ou seja, Henrik, não encontrei nada no inquérito que já não tenha sido explorado a fundo.

— Entendo o que quer dizer. Também refleti sobre isso até ficar doente. E ao mesmo tempo tenho certeza de que deixamos escapar alguma coisa. Não existe crime perfeito.

— Mas nem somos capazes de afirmar que houve realmente um crime.

Henrik Vanger suspirou e fez um gesto vago com a mão.

— Continue — disse. — Vá até o fim.

— Não vai adiantar nada.

— Talvez. Mas não desista.

Mikael suspirou.

— Os números de telefone — acabou dizendo.

— Sim.

— Eles significam necessariamente alguma coisa.

— Sim.

— Foram anotados com alguma intenção.
— Sim.
— Mas não sabemos interpretá-los.
— Não.
— Ou os interpretamos mal.
— Exatamente.
— Não são números de telefone. Querem dizer alguma outra coisa.
— Talvez.
Mikael suspirou novamente e voltou para casa a fim de continuar a ler.

O dr. Nils Bjurman deu um suspiro de alívio quando Lisbeth Salander lhe telefonou para explicar que precisava de mais dinheiro. Ela não comparecera ao último encontro marcado alegando que precisava trabalhar, e uma pequena inquietação começara a perturbá-lo. Estaria lidando com uma criança-problema intratável? Ao cancelar o encontro marcado, ela ficara impedida de receber a mesada e cedo ou tarde seria obrigada a entrar em contato. Ele se preocupava também com a possibilidade de ela ter aberto a boca para alguém.

Seu breve telefonema para dizer que precisava de dinheiro confirmou de maneira satisfatória que a situação estava sob controle. Mas essa menina precisava ser domada — concluiu Nils Bjurman. Ia ter que aprender quem é que decidia, somente então poderia haver uma relação mais construtiva. Foi o que o levou a indicar, desta vez, que se vissem em sua casa, perto da Odenplan, e não no escritório. Ao ouvir essa exigência, Lisbeth Salander ficou um bom momento calada na outra ponta da linha — *essa tonta tem dificuldade de entender* — antes de aceitar.

O plano de Lisbeth era se encontrar com ele no escritório, como da outra vez. Agora seria obrigada a vê-lo em território desconhecido. O encontro foi marcado para sexta-feira à noite. Ele lhe passou a senha de entrada e às oito e meia ela tocou a campainha, meia hora depois do combinado. Foi o tempo que ela precisou para, na obscuridade do *hall* do edifício, revisar uma última vez seu plano, considerar alternativas, blindar-se e reunir a coragem necessária.

Por volta das oito da noite, Mikael desligou o computador e agasalhou-se para sair. Deixou a luz acesa na saleta de trabalho. O céu estava estrelado e a temperatura em torno de zero grau. Subiu a encosta com passos ligeiros, passou em frente à casa de Henrik Vanger, na estrada em direção a Östergarden. Logo depois da casa de Henrik, pegou uma bifurcação à esquerda e seguiu por um caminho que costeava a praia. As bóias luminosas piscavam na água e as luzes de Hedestad cintilavam na noite. Era bonito. Ele tinha necessidade de ar fresco, mas queria sobretudo evitar os olhos inquisidores de Isabella Vanger. Junto à casa de Martin Vanger, voltou para a estrada e chegou à casa de Cecilia pouco depois das oito e meia. Logo subiram para o quarto dela.

Viam-se uma ou duas vezes por semana. Cecilia tornara-se não apenas sua amante naquele fim de mundo mas também a pessoa com quem começava a se abrir. Discutia muito mais sobre Harriet Vanger com ela do que com Henrik.

O plano começou a fracassar quase imediatamente.

O dr. Nils Bjurman vestia um robe ao abrir a porta do apartamento. Ficara nervoso com o atraso dela e fez-lhe um sinal para que entrasse. Ela vestia jeans preto, uma camiseta preta e sua indefectível jaqueta de couro. Botas pretas, uma pequena mochila nas costas, com alças a tiracolo sobre o peito.

— Não sabe ler as horas? — perguntou Bjurman, irritado.

Salander não disse nada. Olhou ao redor. O apartamento era o que havia imaginado depois de examinar a planta nos arquivos municipais. Os móveis eram de madeira clara.

— Entre — disse Bjurman num tom mais amável. Pôs o braço sobre os ombros dela e a guiou através de um pequeno vestíbulo. *Não vale a pena perder tempo com conversa.* Abriu a porta de um quarto. Não havia nenhuma dúvida sobre os favores que esperava de Lisbeth Salander.

Ela deu uma rápida olhada na peça. Quarto de solteiro. Cama de casal com uma cabeceira alta de aço inox. Uma cômoda também fazia as vezes de mesa-de-cabeceira. Luzes indiretas. Um espelho ao longo da parede. Uma poltrona de vime e uma mesa baixa no canto, junto à porta. Ele pegou sua mão e a conduziu até a cama.

— Conte-me por que precisa de dinheiro desta vez. Mais equipamentos para o computador?

— Para comprar comida — ela respondeu.

— Claro. Eu sou mesmo um estúpido. Mas você faltou ao nosso último encontro. — Pôs a mão sob o queixo dela e ergueu-lhe o rosto para que seus olhos se encontrassem. — Como vai?

Ela encolheu os ombros.

— Refletiu sobre o que falei outro dia?

— O quê?

— Lisbeth, não se faça de mais boba ainda. Quero que você e eu sejamos bons amigos e que nos ajudemos.

Ela não respondeu. O dr. Bjurman resistiu ao impulso de dar-lhe uma bofetada para despertá-la.

— Gostou da brincadeira de gente adulta que fizemos da outra vez?

— Não.

Ele ergueu as sobrancelhas.

— Lisbeth, não seja idiota.

— Preciso de dinheiro para comprar comida.

— É exatamente do que falamos na última vez. Basta ser gentil comigo que serei gentil com você. Mas se insistir em me contrariar... — Apertou-lhe com mais força o queixo e ela se soltou.

— Quero meu dinheiro. O que está querendo que eu faça?

— Sabe muito bem o que eu quero. — Pegou-a pelo ombro e jogou-a sobre a cama.

— Espere — disse rápido Lisbeth.

Dirigiu a ele um olhar resignado, depois balançou secamente a cabeça. Tirou a jaqueta de couro e olhou ao redor. Jogou a jaqueta em cima da poltrona de vime, pôs a mochila em cima da mesinha e deu alguns passos hesitantes em direção à cama. Então se deteve, tomada de uma apreensão súbita. Bjurman se aproximou.

— Espere — disse ela outra vez, como se tentasse fazê-lo ser razoável. — Não quero ser obrigada a te chupar toda vez que preciso de dinheiro.

O rosto de Bjurman mudou de expressão. De repente, esbofeteou-a com a palma da mão. Salander arregalou os olhos, mas, antes que tivesse tempo de reagir, ele a pegou pelo ombro e a pôs de bruços na cama. Ela ficou sem ação diante dessa violência repentina. Como tentasse se virar, ele a comprimiu contra a cama e sentou-se sobre ela com os joelhos abertos.

Assim como da outra vez, ela foi uma presa fácil para ele do ponto de vista puramente físico. Sua única possibilidade de resistir seria enfiar-lhe as unhas nos olhos ou usar uma arma. Mas o plano que previra fracassara. *Merda*, pensou Lisbeth Salander quando ele lhe arrancou a camiseta. Com uma lucidez aterradora, se deu conta de como havia sido ingênua.

Ouviu-o abrir uma gaveta da cômoda ao lado da cama, depois um ruído de metal. De início não entendeu o que estava acontecendo, até ver a argola fechar-se em volta de seu punho. Ele ergueu o braço dela, passou as algemas em volta de um dos pilares da cabeceira da cama e prendeu sua outra mão. Num abrir e fechar de olhos, arrancou-lhe as botas e o jeans. Por fim retirou-lhe a calcinha, que brandiu no ar.

— Vai aprender a confiar em mim, Lisbeth — disse. — Vou ensinar a você as regras desse jogo de adultos. Se não cooperar comigo, será punida. Se for gentil, seremos amigos.

E sentou-se novamente de joelhos abertos em cima dela.

— Então não gosta de sexo anal... — falou.

Lisbeth Salander abriu a boca para gritar. Ele a pegou pelos cabelos e enfiou-lhe a calcinha na boca. Ela sentiu que ele punha alguma coisa em volta de seus tornozelos, que abria suas pernas e as atava de modo a deixá-la totalmente vulnerável. Ela o ouvia andar pelo cômodo, mas não podia vê-lo. Os minutos passaram. Ela mal conseguia respirar. Por fim sentiu uma dor horrível quando ele brutalmente lhe enfiou alguma coisa no ânus.

A regra de Cecilia Vanger era que Mikael não devia ficar para dormir. Pouco depois das duas da manhã, ele tornou a se vestir, enquanto ela permanecia nua na cama sorrindo-lhe carinhosamente.

— Você me agrada, Mikael. Gosto da sua companhia.

— Você também me agrada.

Ela o puxou de volta para a cama e tirou-lhe a camisa que ele acabara de vestir. Mikael ficou mais uma hora.

Quando por fim Mikael passou diante da casa de Harald Vanger, teve a nítida impressão de ver a cortina se mexer no andar de cima. Mas estava muito escuro para ter absoluta certeza.

Lisbeth Salander só conseguiu voltar a vestir suas roupas às quatro da manhã do sábado. Pegou a jaqueta de couro, a mochila e dirigiu-se, manquejando, até o vestíbulo, onde ele a esperava depois de já ter tomado um banho e se vestido com cuidado. Ele entregou-lhe um cheque de duas mil e quinhentas coroas.

— Eu levo você para casa — ele falou, abrindo a porta.

Ela saiu do apartamento e se virou para ele. Seu corpo parecia alquebrado, o rosto estava inchado com olhos avermelhados de lágrimas, e ele quase fez um movimento de recuo ao cruzar seu olhar. Nunca na vida havia se deparado com um ódio tão seco e inflamado. Lisbeth Salander tinha realmente o aspecto da doente mental que sua ficha indicava.

— Não — ela disse em voz tão baixa que ele mal conseguiu distinguir as palavras. — Posso voltar para casa sozinha.

Ele pôs a mão em seu ombro.

— Tem certeza?

Ela fez que sim com a cabeça. A mão em seu ombro a apertou com mais força.

— Lembre-se do nosso acordo. Volte no sábado que vem.

Ela balançou de novo a cabeça, submissa. Ele a soltou.

14. SÁBADO 8 DE MARÇO — SEGUNDA-FEIRA 17 DE MARÇO

Lisbeth Salander passou a semana na cama com dores no abdome, hemorragias no ânus e outras feridas, menos visíveis, que levariam mais tempo para curar. O que ela vivera ultrapassara de longe o primeiro abuso no escritório; não se tratava mais de um ato de coerção e de humilhação, mas de uma brutalidade sistemática.

Percebia tarde demais que havia subestimado Bjurman, e muito.

Tomara-o como um homem de poder que gostava de dominar, e não como um sádico total. Ele a mantivera algemada a noite toda. Várias vezes ela pensou que fosse ser morta, e houve um momento em que ele pressionou o travesseiro sobre seu rosto até ela quase desmaiar.

Não chorou.

Afora as lágrimas causadas pelas dores físicas, não derramou uma lágrima sequer. Após deixar o apartamento de Bjurman, claudicou até o ponto de táxi da Odenplan, voltou para casa e subiu com dificuldade a escada até chegar a seu apartamento. Tomou um banho e lavou o sangue dos genitais. Depois bebeu meio litro de água, ingeriu dois soníferos e desabou na cama com o cobertor puxado até a cabeça.

Despertou por volta do meio-dia de domingo com a cabeça dolorida e vazia, com dores nos músculos e no baixo-ventre. Levantou-se, bebeu dois copos de leite e comeu uma maçã. Tomou mais dois soníferos e voltou a se deitar.

Só teve forças para sair da cama na terça-feira. Foi comprar uma pizza Billy Pan, aqueceu-a no microondas e encheu uma garrafa térmica com café. Depois passou a noite lendo na internet artigos e teses sobre a psicopatologia do sadismo.

O que mais chamou sua atenção foi um artigo publicado por um grupo de mulheres americanas. A autora afirmava que o sádico escolhia suas *ligações* com uma precisão quase intuitiva: sua melhor vítima era a que se prestava voluntariamente a todos os seus desejos por acreditar que não tinha outra escolha. O sádico escolhia indivíduos que dependiam de outra pessoa, e tinha uma capacidade inquietante de identificar as presas que lhe convinham.

O dr. Bjurman a escolhera como vítima.

Isso a fez refletir.

Isso também indicava que idéia as pessoas faziam dela.

Na sexta-feira, uma semana após o segundo estupro, Lisbeth Salander saiu de casa para ir a um tatuador em Hornstull. Havia telefonado para marcar hora e ele não tinha outros clientes na loja. Ele a saudou com um movimento de cabeça quando a reconheceu.

Ela escolheu uma pequena tatuagem, simples, na forma de uma estreita faixa, e pediu que ele a pusesse no tornozelo. Mostrou o lugar.

— A pele é muito fina. Vai doer um bocado — disse o tatuador.

— Não faz mal — Lisbeth respondeu, levantando a calça e apresentando a perna.

— Está certo, uma faixa. Você já tem muitas tatuagens. Tem certeza de que quer mais uma?

— É um lembrete — ela disse.

Mikael Blomkvist deixou o Café Susanne na hora em que ele ia fechar, às duas da tarde do sábado. Estivera passando a limpo suas anotações no notebook, e foi até o Komsun comprar comida e cigarros antes de voltar para casa. Havia descoberto a especialidade local: a *pölsa* cozida com batatas e beterrabas vermelhas — um prato que jamais apreciara, mas que por uma estranha razão combinava perfeitamente bem com uma pequena casa no campo.

Por volta das sete, pôs-se a refletir enquanto olhava pela janela da cozinha. Cecilia Vanger não havia telefonado. Ele a vira brevemente no café, no começo da tarde, quando ela fora comprar pão, porém estava mergulhada em seus próprios pensamentos. Tudo indicava que não ia telefonar naquele sábado à noite. Olhou para o pequeno aparelho de tevê que quase nunca ligava, mas preferiu instalar-se no banco da cozinha e abrir um romance policial de Sue Grafton.

Lisbeth Salander retornou ao apartamento de Bjurman na Odenplan na hora combinada, sábado à noite. Ele a fez entrar com um sorriso polido e acolhedor.

— E hoje, como vai, minha cara Lisbeth?

Ela não respondeu.

— Acho que exagerei um pouco na última vez — ele disse. — Você me pareceu meio nocauteada.

Ela apenas sorriu com o canto dos lábios e ele sentiu uma súbita inquietação. *Essa menina é maluca. Não posso me esquecer disso.* E perguntou-se se ela poderia se adaptar.

— Vamos para o quarto? — perguntou Lisbeth Salander.

Por outro lado, parece que ela só sabe pedir isso... Pôs-lhe o braço sobre o ombro como fizera no encontro anterior, para levá-la até o quarto. *Hoje vou mais devagar com ela. Para criar confiança.* Ele já havia deixado as algemas em cima da cômoda. Foi só quando se aproximaram da cama que o dr. Bjurman percebeu que alguma coisa não ia bem.

Era ela que o conduzia à cama, não o contrário. Ele se deteve e, com perplexidade, viu-a tirar algo do bolso que a princípio acreditou ser um telefone celular. Depois viu os olhos dela.

— Diga boa-noite — ela disse.

Pôs o bastão elétrico debaixo da axila esquerda dele e disparou setenta mil volts. Quando as pernas dele começaram a ceder, ela aproximou seu ombro e mobilizou todas as forças para fazê-lo cair sobre a cama.

Cecilia Vanger sentia-se ligeiramente bêbada. Decidira não telefonar para Mikael Blomkvist. A ligação deles adquirira a aparência de uma ridícula farsa de alcova que obrigava Mikael a rodeios e desvios para poder encontrá-la sem ser notado. Ela se comportava como uma adolescente apaixonada incapaz de controlar seu desejo. Sua conduta nas últimas semanas fora absurda.

O problema é que comecei a gostar muito dele, pensou. Vou sofrer com isso. E passou um bom tempo desejando que Mikael Blomkvist nunca tivesse vindo a Hedeby.

Ela havia aberto uma garrafa de vinho e bebido dois copos sozinha. Ligou a tevê para ver o noticiário e tentar entender o que acontecia no mundo, mas imediatamente se cansou dos comentários racionais que explicavam por que o presidente Bush devia esmagar o Iraque com bombas. Instalou-se então no sofá da sala com o livro de Gellert Tama sobre o louco que matara onze pessoas em Estocolmo por motivos racistas. Só conseguiu ler algumas páginas antes de ser obrigada a pôr o livro de lado. O assunto a fez pensar imediatamente em seu pai, em quais seriam os fantasmas dele.

A última vez em que tinham se visto fora em 1984, quando o acompanhou, com Birger, numa caça à lebre ao norte de Hedestad, para que Birger testasse um novo cão de caça — um hamilton stövare adquirido recentemente. Harald Vanger tinha setenta e três anos e ela fizera o possível para aceitar sua loucura, essa loucura que transformara sua infância num pesadelo e afetara toda a sua vida adulta.

Cecilia nunca fora tão frágil como naquela época. Seu casamento se desfizera três meses antes. Mulher que apanha do marido — expressão banal. Para ela, isso significava maus-tratos leves porém contínuos. Ameaças, bofetadas, empurrões, ser derrubada no chão da cozinha. As explosões do marido eram sempre inexplicáveis, mas os golpes nunca eram fortes o suficiente para feri-la a sério. Ele evitava bater nela com o punho, e ela se acostumou.

Até o dia em que Cecilia revidou e ele se descontrolou. No final, enlouquecido, ele a atacara com golpes de tesoura nas costas.

Arrependido e em pânico, conduziu-a ao hospital, onde inventou a história delirante de um acidente, que a equipe de emergência logo decifrou à medida que ele ia pronunciando as palavras. Ela sentiu-se envergonhada. Deram-lhe doze pontos de sutura e ficou dois dias no hospital. Então Henrik Vanger foi buscá-la e levou-a para a casa dele. Nunca mais falou com o marido.

Naquele dia ensolarado, três meses depois do fim do casamento, Harald Vanger estava bem-humorado, quase amável. Mas de uma hora para a outra, em pleno bosque, passou a insultar grosseiramente a filha, fazendo comentários vulgares sobre sua vida e seus hábitos sexuais, terminando por dizer que era natural que uma puta como ela não soubesse conservar um homem.

O irmão nem sequer reparou que as palavras do pai a atingiam como uma chicotada. Birger Vanger limitou-se a rir e a passar o braço em volta de seus ombros, tentando desanuviar a situação a seu modo, com um comentário do gênero *Sabemos bem como são as mulheres.* Deu uma piscadela para Cecilia e aconselhou Harald Vanger a ficar atento a uma pequena elevação do terreno.

Houve um segundo, um instante gélido, em que Cecilia olhou para o pai e o irmão com a consciência súbita de que trazia na mão uma espingarda de caça carregada. Fechou os olhos. Se não tivesse feito isso, teria levantado a arma e disparado os dois cartuchos. Sua vontade era matar o pai e o irmão. Mas abaixou a espingarda, girou os calcanhares e voltou ao lugar onde haviam estacionado o carro. Deixou-os ali e voltou sozinha para casa. Desse dia em diante, passou a falar com o pai só em raríssimas ocasiões, quando obrigada pelas circunstâncias. Negara-lhe acesso à sua casa e nunca ia vê-lo na casa dele.

Você arruinou a minha vida, pensou Cecilia Vanger. *Arruinou a minha vida desde a infância.*

Às oito e meia da noite, Cecilia Vanger pegou o telefone e pediu que Mikael Blomkvist fosse vê-la.

O dr. Nils Bjurman sofria um martírio. Seus músculos não respondiam, o corpo parecia paralisado. Não tinha certeza de haver perdido a consciência, mas estava desorientado e sem a menor lembrança do que havia acontecido. Quando recuperou lentamente o controle do corpo, viu que estava nu, deitado de costas na cama, com os punhos atados por algemas e as pernas dolorosamente afastadas. Tinha queimaduras no local onde os eletrodos haviam tocado seu corpo.

Lisbeth Salander trouxera a poltrona de vime para perto da cama e, com as botas em cima do colchão, esperava pacientemente, fumando um cigarro. Quando Bjurman tentou falar, ele percebeu que sua boca estava coberta por uma fita adesiva larga. Virou a cabeça. Ela havia aberto e esvaziado uma das gavetas da cômoda.

— Descobri seus brinquedinhos — disse Salander.

Brandiu um chicote e remexeu na coleção de objetos eróticos, mordaças e máscaras de borracha espalhadas no chão.

— Para que serve este treco? — E mostrou um enorme *pênis anal.* — Não, não tente falar, não estou entendendo o que você diz. Foi o que utilizou em mim na semana passada? Basta balançar a cabeça. — Ela se inclinou para ele, divertindo-se antecipadamente com a resposta.

Nils Bjurman sentiu um súbito calafrio de terror no peito e se descontrolou. Forçou as algemas. *Ela assumiu o controle. Impossível.* Estava impossibilitado de fazer o que quer que fosse quando Salander se inclinou e pôs o tampão anal entre suas nádegas.

— Não é assim que um sádico faz? — ela perguntou. — Gosta de enfiar coisas nas pessoas, não é verdade? — Fitou-o. O rosto dele era uma máscara inexpressiva. — Sem lubrificante, não é mesmo?

Bjurman urrou através da fita adesiva quando Lisbeth Salander afastou brutalmente suas nádegas e enfiou o tampão no lugar previsto.

— Pare de berrar — disse Lisbeth Salander imitando a voz dele. — Se não se comportar, serei obrigada a te punir.

Levantou-se e contornou a cama. Ele a acompanhou com o olhar... *Merda, o que é isso?* Lisbeth Salander havia trazido a tevê de tela grande da sala para o quarto. O aparelho de DVD estava no chão. Ela olhou para ele, sempre segurando o chicote na mão.

— Está prestando bastante atenção? — perguntou. — Não tente falar, basta balançar a cabeça. — Entende o que estou dizendo?

Ele assentiu com a cabeça.

— Certo. — Ela se inclinou para pegar sua mochila. — Reconhece isto? — Ele aquiesceu com a cabeça. — É a mochila que eu trazia quando vim te ver na semana passada. Peguei emprestada da Milton Security. — Ela abriu um zíper na parte inferior. — Aqui tem uma câmera digital. Você costuma assistir de vez em quando *Insider* na TV3? Os repórteres sacanas utilizam uma mochila como esta para filmar cenas com uma câmera oculta.

Tornou a fechar a mochila.

— Deve estar se perguntando onde fica a objetiva. O detalhe está todo aí.

Grande angular com fibra ótica. A lente parece um botão e está disfarçada na fivela da alça. Você deve estar lembrado que eu pus a mochila bem aqui, em cima desta mesa, antes que você começasse a me tocar. Tomei o cuidado de verificar se a objetiva estava dirigida para a cama.

Ela mostrou um DVD e a seguir o introduziu no aparelho. Depois virou a poltrona e se instalou de modo a poder ver a tela da tevê. Acendeu mais um cigarro e acionou o controle remoto. O advogado Bjurman viu-se abrindo a porta a Lisbeth Salander. *Não sabe ler as horas?*, ele perguntava, irritado.

Ela passou o DVD inteiro. O filme tinha noventa minutos de duração e terminou no meio de uma cena em que o dr. Bjurman, nu e encostado à cabeceira da cama, bebia um copo de vinho enquanto contemplava Lisbeth Salander estendida com as mãos atadas nas costas.

Ela desligou a tevê e continuou sentada na poltrona sem dizer nada por uns dez minutos e sem olhar para ele. Bjurman nem ousava se mexer. Ela se levantou, foi até o banheiro, depois voltou e sentou-se de novo na poltrona. Sua voz era como lixa.

— Cometi um erro na semana passada — disse. — Achei que mais uma vez seria obrigada a te chupar, o que é absolutamente nojento, mas não ultrapassa demais minhas capacidades. Achei que fosse obter, de modo muito tranqüilo, provas inquestionáveis, evidentes, de como você é um canalha perverso e imundo. Eu o subestimei. Não percebi o quanto você é um sujeito podre e doente. Vou ser bem clara — ela continuou. — Esse filme mostra você estuprando uma jovem de vinte e quatro anos, retardada mental, da qual você é o tutor responsável. Com certeza você nem imagina o quanto posso ser retardada mental quando é necessário. Qualquer um que vir esse DVD vai entender que você não só é um lixo mas também um sádico louco furioso. Um filme bem instrutivo, não acha? Eu diria que você, e não eu, é que seria internado. Concorda comigo?

Esperou. Ele não reagiu, mas ela viu que ele tremia. Pegou o chicote e desferiu um golpe seco nos órgãos sexuais dele.

— Concorda comigo? — repetiu com voz mais forte.

Ele assentiu com a cabeça.

— Ótimo. Assim estamos nos entendendo.

Ela puxou a poltrona e sentou-se de modo a poder olhá-lo bem nos olhos.

— Bem, o que você e eu poderíamos fazer para remediar essa situação?

— Ele não podia responder. — Não tem algumas idéias? — Como ele não reagisse, ela esticou a mão, pegou seus testículos e puxou até o rosto de Bjurman se contorcer de dor. — Tem ou não tem algumas boas idéias? — repetiu.

Ele balançou negativamente a cabeça.

— Melhor assim. Porque, se por acaso vier a ter alguma idéia no futuro, eu ficarei muito zangada com você.

Jogou o corpo para trás e acendeu outro cigarro.

— Então eu vou te contar, *eu*, o que vai acontecer. Na semana que vem, assim que você conseguir expulsar esse brinquedinho de borracha do seu cu, você vai dar instruções ao meu banco de que somente eu — *e mais ninguém* — terá acesso à minha conta daqui pra frente. Entende o que estou dizendo?

O advogado Bjurman concordou com a cabeça.

— Perfeito. Você não entrará mais em contato comigo. No futuro só nos veremos se eu tiver vontade. Que fique bem claro que você está proibido de me visitar.

Ele concordou com a cabeça várias vezes e deu um suspiro. *Ela não tem a intenção de me matar.*

— Se tentar entrar em contato comigo, cópias desse DVD vão chegar a todas as redações dos jornais de Estocolmo. Está entendendo?

Ele assentiu com a cabeça várias vezes. *Preciso pôr as mãos nesse filme.*

— Uma vez por ano, enviará o relatório sobre o meu estado à comissão de tutelas. Escreverá que levo uma existência perfeitamente normal, que tenho um trabalho fixo, que ajo de maneira conveniente e que você não vê nada de anormal no meu comportamento. Certo?

Ele fez que sim com a cabeça.

— Todo mês você escreverá um relatório fictício sobre os nossos encontros. Contará em detalhe o quanto sou confiável e o quanto estou progredindo. Enviará uma cópia para mim, certo?

Ele balançou de novo a cabeça. De passagem, Lisbeth Salander notou gotas de suor surgindo em sua testa.

— Dentro de um ano ou dois, iniciará conversações com o juiz para obter a revogação da minha tutela, usando para isso os relatórios fictícios dos nossos encontros mensais. Encontrará um psicólogo que prestará juramento de que sou absolutamente normal. Você se esforçará nesse sentido. Fará exatamente tudo que estiver ao seu alcance para que eu seja declarada emancipada.

Ele assentiu com a cabeça.

— E sabe por que fará o melhor possível? Porque tem uma razão fodida para você agir assim. Se não fizer o melhor possível, mostro esse filminho pra todo mundo.

Ele escutava cada sílaba pronunciada por Lisbeth Salander. Um brilho súbito de ódio passou por seus olhos. Disse a si mesmo que ela cometia um erro em deixá-lo viver. *Vai pagar caro, sua puta suja. Cedo ou tarde, vou te esmagar.* Mas continuou balançando a cabeça com entusiasmo a cada pergunta.

— O mesmo vale se tentar entrar em contato comigo. — E passou a mão pelo pescoço num gesto de degola. — Adeus, belo apartamento; adeus, trabalho; adeus, seus milhões em contas do exterior.

Os olhos de Bjurman se arregalaram ao ouvi-la mencionar o dinheiro. *Merda, como ela sabe disso?...*

Ela sorriu, deu uma tragada no cigarro, depois o jogou no carpete e o esmagou com o calcanhar.

— Você me dará cópias das suas chaves daqui e do escritório.

Bjurman franziu as sobrancelhas. Ela se inclinou com um sorriso hipócrita.

— Daqui em diante eu controlarei a sua vida. Quando menos esperar, talvez quando estiver dormindo, vou entrar de repente aqui no seu quarto com isto nas mãos. — Mostrou o bastão elétrico. — Vou vigiar você. — Se alguma vez eu te encontrar com uma mulher — e pouco importa que ela esteja aqui de livre e espontânea vontade ou não —, se alguma vez eu te encontrar com uma mulher, qualquer que seja...

E Lisbeth passou novamente os dedos pelo pescoço.

— Se eu morrer... se eu sofrer um acidente, for atropelada, seja lá o que for... cópias desse filme serão enviadas aos jornais. Junto com uma história detalhada onde eu conto como é ter você como tutor. Outra coisa. — E ela se inclinou para a frente, para que seu rosto ficasse a poucos centímetros do dele. — Se me tocar outra vez, eu te mato. Pode ter certeza.

O dr. Bjurman acreditou nessas palavras. Não havia lugar para blefe nos olhos dela.

— Lembre-se de que eu sou maluca.

Ele assentiu com a cabeça.

Então ela o fitou com um olhar circunspecto.

— Não acho que vamos ser bons amigos, eu e você — disse Lisbeth Salander com voz grave. — Você deve estar todo alegre de eu ser suficientemente idiota para te deixar viver. Embora seja meu prisioneiro, acha que está no controle porque imagina que a única coisa que eu posso fazer, se não te matar, é te soltar. Então tem a esperança de recuperar em breve seu poder sobre mim, não é mesmo?

Ele balançou negativamente a cabeça, tomado de súbito por um mau pressentimento.

— Vou te presentear com uma coisa para você se lembrar sempre do nosso acordo.

Sorriu com o canto dos lábios, subiu em cima da cama e se ajoelhou entre as pernas dele. O advogado Bjurman não entendeu o que ela quis dizer, mas ficou aterrorizado.

Depois viu a agulha na mão dela.

Moveu violentamente a cabeça e tentou se virar, mas ela apoiou o joelho sobre seu escroto como advertência.

— Não se mexa. É a primeira vez que utilizo esses instrumentos.

Ela trabalhou concentradamente durante duas horas. Quando terminou, ele não emitia mais som algum. Parecia estar num estado próximo ao da apatia.

Ela desceu da cama, abaixou a cabeça e examinou sua obra com olhar crítico. Seus talentos artísticos eram limitados. As letras, irregulares, lembravam um desenho impressionista. Ela utilizara o vermelho e o azul para tatuar a mensagem, escrita com letras maiúsculas e em cinco linhas que cobriam todo o ventre dele, desde os mamilos até o púbis: SOU UM PORCO SÁDICO, UM CANALHA ESTUPRADOR.

Recolheu as agulhas e guardou as bisnagas de cor na mochila. Depois foi lavar as mãos no banheiro. Sentia-se consideravelmente melhor ao voltar para o quarto.

— Boa noite — disse.

Antes de partir, abriu uma das algemas e pôs a chave sobre o ventre de Bjurman. Ao sair, levou o DVD e o molho de chaves de Bjurman.

Foi no momento em que compartilhavam um cigarro, pouco depois da meia-noite, que Mikael contou que eles não iam poder se ver durante algum tempo. Cecilia virou-se para ele espantada.

— O que está querendo dizer? — perguntou.

Ele pareceu envergonhado.

— Segunda-feira que vem vou cumprir minha pena de três meses na prisão.

Mais explicações eram desnecessárias. Cecilia permaneceu um longo tempo silenciosa. Estava prestes a chorar.

Dragan Armanskij já tinha perdido as esperanças, quando Lisbeth Salander o procurou na segunda-feira à tarde. Não a via desde que a investigação do caso Wennerström fora cancelada no começo de janeiro, e toda vez que tentou chamá-la, ou ela não respondera ou telefonara de volta dizendo que estava ocupada.

— Tem algum trabalho para mim? — ela perguntou sem perder tempo com saudações inúteis.

— Olá! Quem bom te ver. Achei que estava morta ou algo do gênero.

— Eu tinha umas duas ou três coisinhas para resolver.

— Você sempre tem umas coisinhas para resolver.

— Era urgente. Mas estou de volta. Tem algum trabalho para mim?

Armanskij negou com a cabeça.

— Sinto muito. No momento, não.

Lisbeth Salander o contemplou com um olhar tranqüilo. Depois de alguns segundos, ele continuou.

— Lisbeth, você sabe que eu a quero bem e que sempre que posso lhe ofereço trabalho. Mas você desapareceu por dois meses, quando eu estava com um monte de solicitações de trabalho. É simples, não se pode contar com você. Fui obrigado a recorrer a outras pessoas para cobrir a sua ausência, e no momento não tenho nada.

— Aumente o volume.

— Quê?

— Do rádio.

... a revista Millenium. *O anúncio de que o veterano da indústria Henrik Vanger tornou-se co-proprietário da* Millenium *e de que fará parte do conselho administrativo da revista chega no mesmo dia em que o ex-editor responsável da publicação, Mikael Blomkvist, começa a cumprir três meses de prisão por difamação con-*

tra o financista Hans-Erik Wennerström. Erika Berger, diretora da Millenium, *explicou na coletiva de imprensa que Mikael Blomkvist reassumirá o cargo de editor-chefe assim que deixar a prisão.*

— Qual é? — disse Lisbeth Salander em voz tão baixa que Armanskij nem ouviu, apenas notou os lábios dela se mexendo. Ela se levantou de repente e foi saindo.

— Espere. Aonde você vai?

— Para a minha casa. Tenho duas ou três coisas para verificar. Me chame quando tiver alguma coisa para mim.

A notícia de que a *Millennium* recebera o reforço de Henrik Vanger era um acontecimento bem mais importante do que Lisbeth Salander imaginara. A *Aftonbladet* já havia publicado na internet um longo comunicado da agência de notícias TT, fazendo um balanço da carreira de Henrik Vanger e constatando que era a primeira vez em mais de vinte anos que o velho magnata da indústria aparecia em público. O anúncio de que investia seu capital na *Millennium* era tão inimaginável quanto ver de repente os velhos conservadores Peter Wallenberg ou Erik Penser virarem a casaca para se associar à *ETC* ou para patrocinar a revista *Ordfront*.

O acontecimento era tão incomum que a edição das sete e meia de *Rapport*, na tevê, transformou-o num dos principais assuntos, dedicando-lhe três minutos. Erika Berger era entrevistada por jornalistas na redação da *Millennium*. De uma hora para outra, o caso Wennerström voltava às manchetes.

— No ano passado cometemos um erro grave, que resultou na condenação da revista por difamação. Evidentemente é uma coisa que lamentamos... e temos a intenção de retomar esse caso num momento propício.

— O que você quer dizer com retomar o caso? — perguntou um repórter.

— Quero dizer que vamos contar a nossa versão dos fatos, o que não fizemos até agora.

— Mas poderiam ter feito durante o processo.

— Preferimos não fazer. Mas é claro que vamos manter nossa linha editorial crítica.

— Significa que continuam sustentando a versão pela qual foram condenados?

— Não tenho comentários a fazer sobre isso.

— A senhora demitiu Mikael Blomkvist após o julgamento.

— Está completamente enganado. Leia o nosso comunicado de imprensa. Ele precisava de uma pausa e de um descanso merecido. Ainda este ano reassumirá a publicação.

A câmera fez uma panorâmica da redação, enquanto o repórter enumerava alguns dados sobre a agitada história da *Millennium*, revista conhecida por sua independência e por suas críticas contundentes. Mikael Blomkvist não pôde ser ouvido. Acabava de ser preso no centro de detenção de Rullaker, situado à beira de um pequeno lago, em plena floresta, a uma dezena de quilômetros de Östersund, no Jämtland.

Lisbeth Salander viu Dirch Frode aparecer de repente, pela fresta de uma porta da redação, ao fundo da imagem televisionada. Ela franziu o cenho e mordeu pensativamente o lábio inferior.

A segunda-feira fora pobre em acontecimentos e Henrik Vanger pôde dispor de quatro minutos no noticiário das nove. Foi entrevistado num estúdio da tevê local em Hedestad. O repórter começou observando que, *após duas décadas de silêncio, o mítico industrial Henrik Vanger voltou às luzes da ribalta*. Na introdução, a reportagem apresentava um pouco da vida de Henrik Vanger mostrando imagens antigas de tevê, em preto-e-branco, nas quais ele era visto na companhia do primeiro-ministro Tage Erlander inaugurando fábricas nos anos 1960. A seguir a câmera mostrou um sofá no estúdio de gravação, onde Henrik Vanger aparecia tranqüilamente instalado, de pernas cruzadas. Vestia camisa amarela, uma gravata verde fina e casaco esporte marrom. Não escapava a ninguém que estava descarnado e envelhecido, mas se expressava com uma voz sonora e firme. E com franqueza. O repórter começou perguntando o que o levara a se associar à *Millennium*.

— A *Millennium* é uma boa publicação que venho acompanhando com interesse há vários anos. Hoje ela está sofrendo alguns ataques. Tem inimigos poderosos que organizam um boicote de anunciantes com o objetivo de torpedeá-la.

O repórter, com certeza, não estava preparado para uma resposta como essa, mas percebeu de imediato que a história, já bastante interessante em si mesma, ganhava dimensões inesperadas.

— O que há por trás desse boicote?

— É uma das coisas que a *Millennium* vai verificar minuciosamente. Mas aproveito para declarar que a revista não pretende se deixar afundar ao primeiro tiro.

— É por essa razão que entrou como sócio?

— A liberdade de expressão sofreria um duro golpe se interesses particulares tivessem o poder de reduzir ao silêncio vozes que os incomodam na mídia.

Henrik Vanger agia como se tivesse passado a vida toda defendendo radicalmente a liberdade de expressão. Mikael Blomkvist começou a rir de repente na sala de televisão do centro de detenção de Rullaker, que ele inaugurava naquela noite. Seus colegas de prisão lançaram-lhe olhares inquietos.

Mais tarde, deitado em sua cela que lembrava um quarto de motel, com uma pequena mesa, uma cadeira e uma prateleira fixa à parede, ele foi obrigado a admitir que Henrik e Erika estavam certos sobre a maneira de lançar essa informação no mercado. Sem ter falado com ninguém, ele sabia que alguma coisa havia mudado na atitude com relação à *Millennium*.

A aparição de Henrik Vanger era nada mais nada menos que uma declaração de guerra a Hans-Erik Wennerström. A mensagem, muito clara — daqui em diante você não vai mais lutar contra uma revista com seis funcionários e um orçamento anual equivalente a um jantar de negócios do grupo Wennerström. Vai enfrentar também as empresas Vanger, que certamente são apenas a sombra de sua grandeza de outrora, mas que ainda assim representam um desafio bem mais árduo. Agora Wennerström podia escolher: ou se retirava do conflito ou encarava a tarefa de reduzir também a migalhas as empresas Vanger.

Henrik Vanger acabava de anunciar na tevê que estava disposto a lutar. Talvez não tivesse nenhuma chance contra Wennerström, mas a guerra ia custar caro.

Erika escolhera cuidadosamente as palavras. Na verdade não dissera grande coisa, mas sua afirmação de que a revista ainda não "apresentara sua versão dos fatos" fazia supor que havia uma versão a dar. Embora Mikael tivesse sido julgado e no momento estivesse preso, ela não se constrangera em dizer — sem dizer — que na realidade ele era inocente e que existia uma outra verdade.

Mesmo sem usar a palavra "inocência", tornou a inocência dele ainda mais tangível. O anúncio de que ele reassumiria o cargo de responsável pela publicação sublinhava que a *Millennium* não tinha do que se censurar. Aos olhos do grande público, a verdade não era um problema — todo mundo adora a teoria do complô e, entre um homem de negócios cheio de ases na manga e uma bonita diretora de revista, não era difícil adivinhar para que lado tenderiam as simpatias. A mídia decerto não endossaria facilmente a história, mas Erika desarmara alguns críticos que agora não ousariam levantar a cabeça.

Nenhum dos acontecimentos do dia alterou fundamentalmente a situação, mas eles conseguiram ganhar tempo e modificar um pouco o equilíbrio de forças. Mikael imaginou que Wennerström passara uma noite desagradável. Wennerström não tinha como saber em que medida — em que pequeníssima medida — eles sabiam de alguma coisa, e, antes de mover seu próximo peão, seria obrigado a descobrir o que eles sabiam de fato.

Com expressão séria, Erika desligou a tevê e o videocassete depois de assistir primeiro a suas próprias declarações e depois à gravação da entrevista de Henrik Vanger. Olhou o relógio, quinze para as três da manhã, e conteve o impulso de ligar para Mikael. Ele estava preso e era pouco provável que estivesse com seu celular na cela. Ela chegara tão tarde em casa, em Saltsjöbaden, que seu marido já estava dormindo. Levantou e se serviu de uma dose de uísque Aberlour — ingeria álcool só uma ou duas vezes por ano —, sentou-se diante da janela e contemplou o mar e o farol na entrada do estreito de Skurusund.

Mikael e ela haviam trocado palavras ásperas quando se viram sozinhos depois do acordo que ela fizera com Henrik Vanger. Ao longo dos anos, eles discutiram muitas vezes sobre a orientação a dar a um texto, o visual da revista, a avaliação da credibilidade das fontes e várias outras coisas relacionadas à produção de um periódico. Mas a discussão na casa dos convidados de Henrik fora sobre princípios, e ela sabia estar pisando num terreno incerto.

— Não sei o que vou fazer agora — dissera Mikael. — Henrik Vanger me contratou para escrever sua biografia. Até agora fui livre para me levantar e ir embora no momento em que ele tentasse me forçar a escrever algo que não fosse a verdade ou procurasse me convencer a orientar a história para um lado ou outro. Agora ele é um dos proprietários da nossa revista, e mais: o único com recursos financeiros para salvá-la. Com isso me vejo de repente servindo a dois senhores, numa posição que a comissão de ética profissional não apreciaria nada.

— Tem uma idéia melhor a propor? — perguntou Erika. — Se tem, o momento de dizer é agora, antes de seguirmos adiante e assinarmos o acordo.

— Ricky, Vanger está nos usando numa espécie de vendeta particular contra Hans-Erik Wennerström.

— E daí? Também não estamos numa vendeta particular contra Wennerström?

Mikael evitou olhar para ela e acendeu um cigarro com um gesto irritado. A discussão prosseguiu por um bom tempo, até Erika entrar no quarto de Mikael, despir-se e se deitar na cama. Ela fingiu que dormia quando, duas horas depois, Mikael foi se encolher ao lado dela.

Naquela noite, um repórter do *Dagens Nyheter* lhe fizera a mesma pergunta:

— Até que ponto, agora, a *Millennium* poderá manter sua credibilidade e afirmar sua independência?

— Como assim?

O repórter ergueu as sobrancelhas. Ele achou sua pergunta suficientemente clara, mas ainda assim explicou-a.

— A missão da *Millennium* é, entre outras coisas, avaliar se as empresas estão se conduzindo bem. Como é que a revista vai poder, agora, garantir que está mesmo de olho na boa conduta das empresas Vanger?

Erika o encarou com ar estupefato, como se a pergunta fosse totalmente inesperada.

— Você está insinuando que a credibilidade da *Millennium* pode diminuir porque um empresário conhecido e de recursos entrou em cena?

— Sim, me parece bastante evidente que vocês perderão a credibilidade como observadores das empresas Vanger.

— E essa regra se aplica somente à *Millennium*?

— Desculpe, não entendi.

— O que eu quero dizer é que você trabalha para um jornal que está totalmente nas mãos dos grandes interesses econômicos. Por acaso isso significa que nenhum dos jornais pertencentes ao grupo Bonniers é digno de crédito? A *Aftonbladet* pertence a uma grande empresa norueguesa que, por sua vez, tem grande influência na área da informática e da comunicação. Por acaso isso significa que as análises da indústria eletrônica feitas pela *Aftonbladet* não têm credibilidade? O *Metro* pertence ao grupo Stenbeck. Está querendo dizer que nenhum jornal sueco sustentado por grandes interesses econômicos é digno de crédito?

— Não, claro que não.

— Nesse caso, por que está insinuando que a *Millennium* perderia credibilidade por contarmos também com o apoio de financistas?

O repórter desculpou-se.

— Está bem, retiro a pergunta.

— Não, não retire. Quero que você reproduza exatamente o que acabo de dizer. E pode acrescentar que, se o *Dagens Nyheter* decidir se concentrar mais particularmente nas empresas Vanger, nós também vamos nos concentrar um pouco mais no grupo Bonniers.

Apesar de tudo, havia, de fato, um dilema ético.

Mikael trabalhava para Henrik Vanger, que, por sua vez, se achava numa posição em que podia, numa canetada, afundar a *Millennium*. O que aconteceria se Mikael e Henrik Vanger se indispusessem por qualquer razão?

E mais: que preço ela fixava para sua própria credibilidade e em que momento passaria de diretora independente a diretora corrupta? Ela não gostava nem das perguntas nem das respostas.

Lisbeth Salander desconectou-se da internet e fechou seu Powerbook. Estava sem trabalho e com fome. A primeira coisa não a perturbava diretamente desde que retomara o controle de sua conta bancária e que o dr. Bjurman adquirira o caráter de um vago estorvo do passado. A fome ela remediou indo até a cozinha e ligando a cafeteira. Preparou três grossos sanduíches com queijo, atum e ovo cozido, sua primeira refeição depois de muitas horas. Devorou os sanduíches noturnos encolhida no sofá da sala e ao mesmo tempo concentrada na informação que acabava de obter.

Dirch Frode, de Hedestad, a contratara para investigar Mikael Blomkvist, condenado à prisão por difamar o financista Hans-Erik Wennerström. Poucos meses depois, Henrik Vanger, também de Hedestad, entra no conselho administrativo da *Millennium* e afirma haver uma conspiração destinada a afundar a revista. Tudo isso no mesmo dia em que Mikael Blomkvist começa a cumprir sua pena. O mais fascinante: um pequeno artigo publicado dois anos antes — "Com as duas mãos vazias" — sobre Hans-Erik Wennerström, que ela descobriu na edição *on-line* do *Finansmagasinet Monopol*. O artigo dizia que ele começara sua ascensão no mundo das finanças justamente nas empresas Vanger, no final dos anos 1960.

Não era preciso ser nenhum gênio para concluir que os acontecimentos estavam de alguma forma interligados. Havia um segredo no negócio, e Lisbeth Salander adorava desvendar segredos. Ainda mais quando não tinha outra coisa para fazer.

III. FUSÕES
16 DE MAIO A 14 DE JULHO

Na Suécia, 13% das mulheres foram vítimas de violências sexuais cometidas fora de uma relação sexual.

15. SEXTA-FEIRA 16 DE MAIO — SÁBADO 31 DE MAIO

Mikael Blomkvist deixou o centro de detenção de Rullaker na sexta-feira 16 de maio, dois meses depois de ter sido preso. No mesmo dia em que se apresentou na prisão, ele havia entrado, sem muitas expectativas, com um pedido de redução da pena. Nunca soube dos segredos administrativos de sua libertação, mas imaginou um relatório mencionando que ele não utilizara as licenças de fim de semana e que o centro de detenção abrigava quarenta e duas pessoas, quando o número máximo de vagas era trinta e um. O fato é que o diretor da prisão — um ex-exilado polonês de quarenta anos chamado Peter Sarowski com quem Mikael se entendeu muito bem — assinou uma recomendação de redução da pena.

O período passado em Rullaker foi calmo e agradável. O estabelecimento, como dizia o próprio Sarowski, era uma prisão para vadios e motoristas embriagados, e não para criminosos de verdade. As rotinas diárias lembravam o funcionamento de um albergue da juventude. Os quarenta e um companheiros de Mikael, metade dos quais imigrantes da segunda geração, viam-no como uma espécie de ave exótica — e com toda a razão. Ele era o único prisioneiro de quem falavam na tevê, o que lhe conferiu alguma importância, embora nenhum deles o considerasse um criminoso de peso.

Tampouco a direção do estabelecimento. Desde o primeiro dia, Mikael foi chamado para algumas conversas; propuseram-lhe diferentes atividades, cursos de treinamento ou possibilidades de outros estudos, bem como uma orientação profissional. Mikael respondeu que não precisava de inserção social, que concluíra os estudos havia muitos anos e que já tinha um emprego. Em contrapartida, pediu autorização para conservar seu notebook na cela, a fim de continuar trabalhando no livro que estava sendo pago para escrever. O pedido foi aceito imediatamente e Sarowski ofereceu-lhe até mesmo um armário com cadeado para que ele pudesse deixar o computador na cela sem o risco de roubo ou vandalismos. Mas era mínimo o risco de um dos detentos querer se divertir com esse tipo de coisa — ao contrário, eles estendiam uma mão protetora sobre Mikael.

Foi o que lhe permitiu passar dois meses relativamente agradáveis, trabalhando cerca de seis horas por dia na crônica da família Vanger, com interrupções para algumas horas de trabalho ou de recreação. Mikael e dois colegas, um proveniente de Skövde e o outro com raízes no Chile, tinham como tarefa limpar diariamente o ginásio do centro de detenção. Recreação significava ver tevê, jogar cartas ou fazer musculação. Mikael descobriu que não se saía tão mal no pôquer, mas todos os dias costumava perder algumas moedas de cinqüenta centavos. O regulamento autorizava o jogo desde que a bolada não ultrapassasse cinco coroas.

O anúncio de sua libertação foi comunicado na véspera; Sarowski o convocou à sua sala para um brinde com aquavita. À noite, Mikael juntou suas roupas e seus cadernos.

Uma vez libertado, Mikael foi diretamente para sua casa em Hedeby. Ao cruzar a ponte, ouviu um miado e andou os últimos metros acompanhado pelo gato ruivo, que lhe dava boas-vindas esfregando-se em suas pernas.

— Certo, entre — disse. — Mas não tive tempo de comprar leite.

Desfez a mala. Tinha a impressão de estar voltando de férias e se deu conta de que a companhia de Sarowski e dos outros detentos lhe fazia falta. Podia parecer estranho, mas a temporada em Rullaker fora agradável. E a libertação ocorrera de forma tão inesperada que não havia avisado ninguém.

Eram pouco mais de seis da tarde. Correu até o supermercado para comprar produtos básicos, antes que fechasse. Na volta, ligou para Erika no celular, mas só ouviu a voz da secretária eletrônica informando que no momento ela não estava disponível. Deixou um recado propondo que se falassem no dia seguinte.

Depois foi visitar Henrik Vanger. O próprio Henrik abriu a porta e ficou estupefato ao vê-lo.

— Você fugiu? — exclamou o velho.

— Liberdade antecipada, coisa absolutamente legal.

— Ah, mas que surpresa boa!

— Para mim também. Fiquei sabendo ontem.

Olharam-se durante alguns segundos. Então o velho surpreendeu Mikael enlaçando-o e estreitando-o com força nos braços.

— Eu estava me preparando para jantar. Não quer me fazer companhia?

Anna serviu omelete com toicinho e salada verde. Ficaram na sala de jantar por cerca de duas horas. Mikael contou até onde chegara na crônica familiar e indicou os pontos onde havia lacunas e falta de informação. Não falaram de Harriet Vanger, mas estenderam-se demoradamente sobre a *Millennium*.

— Fizemos três reuniões do conselho administrativo. A senhorita Berger e seu sócio Christer Malm tiveram a delicadeza de realizar duas reuniões aqui, e Dirch representou-me numa reunião em Estocolmo. É muito cansativo para mim deslocar-me para tão longe, confesso que gostaria de ter alguns anos a menos. Mas tentarei ir até lá no próximo verão.

— Eles podem fazer as reuniões aqui sem problema — disse Mikael. — E o que está achando de ser sócio da revista?

Henrik Vanger fingiu um sorriso.

— É uma das coisas mais divertidas que me aconteceram em muitos anos, você sabe. Examinei as finanças e a coisa não está tão mal. Não precisarei investir tanto dinheiro quanto eu pensava. A lacuna entre receitas e despesas está diminuindo.

— Falei com Erika por telefone na semana passada. Pelo que entendi, a publicidade voltou a crescer.

Henrik concordou com a cabeça.

— A tendência está se invertendo, mas levará algum tempo. No início, foram empresas do grupo Vanger que compraram páginas. Mas dois ex-clientes, uma operadora de telefonia e uma agência de viagens, já estão de volta. — Ele deu um sorriso largo. — Também fizemos uma campanha mais personalizada junto aos velhos inimigos de Wennerström. E a lista é comprida, acredite.

— Tem notícias de Wennerström?

— Não, não exatamente. Mas espalhamos a informação de que Wennerström está organizando um boicote contra a *Millennium*. E as pessoas estão começando a achá-lo mesquinho. Parece que um jornalista do *Dagens Nyheter* tocou nessa questão e levou uma descompostura.

— Você se diverte com isso.

— Não é a palavra exata. É o que eu deveria ter feito vários anos atrás.

— Mas o que há entre você e Wennerström?

— Não se apresse. Saberá isso no fim do ano.

O ar transmitia uma agradável sensação de primavera. Quando Mikael deixou Henrik por volta das nove, já era noite. Hesitou um instante, depois foi bater à porta de Cecilia Vanger.

Não tinha certeza de que a encontraria. Cecilia arregalou os olhos e imediatamente pareceu incomodada, mas o convidou a entrar no vestíbulo. Ambos estavam embaraçados. Ela também perguntou se ele fugira e ele explicou o que houve.

— Queria só lhe dar um alô. Estou atrapalhando?

Cecilia evitou o olhar dele. Mikael logo percebeu que ela não estava particularmente feliz em vê-lo.

— Não... não, entre. Quer um café?

— Seria ótimo.

Acompanhou-a até a cozinha. Ela virou-lhe as costas enquanto punha água na cafeteira. Mikael aproximou-se e pôs a mão em seu ombro. Ela ficou dura.

— Cecilia, eu diria que você não está com nenhuma vontade de me oferecer um café.

— Eu te esperava daqui a um mês — disse ela. — Você me pegou desprevenida.

Ele a sentia pouco à vontade. Girou o corpo dela para olhá-la nos olhos.

Ficaram calados por um breve instante. Ela continuava recusando-se a olhar para ele.

— Cecilia, esqueça o café. O que está havendo?

Ela balançou a cabeça e respirou fundo.

— Mikael, quero que vá embora. Não pergunte nada. Simplesmente vá embora.

Mikael voltou para casa, mas ficou indeciso diante da cerca do jardim. Em vez de entrar, foi até a beira da água ao lado da ponte e sentou-se numa pedra. Acendeu um cigarro, perguntando-se o que podia ter modificado tão radicalmente a atitude de Cecilia Vanger com relação a ele.

Nesse momento, ouviu o ruído de um motor e avistou um barco grande, branco, entrando no canal sob a ponte. Quando o barco passou à sua frente, Mikael viu que quem o manobrava era Martin Vanger, com o olhar atento para evitar eventuais baixios. Tratava-se de um iate de cruzeiro de doze metros — um mastodonte impressionante. Mikael levantou-se e seguiu o caminho que costeava a praia. Viu então que muitos barcos já haviam sido postos na água, amarrados em diferentes poitas, tanto barcos a motor quanto veleiros, especialmente vários Pettersson e um IF que se pôs a oscilar após a passagem do iate. Havia também barcos maiores e mais caros, entre os quais um Hallberg-Rassy. A boa estação estava de volta e Mikael pôde fazer uma idéia dos recursos financeiros dos aficionados náuticos de Hedeby — Martin Vanger possuía indiscutivelmente o barco maior e mais caro do lugar.

Deteve-se abaixo da casa de Cecilia e espiou as janelas iluminadas no andar de cima. Depois voltou para fazer um café em casa. Examinou sua saleta de trabalho enquanto esperava o café ficar pronto.

Antes de se apresentar na prisão, devolvera a maior parte dos arquivos de Henrik Vanger sobre Harriet. Julgou prudente não deixar toda a documentação numa casa desocupada durante um período tão longo. Agora as prateleiras pareciam vazias. Tudo o que lhe restava do inquérito eram cinco cadernos de anotações de Henrik que ele levara para Rullaker e que neste momento já conhecia de cor. E, como constatou naquele momento, um álbum de fotografias que esquecera na prateleira de cima.

Pegou o álbum e voltou para a cozinha. Serviu-se de café, sentou e começou a folheá-lo.

Eram fotos tiradas no dia do desaparecimento de Harriet. A primeira era a última foto de Harriet, no desfile da Festa das Crianças em Hedestad. Seguiam-se cento e oitenta fotos, muito nítidas, do acidente do caminhão-tanque na ponte. Foto por foto, ele já examinara o álbum com lupa, várias vezes. Agora o folheava distraidamente; sabia que não encontraria nada que representasse um avanço. De repente sentiu-se farto do enigma Harriet Vanger e fechou o álbum com um golpe seco.

Irritado, aproximou-se da janela da cozinha e olhou a escuridão lá fora.

Depois tornou a olhar para o álbum de fotos. Não conseguiu explicar a sensação, mas um pensamento fugaz de repente se apresentou, como se reagisse a algo que acabara de ver. Como se um ser invisível lhe soprasse suavemente no ouvido, e os cabelos em sua nuca se eriçaram de leve.

Sentou-se de novo e tornou a abrir o álbum. Percorreu, uma por uma, todas as fotos da ponte. Contemplou um Henrik Vanger mais jovem manchado de óleo e um jovem Harald Vanger, esse homem que ele ainda não vira. A amurada destruída da ponte, as construções, as janelas e os veículos que se viam nas imagens. Não teve nenhuma dificuldade em identificar Cecilia Vanger, com vinte anos, no meio dos espectadores. Usava um vestido claro e um casaco escuro, e aparecia em cerca de vinte fotos.

Sentiu uma brusca excitação. Ao longo dos anos, Mikael aprendera a confiar em seus instintos. Ele reagira a alguma coisa no álbum, mas não conseguia saber exatamente a quê.

Por volta das onze da noite, continuava sentado na mesa da cozinha examinando as fotos, quando ouviu a porta da frente ser aberta.

— Posso entrar? — perguntou Cecilia Vanger.

Sem esperar a resposta, sentou-se diante dele do outro lado da mesa. Mikael teve um estranho sentimento de *déjà-vu*. Ela usava um vestido claro, apertado na cintura, e um casaco cinza-azulado, roupas quase idênticas às que trazia nas fotos de 1966.

— O problema é você — ela disse.

Mikael levantou as sobrancelhas.

— Sinto muito, mas me pegou de surpresa esta noite quando bateu na minha porta. Agora estou tão agitada que não consigo dormir.

— Por que agitada?

— Você não percebe?

Ele fez que não com a cabeça.

— Se eu disser, promete que não vai rir de mim?

— Prometo.

— Quando eu o seduzi no inverno, não refleti, apenas cedi aos meus impulsos. Queria me divertir, nada mais. Na primeira noite eu estava bastante bêbada e não tinha a menor intenção de iniciar algo duradouro com você. Depois virou outra coisa. Quero que saiba que as semanas em que foi meu amante ocasional foram as mais agradáveis de toda a minha vida.

— Eu também achei muito bom.

— Mikael, eu menti para você e para mim o tempo todo. Nunca fui especialmente atirada em matéria de sexo. Se tive cinco ou seis parceiros em toda a minha vida, foi muito. A primeira vez, eu tinha vinte e um anos. Depois veio meu marido, que conheci quando tinha vinte e cinco e que se revelou um canalha. A seguir, mais três homens que conheci com alguns anos de intervalo. Mas você... você fez brotar não sei o que em mim. Nunca me canso. Certamente porque com você não há a menor exigência.

— Cecilia, você não é obrigada...

— Psiu... não me interrompa. Senão nunca vou conseguir dizer o que tenho a dizer.

Mikael ficou em silêncio.

— No dia em que você partiu para a prisão, me senti terrivelmente infeliz. De repente você não estava mais aqui, como se nunca tivesse existido. Não havia mais luz na casa dos convidados. E a minha cama ficou fria e vazia. De uma hora para a outra voltei a ser uma velha de cinqüenta e seis anos.

Calou-se um instante e olhou Mikael bem nos olhos.

— Apaixonei-me por você neste inverno. Sem querer, apenas aconteceu. E então me dei conta de que você estava aqui apenas temporariamente e que um dia iria partir de vez, enquanto eu iria continuar aqui o resto da vida. Isso me fez tanto mal, me doeu tanto, que decidi não deixar você entrar quando voltasse da prisão.

— Sinto muito.

— Não é culpa sua.

Ficaram calados durante um momento.

— Quando você foi embora hoje à noite, eu chorei. Queria uma chance de voltar à vida. Então pensei numa coisa.

— No quê?

— Que eu seria totalmente doida se deixasse de te ver só porque um dia você vai embora. Mikael, será que podemos recomeçar? Será que você pode esquecer o que se passou há pouco?

— Está esquecido — disse Mikael. — E obrigado por ter me contado.

Ela continuou a olhar a mesa.

— Se você me quiser, estou com muita vontade.

Ergueu os olhos e encontrou os dele. Depois levantou-se e dirigiu-se até o quarto. Deixou cair o casaco no chão e foi retirando o vestido pela cabeça enquanto andava.

Mikael e Cecilia foram despertados ao mesmo tempo pelo ruído da porta da frente se abrindo e pelos passos de alguém na cozinha. Ouviram o baque surdo de uma sacola jogada no chão ao lado do aquecedor. Então Erika apareceu à porta do quarto com um sorriso que logo se transformou em susto.

— Ó meu Deus! — Ela deu um passo para trás.

— Oi, Erika — disse Mikael.

— Oi. Desculpe. Peço mil desculpas por ter entrado desse jeito. Eu deveria ter batido antes.

— Deveríamos ter trancado a porta. Erika, esta é Cecilia Vanger. Cecilia, Erika Berger: a diretora da *Millennium*.

— Bom dia — disse Cecilia.

— Bom dia — disse Erika.

Ela parecia não saber se devia se aproximar para apertar educadamente a mão de Cecilia ou se devia apenas ir embora.

— Bem, eu... posso sair e dar uma volta...

— E que tal se antes preparasse um café? — Mikael olhou o despertador em cima da mesa-de-cabeceira. Passava do meio-dia.

Erika fez que sim com a cabeça e voltou a fechar a porta do quarto. Mikael e Cecilia se olharam. Cecilia estava embaraçada. Haviam feito amor e conversado até as quatro da manhã. Depois Cecilia disse que passaria a noite ali e que daí em diante não daria a mínima de mostrar a todo mundo que trepava com Mikael. Ela dormira de costas para o ventre dele, o braço de Mikael envolvendo-lhe o peito.

— Não se preocupe, está tudo bem — disse Mikael. — Erika é casada e não é minha namorada. Nos vemos de vez em quando, e ela não se importa de saber que você e eu temos um caso. E provavelmente está se sentindo bastante envergonhada neste momento.

Na cozinha, Erika preparou um desjejum com café, suco de frutas, geléia de laranja, queijo e pão grelhado. O cheiro era bom. Cecilia dirigiu-se a ela e estendeu-lhe a mão.

— Foi muito rápido há pouco. Bom dia.

— Cecilia, desculpe ter chegado assim, como um elefante — disse Erika realmente chateada.

— Deixe pra lá, esqueça. Vamos ao café.

— Salve — disse Mikael, estreitando Erika nos braços antes de sentar-se. — Como você veio para cá?

— Vim de carro esta manhã, o que você acha? Li sua mensagem às duas da madrugada e tentei ligar.

— Desliguei o celular — disse Mikael, dirigindo um sorriso a Cecilia Vanger.

Depois do café, Erika pediu licença e deixou Mikael e Cecilia a sós, alegando que precisava ir cumprimentar Henrik Vanger. Enquanto Cecilia limpava a mesa, Mikael se aproximou dela por trás e a abraçou.

— E agora, o que vai acontecer? — perguntou Cecilia.

— Nada. Tudo continua do mesmo jeito. Erika é minha melhor amiga. Temos uma ligação esporádica que já dura vinte anos e que espero dure ainda mais vinte. Mas nunca formamos um casal e nunca nos impedimos de ter aventuras pessoais.

— É o que existe entre nós? Uma aventura?

— Não sei o que existe entre nós, mas parece que estamos bem um com o outro.

— Onde ela dormirá esta noite?

— Arranjarão um quarto em algum lugar. Um quarto de hóspedes na casa de Henrik. Ela não vai dormir na minha cama.

Cecilia refletiu um instante.

— Não sei se vou saber lidar com isso. Você e ela talvez funcionem bem assim, mas eu não sei... eu nunca... — Ela balançou a cabeça. — Vou para casa agora. Preciso refletir um pouco.

— Cecilia, você me fez perguntas a esse respeito e eu falei da minha relação com Erika. A existência dela não pode ser uma surpresa para você.

— É verdade. Mas enquanto ela estava a uma distância confortável, lá em Estocolmo, eu podia ignorá-la.

Cecilia vestiu o casaco.

— A situação é cômica. — Ela sorriu. — Venha jantar esta noite. Com Erika. Acho que vou gostar muito dela.

Erika já havia resolvido a questão da hospedagem. Nas vezes em que visitara Henrik Vanger, dormira num dos quartos de hóspedes, e pediu muito singelamente se podia utilizá-lo de novo. Henrik mal conteve o entusiasmo e assegurou que ela era bem-vinda sempre que quisesse vir.

Após essas formalidades, Mikael e Erika atravessaram a ponte e se instalaram no terraço do Café Susanne antes da hora de fechamento.

— Estou superchateada — disse Erika. — Venho aqui para comemorar sua liberdade e o encontro na cama com a mulher fatal da aldeia.

— Desculpe.

— Há quanto tempo você e a senhorita Tetuda... — Erika fez um movimento com o indicador.

— Mais ou menos desde que Henrik se associou a nós.

— Ah, é?

— Como assim ah, é?

— Simples curiosidade.

— Cecilia é uma mulher querida. Gosto dela.

— Não estou criticando. Estou apenas chateada. Uma guloseima ao alcance da mão e sou obrigada a fazer regime. E a prisão, como foi?

— Tipo férias de estudo. E a revista, como vai?

— Melhor. Ainda estamos ziguezagueando no vermelho, mas pela primeira vez em um ano o volume de anúncios aumentou. Continuamos bem abaixo do que tínhamos antes, mas já estamos nos recuperando. Graças a Henrik. E o mais estranho é que as assinaturas também aumentaram.

— É normal, sempre há uma oscilação.

— De algumas centenas a mais ou a menos. Mas tivemos três mil assinantes a mais nos últimos meses. O aumento se mantém constante com duzentos e cinqüenta novos assinantes por semana. Primeiro achei que fosse coincidência, mas novos assinantes continuam afluindo. É o maior aumento de tiragem já obtido por uma revista mensal. Representa mais que as receitas dos anunciantes. Ao mesmo tempo, nossos antigos anunciantes parecem em geral dispostos a renovar.

— Como se explica isso? — perguntou Mikael, confuso.

— Não sei. Nem nós estamos entendendo. Não fizemos campanha publicitária. Christer passou uma semana verificando sistematicamente o perfil desses novos assinantes. Em primeiro lugar, são novos mesmo. Em segundo, setenta por cento são mulheres. Em geral, os assinantes são setenta por cento de homens. Em terceiro, pode-se caracterizar esse tipo de assinante como um assalariado médio dos subúrbios com um trabalho qualificado: professores, pequenos executivos, funcionários públicos.

— A revolta da classe média contra o capitalismo?

— Não sei. Mas se a tendência prosseguir vamos assistir a uma enorme mudança na nossa lista de assinantes. A redação se reuniu há duas semanas e decidimos ir incluindo aos poucos novos temas na revista; quero mais artigos sobre o mundo do trabalho, relacionado a sindicatos como o dos funcionários públicos, por exemplo, e também mais reportagens investigativas, sobre feminismo e outros assuntos do momento.

— Mas cuidado para não mudar demais — disse Mikael. — Se temos novos assinantes, é provavelmente porque gostam do que já existe na revista.

Cecilia Vanger também convidara Henrik Vanger para o jantar, talvez para diminuir o risco de assuntos mais melindrosos. Preparou um assado de carne de veado e serviu vinho tinto para acompanhar. Erika e Henrik monopolizaram grande parte da conversa comentando a recuperação da *Millennium* e os novos assinantes; depois, aos poucos, passou-se a se falar de outras coisas. De repente Erika se voltou para Mikael e perguntou como ia seu trabalho.

— Em aproximadamente um mês, espero terminar um primeiro rascunho completo da crônica familiar, que Henrik já vai poder ler.

— Uma crônica no espírito da família Adams — disse Cecilia sorrindo.

— Ela inclui alguns aspectos históricos — admitiu Mikael.

Cecilia lançou um olhar de soslaio para Henrik Vanger.

— Mikael, na verdade Henrik não está nem um pouco interessado nessa crônica familiar. Ele quer é que você resolva o enigma do desaparecimento de Harriet.

Mikael não disse nada. Desde que começara a se relacionar com Cecilia, falara mais ou menos abertamente com ela acerca de Harriet. Cecilia já entendera que era esse o verdadeiro trabalho dele, embora Mikael nunca tivesse admitido. Por outro lado, ele nunca dissera a Henrik que discutia isso com Cecilia. As grossas sobrancelhas de Henrik se contraíram ligeiramente. Erika se calou.

— Querido tio — disse Cecilia a Henrik —, eu não sou idiota. Não sei exatamente que tipo de acordo você e Mikael fizeram, mas a temporada dele aqui em Hedeby tem a ver com Harriet, não tem?

Henrik assentiu com a cabeça e olhou para Mikael.

— Bem que eu lhe disse que ela era esperta. — Depois virou-se para Erika. — Suponho que Mikael já lhe explicou o que ele faz aqui em Hedeby.

Ela fez que sim com a cabeça.

— E suponho que deve achar essa tarefa insensata. Não, não é obrigada a responder. É realmente uma tarefa absurda e insensata. Mas tenho necessidade de saber.

— Não tenho opinião a respeito — disse Erika, diplomática.

— É óbvio que tem. — Henrik voltou-se para Mikael. — Em breve metade do ano terá passado. Conte. Descobriu algo que ainda não averiguamos?

Mikael evitou o olhar de Henrik. Pensou imediatamente na sensação estranha que tivera na noite anterior, ao folhear o álbum de fotografias. A sensação não o abandonara durante o dia, porém ele não tivera tempo de abrir novamente o álbum. Não sabia se estava imaginando coisas, mas sabia que havia uma idéia no caminho. Estivera a ponto de pensar em algo de decisivo. Por fim levantou os olhos para Henrik e balançou a cabeça.

— Não descobri a menor pista.

O velho o examinou com expressão atenta. Absteve-se de comentar a resposta de Mikael e por fim balançou a cabeça.

— Não sei o que vocês, jovens, pensam disto, mas para mim chegou a hora de me retirar. Obrigado pelo jantar, Cecilia. Boa noite, Erika. Passe para me ver antes de ir embora amanhã.

Depois que Henrik fechou a porta da frente, o silêncio se instalou. Foi Cecilia que o rompeu.

— Mikael, o que isso quer dizer afinal?

— Quer dizer que Henrik Vanger é tão sensível às reações das pessoas como um sismógrafo. Ontem à noite, quando você foi à minha casa, eu estava olhando o álbum de fotos.

— E?

— Eu vi alguma coisa. Não sei o quê, e não consigo pôr o dedo em cima. Alguma coisa que se tornou quase um pensamento, só que me escapou.

— Mas você estava pensando em quê?

— Não sei. Logo depois você chegou e eu... humm... passei a ter coisas mais interessantes na cabeça.

Cecilia corou. Evitou os olhos de Erika e foi até a cozinha a pretexto de fazer um café.

Era um dia quente e ensolarado de maio. A vegetação estava brotando e Mikael surpreendeu-se a assobiar *Blossom time is coming*.

Erika passou a noite no quarto de hóspedes de Henrik. Depois do jantar, Mikael perguntara a Cecilia se queria companhia. Ela respondeu que devia preparar a reunião dos conselhos de classe, que estava cansada e preferia ir dormir. Na segunda-feira de manhã bem cedo, Erika depositou um beijo no rosto de Mikael e partiu.

Quando Mikael foi para a prisão, em meados de março, a neve ainda cobria a paisagem. Agora as videiras já exibiam folhas e a relva em volta da casa verdejava, abundante. Pela primeira vez, ele tinha a oportunidade de passear pela ilha. Por volta das oito, passou na casa de Henrik para pedir uma garrafa térmica a Anna. Conversou um pouco com Henrik e pediu-lhe emprestado um mapa da ilha. Queria ver de perto a cabana de Gottfried, mencionada de maneira indireta no inquérito policial, pois Harriet estivera ali várias vezes. Henrik explicou que a cabana pertencia a Martin Vanger, mas estava desocupada havia vários anos. De vez em quando um parente de passagem a ocupava.

Mikael encontrou Martin Vanger a tempo, antes de ele ir para Hedestad trabalhar, e perguntou se podia emprestar a chave da cabana. Martin olhou para ele com um sorriso brincalhão.

— Suponho que a crônica familiar chegou agora ao capítulo sobre Harriet.

— Eu só queria dar uma olhada...

Martin Vanger foi buscar a chave e voltou em seguida.

— Posso ir então? Sem problemas?

— Por mim, pode até se instalar lá, se quiser. A não ser pelo fato de ficar no outro extremo da ilha, é um lugar bem melhor que a casa onde você está hospedado.

Mikael preparou café e sanduíches. Encheu uma garrafa com água e pôs as provisões numa mochila que jogou sobre o ombro. Seguiu um caminho estreito e em parte invadido pelo mato, ao longo da baía na costa norte da ilha. A cabana de Gottfried ficava num promontório a cerca de dois quilômetros do povoado, e ele fez o trajeto em meia hora, sem pressa.

Martin Vanger tinha razão. Ao sair de uma curva do caminho, Mikael viu abrir-se um lugar verdejante em frente ao mar, com uma ampla vista de Hedestad que abarcava a embocadura do rio, a marina à esquerda e o porto comercial à direita.

Achou surpreendente que ninguém tivesse se apossado da cabana de Gottfried. Era uma construção rústica de toras de madeira horizontais, coberta de telhas, com os caixilhos das janelas pintados de verde e uma pequena varanda na entrada. A manutenção da casa e do jardim mostrava sinais de abandono; a pintura das portas e das janelas estava descascando, e o que devia ter sido uma relva transformara-se em arbustos de um metro de altura. Seria necessário um dia de trabalho com foice e cortador de grama para pôr tudo em ordem.

Mikael destrancou a porta, entrou e abriu as janelas. Parecia o interior de um celeiro de uns trinta e cinco metros quadrados. Era uma única e grande peça, forrada de lambris, com amplas janelas que davam para o mar de um lado e de outro para a porta da frente. No fundo da peça, uma escada conduzia a um quarto-mezanino que ocupava metade da superfície da casa. Debaixo da escada havia um pequeno nicho com um fogão a gás, um balcão e um lavabo. A mobília era simples; à esquerda da entrada, um banco fixado à parede, uma escrivaninha em mau estado e uma ampla estante de madeira. Mais adiante, do mesmo lado, um armário de três portas. À direita da entrada, uma mesa redonda com cinco cadeiras de madeira e, no centro, uma lareira.

Várias lamparinas indicavam que a eletricidade não chegara até ali. No parapeito de uma janela descansava um velho transistor Grundig com a antena quebrada. Mikael acionou o botão *on*, mas as pilhas estavam gastas.

Subiu a escada estreita e deu uma espiada no mezanino: uma cama de casal, um colchão sem colcha, uma mesa-de-cabeceira e uma cômoda.

Mikael ficou um momento vasculhando a casa. A cômoda estava vazia, com exceção de algumas toalhas de rosto e roupas de cama cheirando a mofo. No armário havia algumas roupas de trabalho, um avental, um par de botas de borracha, um tênis gasto e uma pequena lamparina a querosene. Nas gavetas da escrivaninha encontrou papel, lápis, um bloco de desenho não usado, um baralho e alguns marcadores de página. O armário da cozinha continha louças, xícaras de café, copos, velas e pacotes esquecidos de sal, saquinhos de chá e coisas do gênero. Numa gaveta da mesa havia talheres.

Os únicos vestígios de caráter intelectual estavam na prateleira acima da escrivaninha. Mikael subiu numa cadeira para ver melhor. Na prateleira de baixo havia números antigos de *Se*, *Rekordmagasinet*, *Tidsfördriv* e *Lektyr*, do final dos anos 1950 e início dos 1960; *Bildjournalen* de 1965 e 1966, *Mitt Livs Novell* e algumas revistas em quadrinhos: *91:an*, *Fantomen* e *Romans*. Mikael abriu um número da *Lektyr* de 1964 e constatou que a *pin-up* tinha um aspecto relativamente inocente.

Uns cinqüenta livros também, a metade deles romances policiais em formato de bolso da série Manhattan de Wahlström; alguns Mickey Spillane com títulos evocadores como *O beijo da morte*, nas capas clássicas de Bertil Hegland. Encontrou ainda seis *Kitty*, alguns *Clube dos cinco* de Enid Blyton e um volume dos *Detetives gêmeos* de Sivar Ahlrud — *O mistério no metrô*. Mikael sorriu com nostalgia. Três livros de Astrid Lindgren: *Nós, os filhos de Bullerbyn*, *Super Blomkvist e Rasmus* e *Píppi Meialonga*. Na prateleira de cima havia um rádio de ondas curtas, dois livros de astronomia, um sobre aves, um intitulado *O império do mal*, que falava da União Soviética, um sobre a guerra de inverno na Finlândia, o *Catecismo* de Lutero, o livro de hinos da Igreja sueca e uma Bíblia.

Mikael abriu a Bíblia e leu no interior da capa: *Harriet Vanger, 12/5/1963*. A Bíblia da crisma de Harriet. Consternado, devolveu o livro à estante.

Logo atrás da casa havia um pequeno depósito que abrigava lenha e ferramentas, uma foice, um ancinho, um martelo, uma caixa contendo pregos, uma plaina, uma serra e outras ferramentas. O sanitário estava situado a uns vinte metros para o Leste Europeu, no bosque. Mikael olhou um pouco por ali e depois voltou para a casa. Puxou uma cadeira, sentou-se na varanda e abriu a garrafa térmica para tomar café. Acendeu um cigarro e contemplou a baía de Hedestad através da cortina do matagal.

A cabana de Gottfried era bem mais modesta do que ele imaginara. Era esse então o lugar onde o pai de Harriet e de Martin se recolhera quando o casamento com Isabella começou a desmoronar no final dos anos 1950. Onde tinha ido viver e onde se embriagava. E mais abaixo junto ao pontão onde havia se afogado com uma taxa elevada de álcool no sangue. A vida na cabana certamente era agradável no verão, mas, quando a temperatura se aproximava do zero, devia ser bastante fria e penosa. De acordo com Henrik, Gottfried continuou a trabalhar no grupo Vanger — com interrupções nos períodos de auge da bebedeira — até 1964. O fato de morar nessa cabana de forma mais ou menos permanente e não obstante apresentar-se ao trabalho barbeado e de terno e gravata indicava, apesar de tudo, certa disciplina pessoal.

Mas também era um lugar aonde Harriet ia com freqüência, tanto assim que foi um dos primeiros onde a procuraram. Henrik contou que no último ano ela tinha ido várias vezes à cabana, nos fins de semana ou nas férias. No último verão, havia morado ali durante três meses, embora fosse ao povoado todos os dias. Fora ali também que sua amiga Anita Vanger, irmã de Cecilia, lhe fizera companhia por seis semanas.

O que ela fazia na solidão? As revistas e os livros de literatura juvenil falavam por si mesmos. O bloco de desenho talvez tenha lhe pertencido. Mas havia também a Bíblia.

Queria ficar perto do pai afogado e passar ali um período de luto? Era só essa a explicação? Ou o isolamento tinha a ver com suas dúvidas religiosas? A cabana era monacal; ela vivia ali como num convento?

* * *

Mikael seguiu pela praia na direção sudeste, mas o terreno, barrado por muitas ravinas e juníperos, era quase impraticável. Retornou e andou um pouco em direção a Hedeby. De acordo com o mapa, devia haver uma picada através do bosque que levava à chamada Fortificação, e ele levou uns vinte minutos para achar o acesso, invadido pela vegetação. A Fortificação eram restos da defesa costeira que datavam da Segunda Guerra: bunkers de concreto com trincheiras distribuídas em volta de uma construção de comando. Tudo coberto de mato.

Mikael continuou no caminho até chegar a um depósito de barcos numa clareira junto ao mar. Ao lado do depósito encontrou restos de um veleiro. Retornou à Fortificação e seguiu até ir dar num cercado — eram as terras da fazenda de Östergarden.

Continuou no caminho que serpenteava através do bosque, em alguns pontos paralelo ao campo pertencente à fazenda. O caminho era de difícil acesso e ele foi obrigado a contornar alguns lodaçais. Por fim chegou a um pântano junto a um celeiro. Aparentemente o caminho terminava ali, mas ele estava a apenas cem metros da estrada de Östergarden.

Do outro lado da estrada, se elevava o monte Sul. Mikael escalou uma encosta íngreme e precisou do apoio das mãos nos últimos metros. O monte Sul terminava numa falésia quase vertical sobre o mar. Mikael retornou a Hedeby seguindo pela crista, de onde avistou as cabanas, o velho porto dos pescadores, a igreja e a pequena casa em que estava hospedado. Sentou-se numa pedra e serviu-se de um último resto de café morno.

Não tinha a menor idéia do que fazia em Hedeby, mas a vista lhe agradava.

Cecilia Vanger mantinha distância e Mikael não quis parecer insistente. Mas depois de uma semana resolveu ir visitá-la. Ela o recebeu e foi preparar um café.

— Deve estar me achando uma idiota, uma professora respeitável de cinqüenta e seis anos se comportando como uma adolescente.

— Cecilia, você é uma mulher adulta e tem o direito de agir como quiser.

— Eu sei. Por isso decidi não te ver mais. Não consigo administrar...

— Você não me deve nenhuma explicação. Espero que continuemos bons amigos.

— É o que desejo também. Mas um caso com você é muito complicado para mim. Relacionamentos amorosos nunca foram o meu forte. Acho que preciso ficar só por algum tempo.

16. DOMINGO 1º DE JUNHO — TERÇA-FEIRA 10 DE JUNHO

Após seis meses de especulações infrutíferas, uma brecha se abriu no caso Harriet Vanger quando Mikael, em apenas alguns dias da primeira semana de junho, descobriu três novas peças do quebra-cabeça. Duas completamente sozinho, a terceira com um pouco de ajuda.

Depois da visita de Erika, ele reabrira o álbum de fotografias e por várias horas examinara as fotos uma após outra, tentando entender o que o fizera reagir. Depois deixou tudo de lado e voltou a trabalhar na crônica familiar.

Num dos primeiros dias de junho, Mikael foi a Hedestad. Estava pensando em outra coisa, quando o ônibus entrou na rua da Estação, e foi então que subitamente se deu conta do que havia germinado em seu cérebro. A luz o atingiu como um relâmpago num céu sem nuvens. Ficou tão abalado que continuou até o terminal da estação ferroviária e voltou imediatamente a Hedeby para verificar se suas lembranças eram exatas.

Tratava-se da primeira foto do álbum. A última de Harriet, tirada na rua da Estação em Hedestad naquele dia funesto, quando ela assistia ao desfile da Festa das Crianças.

A foto destoava no álbum. Estava ali porque fora tirada no mesmo dia, mas era a única entre as outras cento e oitenta que não mostrava o acidente na ponte. Sempre que Mikael e (supunha ele) todos os outros olhavam o álbum, eram as pessoas e os detalhes das fotos da ponte que lhes chamavam a atenção. Nada havia de dramático na fotografia de uma multidão assistindo ao desfile da Festa das Crianças em Hedestad, várias horas antes dos acontecimentos decisivos.

Henrik Vanger devia ter olhado para aquela foto milhares de vezes, constatando com pesar que nunca mais tornaria a ver Harriet. Provavelmente se irritou por a foto ter sido tirada de tão longe e de Harriet Vanger só aparecer como uma figura qualquer na multidão.

Mas não foi isso que tinha feito Mikael reagir.

A foto fora tirada do outro lado da rua, provavelmente de uma janela do primeiro andar. A grande-angular captava a frente de um dos caminhões do desfile. Sobre a carroceria, vestidas com maiôs de banho cintilantes e pantalonas exóticas, mulheres lançavam bombons aos espectadores. Algumas pareciam dançar. Diante do caminhão saltitavam três palhaços.

Harriet estava na calçada, na primeira fila de espectadores. A seu lado, três colegas de classe e, ao redor, pelo menos uns cem outros habitantes de Hedestad.

Foi isso que o subconsciente de Mikael registrara e que de repente veio à tona quando o ônibus passou exatamente no local onde a foto fora tirada.

Os espectadores se comportavam como costumam se comportar. Os olhos dos espectadores sempre seguem a bolinha numa partida de tênis ou o disco de borracha no hóquei sobre gelo. Os que estavam mais à esquerda olhavam os palhaços bem à frente deles. Os mais próximos do caminhão dirigiam o olhar para a carroceria com as moças escassamente vestidas. Seus rostos estavam sorridentes. Crianças apontavam com o dedo. Alguns riam. Todos pareciam felizes.

Todos exceto uma pessoa.

Harriet Vanger olhava para o lado. Suas três colegas e as pessoas ao redor olhavam os palhaços. O rosto de Harriet estava voltado uns trinta ou trinta e cinco graus para a direita. Seu olhar parecia fixo em alguma coisa do outro lado da rua, mas que não aparecia no canto inferior à esquerda da foto.

Mikael pegou a lupa e tentou distinguir os detalhes. A foto fora tirada de muito longe para que ele tivesse absoluta certeza, mas, ao contrário de todos os outros, o rosto de Harriet não exprimia nenhuma alegria. A boca era um traço estreito. Olhos muito abertos. Mãos repousadas frouxamente ao longo do corpo.

Ela parecia estar com medo. Com medo ou com raiva.

Mikael tirou a foto do álbum, enfiou-a numa folha de plástico e pegou o ônibus com destino a Hedestad. Desceu na rua da Estação e colocou-se no local onde a foto provavelmente fora tirada. Era numa das pontas do que constituía o centro da cidade. Tratava-se de um sobrado de madeira que agora abrigava uma videolocadora e uma loja de moda masculina, Sundström, existente desde 1932, conforme informava uma placa acima da porta de entrada. Ele entrou e logo percebeu que a loja ocupava os dois andares; uma escada em caracol conduzia à parte de cima.

No alto, duas janelas davam para a rua. Foi ali que o fotógrafo se instalara.

— Posso ajudá-lo? — perguntou um vendedor de certa idade, quando Mikael tirou do bolso o plástico com a fotografia. Havia pouca gente na loja.

— Bem, na verdade eu gostaria apenas de verificar de onde esta fotografia foi tirada. Posso abrir um instante a janela?

Deram-lhe permissão e ele estendeu a foto à sua frente. Podia ver o local exato onde Harriet Vanger estivera. Uma das duas casas de madeira que se viam atrás dela desaparecera, substituída por uma de tijolos. A outra casa, que sobreviveu, abrigava uma papelaria em 1966; atualmente havia ali uma loja de produtos dietéticos e um solário. Mikael fechou a janela, agradeceu e desculpou-se pelo incômodo.

Embaixo, na rua, foi se colocar no lugar onde Harriet estivera. Não teve dificuldade em se orientar entre a janela do primeiro andar da loja e a porta do solário. Virou a cabeça e reconstituiu a linha de mira de Harriet. Pelo que Mikael pôde avaliar, ela dirigira o olhar a um canto da casa que abrigava a loja de moda masculina. Era um canto de casa inteiramente comum, de onde saía uma rua lateral. *O que Harriet teria visto lá?*

Mikael guardou a fotografia na mochila e foi a pé até a entrada da estação, onde sentou-se num terraço e pediu um *caffè latte*. Sentia-se subitamente agitado.

Nos romances policiais ingleses, isso se chamava uma *new evidence*, o que era bem mais que um "novo dado". Ele acabava de ver algo novo, que ninguém mais observara numa investigação que se arrastava havia trinta e sete anos.

O único problema é que ele não sabia muito bem qual o valor dessa nova descoberta, nem mesmo se havia algum. No entanto ela lhe parecia importante.

O dia de setembro em que Harriet desapareceu fora dramático de diversas maneiras. Era um dia de festa em Hedestad com milhares de pessoas nas ruas, tanto jovens como velhos. E havia a reunião familiar anual na ilha. Só esses dois acontecimentos já quebravam a rotina do lugar. E o acidente na ponte, como a cereja no bolo, veio lançar sua sombra sobre o resto.

O inspetor Morell, Henrik Vanger e todos os que refletiram sobre o desaparecimento de Harriet haviam se concentrado nos acontecimentos da ilha. O próprio Morell escrevera que não conseguia afastar a suspeita de que havia uma ligação entre o acidente e o desaparecimento de Harriet. De repente Mikael se convenceu de que isso era inteiramente falso.

A cadeia de incidentes não começara na ilha, mas na cidade de Hedestad, várias horas antes naquele dia. Harriet Vanger tinha visto alguma coisa ou alguém que lhe causara medo e que a fizera voltar para casa e procurar de imediato Henrik Vanger, que infelizmente não teve tempo de lhe dar atenção. Depois aconteceu o acidente na ponte. Em seguida o assassino agiu.

Mikael fez uma pausa. Era a primeira vez que formulava conscientemente a suposição de que Harriet havia sido morta. Hesitou, mas logo percebeu que concordava com a convicção de Henrik Vanger. Harriet fora morta e agora ele buscava um assassino.

Retornou ao inquérito policial. Nos milhares de páginas, só uma parte mínima falava das horas em Hedestad. Harriet estava com três colegas de classe, e todas foram interrogadas. Elas se encontraram na entrada da estação ferroviária às nove da manhã. Uma das meninas precisava comprar um jeans e as outras a acompanharam. Tomaram um café no restaurante das lojas EPA e depois foram até a feira na praça de esportes, onde passearam entre as bancas e os pequenos lagos com patos, e onde também cruzaram com outros colegas de escola. Ao meio-dia, dirigiram-se ao centro da cidade para ver o desfile da Festa das Crianças. Um pouco antes das duas, Harriet anunciou repentinamente que precisava voltar para casa. Elas se separaram num ponto de ônibus perto da rua da Estação.

Nenhuma das colegas observou algo fora do comum. Uma delas, Inger Stenberg, afirmou que Harriet se tornara "impessoal", ao descrever sua mudança no último ano. Disse que naquele dia Harriet estava taciturna como de costume e que apenas acompanhava as outras.

O inspetor Morell entrevistou todos os que tinham visto Harriet naquele dia, mesmo os que apenas a cumprimentaram na feira ou na rua. Sua foto foi publicada nos jornais da região quando a deram por desaparecida. Vários habitantes de Hedestad entraram em contato com a polícia para dizer que julgavam tê-la visto durante o dia, mas ninguém observou nada de incomum.

Mikael passou a noite refletindo sobre como continuar investigando a pista que acabava de formular. Na manhã seguinte, foi se encontrar com Henrik Vanger no momento em que ele tomava o café-da-manhã.

— Você me disse que a família Vanger sempre teve participações no *Hedestads-Kuriren.*

— Isso mesmo.

— Preciso consultar os arquivos fotográficos do jornal. De 1966.

Henrik Vanger pousou o copo de leite e enxugou o lábio superior.

— Mikael, o que você descobriu?

Ele olhou o velho bem nos olhos.

— Nada de concreto. Mas acho que podemos ter cometido um erro de interpretação no que se refere ao desenrolar dos acontecimentos.

Mostrou a foto e relatou suas conclusões; Henrik não disse nada por um longo tempo.

— Se tenho mesmo razão, devemos nos concentrar no que se passou em Hedestad naquele dia, não apenas no que se passou na ilha — disse Mikael. — Não sei o que foi feito delas depois de tantos anos, mas muitas fotografias das festividades certamente nem foram publicadas. São essas fotos que quero ver.

Henrik Vanger utilizou o telefone de parede na cozinha. Chamou Martin Vanger, explicou o que procurava e perguntou quem era hoje o responsável pelo arquivo fotográfico do *Kuriren*. Dez minutos mais tarde, a pessoa foi localizada e a autorização obtida.

A responsável pelo arquivo fotográfico do *Hedestads-Kuriren* chamava-se Madeleine Blomberg, mais conhecida por Maja, e tinha sessenta anos. Era a primeira mulher nessa função que Mikael encontrava em sua carreira, numa profissão em que ainda se julgava a fotografia como um domínio artístico reservado aos homens.

Era um sábado e a redação estava vazia, mas Maja Blomberg morava a apenas cinco minutos a pé dali e recebeu Mikael na porta do jornal. Ela havia trabalhado no *Hedestads-Kuriren* a maior parte de sua vida. Começou como revisora em 1964, a seguir trabalhou na preparação das fotos e passou muitos anos no laboratório, sendo enviada também para algumas coberturas fotográficas quando os efetivos faltavam. Acabou sendo promovida a editora e, dez anos antes, quando o ex-responsável pelo setor de fotografia se aposentou, ela assumiu a chefia do departamento. Mas isso não significava que dirigisse um vasto império. O departamento de fotografia fora integrado ao de publicidade dez anos antes e contava com apenas seis pessoas, todas encarregadas do mesmo trabalho por turno.

Mikael perguntou como os arquivos estavam organizados.

— Na verdade, o arquivo está uma grande bagunça. Depois dos computadores e das fotos digitais, passamos a arquivar tudo em CDs. Um dos nossos estagiários escaneou as fotos antigas importantes, mas isso só representa um ou dois por cento das fotos catalogadas. As mais antigas estão organizadas em arquivos de negativos, por data. Estão ou aqui na redação, ou no depósito.

— O que me interessa são as fotos tiradas no desfile da Festa das Crianças de 1966, mas também, de modo geral, fotos tiradas naquela semana.

Maja Blomberg perscrutou Mikael com o olhar.

— Não é a semana em que Harriet Vanger desapareceu?

— A senhora conhece a história?

— Impossível ter trabalhado a vida inteira no *Hedestads-Kuriren* e não conhecê-la, e quando Martin Vanger me chamou hoje de manhã, no meu dia de folga, tirei minhas próprias conclusões. Revisei artigos que falavam do caso nos anos 1960. Por que está investigando? Haveria novas revelações?

Maja Blomberg também parecia ter faro. Mikael balançou a cabeça com um breve sorriso e lançou seu pretexto.

— Não, e duvido muito que algum dia tenhamos a resposta para o que aconteceu com ela. Peço que não espalhe, mas estou escrevendo a biografia de Henrik Vanger. O desaparecimento de Harriet é um assunto à parte, mas também um capítulo que não se pode ignorar. Procuro fotos que possam ilustrar aquele dia, de Harriet e de suas colegas.

Maja Blomberg pareceu cética, porém como a explicação era plausível ela não tinha por que duvidar do que ele dizia.

O fotógrafo de um jornal utiliza em média entre dois e dez filmes por dia. Em épocas de grandes acontecimentos, esse número pode facilmente dobrar. Cada filme contém trinta e seis negativos, portanto não é incomum um jornal acumular mais de trezentas fotos todos os dias, das quais poucas são publicadas. Uma redação bem organizada divide os filmes em seis e põe cada tira dessas em seis envelopes numa página. Com isso, um filme equivale a mais ou menos uma página num arquivo de negativos. Um arquivo contém pouco mais de cento e dez filmes. Em um ano, acumulam-se entre vinte e trinta arquivos. Ao longo dos anos, isso acaba se transformando numa quantidade espantosa de arquivos, geralmente sem o menor valor comercial, atulhando as prateleiras da redação. No entanto, todos os fotógrafos e editores de fotografia estão convencidos de que as imagens representam um *documento histórico de valor inestimável* e não jogam nada fora.

Fundado em 1922, o *Hedestads-Kuriren* dispunha de uma editoria de fotografia desde 1937. O depósito do *Kuriren* abrigava mais de mil e duzentos arquivos de fotos, classificados por data. As imagens de setembro de 1966 representavam quatro arquivos de encadernação barata.

— Como eu faço? — perguntou Mikael. — Vou precisar de um negatoscópio e também copiar as fotos que me interessarem.

— Não temos mais laboratório. Escaneamos tudo. Sabe usar um escâner de negativos?

— Sim, já fiz fotos, eu mesmo tenho um Agfa em casa. Trabalho com o Photoshop.

— Então está tão bem equipado como nós.

Maja Blomberg levou Mikael para dar uma volta rápida pela redação, indicou-lhe um lugar diante de um negatoscópio e ligou um computador e um escâner. Mostrou-lhe também onde preparar café na copa. Arrumou tudo para que Mikael pudesse trabalhar sozinho e livremente, mas ele devia chamar Maja Blomberg quando fosse embora da redação, para que ela viesse trancar tudo e ligar o alarme. Ela o deixou com um jovial "Divirta-se".

Mikael precisou de várias horas para percorrer os arquivos. Dois fotógrafos trabalhavam no *Hedestads-Kuriren* naquela época. O que trabalhou no dia em questão foi Kurt Nylund, que Mikael já conhecia. Na época, Nylund tinha vinte anos. Mais tarde foi morar em Estocolmo e tornou-se um fotógrafo profissional reconhecido, atuando como *freelancer* mas também com a Pressens Bild, em Marieberg. Seus caminhos se cruzaram várias vezes nos anos 1990, quando a *Millennium* comprou fotos da Pressens Bild. Mikael tinha a lembrança de um homem magro de cabelos finos. Kurt Nylun utilizara um filme pouco sensível usado por muitos repórteres-fotográficos.

Mikael tirou dos envelopes as fotos do jovem Nylund e as pôs no negatoscópio, examinando uma por uma com a lupa. Mas ler negativos é uma arte que requer algum hábito, coisa que Mikael não tinha. Para saber se as fotos continham alguma informação valiosa, ele percebeu que seria obrigado a escanear cada imagem para observá-la depois no computador. Isso levaria horas. Decidiu então fazer um levantamento dos negativos que poderiam interessá-lo.

Começou selecionando as fotografias do acidente com o caminhão-tanque. Mikael constatou que o arquivo de cento e oitenta fotos de Henrik Vanger não estava completo; a pessoa que copiara a coleção — talvez o próprio Nylund — eliminara cerca de trinta fotos, ou porque estavam desfocadas, ou porque sua qualidade era medíocre para publicação.

Mikael deixou o computador do *Hedestads-Kurirem* e ligou o escâner em seu próprio notebook. Passou duas horas escaneando o restante das fotos.

Uma delas chamou de imediato sua atenção. Num certo momento entre 15h10 e 15h15, exatamente nos minutos em que Harriet desapareceu, alguém abrira a janela do quarto dela; Henrik Vanger tentara em vão descobrir quem foi. De repente, Mikael tinha na tela uma foto que devia ter sido tirada no momento em que a janela estava aberta. Era possível ver uma silhueta e um rosto, mas imprecisos, desfocados. Concluiu que a análise dessa foto poderia esperar até que ele escaneasse o resto.

Nas horas seguintes, Mikael examinou as fotos da Festa das Crianças. Kurt Nylund usou seis filmes, isto é, tirou mais de duzentas fotos. Era uma série descontínua de crianças com balões, adultos, vendedores de cachorro-quente, o desfile propriamente dito, um artista local sobre um estrado e uma distribuição de prêmios.

Mikael decidiu, por fim, escanear o conjunto de fotos. Ao cabo de seis horas, tinha um dossiê com noventa fotografias. Ele seria obrigado a voltar ao *Hedestads-Kuriren*.

Às nove da noite, ligou para Maja Blomberg, agradeceu e voltou para sua casa na ilha.

Ele regressou às nove da manhã do domingo. Também não havia ninguém quando Maja Blomberg o fez entrar. Mikael não se dera conta de que era feriado de Pentecostes e que o jornal só sairia na terça-feira. Pôde utilizar a mesma mesa de trabalho da véspera e passou o dia escaneando. Por volta das seis, ainda restavam quarenta fotos da Festa das Crianças. Mikael examinou os negativos e concluiu que os belos primeiros planos com crianças ou as fotos de artistas em cena não tinham o menor interesse para ele. O que lhe interessava era a animação das ruas e da multidão.

Mikael passou toda a segunda-feira de Pentecostes examinando o novo material fotográfico. Fez duas descobertas. A primeira o encheu de consternação. A segunda fez seu coração bater mais rápido.

A primeira descoberta era sobre o rosto na janela do quarto de Harriet Vanger. A foto estava desfocada por causa da movimentação e por isso fora eliminada da coleção. O fotógrafo se posicionara diante da igreja e visara a ponte. As casas se achavam no plano de fundo. Mikael enquadrou a imagem de modo a recortar apenas a janela em questão, e a seguir fez diversas tentativas, ajustando o contraste e aumentando a precisão, até obter o que julgou ser a melhor qualidade possível.

O resultado foi uma imagem granulada de tons cinza, que mostrava uma janela retangular, uma cortina, a ponta de um braço e um rosto difuso em forma de meia-lua um pouco recuado no cômodo.

Constatou que o rosto não pertencia a Harriet Vanger, que tinha cabelos pretos, mas a uma pessoa com cabelos bem mais claros.

Constatou ainda que se podia distinguir partes mais escuras onde ficavam os olhos, o nariz e a boca, mas que era impossível obter traços nítidos do rosto. Estava convencido, porém, de que via uma mulher; a parte mais clara ao lado do rosto continuava até os ombros e indicava uma cabeleira feminina. Constatou que a pessoa usava roupas claras.

Fez uma estimativa da altura dela tomando por base a janela; uma mulher de cerca de um metro e setenta.

Ao fazer desfilar outras fotos do acidente da ponte, constatou que uma pessoa correspondia exatamente aos sinais que distinguia — Cecilia Vanger, aos vinte anos.

Kurt Nylund tirara ao todo dezoito fotos postado à janela do primeiro andar da Sundström, Moda Masculina. Harriet Vanger aparecia em dezessete. Harriet e suas colegas haviam chegado à rua da Estação no mesmo instante em que Kurt Nylund começara a fotografar. Mikael calculou que as fotos deviam ter sido tiradas num lapso de tempo de cinco minutos. Na primeira, Harriet e suas colegas estavam descendo a rua e entraram no campo da imagem. Nas fotos de 2 a 7 estavam imóveis, observando o desfile. Depois se deslocaram cerca de seis metros adiante na rua. Na última foto, talvez tirada um pouco mais tarde, o grupo inteiro havia desaparecido.

Mikael reuniu uma série de imagens na qual enquadrou Harriet da cintura para cima, tentando obter o melhor contraste. Colocou as fotos numa nova pasta, abriu o programa Graphic Converter e executou a função Diaporama. O efeito foi um filme mudo e entrecortado em que cada imagem aparecia durante dois segundos.

Harriet chega, foto de perfil. Harriet se detém e olha a calçada. Harriet vira o rosto para a rua. Harriet abre a boca para dizer alguma coisa à sua colega. Harriet ri. Harriet toca a orelha da colega com a mão esquerda. Harriet sorri. Harriet parece de repente surpresa, o rosto num ângulo de aproximadamente vinte graus à esquerda da objetiva. Harriet arregala os olhos e pára de sorrir. A boca de Harriet se transforma num traço estreito. Harriet fixa o olhar em alguma coisa. Em seu rosto se pode ler... o quê? Aflição, choque, raiva? Harriet baixa os olhos. Harriet não está mais lá.

Mikael repassou a seqüência várias vezes.

Ela confirmava nitidamente a hipótese que ele formulara. Alguma coisa ocorreu na rua da Estação em Hedestad. A lógica era evidente.

Ela vê alguma coisa — alguém — do outro lado da rua. Está chocada. Mais tarde vai procurar Henrik Vanger para uma conversa particular que nunca aconteceu. Depois desaparece sem deixar vestígios.

Alguma coisa ocorreu naquele dia. Mas as fotos não explicavam o quê.

Às duas da manhã de terça-feira, Mikael fez café e preparou sanduíches que comeu sentado no banco da cozinha. Estava ao mesmo tempo desanimado e excitado. Contra todas as expectativas, ele havia descoberto novos indícios. O problema era que, se eles jogavam uma nova luz sobre os acontecimentos, não o faziam avançar um milímetro na solução do enigma.

Refletiu muito sobre o papel que Cecilia Vanger desempenhara no drama. Henrik Vanger descrevera em detalhe as atividades de todos os protagonistas naquele dia e Cecilia não fora exceção. Em 1966 ela morava em Uppsala, mas chegou a Hedeby dois dias antes daquele sábado funesto. Estava hospedada num quarto de hóspedes da casa de Isabella Vanger. Declarou ter visto Harriet de manhã, mas não chegou a falar com ela. No sábado foi a Hedestad fazer compras. Não viu Harriet e regressou à ilha por volta da uma da tarde, no momento em que Kurt Nylund tirava a série de fotos na rua da Estação. Trocou de roupa e às duas começou a ajudar a preparar a mesa para o almoço.

Como álibi, era fraco. As horas eram aproximadas, sobretudo no que dizia respeito a seu retorno à ilha, mas Henrik Vanger nunca duvidou um segundo de que ela pudesse ter mentido. Cecilia era uma das pessoas da família que Henrik queria bem. Além disso, fora amante de Mikael. Ele tinha dificuldade de ser objetivo e não podia de modo algum imaginá-la no papel de uma assassina.

E eis que agora uma foto na janela vinha insinuar que ela mentira ao dizer que não havia entrado no quarto de Harriet. Os pensamentos se engalfinhavam na cabeça de Mikael.

Se ela mentiu sobre isso, que outras mentiras teria contado?

Mikael fez um balanço do que sabia sobre Cecilia. Via-a como uma pessoa apesar de tudo reservada, aparentemente marcada pelo passado, e o resultado é que vivia sozinha, carente de vida sexual e com dificuldade de se aproximar das pessoas. Guardava distância dos outros e, quando por um momento se deixou levar e se lançou sobre um homem, escolheu Mikael, um estranho de passagem. Cecilia disse que estava rompendo a relação deles por não suportar a idéia de que ele ia desaparecer de sua vida de uma hora para a outra. Mas foi exatamente pela mesma razão, talvez, que ousou dar um passo e iniciar um caso com ele. Como se tratava de um caso passageiro, ela não precisava temer uma transformação radical de sua vida. Mikael suspirou e deixou essas especulações psicológicas de lado.

Ele fez a segunda descoberta nessa mesma noite. A chave do enigma — ele estava convencido — era o que Harriet tinha visto na rua da Estação em Hedestad. Mikael nunca saberia o que era, a não ser que inventasse uma máquina do tempo e se colocasse atrás de Harriet para olhar por cima de seu ombro.

No momento mesmo em que esse pensamento lhe aflorou ao espírito, ele bateu na testa com a palma da mão e precipitou-se ao notebook. Clicou para fazer surgir a série de imagens não recortadas da rua da Estação e... *ali estava*!

Atrás de Harriet Vanger, cerca de um metro à direita dela, havia um jovem casal, ele de suéter listado e ela com uma blusa clara. Ela segurava uma máquina fotográfica na mão. Mikael ampliou a foto e teve a impressão de ver uma Kodak Instamatic com flash embutido — um aparelho barato para pessoas que não entendem de fotografia.

A mulher mantinha o aparelho na altura do queixo. Depois o levantava e fotografava os palhaços, no momento em que o rosto de Harriet mudava de expressão.

Mikael comparou a posição da máquina com a direção do olhar de Harriet. A mulher havia fotografado quase exatamente o que Harriet Vanger estivera olhando.

De repente, Mikael tomou consciência de que seu coração batia com força. Jogou o corpo para trás e tirou o maço de cigarros do bolso da camisa. *Alguém havia tirado uma foto.* Mas como identificar essa mulher? Como obter sua foto? Teria o filme sido aproveitado e, nesse caso, a foto existiria em algum lugar?

Mikael abriu a pasta com as fotos que Kurt Nylund havia tirado da multidão. Passou a hora seguinte ampliando cada fotografia e examinando-a centímetro quadrado por centímetro quadrado. Reencontrou o casal exatamente na última. Kurt Nylund havia fotografado outro palhaço, com balões na mão, posando diante da objetiva com um eternizado sorriso nos lábios. A foto fora tirada no estacionamento junto à praça de esportes onde se realizava a festa. Deve ter sido depois das duas da tarde — a seguir Nylund fora avisado do acidente com o caminhão-tanque e interrompera a cobertura da Festa das Crianças.

A mulher estava quase inteiramente oculta, mas via-se com clareza o perfil do homem de suéter listado. Ele tinha chaves na mão e se inclinava para abrir a porta de um carro. A imagem mostrava o palhaço em primeiro plano e a foto estava ligeiramente desfocada. Não se via toda a placa, mas ela começava por AC3 alguma coisa.

As placas dos veículos nos anos 1960 começavam com a letra das regiões, e Mikael aprendera, quando criança, a identificar a proveniência dos carros. AC designava o Västerbotten.

Depois Mikael identificou outra coisa. No vidro traseiro havia um adesivo. Deu um *zoom*, porém o texto desapareceu numa mancha. Realçou o adesivo e levou algum tempo trabalhando no contraste e na nitidez. Não conseguia ler o texto, mas se baseou nas formas imprecisas para determinar a que letras podiam corresponder. Muitas se assemelhavam. Um O podia ser tomado por um D, um B por um E ou várias outras letras. Trabalhando com papel e lápis, e após eliminar algumas letras, deparou com um texto incompreensível.

A C NAR A DE R JÖ

Fixou a imagem até seus olhos doerem. E então o texto apareceu: MARCENARIA DE NORSJÖ, seguido de sinais menores e impossíveis de ler, mas que formavam, provavelmente, um número telefônico.

17. QUARTA-FEIRA 11 DE JUNHO — SÁBADO 14 DE JUNHO

Quanto à terceira peça do quebra-cabeça, Mikael recebeu uma ajuda inesperada.

Depois de trabalhar nas fotos a noite toda, dormiu pesadamente até o meio-dia. Acordou com uma dor de cabeça difusa, tomou um banho e foi até o Café Susanne fazer seu desjejum. Não conseguia juntar as idéias. Deveria ir ver Henrik Vanger e relatar suas descobertas. Em vez disso, foi bater à porta de Cecilia. Queria lhe perguntar o que fora fazer no quarto de Harriet e por que mentira, dizendo que não havia ido lá. Ninguém atendeu.

Ele estava deixando o local quando ouviu uma voz.

— A sua puta não está em casa.

O Gollum acabava de sair da caverna. Era alto, quase dois metros de altura, mas tão curvado pela idade que os olhos ficavam na altura dos de Mikael. A pele estava manchada de sardas escuras. Vestia um pijama e um robe marrom e se apoiava numa bengala. Parecia a versão hollywoodiana do velho rabugento.

— Que foi que o senhor disse?

— Eu disse que a sua puta não está em casa.

Mikael se aproximou até quase tocar o nariz de Harald Vanger.

— É de sua própria filha que está falando, seu velho indecente.

— Não sou eu que venho vagar aqui à noite — respondeu Harald Vanger com um sorriso desdentado. Seu hálito fedia. Mikael desviou-se dele e prosseguiu seu caminho sem se virar. Foi até a casa de Henrik Vanger e o encontrou em seu escritório.

— Acabo de encontrar seu irmão — disse Mikael —, e ele mal pôde conter sua rabugice.

— Harald? Ora vejam, então ele ousou uma saída! Isso acontece uma ou duas vezes por ano.

— Eu batia à porta de Cecilia quando ele apareceu. Ele falou, abre aspas: A sua puta não está em casa. Fecha aspas.

— É bem coisa do Harald — disse Henrik Vanger calmamente.

— Ele chama de puta a própria filha!

— Há anos age assim. Por isso não se falam mais.

— Por quê?

— Cecilia perdeu a virgindade quando tinha vinte e um anos. Aconteceu aqui em Hedestad, uma história de amor que ela teve durante o verão, um ano após o desaparecimento de Harriet.

— E aí?

— O homem que ela amava chamava-se Peter Samuelsson, trabalhava no grupo Vanger como assistente financeiro. Um rapaz inteligente. Hoje trabalha para a ABB. Eu me orgulharia de tê-lo como genro se ela fosse minha filha. Mas ele tinha um defeito.

— Acho que posso adivinhar qual é.

— Harald mediu-lhe o crânio, ou verificou sua árvore genealógica, ou qualquer coisa que o valha, e descobriu que tinha antepassados judeus.

— Santo Deus!

— Desde então passou a chamá-la de puta.

— Ele sabia que Cecilia e eu...

— Todo o povoado sabe, imagino, talvez com exceção de Isabella, porque nenhuma pessoa razoável iria lhe contar qualquer coisa e por sorte ela tem o hábito de ir dormir às dez da noite. Harald provavelmente acompanhou o menor dos seus passos.

Mikael sentou-se. Sentia-se meio estúpido.

— Quer dizer então que todo mundo está sabendo...

— Evidentemente.

— E você não tem nada contra?

— Querido Mikael, isso realmente não me diz respeito.

— Onde está ela, Cecilia?

— O ano escolar terminou. No sábado passado ela viajou a Londres para visitar a irmã e depois vai partir de férias para... humm... a Flórida, acho. Voltará daqui a um mês.

Mikael se sentiu ainda mais estúpido.

— Resolvemos, digamos assim, suspender a nossa relação.

— Entendo, mas também não é da minha conta. Como vai o trabalho?

Mikael serviu-se de café da garrafa térmica de Henrik. Olhou para o velho.

— Descobri uma novidade e vou precisar que alguém me empreste um carro.

Mikael passou longo tempo expondo suas conclusões. Tirou o notebook da mochila e apresentou a série de fotos que mostravam a reação de Harriet na rua da Estação. Mostrou também como descobrira os fotógrafos amadores e seu carro com o adesivo da Marcenaria de Norsjö. Quando terminou sua exposição, Henrik pediu para rever a seqüência de fotos. Mikael tornou a passar.

Quando Henrik levantou os olhos da tela do computador, seu rosto estava pálido. Mikael sentiu um medo súbito e pôs a mão no ombro dele. Henrik fez-lhe um sinal para tranquilizá-lo e permaneceu silencioso por um momento.

— Você fez o que eu achava impossível! Descobriu algo totalmente novo. O que vai fazer agora?

— Preciso encontrar essa foto, se é que ainda existe.

Mikael nada disse sobre o rosto na janela e a suspeita contra Cecilia. O que provavelmente indicava que estava longe de ser um detetive particular objetivo.

Quando Mikael saiu, Harald Vanger havia desaparecido, certamente de volta à sua caverna. Ao fazer a curva, viu alguém de costas junto à entrada de sua casa, lendo um jornal. Por um segundo, imaginou que fosse Cecilia Vanger, mas logo viu que não. Ao se aproximar, reconheceu imediatamente a própria filha.

— Oi, papai — disse Pernilla Abrahamsson.

Mikael estreitou a filha nos braços.

— Mas de onde você está vindo?!

— De casa, é claro. Vou a Skelleftea. Vim passar uma noite aqui.

— E como me descobriu?

— Mamãe sabia e perguntei ali no café onde você morava. Indicaram-me esta casa. Está contente de me ver?

— Claro que sim. Entre. Devia ter me avisado, eu teria comprado alguma coisa gostosa para comer.

— Pensei em te avisar, mas depois resolvi fazer uma surpresa para comemorar a sua saída da prisão, e você também nunca me telefonou.

— Desculpe.

— Tudo bem. Mamãe diz que você está sempre mergulhado nos seus pensamentos.

— É isso que ela fala de mim?

— Mais ou menos. Mas não faz mal. Mesmo assim eu te amo.

— Eu também, mas quero que você saiba...

— Eu sei. Acho que sou bastante madura para a minha idade.

Mikael preparou chá e serviu alguns petiscos. De repente percebeu que o que a filha dissera era verdade. Ela não era mais uma menina, tinha quase dezessete anos e em breve seria uma mulher adulta. Ele precisava aprender a não tratá-la mais como uma criança.

— E então, como foi?

— O quê?

— A prisão.

— Acredita se eu disser que foi como umas férias remuneradas para apenas pensar e escrever?

— Acredito. Acho que não há muita diferença entre uma prisão e um convento, e as pessoas sempre entram no convento para evoluir.

— Bem, é uma maneira de ver as coisas. Espero que não venha a ter problemas porque seu pai esteve na prisão.

— De modo nenhum. Estou orgulhosa e não perco uma ocasião para sublinhar que você foi preso por suas convicções.

— Minhas convicções?

— Vi Erika Berger na tevê.

Mikael empalideceu. Ele não pensara na filha quando Erika montou a estratégia, e ela o julgava totalmente inocente.

— Pernilla, eu não sou inocente. Lamento não poder falar do que se passou, mas não fui injustamente condenado. O tribunal emitiu a sentença baseado no que ficou sabendo durante o processo.

— Mas você não contou sua versão.

— Não, porque não posso prová-la. Cometi uma gafe monumental e por isso fui obrigado a ir para a prisão.

— Certo. Mas responda à minha pergunta: Wennerström é ou não é um crápula?

— É um dos crápulas mais sinistros que já conheci.

— Está vendo? Isso basta. Trouxe um presente para você.

Tirou um pacote da sacola. Mikael abriu e encontrou um CD com as melhores músicas do Eurythmics. Ela sabia que era uma de suas bandas favoritas. Ele transferiu imediatamente o CD para o notebook e escutaram juntos "Sweet dreams".

— O que vai fazer em Skelleftea? — perguntou Mikael.

— É uma reunião de estudos bíblicos com uma congregação chamada Luz da Vida — respondeu Pernilla, como se fosse a coisa mais natural do mundo.

Mikael sentiu um calafrio percorrer-lhe o corpo.

Percebeu o quanto sua filha e Harriet se assemelhavam. Pernilla tinha dezesseis anos, assim como Harriet quando desapareceu. Ambas tinham um pai ausente. Ambas sentiram uma atração religiosa por seitas menores; Harriet na comunidade local dos pentecostais e Pernilla na sucursal de algo tão bizarro como essa Luz da Vida.

Mikael não sabia muito bem como lidar com o interesse novo da filha pela religião. Tinha medo de interferir no seu direito de decidir por si mesma o caminho que queria seguir na vida. Por outro lado, Luz da Vida era exatamente o tipo de congregação sobre a qual ele e Erika não hesitariam em fazer uma reportagem de denúncia na *Millennium*. Decidiu debater a questão com a mãe de Pernilla na primeira oportunidade.

* * *

Pernilla dormiu na cama de Mikael e ele passou a noite no banco da cozinha. Despertou com torcicolo e com os músculos doloridos. Como Pernilla tinha pressa de prosseguir sua viagem, Mikael preparou logo o café-da-manhã e a acompanhou até a estação. Restavam-lhes alguns momentos antes de o trem partir. Compraram café numa lanchonete e instalaram-se num banco na extremidade da plataforma, conversando sobre vários assuntos. Pouco antes da chegada do trem, Pernilla falou:

— Acho que você não está gostando muito de eu ir a Skelleftea.

Mikael não soube o que responder. Ela continuou:

— Não se preocupe. Mas você não é crente, é?

— Não. Pelo menos não um bom crente.

— Não acredita em Deus?

— Não, não acredito. Mas respeito a sua crença. Todo mundo precisa acreditar em alguma coisa.

Quando o trem chegou à estação, eles se abraçaram demoradamente. No momento em que subia a bordo, Pernilla se voltou.

— Papai, não estou querendo fazer proselitismo. Você é livre para acreditar no que bem quiser que eu vou sempre te amar. Mas acho que deveria perseverar nos seus estudos bíblicos.

— Como assim?

— Vi as citações na parede do seu quarto — ela disse. — Por que você foi procurar passagens tão sinistras? Um beijo. Tchau.

Ela acenou com a mão e entrou no trem. Perplexo, Mikael ficou na plataforma vendo o trem sumir em direção ao norte. O último vagão já desaparecia na curva quando finalmente o significado do comentário dela lhe aflorou à consciência, junto com uma sensação gelada no peito.

Mikael se precipitou para fora da estação e consultou as horas. Só haveria ônibus para Hedeby dali a quarenta minutos. Seus nervos não suportariam a espera. Correu até o ponto de táxi do outro lado da esplanada da estação e encontrou Hussein com seu sotaque carregado.

Dez minutos depois, Mikael pagava a corrida e entrava em sua saleta de trabalho. O pedaço de papel estava preso com durex acima da escrivaninha.

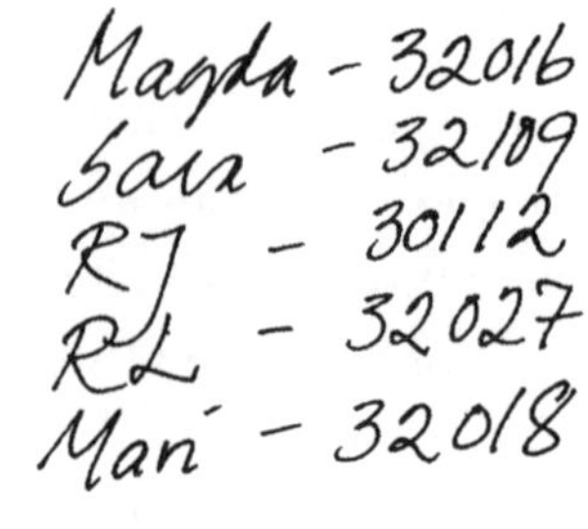

Olhou ao redor. Depois lembrou onde poderia encontrar uma Bíblia. Pegou o pedaço de papel, encontrou as chaves que deixara dentro de uma tigela na beirada da janela e correu até a cabana de Gottfried. Suas mãos estavam quase tremendo quando pegou a Bíblia de Harriet na prateleira.

Não eram números telefônicos que Harriet havia anotado. Os algarismos indicavam capítulos e versículos do *Levítico*, o terceiro livro do Pentateuco. Os castigos.

(Magda), *Levítico*, capítulo XX, versículo 16:
"Se uma mulher se aproximar de um animal para se prostituir com ele, será morta juntamente com o animal. Serão mortos e levarão a sua iniqüidade."

(Sara), *Levítico*, capítulo XXI, versículo 9:
"Se a filha de um sacerdote se desonrar pela prostituição, ela desonra o pai; será queimada no fogo."

(RJ), *Levítico*, capítulo I, versículo 12:
"A seguir a vítima será cortada em pedaços, com a cabeça e a gordura, que o sacerdote disporá sobre a lenha colocada sobre o fogo do altar."

(RL), *Levítico*, capítulo XX, versículo 27:
"Qualquer homem ou mulher que evocar os espíritos ou fizer adivinhações será morto. Serão apedrejados e levarão a sua culpa."

(Mari), *Levítico*, capítulo XX, versículo 18:

"Se um homem dormir com uma mulher durante o tempo de sua menstruação e vir a sua nudez, descobrindo o seu fluxo e descobrindo-o ela mesma, serão ambos cortados do meio de seu povo."

Mikael saiu e sentou-se no patamar em frente à casa. Sem dúvida, era a isso que Harriet se referia quando anotou os algarismos na sua agenda de telefones. Cada citação estava cuidadosamente sublinhada na Bíblia de Harriet. Ele acendeu um cigarro e ficou escutando o canto dos pássaros.

Havia entendido os números, mas não os nomes: Magda, Sara, Mari, RJ e RL.

De repente, um abismo se abriu quando o cérebro de Mikael deu um salto intuitivo. Lembrou-se do sacrifício pelo fogo em Hedestad de que lhe falara o inspetor Gustav Morell: o caso Rebecka nos anos 1940, a jovem violentada e assassinada. Para matá-la, haviam posto sua cabeça sobre carvões ardentes. *"A seguir a vítima será cortada em pedaços, com a cabeça e a gordura, que o sacerdote disporá sobre a lenha colocada sobre o fogo do altar."* Rebecka. RJ. Qual era o sobrenome dela?

Santo Deus! Com que história de gente maluca Harriet havia se metido?

Henrik Vanger adoecera e fora se deitar à tarde, explicaram a Mikael quando ele bateu à sua porta. Mesmo assim Anna o fez entrar e ele viu o velho durante alguns minutos.

— Um resfriado de verão — explicou Henrik, fungando. — O que o traz aqui?

— Uma pergunta.

— Diga.

— Ouviu falar de um assassinato cometido aqui em Hedestad nos anos 1940? Uma moça chamada Rebecka, que foi morta por terem posto sua cabeça numa lareira?

— Rebecka Jacobsson — disse Henrik sem hesitar um segundo. — Jamais vou esquecer esse nome, mas fazia anos que eu não ouvia ninguém mencioná-lo.

— Lembra como foi o assassinato?

— E como! Rebecka Jacobsson tinha vinte e três ou vinte e quatro anos quando foi morta. Isso deve ter acontecido... acho que foi em 1949. Houve um grande inquérito, no qual tive uma pequena participação.

— Você? — exclamou Mikael, surpreso.

— Sim. Rebecka Jacobsson trabalhava num dos escritórios do grupo Vanger. Uma moça bastante conhecida, e muito bonita. Mas por que essas perguntas sobre ela de repente?

Mikael não sabia bem o que dizer. Levantou-se e se aproximou da janela.

— Não sei exatamente, Henrik, talvez eu tenha descoberto alguma coisa, mas primeiro preciso refletir um pouco.

— Está querendo me dizer que existe uma ligação entre Harriet e Rebecka? Transcorreram... mais de dezessete anos entre os dois acontecimentos.

— Dê-me mais algum tempo para refletir. Voltarei amanhã, se você estiver melhor.

Mikael não encontrou Henrik Vanger no dia seguinte. Um pouco antes da uma da manhã, ainda estava sentado à mesa da cozinha lendo a Bíblia de Harriet, quando ouviu o ruído de um carro atravessando a ponte em alta velocidade. Olhou pela janela e viu a luz giratória azul de uma ambulância.

Tomado de um mau pressentimento, Mikael precipitou-se atrás da ambulância. Ela estacionara em frente à casa de Henrik. Havia luz no andar de baixo e Mikael logo percebeu que algo acontecera. Subiu depressa a escada da frente e deu de cara com Anna Nygren, muito perturbada no vestíbulo.

— O coração — ela disse. — Ele me chamou há pouco e se queixou de dor no peito. Depois desmaiou.

Mikael estreitou nos braços a leal governanta e ali permaneceu até que os enfermeiros descessem com um Henrik Vanger inconsciente numa padiola. Martin Vanger, visivelmente aflito, logo chegou. Já havia se deitado quando Anna o avisou; estava com os pés nus metidos num par de pantufas e com a braguilha aberta. Saudou Mikael brevemente e se voltou para Anna.

— Eu vou com ele para o hospital. Chame Birger e tente entrar em contato com Cecilia em Londres. E avise Dirch Frode.

— Posso ir até a casa de Frode — propôs Mikael. — Anna fez um sinal de agradecimento com a cabeça.

Bater à porta de alguém depois da meia-noite em geral significa más notícias, pensou Mikael ao pôr o dedo na campainha de Dirch Frode. Esperou vários minutos até que ele viesse abrir a porta, ainda sonolento.

— Tenho más notícias. Acabam de levar Henrik Vanger para o hospital. Parece que foi um infarto. Martin me pediu que eu viesse até aqui avisá-lo.

— Meu Deus — disse Frode. Consultou o relógio. — Hoje é sexta-feira 13 — acrescentou, com uma lógica incompreensível e um ar de perplexidade.

Mikael voltou para casa às duas e meia da manhã. Hesitou um instante, mas depois resolveu não telefonar para Erika naquele momento. Só por volta das dez da manhã, depois de falar brevemente com Dirch Frode pelo celular e de ficar sabendo que Henrik Vanger continuava vivo, é que chamou Erika para informar que o novo sócio da *Millennium* fora hospitalizado, vítima de um infarto. Como era de se esperar, seu anúncio foi recebido com tristeza e inquietação.

Mais tarde, Dirch Frode passou na casa de Mikael levando notícias detalhadas sobre o estado de saúde de Henrik.

— Ele está vivo, mas nada bem. Teve um infarto sério, agravado por uma espécie de infecção.

— Chegou a vê-lo?

— Não. Está na UTI. Martin e Birger estão com ele.

— Qual é o prognóstico?

Dirch Frode balançou a mão de um lado para o outro.

— Ele sobreviveu ao infarto, e isso é sempre um bom sinal. Seu estado geral de saúde é excelente, mas é um homem idoso. Só nos resta esperar.

Calaram-se, refletindo por um momento. Mikael serviu café. Dirch Frode parecia desanimado.

— Preciso lhe fazer algumas perguntas sobre como vão ficar as coisas — disse Mikael.

Frode olhou para ele.

— Nada vai mudar no que diz respeito ao seu emprego. As condições estão definidas num contrato válido até o fim do ano, esteja Henrik Vanger vivo ou não. Não se preocupe.

— Não me refiro a isso. Gostaria de saber a quem devo entregar meus relatórios na ausência dele.

Dirch Frode suspirou.

— Mikael, você sabe tão bem quanto eu que toda essa história de Harriet Vanger é um passatempo para Henrik.

— Não estou tão certo disso.

— O que está querendo dizer?

— Descobri novos indícios — respondeu Mikael. — Ontem falei um pouco sobre isso com Henrik. Receio até que possa ter contribuído para provocar seu infarto.

Dirch Frode lançou um olhar estranho para Mikael.

— Você está brincando.

Mikael balançou negativamente a cabeça.

— Dirch, nos últimos dias desenterrei mais material sobre o desaparecimento de Harriet do que fez o inquérito oficial em trinta e cinco anos. Meu problema agora é que não definimos a quem entrego meu relatório na ausência de Henrik.

— Pode entregá-lo a mim.

— Certo. Preciso prosseguir nesse caminho. Você dispõe de algum tempo?

Mikael relatou suas novas descobertas tão didaticamente quanto possível. Mostrou a seqüência de fotos da rua da Estação e expôs sua teoria. A seguir explicou como sua própria filha o levara a elucidar o mistério da agenda telefônica de Harriet. Para terminar, mencionou o brutal assassinato de Rebecka Jacobsson ocorrido em 1949.

A única informação que omitiu foi sobre o rosto de Cecilia Vanger na janela de Harriet. Queria primeiro falar com ela, antes de deixá-la numa posição em que pudessem suspeitar dela.

Rugas grossas de preocupação apareceram na testa de Dirch Frode.

— Está querendo me dizer que o assassinato de Rebecka tem algo a ver com o desaparecimento de Harriet?

— Não sei. Parece improvável, mas ao mesmo tempo há o fato de Harriet ter anotado as iniciais RJ na sua agenda com a remissão à lei bíblica sobre os holocaustos ritualistas. Rebecka Jacobsson foi queimada viva. A ligação com a família Vanger é evidente: ela trabalhava para o grupo Vanger.

— E como explica tudo isso?

— Ainda não sei. Mas quero seguir em frente e vou considerá-lo o representante de Henrik. Tomará as decisões no lugar dele.

— Talvez devêssemos informar a polícia.

— Não. De qualquer forma, não sem a autorização de Henrik. O assassinato de Rebecka está prescrito há muito tempo e o caso foi arquivado. Eles não vão reabrir o inquérito de um crime cometido há cinqüenta e quatro anos.

— Entendo. E o que pretende fazer então?

Mikael levantou-se e deu a volta ao redor da mesa.

— Primeiro gostaria de seguir a pista da foto. Se conseguirmos ver o que Harriet viu, acho que teremos aí uma chave. Em segundo lugar, preciso de um carro para ir a Norsjö e ver até onde essa pista me leva. E, em terceiro, gostaria de pesquisar essas citações bíblicas. Fizemos a ligação entre uma delas e um assassinato particularmente terrível. Restam outras quatro. Para conseguir isso... vou precisar de ajuda.

— Que espécie de ajuda?

— Preciso de um assistente de pesquisa que saiba vasculhar arquivos antigos de imprensa e encontre Magda, Sara e os outros nomes. Se eu não estiver enganado, Rebecka não foi a única vítima.

— Está querendo que mais alguém participe desse segredo...

— De repente estamos com uma quantidade enorme de pesquisas para serem feitas. Se eu fosse o tira responsável por alguma investigação, poderia poupar tempo e recursos e destacar muita gente para essas pesquisas. Preciso de um profissional que entenda de arquivos e que ao mesmo tempo seja de confiança.

— Entendo... Na verdade, conheço uma pessoa realmente competente. Foi ela quem fez a investigação sobre você — disse Frode, antes de se dar conta do que tinha dito.

— Fez o quê? — perguntou Mikael com voz imperiosa.

Dirch Frode percebeu tarde demais que falara mais do que devia. Estou ficando velho, pensou.

— Pensei em voz alta. Não é nada — tentou dizer.

— Mandou fazer uma investigação sobre mim?

— Nada de dramático, Mikael. Como queríamos contratá-lo, fomos verificar que tipo de homem você é.

— Então é por isso que Henrik Vanger sempre parece saber exatamente qual é a minha situação. E essa investigação? Foi muito aprofundada?

— Sim, bastante aprofundada.

— Levantou os problemas da *Millennium*?

Dirch Frode encolheu os ombros.

— Era necessário.

Mikael acendeu um cigarro. O quinto do dia. Percebeu que aquilo estava virando um hábito.

— Houve um relatório por escrito?

— Mikael, não dê tanta importância a isso.

— Quero ler esse relatório — disse.

— Veja, Mikael, não há nada de extraordinário. Apenas quisemos saber um pouco mais sobre você antes de contratá-lo.

— Quero ler esse relatório — repetiu Mikael.

— Somente Henrik pode dar a permissão.

— Ah é? Então vou dizer de outro modo: quero esse relatório nas minhas mãos dentro de uma hora. Do contrário, peço demissão imediatamente e pego o trem da noite para Estocolmo. Onde está o relatório?

Dirch Frode e Mikael Blomkvist mediram-se com os olhos por alguns segundos. Frode então suspirou e baixou os olhos.

— Na minha casa, na minha mesa.

O caso Harriet, sem dúvida, era a história mais bizarra com a qual Mikael Blomkvist já se envolvera. De modo geral, o último ano, desde a publicação da história de Hans-Erik Wennerström, não fora senão uma longa série de montanhas-russas — com grandes quedas livres. E aparentemente não havia terminado.

Dirch Frode ainda tentou ganhar tempo e Mikael só pôs as mãos no relatório de Lisbeth Salander às seis da tarde. Um pouco mais de oitenta páginas de análise e cem páginas de cópias de artigos, diplomas e outros detalhes marcantes da vida de Mikael.

Foi uma experiência estranha ver-se descrito no que podia ser considerado uma combinação de biografia com relatório de serviço secreto. Mikael ficou pasmo de ver como o relatório era detalhado. Lisbeth Salander apresentava detalhes que ele acreditava enterrados para sempre no húmus da história. Revelava uma ligação de sua juventude com uma sindicalista brilhante, atualmente dedicada em tempo integral à política. *Quem contou a ela essa história?* Mencionava seu grupo de rock Bootstrap, do qual certamente ninguém mais devia se lembrar. Examinava com detalhes suas finanças. *Mas que diabos! Como ela conseguiu?*

Como jornalista, Mikael passara anos buscando informações com diferentes pessoas e por isso era capaz de avaliar profissionalmente a qualidade desse trabalho. Lisbeth Salander era, sem a menor dúvida, um ás da pesquisa. Ele mesmo não se achava capaz de produzir um relatório como aquele, sobre uma pessoa totalmente desconhecida.

Mikael concluiu que não houve razão para que ele e Erika tivessem mantido uma distância polida na frente de Henrik Vanger; ele conhecia muito bem a relação dos dois e o triângulo que formavam com Lars Beckman. Lisbeth Salander também avaliara com espantosa exatidão a situação da *Millennium*; Henrik Vanger sabia o quanto as coisas iam mal quando entrou em contato com Erika e se ofereceu como sócio. *Qual era exatamente o jogo dele?*

O caso Wennerström era abordado apenas superficialmente, mas Lisbeth Salander com certeza assistira a algumas audiências no tribunal. Ela também comentava a estranha recusa de Mikael em se pronunciar durante o processo. *Uma garota esperta, seja ela quem for.*

Um segundo depois, Mikael ficou estarrecido, sem acreditar no que lia. Lisbeth Salander escrevera um breve texto sobre como vira a seqüência de acontecimentos depois do processo. Reproduzia quase literalmente o comunicado de imprensa que ele e Erika enviaram quando ele deixou o cargo de editor responsável da *Millennium*.

Lisbeth Salander teria usado o rascunho original dele? Ele olhou outra vez a primeira página do relatório. A data era anterior ao comunicado à imprensa, três dias antes de Mikael Blomkvist receber sua sentença. *Impossível.*

Até então o comunicado só existia num único lugar do mundo: no computador de Mikael. Em seu notebook pessoal, não no computador que ele usava na redação. O texto nunca fora impresso. A própria Erika Berger não tinha uma cópia dele, embora os dois tivessem discutido em linhas gerais o assunto.

Mikael Blomkvist pousou lentamente o relatório que Lisbeth Salander fizera sobre ele. Decidiu não fumar mais um cigarro. Em vez disso, pôs um blusão e saiu na noite clara, uma semana antes do solstício de verão. Seguiu pela praia ao longo do canal, passou em frente da casa de Cecilia Vanger, depois diante do luxuoso iate ancorado defronte à casa de Martin Vanger. Caminhava devagar e refletia. Por fim, sentou-se numa pedra e olhou as luzes das balizas piscando na baía de Hedestad. Só havia uma conclusão possível.

Você entrou no meu computador, senhorita Salander, disse a si mesmo em voz alta. *Você é uma hacker fodida!*

18. QUARTA-FEIRA 18 DE JUNHO

Lisbeth Salander emergiu sobressaltada de um sono sem sonhos. Sentia uma ligeira náusea. Não precisou virar a cabeça para saber que Mimmi já fora trabalhar, mas o cheiro dela permanecia no ar confinado do quarto. Havia bebido cerveja demais na reunião de terça à noite no Moulin com as Evil Fingers. Pouco antes de o bar fechar, Mimmi aparecera e a acompanhara até sua casa e até sua cama.

Ao contrário de Mimmi, Lisbeth Salander nunca se considerou uma autêntica lésbica. Nunca se preocupou em saber se era hétero, homo ou talvez bissexual. De modo geral, dava pouca importância a rótulos e achava que não competia a ninguém saber com quem ela passava a noite. Se fosse absolutamente necessário escolher, sua preferência sexual seria os rapazes — pelo menos eles lideravam as estatísticas. O único problema era encontrar um que não fosse um debilóide e fosse bom de cama, e Mimmi representava uma boa solução-tampão, capaz de mantê-la acesa. Ela a conhecera um ano antes numa barraca de cerveja da festa do Orgulho Gay, e fora a única pessoa que Lisbeth tinha apresentado às Evil Fingers. A relação se manteve com altos e baixos ao longo do ano, mas ainda não ia além de um passatempo para ambas. Mimmi era um corpo gostoso junto ao qual Lisbeth podia se aquecer, e também um ser humano em cuja companhia era bom acordar de manhã e fazer o desjejum.

O relógio na mesa-de-cabeceira indicava nove e meia e ela se perguntava o que a fizera acordar, quando a campainha da porta tocou de novo. Atônita, sentou-se na cama. *Ninguém* jamais tocava a sua campainha àquela hora da manhã. Aliás, quase ninguém tocava a sua campainha. Ainda sonolenta, enrolou-se no lençol e foi cambaleando até o vestíbulo para abrir a porta. Viu-se cara a cara com Mikael Blomkvist, sentiu o pânico invadir seu corpo e sem querer deu um passo para trás.

— Bom dia, senhorita Salander — ele saudou cordialmente. — Vejo que a noite foi movimentada. Posso entrar?

Sem esperar ser convidado, ele passou pela porta e a fechou atrás de si. Contemplou com curiosidade as roupas espalhadas no chão do vestíbulo, as pilhas de jornais, e lançou um olhar pela porta do quarto, enquanto o mundo de Lisbeth Salander parecia oscilar — *quem, o quê, como?* Mikael Blomkvist divertia-se com o olhar espantado dela.

— Como achei que você ainda não havia tomado o café-da-manhã, trouxe uns sanduíches. Um de rosbife, um de peru com mostarda de Dijon e um vegetariano com abacate. Não sei qual você prefere. O de rosbife? — Ele desapareceu na cozinha e logo encontrou a cafeteira elétrica. — Onde guarda o café? — perguntou. Salander permaneceu como que paralisada no vestíbulo até ouvir a torneira ser aberta. Deu três passos rápidos.

— Pare! — Percebeu que dera um grito e baixou o tom. — Não pode ir entrando assim na casa das pessoas, porra! Aqui não é a sua casa. Nós nem nos conhecemos.

Mikael Blomkvist parou de pôr água na cafeteira e virou a cabeça na direção dela. Respondeu com uma voz grave.

— Negativo! Você me conhece melhor que a maioria das pessoas. Não é mesmo?

E virou-se para continuar enchendo a cafeteira com água. Depois começou a abrir as portas do armário da cozinha.

— Aliás, eu sei como você faz. Conheço os seus segredos.

Lisbeth Salander fechou os olhos e quis que o chão se abrisse sob seus pés. Sentia-se num estado de paralisia mental. Estava com a boca seca. A situação era irreal e seu cérebro recusava-se a funcionar. Nunca antes havia estado face a face com um de seus objetos de investigação. *Ele sabe onde eu moro!* Ele estava em sua cozinha. Impossível! Isso não podia estar acontecendo. *Ele sabe quem eu sou!*

De repente ela se deu conta de que o lençol escorregara e o apertou ainda mais em volta do corpo. Ele disse alguma coisa que ela no começo não entendeu.

— Eu e você precisamos conversar — ele repetiu. — Mas tenho a impressão de que primeiro você precisa tomar um banho.

Ela tentou se expressar de modo coerente.

— Olha aqui, se veio criar problema, não é comigo que deve falar. Fiz um trabalho. Vá discutir com o meu chefe.

Ele se plantou diante dela e levantou as mãos, com as palmas à vista. *Não estou armado.* Um sinal de paz universal.

— Já falei com Dragan Armanskij. Aliás, ele pediu para você ligar, mas você não respondeu à chamada dele no celular ontem à noite.

Ele se aproximou. Ela não se sentiu ameaçada, mas recuou alguns centímetros quando ele roçou em seu braço e indicou a porta do banheiro. Não gostava de que a tocassem sem autorização, mesmo com intenção amistosa.

— Não vim criar problema — disse ele com uma voz calma. — Mas preciso muito falar com você. Assim que tiver despertado, é claro. O café estará pronto quando estiver vestida. Vamos, vá tomar seu banho.

Ela obedeceu passivamente. *Lisbeth Salander nunca é passiva*, pensou.

No banheiro, ela se apoiou contra a porta e tentou juntar os pensamentos. Estava mais abalada do que achava que devia ficar. Depois, lentamente tomou consciência de que sua bexiga estava a ponto de explodir e de que um banho não era apenas um bom conselho mas uma necessidade após a noite agitada. Quando terminou, entrou no quarto, vestiu uma calcinha, um jeans e uma camiseta com a inscrição *Armageddon was yesterday — today we have a serious problem.*

Após um segundo de reflexão, pegou a jaqueta de couro que deixara sobre uma cadeira. Tirou do bolso o bastão elétrico, verificou se estava carregado e o colocou no bolso de trás do jeans. Um cheiro de café se espalhou pelo apartamento. Ela respirou fundo e voltou para a cozinha.

— Nunca limpa a casa? — perguntou Mikael em tom brincalhão.

Ele havia posto toda a louça suja na pia, esvaziado os cinzeiros, jogado fora as caixas de leite vazias, limpado a mesa atulhada de jornais de cinco semanas, distribuído nela as xícaras e — viu que não tinha sido brincadeira — os sanduíches prontos. Pareciam apetitosos e Lisbeth realmente tinha fome depois da noite com Mimmi. *Está bem, veremos aonde tudo isso vai levar.* Ela se instalou diante dele, com um pé atrás.

— Não respondeu à minha pergunta. Rosbife, peru ou vegetariano?

— Rosbife.

— Fico então com o de peru.

Comeram em silêncio, observando-se mutuamente. Quando ela terminou o sanduíche, devorou também a metade do vegetariano. Encontrou um maço de cigarros amarrotado na beirada da janela e tirou um de lá.

Ele rompeu o silêncio.

— Talvez eu não seja tão bom como você em investigações pessoais, mas noto que não é nem vegetariana nem — como pensava Dirch Frode — anoréxica. Vou incluir esses dados no meu relatório a seu respeito.

Salander o encarou, mas ao ver sua expressão percebeu que ele estava brincando com ela. Parecia divertir-se tanto que ela não pôde deixar de retribuir com um sorriso de esguelha. A situação era absurda. Ela afastou o prato. Os olhos desse cara eram amistosos. Concluiu, por fim, que não era um mau sujeito. A investigação que ela fizera também não dava a entender que fosse um cafajeste pronto para espancar suas companheiras, ou coisa do gênero. Lembrou que ela é que sabia tudo a respeito dele — não o contrário. *Conhecimento é poder.*

Do que está rindo? — ela perguntou.

— Desculpe. É que não imaginei que fosse ser assim. Não tinha a intenção de assustá-la, mas foi o que aconteceu. Precisava ter visto a sua cara quando abriu a porta. Impagável. Não resisti à tentação de brincar um pouco com você.

Silêncio. Para a sua grande surpresa, Lisbeth Salander achou aceitável, de repente, a companhia daquele intruso — ou pelo menos não desagradável.

— Considere que me vinguei por você ter vasculhado a minha vida — disse ele num tom alegre. — Está com medo de mim?

— Não — respondeu Salander.

— Melhor. Não estou aqui para lhe fazer mal nem para criar problemas.

— Se tentar me tocar, eu lhe farei muito mal. Sério.

Mikael a observou. Ela media pouco mais de um metro e meio e parecia não ter como se defender se ele fosse um malfeitor que tivesse entrado em seu apartamento. Mas os olhos dela eram inexpressivos e calmos.

— Não será necessário — ele disse por fim. — Minhas intenções são boas. Preciso falar com você. Se quiser que eu vá embora, é só dizer. — Refletiu um segundo. — É curioso, tenho a impressão de... não, nada — ele se interrompeu.

— Diga.

— Não sei se o que vou dizer faz sentido, mas há quatro dias eu nem sabia da sua existência. Depois li a avaliação que você fez de mim — remexeu dentro da bolsa e encontrou o relatório —, o que não foi exatamente uma leitura divertida.

Calou-se e olhou um momento pela janela.

— Será que posso filar um cigarro seu? — Ela empurrou o maço na direção dele.

— Você disse agora há pouco que não nos conhecíamos e eu respondi que não era verdade. — Ele mostrou o relatório. — Ainda não alcancei você, fiz apenas algumas checagens de rotina para saber seu endereço, data de nascimento, estado civil et cetera. Mas você sabe muito a meu respeito. Boa parte são coisas pessoais que só meus amigos íntimos conhecem. E agora eu estou aqui na sua cozinha, comendo sanduíches com você. Faz meia hora que nos conhecemos e tenho a sensação de que nos conhecemos há anos. Entende o que quero dizer?

Ela assentiu com a cabeça.

— Você tem olhos lindos — ele disse.

— Você tem olhos gentis — ela respondeu. Ele não conseguiu definir se era uma ironia.

Silêncio.

— O que está fazendo aqui? — ela perguntou.

Super-Blomkvist — o apelido lhe ocorreu e ela conteve o impulso de dizê-lo em voz alta — assumiu de repente um ar sério. Ela captou cansaço em seu olhar. A segurança que demonstrara ao entrar no apartamento dela havia desaparecido e ela concluiu que as brincadeiras tinham acabado ou pelo menos estavam suspensas. Pela primeira vez, sentiu que ele a examinava com intensidade e reflexão. Não conseguiu imaginar o que se passava na cabeça dele, mas sentiu imediatamente que a visita adquiria um tom mais sério.

Lisbeth Salander tinha consciência de que sua calma era apenas aparente. Ela não controlava de fato seus nervos. A visita inesperada de Blomkvist mexera com ela de um modo que nunca sentira antes em seu trabalho. Ganhava a vida espionando as pessoas. Na realidade, nunca classificara o que fazia para Dragan Armanskij como um *trabalho de verdade*, e sim como um passatempo complexo, quase um *hobby*.

Fazia tempo que chegara à conclusão de que na verdade gostava de fuçar a vida dos outros e revelar segredos que as pessoas tentavam esconder. Agia assim — de uma forma ou de outra — desde que se conhecia como gente. E era o que continuava fazendo não só quando Armanskij lhe passava missões, mas às vezes apenas por prazer. Aquilo lhe dava uma espécie de satisfação — exatamente como num videogame complicado, com a diferença de que se tratava de pessoas reais. E eis que de repente seu *hobby* estava instalado na sua cozinha oferecendo-lhe sanduíches. Uma situação absurda.

— Tenho um problema fascinante — disse Mikael. — Me diga uma coisa: quando você fez suas investigações sobre mim para Dirch Frode, sabia qual era a finalidade delas?

— Não.

— O objetivo era obter informações a meu respeito porque Frode — ou, melhor, o seu cliente — queria me contratar para um trabalho *freelance*.

— *Entendo.*

Ele dirigiu-lhe um breve sorriso.

— Algum dia eu e você teremos uma conversa sobre os aspectos éticos de bisbilhotar a vida dos outros. Mas por enquanto preciso resolver um problema... O trabalho que me passaram, e que por uma razão incompreensível aceitei, é sem dúvida a missão mais estranha que já tive. Será que posso confiar em você, Lisbeth?

— Como assim?

— Dragan Armanskij disse que você é uma pessoa totalmente confiável. Mesmo assim eu pergunto: se eu te contar alguns segredos, você promete que não os divulgará, não importa a quem for?

— Espere um pouco. Então você falou com Dragan; foi ele que te mandou aqui?

Vou acabar com a raça daquele armênio cretino.

— Não exatamente. Você não é a única pessoa que sabe levantar um endereço. Na verdade fiz isso sozinho. Pesquisei nos registros do cartório. Há três pessoas chamadas Lisbeth Salander, e as outras duas estavam fora de cogitação. Mas ontem entrei em contato com Armanskij e tivemos uma longa conversa. No começo, ele também pensou que eu quisesse vir aqui criar problemas por você ter se intrometido na minha vida, mas depois acabou entendendo que o meu objetivo é bastante legítimo.

— O que você quer dizer?

— Bem, um cliente de Dirch Frode me contratou para um trabalho e cheguei a um ponto em que preciso da ajuda de um investigador qualificado, e com urgência. Frode me falou de você e da sua competência. Ele bateu com a língua nos dentes e acabei sabendo que você tinha feito uma investigação a meu respeito. Ontem falei com Armanskij e expliquei o que queria. Ele autorizou e tentou falar com você por telefone, mas você não respondeu. E assim... aqui estou eu. Pode ligar para Armanskij e confirmar tudo, se quiser.

Lisbeth Salander precisou de alguns minutos para localizar seu celular debaixo das roupas que Mimmi a ajudara a tirar na noite anterior. Mikael Blomkvist contemplou sua busca caótica com interesse, enquanto andava pelo apartamento. Todos os móveis, sem exceção, pareciam ter sido pegos na rua. Numa pequena mesa de trabalho destacava-se uma imponente instalação de informática. Havia um aparelho de CD numa prateleira, mas a coleção de discos era pequena e formada por bandas das quais Mikael jamais ouvira falar, com artistas na capa que pareciam vampiros saídos dos confins do espaço. Música, de fato, não era o forte de Lisbeth.

Salander constatou que Armanskij a chamara pelo menos sete vezes durante a noite e duas de manhã. Ela digitou o número dele enquanto Mikael se encostava no batente da porta para escutar a conversa.

— Sou eu... Desculpe, desliguei o celular... Sei que ele quer me contratar... Não, está aqui em casa... — Ela levantou a voz. — Dragan, estou com a boca seca e com dor de cabeça, por favor, fale logo; você autorizou ou não?... Obrigada.

Lisbeth Salander espiou Mikael Blomkvist pelo vão da porta. Ele olhava seus CDs e tirava livros das prateleiras; viu-o pegar um frasco de remédio marrom, sem etiqueta, e examiná-lo contra a luz com curiosidade. Quando se preparava para abrir a tampa, ela estendeu a mão e tomou-lhe o frasco; depois foi para a cozinha, sentou-se, massageou as têmporas e esperou que Mikael voltasse a se sentar.

— As regras são simples — ela disse. — Nada do que conversar comigo ou com Dragan chegará a alguém de fora. Vamos assinar um contrato no qual a Milton Security se compromete a manter sigilo. Quero saber em que consiste o trabalho antes de decidir se vou querer ou não trabalhar para você. Isso significa que manterei sigilo sobre o que me contar, quer aceite ou não o trabalho, contanto que não se trate de uma atividade criminosa séria. Nesse caso, farei um relatório a Dragan, que, por sua vez, avisará a polícia.

— Certo. — Ele hesitou. — Armanskij talvez não saiba exatamente por que quero contratá-la...

— Ele disse que você precisa de ajuda para uma pesquisa histórica.

— Sim, isso mesmo. Mas o que eu quero que você faça é me ajudar a descobrir um assassino.

Mikael levou mais de uma hora contando todos os detalhes confusos do caso Harriet Vanger. Não omitiu nenhum. Tinha a autorização de Frode para contratá-la e, para tanto, via-se na obrigação de conquistar sua inteira confiança.

Falou também do seu relacionamento com Cecilia Vanger e de como descobrira seu rosto na janela de Harriet. Deu a Lisbeth o máximo de informações possíveis sobre a personalidade dela. Começava a admitir que Cecilia figurava entre os principais suspeitos. Mas estava longe de entender como Cecilia podia estar ligada a um assassino em atividade, numa época em que ela ainda era jovem.

Depois, entregou a Lisbeth Salander uma cópia da lista da agenda telefônica de Harriet.

Magda - 32016
Sara - 32109
RJ - 30112
RL - 32027
Mari - 32018

— O que quer que eu faça?

— Identifiquei RJ, Rebecka Jacobsson, e fiz a conexão entre ela e uma citação da Bíblia que fala dos sacrifícios por imolação. Ela foi morta de um modo semelhante ao que está descrito na citação — sua cabeça foi posta sobre brasas. Se eu não estiver enganado, encontraremos outras quatro vítimas — Magda, Sara, Mari e RL.

— Acredita que foram mortas?

— Por um assassino que agia nos anos 1950, talvez 60. E que, de uma maneira ou de outra, está ligado a Harriet Vanger. Examinei números antigos do *Hedestads-Kuriren*. O assassinato de Rebecka é o único crime monstruoso que, pelo que descobri, tem a ver com Hedestad. Quero que continue pesquisando em toda a Suécia.

Lisbeth Salander permaneceu mergulhada em pensamentos e num silêncio inexpressivo tão longo que Mikael começou a se impacientar. Perguntava-se se havia escolhido a pessoa certa quando ela por fim ergueu os olhos.

— Está certo, aceito o trabalho. Mas primeiro assine o contrato com Armanskij.

Dragan Armanskij imprimiu o contrato que Mikael Blomkvist ia levar a Hedestad para que Dirch Frode o assinasse. Ao voltar à saleta de trabalho de Lisbeth Salander, viu, através da divisória envidraçada, que ela e Mikael Blomkvist estavam inclinados sobre o Powerbook dela. Mikael pousava a mão em seu ombro — *ele a tocava* — e lhe indicava alguma coisa. Armanskij esperou algum tempo.

Mikael disse algo que pareceu surpreender Salander e ela riu ruidosamente.

Armanskij nunca a ouvira rir, embora tivesse tentado ganhar sua confiança naqueles anos todos. Mikael Blomkvist a conhecia havia poucas horas e ela já ria na companhia dele.

De repente detestou Mikael Blomkvist com uma intensidade que o surpreendeu. Pigarreou ao cruzar a porta e depositou sobre a mesa o envelope de plástico com o contrato.

Mikael teve tempo para fazer uma rápida visita à redação da *Millennium* à tarde. Era a primeira vez que entrava lá desde que fora limpar sua mesa antes do Natal, e de repente lhe pareceu estranho subir aquelas escadas tão familiares. O código de acesso não tinha sido alterado; entrou pela porta da redação sem ser notado e ficou um instante comprazendo-se em olhar tudo por ali.

A sede da *Millennium* tinha a forma de um L. A entrada propriamente dita era um grande *hall* que ocupava uma ampla área inutilizada. Havia ali um canapé e poltronas para os visitantes. Atrás do canapé abria-se uma copa com quitinete, sanitários e dois cubículos onde eram guardados os arquivos. Havia também uma mesa para o estagiário. À direita da entrada, uma divisória envidraçada dava para o estúdio de Christer Malm, cuja empresa, com entrada separada no corredor do edifício, ocupava uma área de oitenta metros quadrados. À esquerda ficava a redação, cerca de cento e cinqüenta metros quadrados com vista para a rua Götgatan.

Erika concebera o projeto e instalara divisórias envidraçadas para criar três ambientes individuais e uma ampla sala comum para os outros três colaboradores. Ficara com a maior, no fundo da redação, e Mikael fora colocado na outra ponta. Era a única sala que se podia ver da entrada. Ele notou que ninguém havia se instalado ali.

A terceira peça, um pouco afastada, era ocupada por Sonny Magnusson, de sessenta anos, o eficiente vendedor de publicidade da *Millennium* já há alguns anos. Erika descobriu Sonny quando ele se viu desempregado após a reestruturação da empresa onde trabalhou a maior parte de sua vida. Sonny estava então na idade em que não era fácil conseguir emprego. Erika o escolheu de propósito; ofereceu-lhe um pequeno salário fixo e uma porcentagem sobre as receitas publicitárias. Sonny aceitou e os dois ficaram satisfeitos. Mas no último ano, por melhor vendedor que fosse, as receitas tinham desabado. Os rendimentos de Sonny diminuíram demais; contudo, em vez de tentar outra coisa, ele apertou o cinto e permaneceu fiel a seu cargo. *Diferentemente de mim, que sou a causa dessa degringolada toda*, pensou Mikael.

Ele reuniu coragem e entrou por fim na redação, quase vazia naquela hora. Viu Erika em sua sala, com um telefone colado à orelha. Somente dois colaboradores estavam na redação. Monika Nilsson, de trinta e sete anos, experiente repórter geral, especializada em vigilância política e provavelmente a pessoa mais entendida em cinismo que Mikael já conhecera. Trabalhava na *Millennium* havia nove anos e divertia-se imensamente. Henry Cortez tinha vinte e quatro anos e era o mais jovem colaborador da redação; dois anos antes, assim que se formou no instituto de jornalistas JMK, procurou Erika e disse que queria trabalhar na *Millennium* e em nenhum outro lugar. Erika não tinha dinheiro para contratá-lo, mas propôs-lhe um estágio, ofereceu-lhe uma sala num canto e depois o absorveu como *freelancer* fixo.

Os dois gritaram de contentamento ao ver Mikael, que foi recebido com beijos e tapas nas costas. Logo lhe perguntaram se estava voltando ao trabalho, mas se decepcionaram quando ele explicou que lhe restavam mais seis meses no Norrland, e que apenas estava passando para dar um alô e falar com Erika.

Erika também ficou contente em vê-lo, serviu café e fechou a porta de sua sala. Começou pedindo notícias de Henrik Vanger. Mikael não sabia muito mais do que Dirch Frode relatara; o estado dele era grave, mas o velho continuava vivo.

— O que você está fazendo na cidade?

Mikael sentiu-se subitamente embaraçado. Passara na redação sem pensar muito, a Milton Security ficava a poucos passos dali. Pareceu-lhe difícil explicar a Erika que tinha acabado de contratar a consultora particular em segurança que invadira seu computador. Limitou-se a encolher os ombros e dizer que fora obrigado a vir a Estocolmo por causa de alguns assuntos ligados a Vanger e que já estava voltando para o norte. Perguntou como iam as coisas na redação.

— Junto com as boas notícias do volume de publicidade e do número de assinantes que não param de crescer, há uma nuvem escura se formando no horizonte.

— Quem?

— Janne Dahlman. Fui obrigada a ficar de olho nele logo depois que soltamos a notícia da entrada de Henrik Vanger na sociedade. Não sei se é apenas a natureza dele ou se tem a ver com alguma coisa mais profunda. Ele está fazendo uma espécie de jogo.

— O que aconteceu?

— Não confio mais nele. Depois que assinamos o acordo com Henrik Vanger, Christer e eu ficamos pensando se informávamos imediatamente toda a redação de que não corríamos mais o risco de fechar no outono ou se...

— Ou se informavam apenas alguns colaboradores.

— Exatamente. Talvez eu seja paranóica, mas não queria que Dahlman espalhasse a história. Então decidimos avisar toda a redação só no dia em que o acordo se tornasse público. Portanto, guardamos segredo por um mês.

— E?

— Bem, eram as primeiras boas notícias que a redação recebia depois de um ano. Todos festejaram, com exceção de Dahlman. Claro, não somos a maior redação do mundo, mas três pessoas se alegraram, o estagiário também, e uma se zangou por não termos passado a informação mais cedo.

— Ele teve um pouco de razão...

— Eu sei. Mas o fato é que continuou falando disso o tempo todo e despejando mau humor pela redação. Depois de duas semanas, chamei-o à minha sala e expliquei que, se eu não havia informado a redação, é porque não tinha confiança nele e não estava certa de que ele guardaria segredo.

— Como ele reagiu?

— Ficou muito magoado, claro, e furioso. Não recuei e dei a ele um ultimato: ou fazia um esforço para melhorar ou começasse a procurar outro emprego.

— E ele?

— Resolveu se esforçar. Mas permanece distante e há muita tensão entre ele e o resto da equipe. Christer não o suporta mais e demonstra isso claramente.

— E o que suspeita que Dahlman esteja fazendo?

Erika suspirou.

— Não sei. Nós o contratamos há um ano, quando já estávamos em campanha contra Wennerström. Não posso provar absolutamente nada, mas pressinto que ele não trabalha para nós.

Mikael assentiu com a cabeça.

— Confie nos seus instintos.

— Talvez não passe de um pobre-coitado cheio de mau humor por não estar no seu lugar.

— É possível. Mas concordo com você que cometemos um erro de avaliação ao contratá-lo.

Vinte minutos depois, Mikael pegava as vias expressas do Slussen rumo ao norte, no carro que emprestara da mulher de Dirch Frode, um Volvo de dez anos que ela nunca utilizava e que Mikael agora podia usar quando quisesse.

Os detalhes eram mínimos e sutis, e Mikael poderia nem tê-los percebido se não estivesse atento. Uma pilha de papéis um pouco mais inclinada do que antes. Um arquivo um pouco fora de lugar na prateleira. A gaveta da escrivaninha inteiramente fechada — Mikael lembrava-se muito bem de tê-la deixado um pouco entreaberta na véspera, quando foi para Estocolmo.

Ficou imóvel por um momento, em dúvida. Depois, uma certeza se impôs: alguém entrara na casa.

Foi até o patamar de entrada e olhou ao redor. Ele trancara a porta, mas como se tratava de uma fechadura velha e bastante comum provavelmente podia ser aberta com uma chave de fenda, e não havia como saber se existiam cópias daquela chave. Voltou a entrar na casa e passou em revista, sistematicamente, a saleta de trabalho para verificar se algo desaparecera. Depois de algum tempo, concluiu que tudo parecia ainda estar ali.

Mas o fato é que alguém havia entrado, se instalado em sua saleta de trabalho e folheado seus papéis e arquivos. Ele levara o computador consigo, portanto a pessoa não tivera acesso a ele. Duas questões se apresentavam. Quem? E será que o visitante misterioso tinha podido concluir alguma coisa do que vira ali?

Os arquivos eram uma parte dos que ele trouxera de volta da casa de Henrik Vanger após sair da prisão. Não havia nenhum material novo. Os cadernos de anotações eram indecifráveis para um não-iniciado. Mas será que a pessoa que vasculhara sua mesa era uma não-iniciada?

O mais preocupante era o pequeno envelope de plástico em cima da mesa, onde ele pusera a lista de números da agenda telefônica de Harriet e uma cópia das citações bíblicas às quais eles se referiam. A pessoa que vasculhara a saleta agora sabia que ele havia decifrado o código da Bíblia.

Quem?

Henrik Vanger estava no hospital. Ele não suspeitava de Anna, a governanta. Dirch Frode? Mas Mikael já havia lhe contado todos os detalhes... Cecilia Vanger adiara a viagem à Flórida e voltara de Londres com a irmã. Ele a vira na noite anterior, atravessando a ponte de carro. Martin Vanger? Harald Vanger? Birger Vanger regressara para participar de uma reunião de família, à qual Mikael não fora convidado, no dia seguinte ao infarto de Henrik. Alexander Vanger? Isabella Vanger? Ela era tudo menos simpática.

Com quem Frode havia falado? Deixara escapar alguma coisa? Quantos, dos mais próximos, haviam percebido que Mikael descobrira algo novo nas investigações?

Passava de oito da noite. Ele telefonou para um serralheiro em Hedestad e pediu uma nova fechadura. O serralheiro explicou que só poderia ir na manhã seguinte. Mikael prometeu pagar o dobro se ele fosse imediatamente, e ele concordou em passar às dez e meia para instalar uma nova fechadura na casa.

Enquanto esperava o serralheiro, Mikael foi até a casa de Dirch Frode, por volta das oito e meia. A mulher de Frode apontou para o jardim atrás da casa e lhe propôs uma cerveja gelada, que Mikael aceitou com prazer. Ele pediu a Frode notícias de Henrik.

— Foi operado. Tem arteriosclerose nas coronárias. O médico disse que seu estado continua crítico, mas que ainda há esperanças.

Ficaram um instante em silêncio, bebendo cerveja.

— Suponho que não conseguiu falar com ele.

— Não, não está em condições de falar. E como foi lá em Estocolmo?

— Lisbeth Salander aceitou. Eu trouxe o contrato de Dragan Armanskij. Precisa assiná-lo e enviá-lo de volta.

Dirch Frode leu o documento.

— Ela não cobra barato — constatou.

— Henrik pode pagar.

Frode foi buscar uma caneta e assinou.

— Ainda posso assinar este contrato por Henrik enquanto ele estiver vivo. Pode deixá-lo na caixa de correspondência do Konsum quando voltar para casa?

* * *

À meia-noite, Mikael já estava na cama, porém não conseguia dormir. Até então, sua temporada na ilha de Hedeby limitara-se a desencavar extravagâncias históricas. Mas quem sabe o passado não estivesse mais próximo do presente do que ele imaginava, se alguém suficientemente interessado no que ele fazia foi capaz de se introduzir na sua saleta de trabalho?

De repente lhe ocorreu que outras pessoas fora da ilha também podiam estar interessadas nas atividades dele. A súbita entrada de Henrik Vanger no conselho administrativo da *Millennium* não devia ter passado despercebida a Hans-Erik Wennerström. Ou esse tipo de pensamento indicava que ele estava ficando paranóico?

Mikael levantou-se, postou-se completamente nu diante da janela da cozinha e olhou pensativo para a igreja do outro lado da ponte. Acendeu um cigarro.

Não conseguia entender Lisbeth Salander. Ela tinha um comportamento estranho, fazia longas pausas no meio da conversa. Seu apartamento era um caos, com montanhas de jornais no vestíbulo e uma cozinha que não passava por uma limpeza havia bem um ano. Roupas espalhadas pelo chão, com certeza ele a tinha encontrado depois de uma noite de farra. No pescoço havia vestígios de chupadas, reveladoras de grande atividade noturna. Tinha várias tatuagens pelo corpo, *piercings* no rosto e provavelmente também em lugares que ele não vira. Ou seja, uma criatura especial.

Por outro lado, Armanskij garantira que ela era indiscutivelmente a melhor investigadora de sua empresa, e a investigação que fizera sobre ele indicava com certeza que ela ia fundo nas coisas. *Uma garota estranha.*

Lisbeth Salander estava diante do seu Powerbook refletindo sobre como reagira a Mikael Blomkvist. Em toda a sua vida adulta, jamais deixara entrar em sua casa alguém que não tivesse sido expressamente convidado, e podia-se contar tais pessoas nos dedos de uma mão. Sem a menor cerimônia, Mikael se intrometera em sua vida e ela não reagira senão com uns protestos frouxos.

E não foi tudo — ele havia mexido com ela, zombado dela.

De hábito, esse tipo de comportamento a teria levado a mentalmente engatilhar uma arma. No entanto, não sentiu a menor ameaça, nenhuma hostilidade vinda de Mikael Blomkvist. Ele tinha todos os motivos para estar zangado — e até mesmo para processá-la depois de ter descoberto que ela invadira seu computador. Mas não, levou isso também na brincadeira.

Foi a parte mais delicada da conversa que tiveram. Como se Mikael propositalmente não quisesse tocar no assunto. Por fim, ela mesma não conseguiu evitar.

— Você disse que sabe o que eu fiz.

— Você invadiu o meu computador, é uma *hacker*.

— Como sabe disso? — Lisbeth tinha a certeza de que não havia deixado vestígios e de que não seria descoberta, a menos que alguém muito experiente em segurança estivesse escaneando o disco rígido no momento em que ela o invadiu.

— Você cometeu um erro. — Ele explicou que ela reproduzira um texto que só existia no computador dele e em nenhum outro lugar.

Lisbeth Salander ficou em silêncio por um bom tempo. Por fim, fixou nele uns olhos inexpressivos.

— Como conseguiu? — ele perguntou.

— Segredo. O que pretende fazer?

Mikael encolheu os ombros.

— O que eu posso fazer? No máximo, deveria levar um papo com você sobre ética e moral, e sobre os perigos de bisbilhotar a vida alheia.

— Que é exatamente o que você faz como jornalista.

Ele concordou com a cabeça.

— Sem dúvida. É justamente por isso que nós, jornalistas, temos um comitê de ética nos vigiando nas questões morais. Quando escrevo um texto sobre um corrupto do mundo financeiro, deixo de lado, por exemplo, sua vida sexual. Não escrevo que uma estelionatária é lésbica ou que sonha trepar com seu cachorro, ou coisas do gênero, ainda que seja verdade. Mesmo os corruptos têm direito a uma vida privada, e é muito fácil prejudicar alguém atacando sua maneira de viver. Entende o que quero dizer?

— Sim.

— Portanto, você atentou contra a minha integridade. Henrik Vanger não precisava saber com quem eu faço amor. É problema meu.

Um sorriso acanhado despontou nos lábios de Lisbeth Salander.

— Acha então que eu não devia ter falado disso?

— No que me diz respeito, não faz muita diferença. Metade da cidade sabe da minha ligação com Erika. Estou falando é do princípio.

— Talvez você ache divertido saber que eu também tenho princípios que correspondem ao do seu comitê de ética. É o que chamo de Princípio Salander. Na minha opinião, um corrupto sempre será um corrupto e, se posso prejudicá-lo desencavando sujeiras a seu respeito, ele tem o que merece. Não faço senão dar-lhe o troco.

— Certo — disse Mikael Blomkvist sorrindo. — Meu raciocínio não é inteiramente diferente do seu, mas...

— A verdade é que ao fazer uma investigação levo em conta também o que a pessoa me inspira. Não fico neutra. Se julgo que se trata de uma pessoa boa, posso ser discreta no meu relatório.

— É mesmo?

— No seu caso, fui discreta. Poderia ter escrito um livro sobre a sua vida sexual. Poderia ter contado a Frode que Erika Berger tem um passado no clube Xtreme e que flertava com o BDSM nos anos 1980, o que inevitavelmente teria criado algumas associações de idéias sobre a vida sexual de vocês.

Mikael Blomkvist encarou o olhar de Lisbeth Salander. Depois de um momento, olhou pela janela e deu uma gargalhada.

— Realmente nada te escapa. Por que não pôs isso no relatório?

— Você e Erika Berger são adultos e parecem gostar muito um do outro. O que fazem na cama não interessa a ninguém, e tudo que eu conseguiria, ao falar dela, seria só prejudicar você ou oferecer material de chantagem a alguém. Sei lá, não conheço Dirch Frode, e esse material poderia chegar às mãos de Wennerström.

— E você não quer fornecer material a Wennerström?

— Se eu precisasse escolher entre você e ele, escolheria o seu lado do ringue.

— Eu e Erika temos um... nosso relacionamento é...

— Estou pouco me lixando para o relacionamento de vocês. Mas não respondeu à minha pergunta: o que pretende fazer agora que sabe que eu invadi o seu computador?

A pausa de Mikael foi quase tão longa quanto a dela.

— Lisbeth, eu não vim aqui para aborrecê-la, não vou denunciar você.

Estou aqui para pedir sua ajuda numa investigação. Responda sim ou não. Se disser não, vou embora, procuro outra pessoa e não terá mais notícias de mim. — Ele refletiu um segundo e depois sorriu. — Com a condição de eu não pegar você de novo no meu computador, é claro.

Ela o olhou com uma expressão vazia.

19. QUINTA-FEIRA 19 DE JUNHO — DOMINGO 29 DE JUNHO

Mikael passou dois dias estudando seus documentos, enquanto aguardava notícias sobre se Henrik Vanger sobreviveria ou não. Permanecia em contato com Dirch Frode. Na quinta-feira à noite, Frode foi vê-lo na casa dos convidados para anunciar que a crise parecia superada por enquanto.

— Ele está fraco, mas consegui falar um pouco com ele hoje. Quer te ver o mais breve possível.

À uma da tarde do sábado, dia do solstício de verão, Mikael foi ao hospital de Hedestad e dirigiu-se ao setor onde Henrik Vanger estava internado. Deparou com Birger Vanger, muito irritado, que lhe barrou o caminho dizendo, com muita autoridade, que Henrik não estava em condições de receber visitas. Sem perder a calma, Mikael contemplou o conselheiro municipal.

— É estranho. Henrik Vanger me mandou um recado muito claro de que desejava me ver hoje.

— Você não é da família e não tem nada o que fazer aqui.

— É verdade, não faço parte da família. Mas vim atender um pedido expresso de Henrik, e só recebo ordens dele.

A troca de palavras poderia ter virado uma disputa violenta se Dirch Frode não tivesse saído do quarto de Henrik justamente naquele momento.

— Ah, aí está você. Henrik acabou de perguntar onde você estava.

Frode manteve a porta aberta e Mikael entrou no quarto, passando por Birger Vanger.

Henrik parecia ter envelhecido dez anos em uma semana. Suas pálpebras permaneciam semicerradas, um tubo de oxigênio entrava pelo nariz e seus cabelos estavam mais emaranhados do que nunca. Uma enfermeira deteve Mikael, pondo a mão em seu braço.

— Só dois minutos. E evite emoções. — Mikael assentiu com a cabeça e sentou-se numa cadeira de modo a poder ver o rosto de Henrik. Ficou surpreso por sentir-se tão enternecido e estendeu a mão para apertar suavemente a do velho, muito frouxa. Henrik Vanger falou com voz fraca, entrecortada.

— Novidades?

Mikael fez que sim com a cabeça.

— Farei um relatório assim que você melhorar. Ainda não resolvi o mistério, mas descobri novos elementos e estou seguindo algumas pistas. Dentro de uma semana ou duas, poderei dizer se isso nos leva a algum lugar.

Henrik tentou balançar a cabeça. Foi com um bater de pálpebras que indicou haver entendido.

— Vou me ausentar por alguns dias.

As sobrancelhas de Henrik se contraíram.

— Não, não estou abandonando o navio. Vou fazer uma investigação. Combinei com Dirch Frode de passar meus relatórios a ele. Está de acordo?

— Dirch é... meu mandatário... em todos os assuntos.

Mikael assentiu com a cabeça.

— Mikael... se por acaso... eu vier a... quero que termine... o trabalho assim mesmo.

— Prometo que vou terminar.

— Dirch tem todas as... procurações.

— Henrik, quero que se restabeleça logo. Eu ficaria muito chateado com você se desaparecesse agora que avancei tanto em meu trabalho.

— Dois minutos — disse a enfermeira.

— Preciso ir. Da próxima vez que eu vier, espero ter uma longa conversa com você.

Birger Vanger esperava Mikael quando ele saiu no corredor e o deteve pondo uma mão em seu ombro.

— Não quero que perturbe Henrik outra vez. Ele está gravemente doente e não deve ser incomodado, seja qual for o motivo.

— Entendo sua preocupação. Não vou mais perturbá-lo.

— Todos sabem que Henrik o contratou para investigar seu pequeno *hobby*... Harriet. Dirch Frode me contou que Henrik ficou muito perturbado depois de uma conversa que vocês tiveram pouco antes do infarto. Disse que você mesmo achou que ela pode ter deflagrado a crise.

— Não penso mais assim. Henrik Vanger tem uma arteriosclerose nas coronárias. Poderia ter sofrido um infarto ao ir ao banheiro. Tenho certeza de que você também sabe muito bem disso.

— Quero ter o direito de fiscalizar todas essas bobagens. É na minha família que você está se metendo.

— Bem, como eu disse... trabalho para Henrik, não para a sua família.

Birger Vanger não estava aparentemente habituado a que alguém o contrariasse. Por um breve instante, encarou Mikael com um olhar destinado a lhe inspirar respeito, mas que lhe dava sobretudo o aspecto de um alce presunçoso. Depois, girou os calcanhares e entrou no quarto de Henrik.

Mikael conteve o riso. Não era muito conveniente rir no corredor tão perto do leito onde Henrik se achava enfermo, que também poderia vir a ser seu leito de morte. Mas Mikael se lembrou de repente de uma estrofe de um abecedário rimado de Lennart Hyland, divulgado no rádio nos anos 1960, e que por uma razão incompreensível ele memorizara quando estava sendo alfabetizado: Era a letra A: *o Alce soberbo e solitário insiste/ em olhar o bosque arruinado e triste.*

Na entrada do hospital, Mikael topou com Cecilia Vanger. Havia ligado para o celular dela dezena de vezes desde que ela retornara de suas férias interrompidas, mas não obtivera resposta. Ela também não estava em sua casa na ilha quando ele passou por lá e bateu na porta.

— Oi, Cecilia — ele disse. — Lamento o que aconteceu com Henrik.

Ela agradeceu com um gesto de cabeça. Mikael tentou captar seus sentimentos, mas não percebeu nem calor nem frieza.

— Precisamos conversar.

— Sinto muito ter te excluído daquela forma. Entendo que esteja furioso, mas estou passando por um momento difícil.

Mikael franziu o cenho até entender o que ela queria dizer. Pôs a mão no braço de Cecilia e sorriu.

— Espere, não é isso, Cecilia. Não estou nem um pouco furioso com você. Queria muito continuar seu amigo, mas se não tem vontade de me ver... se for essa a sua decisão, eu respeitarei.

— Os relacionamentos nunca foram o meu forte — ela disse.

— Nem o meu. Vamos tomar um café?

Ele fez um sinal com a cabeça em direção à cafeteria do hospital.

Cecilia hesitou.

— Não, hoje não. Gostaria de ver Henrik agora.

— Tudo bem, mas mesmo assim preciso falar com você. Sobre trabalho.

— O que está querendo dizer? — Ela se pôs em guarda.

— Lembra-se quando nos vimos pela primeira vez, quando você veio me ver em janeiro? Eu disse que tudo o que falássemos seria *off the record* e que quando eu tivesse perguntas de verdade para lhe fazer, eu avisaria. É sobre Harriet.

O rosto de Cecilia inflamou-se num furor súbito.

— Seu filho-da-puta!

— Cecilia, descobri coisas sobre as quais preciso falar com você.

Ela deu um passo para trás.

— Você não entende que essa maldita investigação dessa maldita Harriet é só uma maneira de Henrik se ocupar? Não entende que ele talvez esteja morrendo lá em cima e que a última coisa que ele precisa agora é ser perturbado e que lhe dêem falsas esperanças?...

Ela se calou.

— Talvez seja um *hobby* para Henrik, mas o fato é que descobri novos elementos que não tinham sido descobertos em trinta e cinco anos. Há questões nessa investigação que ficaram sem resposta, e estou trabalhando de acordo com as instruções de Henrik.

— Se Henrik morrer, esta droga de investigação vai acabar em seguida e você será o primeiro a cair fora — disse Cecilia, afastando-se e cruzando a porta.

* * *

Tudo estava fechado, Hedestad praticamente deserta. A população parecia ter ido ao campo para as festividades de São João. Mikael encontrou por fim o terraço do Grande Hotel e ali pediu um café e um sanduíche enquanto lia os jornais da tarde. Nada de importante acontecera no mundo.

Deixou os jornais e refletiu sobre Cecilia Vanger. Não havia contado nem a Henrik nem a Dirch Frode que suspeitava que ela tinha aberto a janela do quarto de Harriet. Não queria transformá-la em suspeita e a última coisa que desejava era prejudicá-la. Mas cedo ou tarde seria preciso tocar nessa questão.

Permaneceu no terraço por uma hora até decidir deixar de lado aquele problema e dedicar o Dia de São João a outra coisa que não à família Vanger. Seu celular permanecia silencioso. Erika viajara no fim de semana e se divertia em algum lugar com o marido, e ele não tinha com quem falar.

Regressou à ilha por volta das quatro da tarde e tomou outra decisão — parar de fumar. Ele se exercitava com regularidade desde a época do serviço militar, ginástica e *jogging* ao longo da Söder Mälarstrand, mas parara completamente quando os problemas com Hans-Erik Wennerström começaram. Em Rullaker tentou desenferrujar o corpo, sobretudo como terapia, mas desde que deixara a prisão não fizera muitos progressos. Era hora de recomeçar. Com determinação, vestiu um abrigo e se pôs a correr em marcha lenta pelo caminho que conduzia à cabana de Gottfried, pegou a trilha para a Fortificação e empregou um ritmo mais forte fora da pista. Não praticava corrida de percurso desde o serviço militar, mas sempre preferira correr no bosque do que nas pistas de treinamento. Passou pela fazenda de Östergarden para voltar ao povoado. Sentia-se exausto quando completou, bufando, os últimos metros até a casa dos convidados.

Às seis da tarde tomou um banho. Adepto, mesmo contra a vontade, do tradicional jantar de São João, pôs algumas batatas para cozinhar, preparou o arenque marinado com cebolinha e ovos duros e instalou-se numa mesa frágil, fora de casa, no lado que dava para a ponte. Serviu-se de aquavita e brindou sozinho. Depois abriu um romance policial intitulado *O canto das sereias*, de Val McDermid.

Por volta das sete da noite, Dirch Frode passou para vê-lo e instalou-se pesadamente numa cadeira do jardim diante dele. Mikael ofereceu-lhe uma dose de aquavita.

— Você causou muitos ressentimentos hoje — disse Frode.

— Eu percebi.

— Birger Vanger é um fanfarrão.

— Eu sei.

— Mas Cecilia Vanger não é, e está furiosa com você.

Mikael assentiu com a cabeça.

— Ela me falou que você precisa parar de remexer nos assuntos da família.

— Entendo. E o que você respondeu?

Dirch Frode olhou seu copo de aquavita e o esvaziou num trago.

— Respondi que Henrik deu instruções muito claras sobre o que deseja que você faça. Enquanto ele não modificar essas instruções, você segue o contrato que fizemos. Espero que faça o possível para cumprir sua parte no contrato.

Mikael concordou com a cabeça. Olhou o céu, onde nuvens de chuva se acumulavam.

— Há uma tempestade no ar — disse Frode. — Se os ventos começarem a soprar muito fortes, estarei aqui para ajudá-lo.

— Obrigado.

Ficaram um instante em silêncio.

— Pode me servir mais um trago? — pediu Frode.

Alguns minutos depois de Dirch Frode ter voltado para casa, Martin Vanger estacionou o carro em frente à casa dos convidados. Desceu e foi cumprimentar Mikael, que lhe desejou boa Festa de São João e lhe ofereceu uma bebida.

— Não, obrigado. Vim à ilha só para trocar de roupa. Vou voltar agora à cidade para passar a noite com Eva.

Mikael esperou.

— Falei com Cecilia. Ela está um pouco perturbada, é muito apegada a Henrik. Espero que a perdoe se ela disse coisas... desagradáveis.

— Gosto muito de Cecilia — respondeu Mikael.

— Eu sei. Mas ela tem lá seus humores. Saiba apenas que Cecilia é totalmente contra você remexer no passado.

Mikael suspirou. Todo mundo em Hedestad parecia saber por que Henrik o contratara.

— E você?

Martin afastou as mãos num gesto de perplexidade.

— Há décadas Henrik está obcecado com essa história da Harriet. Não sei o que dizer... Harriet era minha irmã, mas de certo modo já está distante de mim. Dirch Frode me disse que você tem um contrato que somente Henrik pode romper. Considerando seu atual estado de saúde, creio que isso cause mais mal do que bem.

— E você, quer que eu continue?

— Descobriu alguma coisa?

— Desculpe, Martin, mas eu quebraria o contrato se lhe contasse alguma coisa sem a autorização de Henrik.

— Entendo. — Ele sorriu de repente. — Henrik gosta muito de conspirações, tem um monte de teorias a respeito, mas eu não gostaria que você lhe desse falsas esperanças.

— Fique tranqüilo. A única coisa que apresento a ele são fatos que posso comprovar através de documentos.

— Bem... Aliás, por falar nisso, precisamos pensar também no outro contrato. Como Henrik está doente e impossibilitado de cumprir suas obrigações no conselho administrativo da *Millennium*, me ofereço para ficar no seu lugar.

Mikael esperou.

— Precisamos convocar uma reunião para avaliar a situação.

— É uma boa idéia, mas, pelo que entendi, a próxima reunião já foi marcada para agosto.

— Sim, mas talvez possamos antecipá-la.

Mikael sorriu polidamente.

— Sem dúvida. Mas está falando com a pessoa errada. Por enquanto não faço parte do conselho administrativo da *Millennium*. Deixei a revista em dezembro e nada posso dizer sobre as decisões tomadas pelo conselho. Sugiro que converse com Erika Berger sobre isso.

Martin Vanger não esperava essa resposta. Refletiu um momento antes de se levantar.

— Tem razão, claro. Vou telefonar para ela. — Deu um tapinha no ombro de Mikael para se despedir e foi se encaminhando para o carro.

Mikael olhou para ele pensativamente. Nada de preciso fora dito, mas pairava no ar uma clara ameaça. Martin Vanger havia colocado a *Millennium* na balança. Um instante depois, Mikael serviu-se de uma nova dose de aquavita e voltou à sua leitura de Val McDermid.

Por volta das nove da noite, o gato ruivo chegou e se esfregou em suas pernas. Ele o acariciou atrás das orelhas.

— É isso aí, meu velho. Vamos nos aborrecer juntos na noite de São João — disse.

Quando caíram as primeiras gotas de chuva, entrou para se deitar. O gato preferiu ficar lá fora.

Lisbeth Salander passou o Dia de São João fazendo uma boa revisão na sua Kawasaki. Uma moto de 125 cilindradas não era a máquina ideal, mas ela sabia conduzi-la e a reformara, peça por peça, inclusive ajustando-a para poder correr um pouco acima da velocidade autorizada.

À tarde, pôs o capacete e a jaqueta de couro e foi até a casa de saúde de Äppelviken, onde passou algumas horas com sua mãe no jardim. Saiu de lá com uma ponta de preocupação e com maus pressentimentos. A mãe parecia mais ausente do que nunca. Durante as três horas em que ficaram juntas, só trocaram umas poucas palavras, e sua mãe nem parecia saber com quem falava.

Mikael passou dias tentando identificar o carro com placa AC. Embora tenha ficado um pouco perdido no início, acabou encontrando um mecânico aposentado em Hedestad que identificou o veículo como um Ford Anglia, modelo aparentemente comum, do qual, porém, Mikael nunca tinha ouvido falar. Depois entrou em contato com um funcionário do Departamento de Trânsito, para ver se era possível conseguir uma relação de todos os Ford Anglia de 1966 com placa iniciada por AC3 alguma coisa. Estava tentando seguir outras pistas, quando veio a resposta de que um exame de registros até era possível, só que demoraria algum tempo por ser algo muito diferente do que se podia considerar como informação de interesse público.

Vários dias depois do fim de semana de São João, Mikael sentou-se ao volante do Volvo emprestado e pegou a rodovia E4 rumo ao norte. Dirigia sem pressa, como sempre. Pouco antes da ponte de Härnösand, parou para tomar um café na confeitaria de Vesterlund.

A parada seguinte foi Umea, onde pediu o prato do dia num hotel. Comprou um mapa rodoviário e prosseguiu até Skelleftea, entrando depois à esquerda em direção a Norsjö. Chegou por volta das seis da tarde e hospedou-se no hotel Norsjö.

Começou suas pesquisas logo cedo na manhã seguinte. Não existia nenhuma Marcenaria de Norsjö no anuário da cidade. A recepcionista desse pequeno hotel nos confins do norte, uma jovem de uns vinte anos, nunca ouvira falar dessa marcenaria.

— Quem poderia me informar?

Por um instante ela pareceu um pouco confusa, mas em seguida disse que ia telefonar para o pai. Dois minutos depois, voltou e explicou que a Marcenaria de Norsjö fechara no começo dos anos 1980. Se Mikael quisesse conversar com alguém que sabia um pouco mais sobre a empresa, devia procurar um tal de Hartman que trabalhara ali como contramestre e agora morava no bairro dos Girassóis.

Norsjö era um vilarejo nascido ao longo de uma rua que, muito apropriadamente, fora batizada de Rua Principal; os estabelecimentos comerciais atravessavam a localidade de ponta a ponta, enquanto as moradias ficavam nas ruas transversais. Na entrada do vilarejo havia uma pequena zona industrial e estrebarias; na saída, a oeste, erguia-se uma bela igreja de madeira. Mikael notou que a aldeia abrigava também uma congregação de missionários e uma de pentecostais. Um cartaz fixado num painel do ponto de ônibus falava de um Museu da Caça e de um Museu do Esqui. Outro anunciava que Veronika cantaria na Festa de São João. Ele percorreu o vilarejo de ponta a ponta, a pé, em pouco mais de vinte minutos.

O bairro dos Girassóis era um condomínio residencial situado a uns cinco minutos do hotel. Hartman não estava em casa. Eram nove e meia da manhã e ele supôs que o homem estivesse trabalhando ou saíra para fazer compras.

A etapa seguinte foi o armazém da Rua Principal. Quem mora em Norsjö deve passar, uma hora ou outra, no armazém, pensou Mikael. Havia dois vendedores; Mikael escolheu o mais velho, de uns cinqüenta anos.

— Bom dia, estou procurando um casal que deve ter morado aqui em Norsjö nos anos 1960. O homem parece que trabalhava na marcenaria. Não sei como se chamavam, mas tenho aqui duas fotos deles, de 1966.

O vendedor olhou demoradamente as fotos, mas disse que não conhecia nem o homem nem a mulher.

Na hora do almoço, Mikael pediu um cachorro-quente no quiosque ao lado do ponto de ônibus. Depois das lojas, passou pela prefeitura, pela biblioteca, pela farmácia. Não havia ninguém na delegacia e ele começou a conversar ao acaso com pessoas mais velhas. Por volta das duas da tarde, abordou duas mulheres mais jovens que, mesmo não reconhecendo o casal da foto, lhe deram uma boa idéia.

— Se a foto foi tirada em 1966, essas pessoas devem ter hoje uns sessenta anos. Por que não vai até a Casa da Terceira Idade em Solbacka?

Mikael foi até lá e apresentou-se a uma mulher de uns trinta anos, explicando o que queria. Ela o olhou desconfiada, mas acabou cedendo. Acompanhou Mikael à sala de convivência, onde ele passou meia hora mostrando as fotos a um grande número de pensionistas de setenta anos ou mais. Apesar da amabilidade deles, ninguém identificou as pessoas fotografadas em Hedestad em 1966.

Por volta das cinco, retornou ao bairro dos Girassóis e dessa vez encontrou Hartman em casa. Ele e a mulher, ambos aposentados, haviam passado o dia fora. Fizeram-no entrar na cozinha, onde a mulher imediatamente foi preparar um café enquanto Mikael explicava o que procurava. Como nas outras tentativas do dia, não teve sorte. Hartman coçou a cabeça, acendeu o cachimbo e depois de um momento admitiu que não reconhecia as pessoas da foto. Marido e mulher falavam num dialeto local que Mikael às vezes tinha dificuldade em compreender. A mulher certamente quis dizer "cabelos encaracolados" quando comentou que a moça da foto tinha "*knövelhära*".

— Mas o senhor não se enganou, é um adesivo da marcenaria — disse o marido. — Soube reconhecê-lo muito bem. O problema é que distribuíamos esses adesivos a torto e a direito. Aos motoristas, aos clientes que compravam ou forneciam madeira, aos técnicos das máquinas e a muitas outras pessoas.

— Então vai ser mais difícil encontrá-los do que eu imaginava.

— Por que precisa encontrá-los?

Mikael havia decidido dizer a verdade se as pessoas perguntassem. Qualquer história que ele tentasse inventar sobre o casal da foto soaria de todo modo inverossímil e só criaria confusão.

— É uma longa história. Estou investigando um crime ocorrido em Hedestad em 1966, e acho que há uma possibilidade, embora pequena, de que as pessoas dessa foto tenham visto o que aconteceu. Elas não são suspeitas de absolutamente nada e acredito que talvez nem saibam que possuem informações que poderiam solucionar esse crime.

— Um crime? Que tipo de crime?

— Sinto muito, mas não posso dizer mais nada. Sei que deve parecer misterioso alguém vir aqui procurar essas pessoas quarenta anos depois, mas o crime nunca foi solucionado e só há pouco tempo alguns novos elementos vieram à tona.

— Entendo. Sim, de fato é uma pesquisa estranha essa que está fazendo.

— Quantas pessoas trabalhavam na marcenaria?

— A equipe completa tinha quarenta pessoas. Trabalhei ali desde os dezessete anos, em meados dos anos 1950, até a empresa fechar as portas. Depois virei motorista de caminhão.

Hartman refletiu por um momento.

— Posso garantir que o rapaz da foto nunca trabalhou na marcenaria. A menos que fosse um motorista, mas acho que mesmo assim eu o teria reconhecido. Quem sabe não era pai desse moço da foto ou alguém da família que trabalhava na fábrica? Talvez o carro não fosse dele.

Mikael assentiu com a cabeça.

— É verdade, as possibilidades são muitas. O senhor sabe de alguém com quem eu possa falar?

— Sim — disse Hartman, levantando o indicador. — Passe aqui amanhã de manhã, e daremos uma volta para conversar com os velhos.

Lisbeth Salander estava diante de um problema metodológico. Ela era uma especialista na arte de obter informações sobre qualquer pessoa, mas sempre dispunha, como ponto de partida, do nome e do número de identidade de um indivíduo ainda vivo. Se a pessoa figurasse num banco de dados, o que inevitavelmente acontecia com todo mundo, poderia ser localizada bem rápido em sua teia de aranha. Se possuísse um computador conectado à internet, e-mail e até mesmo um site, o que era o caso de quase todos que se encaixavam em seu tipo de pesquisa, ela podia penetrar em seus segredos mais íntimos.

O trabalho que aceitara fazer para Mikael Blomkvist era completamente diferente. Desta vez a tarefa consistia em identificar quatro números pessoais a partir de dados extremamente vagos. Além disso, essas pessoas tinham vivido várias dezenas de anos atrás, o que talvez eliminasse a possibilidade de constarem num banco de dados.

A tese de Mikael, baseada no caso Rebecka Jacobsson, era que essas pessoas haviam sido assassinadas. Portanto, deveriam estar em inquéritos policiais não resolvidos. Ela não dispunha de nenhuma pista sobre a data e o lugar onde esses crimes teriam sido cometidos, exceto que ocorreram, sem dúvida, antes de 1966. Do ponto de vista da pesquisa, uma situação inteiramente nova.

Bem, o que é que eu faço então?

Ligou o computador e entrou no Google com as palavras-chave Magda + crime. Era a forma de pesquisa mais simples que podia fazer. Para sua grande surpresa, uma porta abriu-se imediatamente em suas investigações. A primeira ocorrência era a programação da TV-Värmland em Karlstad, que indicava um episódio da série *Crimes no Värmland* levada ao ar em 1999. Depois, ela encontrou um breve artigo no *Värmlands Folkblad.*

> Um novo episódio da série *Crimes no Värmland* focaliza o caso Magda Lovisa Sjöberg, de Ranmoträsk, um crime misterioso e abominável que mobilizou a polícia de Karlstad dezenas de anos atrás. Em abril de 1960, a proprietária rural Lovisa Sjöberg, de quarenta e seis anos, foi encontrada no estábulo de seu sítio, assassinada de maneira brutal. O repórter Claes Gunnars reconstitui seus últimos momentos e a busca infrutífera do criminoso. Esse crime provocou muita comoção na época e inúmeras teorias sobre o culpado. No programa, um parente mais jovem, suspeito do crime, conta o quanto sua vida foi destruída por essa acusação. 20 horas.

Lisbeth encontrou informações mais consistentes no artigo "O caso Lovisa abalou toda uma região", publicado na revista *Värmlandskultur*, cujo texto aparecia na net reproduzido na íntegra. Num tom persuasivo e envolvente, contava como o marido de Lovisa, o lenhador Holger Sjöberg, encontrara a mulher morta ao voltar do trabalho, às cinco da tarde. Ela fora violentada, apunhalada e por fim morta com um forcado. O crime ocorrera no estábulo da família, mas o que causara mais comoção é que o assassino, depois de cometer o crime, a pusera de joelhos numa baia de cavalo.

Mais tarde, descobriu-se que um dos animais do sítio, uma vaca, recebera uma facada no pescoço.

De início suspeitaram do marido, mas ele apresentou um álibi sólido. Estava com os colegas de trabalho desde as seis da manhã numa área de corte a quarenta quilômetros do sítio. Lovisa Sjöberg ainda estava viva às dez da manhã, quando uma vizinha passou para vê-la. Ninguém viu nem ouviu nada; o sítio mais próximo ficava a cerca de quatrocentos metros.

Depois de abandonar o marido como principal suspeito, o inquérito policial voltou-se para um sobrinho da mulher assassinada, um jovem de vinte e três anos. Ele já tivera vários problemas com a Justiça, estava seriamente endividado e quase sempre pedia dinheiro emprestado à tia. Seu álibi era bem mais frágil. Ele foi detido para investigações e depois solto por falta de provas. Mesmo assim, muitos habitantes da aldeia o consideravam o mais provável culpado.

A polícia também seguiu outras pistas. Grande parte das investigações girou em torno de um misterioso caixeiro-viajante visto na região; circulava ainda um boato sobre um grupo de supostos ciganos que teriam praticado uma série de roubos. Nada se falava, porém, sobre a razão que os teria levado a cometer um assassinato brutal de caráter sexual, sem que nada tivesse sido roubado.

Por um momento, o interesse se voltou para um vizinho da aldeia, um homem solteiro que na juventude fora suspeito de um crime homossexual — isso numa época em que a homossexualidade ainda era crime — e que, segundo várias declarações, tinha a reputação de ser "estranho". Mas tampouco ficou esclarecido por que um eventual homossexual cometeria um crime sexual contra uma mulher. Nenhuma dessas ou outras pistas jamais levou a uma detenção ou condenação.

Lisbeth Salander achou que a ligação com a lista da agenda telefônica de Harriet era evidente. A citação do *Levítico* XX, 16 dizia: "*Se uma mulher se aproximar de um animal para se prostituir com ele, será morta juntamente com o animal. Serão mortos e levarão a sua iniqüidade.*" Impossível atribuir ao acaso o assassinato de uma camponesa de prenome Magda, proprietária de um estábulo, e seu corpo ter sido colocado numa baia de cavalo.

Mas por que Harriet Vanger anotara o prenome Magda, e não Lovisa, como a vítima era mais conhecida? Se o nome completo dela não estivesse na programação de tevê, Lisbeth nada teria percebido.

E permanecia, claro, a questão fundamental: havia uma ligação entre o assassinato de Rebecka em 1949, o de Magda Lovisa em 1960 e o desaparecimento de Harriet Vanger em 1966? Em caso afirmativo, como Harriet Vanger soube disso?

No sábado, Hartman acompanhou Mikael em um passeio sem muitas expectativas até Norsjö. De manhã, visitaram cinco ex-funcionários da marcenaria que moravam suficientemente perto um do outro para que pudessem ir a pé. Três moravam no centro e dois em Sörbyn, na periferia do vilarejo. Todos ofereceram café. Todos examinaram as fotos e sacudiram negativamente a cabeça.

Após um almoço trivial na casa dos Hartman, saíram de carro para mais uma volta. Foram a quatro aldeias nos arredores de Norsjö onde moravam outros ex-funcionários da marcenaria. A cada parada, Hartman era calorosamente recebido, mas ninguém foi capaz de ajudá-los. Mikael começava a se desesperar e a achar que a viagem a Norsjö não serviria para nada.

Por volta das quatro da tarde, Hartman estacionou o carro em frente a uma casa pintada de vermelho, típica do Västerbotten, em Norsjövallen, ao norte de Norsjö, e apresentou Mikael a Henning Forsman, marceneiro aposentado.

— Sim, é o filho de Assar Brännlund — disse Henning Forsman assim que Mikael mostrou a fotografia.

Bingo!

— E onde posso encontrá-lo?

— Esse rapaz? Bem, vai ter que cavar. Chamava-se Gunnar, morreu numa explosão em meados dos anos 1970.

Droga!

— Mas a mulher dele ainda está viva. É essa da foto. Chama-se Mildred e mora em Bjursele.

— Bjursele?

— Fica a uns dez quilômetros logo que se pega a estrada de Bastuträsk. Mora numa casinha vermelha à direita, na entrada na aldeia. A terceira casa. Conheço bem a família.

"Bom dia, meu nome é Lisbeth Salander. Estou fazendo uma tese de criminologia sobre a violência contra as mulheres no século XX e gostaria de saber se é possível passar no distrito policial de Landskrona para examinar documentos sobre um caso de 1957. Trata-se do assassinato de uma mulher de quarenta e cinco anos chamada Rakel Lunde. Por acaso sabe onde esses documentos podem estar hoje?"

Bjursele parecia uma publicidade viva da vida rural do Västerbotten. A aldeia era composta de umas vinte casas, relativamente próximas, que formavam um semicírculo na extremidade de um lago. No meio da aldeia havia um cruzamento com uma placa indicando Hemmingen, 11 km, e outra apontando para Bastuträsk, 17 km. Ao lado do cruzamento, uma pequena ponte cruzava um riacho que Mikael supôs ser o *sele* de Bjur*sele*. Nessa época, em pleno verão, era tão bonito como um cartão-postal.

Mikael estacionou no pátio de um supermercado Konsum definitivamente fechado, do outro lado da estrada, a pouca distância da terceira casa à direita. Quando bateu à porta, ninguém atendeu.

Andou durante uma hora pela estrada de Hemmingen. Passou num lugar onde o riacho se transformava numa torrente impetuosa, viu dois gatos e uma cabra antes de retornar, mas nenhum ser humano. A porta de Mildred Brännlund continuava fechada.

Num poste junto à ponte, um pequeno cartaz convidava para assistir ao BTCC, o *Bjursele Tukting Car Championship* 2002. Mikael olhou pensativamente para o cartaz. *Tukt a car* parecia ser uma distração de inverno que consistia em conduzir um veículo sobre o lago gelado até arrebentá-lo.

Esperou até as dez da noite antes de desistir e retornar a Norsjö, onde jantou tarde e recolheu-se para terminar de ler o policial de Val McDermid.

Um final abominável.

* * *

Às dez da noite, Lisbeth Salander acrescentou outro nome à lista de Harriet Vanger. Fez isso com muita hesitação, depois de refletir por horas.

Ela descobrira um atalho. Regularmente eram publicados artigos sobre crimes não solucionados, e no suplemento de um jornal vespertino topou com um artigo de 1999 intitulado "Matadores de mulheres continuam em liberdade". O artigo era conciso, mas trazia os nomes e as fotos de várias vítimas que fizeram correr muita tinta. O caso Solveig em Norrtälje, o assassinato de Anita em Norrköping, o de Margareta em Helsingborg e uma série de outros mistérios.

Os casos mais antigos datavam dos anos 1960 e nenhum dos crimes figurava na lista que Mikael passara a Lisbeth. No entanto, um deles chamou sua atenção.

Em junho de 1962, uma prostituta de trinta e dois anos, Lea Persson, de Göteborg, foi a Uddevalla para visitar sua mãe e seu filho de nove anos de quem a mãe tinha a guarda. Alguns dias depois, Lea abraçou a mãe, despediu-se e partiu para pegar o trem de volta a Göteborg. Foi encontrada dois dias depois atrás de um contêiner abandonado num terreno baldio industrial. Fora violentada e seu corpo sofrera sevícias particularmente brutais.

O assassinato de Lea foi objeto de várias matérias folhetinescas na imprensa, mas o culpado jamais foi identificado. O nome Lea não estava na lista de Harriet Vanger e nenhuma das citações bíblicas correspondia a esse crime.

Contudo, um detalhe muito bizarro levantou as antenas de Lisbeth Salander. A cerca de dez metros do local onde o corpo de Lea foi encontrado, descobriram um vaso de flores com um pombo dentro. Alguém pusera um cordão em volta do pescoço do pombo e o puxara pelo buraco no fundo do vaso. Depois, o vaso foi colocado sobre um pequeno fogo entre dois tijolos. Nada provava que essa crueldade com o animal tivesse relação com o assassinato de Lea; talvez apenas crianças se divertindo dessa maneira ignóbil. Na imprensa, porém, o caso ficou conhecido como "O crime do pombo".

Lisbeth Salander não lia a Bíblia — nem mesmo possuía uma —, mas no fim da tarde foi até a igreja de Högalid e, depois de insistir um pouco, emprestaram-lhe uma Bíblia. Ela se instalou num banco no adro da igreja e leu o *Levítico*. Ao chegar ao capítulo XII, versículo 8, levantou as sobrancelhas. O capítulo XII falava da purificação da mulher que deu à luz:

"Se as suas posses não lhe permitirem trazer um cordeiro, ela tomará duas rolas ou dois pombinhos, um para o holocausto e outro para o sacrifício pelo pecado. O sacerdote fará por ela a expiação e ela será purificada."

Lea poderia perfeitamente ter figurado na lista de Harriet Vanger como Lea 31208.

De repente Lisbeth Salander percebeu que as investigações que fizera até então não possuíam, nem de longe, as dimensões de sua atual missão.

Mildred Brännlund, que voltara a se casar e agora tinha o nome Berggren, atendeu Mikael Blomkvist quando ele bateu à sua porta às dez horas da manhã do domingo. Com quarenta anos a mais, a mulher parecia ter engordado também uns quarenta quilos. Mas Mikael a reconheceu de imediato.

— Bom dia, meu nome é Mikael Blomkvist. É Mildred Berggren, imagino.

— Sim, sou eu.

— Desculpe incomodá-la, mas há algum tempo venho tentando encontrá-la por causa de um assunto bastante difícil de explicar. — Mikael sorriu. — Será que posso entrar e tomar um pouquinho do seu tempo?

Como o marido de Mildred e seu filho de trinta e cinco anos estavam em casa, sem muita hesitação ela convidou Mikael a entrar e a se sentar na cozinha. Mikael bebera mais café do que nunca nos últimos dias, mas sabia que uma recusa, no Norrland, seria uma descortesia. Quando as xícaras foram postas na mesa, Mildred sentou-se e perguntou, muito curiosa, o que podia fazer por ele. Como Mikael não compreendia bem seu dialeto de Norsjö, ela passou a falar no sueco de Estocolmo.

Mikael respirou fundo.

— É uma longa e estranha história. Em setembro de 1966, a senhora estava em Hedestad com seu marido, na época Gunnar Brännlund.

Ela parecia estupefata. Ele esperou até que ela assentisse com a cabeça e depois colocou na mesa a foto tirada na rua da Estação.

— E então tiraram essa foto. Lembra-se da ocasião?

— Santo Deus — disse Mildred Berggren. — Faz uma eternidade.

O segundo marido e o filho olharam a foto por cima de seu ombro.

— Era uma viagem de núpcias. Fomos a Estocolmo e a Sigtuna de carro, estávamos voltando e simplesmente paramos em qualquer lugar. O senhor disse Hedestad?

— Sim, Hedestad. Essa foto foi tirada por volta da uma da tarde. Já há algum tempo venho tentando identificar a senhora. Não foi nada fácil.

— Descobriu uma velha foto minha e me encontrou. Nem consigo imaginar como fez isso.

Mikael mostrou-lhe a foto do estacionamento.

— Foi graças a esta outra foto, tirada um pouco mais tarde no mesmo dia, que pude seguir sua pista. — Mikael explicou como, através da Marcenaria de Norsjö, encontrara Hartman, que, por sua vez, o levou a Henning Forsman em Norjösvallen.

— Suponho que tenha uma boa razão para estar fazendo essa estranha pesquisa.

— De fato. A jovem na foto diante da senhora chamava-se Harriet. Ela desapareceu nesse dia e muitos acham que foi morta. Por favor, deixe que eu lhe mostre.

Mikael pegou seu notebook e, enquanto o computador iniciava, foi explicando todo o contexto da história. Depois passou a seqüência que mostrava a mudança de expressão do rosto de Harriet.

— Foi ao examinar essas fotos antigas que eu a vi. A senhora está bem atrás de Harriet, tem na mão uma máquina fotográfica e parece estar fotografando justamente o que ela está vendo e que provocou essa reação nela. Sei que é uma aposta insensata. Mas a razão que me levou a procurá-la é que talvez a senhora ainda conserve as fotos desse dia.

Mikael esperava que Mildred Berggren abanasse as mãos dizendo que não sabia o que fora feito das fotos, que as jogara fora ou que o filme nunca fora revelado. Em vez disso, ela fitou Mikael com seus olhos azul-claros e anunciou, como se fosse a coisa mais natural do mundo, que ainda guardava todas as fotos de suas viagens.

Foi até outro cômodo e voltou depois de um minuto ou dois com uma caixa contendo álbuns onde havia um grande número de fotos. Não demorou muito para encontrar as da viagem a Hedestad. Ela tirara três fotos na cidade. Uma estava desfocada e mostrava a rua principal. Na outra estava seu ex-marido. Na terceira, viam-se os palhaços no desfile.

Mikael se aproximou, muito excitado. Viu uma pessoa do outro lado da rua. A foto não lhe dizia absolutamente nada.

20. TERÇA-FEIRA 1º DE JULHO — QUARTA-FEIRA 2 DE JULHO

A primeira coisa que Mikael fez de manhã assim que chegou a Hedestad foi procurar Dirch Frode para ter notícias de Henrik Vanger. O estado de saúde do velho havia melhorado consideravelmente durante a semana. Ainda estava fraco e frágil, mas já podia se sentar na cama. Seu estado não era mais considerado crítico.

— Graças a Deus! — disse Mikael. — Descobri que gosto muito dele.

— Eu sei. Henrik também gosta de você — respondeu Frode balançando a cabeça. — E a viagem ao Grande Norte, como foi?

— Bem-sucedida e insatisfatória. Mais tarde eu conto. Agora tenho uma pergunta a lhe fazer.

— Diga.

— O que acontecerá à *Millennium* se Henrik falecer?

— Nada de especial. Martin assumirá o lugar dele no conselho administrativo.

— Há um risco, mesmo hipotético, de que Martin crie problemas para a *Millennium* se eu não parar de investigar o desaparecimento de Harriet Vanger?

Dirch Frode lançou um olhar inquiridor a Mikael.

— O que aconteceu?

— Para dizer a verdade, nada. — Mikael relatou a conversa que teve com Martin na noite de São João. — Quando voltei de Norsjö, Erika me telefonou para dizer que Martin entrou em contato com ela e lhe pediu que insistisse comigo que eles estão precisando de mim na redação.

— Entendo. Suponho que Cecilia foi importuná-lo. Mas não acredito que Martin faria barganhas. Ele é muito honesto para isso. E lembre-se que eu também participo do conselho administrativo da pequena sociedade paralela que criamos no momento que entramos na *Millennium*.

— Mas, caso a situação se complique, qual seria a posição dele?

— Contratos são feitos para ser respeitados. Trabalho para Henrik. Ele e eu somos amigos há quarenta e cinco anos e atuamos mais ou menos da mesma forma nesse tipo de contexto. Se Henrik morrer, serei eu, e não Martin, o sucessor dele na sociedade paralela. O contrato estipula claramente que nos comprometemos a gerar recursos para a *Millennium* durante quatro anos. Se Martin quiser criar obstáculos — o que não acredito —, poderá, teoricamente, barrar a entrada de alguns novos anunciantes.

— O que é a base da existência da *Millennium*.

— Sim, mas considere as coisas deste modo: entregar-se a tais baixezas toma tempo. Martin está lutando por sua própria sobrevivência industrial e trabalha catorze horas por dia. Não tem tempo de se dedicar a outras coisas.

Mikael ficou em silêncio, pensativo.

— Se me permite uma pergunta: sei que isto não me diz respeito, mas qual é a situação geral do grupo?

Dirch Frode assumiu um ar mais grave.

— Estamos com problemas.

— Certo, mesmo um simples jornalista econômico como eu percebeu isso. Mas até que ponto são problemas sérios?

— Promete que fica entre nós?

— Com certeza.

— Nas últimas semanas perdemos dois grandes pedidos na indústria eletrônica e estamos sendo ejetados do mercado russo. Em setembro, seremos obrigados a demitir mil e seiscentos funcionários em Örebro e em Trollhättan. Uma triste recompensa para pessoas que trabalham há tantos anos no grupo. Sempre que fechamos uma fábrica, a confiança no grupo fica abalada.

— Martin está sob pressão?
— É um boi de carga pisando em ovos.

Mikael voltou para casa e ligou para Erika. Ela não estava na redação e ele discutiu o assunto com Christer Malm.

— É o seguinte: Erika me telefonou ontem quando voltei de Norsjö. Martin Vanger conversou com ela e a estimulou, por assim dizer, a propor que eu voltasse a trabalhar na redação.

— É o que eu também acho — disse Christer.

— Entendo. Mas o fato é que tenho um contrato com Henrik Vanger que não posso romper e Martin age a pedido de uma pessoa que deseja que eu pare de investigar e desapareça da aldeia. A proposta dele, portanto, não passa de uma tentativa de me afastar daqui.

— Entendo.

— Diga a Erika que só voltarei para Estocolmo quando eu tiver terminado tudo, não antes.

— Está bem, transmitirei seu recado. Mas você é completamente louco.

— Christer, está acontecendo algo aqui, e eu não tenho a menor intenção de recuar.

Christer deu um forte suspiro.

Mikael foi procurar Martin Vanger. Eva Hassel abriu a porta e o saudou amigavelmente.

— Bom dia. Martin está?

Em resposta à pergunta, Martin apareceu com sua pasta de executivo na mão. Beijou o rosto de Eva e cumprimentou Mikael.

— Estou indo para o escritório. Quer falar comigo?

— Posso esperar, se está com pressa.

— Vamos, fale.

— Não tenho a intenção de voltar para a redação da *Millennium* antes de terminar o trabalho que Henrik me confiou. Aviso desde já, para que não conte comigo no conselho administrativo antes do fim do ano.

Martin Vanger balançou-se nos calcanhares para a frente e para trás.

— Entendo. Acha que estou querendo me livrar de você. — Fez uma pausa. — Mikael, falaremos disso mais tarde. Não tenho realmente tempo para me dedicar a uma atividade no conselho administrativo da revista e preferia não ter aceitado a proposta de Henrik. Mas, acredite, farei o melhor que puder para que a *Millennium* sobreviva.

— Nunca duvidei disso — respondeu Mikael polidamente.

— Faremos uma reunião na semana que vem para avaliar toda a situação financeira e depois eu lhe darei uma opinião a esse respeito. Mas acredito sinceramente que a *Millennium* não pode se dar ao luxo de ter um de seus principais representantes ocioso aqui em Hedebyön. Gosto da revista e estou certo de que poderemos recuperá-la, mas você é indispensável para esse trabalho. Quanto a mim, vejo-me pressionado por um conflito de interesses: seguir a vontade de Henrik ou cumprir meu trabalho no conselho administrativo da *Millennium.*

Mikael vestiu uma roupa esportiva e saiu para praticar *jogging* até a Fortificação. Depois passou pela cabana de Gottfried antes de voltar, num ritmo mais lento, beirando a praia. Dirch Frode estava sentado à mesa do jardim. Ele esperou pacientemente que Mikael esvaziasse uma garrafa de água e enxugasse o rosto.

— Tem certeza de que é bom para a saúde com esse calor?

— Ora, vamos! — respondeu Mikael.

— Eu me enganei. Não é Cecilia quem está importunando Martin. É Isabella que está mobilizando todo o clã Vanger para arrancar as suas penas e, se possível, assar você na panela. Ela é apoiada por Birger.

— Isabella?

— É uma mulher maldosa e mesquinha que, de modo geral, não gosta de ninguém. Neste momento, o ódio dela se dirige a você em particular. Espalhou boatos de que você é um vigarista que convenceu Henrik a contratá-lo e que o excitou a ponto de causar-lhe um infarto.

— E alguém acreditou nisso?

— Há sempre gente pronta a acreditar nas más-línguas.

— Estou tentando descobrir o que aconteceu com a filha dela e ela me odeia. Se fosse a minha filha, acho que eu reagiria de outro modo.

* * *

Por volta das duas da tarde, o celular de Mikael tocou.

— Bom dia, meu nome é Cony Torsson, trabalho no *Hedestads-Kuriren*. Teria um tempinho para responder a algumas perguntas? Obtivemos informações confidenciais de que está morando aqui na aldeia.

— Nesse caso as informações demoraram um pouco a chegar. Estou morando aqui desde 1º de janeiro.

— Eu não sabia. E o que faz em Hedeby?

— Estou escrevendo. E tendo uma espécie de ano sabático.

— Está escrevendo sobre o quê?

— Saberá quando for publicado.

— Você acaba de sair da prisão...

— E...?

— Qual é a sua opinião sobre jornalistas que falsificam dados?

— Jornalistas que falsificam dados são imbecis.

— Está querendo dizer que é um imbecil?

— Por que eu diria isso? Nunca falsifiquei dados.

— Mas foi condenado por difamação.

— E...?

O repórter Conny Torsson hesitou tanto tempo que Mikael foi obrigado a explicar.

— Fui condenado por difamação, não por ter falsificado dados.

— Mas publicou esses dados.

— Se telefonou para falar da minha condenação, não tenho nenhum comentário a fazer.

— Gostaria de entrevistá-lo.

— Sinto muito, nada tenho a dizer sobre esse assunto.

— Então não quer conversar sobre o processo?

— Isso mesmo — respondeu Mikael, pondo fim à conversa. Ele refletiu um bom tempo antes de voltar ao computador.

Lisbeth Salander seguiu as instruções que lhe deram e cruzou a ponte na sua Kawasaki. Parou diante da primeira casa à esquerda. Era um lugar distante, mas estaria disposta a ir ao Pólo Norte se estivesse sendo paga para isso. Além do mais, fora bom correr a toda a velocidade pela rodovia E4. Estacionou a moto e desatou a correia que prendia sua sacola de viagem.

Mikael Blomkvist abriu a porta e acenou com a mão. Saiu e inspecionou a moto com um assombro sincero.

— Uau! Você veio de moto!

Lisbeth Salander não disse nada, mas observou-o atentamente tocar o volante e experimentar o acelerador. Ela não gostava que mexessem nas suas coisas, mas viu o sorriso dele, um sorriso de garoto, e considerou aquilo como uma circunstância atenuante. Em geral, as pessoas interessadas por motocicletas sentiam desprezo pela sua moto de baixa cilindrada.

— Quando eu tinha dezenove anos, tive uma moto — disse Mikael virando-se para ela. — Obrigado por ter vindo. Entre. Vou mostrar a casa.

Mikael pedira emprestada uma cama de armar a Nilsson, do outro lado da estrada, e a instalara na saleta de trabalho. Desconfiada, Lisbeth Salander deu uma volta pela casa, mas relaxou após constatar que não havia nenhuma armadilha. Mikael indicou o banheiro.

— Não quer tomar um banho e se refrescar?

— Preciso me trocar. Não pretendo ficar com este macacão de couro.

— Vá, enquanto isso eu vou fazendo o jantar.

Mikael preparou costeletas de cordeiro ao molho de vinho tinto e pôs a mesa fora, enquanto Lisbeth tomava um banho e trocava de roupa. Saiu de pés descalços, vestindo uma regata preta e uma saia jeans curta. O cheiro da comida era bom e ela devorou duas porções. Mikael observou discretamente sua tatuagem nas costas.

Cinco mais três — disse Lisbeth Salander. — Cinco casos da lista da sua Harriet e mais três que, na minha opinião, também deveriam figurar.

— Me conte tudo.

— Faz apenas onze dias que trabalho nisso e não tive tempo de ver todos os inquéritos policiais. Alguns foram transferidos para os arquivos nacionais, outros ainda estão no distrito responsável pelo caso. Em um dia visitei três distritos diferentes, não deu tempo de fazer mais. Mas os cinco estão identificados.

Lisbeth Salander pôs uma pilha impressionante de papéis sobre a mesa, mais de quinhentas folhas de papel ofício. Rapidamente distribuiu o material em diferentes partes.

— Vamos ver por ordem cronológica. — Ela entregou uma lista a Mikael.

```
1949 – Rebecka Jacobsson, Hedestad (30112)
1954 – Mari Holmberg, Kalmar (32018)
1957 – Rakel Lunde, Landskrona (32027)
1960 – (Magda) Lovisa Sjöberg, Karlstad (32016)
1960 – Liv Gustavsson, Estocolmo (32016)
1962 – Lea Persson, Uddevalla (31208)
1964 – Sara Witt, Ronneby (32109)
1966 – Lena Andersson, Uppsala (30112)
```

— O primeiro caso dessa série parece ser Rebecka Jacobsson, 1949, do qual você já conhece os detalhes. O caso seguinte que encontrei é Mari Holmberg, uma prostituta de trinta e dois anos de Kalmar, morta em sua casa em outubro de 1954. Não se sabe exatamente quando ela foi assassinada, pois só foi encontrada algum tempo depois, provavelmente nove ou dez dias.

— E como você fez a ligação entre ela e a lista de Harriet?

— Ela tinha as mãos e os pés amarrados e o corpo coberto de ferimentos terríveis, mas a causa da morte foi asfixia. O assassino enfiou um guardanapo na garganta dela.

Mikael ficou em silêncio antes de abrir a Bíblia no local indicado, capítulo XX do *Levítico*, versículo 18.

"Se um homem dormir com uma mulher durante o tempo de sua menstruação e vir a sua nudez, descobrindo o seu fluxo e descobrindo-o ela mesma, serão ambos cortados do meio de seu povo."

Lisbeth concordou com a cabeça.

— Harriet Vanger fez a mesma ligação. Bem, vamos ao próximo.

— Maio de 1957, Rakel Lunde, quarenta e cinco anos. Era dona de casa e considerada uma espécie de excêntrica da região. Via a sorte das pessoas consultando as cartas, lendo a mão e coisas do gênero. Rakel morava numa casa bem isolada na periferia de Landskrona, onde foi morta ao amanhecer. Encontraram-na nua e amarrada a um varal de roupa no pátio, com a boca tapada por uma fita adesiva. Causa da morte: foi agredida com uma pedra pesada várias vezes. Apresentava várias contusões e fraturas.

— Que horror, Lisbeth! Tudo isso é monstruoso.

— E é só o começo. As iniciais RL coincidem — achou a citação?

— É evidente. *"Qualquer homem ou mulher que evocar os espíritos ou fizer adivinhações, será morto. Serão apedrejados e levarão a sua culpa."*

— A seguir vem Lovisa Sjöberg em Ranmo, perto de Karlstad. É a que Harriet se refere como Magda. Seu nome completo era Magda Lovisa, mas todos a chamavam de Lovisa.

Mikael escutou com atenção Lisbeth relatar os detalhes bizarros do assassinato de Karlstad. Quando ela acendeu um cigarro, ele a interrogou com o olhar, mostrando o maço. Ela o empurrou para ele.

— Então o assassino também atacou o animal?

— A Bíblia diz que, se uma mulher se acasala com um animal, os dois serão mortos.

— Mas é pouco provável que essa mulher tenha se acasalado com uma vaca!

— A citação pode ser interpretada em sentido amplo. Basta que ela tenha entrado em contato com um animal, o que uma proprietária rural certamente precisa fazer todos os dias.

— Certo. Continue.

— O próximo caso da lista de Harriet é Sara. Identifiquei-a como Sara Witt, trinta e sete anos, residente em Ronneby. Foi morta em janeiro de 1964. Encontraram-na amarrada à cama. Sofreu graves sevícias sexuais, mas a causa da morte foi asfixia. Morreu estrangulada. O assassino também provocou um incêndio criminoso. A intenção era que a casa toda queimasse, só que uma parte do fogo se extinguiu sozinha e outra parte foi controlada pelos bombeiros.

— E a ligação?

— Escute mais um pouco. Sara Witt era filha de pastor e mulher de pastor. O marido estava fora justamente naquele fim de semana.

— *"Se a filha de um sacerdote se desonrar pela prostituição, ela desonra o pai; será queimada no fogo."* De fato, confere com a lista. Você disse que descobriu outros casos.

— Descobri outras três mulheres mortas em circunstâncias tão estranhas que poderiam ter figurado na lista de Harriet. O primeiro caso é o de uma jovem chamada Liv Gustavsson. Ela tinha vinte e dois anos e morava em Farsta.

Era apaixonada por equitação; participava de competições e era muito bem-dotada. Tinha também uma pequena *pet shop* com a irmã.

— E?

— Foi encontrada na loja, onde ficara sozinha até mais tarde fazendo a contabilidade. Deve ter deixado o assassino entrar voluntariamente. Foi estuprada e estrangulada.

— Isso não parece ter muito a ver com a lista de Harriet.

— Não, se não fosse por uma coisa. O assassino encerrou seu trabalho enfiando um periquito na vagina dela e soltando todos os animais que havia na loja. Gatos, tartarugas, *hamsters*, coelhos, aves. Até os peixes do aquário. Imagine o espetáculo terrível que a irmã presenciou na manhã seguinte.

Mikael assentiu com a cabeça.

— Ela foi morta em agosto de 1960, quatro meses depois do assassinato de Magda Lovisa em Karlstad. Nos dois casos, trata-se de mulheres cuja profissão as punham em contato com animais, e em ambos houve sacrifício de animais. A vaca em Karlstad sobreviveu, é verdade, mas imagino que seja bem difícil matar uma vaca com uma simples facada. Matar um periquito é mais fácil. Sem contar que há um outro sacrifício de animal na lista.

— Qual?

— Lisbeth contou do estranho "Crime do pombo" de Lea Persson em Uddevalla. Mikael ficou refletindo tanto tempo em silêncio que Lisbeth se impacientou.

— Certo, concordo com a sua teoria — ele acabou por dizer. — Há mais um caso.

— Um dos que descobri. Não sei quantos outros me escaparam.

— Me conte.

— Fevereiro de 1966, em Uppsala. A vítima, a mais jovem de todas, foi uma colegial de dezessete anos chamada Lena Andersson. Desapareceu após uma festa da sua turma e foi encontrada três dias depois numa vala da planície de Uppsala, bastante longe da cidade. Foi morta em outro lugar e levada para lá.

Mikael assentiu com a cabeça.

— Esse assassinato deu o que falar, mas as circunstâncias exatas sobre a morte nunca foram divulgadas. A moça foi torturada de maneira atroz. Li o relatório do legista. Foi torturada com fogo; as mãos e os seios estavam gravemente queimados e o corpo apresentava queimaduras em diversos pontos. Foram encontradas manchas de estearina, sugerindo que uma vela deve ter sido utilizada, mas as mãos estavam tão carbonizadas que certamente foram postas num fogo mais intenso. Para terminar, o assassino serrou a cabeça e a deixou ao lado do corpo.

Mikael empalideceu.

— Meu Deus! — disse.

— Não encontrei nenhuma citação bíblica que encaixe, mas há várias passagens que falam de imolação e de sacrifício pelo pecado, e em alguns trechos se preconiza que o animal de sacrifício, geralmente um touro, seja decepado de modo que *a cabeça se separe da gordura*. A utilização do fogo lembra também o primeiro assassinato, o de Rebecka aqui em Hedestad.

Quando os mosquitos começaram sua dança noturna, Mikael e Lisbeth deixaram a mesa de jardim e se instalaram na cozinha para continuar a conversa.

— O fato de você não ter encontrado uma citação bíblica exata não quer dizer grande coisa. Não se trata de citações, mas de uma paródia grotesca do que diz a Bíblia; são mais associações com versículos esparsos.

— Eu sei. Um exemplo dessa falta de lógica é a citação de que os dois devem ser exterminados se um homem faz amor com uma mulher menstruada. Se interpretarmos literalmente, o assassino deveria ter se suicidado.

— E tudo isso nos leva a quê? — perguntou Mikael.

— Ou a sua Harriet tinha o estranho *hobby* de colecionar citações bíblicas para associá-las a vítimas de crimes dos quais ouviu falar, ou ela sabia da existência de uma ligação entre os crimes.

— Entre 1949 e 1966, talvez antes e depois também, teria existido um louco furioso e sádico que andou com uma Bíblia debaixo do braço matando mulheres durante dezessete anos sem que ninguém tivesse feito uma ligação entre os crimes. Parece inacreditável.

Lisbeth Salander afastou a cadeira e foi buscar café no fogão. Acendeu um cigarro e soprou a fumaça ao redor. Mikael praguejou por dentro e lhe pediu mais um cigarro.

— Não, não é nada inacreditável. Primeiro — disse ela erguendo o polegar —, há dezenas e dezenas de assassinatos de mulheres não solucionados na Suécia do século XX. Certa vez ouvi Persson, o professor de criminologia, dizer na tevê que os assassinos seriais são muito raros na Suécia, embora alguns jamais tenham sido identificados.

Mikael assentiu com a cabeça. Ela levantou um segundo dedo.

— Esses crimes foram cometidos num período muito longo e em diferentes regiões do país. Dois ocorreram sucessivamente em 1960, mas em circunstâncias relativamente diferentes — uma camponesa em Karlstad e uma moça de vinte e dois anos apaixonada por equitação em Estocolmo.

Três dedos.

— Não há um esquema claro, marcante. Os crimes foram cometidos de formas diferentes e não há uma verdadeira assinatura, apesar de alguns elementos retornarem toda vez. Animais. Fogo. Violências sexuais graves. E, como você disse, uma paródia de conhecimentos bíblicos. Mas, pelo que se sabe, nenhum dos investigadores da polícia usou a Bíblia para interpretar os crimes.

Mikael concordou com a cabeça e a examinou discretamente. Com seu corpo frágil, sua regata preta, as tatuagens e os piercings no rosto, Lisbeth Salander era de fato uma figura estranha na casa dos convidados em Hedeby. Quando ele tentara ser sociável durante o jantar, ela permaneceu taciturna e mal respondeu. Mas trabalhando era uma profissional dos pés à cabeça. Seu apartamento em Estocolmo parecia uma ruína após um bombardeio, porém Mikael foi obrigado a reconhecer que Lisbeth Salander tinha a cabeça muito bem organizada. *Que estranho!*

— É difícil ver a relação entre uma prostituta de Uddevalla assassinada atrás de um contêiner num terreno baldio industrial e a mulher do pastor de Ronneby estrangulada e vítima de um incêndio criminoso. A menos que encontremos a chave que Harriet nos deixou, é claro.

— O que nos leva à próxima questão — disse Lisbeth.

— Como Harriet foi se envolver com toda essa merda? Ela, uma menina de dezesseis anos que vivia num meio bastante protegido.

— Só há uma resposta — disse ela.

Mikael assentiu com a cabeça outra vez.

— Existe, necessariamente, uma ligação com a família Vanger.

Por volta das onze da noite, eles haviam repassado a série de crimes e discutido relações e detalhes curiosos, a ponto de os pensamentos girarem sem parar na cabeça de Mikael. Ele esfregou os olhos, se espreguiçou e perguntou se Lisbeth não tinha vontade de dar uma caminhada. Ela pareceu achar esse tipo de exercício uma perda de tempo, mas, depois de refletir um instante, concordou. Mikael sugeriu que ela vestisse uma calça comprida por causa dos mosquitos.

Deram uma volta pelo porto de recreio, passaram junto à ponte e seguiram em direção ao promontório onde Martin Vanger morava. Mikael apontou as casas e contou quem eram seus moradores. Teve dificuldade de falar sobre Cecilia Vanger quando mostrou sua casa. Lisbeth olhou para ele discretamente.

Passaram em frente ao luxuoso iate de Martin Vanger e chegaram ao promontório, onde se sentaram numa pedra e dividiram um cigarro.

— Há um outro tipo de ligação entre as vítimas — disse Mikael de repente. — Talvez já tenha lhe ocorrido isso.

— O quê?

— Os prenomes.

Lisbeth Salander refletiu por um instante e depois balançou negativamente a cabeça.

— Todas têm prenomes bíblicos.

— Não, não é verdade — respondeu Lisbeth vivamente. — Não há nem Liv nem Lena na Bíblia.

— Pois eu digo que sim — replicou Mikael. — Liv significa "viver", que é o sentido bíblico do prenome Eva. E, pense um pouco, Lisbeth: Lena é uma redução de quê?

Lisbeth Salander contraiu os olhos com força, irritada consigo mesma. Mikael raciocinara mais rápido que ela, e ela não gostava disso.

— De Magdalena, assim como Magda. Ou seja, Madalena — ela disse.

— A pecadora, a primeira mulher, a Virgem Maria... eis todas elas reunidas. É uma história bem maluca, capaz de fundir a cabeça de qualquer psicólogo. Mas, na verdade, ainda estou pensando em outra coisa sobre os prenomes.

Lisbeth aguardou pacientemente.

— São também prenomes femininos judaicos tradicionais. A família Vanger teve um bom contingente de doidos anti-semitas, nazistas e teóricos da conspiração. Harald Vanger, no topo da lista, tem mais de noventa anos e estava no auge de sua forma nos anos 1960. A única vez em que o encontrei, disse com desprezo que sua filha era uma puta. Ele claramente tem problemas com as mulheres.

De volta à casa, eles prepararam sanduíches e esquentaram o café. Mikael lançou um olhar às quinhentas páginas que a investigadora favorita de Dragan Armanskij havia produzido.

— Fez um trabalho de pesquisa fantástico num tempo recorde. Obrigado. E obrigado também pela gentileza de vir até aqui me trazer o relatório.

— E o que faremos agora? — perguntou Lisbeth.

— Falarei com Dirch Frode amanhã de manhã para que paguem você.

— Não foi isso que eu quis dizer.

Mikael olhou para ela.

— Bem... o trabalho de pesquisa para o qual eu a contratei terminou — ele disse com prudência.

— Ainda não acabei de resolver essa história.

Mikael inclinou-se para trás no banco da cozinha e sondou os olhos dela. Não conseguiu detectar absolutamente nada. Durante seis meses havia trabalhado sozinho no desaparecimento de Harriet e de repente outra pessoa — uma investigadora habilidosa — captava todas as implicações do caso. Ele tomou uma súbita decisão.

— Entendo. Essa história também está mexendo com os meus nervos. Falarei com Dirch Frode amanhã. Contrataremos você por mais uma semana ou duas como... humm... assistente de pesquisa. Não sei se ele está disposto a pagar o mesmo que paga a Armanskij, mas daremos um jeito de conseguir uma remuneração satisfatória.

Lisbeth agradeceu com um breve sorriso. Ela não tinha a menor vontade de ficar inativa e teria aceitado de bom grado o trabalho de graça.

— Vou dormir — ela anunciou. E, sem dizer mais nada, foi para o quarto e fechou a porta.

Dez minutos depois, abriu a porta e pôs a cabeça para fora.

— Acho que você está enganado. Ele não é um assassino serial, um doente que leu a Bíblia demais. É simplesmente um canalha ordinário que odeia as mulheres.

21. QUINTA-FEIRA 3 DE JULHO — QUINTA-FEIRA 10 DE JULHO

Lisbeth Salander acordou antes de Mikael, às seis da manhã. Pôs a água do café para esquentar e tomou um banho. Quando Mikael acordou por volta das sete e meia, encontrou-a lendo seu resumo do caso Harriet Vanger no notebook. Foi até a cozinha, com uma toalha de banho em volta da cintura, e esfregou os olhos para espantar o sono.

— O café está pronto — disse Lisbeth.

Mikael olhou por cima do ombro dela.

— Esse documento estava protegido por uma senha de acesso — disse.

Ela virou a cabeça e olhou para ele.

— Em trinta segundos pode-se baixar um programa na internet que abre as senhas do Word — ela disse.

— Nós dois precisamos ter uma conversinha sobre o que lhe pertence e o que me pertence — disse Mikael, e foi tomar seu banho.

Quando voltou, Lisbeth já havia fechado e recolocado o computador de Mikael na saleta de trabalho, e trabalhava no seu próprio Powerbook. Ele podia jurar que ela já havia transferido todo o conteúdo do seu computador para o dela.

Lisbeth Salander era uma *junkie* da informática com uma concepção muito liberal a respeito de moral e ética.

* * *

Mikael tinha acabado de se sentar à mesa para tomar o café-da-manhã, quando bateram à porta. Ao abrir, deu com um Martin Vanger tão crispado que, por um instante, acreditou que ele vinha anunciar a morte de Henrik.

— Não, o estado de Henrik continua o mesmo. Venho por outro motivo. Será que posso entrar um momento?

Mikael o fez entrar e o apresentou à sua "colaboradora" Lisbeth Salander. Ela o cumprimentou com um breve aceno de cabeça antes de voltar ao computador. Martin Vanger respondeu com uma saudação automática, mas dava a impressão de estar tão distraído que nem pareceu notá-la. Mikael serviu-lhe uma xícara de café e o convidou a se sentar.

— O que aconteceu?

— Você é assinante do *Hedestads-Kuriren*?

— Não. Leio o jornal de vez em quando no Café Susanne.

— Então não leu a edição de hoje?

— Pelo jeito, acho que eu deveria ter lido.

Martin Vanger pôs o *Hedestads-Kuriren* em cima da mesa, na frente de Mikael. Havia duas colunas dedicadas a ele na primeira página, com uma continuação na página 4. Ele leu a manchete.

JORNALISTA CONDENADO POR DIFAMAÇÃO SE ESCONDE ENTRE NÓS

O texto era ilustrado por uma foto de Mikael saindo de casa, tirada da igreja, do outro lado da ponte, com teleobjetiva.

O repórter Conny Torsson traçava um perfil grosseiro e devastador de Mikael. O artigo recapitulava o caso Wennerström, sublinhava que Mikael deixara a *Millennium* com o rabo entre as pernas e que acabava de amargar uma pena de prisão. O texto terminava informando, segundo a fórmula-padrão, que Mikael se recusara a conceder uma entrevista ao *Hedestads-Kuriren*. A idéia da matéria era fazer o habitante de Hedestad acreditar que um vagabundo da capital, um indivíduo perigoso, se encontrava nas imediações. Nenhuma das afirmações era abertamente caluniosa, mas todas procuravam jogar uma luz suspeita sobre Mikael; a foto e o texto adotavam a linha "descrição de terroristas políticos". A *Millennium* era apresentada como uma "revista de agitadores" pouco digna de crédito, e o livro de Mikael sobre jornalismo econômico como um amontoado de afirmações destinadas a denegrir jornalistas respeitados.

— Mikael... não tenho palavras para dizer o que senti quando li esse artigo. É ignóbil.

— É cobra mandada — respondeu Mikael calmamente. Ele perscrutou Martin Vanger com o olhar.

— Espero que não pense que eu tenho algo a ver com isso. Mal consegui engolir meu café hoje de manhã, ao ler o jornal.

— Quem teria sido?

— Dei alguns telefonemas agora há pouco. Conny Torsson está cobrindo férias de verão. Mas ele fez esse trabalho a pedido de Birger.

— Não sabia que Birger tinha influência na redação. Pensei que fosse apenas conselheiro municipal e político.

— Formalmente não tem influência alguma. Mas o redator-chefe do *Kuriren* é Gunnar Karlman, filho de Ingrid Vanger, do ramo Johan Vanger. Birger e Gunnar são amigos íntimos há muitos anos.

— Entendo.

— Torsson será despedido imediatamente.

— Que idade ele tem?

— Não sei. Para dizer a verdade, nunca o vi.

— Não o demita. Quando ele me telefonou, parecia bastante jovem e um repórter pouco experiente.

— Mas isso não pode ficar assim.

— Se quer saber minha opinião, acho um pouco absurdo o redator-chefe de um jornal que pertence à família Vanger atacar outro periódico que tem Henrik Vanger como sócio e de cujo conselho administrativo você participa. O redator-chefe Karlman está atacando Henrik e você.

Martin Vanger pesou as palavras de Mikael e assentiu lentamente com a cabeça.

— Entendo o que quer dizer. Eu deveria apurar melhor as responsabilidades. Karlman tem participações no grupo e sempre tentou me atacar pelas costas, mas isso está me parecendo mais uma vingança do Birger por você ter batido boca com ele no corredor do hospital. Para ele, você é uma pedra no sapato.

— Sim, e é por isso que acho Torsson o mais inocente de todos. É muito raro um jovem jornalista substituto dizer não quando o redator-chefe lhe ordena que escreva desse ou daquele modo.

— Posso exigir que lhe apresentem desculpas públicas nas páginas de amanhã.

— Não faça isso. O único resultado seria uma luta interminável, o que só pioraria a situação.

— Está querendo me dizer que não devo fazer nada?

— Sim, será melhor. Karlman inventará histórias, e você corre o risco de ser classificado como um proprietário com vontade de influenciar de maneira ilícita a opinião do público.

— Desculpe, Mikael, mas não concordo com você. Também tenho o direito de emitir minha opinião. Acho esse artigo imundo e tenho a intenção de deixar bem claro o que penso. Afinal, sou o suplente de Henrik na direção da *Millennium* e não posso me calar diante dessas insinuações.

— Tudo bem.

— Vou exigir direito de resposta. E, se eu fizer Karlman parecer um idiota, a culpa é dele.

— Certo, aja de acordo com as suas convicções.

— Para mim também é importante que você saiba que eu nada tive a ver com esse ataque infame.

— Acredito em você — disse Mikael.

— Além do mais, não vou discutir o assunto agora, mas isso remete à nossa conversa de antes. É importante que você volte à redação da *Millennium* para que possamos montar uma frente unida. Enquanto estiver ausente, os boatos vão continuar. Acredito na *Millennium* e estou convencido de que podemos vencer essa batalha juntos.

— Entendo seu ponto de vista, mas agora é a minha vez de discordar. Não posso romper meu contrato com Henrik e na verdade também não desejo rompê-lo. Gosto dele, você sabe. E essa história da Harriet...

— Sim?

— Sei que é uma história penosa para você e sei que Henrik está obcecado há anos por ela.

— Cá entre nós, gosto de Henrik e ele é o meu mentor, mas, no que diz respeito a Harriet, essa obsessão virou uma ocupação de aposentado.

— Quando comecei esse trabalho, achei que seria uma perda de tempo.

Mas o fato é que, contra todas as expectativas, encontramos novidades. Acho que estamos perto de uma descoberta e que talvez seja possível explicar o que aconteceu.

— Não quer me dizer o que foi que descobriu?

— De acordo com o contrato, não posso falar disso com ninguém sem o consentimento de Henrik.

Martin Vanger pôs a mão no queixo. Mikael viu dúvida nos olhos dele, mas por fim Martin se decidiu.

— Certo, nesse caso o melhor a fazer é resolver primeiro o mistério de Harriet. Darei todo o apoio que puder para que você termine o trabalho de forma satisfatória, o mais rápido possível, e em seguida retorne à *Millennium*.

— Que bom. Não tenho vontade de ser obrigado a lutar contra você também.

— Não será necessário. Tem meu inteiro apoio. Pode me procurar quando quiser, se tiver problemas. Pressionarei Birger para que não crie mais obstáculos. E tentarei acalmar Cecilia.

— Obrigado. Preciso fazer umas perguntas a ela, mas há um mês vem evitando minhas tentativas de conversa.

Martin Vanger sorriu.

— Talvez tenha outras coisas a acertar com ela. Mas não é da minha conta.

Despediram-se com um aperto de mão.

Lisbeth Salander havia escutado em silêncio a conversa entre Mikael e Martin Vanger. Assim que o industrial foi embora, ela pegou o *Hedestads-Kuriren* e leu o artigo. A seguir, largou o jornal sem fazer nenhum comentário.

Mikael não disse nada. Ele refletia. Gunnar Karlman nascera em 1942, portanto tinha vinte e quatro anos em 1966. Também era uma das pessoas presentes na ilha quando Harriet desapareceu.

Depois do café-da-manhã, Mikael incumbiu sua colaboradora de ler o inquérito policial. Fez uma triagem do material e lhe passou os arquivos que enfocavam o desaparecimento de Harriet. Passou-lhe também todas as fotos do acidente na ponte, bem como a longa síntese que escreveu com base nas investigações particulares de Henrik.

Depois Mikael foi à casa de Dirch Frode e o convenceu a redigir um contrato determinando a contratação de Lisbeth como colaboradora por um mês.

Ao voltar à casa dos convidados, encontrou Lisbeth no jardim, mergulhada no inquérito policial. Mikael entrou para esquentar o café e a espiou pela janela da cozinha. Ela parecia percorrer o inquérito superficialmente, não dedicando mais que dez ou quinze segundos a cada página. Folheava o documento de maneira automática. Mikael achou estranha essa negligência, ainda mais considerando a aplicação com que realizara sua própria investigação. Levou duas xícaras de café ao jardim e juntou-se a ela.

— O que você escreveu sobre o desaparecimento de Harriet foi escrito antes de perceber que estamos atrás de um assassino serial.

— Exato. Anotei o que me pareceu importante, perguntas que gostaria de fazer a Henrik Vanger et cetera. Como você deve ter percebido, está bem mal estruturado. Na verdade, até agora andei tateando no escuro, e ao mesmo tempo tentando escrever uma história, um capítulo da biografia de Henrik Vanger.

— E agora?

— No começo, todas as investigações estavam centradas em Hedebyön. Agora estou convencido de que a história começou mais cedo no mesmo dia, não na ilha, mas em Hedestad. Isso muda a perspectiva.

Lisbeth assentiu com a cabeça e refletiu por um momento.

— É fantástico o que descobriu com as fotos — ela disse.

Mikael levantou as sobrancelhas. Lisbeth Salander não parecia ser do tipo pródigo em elogios e Mikael sentiu-se estranhamente lisonjeado. Mas, do ponto de vista jornalístico, tratava-se mesmo de uma proeza bastante incomum.

— Preciso de mais alguns detalhes. Conte o que descobriu sobre a fotografia que foi buscar em Norsjö.

— Está me dizendo que *não* viu essa foto no meu computador?

— Não tive tempo. Preferi me concentrar nos resumos, nas conclusões que tirou.

Mikael suspirou, abriu seu notebook e depois a pasta de fotos.

— A viagem a Norsjö foi ao mesmo tempo um avanço e uma decepção total. Encontrei a foto, mas ela não revela grande coisa. A tal Mildred Berggren conservou todas as suas fotos de viagem num álbum, e ali colou com cuidado toda a coleção. A foto que eu procurava estava lá, tirada com um filme colorido barato. Depois de trinta e sete anos, a cópia está bastante apagada e amarelada, mas Mildred também conservou os negativos numa caixa de sapatos. Ela me emprestou os de Hedestad e eu os escaneei. Aqui está o que Harriet viu.

Ele clicou num arquivo chamado harriet/bd-19.eps.

Lisbeth entendeu a decepção dele. Era uma foto em plano geral, bastante mal enquadrada, mostrando os palhaços no desfile da Festa das Crianças. Ao fundo via-se o canto da loja Sundström. Umas dez pessoas apareciam na calçada em frente à loja.

Mikael apontou com o dedo.

— Acho que foi este o sujeito que ela viu. Primeiro, porque tentei calcular o que ela via baseando-me no rosto dela e na direção para a qual ele estava voltado; fiz um desenho exato do local. Depois, porque ele é a única pessoa que parece olhar diretamente para a máquina fotográfica, ou seja, para Harriet.

Lisbeth viu uma figura imprecisa um pouco recuada atrás dos espectadores, na rua transversal. Vestia uma jaqueta escura com um tom diferente nos ombros, vermelho, e uma calça escura, provavelmente um jeans. Mikael ampliou a imagem para que a figura ocupasse toda a tela a partir da cintura. A imagem ficou ainda mais imprecisa.

— É um homem. Mede cerca de um metro e oitenta, corpulência normal. Cabelos castanho-claros, não muito curtos, sem barba. Mas é impossível distinguir as feições ou mesmo calcular a idade. Pode ser tanto um adolescente quanto um qüinquagenário.

— Podemos retocar a foto...

— Já retoquei. Inclusive enviei uma cópia a Christer Malm da *Millennium*, que é um craque em tratamento de imagens. — Mikael clicou em outra foto. — O que vemos aqui é o que se pode obter de melhor. O problema é que a máquina fotográfica é muito ruim e a distância muito grande.

— Mostrou essa foto a alguém? As pessoas podem reconhecer a atitude...

— Mostrei a Dirch Frode. Ele não tem a menor idéia de quem possa ser.

— Dirch Frode não é o cara mais esperto de Hedestad.

— Mas é para ele e para Henrik que eu trabalho. Quero mostrar a foto a Henrik antes de fazê-la circular.

— Talvez seja apenas um simples espectador.

— É possível. Mas nesse caso ele soube provocar uma reação bem estranha em Harriet.

Na semana seguinte, Mikael e Lisbeth trabalharam no caso Harriet praticamente o tempo todo. Lisbeth continuou lendo o inquérito e fez uma série de perguntas às quais Mikael tentou responder. Só podia haver uma verdade e as respostas pouco claras, os dados equívocos os levavam a aprofundar a discussão. Passaram um dia inteiro verificando os horários das pessoas durante o acidente na ponte.

Lisbeth Salander deixava Mikael cada vez mais perplexo. Embora percorresse superficialmente os textos do inquérito, ela parecia deter-se nos detalhes mais obscuros e incompatíveis.

Eles faziam uma pausa à tarde, quando o calor os impedia de continuar no jardim. Várias vezes foram tomar banho no canal ou beber alguma coisa no Café Susanne. Susanne passou a olhar Mikael com uma frieza ostensiva. Ele se deu conta de que Lisbeth parecia mais jovem do que era e estava hospedada em sua casa, o que aos olhos de Susanne o transformava num velho safado que gosta de menininhas. Era desagradável.

Mikael continuava praticando *jogging* todos os fins de tarde. Lisbeth não fazia nenhum comentário sobre esses exercícios quando ele voltava ofegante para casa. Correr não era bem a idéia que ela fazia de um lazer de verão.

— Passei dos quarenta — disse Mikael. — Sou obrigado a fazer exercício para não engordar.

— Ah!

— Não pratica nenhuma atividade física?

— Um pouco de boxe de vez em quando.

— Boxe?

— Sim, sabe, com luvas.

Mikael foi tomar banho e tentou imaginar Lisbeth num ringue. Ela talvez estivesse zombando dele. Uma pergunta se impunha.

— Você boxeia em que categoria de peso?

— Em nenhuma. Sirvo de *sparring* para uns rapazes de um clube de boxe de Söder.

Por que será que eu não me surpreendo?, pensou Mikael. Mas ele constatou que, de qualquer modo, ela acabava de contar alguma coisa sobre si. Ele continuava sem nenhuma informação sobre ela; por que começara a trabalhar para Armanskij, qual era a sua formação ou o que faziam seus pais. Assim que Mikael tentava conversar sobre a vida privada dela, Lisbeth se fechava como uma ostra e respondia por monossílabos ou o ignorava totalmente.

Uma tarde, Lisbeth Salander depositou na mesa um arquivo e olhou para Mikael com uma ruga entre as sobrancelhas.

— O que sabe sobre Otto Falk? O pastor.

— Muito pouco. Encontrei o pastor atual, uma mulher, algumas vezes na igreja no começo do ano. Ela disse que Falk ainda está vivo, mas numa casa de saúde em Hedestad. Alzheimer.

— De onde ele é?

— Daqui, de Hedestad. Estudou em Uppsala e aos trinta anos retornou.

— Ele não era casado. E Harriet o via.

— Por que está perguntando isso?

— Apenas notei que o tira, esse Morell, foi bastante indulgente com ele nos interrogatórios.

— Nos anos 1960, os pastores ainda gozavam de um outro status social. Era natural que ele quisesse morar aqui na ilha, mais perto do poder, digamos assim.

— Fico me perguntando se os policiais realmente revistaram o presbitério. As fotos mostram que era uma grande construção de madeira; lá devia haver muitos lugares onde esconder um corpo por algum tempo.

— É verdade. Mas nada indica que ele tenha tido alguma ligação com assassinatos em série ou com o desaparecimento de Harriet.

— Você se engana — disse Lisbeth com um sorriso no canto dos lábios. — Em primeiro lugar, ele era um pastor, e os pastores, mais do que ninguém, possuem uma relação especial com a Bíblia. Em segundo, foi o último a ter visto Harriet e falado com ela.

— Mas ele foi correndo ao local do acidente e permaneceu ali várias horas. É visto em muitas fotos, sobretudo durante o lapso de tempo em que Harriet deve ter desaparecido.

— Pfff, posso desmontar esse álibi num instante! Mas eu estava pensando em outra coisa. Estamos diante de um matador de mulheres sádico.

— E?

— Eu fui... eu tive um tempo livre na primavera passada e pesquisei coisas sobre sádicos num contexto bem diferente. Um dos documentos que li era um manual do FBI americano que afirmava que um número impressionante de assassinos seriais capturados vêm de lares problemáticos e na infância se comprazem em torturar animais. Além disso, muitos *serial killers* americanos foram presos por incêndios criminosos.

— Sacrifício de animais e sacrifício pelo fogo, é isso que está querendo dizer?

— Sim. Os animais torturados e o fogo constam em vários casos registrados por Harriet. Mas eu pensava mais no presbitério, que foi incendiado no final dos anos 1970.

Mikael refletiu por um momento.

— É muito vago — disse por fim.

Lisbeth balançou a cabeça.

— Concordo. Mas vale a pena anotar. Não encontrei nada no inquérito sobre a causa do incêndio e gostaria muito de saber se houve outros incêndios misteriosos nos anos 1960. Seria interessante também descobrirmos sobre se houve casos de crueldade com animais ou amputações de animais nessa época, na região.

Quando Lisbeth foi se deitar na sétima noite em Hedeby, ela estava um pouco irritada com Mikael Blomkvist. Durante uma semana, estivera praticamente todos os minutos do dia com ele, quando em geral sete minutos na companhia de qualquer pessoa bastavam para fazê-la ter dor de cabeça.

Fazia tempo ela constatara que as relações sociais não eram o seu forte e se preparara para uma vida solitária. Sentia-se perfeitamente satisfeita quando as pessoas a deixavam em paz. Mas as pessoas não eram muito perspicazes e compreensivas, o que sempre a obrigava a prevenir-se contra autoridades sociais, autoridades de proteção da infância e da comissão de tutelas, contra o fisco, contra a polícia, curadores, psicólogos, psiquiatras, professores e seguranças que nunca queriam deixá-la entrar nas boates, embora já tivesse vinte e cinco anos (com exceção dos seguranças da Moulin, que a conheciam). Havia todo um exército de gente que parecia não ter mais o que fazer a não ser tentar comandar a sua vida e, se possível, mudar o modo como ela escolhera viver.

Aprendera muito cedo que não adiantava nada chorar. Também aprendera que, sempre que tentou alertar alguém para alguma coisa de sua vida, a situação só piorava. Portanto, ela mesma é que devia resolver seus problemas com os métodos que julgasse necessários. Atitude que o dr. Nils Bjurman pagou caro para descobrir.

Mikael Blomkvist tinha a mesma tendência irritante de todos os outros de fuçar sua vida privada e de fazer perguntas que ela não queria responder. Só que ele não reagia como a maioria dos homens que ela conheceu.

Quando ela ignorava as perguntas, ele se contentava em encolher os ombros, desistia do assunto e a deixava tranqüila. *Surpreendente.*

A prioridade de Lisbeth, quando conseguiu se apoderar do notebook dele em seu primeiro dia na casa, era evidentemente transferir todos os dados para o seu próprio computador. Desse modo, seria menos ruim se ele a despedisse; ela continuaria tendo acesso ao material.

Mas em seguida ela o provocou de propósito, lendo ostensivamente os documentos do notebook dele. Esperava que ele fosse ficar furioso. No entanto ele pareceu resignado, resmungou alguma coisa levemente sarcástica e foi tomar um banho, só voltando a abordar o assunto mais tarde. *Cara estranho.* Ela quase concluiu que ele confiava nela.

Mas o fato de ele estar a par de seus talentos como *hacker* era grave. Lisbeth Salander sabia muito bem que o termo jurídico aplicado ao tipo de pirataria que ela praticava, profissionalmente e por conta própria, era intrusão informática ilegal, que lhe podia valer até dois anos de prisão. Era um ponto sensível: ela não queria ser presa porque uma pena de prisão significaria que muito provavelmente lhe confiscariam o computador, única ocupação na qual se distinguia. Nunca pensou em contar a Dragan Armanskij ou a quem quer que fosse como obtinha as informações que eles compravam.

Com exceção de Praga e de algumas poucas pessoas conectadas que, como ela, se dedicavam profissionalmente à pirataria — e quase todas só a conheciam pelo codinome Wasp, ninguém sabia quem ela era nem onde morava —, somente Super-Blomkvist descobrira seu segredo. E a tinha desmascarado porque ela cometeu um erro que mesmo iniciantes com poucos anos no ramo não cometem, o que provava que seu cérebro andava falhando e que merecia ser castigada. Mas ele não ficou furioso nem ameaçou processá-la; em vez disso a contratou.

Assim, ela estava ligeiramente irritada com ele.

Um pouco antes de ela se retirar para o quarto, tinham acabado de comer um sanduíche quando ele perguntou, de repente, se ela era uma boa *hacker*. E ela respondera com naturalidade:

— Sou provavelmente a melhor da Suécia. Há talvez uns dois ou três do meu nível.

Não hesitou nem um pouco sobre a veracidade de sua resposta. Numa certa época, Praga fora melhor que ela, mas fazia muito tempo que o superara.

No entanto Lisbeth espantou-se consigo mesma por pronunciar essas palavras. Nunca fizera isso. Nem tinha um interlocutor para esse tipo de conversa, e de repente saboreou o fato de ele parecer impressionado com seus conhecimentos. Mas ele estragou tudo ao levantar a questão problemática: como ela aprendera a pirataria.

Ela não sabia o que responder. *Eu sempre soube*. Preferiu ir se deitar sem dizer boa-noite.

Para irritá-la ainda mais, Mikael não pareceu reagir quando ela virou as costas. De sua cama, ela o escutou mexer-se na cozinha, limpar a mesa e lavar a louça. Ele sempre ficava de pé mais tempo que ela, mas agora estava claramente indo se deitar. Ela o ouviu no banheiro, o ouviu entrar no quarto e fechar a porta. Um momento depois, ouviu o rangido da cama quando ele se deitou, a cinqüenta centímetros dela, do outro lado da parede.

Durante a semana que passou na casa dele, ele não tentou abordá-la sexualmente. Trabalhou com ela, pediu sua opinião, criticou-a quando raciocinava errado e apreciou suas objeções quando ela o corrigia. Tratou-a, nem mais nem menos, como um ser humano.

De repente, ela percebeu que gostava da companhia de Mikael Blomkvist e que até mesmo confiava nele. Nunca confiara em ninguém, com exceção de Holger Palmgren. Mas por razões bem diferentes. Palmgren fora uma boa alma previsível.

Levantou-se, foi até a janela e ficou olhando, nervosa, a escuridão lá fora. O que mais a paralisava era mostrar-se nua diante de alguém pela primeira vez. Estava convencida de que seu corpo raquítico era repulsivo. Os seios, patéticos. Não tinha quadris que merecessem esse nome. A seus próprios olhos, não tinha grande coisa a oferecer. No entanto, era uma mulher perfeitamente normal, com os mesmos desejos e pulsões sexuais que as outras. Refletiu durante cerca de vinte minutos antes de se decidir.

Mikael estava deitado e lia um romance de Sara Paretsky quando ouviu a maçaneta da porta girar e viu Lisbeth Salander aparecer. Estava envolvida num lençol e se mantinha no vão da porta sem dizer nada, como se refletisse.

— Algum problema? — perguntou Mikael.

Ela fez que não com a cabeça.

— O que você quer?

Ela se aproximou dele, pegou seu livro e o pôs na mesa-de-cabeceira. Depois se curvou para a frente e o beijou na boca. As intenções dela não podiam ser mais claras. Sentou-se na cama e ficou olhando-o de um jeito perscrutador. Pôs uma mão sobre o lençol acima do ventre dele. Como ele não protestasse, ela se inclinou e mordiscou um de seus mamilos.

Mikael Blomkvist estava totalmente perplexo, mas não indiferente. Depois de alguns segundos, pegou-a pelos ombros e afastou-a um pouco para poder ver seu rosto.

— Lisbeth... não sei se é uma boa idéia. Devemos trabalhar juntos.

— Quero fazer sexo com você. E não vejo problema algum em trabalharmos juntos; ao contrário, terei um problema sério se me mandar embora.

— Mas nem nos conhecemos direito.

Ela riu, um riso abrupto que mais parecia uma tosse.

— Quando fiz minha investigação sobre você, percebi que nunca teve esse tipo de problema. Ao contrário, você é daqueles que têm dificuldade de ficar longe das mulheres. Que está havendo? Não pareço bastante *sexy*?

Mikael balançou a cabeça e tentou encontrar algo inteligente para dizer. Como ele não respondeu, ela afastou o lençol e sentou-se de pernas abertas sobre ele.

— Não tenho preservativos — disse Mikael.

— Não faz mal.

* * *

Quando Mikael despertou, Lisbeth já estava de pé. Ouviu-a mexendo nas louças da cozinha. Eram quase sete da manhã. Ele dormira apenas duas horas e continuou de olhos fechados.

Não conseguia entender Lisbeth Salander. Em nenhum momento ela havia insinuado, nem mesmo através de um olhar, que estivesse interessada nele.

— Bom dia — disse Lisbeth à porta. Ela sorria. Um pouco, é verdade.

— Oi — disse Mikael.

— Não temos mais leite. Vou até o supermercado. Eles abrem às sete.

E afastou-se tão depressa que Mikael nem teve tempo de responder. Ele a ouviu calçar-se, pegar a mochila, o capacete da moto e sair pela porta da frente. Ele fechou os olhos. Depois ouviu a porta ser aberta de novo e em alguns segundos ela reapareceu. Desta vez não sorria mais.

— Venha, você precisa ver uma coisa — disse com uma voz estranha.

Mikael saltou imediatamente da cama e enfiou a calça. Durante a noite alguém viera lhe trazer um presente indesejado. No terraço da entrada, jazia o cadáver semicarbonizado de um gato esquartejado. As patas e a cabeça haviam sido cortadas, o ventre aberto e as entranhas removidas; os restos do gato estavam ao lado do cadáver, que parecia ter sido posto no fogo. A cabeça estava intacta e fora colocada em cima do assento da moto de Lisbeth. Mikael reconheceu a pelagem ruiva.

22. QUINTA-FEIRA 10 DE JULHO

Eles tomaram o café-da-manhã no jardim, em silêncio e sem leite no café. Lisbeth havia apanhado uma pequena Canon digital e fotografado a cena macabra antes de Mikael trazer um saco de lixo para levar tudo. Ele pôs o gato no porta-malas do carro que lhe emprestaram, mas não tinha muita certeza do que fazer com o cadáver. O lógico seria apresentar queixa por crueldade contra os animais, talvez também por ameaças, mas não sabia muito bem como explicar o porquê da ameaça.

Por volta das oito e meia, Isabella Vanger passou a pé e dirigiu-se à ponte. Não os viu ou fingiu não vê-los.

— Como está se sentindo? — perguntou finalmente Mikael a Lisbeth.

— Bem. — Ela olhou para ele, surpresa. *Entendi. Ele gostaria que eu estivesse nervosa.* — Quando encontrar o canalha que torturou um pobre gato inocente só para nos deixar uma advertência, vou acertá-lo com um taco de beisebol.

— Acha que é uma advertência?

— Tem explicação melhor? Claro que significa alguma coisa.

Mikael assentiu com a cabeça.

— Seja o que for, a verdade é que acabamos inquietando muito alguém, a ponto de deixar essa pessoa doente. Mas há um outro problema — disse ele.

— Eu sei. É um sacrifício de animal semelhante aos de 1954 e 1960. E parece impossível que um matador em atividade há cinqüenta anos continue por aí, deixando animais torturados na sua porta.

— Os únicos que podem figurar na lista, nesse caso, são Harald Vanger e Isabella Vanger. Existem alguns parentes mais velhos do ramo Johan Vanger, mas nenhum mora na região.

Mikael suspirou antes de prosseguir.

— Isabella é uma mulher estúpida que certamente não hesitaria em matar um gato, mas duvido que passasse o tempo matando mulheres em série nos anos 1950. Harald Vanger... não sei, parece tão decrépito que mal consegue andar e é difícil acreditar que saia sorrateiramente à noite para achar um gato e fazer isso.

— A não ser que sejam duas pessoas, uma velha e uma jovem.

Mikael ouviu um carro passar, ergueu os olhos e viu Cecilia Vanger desaparecer no final da ponte. *Harald e Cecilia*, pensou. Mas havia um grande ponto de interrogação: pai e filha não se viam e raramente se falavam. Apesar de Martin Vanger ter prometido falar com ela, Cecilia continuava sem responder aos telefonemas de Mikael.

— Com certeza é alguém que sabe que estamos investigando e que fizemos progressos — disse Lisbeth, levantando-se e entrando na casa.

Ao voltar, ela vestia sua roupa de motoqueira.

— Vou a Estocolmo. Volto à noite.

— O que você vai fazer?

— Umas pesquisas. Se um cara é bastante louco para matar um gato desse jeito, ele, ou ela, pode nos atacar da próxima vez. Ou pôr fogo no barraco enquanto dormimos. Quero que vá a Hedestad comprar dois extintores e dois detectores de incêndio hoje. Um dos extintores deve ser com halon.

Sem dizer mais nada, pôs o capacete, acionou a moto e desapareceu pela ponte.

Mikael jogou o cadáver no coletor de lixo do posto de gasolina, antes de ir a Hedestad comprar os extintores e os detectores de incêndio. Pôs as compras no porta-malas do carro e foi para o hospital. Havia telefonado para Dirch Frode e marcado um encontro com ele na cafeteria. Contou o que havia acontecido de manhã. Dirch Frode empalideceu.

— Mikael, nunca pensei que essa história pudesse se tornar perigosa.

— Por que não? Afinal, o objetivo é desmascarar um assassino.

— Mas quem poderia... É pura loucura. Se não estão em segurança, você e a senhorita Salander, devemos parar tudo. Posso falar com Henrik.

— Não, de jeito nenhum. Não vamos provocar outro infarto nele.

— Ele pergunta o tempo todo o que você está fazendo.

— Diga a ele que continuo desembaraçando os fios.

— O que vai fazer agora?

— Tenho algumas perguntas. O primeiro incidente ocorreu pouco depois do infarto de Henrik, quando eu estava em Estocolmo. Alguém vasculhou minha saleta de trabalho. Foi logo depois de eu decifrar o código da Bíblia e descobrir as fotos da rua da Estação. Falei disso com você e com o Henrik. Martin estava sabendo, pois foi ele que me facilitou o acesso ao *Hedestads-Kuriren*. Quem mais estava a par?

— Bem, não sei exatamente para quem Martin falou. Mas Birger e Cecilia também sabiam. Conversaram entre si sobre a sua caçada às fotos. Até Alexander está sabendo. E Gunnar e Helen Nilsson também. Vieram visitar Henrik e ouviram a conversa. E Anita Vanger.

— Anita? A de Londres?

— A irmã de Cecilia. Ela veio de avião com Cecilia quando Henrik teve o infarto, mas ficou no hotel; que eu saiba, não pôs os pés na ilha. Assim como Cecilia, ela não quer se encontrar com o pai. Mas voltou há uma semana, quando Henrik saiu da UTI.

— Onde Cecilia está morando? Eu a vi esta manhã atravessando a ponte, mas sua casa continua fechada.

— Suspeita dela?

— Não, só quero saber onde está morando.

— Na casa do irmão, Birger. Da casa dele pode-se ir a pé ao hospital.

— Sabe onde ela está agora?

— Não. Em todo caso, com Henrik não está.

— Obrigado — disse Mikael e levantou-se.

A família Vanger gravitava em torno do hospital de Hedestad. No saguão de entrada, Birger Vanger dirigia-se aos elevadores. Mikael não quis cruzar com ele e esperou que desaparecesse antes de passar pelo saguão. Mas deu de cara com Martin Vanger na entrada, quase no mesmo lugar onde encontrara Cecilia Vanger na visita anterior. Eles trocaram um aperto de mão.

— Foi ver Henrik?

— Não, só passei aqui para falar com Dirch Frode rapidamente.

Martin tinha olheiras e parecia fatigado. Mikael notou que ele envelhecera consideravelmente desde que se conheceram, havia seis meses. A luta para salvar o império Vanger e a súbita doença de Henrik lhe pesavam.

— E como vão as coisas com você? — perguntou Martin.

Mikael anunciou que não tinha a intenção de interromper sua temporada para voltar a Estocolmo.

— Bem, obrigado. A cada dia estão ficando mais interessantes. Quando Henrik melhorar, espero poder satisfazer a curiosidade dele.

Birger Vanger morava num conjunto de casas geminadas, de tijolos brancos, a apenas cinco minutos de caminhada do hospital. Ninguém atendeu quando Mikael bateu à porta. Tentou o celular de Cecilia, mas não obteve resposta. Ficou um momento no carro tamborilando os dedos sobre o volante. Birger Vanger era uma página em branco na coleção. Nascido em 1939, tinha apenas dez anos quando Rebecka Jacobsson foi morta. Mas tinha vinte e sete quando Harriet desapareceu.

Segundo Henrik Vanger, Birger e Harriet pouco se viram. Birger cresceu com sua família, em Uppsala, e veio para Hedestad a fim de trabalhar no grupo, mas alguns anos depois se afastou para entrar na política. Estava em Uppsala quando Lena Andersson foi assassinada.

Mikael não conseguia deslindar a história, mas o incidente com o gato lançara um sentimento de ameaça iminente e sugeria que o tempo começava a correr rápido.

O ex-pastor de Hedeby Otto Falk tinha trinta e seis anos quando Harriet desapareceu. Estava com setenta e dois agora, era mais jovem que Henrik Vanger, porém se achava numa condição intelectual bem inferior. Mikael o encontrou na casa de saúde A Andorinha, um prédio amarelo situado numa elevação às margens do Hede, no outro extremo da cidade. Mikael apresentou-se na recepção e pediu para falar com o pastor Falk. Disse saber que o pastor sofria de Alzheimer e pediu informações sobre seu nível de comunicação. Uma atendente respondeu-lhe que o pastor recebera o diagnóstico três anos antes e que a evolução da doença fora rápida. Falk podia comunicar-se, mas tinha uma péssima memória imediata, não reconhecia alguns membros da família e estava entrando numa completa alienação. Mikael também foi prevenido contra crises de angústia que o velho tinha quando lhe faziam perguntas às quais não conseguia responder.

O velho pastor estava sentado num banco de jardim com três outros pacientes e um enfermeiro. Mikael passou uma hora tentando falar com ele.

O pastor Falk disse que se lembrava muito bem de Harriet Vanger. Seu rosto iluminou-se e ele a descreveu como uma menina encantadora. Mikael logo percebeu, porém, que o pastor esquecera que ela estava desaparecida havia quase trinta e sete anos; falava dela como se tivesse acabado de vê-la e pediu que Mikael lhe mandasse um abraço e a encorajasse a vir visitá-lo. Mikael prometeu fazer isso.

Quando Mikael comentou o que tinha acontecido no dia em que Harriet desapareceu, o pastor se mostrou perplexo. Era evidente que não se lembrava do acidente na ponte. No entanto, no final da conversa, mencionou algo que fez levantar as orelhas de Mikael.

Mikael havia conduzido a conversa para o interesse de Harriet pela religião, e o pastor de repente ficou pensativo. Como se uma nuvem tivesse passado sobre seu rosto. Pôs-se a balançar para a frente e para trás por um momento, depois olhou fixamente Mikael e perguntou quem ele era. Mikael apresentou-se de novo e o velho refletiu mais um instante. Por fim, balançou a cabeça e pareceu irritado.

— Ela ainda está procurando. Precisa estar atenta e você deve preveni-la.

— Devo preveni-la do quê?

O pastor ficou subitamente agitado. Balançou a cabeça, franzindo as sobrancelhas.

— Ela deve ler *sola scriptura* e compreender *sufficientia scripturae*. Só assim poderá manter uma *sola fide*. José os exclui formalmente. Eles nunca foram incluídos no cânone.

Mikael não compreendeu nada, mas registrou. A seguir, o pastor Falk inclinou-se para ele e cochichou em tom confidencial:

— Acho que ela é católica. Está apaixonada por magia e ainda não encontrou seu Deus. É preciso guiá-la.

A palavra "católica" parecia ter uma conotação negativa para o pastor Falk.

— Eu achava que ela estava interessada no pentecostalismo.

— Não, não, no pentecostalismo não. Ela busca a verdade proibida. Não é uma boa cristã.

Nesse ponto, o pastor pareceu esquecer tanto Mikael quanto a conversa e voltou-se para falar com um dos outros pacientes.

Mikael voltou à ilha pouco depois das duas da tarde. Foi bater à porta de Cecilia Vanger, mas sem sucesso. Tentou o celular, não obteve resposta.

Instalou um detector de incêndio na cozinha e outro no vestíbulo. Colocou um dos extintores junto ao aquecedor, ao lado da porta do quarto, e o outro junto à porta do banheiro. Preparou então uma refeição leve, sanduíches e café, e sentou-se no jardim para passar ao notebook o registro de sua conversa com o pastor Falk. Refletiu por um longo momento, depois ergueu os olhos na direção da igreja.

O novo presbitério de Hedeby era uma casa moderna, sem nada de especial, a algumas centenas de metros da igreja. Mikael bateu à porta do pastor Margareta Strandh por volta das quatro e explicou que vinha fazer uma consulta sobre uma questão teológica. Margareta era uma mulher da idade de Mikael, de cabelos castanhos, e vestia jeans e camisa de flanela. Estava descalça e tinha as unhas dos pés pintadas de vermelho. Ele já a encontrara algumas vezes no Café Susanne e lhe falara do pastor Falk. Mikael foi gentilmente recebido e convidado a se sentar no jardim da casa dela, bem como a tratá-la sem cerimônia.

Mikael contou que conversara com Otto Falk e repetiu as respostas dele, acrescentando que não entendera seu significado. Margareta Strandh escutou e pediu que Mikael repetisse palavra por palavra o que Falk dissera. Ela refletiu por um instante.

— Comecei a trabalhar aqui em Hedeby há apenas três anos e nunca vi o pastor Falk. Ele já havia se aposentado vários anos antes, mas soube que era bastante tradicionalista. O que ele disse significa mais ou menos que devemos nos ater unicamente aos escritos — *sola scriptura* — e que eles são *sufficientia scripturae*. Para os crentes tradicionalistas, essa última expressão significa o reconhecimento da Sagrada Escritura como única fonte de autoridade. *Sola fide* significa "a única fé", ou "a fé pura".

— Entendo.

— Tudo isso pertence, por assim dizer, aos dogmas fundadores. É a base da Igreja e nada tem de extraordinário. Ele disse simplesmente: *Leia a Bíblia — ela oferece o conhecimento suficiente e garante a fé pura*.

Mikael sentiu-se um pouco desconfortável.

— Mas permita que eu lhe pergunte: em que contexto ocorreu essa conversa?

— Fiz perguntas sobre alguém que ele conheceu há muito tempo e sobre quem estou escrevendo.

— Alguém numa busca religiosa?

— Algo do gênero.

— Certo. Acho que percebo a relação. O pastor Falk disse duas outras coisas — que *José os exclui formalmente* e que *eles nunca foram incluídos no cânone*. Será que você não entendeu mal e ele disse Josefo em vez de José? Na verdade, é o mesmo nome.

— É possível — disse Mikael. — Gravei a conversa, se quiser escutar.

— Não, acho que não é necessário. As duas frases estabelecem de maneira clara o que ele quis dizer. Josefo era um historiador judeu e a frase *eles nunca foram incluídos no cânone* provavelmente indica que nunca fizeram parte do cânone hebraico.

— E o que isso quer dizer?

Ela riu.

— O pastor Falk afirmou que essa pessoa tinha uma atração por fontes esotéricas, mais precisamente pelos apócrifos. A palavra *apokryphos* significa "oculto", e os apócrifos são livros ocultos que alguns contestam fortemente e que outros consideram como parte do Antigo Testamento. São os livros de Tobias, Judite, Ester, Baruc, Sirac, os Macabeus e mais outros dois ou três.

— Desculpe a minha ignorância. Já ouvi falar dos apócrifos, mas nunca os li. O que eles têm de especial?

— Na verdade, nada de especial, a não ser que foram escritos um pouco mais tarde que o restante do Antigo Testamento. Por isso os apócrifos foram riscados da Bíblia hebraica. Não que os doutores da lei desconfiassem de seu conteúdo, mas simplesmente porque foram escritos depois da época em que a obra da revelação de Deus estava terminada. Em contrapartida, os apócrifos figuram na velha tradução grega da Bíblia. Portanto, não são controvertidos na Igreja católica.

— Entendo.

— Contudo, são particularmente controvertidos na Igreja protestante. Na época da Reforma, os teólogos buscavam se aproximar ao máximo da velha Bíblia hebraica. Martinho Lutero retirou os apócrifos da Bíblia da Reforma, e mais tarde Calvino afirmou que os apócrifos não deviam em hipótese alguma servir de base para as confissões de fé, por conterem afirmações que contradiziam a *claritas Scripturae* — a clareza das Escrituras.

— Ou seja, livros censurados.

— Exatamente. Os apócrifos afirmam, por exemplo, que se pode praticar a magia, que a mentira é autorizada em alguns casos e outras coisas semelhantes, que evidentemente indignam os exegetas dogmáticos das Escrituras.

— E não é nada impossível, se alguém sente uma atração pela religião, que os apócrifos apareçam na sua lista de leitura, para a grande irritação de homens como o pastor Falk.

— Isso mesmo. É quase inevitável o confronto com os apócrifos se nos interessamos pela Bíblia ou pelo catolicismo, e é muito provável que alguém interessado pelo esoterismo, de maneira geral, os leia.

— Por acaso teria um exemplar dos apócrifos?

Ela riu mais uma vez. Um riso aberto, amistoso.

— Claro. Os apócrifos foram editados pela comissão bíblica nos anos 1980 por ocasião de um estudo nacional.

Dragan Armanskij perguntou-se o que poderia estar havendo quando Lisbeth Salander pediu uma conversa particular. Ele fechou a porta e fez sinal para ela se sentar na poltrona dos visitantes. Ela contou que o trabalho para Mikael Blomkvist estava terminado — Dirch Frode pagaria antes do fim do mês —, mas que decidira prosseguir a investigação. Mikael lhe oferecera um salário mensal consideravelmente inferior.

— Em suma, é uma questão pessoal — disse Lisbeth Salander. — Até agora nunca aceitei trabalho a não ser de você, segundo nosso acordo. O que quero saber é o que será da nossa relação se eu começar a pegar trabalhos por conta própria.

Dragan Armanskij afastou as mãos.

— Você é seu patrão, pode pegar os trabalhos que quiser e cobrar como quiser. Fico contente de que tenha fontes próprias de dinheiro. Mas seria desleal atrair para você clientes que conheceu por nosso intermédio.

— Não tenho essa intenção. Fiz o trabalho conforme o contrato que estabelecemos com Blomkvist. Esse trabalho está terminado. Agora *eu* é que quero continuar no caso. Faria até mesmo de graça.

— Nunca faça nada de graça.

— Entenda, estou querendo dizer que quero saber aonde vai dar essa história. Convenci Mikael Blomkvist a pedir a Dirch Frode um contrato suplementar como assistente de pesquisa.

Ela estendeu o contrato a Armanskij, que o percorreu com os olhos.

— Esse salário equivale quase a trabalhar por nada. Lisbeth, você tem talento. Sabe que pode ganhar bem mais trabalhando comigo, se aceitasse um regime de tempo integral.

— Não quero trabalhar em tempo integral. Mas continuarei fiel a você, Dragan. Você tem sido correto comigo desde que comecei aqui. Quero saber se para você está bem esse tipo de contrato, porque não quero que haja problemas entre nós.

— Entendo. — Ele refletiu um instante. — Para mim está certo. Obrigado por me procurar. Se outras situações como essa surgirem no futuro, peço que me avise, para não haver mal-entendidos.

Lisbeth Salander ficou em silêncio por um minuto ou dois, calculando se havia algo a acrescentar. Fixou os olhos em Armanskij sem dizer nada. Depois balançou a cabeça, levantou-se e saiu, como de hábito sem se despedir. Uma vez obtida a resposta que esperava, o interesse por Armanskij tinha evaporado. Ele sorriu com serenidade. O fato de ela ter vindo se aconselhar com ele significava um avanço em seu processo de socialização.

Abriu uma pasta com um relatório sobre a segurança de um museu onde estava prevista uma exposição de impressionistas franceses. Depois deixou a pasta de lado e olhou para a porta por onde Salander acabara de sair. Lembrou-se do dia em que a vira rindo na companhia de Mikael Blomkvist e perguntou-se se ela estava ficando adulta ou se era Blomkvist que a atraía. Mas sentiu também uma inquietação. Ele nunca conseguira se livrar da sensação de que Lisbeth Salander era uma vítima perfeita. E eis que agora ela seguia a pista de um assassino furioso numa aldeia perdida.

Retornando em direção ao norte, Lisbeth sentiu vontade de passar na casa de saúde de Äppelviken para ver sua mãe. Exceto pela visita no Dia de São João, ela não via a mãe desde o Natal e culpava-se por visitá-la tão pouco. Essa nova visita, apenas algumas semanas depois, era incomum.

A mãe estava na sala de convivência. Lisbeth ficou pouco mais de uma hora e a levou para passear no laguinho dos patos, no jardim em frente à instituição. A mãe continuava confundindo-a com a irmã. Como de hábito, não estava inteiramente presente, embora a visita parecesse agitá-la.

Quando Lisbeth despediu-se, a mãe não quis soltar sua mão. Lisbeth prometeu voltar em breve, mas a mãe a olhou com inquietação e um ar muito infeliz.

Como se estivesse pressentindo uma catástrofe iminente.

Mikael passou duas horas no jardim dos fundos da casa, folheando os apócrifos, sem chegar a outra conclusão senão a de que estava perdendo tempo.

Mas de repente lhe ocorreu uma pergunta: Harriet teria sido mesmo tão crente como parecia? Seu interesse pelos estudos bíblicos se revelou no último ano antes de seu desaparecimento. Ela fizera a ligação entre um certo número de citações bíblicas e uma série de assassinatos, a seguir lera com aplicação não somente a Bíblia mas os apócrifos, e se interessara pelo catolicismo.

Teria iniciado a mesma investigação a que Mikael Blomkvist e Lisbeth Salander se dedicavam trinta e sete anos mais tarde? Teria sido a busca de um assassino que estimulara seu interesse, e não a religiosidade? O pastor Falk, em todo caso, dera a entender que ela parecia alguém em busca, e não uma boa cristã.

Suas reflexões foram interrompidas por um chamado de Erika no celular.

— Queria apenas te dizer que eu e Lars vamos tirar férias na semana que vem. Estarei fora por um mês.

— Aonde vocês vão?

— Nova York. Lars tem uma exposição e depois vamos ao Caribe. Um amigo nos emprestou uma casa em Antígua, onde ficaremos duas semanas.

— Maravilha! Divirtam-se. E dê lembranças ao Lars.

— Não tiro férias de verdade há três anos. A próxima edição está pronta e o número seguinte já está quase terminado. Gostaria que você supervisionasse, mas Christer prometeu se encarregar disso.

— Ele pode me chamar, se precisar de ajuda. E como ficou o caso de Janne Dahlman?

Ela hesitou um instante.

— Ele sai de férias na semana que vem. Pus Henry como secretário de redação temporário. Ele e Christer vão conduzir o barco.

— Certo.

— Não confio em Dahlman, mas ele está se esforçando. Estarei de volta no dia 7 de agosto.

Eram cerca de sete da noite, e Mikael havia tentado falar com Cecilia Vanger cinco vezes. Deixara um bilhete na casa dela pedindo que entrasse em contato com ele, mas não obtivera resposta.

Fechou decididamente os apócrifos, vestiu uma roupa esportiva e trancou a porta antes de sair para o seu *jogging* de todos os dias.

Seguiu pelo caminho estreito ao longo da praia, depois tomou a direção do bosque. Atravessou o mais depressa que pôde uma zona de matagal e árvores desenraizadas até chegar exausto à Fortificação, com a pulsação bastante acelerada. Deteve-se num ponto da trincheira, ao sol, e fez alongamentos por alguns minutos.

De repente, ouviu uma forte detonação, ao mesmo tempo que uma bala atingia a parede de concreto a alguns centímetros de sua cabeça. Depois sentiu uma dor na raiz dos cabelos, onde os estilhaços abriram uma ferida profunda.

Mikael ficou petrificado durante o que lhe pareceu uma eternidade, incapaz de entender o que havia acontecido. Em seguida jogou-se no chão na trincheira, machucando o ombro ao aterrissar. O segundo tiro ocorreu no instante em que mergulhava. A bala cravou-se na parede de concreto, bem no lugar onde ele havia estado.

Mikael levantou a cabeça e olhou em volta. Estava mais ou menos na metade da Fortificação. À direita e à esquerda, passagens estreitas, com profundidade de um metro e cobertas de vegetação, conduziam a abrigos de tiro espalhados numa linha de duzentos e cinqüenta metros de comprimento. Pôs-se a correr, curvado, na direção sul do labirinto.

Então, ouviu ressoar dentro dele a voz inimitável do capitão Adolfsson no dia de um exercício de inverno na escola de infantaria em Kiruna. *Puta que pariu, Blomkvist, baixe a cabeça se não quiser ter o rabo arrancado por uma bala!* Vinte anos depois, se lembrava dos ensinamentos do capitão Adolfsson.

Cerca de sessenta metros adiante, parou, sem fôlego e com o coração palpitando. Não ouvia outros ruídos a não ser o da própria respiração. *O olho humano percebe os movimentos mais rapidamente que as formas e as silhuetas. Não fique afoito quando se desloca!* Mikael levantou os olhos alguns centímetros acima da borda do abrigo. O sol estava bem à sua frente e o impedia de distinguir os detalhes, mas ele não percebeu nenhum movimento.

Baixou a cabeça e prosseguiu até o último abrigo. *Pouco importa se o inimigo tem armas muito boas. Enquanto não puder te ver, ele não pode te tocar. Proteja-se, proteja-se! Não se exponha!*

Mikael achava-se agora a uns trezentos metros das terras da fazenda de Östergarden. Quarenta metros à frente, estendia-se um espesso matagal de arbustos. Mas, para alcançar esse matagal partindo da trincheira, ele seria obrigado a descer uma encosta onde estaria totalmente exposto. Era a única saída. Às suas costas havia o mar.

Mikael agachou-se e raciocinou. De repente teve consciência da dor nas têmporas; percebeu que sangrava abundantemente, sua camiseta estava molhada de sangue. Fragmentos da bala ou estilhaços da parede haviam aberto uma ferida profunda na raiz dos cabelos. *As feridas do couro cabeludo sempre sangram muito e por muito tempo*, pensou, antes de se concentrar novamente na situação. Um único tiro poderia ter sido um disparo acidental. Dois tiros significavam que alguém tentara matá-lo. Não sabia se o atirador ainda estava nas proximidades, com o rifle recarregado esperando que ele se mostrasse.

Tentou se acalmar e pensar de forma racional. Suas opções eram esperar ou abandonar o local de uma maneira ou de outra. Se o atirador ainda estivesse à espreita, a segunda possibilidade não convinha de modo algum. Mas, se ficasse ali esperando, o atirador poderia tranqüilamente subir até a Fortificação, encontrá-lo e matá-lo à queima-roupa.

Ele (ou ela?) não pode saber se fui para a direita ou para a esquerda. Um rifle, talvez para a caça de alce. Provavelmente com mira telescópica. Isso significava que o atirador tinha um campo de visão limitado se observasse Mikael através da lente.

Se estiver encurralado, tome a iniciativa. É melhor do que esperar. Ele espreitou o momento favorável e escutou os ruídos por dois minutos; então ergueu-se sobre a borda da trincheira e correu encosta abaixo o mais rápido que pôde.

Ouviu um terceiro disparo, mas bem atrás de suas costas, quando estava na metade do caminho para o matagal. Um instante depois, lançou-se de barriga na cortina de arbustos e rolou num mar de urtigas. Imediatamente voltou a ficar de pé e, ainda curvado, começou a se afastar do atirador. Cinqüenta metros adiante, parou e escutou. Ouviu um galho estalar em alguma parte entre ele e a Fortificação. Suavemente, estendeu-se de novo no chão.

Sobre os cotovelos, cambada! Não de quatro patas! Era uma das expressões favoritas do capitão Adolfsson. Mikael percorreu os cento e cinqüenta metros seguintes rastejando na vegetação do matagal. Avançou sem fazer ruído, muito atento aos galhos. Em dois momentos, ouviu estalos no matagal. O primeiro parecia vir de perto, talvez uns vinte metros à direita de onde estava. Ficou totalmente imóvel, como que petrificado. Ao cabo de um momento, ergueu devagar a cabeça e espiou; não viu ninguém. Continuou imóvel por muito tempo, com os nervos alertas, pronto para fugir ou mesmo lançar um contra-ataque se *o inimigo* viesse em sua direção. O estalo que ouviu a seguir vinha de mais longe. Depois nada, silêncio.

Ele sabe que estou aqui. Mas terá se instalado em algum lugar à espera de que eu comece a me mexer ou terá ido embora?

Mikael continuou avançando no matagal até chegar ao cercado do pasto de Östergarden.

Começava outro momento crítico. Um caminho costeava o cercado no lado de fora. Ele ficou de bruços no chão, à espreita. Viu as construções à sua frente, a cerca de quatrocentos metros, num terreno com ligeiro declive; à direita, viu umas dez vacas pastando. *Como se explica que ninguém tenha ouvido os disparos e tenha vindo ver o que aconteceu? Verão. Não deve haver ninguém na fazenda neste momento.*

Nem pensar em se aventurar pelo pasto — estaria totalmente exposto —, e o caminho ao longo do cercado era o lugar onde ele mesmo teria se posicionado para ter o campo livre para atirar. Retrocedeu discretamente pelo matagal e prosseguiu até chegar a um bosque de pinheiros.

Mikael contornou as terras de Östergarden e dirigiu-se ao monte Sul para regressar. Ao passar pela fazenda, constatou que o carro não estava lá. Deteve-se no alto do monte Sul e contemplou Hedeby. As pequenas cabanas do antigo porto dos pescadores estavam ocupadas por veranistas; algumas mulheres de maiô conversavam num pontão. Ele sentiu o cheiro de carne assada num braseiro. Crianças brincavam na água em volta dos pontões.

Mikael consultou o relógio. Pouco mais de oito da noite. Os tiros haviam sido disparados cinqüenta minutos atrás. Gunnar Nilsson regava o jardim, de calção e nu da cintura para cima. *Há quanto tempo você está aí?* A casa de Henrik Vanger estava desabitada, com exceção da governanta Anna Nygren. A de Harald Vanger parecia deserta como sempre. Viu Isabella Vanger sentada no jardim dos fundos de sua casa. Falava com alguém. Mikael demorou um pouco para perceber que era Gerda Vanger, nascida em 1922 e de saúde frágil, que morava com o filho Alexander numa das casas atrás da de Henrik. Nunca a encontrara, mas algumas vezes a vira em seu terreno. A casa de Cecilia Vanger parecia vazia, porém de repente Mikael viu uma luz se acender na cozinha. *Ela está em casa. Será que o atirador poderia ser uma mulher?* Não duvidava que Cecilia Vanger soubesse manejar um rifle. Mais adiante viu o carro de Martin Vanger na esplanada diante de sua casa. *E você, há quanto tempo está em casa?*

Ou teria sido alguma outra pessoa, em quem ele ainda nem sequer pensara? Frode? Alexander? Possibilidades demais.

Desceu o monte Sul, seguiu o caminho até o povoado e foi diretamente para casa, sem encontrar ninguém. A primeira coisa que viu foi a porta da casa entreaberta. Contraiu-se instintivamente. Depois sentiu cheiro de café e viu Lisbeth Salander pela janela da cozinha.

* * *

Lisbeth ouviu Mikael no vestíbulo e virou-se para ele. Ficou paralisada. O rosto de Mikael tinha um aspecto assustador, com sangue por toda parte começando a coagular. O lado esquerdo da camiseta estava molhado de sangue.

— Foi só um ferimento no couro cabeludo; está sangrando muito, mas não é grave — disse Mikael antes que ela tivesse tempo de abrir a boca.

Ela se virou e foi buscar o estojo de primeiros socorros no guarda-louças, um estojo que continha apenas dois rolos de algodão, gaze e uma caixinha de curativos adesivos. Ele tirou as roupas, deixou-as espalhadas no chão e foi se olhar no espelho do banheiro.

O ferimento na têmpora tinha uns três centímetros de comprimento e era tão profundo que Mikael pôde ver um bom pedaço de carne. Continuava sangrando e provavelmente precisaria de alguns pontos, mas um simples curativo resolveria, ele pensou. Umedeceu a toalha e enxugou o rosto.

Apoiou a toalha sobre a têmpora e entrou no chuveiro para uma ducha, fechando os olhos. Deu então um murro tão forte na parede que seus dedos doeram. *Filho-da-puta!*, pensou. *Vou pegar você!*

Quando Lisbeth tocou seu braço, ele sentiu um sobressalto, como se tivesse recebido uma descarga. Olhou-a com tanta raiva nos olhos que, sem querer, ela deu um passo para trás. Lisbeth entregou-lhe um sabonete e voltou para a cozinha sem dizer uma palavra.

Mikael pôs três curativos adesivos ao sair do chuveiro. Entrou no quarto, vestiu uma calça e uma camiseta limpas, pegou uma pasta com as fotos que copiara na impressora. A raiva o fazia quase tremer.

— Fique aqui! — ordenou, áspero, a Lisbeth Salander.

Foi até a casa de Cecilia Vanger e calcou a mão na campainha. Depois de um minuto e meio ela atendeu.

— Não quero falar com você — ela disse. Depois, viu o rosto dele e o sangue que já começava a vazar dos curativos. — O que aconteceu?

— Deixe-me entrar. Precisamos conversar.

Ela hesitou.

— Não temos nada a nos dizer.

— Agora temos, sim, coisas a nos dizer e podemos discuti-las aqui na porta ou na cozinha.

A voz de Mikael deixava transparecer sua raiva contida e Cecilia Vanger deu um passo para o lado, deixando-o entrar. Ele foi se sentar à mesa da cozinha.

— O que aconteceu? — ela perguntou novamente.

— Você diz que as minhas investigações sobre o desaparecimento de Harriet são um passatempo terapêutico para Henrik. É possível, mas uma hora atrás alguém tentou acertar um tiro na minha cabeça e, na noite passada, alguém pôs um gato cortado em pedaços na entrada de casa.

Cecilia Vanger abriu a boca, mas Mikael a interrompeu.

— Cecilia, pouco me importa quais são as suas idéias fixas e o que a preocupa, ou por que agora você me odeia. Não vou mais me aproximar de você, não precisa ter medo que eu a importune ou a persiga. Neste momento, eu gostaria de nunca ter ouvido falar de você nem da família Vanger. Mas quero que responda às minhas perguntas. Quanto mais depressa responder, mais depressa se livrará de mim.

— O que quer saber?

— Primeiro: onde você estava uma hora atrás?

O rosto de Cecilia turvou-se.

— Eu estava em Hedestad. Voltei faz meia hora.

— Há testemunhas que comprovem isso?

— Sei lá. Não preciso me justificar para você.

— Segundo: por que abriu a janela do quarto de Harriet Vanger no dia em que ela desapareceu?

— O que você disse?

— Você ouviu minha pergunta. Durante todos esses anos, Henrik tentou descobrir quem abriu a janela do quarto de Harriet exatamente nos minutos críticos do seu desaparecimento. Todo mundo negou ter feito isso. Alguém está mentindo.

— E o que o faz pensar que fui eu?

— Esta foto — disse Mikael, jogando a fotografia em cima da mesa.

Cecilia Vanger aproximou-se para olhar a foto. Mikael teve a impressão de ver surpresa e medo. Ela levantou os olhos para ele. Mikael sentiu um pequeno filete de sangue escorrer pelo rosto e pingar na camiseta.

— Havia umas sessenta pessoas na ilha naquele dia — ele disse. — Vinte e oito eram mulheres. Cinco ou seis tinham cabelos louros e um pouco compridos. Só uma usava um vestido claro.

Ela olhou intensamente a foto.

— E acha que sou eu nesta foto?

— Se não é, eu gostaria muito de saber quem você acha que é. Ninguém sabe da existência dessa foto até agora. Há várias semanas a tenho comigo, mas não mostrei a Henrik nem a qualquer outra pessoa, porque tinha um medo terrível de transformar você em suspeita ou de prejudicá-la. Mas preciso de uma resposta.

— Terá a sua resposta. — Ela pegou a foto e a estendeu a ele. — Nesse dia não fui ao quarto de Harriet. Não sou eu nessa foto. Não tenho absolutamente nada a ver com o desaparecimento dela.

Dirigiu-se à porta de entrada.

— Essa é a minha resposta. Agora quero que vá embora. E acho que deveria mostrar esse ferimento a um médico.

Lisbeth Salander o levou ao hospital de Hedestad. Mikael levou dois pontos, puseram-lhe um grande curativo sobre a ferida e deram-lhe uma pomada de cortisona para os arranhões de urtiga no pescoço e nas mãos.

Ao deixar o hospital, Mikael refletiu demoradamente se não deveria avisar a polícia. Mas logo imaginou as manchetes: "Jornalista condenado por difamação é alvo de atirador misterioso". Ele balançou a cabeça.

— Vamos para casa — disse a Lisbeth.

Ao regressarem à ilha já estava escuro, o que convinha bem a Lisbeth Salander. Ela pôs uma sacola em cima da mesa da cozinha.

— Peguei emprestado um equipamento da Milton Security e chegou a hora de utilizá-lo. Prepare um café enquanto isso.

Ela espalhou quatro detectores de movimento ao redor da casa e explicou que, se alguém se aproximasse a menos de seis, sete metros, um sinal de rádio dispararia o bipe que havia instalado no quarto de Mikael. Na mesma hora, duas câmeras de vídeo ultra-sensíveis colocadas nas árvores, na frente e atrás da casa, começariam a enviar sinais a um laptop dentro do armário do vestíbulo. Ela dissimulou as câmeras com um tecido escuro, deixando apenas as objetivas descobertas.

Colocou uma terceira câmera numa gaiola de passarinho em cima da porta. Para introduzir o cabo ali, fez um buraco na parede. A objetiva estava apontada para a estrada e para o caminho do portão até a porta de entrada. A câmera tirava uma foto de baixa resolução por segundo, armazenada no disco rígido de um segundo laptop no armário.

Em seguida, instalou um capacho com captores de pressão no vestíbulo. Se alguém burlasse os detectores de movimento e entrasse na casa, um alarme de cento e quinze decibéis dispararia. Lisbeth mostrou como fazer para desativar os detectores com a chave de um pequeno cofre colocado no armário. Ela também emprestara um binóculo de visão noturna, que deixou na mesa da saleta de trabalho.

— Você parece ter pensado em tudo — disse Mikael, servindo-lhe uma xícara de café.

— Outra coisa, nada mais de *jogging* até que a gente tenha resolvido tudo isso.

— Pode crer que perdi todo o interesse pelo treinamento.

— Não estou brincando. Esse caso começou como um enigma histórico, mas hoje de manhã havia um gato morto na entrada e no fim da tarde alguém tentou estourar os seus miolos. Nós cutucamos alguém do esconderijo.

Eles fizeram uma refeição fora de hora, com carne fria e salada de batatas. Mikael estava muito cansado e com uma dor de cabeça terrível. Não conseguia falar mais nada e foi se deitar.

Lisbeth Salander permaneceu ali de pé e depois continuou lendo o inquérito até as duas da manhã. A missão em Hedeby havia se transformado em algo ameaçador e complicado ao mesmo tempo.

23. SEXTA-FEIRA 11 DE JULHO

Mikael despertou às seis da manhã com o sol batendo direto no rosto porque a cortina não fora bem fechada. A cabeça estava vagamente dolorida e ele sentiu uma dor aguda ao tocar o curativo. Lisbeth Salander dormia de bruços, com um braço em cima dele. Ele olhou o dragão que se estendia em suas costas, do ombro direito às nádegas.

Contou as tatuagens. Além do dragão nas costas e de uma vespa no pescoço, havia uma tira em volta do tornozelo, outra em volta do bíceps esquerdo, um macaco chinês no quadril e uma rosa na panturrilha. Afora o dragão, todas as tatuagens eram pequenas e discretas.

Mikael saiu lentamente da cama e puxou a cortina. Foi ao banheiro e voltou para a cama sem fazer ruído, para não despertar Lisbeth.

Algumas horas depois, tomavam o café-da-manhã no jardim. Lisbeth olhou para Mikael.

— Temos um mistério para resolver. Como faremos?

— Vamos fazer um balanço das informações que já temos e tentar descobrir outras.

— Uma das informações é que alguém da vizinhança está tentando te acertar.

— A questão é saber *por quê*. É porque estamos prestes a resolver o mistério de Harriet ou porque descobrimos um assassino serial até então desconhecido?

— Deve haver uma ligação.

Mikael concordou com a cabeça.

— Se Harriet descobriu um assassino serial, era, necessariamente, alguém do seu meio. Se examinarmos a galeria dos personagens dos anos 1960, havia pelo menos duas dúzias de candidatos possíveis. Hoje não resta praticamente ninguém, com exceção de Harald Vanger, e não dá para acreditar que ele, com quase noventa e cinco anos, anda pelos bosques com um rifle. Não teria força sequer para levantar uma espingarda de caça. Hoje todos são ou muito velhos para ser perigosos, ou muito jovens para terem agido nos anos 1950. O que nos leva de volta ao ponto de partida.

— A menos que dois colaborem um com o outro. Um velho e um jovem.

— Harald e Cecilia. Não creio. Acho que ela disse a verdade quando afirmou que não estava na janela.

— Quem seria então?

Abriram o notebook de Mikael e passaram a hora seguinte examinando com atenção todas as pessoas que apareciam nas fotos do acidente.

— Imagino que a aldeia inteira veio ver o acidente. Era setembro. A maioria está de casaco ou pulôver. Só uma pessoa tem cabelos louros compridos e vestido claro.

— Cecilia Vanger aparece em muitas fotos. Dá a impressão de estar o tempo todo em movimento, entre as casas e as pessoas que observam o acidente. Aqui ela está falando com Isabella. Aqui está com o pastor Falk. Aqui com Greger, o irmão de Henrik.

— Espere! — interrompeu Mikael. — O que é isso na mão de Greger?

— Uma coisa quadrada. Parece uma caixinha.

— É uma Hasselblad! Ele também estava com uma máquina fotográfica.

Repassaram as fotos mais uma vez. Greger era visto em várias, mas em geral encoberto. Numa das fotos, via-se claramente que ele tinha uma caixa quadrada na mão.

— Acho que você está certo. É uma máquina fotográfica.

— O que significa que podemos nos lançar a uma outra caça às fotos.

— Vamos deixar isso pra lá por enquanto — disse Lisbeth Salander. — Posso levantar uma hipótese?

— Diga.

— O que acha disto: alguém da jovem geração descobre que alguém da velha geração era um assassino serial, mas não quer que ninguém saiba. A honra da família, et cetera e tal. Isso significaria que existem duas pessoas envolvidas na história, mas que não agem juntas. O assassino pode estar morto há muito tempo, enquanto o nosso perseguidor quer simplesmente que a gente abandone o caso e saia daqui.

— Também pensei nisso — disse Mikael. — Mas, nesse caso, por que pôr um gato esquartejado na nossa porta? É uma referência direta aos assassinatos. — Mikael tocou a Bíblia de Harriet. — Mais uma paródia das leis sobre os sacrifícios por imolação.

Lisbeth Salander inclinou-se para trás e olhou a igreja enquanto citava a Bíblia com ar pensativo. Parecia falar sozinha.

— *"Depois imolará o novilho diante do Senhor, e os sacerdotes, filhos de Aarão, oferecerão o sangue e o derramarão ao redor sobre o altar que está à entrada da Tenda da Reunião. Depois esfolará a vítima e a cortará em pedaços."*

Ela se calou e de repente percebeu que Mikael a olhava com o rosto tenso. Ele abriu a Bíblia no início do *Levítico*.

— Conhece o versículo 12 também?

Lisbeth permaneceu calada.

— A seguir... — começou Mikael, balançando a cabeça para estimulá-la a continuar.

— *"A seguir a vítima será cortada em pedaços, com a cabeça e a gordura, que o sacerdote disporá sobre a lenha colocada no fogo do altar."* A voz dela estava gelada.

— E o seguinte?

Ela se levantou de repente.

— Lisbeth, você tem memória fotográfica! — exclamou Mikael, estupefato. — É por isso que lê as páginas do inquérito em segundos.

A reação dela foi quase explosiva. Fulminou Mikael com tanta raiva no olhar que ele ficou perplexo. Depois, os olhos de Lisbeth se encheram de desespero; virou-se e saiu correndo em direção ao portão do jardim.

— Lisbeth! — chamou Mikael, completamente atônito.

Ela desapareceu na estrada.

* * *

Mikael levou o computador para dentro de casa, ativou o alarme e trancou a porta antes de sair atrás de Lisbeth. Encontrou-a vinte minutos depois sentada num pontão do porto de recreio molhando os pés na água e fumando um cigarro. Lisbeth o ouviu chegar e ele percebeu os ombros dela se enrijecerem um pouco. Deteve-se a dois metros de onde ela estava.

— Não sei o que fiz de mal, mas não tive a intenção de deixá-la nesse estado.

Ela não respondeu.

Ele se aproximou, sentou-se ao lado dela e pôs docemente a mão sobre o seu ombro.

— Por favor, Lisbeth, fale comigo.

Ela virou a cabeça e olhou para ele.

— Não há nada a dizer. Sou um monstro, só isso.

— Eu ficaria feliz se tivesse a metade da sua memória.

Ela jogou o toco de cigarro na água.

Mikael permaneceu um bom tempo em silêncio. *Que devo dizer? Você é uma menina perfeitamente normal. E qual é o problema se for um pouco diferente? Por que essa auto-imagem te perturba?*

— Percebi que você é diferente das outras mulheres desde o primeiro instante em que eu te vi — ele falou. — E vou dizer uma coisa: fazia muito tempo que eu não gostava naturalmente de alguém assim desde o primeiro instante.

Crianças saíram de uma cabana em frente ao porto e se atiraram na água. Eugen Norman, o artista pintor com quem Mikael ainda não trocara uma só palavra, estava sentado numa cadeira diante de sua casa, fumando um cachimbo e observando Mikael e Lisbeth.

— Tenho vontade de ser seu amigo, se me quiser como amigo — disse Mikael. — Mas cabe a você decidir. Vou para casa preparar um café. Volte quando tiver vontade.

Levantou-se e a deixou tranqüila. Estava na metade do caminho, na subida, quando ouviu os passos dela às suas costas. Voltaram juntos em silêncio.

Ela se deteve no momento em que chegavam em frente à casa.

— Eu estava pensando... dissemos que tudo é uma paródia da Bíblia. Certo. Ele cortou em pedaços um gato, mas imagino que não era fácil achar um novilho. De todo modo, está seguindo o enredo básico. Eu me pergunto...

Ela levantou os olhos para a igreja.

— "*...os sacerdotes oferecerão o sangue e o derramarão ao redor sobre o altar que está à entrada da Tenda da Reunião...*"

Atravessaram a ponte e subiram em direção à igreja, olhando ao redor. Mikael verificou a porta da igreja: trancada. Continuaram andando mais um pouco, olhando ao acaso os túmulos do cemitério, até chegar à capela situada à beira d'água. Mikael arregalou os olhos. Não era uma capela, era um jazigo. Acima da porta podia-se ler gravado na pedra o nome Vanger, seguido de uma frase em latim que ele não soube decifrar.

— "*Para repousar até o fim dos tempos*" — disse Lisbeth.

Mikael olhou-a admirado. Ela encolheu os ombros.

— Já li essa frase em algum lugar — disse.

Mikael deu uma risada. Ela ficou rígida e a princípio pareceu furiosa, mas logo relaxou ao perceber que ele não tinha zombado dela. A situação é que era cômica.

Mikael verificou a porta. Trancada. Ele refletiu um instante e disse a Lisbeth para sentar-se ali e esperar. Foi bater à porta de Henrik, e Anna Nygren veio abrir. Explicou que queria conhecer a capela mortuária da família Vanger e perguntou onde Henrik guardava a chave. Anna pareceu hesitar, mas cedeu quando Mikael lembrou a ela que trabalhava diretamente para Henrik. Ela foi buscar a chave no gabinete.

No momento em que Mikael e Lisbeth abriram a porta, viram que estavam certos. O fedor de cadáver queimado e de restos carbonizados pairava, pesado, no ar. Mas o torturador do gato não acendera o fogo. Num canto havia um maçarico semelhante ao usado pelos esquiadores para derreter a cera dos esquis. Lisbeth pegou a máquina digital do bolso da saia jeans e tirou algumas fotos. Pegou também o maçarico.

— Pode ser uma prova. Talvez tenha deixado impressões digitais — ela disse.

— Claro, podemos pedir a todos os membros da família Vanger que nos forneçam suas impressões digitais — ironizou Mikael. — Gostaria de vê-la tentando obter as de Isabella.

— Existem meios — retrucou Lisbeth.

No chão havia sangue em abundância e uma tesoura de latoeiro que eles deduziram ter servido para cortar a cabeça do gato.

Mikael olhou ao redor. Um túmulo principal, mais elevado, era certamente o de Alexander Vangeersad; outros quatro, no chão, abrigavam os ancestrais da família. Depois deles, a família Vanger optara, aparentemente, pela cremação. Uns trinta pequenos nichos de parede traziam nomes de membros do clã. Mikael seguiu a história familiar na ordem cronológica e perguntou-se onde estariam enterrados os membros que não tinham lugar na capela — os que talvez não fossem considerados suficientemente importantes.

— Agora temos certeza — disse Mikael, quando atravessaram de volta a ponte. — Estamos atrás de um louco furioso.

— Explique.

Mikael parou no meio da ponte e se apoiou na amurada.

— Se fosse um doido comum que quisesse nos amedrontar, teria matado o gato na sua garagem ou no bosque. Mas ele foi à capela da família. Há algo de compulsivo nisso. Imagine o risco que correu. É verão e as pessoas andam por aí até tarde. O caminho do cemitério é um atalho muito usado pelos habitantes de Hedeby. Mesmo que o sujeito tenha fechado a porta, não é fácil calar um gato e evitar o cheiro de queimado.

— Quem?

— Não consigo imaginar Cecilia indo lá à noite com um maçarico.

Lisbeth encolheu os ombros.

— Não confio em nenhum desses doidos, nem mesmo em Frode e no seu amigo Henrik. Toda essa gente é capaz de enrolar você. Que vamos fazer agora?

Houve um momento de silêncio. Mikael disse então:

— Consegui descobrir muitos segredos a seu respeito. Quantas pessoas sabem que você é uma *hacker*?

— Ninguém.

— Exceto eu, quer dizer.

— Aonde você quer chegar?

— Quero saber se está comigo. Se confia em mim.

Ela o olhou por um bom tempo. Acabou encolhendo novamente os ombros.

— Não sei o que responder.

— Confia em mim? — insistiu Mikael.

— Até agora, sim — ela respondeu.

— Bem. Vamos fazer um pequeno passeio até a casa de Dirch Frode.

Sorrindo educadamente, a mulher do advogado Frode, que não conhecia Lisbeth Salander, arregalou os olhos quando a viu. Indicou-lhes o jardim nos fundos da casa. O rosto de Frode iluminou-se ao ver Lisbeth. Ele se levantou e a saudou com cortesia.

— Estou feliz de vê-la — disse. — Estava me sentindo culpado de não ter expressado suficientemente minha gratidão pelo trabalho extraordinário que fez para nós. Tanto no último inverno quanto agora.

Lisbeth o encarou desconfiada.

— Fui paga para isso — disse.

— Não foi isso que eu quis dizer. Julguei-a mal quando a vi pela primeira vez. Gostaria de me desculpar.

Mikael ficou surpreso. Dirch Frode era capaz de pedir desculpas a uma jovem de vinte e cinco anos coberta de *piercings* e tatuagens, por algo de que nem precisava se desculpar. O advogado subiu alguns pontos na estima de Mikael. Lisbeth Salander olhava para a frente e o ignorava.

Frode voltou-se para Mikael.

— O que aconteceu na sua testa?

Sentaram-se. Mikael resumiu os acontecimentos dos últimos dias. Quando contou que alguém havia disparado três tiros contra ele, Frode ergueu-se bruscamente. Sua indignação parecia incontestável.

— Mas isso é uma loucura! — Fez uma pausa e olhou fixamente para Mikael. — Sinto muito, mas temos que parar. Não posso colocar a vida de vocês em perigo. Preciso falar com Henrik e anular o contrato.

— Sente-se — disse Mikael.

— Você não entende...

— O que eu entendo é que Lisbeth e eu chegamos tão perto do alvo que quem está por trás de tudo isso entrou em pânico e começou a agir de maneira irracional. Lisbeth e eu gostaríamos de lhe fazer algumas perguntas. Em primeiro lugar: quantas chaves existem da capela funerária da família Vanger e quem possui uma?

Frode refletiu um instante.

— Na verdade, não sei. Eu diria que vários membros da família têm acesso à capela. Sei que Henrik possui uma chave e que Isabella vai até lá às vezes, mas desconheço se ela tem sua própria chave ou se usa a de Henrik.

— Certo. Você continua fazendo parte do conselho administrativo do grupo Vanger. Existem arquivos da empresa? Uma biblioteca ou algo semelhante, onde haja recortes de imprensa e informações sobre o grupo de ano em ano?

— Sim. Na sede da empresa em Hedestad.

— Precisamos ter acesso a tudo isso. Há também velhos boletins do grupo diretivo, esse tipo de material?

— Mais uma vez sou obrigado a responder que não sei. Há trinta anos não ponho os pés no departamento de arquivos. Mas eu o porei em contato com Bodil Lindgren. Ela é a responsável pelo arquivamento de todos os documentos do grupo.

— Pode telefonar para ela e conseguir que Lisbeth comece a percorrer os arquivos já a partir de hoje à tarde? Ela quer ler todos os velhos recortes de imprensa sobre o grupo Vanger. Eu disse todos, e caberá a ela julgar o que pode ter interesse.

— Não há problema. Algo mais?

— Sim. Greger Vanger estava com uma Hasselblad na mão no dia do acidente da ponte. Isso significa que também pode ter tirado fotos. Onde elas foram guardadas depois da morte dele?

— O mais provável é que estejam com a viúva.

— Será que você poderia...

— Vou telefonar para Alexander e perguntar.

— E você quer que eu procure o quê? — perguntou Lisbeth quando eles deixaram Frode e atravessaram a ponte para voltar à ilha.

— Recortes de imprensa e publicações do tipo boletim do grupo empresarial. Quero que leia tudo que se relacione com as datas em que os assassinatos foram cometidos nos anos 1950 e 1960. Anote tudo o que lhe parecer um pouco estranho. Acho melhor você se encarregar dessa pesquisa. Pelo que percebi, sua memória é melhor do que a minha.

Ela desferiu-lhe um soco muito profissional nas costelas. Cinco minutos depois, sua Kawasaki atravessava a ponte.

Mikael apertou a mão de Alexander Vanger. Ele estivera viajando na maior parte do tempo da estadia de Mikael em Hedeby, que só o avistara rapidamente. *Ele tinha vinte anos quando Harriet desapareceu.*

— Dirch Frode disse que você queria ver umas fotografias antigas.

— Seu pai possuía uma Hasselblad.

— Exato. Ela ainda existe, mas ninguém a usa mais.

— Você deve estar sabendo que estou pesquisando o que aconteceu a Harriet, a pedido de Henrik.

— Foi o que entendi. Há muita gente que não está gostando disso.

— É bem possível. Evidentemente, não é obrigado a me mostrar nada.

— Ora, não há problema! O que deseja ver?

— Fotos que seu pai possa ter tirado no dia do desaparecimento de Harriet.

Subiram até o sótão. Alexander precisou de alguns minutos para localizar uma caixa com um monte de fotografias soltas e misturadas.

— Pode levar a caixa — disse. — Se existir alguma das que procura, deve estar aí dentro.

Mikael passou uma hora selecionando as fotos da caixa que Alexander lhe entregara. Para ilustrar a crônica familiar, a caixa continha algumas verdadeiras preciosidades, entre as quais um grande número de fotografias de Greger Vanger na companhia do grande líder nazista sueco dos anos 1940, Sven Olof Lindholm. Mikael as separou.

Encontrou vários envelopes com fotos que o próprio Greger certamente tirara e que mostravam diferentes pessoas e reuniões de família, bem como fotos típicas de férias, pesca em torrentes nas montanhas e uma viagem à Itália com a família. Entre outros lugares, haviam visitado a torre de Pisa.

Acabou encontrando quatro fotografias do acidente do caminhão-tanque. Embora a máquina fosse de excelente qualidade, Greger era um péssimo fotógrafo. As fotos mostravam ou apenas o caminhão, ou pessoas de costas. Somente numa delas via-se Cecilia Vanger de perfil.

Mikael escaneou as fotos, mesmo sabendo que nada de novo ofereciam. Pôs tudo de volta na caixa e comeu um sanduíche enquanto refletia. Por volta das três da tarde, foi ver Anna Nygren.

— Eu gostaria de saber se Henrik tem outros álbuns de fotografias além dos que fazem parte das investigações dele sobre Harriet.

— Sim, Henrik sempre gostou de fotografia, desde jovem, que eu saiba. Há muitos álbuns no escritório dele.

— Eu poderia vê-los?

Anna Nygren hesitou. Uma coisa era dar a chave da capela funerária — lá quem reinava era Deus —, outra permitir que Mikael entrasse no gabinete de Henrik Vanger — o domínio de Deus não chegava até lá. Mikael sugeriu que Anna telefonasse a Dirch Frode, se tinha dúvidas. Por fim, a contragosto, ela deixou Mikael entrar. Um metro da prateleira de baixo, junto ao chão, continha unicamente pastas com fotografias. Mikael sentou-se na mesa de Henrik e abriu o primeiro álbum.

Henrik Vanger guardava todo tipo de fotografia de família. Muitas datavam de seus antepassados. As mais antigas remontavam aos anos 1870 e mostravam homens austeros e mulheres rígidas. Havia fotos dos pais de Henrik e de outros membros da família. Numa, o pai de Henrik festejava o Dia de São João com amigos em Sandhamn, em 1906. Uma outra de Sandhamn mostrava Fredrik Vanger e sua mulher Ulrika na companhia do pintor Anders Zorn e do escritor Albert Engström, em volta de uma mesa. Viu um Henrik Vanger adolescente, de terno, numa bicicleta. Viu o capitão Oskar Granath que, no auge da guerra, transportara com segurança Henrik e sua bem-amada Edith Lobach a Karlskrona.

Anna subiu para servir-lhe uma xícara de chá. Ele agradeceu. Chegou aos tempos modernos e passou rapidamente por algumas fotos que mostravam Henrik na flor da idade, inaugurando fábricas ou apertando a mão de Tage Erlander. Uma foto do início dos anos 1960 mostrava Henrik e o grande industrial e financista Marcus Wallenberg. Os dois capitalistas olhavam-se com ar carrancudo; visivelmente não havia uma relação cordial entre eles.

Seguiu folheando um pouco mais e deteve-se numa página que Henrik rotulara de *Conselho de família 1966*, escrito a lápis. Duas fotos coloridas mostravam homens discutindo e fumando charuto. Mikael reconheceu Henrik, Harald, Greger e os genros de Johan Vanger. Duas fotos do jantar, em que cerca de quarenta homens e mulheres estavam à mesa e olhavam para a máquina fotográfica. Mikael se deu conta de que essas fotos tinham sido tiradas após o drama na ponte, mas antes que soubessem do desaparecimento de Harriet. Examinou as fisionomias. Era desse jantar que ela deveria ter participado. Um daqueles homens já sabia que ela desaparecera? As fotos, claro, não forneciam nenhuma resposta.

De repente, Mikael viu algo que o fez engasgar-se com o chá. Tossiu e endireitou-se na cadeira.

Sentada num canto da mesa com um vestido claro, Cecilia Vanger sorria para a câmera. Ao lado dela estava sentada outra mulher loura de cabelos compridos e com um vestido claro idêntico. Eram tão parecidas que poderiam passar por gêmeas. E então a peça do quebra-cabeça se encaixou. Não era Cecilia Vanger na janela de Harriet — era sua irmã Anita, dois anos mais jovem e que hoje morava em Londres.

O que foi mesmo que Lisbeth dissera? *Cecilia Vanger aparece em muitas fotos. Dá a impressão de estar o tempo todo andando entre as pessoas.* Não. Eram duas mulheres diferentes e o acaso quis que nunca aparecessem juntas na mesma foto. Nas fotos em preto-e-branco tiradas de longe, pareciam idênticas. Henrik provavelmente sempre distinguiu as irmãs, mas para Mikael e Lisbeth elas eram tão semelhantes que pensaram numa única pessoa. E ninguém lhes apontou o erro, pois nunca ocorreu a eles perguntar nada.

Mikael virou as páginas e sentiu os cabelos se arrepiarem na nuca. Como se uma corrente de ar gelado tivesse entrado no escritório.

Eram fotografias tiradas no dia seguinte, quando as buscas de Harriet começaram. Um jovem inspetor de polícia, Gustav Morell, dava instruções a um grupo com dois policiais uniformizados e uns dez homens de botas, reunidos para a batida. Henrik Vanger vestia uma capa de chuva que descia até os joelhos e um chapéu inglês de aba longa.

Bem à esquerda havia um jovem um pouco gordo, de cabelos louros não muito curtos. Vestia uma jaqueta escura com um tom vermelho nos ombros. A foto estava bem nítida. Mikael reconheceu-o imediatamente — e a jaqueta —, mas, para ter certeza, pegou a foto e desceu para perguntar a Anna Nygren se ela sabia quem era.

— Sim, claro, é Martin. Devia ter uns dezoito anos nessa foto.

Lisbeth Salander percorreu, por ordem cronológica, as diversas notícias divulgadas na imprensa sobre o grupo Vanger, ano após ano. Começou em 1949 e foi avançando metodicamente. O problema era a imensidão de arquivos de recortes. O grupo era mencionado na imprensa quase todos os dias durante esse período — na imprensa nacional e sobretudo na local. Havia análises econômicas, comentários dos sindicatos, notícias de negociações e ameaças de greve, inaugurações e fechamentos de fábricas, balanços anuais, mudanças de diretoria, lançamentos de novos produtos no mercado... uma quantidade enorme de informações. *Clique. Clique. Clique.* Seu cérebro trabalhava a pleno vapor quando focalizava e absorvia a informação de um recorte antigo.

Esfalfava-se havia já uma hora, quando teve uma idéia. Dirigiu-se à responsável pelos arquivos, Bodil Lindgren, e perguntou se havia um quadro das implantações das fábricas das empresas Vanger nos anos 1950 e 1960.

Bodil Lindgren olhou Lisbeth Salander com uma desconfiança e uma frieza evidentes. Não apreciava de modo algum que uma pessoa estranha tivesse sido autorizada a introduzir-se nos arquivos sagrados do grupo para examinar o que bem entendesse — ainda mais uma moça com aquela aparência de uma anarquista de quinze anos de idade, completamente doida. Mas Dirch Frode lhe dera instruções bem claras. Lisbeth Salander podia examinar o que quisesse. E era urgente. Bodil Lindgren foi buscar os balanços anuais do período solicitado por Lisbeth; cada balanço trazia um mapa com os tentáculos do grupo por toda a Suécia.

Lisbeth olhou o mapa e observou que o grupo tinha inúmeras fábricas, escritórios e pontos de venda. Constatou que em cada localidade onde um assassinato fora cometido havia igualmente um ponto vermelho, ou vários, indicando a presença do grupo Vanger.

Encontrou a primeira ligação em 1957. Rakel Lunde, em Landskrona, fora encontrada morta um dia depois de a sociedade V. & C. Construções arrebatar uma grande encomenda de vários milhões de coroas para a construção de um novo centro comercial na região. V. & C. significava Vanger & Carlen Construções e fazia parte do grupo Vanger. O jornal local havia entrevistado Gottfried Vanger, que fora assinar o contrato.

Lisbeth lembrou-se de uma coisa que lera no inquérito policial nos arquivos do condado de Landskrona. Rakel Lunde, cartomante nas horas vagas, era faxineira. Havia trabalhado na V. & C. Construções.

Às sete da noite, Mikael chamou Lisbeth umas dez vezes e constatou que seu celular estava desligado. Ela não queria ser interrompida enquanto vasculhava os arquivos.

Ele andava de um lado para o outro na casa. Havia retornado às anotações de Henrik sobre o que Martin Vanger fazia na época do desaparecimento de Harriet.

Martin Vanger cursava o último ano do colegial em Uppsala, em 1966. *Uppsala. Lena Andersson, colegial de dezessete anos. A cabeça separada da gordura.*

Henrik mencionara a certa altura — mas Mikael precisou consultar suas anotações para encontrar a passagem — que Martin fora um rapaz fechado. As pessoas preocupavam-se com ele. Quando o pai morreu afogado, sua mãe, Isabella, decidiu enviá-lo a Uppsala — uma mudança de ambiente, e ele foi acolhido por Harald Vanger. *Harald e Martin?* Não combinava.

Não havia lugar no carro para Martin Vanger ir à reunião de família em Hedestad. Ele perdeu o trem e só chegou à tarde; foi um dos que estavam retidos no outro lado da ponte na hora do acidente. Só conseguiu chegar à ilha por volta das seis, de barco. Foi recebido, entre outros, pelo próprio Henrik Vanger. Por causa disso, Henrik colocou-o bem embaixo na lista dos que podiam ter alguma relação com o desaparecimento de Harriet.

Martin Vanger afirmou não ter encontrado Harriet naquele dia. Ele mentia. Chegou a Hedestad mais cedo e foi visto pela irmã na rua da Estação. Mikael podia refutar sua mentira com fotos que haviam ficado enterradas durante quase quarenta anos.

Harriet Vanger viu o irmão e isso a chocou. Ela voltou à ilha e tentou falar com Henrik Vanger, porém desapareceu antes que a conversa ocorresse. *O que pretendia contar? Uppsala? Mas Lena Andersson, Uppsala, não estava na sua lista. Você não estava sabendo.*

A história ainda não fazia sentido para Mikael. Harriet desapareceu por volta das três da tarde. Havia provas de que Martin estava do outro lado da ponte nessa hora. Ele é visto em fotografias tiradas do pátio da igreja. Era impossível que pudesse ter feito mal a Harriet na ilha. Faltava ainda uma peça do quebra-cabeça. *Um cúmplice então? Anita Vanger?*

Os arquivos permitiram a Lisbeth constatar que a posição de Gottfried Vanger no grupo havia mudado ao longo dos anos. Ele nascera em 1927. Aos vinte anos, conheceu Isabella e logo a engravidou. Martin Vanger nasceu em 1948 e os dois jovens não tiveram outra saída senão casar.

Gottfried tinha vinte e dois anos quando Henrik o introduziu no escritório central do grupo. Era muito talentoso e começavam a considerá-lo um futuro líder. Aos vinte e cinco anos, assegurou um lugar na direção, como diretor adjunto da área de desenvolvimento de empresas. Uma estrela em ascensão.

Em determinado momento, em meados dos anos 1950, sua carreira se interrompeu. *Passou a beber. O casamento com Isabella se deteriorava. Os filhos, Martin e Harriet, padeciam com isso. Henrik deu um basta.* A carreira de Gottfried atingira seu ponto culminante. Em 1956, outro cargo de diretor adjunto de desenvolvimento foi criado. Dois diretores adjuntos — um que trabalhava e outro que bebia e permanecia ausente por longos períodos.

Mas Gottfried continuava sendo um Vanger, além disso charmoso e bem-falante. De 1957 em diante, sua missão parecia ter sido percorrer o país para inaugurar fábricas, resolver conflitos locais e mostrar a todos que a direção do grupo levava a sério os problemas e se preocupava. *Enviamos um de nossos filhos para escutar as queixas de vocês.*

Ela descobriu a segunda ligação por volta das seis e meia da tarde. Gottfried havia participado de negociações em Karlstad, onde o grupo Vanger adquirira uma empresa de madeiras para construção. No dia seguinte, a proprietária rural Magda Lovisa Sjöberg foi encontrada assassinada.

A terceira ligação foi descoberta quinze minutos depois. Uddevalla, 1962. No mesmo dia em que Lea Persson desapareceu, o jornal local entrevistava Gottfried acerca de uma possível extensão do porto.

Três horas depois, Lisbeth Salander constatava que Gottfried Vanger, pelo menos em cinco dos oito crimes, estivera nas localidades nos dias que antecediam ou sucediam ao acontecimento. Não obteve nenhuma informação sobre os assassinatos de 1949 e 1954. Examinou uma foto dele num recorte de imprensa. Um homem magro de cabelos castanhos; lembrava um pouco Clark Gable em *...E o vento levou*.

Em 1949, Gottfried tinha vinte e dois anos. O primeiro crime ocorreu em terreno conhecido, Hedestad. Rebecka Jacobsson, empregada de escritório do grupo Vanger. Onde se encontraram? O que teria prometido a ela?

Quando Bodil Lindgren quis fechar o local e voltar para casa às sete, Lisbeth lhe respondeu secamente que não havia terminado. Que fosse embora e deixasse uma chave; ela fecharia tudo ao sair. A responsável pelos arquivos ficou tão irritada com o fato de uma moça se achar no direito de lhe dar ordens, que telefonou a Dirch Frode para pedir instruções. Frode decidiu prontamente que Lisbeth podia ficar a noite toda, se julgasse necessário. A srta. Lindgren poderia fazer a gentileza de avisar o guarda do escritório para que a acompanhasse no momento em que ela quisesse sair?

Lisbeth Salander mordeu o lábio inferior. O problema, evidentemente, era que Gottfried se afogara numa noite de bebedeira em 1965, enquanto o último crime ocorrera em Uppsala em fevereiro de 1966. Teria cometido um engano ao incluir a colegial de dezessete anos, Lena Andersson, na lista? *Não. A assinatura não era exatamente a mesma, porém a paródia bíblica era idêntica. Havia com certeza uma ligação.*

Nove da noite, anoitecia. O ar estava mais fresco e uma chuva miúda começou a cair. Mikael estava sentado na cozinha, tamborilando na mesa com os dedos, quando o Volvo de Martin Vanger atravessou a ponte e desapareceu em direção ao promontório. De certo modo, as coisas estavam caminhando rápido.

Mikael não sabia como agir. Todo o seu corpo ardia de vontade de fazer perguntas — de confrontar. Uma atitude certamente pouco razoável, se suspeitava que Martin Vanger era um louco que assassinara a irmã e uma jovem em Uppsala, além de haver tentado matar o próprio Mikael. Mas Martin Vanger funcionava também como um ímã. E ele não sabia que Mikael sabia. Mikael podia perfeitamente passar na casa dele com um pretexto... digamos, devolver a chave da cabana de Gottfried? Mikael trancou a porta e dirigiu-se ao promontório.

A casa de Harald Vanger estava, como de hábito, mergulhada na mais completa escuridão. Também não havia luzes na casa de Henrik, com exceção de um quarto que dava para o pátio. Anna fora deitar-se. A casa de Isabella, às escuras. Cecilia não estava em casa. Havia luzes no primeiro andar da casa de Alexander Vanger, mas elas estavam apagadas nas duas casas habitadas por pessoas que não pertenciam à família Vanger. Ele não avistou ninguém.

Hesitante, deteve-se diante da casa de Martin Vanger, pegou o celular e digitou o número de Lisbeth Salander. Continuava não atendendo. Desligou o celular para evitar que tocasse.

Luzes estavam acesas no andar de baixo. Mikael atravessou a relva e parou a alguns metros da janela da cozinha, porém não viu nenhum movimento. Contornou a casa detendo-se diante de cada janela, mas não via Martin Vanger. Contudo, percebeu que a porta lateral da garagem estava entreaberta. *Não vá fazer uma besteira agora.* Mas não resistiu à tentação de dar uma espiada rápida.

A primeira coisa que viu, numa bancada de marceneiro, foi uma caixa aberta com munição para rifle de caça. A seguir, viu dois galões de gasolina no chão, embaixo da bancada. *Está preparando outra visita noturna, Martin?*

— Entre, Mikael. Vi você na estrada.

O coração de Mikael parou. Ele virou lentamente a cabeça e viu Martin Vanger na penumbra de uma porta que levava ao interior da casa.

— Não conseguiu se conter, precisava vir até aqui, não é mesmo?

A voz era calma, quase amistosa.

— Oi, Martin — respondeu Mikael.

— Entre — repetiu Martin. — Por aqui.

Deu um passo para o lado e estendeu a mão esquerda num gesto convidativo. Levantou a mão direita e Mikael viu um reflexo de metal fosco.

— Para a sua informação, é uma Glock. Não faça besteira. A essa distância eu não costumo errar o alvo.

Mikael se aproximou devagar. Quando estava bem perto de Martin Vanger, parou e o olhou nos olhos.

— Eu precisava vir. Tenho uma porção de perguntas a lhe fazer.

— Entendo. Pela porta, venha.

Mikael entrou lentamente na casa. A passagem conduzia ao vestíbulo e depois à cozinha, mas antes de chegar lá Martin o deteve pondo de leve a mão em seu ombro.

— Não, na cozinha não. Entre à direita. Abra a porta ao lado.

O porão. Mikael havia descido metade da escada quando Martin girou um interruptor e as luzes se acenderam. À direita ficava a caldeira. À sua frente, sentiu o cheiro da lavanderia. Martin Vanger o conduziu à esquerda, a um pequeno quarto com velhos móveis e pastas. Bem ao fundo havia outra porta. Uma porta blindada de aço com uma fechadura de segurança.

— Tome — disse Martin, jogando um molho de chaves para Mikael. — Abra.

Mikael abriu a porta.

— Há um interruptor à esquerda.

Mikael acabava de abrir a porta do inferno.

Por volta das nove da noite, Lisbeth foi buscar um café e um sanduíche numa máquina automática que havia no corredor dos arquivos. Continuou a folhear velhos documentos, tentando encontrar algum sinal de Gottfried Vanger em Kalmar, em 1954. Não encontrou nada.

Pensou em ligar para Mikael, mas antes de ir embora decidiu dar uma olhada também nos boletins de diretoria; então seria o suficiente para essa noite.

A peça media cerca de cinco metros por dez. Mikael calculou que, geograficamente, ela ficava no lado norte da casa.

Martin Vanger montara com capricho sua câmara de tortura particular. À esquerda, correntes, argolas de metal no teto e no chão, uma mesa com correias de couro onde podia amarrar suas vítimas. Havia também um equipamento de vídeo. E um estúdio de gravação. No fundo da peça via-se uma jaula de aço onde seus hóspedes podiam ficar aprisionados por longos períodos. À direita da porta, uma cama e um aparelho de tevê. Numa prateleira, Mikael viu uma grande quantidade de videocassetes.

Assim que entraram, Martin Vanger apontou a pistola para Mikael e ordenou que se deitasse de bruços no chão. Mikael se recusou.

— Como quiser — disse Martin. — Nesse caso, vou dar um tiro no seu joelho.

Apontou a arma. Mikael capitulou, não tinha escolha.

Ele havia esperado que Martin se descuidasse por um décimo de segundo — sabia que numa luta corporal o venceria. Houvera uma pequena oportunidade no corredor, no momento em que Martin pôs a mão em seu ombro, mas ele hesitou. Depois Martin não voltou a se aproximar. Sem rótula, ele não teria a menor chance. Assim, estendeu-se no chão.

Martin aproximou-se por trás e mandou Mikael pôr as mãos nas costas. Imobilizou-as com algemas. Começou então a lhe dar pontapés na virilha e a lhe desferir socos violentos.

O que se passou a seguir foi como um pesadelo. Martin Vanger oscilava entre a racionalidade e a loucura. Em alguns momentos parecia calmo. No instante seguinte, começava a andar de um lado para o outro do porão como uma fera enjaulada, voltando a chutar Mikael. Tudo que ele conseguiu fazer foi tentar proteger a cabeça e receber os golpes em outras partes do corpo, que, depois de alguns minutos, apresentavam diversos ferimentos.

Durante a primeira meia hora, Martin não disse uma só palavra e permaneceu insensível a tudo o que Mikael dissesse. Depois pareceu se acalmar. Foi buscar uma corrente, passou-a em volta do pescoço de Mikael, fixou-a a uma argola no chão e depois fechou com um cadeado. Deixou Mikael sozinho por quinze minutos. Ao retornar, trazia uma garrafa plástica com água. Sentou-se numa cadeira e contemplou Mikael enquanto bebia.

— Posso beber um pouco de água? — perguntou Mikael.

Martin Vanger inclinou-se e pôs a garrafa na boca de Mikael. Ele bebeu sofregamente.

— Obrigado.

— Sempre bem-educado, Super-Blomkvist.

— Por que todos esses chutes? — perguntou Mikael.

— Porque me deixou muito zangado e merece ser punido. Por que simplesmente não voltou para a sua casa? Precisavam de você na *Millennium*. Falo sério, poderíamos ter feito dela uma grande revista. Poderíamos ter trabalhado juntos por muitos anos.

Mikael fez uma careta e procurou acomodar o corpo numa posição confortável. Estava sem defesa. Só lhe restava a voz.

— Imagino que esteja querendo dizer que a ocasião já passou — disse Mikael.

Martin Vanger riu.

— Sinto muito, Mikael. Sim, você entendeu bem: você não vai sair vivo daqui.

Mikael assentiu com a cabeça.

— Mas como fizeram para me desmascarar, você e aquela múmia anoréxica que se envolveu na história?

— Você mentiu sobre o que fez no dia em que Harriet desapareceu. Posso provar que estava em Hedestad no desfile da Festa das Crianças. Foi fotografado olhando para Harriet.

— Por isso você foi a Norsjö?

— Sim, para buscar essa foto. Foi tirada por um casal que estava por acaso em Hedestad. Apenas de passagem.

Martin Vanger balançou a cabeça.

— Não, você está tentando me enganar — disse.

Mikael refletia intensamente no que poderia dizer para impedir, ou ao menos retardar, sua morte.

— Onde está essa foto agora?

— O negativo? No meu cofre no Handelsbank, aqui em Hedestad... Não sabia que tenho um cofre no banco? — Ele mentia com desenvoltura. — As cópias estão em vários lugares: no meu computador e no de Lisbeth, no servidor de imagens da *Millennium* e no da Milton Security, onde Lisbeth trabalha.

Martin Vanger calou-se por um momento, tentando descobrir se Mikael blefava ou não.

— O que ela sabe, a múmia Salander?

Mikael hesitou. Por enquanto, Lisbeth era sua única esperança de salvação. O que ela faria ao voltar para casa e descobrir que ele não estava? Ele deixara a foto de Martin vestido com sua jaqueta na mesa da cozinha. Ela faria a ligação? Dispararia o alarme? *Ela não é do tipo que chama a polícia.* O pesadelo seria se ela fosse à casa de Martin e batesse à porta para tentar saber onde Mikael estava.

— Responda — disse Martin com uma voz gelada.

— Acho que Lisbeth sabe o mesmo que eu, talvez até mais. Eu diria que ela sabe mais que eu, é muito esperta. Foi ela quem fez a ligação com Lena Andersson.

— Lena Andersson? — Martin Vanger pareceu perplexo.

— A adolescente que você torturou até a morte em Uppsala, em fevereiro de 1966. Não me diga que se esqueceu dela.

Pela primeira vez o olhar de Martin Vanger deixou transparecer o quanto ele estava perturbado. Ele não imaginava que alguém pudesse fazer essa ligação — Lena Andersson não constava na agenda telefônica de Harriet.

— Martin — disse Mikael com a voz mais calma possível. — Acabou, Martin. Você pode me matar, mas acabou. Muita gente está sabendo, e desta vez você será pego.

Martin Vanger ergueu-se rapidamente e começou a andar de um lado para o outro. De repente desferiu um murro na parede.

Preciso me lembrar de que ele é irracional. O gato. Poderia ter trucidado o gato aqui, mas o levou à capela da família. Ele não age de maneira racional.

Martin Vanger deteve-se.

— Acho que você está mentindo. Só você e Salander estão sabendo. Não falaram para mais ninguém. Senão a polícia já teria aparecido. Um bom incêndio na casa dos convidados e as provas vão virar fumaça.

— E se você estiver enganado?

Ele sorriu.

— Se eu estiver enganado, então de fato acabou. Mas não acredito nisso. Aposto que você está blefando. Que outra escolha me resta? — Ele refletiu. — É essa putinha anoréxica que está me atrapalhando. Preciso encontrá-la.

— Ela foi para Estocolmo ao meio-dia.

Martin Vanger deu uma risada.

— É mesmo? Então por que passou a tarde nos arquivos do grupo Vanger?

O coração de Mikael saltou no peito. *Ele sabia. Sabia desde o início.*

— É verdade. Ela primeiro ia passar nos arquivos e depois seguir para Estocolmo — respondeu Mikael o mais calmamente que pôde. — Eu não sabia que ia ficar tanto tempo lá.

— Cale-se. A responsável pelos arquivos me contou que Dirch Frode a autorizou a deixar Salander ficar lá até tarde, se ela quisesse. Isso significa que ela voltará a qualquer momento esta noite. O guarda me avisará assim que ela deixar o escritório.

IV. *TAKEOVER* HOSTIL
11 DE JULHO A 30 DE DEZEMBRO

Na Suécia, 92% das mulheres que sofreram violências sexuais após uma agressão não apresentaram queixa à polícia.

24. SEXTA-FEIRA 11 DE JULHO
— SÁBADO 12 DE JULHO

Martin Vanger se abaixou para vasculhar os bolsos de Mikael e pegou as chaves.

— Esperteza sua trocar a fechadura. Vou me encarregar da sua namorada quando ela voltar.

Mikael não respondeu. Lembrou-se que Martin Vanger era um negociador com experiência em muitas batalhas industriais. Sabia quando estavam blefando com ele.

— Por quê?

— Por que o quê?

— Por que tudo isto? — Mikael tentou indicar a peça com um gesto de cabeça.

Martin Vanger se abaixou, pôs a mão sob o queixo de Mikael e ergueu-lhe a cabeça para que seus olhares se cruzassem.

— Porque é muito fácil — disse. — Mulheres desaparecem o tempo todo. Elas não fazem falta a ninguém. Imigrantes, prostitutas russas. Milhares de pessoas passam pela Suécia todos os anos.

Soltou a cabeça de Mikael e levantou-se, quase orgulhoso de poder esclarecer seu visitante.

As palavras de Martin atingiram Mikael como uma bofetada.

Meu Deus, então não se trata de um enigma histórico. Martin Vanger mata mulheres até hoje. E eu, como um idiota, me lancei em...

— Não tenho nenhuma convidada no momento. Mas talvez você ache divertido saber que no inverno passado e na primavera, enquanto você e Henrik quebravam a cabeça com suas histórias, eu tinha uma mulher aqui. Chamava-se Irina e era da Bielo-Rússia. No dia em que você veio jantar comigo, ela estava presa aqui na jaula. Foi uma noitada agradável, não foi?

Martin Vanger sentou em cima da mesa e deixou pender as pernas. Mikael fechou os olhos. Sentiu regurgitações ácidas na garganta e engoliu várias vezes.

— O que faz com os corpos?

— Meu barco está amarrado no pontão logo abaixo. Levo-as para longe, ao largo. Ao contrário do meu pai, não deixo vestígios. Mas ele também era esperto. Suas vítimas se espalhavam por toda a Suécia.

As peças do quebra-cabeça começavam a se juntar na mente de Mikael.

Gottfried Vanger. De 1949 a 1965. Martin Vanger a partir de 1966, em Uppsala.

— Você admirava seu pai.

— Foi ele quem me ensinou. Fui iniciado aos catorze anos.

— Uddevalla. Lea Persson.

— Isso mesmo, eu estava lá. Fui apenas um espectador, mas estava lá.

— Em 1964, Sara Witt, em Ronneby.

— Eu tinha dezesseis anos. Foi a primeira vez que tive uma mulher para mim. Gottfried me ensinou. Fui eu que a estrangulei.

Ele se orgulha! Meu Deus, que família de psicopatas!

— Não percebe que é patológico?

Martin Vanger encolheu ligeiramente os ombros.

— Você não entende que sensação divina é ter o controle absoluto sobre a vida e a morte de alguém.

— O prazer de torturar e matar mulheres...

O industrial refletiu um instante, com o olhar fixo num ponto vazio da parede atrás de Mikael. Depois exibiu seu sorriso charmoso.

— Não é bem assim. Se eu fosse fazer uma análise racional do meu estado, eu diria que sou um estuprador serial, não um assassino serial. Na verdade, sou um seqüestrador serial. Matar é apenas o desfecho natural, porque devo ocultar o crime, entende?

Mikael não soube o que responder e limitou-se a assentir com a cabeça.

— Evidentemente meus atos não são aceitáveis pela sociedade, mas meu crime é em primeiro lugar um crime contra as convenções sociais. A morte só acontece no final da temporada de minhas hóspedes aqui, quando estou cansado. É sempre fascinante ver a decepção delas.

— Decepção? — perguntou Mikael, estupefato.

— Exatamente. *Decepção*. Elas imaginam que, porque me satisfazem, vão sobreviver. Começam a confiar em mim e a criar uma camaradagem, e até o final esperam que essa camaradagem signifique algo. A decepção vem quando descobrem, de repente, que foram enganadas.

Martin deu a volta em torno da mesa e se apoiou na jaula de aço.

— Você, com suas convenções pequeno-burguesas, nunca vai entender, mas é planejar o seqüestro que produz a excitação. Não se deve agir impulsivamente; seqüestradores desse tipo sempre se dão mal. É uma verdadeira ciência, com muitos detalhes a se levar em conta. Devo identificar uma presa e catalogar toda a sua vida. Quem é ela? De onde vem? Onde pegá-la? Como fazer para estar a sós com ela sem que meu nome apareça num futuro inquérito policial?

Chega, pensou Mikael. Martin Vanger falava de seqüestros e assassinatos num tom quase acadêmico, um pouco como se tivesse expondo sua opinião contrária numa questão de teologia esotérica.

— Será que isso realmente te interessa, Mikael?

E inclinou-se para a frente acariciando o rosto de Mikael. O contato da mão era suave, quase terno.

— Tenho certeza de que você compreende que esse caso só pode terminar de uma maneira. Se importa que eu fume?

Mikael disse não com a cabeça.

— Pode me dar um cigarro também? — perguntou Mikael.

Martin Vanger atendeu o pedido. Acendeu dois cigarros e pôs um deles entre os lábios de Mikael, deixando-o dar uma longa tragada.

— Obrigado — disse Mikael automaticamente.

Martin Vanger riu de novo.

— Veja só, você já começou a se adaptar ao princípio da submissão.

Tenho a sua vida em minhas mãos, Mikael. Sabe que posso matá-lo de um momento para o outro. Suplicou que eu melhorasse sua qualidade de vida e fez isso utilizando a razão e as boas maneiras. Foi recompensado.

Mikael assentiu com a cabeça. Seu coração batia desordenadamente, era quase insuportável.

Às onze e quinze da noite, Lisbeth Salander bebeu um gole de água da sua garrafa enquanto virava as páginas. De repente viu algo que a fez arregalar os olhos, mas, ao contrário do que acontecera com Mikael naquele mesmo dia, não engasgou quando estabeleceu a relação.

Clique!

Durante duas horas ela percorrera boletins administrativos das várias empresas do grupo Vanger. A publicação principal intitulava-se *Informações do grupo Vanger* e trazia o logotipo do grupo — uma bandeira sueca flutuando ao vento e cuja ponta formava uma flecha. A revista fora claramente concebida pelo departamento de comunicação do grupo como veículo de propaganda destinado a garantir que os funcionários se sentissem membros de uma grande família.

Nas férias de inverno de fevereiro de 1967, Henrik Vanger, num gesto magnânimo, convidara cinqüenta funcionários da sede para passar uma semana na estação de esqui de Härjedalen com suas famílias. Motivo do convite: o grupo obtivera resultados recordes no ano precedente e ele queria agradecer os esforços de todos. O departamento de comunicação, também presente, fazia uma reportagem fotográfica do evento.

Havia muitas fotos das pistas de esqui com legendas divertidas. Algumas foram tiradas no bar, onde se viam homens risonhos, com o rosto marcado pelo frio, erguendo canecas de cerveja. Duas fotos de uma pequena cerimônia matinal em que Henrik Vanger premiava, como "A Funcionária de Escritório do Ano", uma secretária chamada Ulla-Britt Mogren, de quarenta e um anos. Ela recebia um prêmio de quinhentas coroas e uma saladeira de vidro.

A entrega do prêmio fora no terraço do hotel, aparentemente pouco antes de as pessoas se lançarem de novo nas pistas de esqui. Havia umas vinte pessoas na foto. À direita, logo atrás de Henrik Vanger, achava-se um homem de cabelos compridos louros. Vestia uma jaqueta escura com um tom diferente nos ombros. Embora a foto fosse em preto-e-branco, Lisbeth Salander teve a certeza e podia apostar que era vermelho.

A legenda dizia: *Bem à direita, Martin Vanger, 19 anos, estudante de Uppsala. Já é considerado alguém com um futuro muito promissor na direção do grupo.*

— Agora te peguei, safado — disse Lisbeth Salander em voz baixa.

Ela apagou a luz da sala e deixou os boletins administrativos espalhados em cima da mesa — *aquela cretina da Bodil Lindgren que dê um jeito nisto amanhã!*

Foi para o estacionamento por uma porta lateral. Enquanto se encaminhava para a sua moto, lembrou que havia prometido avisar o guarda quando saísse. Parou e olhou para o estacionamento. O guarda estava do outro lado do prédio. Isso significava que ela seria obrigada a retornar e dar toda a volta. *Foda-se!*

Ao chegar à moto, pegou o celular e chamou o número de Mikael. Uma voz anunciou que o aparelho não estava disponível. Mas ela descobriu que Mikael havia tentado chamá-la treze vezes entre as três e meia da tarde e as nove da noite. Nas últimas duas horas ele não fizera chamadas.

Lisbeth digitou o número do telefone fixo da casa dos convidados, mas ninguém atendeu. Franziu o cenho, pôs a mochila com o computador nas costas, o capacete, e ligou a moto. Levou dez minutos para ir do escritório Vanger, na zona industrial de Hedestad, até a ilha. Havia luz na cozinha, porém a casa estava vazia.

Lisbeth Salander saiu para dar uma espiada no lado externo da casa. Seu primeiro pensamento foi que Mikael fora à casa de Dirch Frode, mas da ponte constatou que as luzes da casa de Frode, na outra margem, estavam apagadas. Olhou seu relógio: onze e quarenta.

Voltou para casa, abriu o armário e examinou os laptops que armazenavam as imagens das câmeras de segurança. Não precisou mais de um momento para estabelecer a seqüência dos acontecimentos.

Às 15h32, Mikael chegou em casa.

Às 16h03, saiu para beber um café no jardim. Levava consigo uma pasta, que examinava. Deu três breves telefonemas durante a hora em que esteve no jardim. Pelo horário, as três chamadas correspondiam, aproximadamente, às que ela não atendera.

Às 17h21, Mikael saiu. Voltou um pouco menos de quinze minutos depois.

Às 18h20, foi até o portão e olhou para o lado da ponte.

Às 21h03, saiu outra vez. Não voltou mais.

Lisbeth passou rapidamente as imagens do segundo computador, que mostravam o portão e a estrada. Ela podia ver as idas e vindas de outras pessoas durante o dia.

Às 19h12, Gunnar Nilsson chegou em sua casa.

Às 19h42, alguém no Saab da fazenda de Östergarden partiu em direção a Hedestad.

Às 20h02, o carro estava de volta — uma ida até a loja de conveniências do posto de gasolina?

A seguir, nada mais até as nove em ponto, quando o carro de Martin Vanger passou. Três minutos depois, Mikael saiu de casa.

Cerca de uma hora depois, às 21h50, Martin Vanger apareceu de repente no campo da objetiva. Ficou diante do portão por um minuto, contemplando a casa e olhando pela janela da cozinha. Depois dirigiu-se à porta da frente, tentando abri-la com uma chave. Deve ter percebido que a fechadura fora trocada e ficou imóvel por um instante, antes de se virar e ir embora.

Lisbeth Salander sentiu, de repente, um frio na barriga.

Mikael fora deixado novamente sozinho por longo tempo. Estava estendido, imóvel, em sua posição desconfortável, com as mãos algemadas às costas e o pescoço preso à argola no chão por uma corrente fina. Moveu as algemas, mesmo sabendo que não conseguiria abri-las. Estavam tão apertadas que ele perdera a sensibilidade nas mãos.

Não tinha nenhuma chance. Fechou os olhos.

Não soube dizer quanto tempo transcorreu até ouvir de novo os passos de Martin Vanger. O empresário surgiu em seu campo de visão. Tinha um ar preocupado.

— Desconfortável? — ele perguntou.

— Sim — respondeu Mikael.

— É o único culpado por isso. Deveria ter voltado para Estocolmo.

— Por que você gosta de matar, Martin?

— É uma escolha que eu fiz. Poderia ficar aqui discutindo com você a noite toda sobre os aspectos morais e o sentido racional dos meus atos, e isso não alteraria em nada os fatos. Tente ver as coisas desse modo: o ser humano é um invólucro de pele que acondiciona células, sangue e componentes químicos. Algumas pessoas, raras, conservam-se nos livros de história. A grande maioria sucumbe e desaparece sem deixar sinal.

— Você mata mulheres.

— Nós, que matamos por prazer, pois não sou o único a me dedicar a esse passatempo, levamos uma vida de intensidade máxima.

— Mas por que Harriet, sua própria irmã?

O rosto de Martin alterou-se de repente. Num salto, aproximou-se de Mikael e o pegou pelos cabelos.

— O que aconteceu a ela?

— Que está querendo dizer? — arquejou Mikael.

Tentou virar a cabeça para diminuir a dor no couro cabeludo. A corrente logo se esticou em volta de seu pescoço.

— Você e Salander. O que vocês descobriram?

— Solte-me, não consigo falar.

Martin Vanger soltou os cabelos de Mikael e sentou-se diante dele com as pernas cruzadas. Então pegou uma faca e pôs a ponta dela na pele bem debaixo do olho de Mikael, que fez um esforço para olhar Martin.

— O que aconteceu a ela, seu filho-da-puta?

— Não entendo. Achei que você a tivesse matado.

Martin Vanger fixou Mikael por um longo momento, depois relaxou. Levantou-se e pôs-se a caminhar pelo porão enquanto refletia. Então jogou a faca no chão, riu e voltou-se para Mikael.

— Harriet, Harriet, sempre essa maldita Harriet. Tentamos... convencê-la. Gottfried tentou ensiná-la. Achamos que era uma das nossas e que aceitaria seu dever, mas ela não passava de uma... *putinha* ordinária. Achei que a tinha sob controle, mas ela estava planejando avisar Henrik e percebi que não podia confiar nela. Cedo ou tarde ela falaria de mim.

— E então a matou.

— Eu *quis* matá-la. Tinha a *intenção* de fazer isso, mas cheguei tarde demais. Não consegui vir para a ilha.

O cérebro de Mikael tentava assimilar a informação, mas era como se uma janela se abrisse e anunciasse: *memória insuficiente*. Martin Vanger não sabia o que acontecera à irmã!

De repente, Martin tirou o celular do casaco, examinou a tela e o colocou sobre a cadeira ao lado da pistola.

— Chegou a hora de liquidar esse assunto. Preciso de um tempo para me encarregar também da sua companheira anoréxica ainda esta noite.

Abriu um armário, tirou uma correia de couro e passou-a com um nó corrediço em volta do pescoço de Mikael, desatando a corrente que o prendia ao chão. Fez Mikael levantar-se e o empurrou contra a parede. Passou a correia por uma argola acima da cabeça de Mikael e a esticou, obrigando-o a ficar na ponta dos pés.

— Está muito apertado? Não consegue respirar? — Afrouxou um centímetro ou dois e prendeu a ponta da correia mais abaixo na parede. — Não quero que morra asfixiado daqui a pouco.

O laço apertava o pescoço de Mikael com tanta força que ele não conseguia falar. Martin Vanger o observou atentamente.

Com um gesto brusco, desatou o cinto da calça de Mikael e a abaixou juntamente com a cueca. Mikael perdeu o equilíbrio e pendeu por um segundo no nó corrediço, antes que os dedos do pé voltassem a tocar o chão. Martin Vanger foi buscar uma tesoura num móvel. Cortou a camiseta de Mikael e jogou os retalhos no chão. Depois postou-se a alguma distância e contemplou sua vítima.

— Nunca tive um homem aqui — disse Martin com uma voz grave. — Nunca toquei outro homem... a não ser meu pai. Era meu dever.

As têmporas de Mikael latejavam. Ele não podia apoiar o peso do corpo nos pés sem se estrangular. Tentou achar um ponto onde se segurar na parede de concreto às suas costas, mas não encontrou nada.

— Chegou a hora — disse Martin Vanger.

Pôs a mão sobre a correia e a pressionou. Mikael sentiu o laço apertar ainda mais seu pescoço.

— Sempre quis saber qual é o gosto de um homem.

Pressionou ainda mais a correia, inclinou-se para a frente e beijou Mikael na boca, bem no momento em que uma voz cortante soou no porão.

— Seu canalha... Você deveria saber que só eu tenho o direito de fazer isso.

Mikael ouviu a voz de Lisbeth através de uma neblina vermelha. Conseguiu focalizar os olhos e a viu de pé à porta. Ela fitava Martin Vanger com um olhar inexpressivo.

— Não... corra! — grasnou Mikael.

Ele não viu a expressão de Martin Vanger, mas sentiu fisicamente o choque que percorreu o corpo dele quando se virou. Por um segundo, Martin ficou imóvel, depois estendeu a mão para alcançar a pistola que deixara em cima da cadeira.

Num relâmpago, Lisbeth deu três passadas e ergueu um taco de golfe que trazia escondido. O taco descreveu um amplo círculo no ar e atingiu Martin na clavícula. O golpe foi fortíssimo, Mikael ouviu quebrar-se alguma coisa. Martin Vanger urrou.

— Gosta de dor? — perguntou Lisbeth Salander.

Sua voz era áspera como uma lixa. Enquanto vivesse, Mikael jamais esqueceria o rosto dela no momento do ataque. Lisbeth mostrou os dentes como uma fera. Os olhos eram negros e brilhantes. Movia-se com a rapidez de uma aranha e parecia inteiramente concentrada em sua presa quando desferiu um novo golpe em Martin Vanger, nas costelas.

Ele tropeçou na cadeira e estatelou-se no chão. A pistola caiu diante de Lisbeth, que, com o pé, atirou-a para longe.

Ela o golpeou então uma terceira vez, no momento em que Martin tentava se levantar. Um estalo indicou que o atingira no quadril. Martin emitiu um som terrível. O quarto golpe se abateu sobre suas costas.

— Lis... errth... — arquejou Mikael.

Ele estava perdendo a consciência, e a dor nas têmporas era quase insuportável.

Lisbeth virou-se para ele e viu seu rosto vermelho, cor de tomate, os olhos esbugalhados de pavor e a língua começando a sair pela boca.

Lançou um olhar rápido em volta e viu a faca no chão. Olhou brevemente para Martin Vanger, que havia se ajoelhado e tentava escapar, com um braço pendendo frouxamente. Ele não seria um problema muito sério nos próximos segundos. Soltou o taco e pegou a faca. Embora tivesse a ponta afiada, ela estava quase sem fio. Lisbeth ficou na ponta dos pés e tentou febrilmente cortar a correia. Demorou alguns segundos até Mikael conseguir se apoiar no chão. Mas o nó corrediço continuava prendendo seu pescoço.

* * *

Lisbeth Salander voltou a olhar para Martin Vanger. Ele conseguira ficar de pé, porém estava curvado sobre si mesmo. Ela o ignorou e tentou enfiar os dedos entre a correia e o pescoço de Mikael. No início não ousou utilizar a faca, mas por fim decidiu introduzir a ponta dela ali, esfolando a pele ao tentar desfazer o nó. Este acabou cedendo e Mikael, num estertor, aspirou um pouco de ar.

Por um breve instante, Mikael teve a maravilhosa sensação de união entre corpo e espírito. Sua visão voltou a ficar perfeita, ele conseguia enxergar o menor grão de poeira no cômodo. Era como se cada respiração, cada roçar de roupa saíssem de alto-falantes direto para seus ouvidos; ele também sentia o cheiro da transpiração de Lisbeth e do couro de sua jaqueta. Depois, como um raio luminoso, o sangue afluiu novamente à cabeça e seu rosto recuperou a cor normal.

Lisbeth Salander virou a cabeça no momento em que Martin fugia pela porta. Ergueu-se num salto e pegou a pistola no chão, verificando se estava carregada. Destravou-a. Mikael notou que ela parecia familiarizada com as armas. Olhando em volta, os olhos dela se detiveram por meio segundo nas chaves das algemas em cima da mesa.

— Eu cuido dele — disse enquanto corria em direção à porta. No caminho apanhou as chaves e as fez deslizar pelo chão, até onde Mikael estava.

Ele tentou lhe pedir que esperasse, mas só conseguiu emitir um som rouco quando ela já havia desaparecido pela porta.

Lisbeth não esquecera que Martin Vanger possuía um rifle em algum lugar. Segurando a pistola engatilhada, ela se deteve ao chegar à passagem entre a garagem e a cozinha. Ficou prestando atenção, mas nenhum ruído revelou onde se achava a sua presa. Instintivamente dirigiu-se à cozinha. Quando já estava quase lá, ouviu um carro dar a partida.

Deu meia-volta e correu para o pátio, onde viu as luzes traseiras de um carro passando diante da casa de Henrik Vanger em direção à ponte. Correu o mais rápido que pôde até a casa dos convidados, pôs a pistola no bolso da jaqueta e não perdeu tempo com o capacete quando ligou a moto. Alguns segundos depois, atravessava a ponte.

Ele estava talvez uns noventa segundos à sua frente quando ela chegou ao viaduto de acesso à rodovia E4. Não o viu. Freou e desligou o motor para escutar.

O céu estava carregado de nuvens. No horizonte despontava um começo de aurora. Então avistou os faróis do carro de Martin Vanger na E4, na direção sul. Lisbeth acionou a moto e passou sob o viaduto. Estava a oitenta quilômetros por hora quando saiu da curva de acesso e entrou na pista, sem tráfego naquele momento. Acelerou tudo. Depois de uma curva, num longo declive da estrada, atingiu cento e setenta quilômetros por hora, o máximo que sua máquina de baixa cilindrada podia alcançar. Dois minutos depois, avistou o carro de Martin Vanger a cerca de quatrocentos metros.

Análise dos parâmetros. Que devo fazer agora?

Reduziu para cento e vinte quilômetros por hora, mantendo a mesma velocidade que a dele. Em algumas curvas perdeu-o de vista por alguns segundos. Depois pegaram um longo trecho reto. Ela estava a uns duzentos metros atrás de Martin Vanger.

Certamente ele viu o farol da moto, pois acelerou a marcha. Ela voltou a exigir o máximo da moto, mas nas curvas perdia terreno.

De longe ela viu os faróis de um caminhão. Martin Vanger também viu. Inesperadamente, ele acelerou ainda mais e passou para a pista da esquerda cento e cinqüenta metros antes do choque. Lisbeth viu o caminhão frear e dar repetidos sinais de farol, mas a colisão foi inevitável. O carro de Martin Vanger chocou-se contra o caminhão com um estrondo terrível.

Lisbeth freou instintivamente ao ver o caminhão virar na pista. Na velocidade em que estava, levou dois segundos para chegar ao local do acidente e por pouco não foi atingida pela traseira do caminhão. Quando passou, viu com o canto do olho labaredas surgindo na parte dianteira.

Continuou por mais uns cento e cinqüenta metros antes de parar e se virar. Viu o motorista do caminhão saltar da cabine. Então seguiu até Akerby, dois quilômetros ao sul, onde entrou à esquerda para pegar a estrada velha rumo ao norte, paralela à E4. Passou pelo local do acidente e viu que dois carros haviam parado. O de Martin estava totalmente esmagado debaixo do caminhão, envolto em labaredas enormes. Um homem tentava apagar o fogo com um pequeno extintor.

Ela acelerou e logo estava de volta a Hedeby. Cruzou a ponte, estacionou em frente à casa dos convidados e retornou a pé para a casa de Martin Vanger.

* * *

Mikael continuava tentando se livrar das algemas. Suas mãos estavam tão dormentes que ele não conseguia pegar a chave. Lisbeth abriu as algemas e o manteve apertado contra o peito até o sangue voltar a circular por suas mãos.

— E Martin? — perguntou Mikael com uma voz rouca.

— Morto. Chocou-se de frente, a cento e cinqüenta por hora, contra um caminhão a poucos quilômetros daqui, na E4.

Mikael fitou-a espantado. Não fazia muito tempo que ela havia saído.

— Precisamos... chamar a polícia — arquejou Mikael antes de ser tomado por um violento acesso de tosse.

— Para quê? — perguntou Lisbeth Salander.

Mikael não conseguia se levantar. Permaneceu sentado no chão ainda por dez minutos, nu e encostado à parede. Massageou-se no pescoço e ergueu a garrafa de água com dedos insensíveis. Lisbeth esperou pacientemente ele se recuperar. Aproveitou para refletir.

— Vista-se.

Ela utilizou a camiseta cortada de Mikael para limpar as impressões digitais nas algemas, na faca e no taco de golfe. Pegou a garrafa de água.

— O que está fazendo?

— Vista-se. Está amanhecendo. Vamos, depressa.

Mikael ergueu-se sobre as pernas cambaleantes e conseguiu vestir a cueca e a calça. Enfiou os pés nos tênis. Lisbeth pôs as meias dele no bolso da jaqueta e perguntou:

— Tocou em alguma coisa aqui no porão?

Mikael olhou ao redor, tentando se lembrar. Por fim, disse que não havia tocado em nada a não ser na porta e nas chaves. Lisbeth encontrou as chaves no casaco que Martin Vanger deixara no encosto da cadeira. Limpou meticulosamente a maçaneta da porta e o interruptor, depois apagou a luz. Conduziu Mikael até o alto da escada e pediu-lhe que esperasse na passagem, enquanto ela recolocava o taco de golfe no lugar. Ao voltar, trazia uma camiseta escura que pertencera a Martin Vanger.

— Vista. Não quero que alguém te veja passeando sem camisa de madrugada.

Mikael percebeu que estava em estado de choque. Lisbeth assumira o comando e ele obedecia a suas ordens sem discutir. Deixaram a casa de Martin Vanger. Enquanto caminhavam, ela o amparava com seu corpo. Quando cruzaram a porta de Mikael, ela voltou-se para ele e disse:

— Se alguém nos viu e perguntar o que estávamos fazendo lá fora esta noite, diga que fomos dar um passeio até o promontório e depois transamos por lá.

— Lisbeth, não posso...

— Agora vá tomar um banho!

Ajudou-o a tirar as roupas e apontou-lhe o banheiro. Depois foi preparar um café e meia dúzia de torradas com queijo, patê de fígado e pepino em conserva. Estava sentada à mesa da cozinha, mergulhada numa intensa reflexão, quando Mikael retornou, mancando. Ela examinou os ferimentos e as escoriações visíveis em seu corpo. A correia deixara uma mancha vermelha-escura em volta da garganta e a faca produzira um corte no lado esquerdo do pescoço.

— Venha — ela disse. — Deite-se na cama.

Foi buscar curativos e cobriu a ferida com uma compressa. Depois serviu-lhe café e estendeu-lhe uma torrada.

— Não estou com fome — disse Mikael.

— Coma! — ordenou Lisbeth Salander, enquanto ela mesma dava uma grande bocada na torrada de queijo.

Mikael fechou os olhos por alguns segundos. Depois sentou-se e mordeu a torrada. Sua garganta doía tanto que mal conseguia engolir.

— Deixe o café esfriar um pouco. Deite-se de bruços.

Ela ficou cinco minutos massageando-lhe as costas com uma pomada. Depois virou-o de frente para ela e administrou o mesmo tratamento na parte frontal do corpo.

— Vai ficar com alguns sérios hematomas durante um bom tempo.

— Lisbeth, precisamos chamar a polícia.

— Não — ela disse, e com tal determinação na voz que Mikael arregalou os olhos. — Se você chamar a polícia, eu vou embora. Não quero nada com eles. Martin Vanger está morto. Morreu num acidente de carro. Há testemunhas. Deixe a polícia ou quem quer que seja descobrir aquela maldita câmara de tortura. Você e eu não sabemos de nada, assim como os outros habitantes do povoado.

— Por quê?

Ela ignorou a pergunta e continuou a massagear-lhe as coxas doloridas.

— Lisbeth, mas é simplesmente impossível...

— Se você continuar me aborrecendo, eu te levo de volta à masmorra de Martin e te acorrento de novo.

Nem havia terminado a frase quando Mikael adormeceu, tão subitamente como se tivesse desmaiado.

25. SÁBADO 12 DE JULHO — SEGUNDA-FEIRA 14 DE JULHO

Mikael despertou sobressaltado às cinco da manhã e levou desesperadamente as mãos ao pescoço para tirar a correia. Lisbeth foi vê-lo, segurou-lhe as mãos e o acalmou. Ele abriu os olhos e a fitou com um vago olhar.

— Não sabia que você jogava golfe — murmurou, voltando a fechar os olhos.

Ela permaneceu ao lado dele por alguns minutos, até ter certeza de que ele adormecera de novo. Enquanto Mikael estivera dormindo, ela havia retornado ao porão de Martin Vanger para inspecionar o local do crime. Além dos instrumentos de tortura, havia encontrado uma coleção enorme de revistas de pornografia violenta e uma série de fotos polaróide coladas em álbuns.

Não havia um diário íntimo. No entanto ela achou duas pastas com fotos três por quatro e anotações sobre mulheres escritas à mão. Trouxe consigo essas pastas num cesto de náilon, junto com o laptop de Martin Vanger, que havia encontrado numa mesinha, no andar de cima. Depois que Mikael voltou a dormir, Lisbeth continuou a explorar o computador e as pastas de Martin. Eram mais de seis da manhã quando desligou o computador. Acendeu um cigarro e mordeu pensativamente o lábio inferior.

Ela e Mikael haviam se lançado à caça do que julgavam ser um assassino serial do passado, mas depararam com uma história bem diferente. Ela mal conseguia imaginar os horrores que haviam acontecido no porão de Martin Vanger, em meio àquele lugar idílico e bem-apresentado.

Ela tentava entender.

Martin Vanger havia matado mulheres desde os anos 1960, nos últimos quinze anos ao ritmo de uma ou duas vítimas por ano. A matança fora tão discreta e bem organizada que ninguém sequer percebera que havia um assassino serial em atividade. Como era possível?

As pastas sugeriam parte da resposta.

Suas vítimas eram mulheres anônimas, geralmente recém-imigradas, que não tinham amigos nem contatos sociais na Suécia. Havia também prostitutas e mulheres socialmente marginalizadas, com abuso de drogas, álcool e outros problemas existenciais.

Em seus estudos sobre a psicologia do sadismo sexual, Lisbeth Salander aprendera que esse tipo de assassino gostava de colecionar objetos das vítimas. Eles serviam de suvenires utilizados para recriar em parte o gozo sentido. Martin Vanger desenvolvera essa tendência redigindo uma compilação necrológica. Catalogara minuciosamente suas vítimas, com anotações que comentavam e descreviam seus sofrimentos, juntando a seus crimes filmes de vídeo e fotografias.

A violência e o assassinato eram o objetivo final, mas Lisbeth concluiu que, na realidade, a caça era o que interessava a Martin Vanger. Em seu laptop ele criara um banco de dados com o registro de centenas de mulheres. Havia empregadas do grupo Vanger, dos restaurantes onde ele fazia suas refeições, recepcionistas dos hotéis onde se hospedava, funcionárias da previdência social, secretárias de homens de negócios com quem se relacionava e uma série de outras mulheres. Era como se Martin Vanger registrasse e catalogasse praticamente todas as mulheres que encontrava.

Só uma parte ínfima delas havia sido assassinada, mas todas eram vítimas potenciais que ele anotava e examinava. Esse catálogo tinha o caráter de uma distração passional, à qual ele devia dedicar muitas horas.

Ela é casada ou solteira? Tem filhos e uma família? Onde trabalha? Onde mora? Que carro dirige? Experiência profissional? Cor dos cabelos? Cor da pele? Corpulência?

Lisbeth percebeu que a coleta de dados pessoais das possíveis vítimas devia ocupar uma parte importante das fantasias sexuais de Martin Vanger. Ele era primeiro um caçador, depois um matador.

Quando Lisbeth terminou de ler, encontrou um pequeno envelope numa das pastas. Dentro dele havia duas fotos polaróide com as pontas amassadas e amarelecidas. Na primeira via-se uma jovem morena sentada a uma mesa. Vestia uma calça escura e estava com o torso nu, deixando ver pequenos seios. Ela desviava o rosto da objetiva e fazia menção de levantar um braço para se proteger, como se o fotógrafo a tivesse surpreendido com a máquina. Na segunda foto, ela também estava com o torso nu, mas deitada de bruços numa cama com uma colcha azul. O rosto também fugia da objetiva.

Lisbeth pôs o envelope com as fotos no bolso da jaqueta. Então introduziu as pastas no aquecedor a lenha, riscou um fósforo, deixou que se consumissem e retirou as cinzas. Chovia forte quando ela saiu de casa para jogar, discretamente, o laptop de Martin Vanger nas águas sob a ponte.

Quando Dirch Frode abriu com um golpe seco a porta da frente, Lisbeth fumava um cigarro diante de seu café à mesa da cozinha. O rosto de Frode estava cor de cinza e ele parecia alguém que fora despertado brutalmente.

— Onde está Mikael? — perguntou.

— Dormindo.

Dirch Frode desabou numa cadeira. Lisbeth encheu uma xícara de café e a empurrou na direção dele.

— Martin... Acabo de saber que Martin se matou quando dirigia seu carro esta noite.

— Que triste — disse Lisbeth antes de beber um gole de café.

Dirch Frode ergueu os olhos. Primeiro olhou-a perplexo. Depois seus olhos se arregalaram.

— Como...?

— Houve um acidente. Um acidente estúpido.

— Você sabe o que aconteceu?

— Ele se atirou na frente de um caminhão. Suicidou-se. A pressão, o estresse e um império financeiro em declínio, tudo isso deve ter sido demais para ele. Em todo caso, acho que é o que dirão as manchetes.

Dirch Frode parecia a ponto de um ataque de fúria. Levantou-se vivamente e foi abrir a porta do quarto.

— Deixe-o dormir — disse Lisbeth com voz firme.

Frode olhou o corpo adormecido. Viu hematomas e ferimentos no torso de Mikael, a marca vermelha deixada pela correia no pescoço. Lisbeth tocou o braço dele e voltou a fechar a porta. Frode recuou e sentou-se devagar, prostrado, no banco.

Lisbeth Salander contou rapidamente o que se passara durante a noite. Fez uma descrição detalhada da câmara de horrores de Martin Vanger e explicou que encontrara Mikael suspenso por um nó corrediço e o diretor administrativo do grupo Vanger de pé na frente dele. Contou o que descobrira no dia anterior nos arquivos do grupo e de que maneira fizera a ligação entre o pai de Martin e pelo menos sete assassinatos de mulheres.

Dirch Frode não a interrompeu uma única vez. Quando ela terminou de falar, permaneceu mudo por um longo tempo antes de suspirar profundamente e de balançar lentamente a cabeça.

— O que vamos fazer?

— Não é problema meu — disse Lisbeth num tom inexpressivo.

— Mas...

— Quer que eu te diga? Nunca pus os pés em Hedestad.

— Não estou entendendo.

— Em hipótese alguma quero aparecer num relatório policial. Eu não existo nessa história. Se meu nome for mencionado e relacionado ao que aconteceu, negarei ter vindo aqui e não responderei a pergunta nenhuma.

Dirch Frode tentava entendê-la.

— Não entendo.

— Não precisa entender.

— Que vou fazer então?

— Você é que decide, contanto que não nos envolva nisso, nem a mim nem a Mikael.

Dirch Frode estava lívido.

— É só considerar as coisas assim: tudo o que você sabe é que Martin morreu num acidente na estrada. Desconhece completamente que ele também era um assassino psicopata e nunca ouviu falar daquele porão.

Ela pôs a chave diante dele, em cima da mesa.

— Você ainda tem tempo antes que alguém vá examinar o porão de Martin e descubra aquele cômodo. Certamente não vai acontecer agora.

— Nós temos que chamar a polícia.

— Nós, não. Chame a polícia se quiser. A decisão é sua.

— Não podemos abafar esse caso.

— Não estou propondo que o abafe, apenas que não envolva a Mikael e a mim. Quando tiver visto o porão, vai tirar suas próprias conclusões e decidir com quem quer falar.

— Se o que você diz é verdade, isso significa que Martin seqüestrou e matou mulheres... portanto há famílias desesperadas que não sabem onde estão suas filhas. Não podemos simplesmente...

— É verdade. Mas há um problema: os corpos desapareceram. Talvez você encontre passaportes ou carteiras de identidade numa gaveta. Algumas vítimas poderão ser identificadas pelos vídeos. Mas você não é obrigado a tomar uma decisão hoje. Reflita um pouco mais.

Dirch Frode parecia em pânico.

— Meu Deus! Isso vai ser o tiro de misericórdia do grupo. Quantas pessoas vão ficar desempregadas se for revelado que Martin...

Frode balançava-se para a frente e para trás, pressionado por um dilema moral.

— Esse é um dos aspectos. Se Isabella Vanger assumir o cargo de Martin, não seria bom que ela fosse a primeira a saber do passatempo do filho.

— Preciso ir ver...

— Na minha opinião, você deveria se manter longe daquele porão hoje — disse Lisbeth com autoridade. — Há muitas providências a tomar. Você precisa avisar Henrik, precisa convocar a diretoria para uma reunião extraordinária e fazer o que fariam se o diretor administrativo tivesse falecido em circunstâncias normais.

Dirch Frode ponderou sobre as palavras dela. Seu coração deixou-se levar. Ele, o velho advogado que resolvia problemas e de quem se esperava um plano pronto diante de qualquer obstáculo, sentia-se totalmente paralisado. De repente se deu conta de que estava aceitando orientações de uma jovem. De um modo ou de outro, ela assumira o comando da situação e traçava as linhas de ação que ele não conseguia formular.

— E Harriet...?

— Mikael e eu ainda não terminamos. Mas pode dizer a Henrik Vanger que acho que vamos resolver isso também.

O desaparecimento inesperado de Martin Vanger era o destaque do noticiário das nove da manhã, quando Mikael despertou. Nada foi mencionado sobre os acontecimentos da noite, a não ser que o industrial deixara a pista da direita de forma inexplicável, em alta velocidade.

Ele estava sozinho no carro. A emissora de rádio local demorava-se mais sobre as inquietações quanto ao futuro do grupo Vanger e quanto às conseqüências financeiras que essa morte traria ao grupo.

Ao meio-dia, um despacho da TT, redigido às pressas, anunciava na tevê "Uma região em estado de choque" e resumia as repercussões imediatas para o grupo Vanger. Não escapava a ninguém que, só em Hedestad, três mil dos vinte e quatro mil habitantes eram empregados do grupo Vanger ou dependiam indiretamente da saúde financeira do grupo. O atual diretor morrera e o ex-diretor era um velho tentando se recuperar de um infarto recente. Faltava um herdeiro natural. Tudo isso num período considerado como o mais crítico da história da empresa.

Mikael Blomkvist tinha a possibilidade de ir à delegacia de polícia para explicar o que acontecera durante a noite, mas Lisbeth Salander já havia traçado o caminho. Uma vez que ele não chamara a polícia imediatamente, tornava-se cada vez mais difícil fazer isso a cada hora que passava. Durante a manhã, ele ficou afundado no banco da cozinha, num silêncio mal-humorado, enquanto contemplava a chuva e as grossas nuvens que cobriam o céu. Por volta das dez, desabou uma nova tempestade, mas ao meio-dia a chuva parou e o vento acalmou um pouco. Ele saiu, enxugou as cadeiras do jardim e sentou-se com uma xícara de café. Teve o cuidado de levantar a gola da camisa.

Como era de se esperar, a morte de Martin estendeu uma sombra sobre o cotidiano do povoado. Carros começaram a estacionar diante da casa de Isabella Vanger, indicando que o clã se reunia. Pessoas apresentavam suas condolências. Lisbeth contemplava o desfile com indiferença. Mikael permanecia mudo.

— Como está se sentindo? — ela perguntou enfim.

Mikael refletiu um momento antes de responder.

— Acho que ainda estou em estado de choque — disse. — Fiquei totalmente indefeso por várias horas. Achei que ia morrer. A angústia de morrer me revolvia as tripas e eu me sentia totalmente impotente.

Estendeu a mão e a pousou sobre o joelho de Lisbeth.

— Obrigado — disse. — Se você não tivesse chegado, ele teria me matado.

Lisbeth retribuiu com um sorriso enviesado. Mikael prosseguiu:

— Só que... eu não consigo entender como pôde ser tão louca de enfrentá-lo sozinha. Eu estava ali, no chão, rezando para que você visse a foto, fizesse a ligação e chamasse a polícia.

— Se eu esperasse a polícia chegar, você não teria sobrevivido. Eu não podia deixar aquele canalha te trucidar.

— Por que você não quer ver a polícia?

— Não falo com as autoridades.

— Por que não?

— Problema meu. Mas, no que diz respeito a você, não acho que seria muito interessante para a sua carreira te apresentarem como o jornalista violentado por Martin Vanger, o conhecido assassino serial. Se já não gosta do Super-Blomkvist, imagine os novos apelidos que viriam.

Mikael olhou-a intensamente, depois abandonou o assunto.

— Temos um problema — disse Lisbeth.

Mikael assentiu com a cabeça, sabia a que ela estava se referindo.

— O que aconteceu a Harriet?

Lisbeth pôs as duas fotos polaróide em cima da mesa diante dele. Explicou onde as encontrara. Mikael examinou as fotos com atenção antes de levantar os olhos.

— Pode ser ela — disse por fim. — Não posso jurar, mas a corpulência e os cabelos lembram todas as fotos que vi dela.

Mikael e Lisbeth ficaram no jardim por uma hora, encaixando as peças do quebra-cabeça. Descobriram que ambos, cada um de seu lado, haviam identificado Martin Vanger como o elo perdido.

Lisbeth não chegara a ver a foto que Mikael havia deixado em cima da mesa da cozinha. Na noite anterior, depois de examinar as imagens das câmeras de segurança, ela concluíra que Mikael fizera algo estúpido e fora até a casa de Martin pelo caminho que margeava a água. Observou todas as janelas e não viu ninguém. Muito discretamente, verificou todas as portas e janelas do térreo e então foi escalando a parede até alcançar uma sacada aberta no andar de cima. Levou tempo, e ela agiu com a maior prudência, examinando cômodo por cômodo da casa. Por fim, descobriu a escada que levava ao porão. Martin fora negligente: deixara entreaberta a porta de sua câmara de torturas e ela logo entendeu tudo.

— Você ficou escutando por algum tempo o que ele dizia?

— Não muito. Cheguei quando ele estava te interrogando sobre o que havia acontecido a Harriet, pouco antes de te suspender como um porco. Me afastei só por um minuto e subi para buscar uma arma. Encontrei o taco de golfe num armário.

— Martin Vanger não tinha a menor idéia do que aconteceu a Harriet.

— E você acredita?

— Sim — disse Mikael sem hesitar. — Martin estava mais enlouquecido que uma doninha furiosa... não sei de onde me veio essa imagem... mas ele admitiu todos os crimes que cometeu. Falava à vontade. Tive até a impressão de que queria me impressionar. Mas, no que se refere a Harriet, estava tão desesperadamente em busca da verdade quanto Henrik Vanger.

— E então... isso nos leva aonde?

— Sabemos que Gottfried estava por trás da primeira série de assassinatos, entre 1949 e 1965.

— Certo. E que ele iniciou Martin.

— Estamos falando de uma família com problemas — disse Mikael. — Na verdade, Martin não tinha chance nenhuma.

Lisbeth Salander lançou um olhar estranho a Mikael.

— O que Martin me contou, embora aos pedaços, é que o pai começou a iniciá-lo na época da puberdade. Ele assistiu ao assassinato de Lea em Uddevalla, em 1962. Na época tinha catorze anos. Assistiu ao assassinato de Sara, em 1964. Dessa vez participou ativamente. Tinha dezesseis anos.

— E?

— Ele me disse que não era homossexual e que nunca havia tocado um homem, exceto o pai. Isso me faz pensar... bem, a única conclusão que se pode tirar é que o pai o violentava. Os abusos sexuais devem ter prosseguido por muito tempo. Ele foi iniciado, por assim dizer, pelo pai.

— Você está dizendo bobagem — falou Lisbeth Salander.

Sua voz de repente ficou dura como pedra. Mikael olhou para ela surpreso. Havia algo de inflexível no olhar dela, sem a menor compaixão.

— Martin poderia resistir como qualquer outra pessoa. Ele fez sua escolha. Matava e violentava porque gostava disso.

— Concordo. Mas Martin era um menino maltratado, influenciado pelo pai, assim como Gottfried foi maltratado pelo seu pai nazista.

— Ah, sei, você parte do princípio de que Martin não tinha vontade própria e que as pessoas se tornam aquilo para o qual foram educadas.

Mikael sorriu prudentemente.

— É um ponto sensível para você?

Os olhos de Lisbeth flamejaram numa súbita cólera contida. Mikael prosseguiu rápido.

— Não estou afirmando que as pessoas são influenciadas apenas pela educação que recebem, mas acho que ela desempenha um papel importante. O pai de Gottfried o espancou, e seriamente, por anos e anos. Isso deixa marcas.

— Você está dizendo bobagem — repetiu Lisbeth. — Gottfried não foi o único coitado no mundo a ter sido surrado. O que também não lhe dava carta branca para assassinar mulheres. Foi uma escolha que ele mesmo fez. E isso também vale para Martin.

Mikael ergueu uma mão.

— Não vamos discutir.

— Não estou discutindo. Simplesmente acho patético que sempre concedam circunstâncias atenuantes aos canalhas.

— Concordo. Eles têm mesmo uma responsabilidade pessoal. Passaremos isso a limpo depois. O fato é que Gottfried morreu quando Martin tinha dezessete anos e ele ficou sem ninguém para guiá-lo. Tentou prosseguir nas pegadas do pai. Fevereiro de 1966, Uppsala.

Mikael inclinou-se para pegar um dos cigarros de Lisbeth.

— Não vou nem começar a especular sobre que pulsões Gottfried estava tentando satisfazer, nem de que maneira interpretava seus atos. Ele se apoiou numa algaravia bíblica que um psiquiatra, talvez, pudesse esclarecer, que fala de castigos e de purificação num sentido ou noutro. Não importa. Ele era um assassino serial.

Refletiu um segundo antes de continuar.

— Gottfried queria matar mulheres e revestia os crimes numa espécie de raciocínio pseudo-religioso. Mas Martin nem sequer fingia ter uma desculpa. Era organizado e matava de maneira sistemática. Além disso, tinha dinheiro para se dedicar a seu *hobby*. E era mais astuto que o pai. Toda vez que Gottfried deixava para trás um cadáver, isso significava um inquérito policial e o risco de alguém chegar até ele, ou pelo menos de fazer a ligação entre os diferentes assassinatos.

— Martin Vanger mandou construir sua casa nos anos 1970 — disse Lisbeth pensativamente.

— Acho que Henrik disse 1978. Ele provavelmente encomendou um porão de segurança para arquivos importantes ou algo do gênero. Obteve uma peça à prova de som, sem janelas e com uma porta blindada.

— Usou esse lugar por vinte e cinco anos.

Calaram-se por alguns momentos e Mikael pensou que atrocidades não teriam se passado naquela idílica ilha de Hedeby durante um quarto de século. Lisbeth não precisou imaginar; tinha visto a coleção de vídeos. Ela percebeu que Mikael tocava involuntariamente o próprio pescoço.

— Gottfried odiava as mulheres e ensinou o filho a também odiar as mulheres, enquanto o violentava. Mas havia algo mais... acho que Gottfried imaginava que os filhos deviam compartilhar sua visão pervertida do mundo, para dizer o mínimo. Quando perguntei a Martin sobre Harriet, sua própria irmã, ele disse: *Tentamos convencê-la. Mas ela não passava de uma putinha ordinária. Estava planejando avisar Henrik.*

Lisbeth assentiu com a cabeça.

— Eu ouvi. Foi mais ou menos nesse momento que eu cheguei ao porão. Isso significa que agora conhecemos o motivo da misteriosa conversa que ela queria ter com Henrik.

Mikael franziu a testa.

— Não exatamente. Pense na cronologia dos fatos. Não sabemos quando Gottfried violentou o filho pela primeira vez, mas ele levou Martin a Uddevalla para matar Lea Persson em 1962. Gottfried afogou-se em 1965. Antes disso, ele e Martin haviam tentado *convencer* Harriet. O que se pode deduzir daí?

— Que Gottfried não violentou apenas Martin. Ele atacou também Harriet.

Mikael assentiu com a cabeça.

— Gottfried era o professor, Martin o aluno. E Harriet era o joguete dos dois, digamos assim.

— Gottfried ensinou Martin a ter intimidades com a irmã. — Lisbeth mostrou as fotos polaróide. — É difícil determinar a atitude dela por essas duas fotos, pois só vemos seu rosto tentando se esconder da objetiva.

— Digamos que tudo começou quando ela tinha catorze anos, em 1964. Ela se defendeu — *não conseguia aceitar* —, segundo Martin. Era isso que ela ameaçava contar. Martin certamente não tinha grande experiência na época, ele consultava o pai, mas Gottfried e ele firmaram uma espécie de pacto através do qual tentavam iniciar Harriet.

Lisbeth assentiu com a cabeça.

— Você escreveu, nas suas anotações, que Henrik Vanger insistiu para que Harriet fosse morar na casa dele no inverno de 1964.

— Henrik percebeu que algo não ia bem naquela família. Para ele, a causa eram discussões e desavenças entre Gottfried e Isabella, por isso acolheu Harriet em sua casa para que ela pudesse ficar tranqüila e se dedicar aos estudos.

— Um contratempo para Gottfried e Martin. Eles não podiam mais dispor dela facilmente, nem controlar sua vida. Mas de tempo em tempo... Onde aconteciam esses abusos?

— Provavelmente na cabana de Gottfried. Tenho quase certeza que as fotos foram tiradas lá. Vai ser fácil verificar. A casa tem uma localização perfeita, é isolada e longe do povoado. Até que um dia Gottfried bebeu demais e acabou se afogando como um imbecil.

Lisbeth balançou pensativamente a cabeça.

— O pai de Harriet tinha ou tentava ter relações sexuais com ela, mas aposto que não a iniciou nos assassinatos.

Mikael entendeu que esse era um ponto a ser esclarecido. Harriet anotara os nomes das vítimas de Gottfried e os associara a citações bíblicas, mas seu interesse pela Bíblia só havia se manifestado no último ano, quando Gottfried já havia morrido. Refletiu um momento, tentando encontrar uma explicação lógica.

— E então, um dia, Harriet descobre que Gottfried não é apenas um pai incestuoso como também um assassino serial furioso — disse.

— Não sabemos quando ela descobriu os assassinatos. Talvez um pouco antes de Gottfried se afogar, talvez depois, se ele tinha um diário ou se guardou recortes de jornal sobre os assassinatos. Alguma coisa a colocou na pista.

— Mas não era isso que ela ameaçava contar a Henrik — insistiu Mikael.

— Era sobre Martin — disse Lisbeth. — O pai havia morrido, mas Martin continuava a assediá-la.

— Exatamente — disse Mikael balançando a cabeça.

— Mas ela levou um ano para se decidir.

— O que você faria se descobrisse que seu pai é um assassino serial que estupra o seu irmão?

— Eu massacraria um lixo desses — disse Lisbeth com uma voz tão fria que Mikael percebeu que ela não estava brincando. De repente se lembrou do rosto de Lisbeth quando ela saltou sobre Martin Vanger. Esboçou um sorriso não muito alegre.

— Certo. Mas Harriet não é você. Gottfried morreu em 1965, antes que ela tivesse tempo de fazer o que quer que fosse. Faz sentido. Com a morte de Gottfried, Isabella enviou Martin a Uppsala. Ele talvez voltasse para casa no Natal e nas férias, mas no ano seguinte não encontrou muito Harriet. Ela pôde se distanciar um pouco dele.

— E passou a estudar a Bíblia.

— E, pelo que sabemos hoje, não necessariamente por razões religiosas. Talvez quisesse apenas tentar entender o que o pai fizera. Ela ficou remoendo isso até a Festa das Crianças em 1966. E aí, de repente, vê o irmão surgir na rua da Estação e se dá conta de que a coisa vai recomeçar. Não sabemos se eles se falaram e se ele disse algo a ela. Seja como for, Harriet voltou depressa para casa querendo falar com urgência com Henrik.

— E em seguida desapareceu.

Reconstituída assim a seqüência dos acontecimentos, a solução do quebra-cabeça parecia próxima. Mikael e Lisbeth fizeram as malas. Antes de partir, Mikael ligou para Dirch Frode e explicou que Lisbeth e ele precisavam deixar Hedeby por algum tempo, mas que fazia questão de se despedir de Henrik Vanger antes de ir embora.

Mikael quis saber o que Frode contara a Henrik. Pela voz, o advogado parecia tão estressado que Mikael se preocupou com ele. Frode demorou um momento para dizer que somente contara que Martin havia morrido num acidente de carro.

Quando estacionou na frente do hospital, Mikael ouviu novas trovoadas num céu carregado de nuvens que anunciavam chuva. Apressou o passo no estacionamento ao sentir as primeiras gotas.

Henrik Vanger estava sentado em frente à janela do quarto, vestindo um robe. A doença certamente o marcara, mas ele readquiria alguma cor nas faces e parecia a caminho da recuperação. Apertaram-se as mãos. Mikael pediu que a enfermeira particular os deixasse a sós por alguns minutos.

— Você não veio me ver — disse Henrik Vanger.

— Não pude. Sua família não quer me ver aqui no hospital, mas hoje estão todos com Isabella.

— Pobre Martin — disse Henrik.

— Henrik, você me pediu para descobrir a verdade sobre o que aconteceu a Harriet. Esperava que a verdade não doesse?

O velho olhou para ele. Depois abriu bem os olhos.

— Martin?

— Ele faz parte da história.

Henrik fechou os olhos.

— Agora preciso lhe fazer uma pergunta.

— Qual?

— Você ainda quer saber o que aconteceu? Mesmo que doa e mesmo que a verdade seja pior do que você sempre imaginou?

Henrik Vanger olhou Mikael demoradamente. Depois balançou a cabeça.

— Quero saber. É o objetivo do seu trabalho.

— Certo. Acho que sei o que aconteceu a Harriet. Mas ainda falta uma última peça do quebra-cabeça.

— Me conte tudo.

— Não, hoje não. Agora quero que continue repousando. O médico disse que o alerta já deixou de soar e que logo você estará curado.

— Não me trate como uma criança.

— Ainda não terminei minha investigação. Só tenho suposições por enquanto, mas vou tentar achar essa última peça do quebra-cabeça. Da próxima vez contarei a história toda. Pode demorar um pouco, mas quero que saiba que eu voltarei e que você saberá a verdade.

Lisbeth cobriu a moto com uma lona, deixou-a do lado da casa oposto ao sol e instalou-se com Mikael no carro emprestado. A chuva aumentou e, ao sul de Gävle, enfrentaram um aguaceiro tão forte que Mikael mal via a estrada à frente. Por cautela, resolveu parar num posto de gasolina. Tomaram um café enquanto esperavam a chuva acalmar e só chegaram a Estocolmo por volta das sete da noite. Mikael deu a Lisbeth o código do seu prédio e a deixou numa estação de metrô. O apartamento pareceu-lhe estranho quando entrou.

Passou o aspirador e um pano de pó, enquanto Lisbeth ia ver Praga em Sundbyberg. Ela chegou à casa de Mikael cerca de meia-noite e passou dez minutos examinando cada detalhe do apartamento. Depois ficou um longo tempo diante da janela, olhando a vista do Slussen.

Armários e estantes comprados na Ikea serviam de divisória entre a sala e o quarto do *loft*. Eles se despiram e dormiram algumas horas.

Quando no dia seguinte aterrissaram em Gatwick por volta do meio-dia, foram recebidos pela chuva. Mikael havia reservado um quarto no hotel James perto do Hyde Park, um excelente hotel comparado às espeluncas de Bayswater onde sempre se hospedava em suas visitas a Londres. As despesas corriam por conta de Dirch Frode.

Às cinco da tarde, um homem de uns trinta anos encontrou-se com eles no bar do hotel. Era quase calvo, tinha uma barba loura, vestia um casaco muito largo, jeans e *dockside*.

— Wasp? — ele perguntou.

— Trinity? — ela rebateu. Cumprimentaram-se com um aceno de cabeça. Ele não perguntou o nome de Mikael.

O parceiro de Trinity foi apresentado como Bob the Dog. Ele esperava numa velha kombi estacionada na esquina. Entraram pela porta lateral e sentaram-se em bancos dobráveis. Enquanto Bob ziguezagueava pelo trânsito londrino, Wasp e Trinity conversavam.

— Praga me disse que se trata de um *crash-bang job*.

— Escuta telefônica e controle de e-mails num computador. Pode ser coisa rápida ou levar alguns dias, depende da pressão dele. — Lisbeth apontou para Mikael com o polegar. — Vocês conseguem?

— Os cachorros têm pulgas? — respondeu Trinity.

Anita Vanger morava numa das pequenas casas alinhadas em fila e de aspecto asseado do subúrbio de St. Albans, ao norte de Londres, um trajeto de pouco mais de uma hora de carro. Da kombi, viram-na chegar e abrir a porta às sete da noite. Esperaram um pouco para que ela tomasse banho, comesse alguma coisa e se instalasse na frente da tevê, antes de Mikael tocar a campainha.

Uma cópia quase idêntica de Cecilia Vanger abriu a porta, o rosto formando um cortês ponto de interrogação.

— Boa noite, Anita. Meu nome é Mikael Blomkvist. Henrik Vanger pediu-me que viesse vê-la. Suponho que soube de Martin.

O rosto dela passou da surpresa à vigilância. Assim que ouviu o nome Mikael Blomkvist, ela soube exatamente quem ele era. Estava em contato com Cecilia Vanger, que talvez tivesse manifestado uma certa irritação com Mikael. Mas mencionar Henrik Vanger a obrigou a abrir a porta. Convidou Mikael a se instalar na sala. Ele olhou ao redor. A decoração da casa, embora bastante discreta, indicava uma pessoa com dinheiro e uma vida profissional. Observou uma litografia assinada por Anders Zorn acima de uma lareira transformada em aquecedor a gás.

— Desculpe eu ter vindo sem avisar, eu estava em Londres e tentei telefonar durante o dia.

— Entendo. Do que se trata? — A voz estava na defensiva.

— Está pretendendo ir ao funeral?

— Não. Martin e eu não éramos muito próximos e não posso me afastar do trabalho.

Mikael assentiu com a cabeça. Anita Vanger fizera o possível para se manter distante de Hedestad durante trinta anos. Desde que o pai voltara à ilha de Hedeby, ela praticamente não pusera mais os pés lá.

— Quero saber o que aconteceu a Harriet Vanger. A hora da verdade chegou.

— Harriet? O que está querendo dizer?

Mikael fez um trejeito, dando a entender que não estava disposto a se deixar enganar.

— Você era a amiga mais próxima de Harriet na família e foi a pessoa que ela procurou para contar sua terrível história.

— Você está completamente doido — disse Anita Vanger.

— Talvez você esteja certa — disse Mikael com a voz tranqüila. — Anita, você esteve no quarto de Harriet naquele dia. Tenho fotos provando isso. Daqui a alguns dias farei um relatório a Henrik e depois ele assumirá o meu lugar. Por que não me conta o que aconteceu?

Anita Vanger levantou-se.

— Saia imediatamente da minha casa.

Mikael levantou-se.

— Tudo bem, mas cedo ou tarde será obrigada a me contar.

— Não tenho nada a lhe dizer.

— Martin está morto — disse Mikael com firmeza. — Você nunca gostou dele. Acredito que veio morar em Londres não apenas para ficar longe de seu pai mas também para não ser obrigada a encontrar Martin. Isso significa que você também estava sabendo, e a única que pode ter lhe contado é Harriet. A questão é saber o que você fez depois de ficar sabendo.

Anita Vanger bateu a porta na cara de Mikael.

Lisbeth Salander dirigiu um sorriso de satisfação a Mikael enquanto retirava o microfone que ele trazia sob a camisa.

— Ela deu um telefonema trinta segundos depois de ter batido a porta na sua cara — disse Lisbeth.

— A indicação do país é Austrália — acrescentou Trinity, repondo o aparelho de escuta em cima da mesinha dentro da kombi. Preciso verificar qual é o código da área.

Digitou alguma coisa no teclado de seu laptop.

— Aqui está, ela chamou este número: é um telefone numa localidade chamada Tennant Creek, ao norte de Alice Springs, no Território do Norte. Quer escutar a conversa?

Mikael fez que sim com a cabeça.

— Que horas são na Austrália agora?

— Mais ou menos cinco da manhã. — Trinity acionou a gravação digital e um alto-falante. Mikael contou oito chamadas antes de uma voz atender. Conversavam em inglês.

— Oi, sou eu.

— Humm, está certo que eu sou madrugador, mas...

— Eu quis te ligar ontem... Martin morreu. Matou-se num acidente de carro anteontem.

Silêncio. Depois, algo semelhante a uma ligeira tosse, mas que podia ser interpretado como "melhor assim".

— Só há um problema. Um jornalista detestável que Henrik contratou acabou de sair aqui de casa. Fez perguntas sobre o que aconteceu em 1966. Ele sabe de alguma coisa.

Silêncio outra vez. Depois, uma voz de comando.

— Anita, desligue agora. Devemos evitar qualquer contato por algum tempo.

— Mas...

— Escreva cartas. Mantenha-me informado do que se passa. — E a conversa foi interrompida.

— Cara esperto! — disse Lisbeth Salander com admiração na voz.

Voltaram ao hotel um pouco antes das onze. A recepção encarregou-se de reservar lugares no primeiro vôo disponível para a Austrália. Em quinze minutos, conseguiram lugar num avião que sairia às 19h05 no dia seguinte, com destino a Canberra, Nova Gales do Sul.

Resolvidos todos os detalhes, deitaram-se na cama, exaustos.

Era a primeira visita de Lisbeth Salander a Londres e eles saíram para passear de manhã, da Tottenham Court Road ao Soho. Pararam para beber um *caffe latte* na Old Compton Street. Por volta das três, voltaram ao hotel para pegar as malas. Enquanto Mikael fechava a conta, Lisbeth viu que havia uma mensagem de texto urgente no seu celular.

— Dragan Armanskij precisa falar com você.

Ela usou um telefone da recepção para falar com seu chefe. Mikael estava a seu lado e de repente viu Lisbeth virar-se para ele com o rosto paralisado.

— O que aconteceu?

— Minha mãe morreu. Preciso voltar.

Lisbeth parecia tão desesperada que Mikael abraçou-a. Ela o afastou.

Beberam um café no bar. Quando Mikael disse que mudaria as reservas para a Austrália e a acompanharia a Estocolmo, ela balançou a cabeça.

— Não — disse secamente. — Não podemos abandonar o trabalho agora. Você irá sozinho à Austrália.

Separaram-se em frente ao hotel e cada um tomou o seu ônibus, com destino a aeroportos diferentes.

26. TERÇA-FEIRA 15 DE JULHO — QUINTA-FEIRA 17 DE JULHO

Mikael pegou um vôo doméstico de Canberra a Alice Springs, única possibilidade de que dispunha no meio da tarde. Depois, pôde escolher entre um vôo particular e um carro alugado. Escolheu o carro para enfrentar os quatrocentos quilômetros restantes.

Um desconhecido com o nome bíblico de Joshua, e que fazia parte da rede web internacional de Praga, ou talvez de Trinity, deixara um envelope destinado a Mikael na recepção do aeroporto de Canberra.

O número de telefone para o qual Anita ligara era de uma fazenda, Cochran Farm. Uma breve nota acompanhava a informação: criação de ovelhas.

Um artigo extraído na internet fornecia detalhes sobre a criação de ovelhas na Austrália.

> O país tem 18 milhões de habitantes, entre os quais 53 mil criadores de ovelhas cuidando de cerca de 120 milhões de animais. Somente a exportação de lã rende mais de 3,5 bilhões de dólares por ano, sem contar a exportação de 700 milhões de toneladas de carne de ovelha e mais as peles para a indústria do vestuário. A produção de carne e de lã é um dos setores econômicos mais importantes do país.

A Cochran Farm, fundada em 1891 por um certo Jeremy Cochran, era a quinta maior empresa agropecuária da Austrália, com cerca de sessenta mil *merino sheep*, cuja lã era considerada de excelente qualidade. Além de ovelhas, a fazenda criava também vacas, porcos e galinhas.

Mikael constatou que a Cochran Farm era uma empresa com um volume anual de negócios impressionante, que exportava para os Estados Unidos, China, Japão e Europa, entre outros.

As biografias eram ainda mais interessantes.

Em 1972, a Cochran Farm passou das mãos de Raymond Cochran para seu herdeiro Spencer Cochran, formado em Oxford, na Inglaterra. Spencer falecera em 1994 e desde então a fazenda era dirigida por sua viúva. Ela aparecia numa foto de baixa resolução extraída do site da Cochran Farm, que mostrava uma mulher loura de cabelos curtos. Parte de seu rosto estava virado para um cordeiro, que ela acariciava. Segundo Joshua, Spencer e ela haviam se casado na Itália em 1971.

Ela se chamava Anita Cochran.

Mikael passou a noite num lugarejo perdido e desértico com um nome que exalava esperança: Wannado. Num bar de esquina, comeu carne de carneiro assada e bebeu três *pints*, na companhia de alguns tipos locais que o chamavam de *mate*, e que falavam com um sotaque engraçado. Ele tinha a impressão de estar em plena filmagem de *Crocodilo Dundee*.

Na noite anterior, antes de ir dormir, ele havia telefonado para Erika em Nova York.

— Desculpe, Ricky, mas andei tão ocupado que nem tive tempo de ligar.

— Mas o que está havendo em Hedestad, criatura?! — ela explodiu. — Christer me telefonou para dizer que Martin morreu num acidente de carro.

— É uma longa história.

— E por que você não atende o telefone? Estou chamando sem parar há dois dias.

— Aqui não pega.

— Aqui onde?

— Neste momento, a uns duzentos quilômetros ao norte de Alice Springs. Na Austrália, portanto.

Mikael quase nunca conseguia surpreender Erika, mas desta vez ela emudeceu por uns dez segundos.

— E o que você está fazendo na Austrália, ainda que mal pergunte?

— Estou terminando o trabalho. Voltarei à Suécia daqui a alguns dias. Liguei apenas para contar que a missão para Henrik Vanger está quase no fim.

— Quer dizer que descobriu o que aconteceu a Harriet?

— Acho que sim.

Ele chegou à Cochran Farm no dia seguinte, ao meio-dia, e ficou sabendo que Anita Cochran se encontrava num distrito de produção, numa localidade chamada Makawaka, cento e vinte quilômetros a oeste.

Eram quatro da tarde quando Mikael encontrou o lugar, após percorrer um grande número de estradas vicinais. Parou diante de uma cerca onde um grupo de peões estava reunido em volta do capô de um jipe, comendo alguma coisa. Mikael desceu, apresentou-se e disse que procurava Anita Cochran. Os rapazes olharam para um homem musculoso, de uns trinta anos, que parecia ser quem tomava as decisões. Tinha o torso nu e bronzeado, exceto nas partes normalmente cobertas pela camiseta. Usava um chapéu de caubói.

— *Well, mate*, a patroa está uns dez quilômetros para lá — disse, apontando com o dedo.

Ele olhou para o carro de Mikael com ceticismo e acrescentou que não era uma boa idéia prosseguir na estrada com aquele brinquedinho japonês. Mas disse que de todo modo ele precisava ir até lá e que podia levar Mikael no jipe, único veículo adaptado ao tipo de terreno que os esperava. Mikael agradeceu e teve o cuidado de pegar a sacola com seu notebook.

O homem disse que se chamava Jeff e contou que era o *studs manager at the station*. Mikael perguntou o que aquilo significava. Jeff olhou-o curioso, percebendo que Mikael não devia ser do país. Explicou que *studs manager* equivalia a um gerente de banco, só que lidava com ovelhas, e que *station* era a palavra australiana para "rancho".

Continuaram conversando enquanto Jeff manobrava o jipe com tranqüilidade a vinte quilômetros por hora, num declive impressionante até o fundo de um desfiladeiro. Mikael agradeceu sua boa estrela por não ter tentado prosseguir no carro alugado. Ficou sabendo que na base do desfiladeiro havia pastagens para cerca de setecentas ovelhas.

— Se entendi bem, Cochran Farm é uma grande empresa agropecuária.

— Uma das maiores da Austrália — respondeu Jeff com algum orgulho na voz. — Temos cerca de nove mil ovelhas aqui no distrito de Makawaka, mas possuímos também *stations* na Nova Gales do Sul e na Austrália Ocidental. Ao todo, são mais de sessenta e três mil ovelhas.

Saíram do desfiladeiro para um terreno ondulado mais suave. De repente Mikael ouviu tiros. Viu ovelhas mortas, grandes braseiros e uns dez peões, todos com espingardas na mão. Pareciam ocupar-se do abate de animais.

Involuntariamente, Mikael fez a associação com os cordeiros do sacrifício bíblico.

Então viu uma mulher vestindo jeans e camisa xadrez branca e vermelha, de cabelos louros curtos. Jeff estacionou a poucos metros dela.

— *Hi boss. We got a tourist* — disse.

Mikael desceu do jipe e olhou para ela, que o encarou com olhos interrogativos.

— Bom dia, Harriet. Faz um bom tempo que não nos vemos — disse Mikael em sueco.

Nenhum dos homens que trabalhavam para Anita Cochran entendeu o que ele disse, mas eles viram a reação dela. Anita Cochran deu um passo para trás, amedrontada. Os empregados tiveram o reflexo instantâneo de proteger a patroa. Viram-na empalidecer, calaram-se e se aproximaram, prontos para se interpor entre ela e aquele estranho que claramente a perturbava. A amabilidade de Jeff havia desaparecido por completo quando ele deu um passo na direção de Mikael.

Mikael deu-se conta de que estava num lugar inacessível do outro lado do planeta, cercado por um bando de criadores de ovelhas encharcados de suor e com espingardas na mão. Uma palavra de Anita Cochran, e eles o encheriam de chumbo.

Mas o instante havia passado. Harriet Vanger ergueu a mão num gesto de apaziguamento e seus homens recuaram. Ela se aproximou de Mikael e o olhou nos olhos. Estava molhada de suor e com o rosto sujo. Mikael notou raízes mais escuras sob os cabelos louros. Tinha o rosto mais envelhecido e macilento, mas se tornara exatamente a bela mulher que sua fotografia de crisma havia pressagiado.

— Nós já nos encontramos? — perguntou Harriet Vanger.

— Sim. Meu nome é Mikael Blomkvist. Você foi minha babá num verão, quando eu tinha três anos. Você tinha doze ou treze na época.

Alguns segundos se passaram e então o olhar dela se iluminou e Mikael percebeu que ela se lembrava dele. Parecia estupefata.

— O que você quer?

— Harriet, não sou seu inimigo, não estou aqui para lhe fazer mal. Mas precisamos conversar.

Ela se virou para Jeff e pediu-lhe que a substituísse, depois fez um sinal para que Mikael a acompanhasse. Andaram uns duzentos metros até um grupo de barracas de lona branca num pequeno bosque. Ela indicou uma cadeira dobrável em frente a uma mesa pouco firme, despejou água numa bacia, lavou o rosto, enxugou-se e entrou na barraca para trocar de camisa. Pegou duas cervejas numa caixa de isopor com gelo e sentou-se diante de Mikael.

— Pronto. Agora fale, estou escutando.

— Por que estão matando as ovelhas?

— Há uma epidemia. Provavelmente a maioria dessas ovelhas está saudável, mas não podemos correr o risco de a epidemia se alastrar. Seremos obrigados a abater mais de seiscentas ovelhas esta semana. Por isso não estou de muito bom humor.

Mikael aquiesceu com a cabeça.

— Seu irmão se matou dirigindo um carro dias atrás.

— Eu soube.

— Através de Anita, que telefonou para você.

Ela o fitou por um bom tempo. Depois assentiu com a cabeça. Percebeu que era inútil negar as evidências.

— Como me encontrou?

— Grampeamos o telefone de Anita. — Mikael também achou que não havia razão para mentir. — Estive com seu irmão um pouco antes de ele morrer.

Harriet Vanger franziu o cenho e o interrogou com o olhar. Então ele retirou o lenço ridículo que havia posto no pescoço, baixou a gola da camisa e mostrou a marca do nó corrediço. Uma cicatriz de um vermelho-vivo que provavelmente ficaria como lembrança de Martin Vanger.

— Seu irmão suspendeu-me num nó corrediço e só fui salvo porque minha companheira chegou para dar a maior surra que aquele canalha já levou na vida.

Alguma coisa se acendeu nos olhos de Harriet.

— Acho melhor você me contar essa história desde o início.

Mikael levou mais de uma hora para contar tudo. Começou se apresentando e resumindo suas desventuras profissionais. Depois contou como Henrik Vanger o incumbira daquela missão e por que tinha sido conveniente para ele instalar-se em Hedeby. Falou do inquérito policial que não dera em nada e de como Henrik fizera sua investigação pessoal durante todos aqueles anos, convencido de que alguém da família havia matado Harriet. Ligou o computador e explicou como descobriu as fotos da rua da Estação e como ele e Lisbeth começaram a buscar um assassino serial que eles acabaram descobrindo que eram dois.

Enquanto ele falava, começou a anoitecer. Os homens se preparavam para passar a noite ali, acendendo fogueiras e pondo marmitas para aquecer. Mikael observou que Jeff permanecia perto de sua chefe e que continuava a olhá-lo com desconfiança. O cozinheiro serviu Harriet e Mikael. Abriram outra cerveja. Quando Mikael terminou seu relato, Harriet ficou em silêncio por um momento.

— Meu Deus — disse ela.

— Você não anotou na agenda o assassinato de Uppsala.

— Nem mesmo investiguei. Estava aliviada por meu pai ter morrido e a violência acabar. Nunca me passou pela cabeça que Martin... — Ela se calou. — Estou contente que tenha morrido.

— Eu te entendo.

— Você só não me explicou como vocês concluíram que eu estava viva.

— Depois que descobrimos o que se passou, não foi muito difícil deduzir o resto. Para poder desaparecer, você precisou de ajuda. Anita Vanger era sua confidente e vocês haviam passado alguns dias do verão na cabana de Gottfried. Se fosse contar a alguém, seria para ela, e ela acabava de receber sua habilitação de motorista.

Harriet Vanger olhou para ele com uma expressão indefinida.

— Agora que você sabe que eu estou viva, o que vai fazer?

— Vou contar a Henrik. Ele merece saber.

— E depois? Você é um jornalista.

— Harriet, não tenho nenhuma intenção de entregá-la à mídia. Cometi tantas faltas profissionais nessa triste história que a Associação dos Jornalistas provavelmente me expulsaria se ficasse sabendo. — Ele tentou fazer graça. — Uma falta a mais ou a menos não faz diferença, e não quero prejudicar minha ex-babá.

Ela não pareceu achar graça.

— Quantas pessoas sabem a verdade?

— De que você está viva? Neste momento, apenas eu, você, Anita e a minha parceira Lisbeth. Dirch Frode conhece uns dois terços da história, mas continua achando que você morreu em 1966.

Harriet Vanger parecia refletir sobre alguma coisa. Olhou ao longe, na obscuridade do campo. Mikael teve de novo a sensação de estar exposto a uma situação desagradável e lembrou que Harriet tinha uma espingarda apoiada contra a lona da barraca, ao alcance da mão. Mas procurou afastar esses pensamentos. Mudou de assunto.

— Como você virou criadora de ovelhas na Austrália? Deduzi que Anita Vanger ajudou-a a abandonar a ilha, provavelmente no porta-malas do carro dela, quando a ponte foi reaberta um dia depois do acidente.

— Na verdade, apenas fiquei deitada no banco de trás do carro com um cobertor por cima de mim. Eu disse a Anita que precisava fugir. Você deduziu bem. Entreguei-me a ela, ela me ajudou e foi uma amiga leal durante todos esses anos.

— Como veio parar aqui na Austrália?

— Primeiro, antes de deixar a Suécia, morei por algumas semanas no quarto de estudante de Anita em Estocolmo. Anita tinha um dinheiro dela, que generosamente me emprestou. Também me deu seu passaporte. Éramos parecidas, e tudo que precisei fazer foi mudar a cor do cabelo para ficar loura. Morei num convento na Itália por quatro anos. Não como freira; existem conventos onde é possível alugar celas a um preço baixo, só para ficar ali em paz, meditando. Depois conheci Spencer Cochran por acaso. Era alguns anos mais velho que eu, concluíra seus estudos na Inglaterra e passeava pela Europa. Me apaixonei e ele também. Foi isso que aconteceu. *Anita* Vanger casou-se com ele em 1971. Nunca me arrependi, era um homem maravilhoso. Mas ele morreu há oito anos e de repente me tornei proprietária da empresa.

— E o passaporte? Alguém poderia notar que havia duas Anita Vanger.

— Não. Por que notariam? Uma sueca chamada Anita Vanger casou-se com Spencer Cochran. O fato de morar em Londres ou na Austrália não tem importância nenhuma. Em Londres, ela é a mulher separada de Spencer Cochran. Na Austrália, é sua esposa. Os cartórios de Canberra e Londres não se comunicam. Além disso, obtive um passaporte australiano com o nome Cochran. É um arranjo que funciona perfeitamente bem. O plano só não daria certo se Anita quisesse se casar. Meu casamento precisou ser registrado num cartório sueco.

— E ela não se casou.

— Disse que nunca encontrou ninguém, mas sei que se absteve por minha causa. Foi uma verdadeira amiga.

— O que ela fazia no seu quarto?

— Eu não estava raciocinando muito bem naquele dia. Tinha medo de Martin. Enquanto ele esteve em Uppsala, deixei o problema de lado, mas quando o vi na rua em Hedestad percebi que nunca mais estaria segura. Hesitei entre contar a Henrik e fugir. Henrik não pôde falar comigo, então saí andando à toa pelo povoado. Claro que o acidente na ponte fez todo mundo esquecer tudo mais, é natural. Mas não foi esse o meu caso. Eu tinha meus próprios problemas e mal tomei consciência do acidente. Tudo parecia irreal. Então encontrei Anita, que estava hospedada num anexo da casa de Gerda e Alexander. Por fim tomei uma decisão e pedi que ela me ajudasse. Fiquei no quarto dela e não ousei mais sair dali. Mas havia uma coisa que eu precisava levar comigo: um diário íntimo onde eu tinha anotado tudo o que aconteceu. Também precisava de roupas. Anita foi buscar.

— E suponho que ela não resistiu à tentação de abrir a janela para dar uma olhada no acidente. — Mikael refletiu um momento. — O que eu não entendo é por que você não foi ver Henrik, como era a sua intenção.

— O que você acha?

— Não sei, não entendo. Estou certo de que Henrik a teria ajudado. Martin não tinha como prejudicá-la imediatamente, e Henrik não a trairia. Teria conduzido o caso com discrição, encaminhando-o para uma espécie de terapia ou tratamento.

— Você não entendeu o que se passou.

Até então, Mikael mencionara apenas o abuso sexual que Martin sofrera de Gottfried, sem mencionar o caso de Harriet.

— Gottfried abusou de Martin — disse Mikael discretamente. — Imagino que tenha abusado também de você.

Harriet Vanger não mexeu um só músculo. Depois respirou profundamente e escondeu o rosto nas mãos. Em menos de três segundos, Jeff apareceu ao lado dela, perguntando se tudo estava *all right*. Harriet Vanger olhou para ele e dirigiu-lhe um breve sorriso. Então surpreendeu Mikael ao se levantar e abraçar seu *studs manager*, dando-lhe um beijo no rosto. Virou-se para Mikael, com o braço no ombro de Jeff.

— Jeff, este é Mikael, um velho... amigo de muito, muito tempo atrás. Ele está me trazendo problemas e más notícias, mas nunca devemos matar o mensageiro. Mikael, este é Jeff Cochran, meu filho mais velho. Tenho também outro filho e uma filha.

Mikael balançou a cabeça. Jeff tinha uns trinta anos. Harriet Vanger deve ter engravidado logo após o casamento com Spencer Cochran. Ele se levantou, estendeu a mão para Jeff e disse que sentia muito perturbar a mãe dele, mas que infelizmente era necessário. Harriet trocou algumas palavras com Jeff e o mandou embora. Tornou a sentar-se com Mikael e pareceu tomar uma decisão.

— Chega de mentira. Acho que agora acabou. De certo modo, eu estava esperando por esse dia desde 1966. Durante muitos anos, minha angústia era que alguém se dirigisse a mim pelo meu verdadeiro nome. E não me importa mais que você saiba. Meu crime está prescrito. E estou pouco ligando para o que as pessoas vão pensar.

— Que crime? — perguntou Mikael.

Ela o fitou bem nos olhos, mas ele ainda não sabia do que ela estava falando.

— Eu tinha dezesseis anos. Estava com medo, envergonhada, desesperada. E sozinha. Somente Anita e Martin sabiam a verdade. Contei a Anita sobre os abusos sexuais, mas não consegui contar que meu pai também era um psicopata assassino de mulheres. Anita nunca soube. Em troca, confessei-lhe o crime que eu mesma havia cometido e que era suficientemente horrível para que afinal não ousasse contá-lo a Henrik. Pedi perdão a Deus e me escondi num convento por vários anos.

— Harriet, seu pai era um estuprador e um assassino. Você não é culpada de nada.

— Eu sei. Meu pai abusou de mim durante um ano. Fiz de tudo para evitar que ele... mas ele era meu pai e eu não podia me recusar a fazer alguma coisa com ele sem lhe dar uma explicação. Então menti e aceitei participar da comédia, como se aquilo fosse natural, cuidando sempre para que houvesse outras pessoas quando eu me encontrava com ele. Minha mãe sabia o que ele fazia, mas não se importava.

— Isabella sabia? — exclamou Mikael, consternado.

A voz de Harriet Vanger ficou mais dura.

— Claro que sim. Nada se passava em nossa família sem que Isabella soubesse. Mas ela nunca dava atenção às coisas desagradáveis ou que pudessem depreciá-la. Meu pai podia me estuprar na sala diante de seus olhos sem que ela visse. Era incapaz de reconhecer que algo não ia bem na minha vida ou na dela.

— Cheguei a conhecê-la. É uma víbora.

— É o que foi a vida inteira. Muitas vezes refleti sobre o relacionamento entre meu pai e ela. Concluí que depois do meu nascimento eles raramente, ou nunca mais, tiveram relações sexuais. Meu pai tinha mulheres, mas estranhamente temia Isabella. Estava afastado dela sem poder se divorciar.

— Ninguém se divorcia na família Vanger.

Ela riu pela primeira vez.

— É verdade. O fato é que eu não tive coragem de contar. O mundo inteiro ficaria sabendo. Meus colegas de escola, todos na família...

Mikael pôs a mão sobre a de Harriet.

— Harriet, estou arrasado.

— Eu tinha catorze anos quando ele me violentou pela primeira vez. Levava-me regularmente à cabana. Várias vezes Martin também estava lá. Forçava nós dois a fazer coisas com ele. Segurava-me nos braços para que Martin... se satisfizesse em cima de mim. E assim, depois da morte do meu pai, Martin estava pronto para assumir o papel dele. Queria que eu fosse sua amante e achava natural que eu me submetesse. E nesse momento não tive mais escolha, fui obrigada a fazer o que Martin queria. Havia me livrado de um carrasco para cair nas garras de outro, e tudo o que podia fazer era procurar nunca ficar a sós com ele.

— Henrik teria...

— Você ainda não entendeu — ela disse, elevando a voz.

Mikael viu os homens na tenda ao lado virarem-se para eles. Ela baixou de novo a voz e inclinou-se para ele.

— Está com todas as cartas agora. Tire você mesmo as conclusões.

Levantou-se e foi buscar mais duas cervejas. Quando voltou, Mikael disse uma única palavra.

— Gottfried?

Ela fez que sim com a cabeça.

— No dia 7 de agosto de 1965, meu pai me obrigou a acompanhá-lo até a cabana. Henrik estava viajando. Meu pai havia bebido e tentou me forçar. Mas não conseguiu gozar e começou a delirar. Ele era sempre... grosseiro e violento comigo quando estávamos a sós, mas dessa vez ultrapassou os limites. Urinou em cima de mim. A seguir contou-me o que gostaria de fazer comigo. Um pouco antes havia falado das mulheres que matara. Vangloriava-se. Citava a Bíblia. Aquilo durou horas. Não entendi a metade do que ele dizia, mas percebi que ele estava completamente maluco.

Ela tomou um gole de cerveja.

— A certa altura, por volta de meia-noite, ele teve uma crise. Parecia um louco furioso. Estávamos no mezanino. Ele pôs uma camiseta em volta do meu pescoço e apertou com toda a força. Vi tudo preto. Não duvido um segundo que ele realmente tentou me matar e, pela primeira vez naquela noite, conseguiu me estuprar.

Harriet Vanger pôs uns olhos suplicantes em Mikael.

— Mas estava tão bêbado que consegui me livrar, não sei como. Saltei do mezanino até a peça de baixo e saí correndo, em pânico. Estava nua e corri sem refletir, até chegar ao pontão. Ele chegou cambaleando atrás de mim.

De repente, Mikael desejou que ela parasse de contar.

— Eu era suficientemente forte para derrubar um bêbado na água. Utilizei um remo para mantê-lo debaixo da água até que parasse de se mexer. Bastaram alguns segundos.

O silêncio foi ensurdecedor quando ela fez uma pausa.

— E, assim que levantei os olhos, Martin estava ali. Parecia aterrorizado e, ao mesmo tempo, divertia-se. Não sei desde quando nos espionava em frente à casa. E assim eu fiquei entregue à sua vontade. Ele se aproximou de mim e me pegou pelos cabelos, me levou de volta para a cabana e me jogou na cama de Gottfried. Me amarrou e me violentou, enquanto nosso pai ainda flutuava na água junto ao pontão. Não pude sequer me defender.

Mikael fechou os olhos. Sentiu vergonha e desejou ter deixado Harriet Vanger em paz. Mas a voz dela adquirira uma nova força.

— Desse dia em diante caí sob seu poder. Fazia o que ele me dizia, estava como que paralisada. Se escapei da loucura, foi porque Isabella decidiu que Martin precisava mudar de ares após o desaparecimento trágico do pai e o enviou a Uppsala. Evidentemente, era porque ela sabia o que ele fazia comigo; era sua maneira de resolver o problema. Você pode imaginar a decepção de Martin.

Mikael assentiu com a cabeça.

— No ano seguinte, ele só voltou nas férias de Natal, e consegui ficar distante. Acompanhei Henrik numa viagem a Copenhague entre o Natal e o Ano-novo. E, quando chegaram as férias de verão, Anita estava lá. Abri-me com ela e ela permaneceu o tempo todo comigo, o que o impediu de se aproximar de mim.

— E então você o viu na rua da Estação.

— Sim, fiquei sabendo que não viria à reunião de família e que permaneceria em Uppsala. Mas parece ter mudado de idéia e então eu o vi ali, do outro lado da rua, olhando fixamente para mim. Sorrindo para mim. Como um pesadelo. Eu assassinara meu pai e me dei conta de que nunca me libertaria do meu irmão. Até então, só havia pensado em me matar, mas finalmente preferi fugir.

Ela olhou para Mikael com um olhar aliviado.

— Como é bom contar a verdade... Agora você sabe de tudo. Como pretende utilizar o que sabe?

27. SÁBADO 26 DE JULHO – SEGUNDA-FEIRA 28 DE JULHO

Mikael se encontrou com Lisbeth Salander na frente do seu prédio na Lundagatan às dez da manhã e a levou ao crematório do cemitério norte. Fez-lhe companhia durante a cerimônia. Por um bom tempo, Lisbeth e Mikael foram as únicas pessoas presentes além do pastor, mas, quando o ritual funerário começou, Dragan Armanskij apareceu. Dirigiu um breve aceno de cabeça a Mikael, colocou-se atrás de Lisbeth e pôs suavemente a mão em seu ombro. Ela inclinou a cabeça sem olhar para ele, como se soubesse quem havia chegado às suas costas. Mas logo o ignorou, assim como ignorava Mikael.

Lisbeth não havia contado nada sobre a mãe, mas o pastor aparentemente falara com alguém da casa de saúde onde ela falecera, e Mikael entendeu que a causa da morte fora uma hemorragia cerebral. Lisbeth não disse uma só palavra durante a cerimônia. O pastor perdeu o fio da meada por duas vezes quando se dirigiu diretamente a Lisbeth, que o olhava bem nos olhos sem responder. Ao terminar, ela virou as costas e foi embora sem agradecer nem se despedir. Mikael e Dragan respiraram fundo e se olharam de soslaio. Eles ignoravam totalmente o que se passava na cabeça dela.

— Ela não está nada bem — disse Dragan.

— Acho que eu a entendo — respondeu Mikael. — Foi bom o senhor ter vindo.

— Não estou tão certo disso.

Armanskij fixou o olhar em Mikael.

— Vocês vão voltar para o Norte? Cuide dela.

Mikael prometeu. Eles se separaram em frente à porta da igreja. Lisbeth já esperava no carro.

Ela precisava retornar a Hedestad para buscar a moto e o equipamento que pegara emprestado da Milton Security. Só rompeu o silêncio depois que passaram de Uppsala, para perguntar como tinha sido a viagem à Austrália. Mikael desembarcara no aeroporto de Arlanda na noite anterior e só dormira algumas horas. Enquanto conduzia o carro, ele contou a história de Harriet Vanger. Lisbeth Salander ficou em silêncio por meia hora, e só depois abriu a boca.

— Cretina — disse.

— De quem você está falando?

— Da Harriet Cretina Vanger. Se ela tivesse feito alguma coisa em 1966, Martin Vanger não teria continuado a matar e a estuprar durante trinta e sete anos.

— Harriet sabia dos assassinatos do pai, mas não que Martin participara deles. Ela fugiu de um irmão que a violentava e que ameaçava contar que ela afogara o pai, se não obedecesse a suas ordens.

— Conversa mole.

O resto da viagem a Hedestad transcorreu em silêncio. Lisbeth estava com um humor particularmente sombrio. Mikael estava atrasado para o encontro que havia marcado e pediu que ela descesse no cruzamento antes da ponte, perguntando-lhe se estaria ainda ali quando ele voltasse.

— Pretende passar a noite aqui? — ela perguntou.

— Acho que sim.

— Quer que eu esteja aqui quando você voltar?

Ele desceu do carro, deu a volta e se aproximou para abraçá-la. Lisbeth o rechaçou quase com violência. Mikael recuou.

— Lisbeth, você é minha amiga.

Ela o olhou sem expressão.

— Quer que eu fique só para que você possa trepar com alguém esta noite?

Mikael olhou demoradamente para ela. Depois virou-se, entrou no carro e ligou o motor. Baixou o vidro. A hostilidade de Lisbeth era palpável.

— Quero ser seu amigo — disse. — Se está imaginando outra coisa, não vale nem a pena estar aqui quando eu voltar.

Henrik Vanger estava sentado numa poltrona quando Dirch Frode convidou Mikael a entrar em seu quarto no hospital. Ele logo perguntou como Henrik estava.

— Eles estão pretendendo me deixar ir ao enterro de Martin amanhã.

— Que parte da história Dirch contou a você?

Henrik Vanger baixou o olhar.

— O que Martin e Gottfried fizeram. Pelo que entendi, a coisa foi mais longe do que eu imaginei nos meus piores pesadelos.

— Eu sei o que aconteceu a Harriet.

— Conte-me como ela morreu.

— Harriet não morreu. Está viva. Se estiver de acordo, ela gostaria muito de revê-lo.

Num mesmo movimento, Henrik Vanger e Dirch Frode olharam Mikael como se o mundo tivesse acabado de virar de pernas para o ar.

— Levei algum tempo até convencê-la a vir comigo, mas ela concordou. Está bem e neste momento se encontra em Hedestad. Chegou hoje de manhã e poderá estar aqui dentro de uma hora. Se você quiser vê-la, é claro.

Mais uma vez, Mikael precisou contar a história do começo ao fim. Henrik Vanger escutou com tanta concentração, como se escutasse um Sermão da Montanha moderno. Em algumas raras ocasiões, fez uma pergunta ou pediu que Mikael repetisse. Dirch Frode não abriu a boca.

Terminado o relato, o velho permaneceu quieto. Embora os médicos tivessem garantido que Henrik tinha se restabelecido do infarto, Mikael temia o instante da revelação de toda a história — temia que o velho não agüentasse. Mas Henrik não demonstrou nenhum sinal de emoção. Apenas sua voz parecia um pouco pastosa quando quebrou o silêncio.

— Pobre Harriet. Se tivesse vindo falar comigo...

Mikael olhou a hora. Eram cinco para as quatro.

— Quer vê-la? Ela tem medo que você a rejeite, agora que sabe o que ela fez.

— E as flores?

— Perguntei isso a ela no avião. Só havia uma pessoa que ela amava na família: você. Evidentemente, era ela quem enviava as flores. Disse que esperava fazê-lo entender que ela estava viva, e bem, sem ser obrigada a se revelar. Mas, como sua única fonte de informação era Anita, que nunca vinha a Hedestad e que foi morar no exterior depois de terminar seus estudos, Harriet sabia muito pouco do que se passava aqui. Nunca soube o quanto você sofria nem que se acreditava perseguido pelo assassino dela.

— Imagino que Anita era quem postava as flores.

— Ela trabalhava para uma companhia aérea e as enviava de onde se encontrava.

— E como você descobriu que era Anita que a ajudava?

— Pela fotografia na qual ela aparece na janela do quarto de Harriet.

— Mas ela podia estar envolvida... poderia ser a assassina. Como deduziu que Harriet estava viva?

Mikael olhou demoradamente para Henrik Vanger. Depois sorriu pela primeira vez desde que voltara a Hedestad.

— Anita estava envolvida no desaparecimento de Harriet, mas não poderia tê-la matado.

— Como teve a certeza disso?

— Porque isto não é um romance policial e de mistério. Se Anita tivesse matado Harriet, você já teria encontrado o corpo há muito tempo. Portanto, o mais lógico é que ela tivesse ajudado Harriet a fugir e a se manter distante. Quer vê-la?

— Mas é claro que quero ver Harriet.

Mikael foi buscar Harriet, que o aguardava em frente aos elevadores do saguão de entrada. No primeiro momento não a reconheceu; depois que eles haviam se separado no aeroporto, na véspera, ela refizera a cor escura original de seus cabelos. Vestia calça preta, camisa branca e um casaco cinza elegante. Estava magnífica e Mikael inclinou-se para lhe dar um beijo de encorajamento no rosto.

Henrik levantou-se da poltrona quando Mikael abriu a porta para deixar Harriet Vanger passar. Ela respirou fundo.

— Bom dia, Henrik.

O velho a examinou dos pés à cabeça. Depois Harriet avançou e o beijou no rosto. Mikael fez um sinal com o queixo para Dirch Frode, fechou a porta e deixou os dois a sós.

Lisbeth Salander não estava mais em casa quando Mikael voltou à ilha. O equipamento de vídeo e a moto haviam desaparecido, assim como a sacola com as roupas e os produtos de toalete dela no banheiro.

Ele percorreu os cômodos. A casa de repente lhe pareceu sinistra, estranha, irreal. Olhou as pilhas de papéis na saleta de trabalho, que ele devia distribuir em pastas e entregar a Henrik Vanger, mas não teve ânimo de começar a arrumação. Foi até o Konsum para comprar pão, leite, queijo e alguma coisa para beliscar à noite. Ao voltar, preparou um café, instalou-se no jardim e leu os jornais da tarde com a cabeça vazia, sem pensar em nada.

Por volta das cinco e meia da tarde, um táxi passou pela ponte e voltou três minutos depois. Mikael avistou Isabella Vanger no banco traseiro.

Por volta das sete, estava cochilando na cadeira do jardim quando Dirch Frode chegou e o despertou.

— Como foi o encontro de Henrik e Harriet? — perguntou Mikael.

— Essa triste história tem também seu lado divertido — respondeu Frode com um sorriso contido. — Isabella irrompeu de repente no quarto de Henrik. Ela ficou sabendo que você havia voltado e estava uma fera. Berrou que era preciso acabar com essas imbecilidades sobre Harriet e que você era um investigador de merda que causara a morte do filho dela.

— De certa forma ela tem razão.

— Ordenou que Henrik demitisse você, obrigasse você a sumir daqui e que parasse de procurar fantasmas.

— Uau!

— Ela nem sequer olhou para a mulher que estava com Henrik. Certamente a tomou como uma funcionária do hospital. Não esquecerei jamais o instante em que Harriet se levantou, olhou para Isabella e disse: *Bom dia, mamãe.*

— E o que aconteceu?

— Foi preciso chamar o médico para reanimar Isabella. Agora ela está negando que se trata mesmo de Harriet; você é acusado de ter trazido uma impostora.

Dirch Frode estava indo anunciar a Cecilia e a Alexander que Harriet ressuscitara dos mortos. Ele seguiu seu caminho e deixou Mikael a sós.

Lisbeth Salander parou para pôr gasolina num posto um pouco antes de Uppsala. Estivera dirigindo com os dentes cerrados e o olhar fixo à frente. Pagou rápido, deu a partida na moto e avançou até a saída, onde se deteve mais uma vez, indecisa.

Ainda se sentia mal. Estava furiosa quando deixou Hedeby, mas a raiva lentamente se dissolvera ao longo do trajeto. Não sabia muito bem por que estava tão zangada com Mikael Blomkvist, nem mesmo se era com ele que estava zangada.

Só tinha na cabeça Martin Vanger, aquela maldita Harriet Vanger e aquele maldito Dirch Frode, toda aquela maldita família Vanger bem instalada em Hedestad, que reinava em seu pequeno império fazendo intrigas uns contra os outros. Eles haviam precisado da ajuda dela. Normalmente não a teriam sequer cumprimentado, muito menos lhe confiado segredos.

Família de merda!

Inspirou profundamente e pensou na mãe enterrada naquela manhã. Aquilo, sim, não tinha solução. A morte da mãe significava que a ferida jamais seria curada, pois Lisbeth jamais teria resposta às perguntas que gostaria de ter feito a ela.

Pensou em Dragan Armanskij atrás dela durante o enterro. Deveria ter dito alguma coisa a ele. Pelo menos ter enviado um sinal de que sabia que ele estava ali. Mas aí ele teria usado aquilo como pretexto para querer organizar a vida dela. Se lhe desse a pontinha do dedo, ele iria pegar o braço inteiro. Ele nunca entenderia.

Pensou no dr. Nils Canalha Bjurman, seu tutor, que, ao menos por enquanto, estava neutralizado e fazendo o que ela mandava.

Sentiu um ódio implacável e cerrou os dentes.

Pensou em Mikael Blomkvist e perguntou-se qual seria a reação dele se soubesse que ela estava sob tutela e que toda a sua vida não passava de um maldito ninho de ratos.

Percebeu que não queria mal a ele. Mikael fora simplesmente a pessoa de quem ela dispunha para descarregar sua raiva, sobretudo quando sentia vontade de matar alguém. Não adiantava nada culpá-lo.

Sentia-se estranhamente ambígua em relação a ele.

Ele metia o nariz em toda parte, fuçava a vida privada dela e... Mas ela também tinha gostado de trabalhar com ele. E essa era uma sensação estranha — trabalhar *com* alguém! Não tinha esse hábito, mas fora algo surpreendentemente sem dor. Ele não ficava martelando nos ouvidos dela, não ficava tentando lhe dizer como deveria viver sua vida.

E fora ela que o seduzira, não o contrário.

Sem contar que havia sido bom.

Então por que essa vontade de chutá-lo?

Suspirou e contemplou com olhos infelizes um caminhão enorme que passava pela rodovia E4.

Mikael ainda estava no jardim por volta das oito da noite quando ouviu o barulho da moto e viu Lisbeth Salander passar pela ponte. Ela estacionou e tirou o capacete. Aproximou-se da mesa do jardim e examinou a cafeteira, que estava fria e vazia. Mikael olhou para ela surpreso. Ela pegou a cafeteira e entrou na casa. Quando voltou, havia tirado o macacão de couro e posto um jeans e uma camiseta com a inscrição *I can be a regular bitch. Just try me.*

— Achei que já estivesse em Estocolmo — disse Mikael.

— Dei meia-volta em Uppsala.

— Um passeio longo.

— Estou com a bunda dolorida.

— Por que deu meia-volta?

Ela não respondeu. Mikael não insistiu e esperou que ela falasse enquanto tomavam o café. Passados dez minutos, ela rompeu o silêncio.

— Gosto da sua companhia — ela reconheceu a contragosto.

Eram palavras que nunca havia pronunciado.

— Foi... interessante trabalhar com você nesse caso.

— Também gostei de trabalhar com você — disse Mikael.

— Humm.

— Nunca trabalhei com um pesquisador tão competente. Certo, sei que você é uma *hacker* terrível e conhece círculos suspeitos com os quais, depois de um simples telefonema, pode montar uma escuta telefônica em Londres em vinte e quatro horas, mas de fato você obtém resultados.

Ela o olhou pela primeira vez desde que se sentara ali. Ele conhecia muitos dos seus segredos. Como era possível?

— É simples. Conheço computadores. Nunca tive problema para ler um texto e entender exatamente o que está escrito lá.

— É a sua memória fotográfica — ele disse tranqüilamente.

— Acho que sim. Não sei bem como a coisa funciona. Não é só com computadores e redes telefônicas, mas também com o motor da minha moto, aparelhos de tevê, aspiradores de pó, processos químicos e fórmulas astrofísicas. Admito, sou meio maluca, uma verdadeira *freak*.

Mikael franziu as sobrancelhas. Não disse nada por um bom tempo.

A síndrome de Asperger, pensou. *Ou algo parecido. Um talento para ver esquemas e entender raciocínios abstratos onde os outros não vêem senão a mais completa desordem.*

Lisbeth olhou fixamente a mesa.

— A maioria das pessoas pagaria caro para ter esse dom.

— Não quero falar sobre isso.

— Tudo bem, deixa pra lá. Por que você voltou?

— Não sei. Talvez tenha sido um erro.

Ele a perscrutou com o olhar.

— Lisbeth, pode me dar uma definição da palavra "amizade"?

— Gostar muito de alguém.

— Sim, mas o que faz gostar muito de alguém?

Ela encolheu os ombros.

— Minha definição da amizade se baseia em duas coisas — ele disse. — O respeito e a confiança. Esses dois fatores precisam necessariamente estar presentes. E deve ser recíproco. Pode-se ter respeito por alguém, mas, se não houver confiança, a amizade vira pó.

Ela continuou calada.

— Tudo bem você não querer falar de si mesma comigo; só que, mais cedo ou mais tarde, vai precisar decidir se tem confiança em mim ou não. Quero que sejamos amigos, mas não posso ser seu amigo sozinho.

— Gosto de trepar com você.

— O sexo não tem nada a ver com a amizade. Claro que amigos podem fazer amor, mas ouça, Lisbeth: se eu tiver que escolher entre sexo e amizade com você, sei muito bem o que escolherei.

— Não entendo. Quer fazer amor comigo ou não?

Mikael mordeu o lábio. Por fim, suspirou.

— Não é bom que pessoas que trabalham juntas façam amor juntas — ele murmurou. — Acaba dando problemas.

— Posso estar enganada, mas me parece que você e Erika trepam assim que surge uma chance. E além disso ela é casada.

Mikael ficou um momento em silêncio.

— Eu e Erika... temos uma história que começou muito antes de trabalharmos juntos. O fato de ela ser casada não lhe diz respeito.

— Está vendo? Agora é você que não quer falar dos seus assuntos. A amizade não era uma questão de confiança?...

— Sim, mas o que eu quero dizer é que não falo de uma amiga nas costas dela. Seria trair sua confiança. Também não falaria de você com Erika nas suas costas.

Lisbeth Salander pensou sobre o que ele disse. A conversa havia ficado complicada e ela não gostava de conversas complicadas.

— Gosto de trepar com você — repetiu.

— E eu também... mas já tenho idade para ser seu pai.

— Não dou a mínima para a sua idade.

— Você não pode ignorar nossa diferença de idade. Ela não é um bom ponto de partida para uma relação duradoura.

— Quem falou de algo duradouro? — disse Lisbeth. — Acabamos de resolver um caso em que homens com uma sexualidade pervertida de merda desempenharam um papel e tanto. Se dependesse de mim, homens como esses seriam exterminados, todos.

— Bem, pelo menos você não faz concessões.

— Não — disse ela, com seu sorriso enviesado que não era bem um sorriso. — Mas você não é como eles.

Levantou-se.

— Vou tomar um banho e depois pretendo me deitar nua na sua cama. Se você se sente muito velho, pode ir dormir na cama de armar.

Mikael olhou para ela. Quaisquer que fossem os problemas de Lisbeth

Salander, a timidez não era um deles. Ele sempre saía perdendo nas discussões que tinha com ela. Foi lavar as xícaras de café e depois entrou no quarto.

Levantaram-se por volta das dez, tomaram banho juntos e se instalaram no jardim para o café-da-manhã. Aproximadamente às onze horas, Dirch Frode telefonou e disse que o enterro seria às duas. Perguntou se tinham a intenção de ir.

— Acho que não — disse Mikael.

Frode perguntou se poderia passar por volta das seis da tarde para terem uma conversa. Mikael disse que não havia problema.

Passou algumas horas guardando os papéis nas pastas e depois levando-as ao escritório de Henrik. Por fim, restaram só seus próprios cadernos de anotações e as duas pastas sobre o caso Hans-Erik Wennerström, que havia seis meses ele não abria. Suspirou e colocou-as na mala.

Dirch Frode se atrasou e só chegou às oito da noite. Ainda vestia a roupa de enterro e parecia muito preocupado quando se sentou no banco da cozinha. Aceitou com prazer a xícara de café que Lisbeth lhe serviu. Ela se sentou na outra mesa e concentrou-se em seu computador, enquanto Mikael perguntava como a ressurreição de Harriet repercutira na família.

— Pode-se dizer que eclipsou a morte de Martin. Mas a mídia também ficou sabendo do caso dela.

— E como vocês estão explicando a situação?

— Harriet conversou com um jornalista do *Kuriren*. Sua versão é que fugiu de casa porque não se entendia com a família, mas que, afinal, acabou se dando bem, pois hoje dirige uma empresa com um volume de negócios tão grande quanto o do grupo Vanger.

Mikael assobiou.

— Percebi que ovelhas australianas davam dinheiro, mas não sabia que chegava a tanto.

— A criação de ovelhas vai muito bem, mas não é a única fonte de renda. As empresas Cochran possuem também minas, refinam opalas, atuam no setor de transporte, de eletrônica e se dedicam a uma série de outras coisas.

— Não diga! E como foi a seqüência dos acontecimentos?

— Para dizer a verdade, não sei. Pessoas foram chegando no transcorrer do dia e a família está reunida pela primeira vez depois de muitos anos. Vêm tanto do lado de Fredrik Vanger quanto do de Johann Vanger, e há muitos da nova geração, os que têm entre vinte e trinta anos. Deve haver uns quarenta Vanger em Hedestad agora à noite; uma metade está no hospital com Henrik, esgotando-o, e a outra metade no Grande Hotel, conversando com Harriet.

— Harriet é a grande sensação. Quantas pessoas estão sabendo da verdade sobre Martin?

— Por enquanto, somente eu, Henrik e Harriet. Tivemos uma longa conversa a sós. Essa história de Martin e de... suas perversões é a nossa principal preocupação hoje. A morte de Martin gerou uma crise enorme no grupo.

— Entendo.

— Não há um sucessor natural, mas Harriet vai ficar em Hedestad durante algum tempo. Entre outras coisas, precisamos ver quem possui o quê, como as heranças serão divididas, coisas do gênero. Harriet tem direito a uma parte da herança, que teria sido bem maior se ela tivesse ficado aqui o tempo todo. É uma situação complicada.

Mikael riu. Dirch Frode permaneceu sério.

— Isabella passou mal no enterro. Foi hospitalizada. Harriet se recusa a vê-la.

— Entendo.

— Por outro lado, Anita vai chegar de Londres. Convocamos um conselho de família para a próxima semana. Será a primeira vez em vinte e cinco anos que ela participa.

— Quem será o novo diretor-executivo?

— Birger luta pelo cargo, mas está fora de questão. O que vai acontecer é que Henrik reassumirá como diretor temporário até que alguém de fora seja contratado, ou então alguém da família...

Não terminou a frase. Mikael levantou as sobrancelhas.

— Harriet? Não está falando sério.

— Por que não? É uma mulher de negócios muito competente e respeitada.

— Ela tem uma empresa para dirigir na Austrália.

— Sim, mas seu filho Jeff Cochran dirige o negócio na ausência dela.

— Ele é *studs manager* numa criação de ovelhas. Se entendi direito, cuida para que as ovelhas se reproduzam bem.

— Também diplomou-se em economia pela Oxford e em direito em Melbourne.

Mikael pensou no homem musculoso e sem camisa que o conduzira pelo despenhadeiro e tentou imaginá-lo de terno e gravata. Por que não?

— Isso não se resolverá de uma hora para a outra — disse Frode. — Mas ela seria uma diretora-executiva perfeita. Com um apoio apropriado, poderia orientar o grupo para uma nova direção.

— Ela não tem experiência...

— É verdade. Claro que Harriet não pode surgir do nada depois de décadas e começar a dirigir tudo em detalhe. Mas o grupo Vanger é internacional e poderíamos trazer para cá um executivo americano que não fala uma palavra de sueco... para tocar o *business*, como dizem.

— Cedo ou tarde vocês vão ter que enfrentar o problema do porão de Martin.

— Eu sei. Mas não podemos revelar nada sem arruinar Harriet... Alegrome de não ser eu a ter que tomar uma decisão sobre isso.

— Que merda, Dirch! Vocês não podem silenciar sobre Martin ter sido um assassino serial.

Dirch Frode contorceu-se em silêncio. Mikael sentiu de repente um gosto ruim na boca.

— Mikael, encontro-me numa... situação muito desconfortável.

— Fale.

— Tenho um recado de Henrik. É muito simples. Ele agradece a você pelo seu trabalho e diz que considera o contrato encerrado. Isso significa que o está liberando de outras obrigações e que você não está mais obrigado a viver e a trabalhar aqui em Hedestad et cetera. Ou seja, pode partir imediatamente para Estocolmo e dedicar-se a seus compromissos.

— Ele quer que eu desapareça de cena?

— De modo nenhum. Quer que mais tarde venha visitá-lo para conversarem sobre o assunto. Disse que espera poder manter sem restrições seus compromissos na direção da *Millennium*. Mas...

Dirch Frode pareceu ainda mais constrangido.

— Mas não quer mais que eu escreva uma crônica sobre a família Vanger, não é?

Frode assentiu com a cabeça. Pegou um caderno, abriu-o e entregou a Mikael.

— Ele escreveu esta carta para você.

Prezado Mikael!

Tenho o maior respeito pela sua integridade e não vou ofendê-lo tentando ditar o que deve escrever. Pode escrever e publicar exatamente o que quiser, não tenho a intenção de exercer a menor pressão sobre você.

Nosso contrato permanece em vigor, se quiser reivindicá-lo. Tem elementos suficientes para terminar a crônica sobre a família Vanger. Mikael, nunca implorei nada a ninguém em toda a minha vida. Sempre achei que um homem deve seguir sua moral e sua convicção. Mas desta vez não tenho escolha.

Peço-lhe, tanto como amigo quanto como co-proprietário da *Millennium*, que não revele a verdade sobre Gottfried e Martin. Sei que não é correto, mas não vejo nenhuma saída nessa escuridão. Devo escolher entre dois males, e só há perdedores.

Peço-lhe que não escreva nada que prejudique Harriet. Você viveu isso na pele, sabe o que significa ser objeto de uma campanha da imprensa. A campanha dirigida contra você foi de proporções relativamente modestas, mas imagine o que será de Harriet se a verdade for conhecida. Ela viveu um calvário durante quarenta anos e não precisa sofrer ainda mais pelos atos que o irmão e o pai dela cometeram. Então eu lhe peço que reflita nas conseqüências que essa história poderá ter para milhares de funcionários do grupo. Isso destruiria Harriet e nos aniquilaria.

Henrik

— Henrik disse também que, se você quiser exigir uma indenização pelas perdas ocasionadas pela não-publicação da história, ele está totalmente aberto a discutir isso. Pode propor as condições financeiras que quiser.

— Henrik Vanger está tentando me comprar. Diga-lhe que eu teria preferido que ele nunca tivesse me feito essa oferta.

— Essa situação é tão penosa para Henrik quanto para você. Ele gosta imensamente de você e o considera um amigo.

— Henrik Vanger é um sujeito esperto — disse Mikael, voltando a se irritar. — Ele quer abafar a história. Joga com os meus sentimentos e sabe que eu também gosto dele. O que ele está dizendo é que na prática eu tenho as mãos livres para publicar o que quiser, mas, se eu fizer isso, ele será obrigado a rever sua postura com relação à *Millennium*.

— Tudo mudou depois que Harriet reapareceu.

— E agora Henrik quer saber qual é o meu preço. Não vou entregar Harriet às feras, mas *alguém* precisa falar sobre as mulheres que Martin levou para o porão. Dirch, não sabemos quantas mulheres ele massacrou. Quem vai falar em nome delas?

Lisbeth Salander levantou de repente os olhos do computador. Sua voz tinha uma doçura desagradável quando ela se virou para Dirch Frode.

— No grupo de vocês não há ninguém com a intenção de comprar a *mim* também?

Frode olhou-a surpreso. Mais uma vez, ele havia ignorado a existência dela.

— Se Martin Vanger estivesse vivo neste instante, eu o entregaria às feras — ela prosseguiu. — Seja qual fosse o arranjo de vocês com Mikael, eu iria contar tudo sobre ele ao jornal mais próximo. E, se pudesse, o arrastaria à sua própria sala de tortura, o prenderia naquela mesa e lhe enfiaria agulhas nos colhões. Mas ele está morto.

Ela se virou para Mikael antes de continuar.

— O arranjo podre deles me convém. Nada do que fizermos poderá reparar o mal que Martin Vanger causou a suas vítimas. Mas por outro lado surgiu uma situação interessante. Você está numa posição em que pode continuar prejudicando mulheres inocentes, especialmente essa Harriet que você defendeu tão calorosamente quando voltávamos de carro para cá. Minha questão é a seguinte: o que é pior? Que Martin Vanger a tenha violentado na cabana ou que você faça isso em papel impresso? Você está diante de um belo dilema. O comitê de ética da Associação dos Jornalistas talvez possa te dar uma idéia de que caminho seguir.

Ela fez uma pausa. Mikael não conseguiu mais sustentar o olhar de Lisbeth Salander. Baixou os olhos para a mesa.

— Só que eu não sou jornalista — disse ela por fim.

— O que está querendo? — perguntou Dirch Frode soltando um suspiro.

— Martin filmou suas vítimas. Quero que tentem identificar o maior número possível dessas mulheres e dêem às famílias delas uma compensação apropriada. E depois quero que o grupo Vanger faça uma doação anual e permanente de dois milhões de coroas ao SOS-Mulheres Vítimas de Maus-tratos.

Por um minuto, Dirch Frode meditou no preço a pagar. Depois assentiu com a cabeça.

— Pode viver com isso, Mikael? — perguntou Lisbeth.

Mikael sentiu-se subitamente desesperado. Passara toda a sua vida profissional denunciando o que outros tentavam esconder, e sua moral o proibia de participar da ocultação dos crimes terríveis cometidos no porão de Martin Vanger. O objetivo de seu trabalho era justamente denunciar o que ele sabia. Não hesitava em criticar colegas que não contassem a verdade. No entanto, ali estava ele discutindo o abafamento do caso mais macabro de que jamais ouvira falar.

Permaneceu calado por um bom tempo. Depois também assentiu com a cabeça.

— Melhor assim. — Dirch Frode virou-se para Mikael. — E quanto à oferta de Henrik de uma compensação financeira...

— Enfie naquele lugar — disse Mikael. — E agora quero que vá embora, Dirch. Entendo sua posição, mas neste momento estou tão furioso com você, com Henrik e com Harriet que, se ficar, vamos deixar de ser amigos.

Dirch Frode permaneceu sentado à mesa sem fazer menção de se levantar.

— Ainda não posso ir — disse. — Não terminei. Tenho outro recado que você também não vai gostar. Henrik insistiu para que eu o transmitisse esta noite. Amanhã você pode ir ao hospital esfolá-lo, se quiser.

Mikael levantou devagar a cabeça e olhou Dirch bem nos olhos.

— É provavelmente a coisa mais difícil que já precisei fazer na vida — disse Frode. — Mas acho que agora apenas uma sinceridade total e todas as cartas na mesa podem salvar a situação.

— Diga logo.

— Quando Henrik o convenceu a aceitar esse trabalho no Natal passado, nem ele nem eu pensamos que iria dar em alguma coisa. Foi exatamente o que ele disse: queria fazer uma última tentativa. Ele examinou minuciosamente a sua situação, baseando-se muito no relatório feito pela senhorita Salander. Contou com seu isolamento, propôs uma boa remuneração e utilizou uma boa isca.

— Wennerström — disse Mikael.

Frode assentiu com a cabeça.

— Vocês blefaram?

— Não.

Lisbeth Salander levantou uma sobrancelha, interessada.

— Henrik vai cumprir todas as suas promessas — continuou Frode. — Dará uma entrevista e lançará publicamente um ataque frontal contra Wennerström. Você terá todos os detalhes mais tarde, mas em linhas gerais o fato é o seguinte: quando Wennerström esteve ligado ao departamento financeiro do grupo Vanger, ele utilizou vários milhões de coroas para especular com moedas estrangeiras. Isso bem antes desse tipo de especulação se generalizar. Agiu por conta própria, sem pedir a autorização da direção. Os negócios não iam bem e ele se viu de uma hora para a outra com um déficit de sete milhões de coroas, que tentou cobrir, de um lado, mexendo na contabilidade e, de outro, especulando ainda mais. Foi desmascarado e despedido.

— Ele obteve ganhos pessoais nessas operações?

— Sim, desviou cerca de meio milhão de coroas, e o mais cômico dessa história, se é que se pode dizer assim, é que essa quantia serviu para fundar o grupo Wennerström. Temos provas de tudo. Você pode utilizar essa informação à vontade e Henrik sustentará publicamente suas afirmações. Mas...

— Mas essa informação não tem o menor valor! — disse Mikael, batendo com a mão na mesa.

Dirch Frode assentiu com a cabeça.

— Aconteceu há trinta anos e é um capítulo encerrado — disse Mikael.

— Mas você terá a confirmação de que Wennerström é um escroque.

— Wennerström se aborrecerá que isso venha a público, porém não será atingido mais que por uma bolinha de papel soprada num canudo. Dará de ombros e divulgará um comunicado de imprensa dizendo que Henrik Vanger é um velho ultrapassado que implica com ele sem motivo, depois afirmará que na verdade agiu por ordem de Henrik. Mesmo que não possa provar sua inocência, saberá espalhar fumaça suficiente para que a história logo perca o interesse.

Dirch Frode tinha um aspecto sinceramente pesaroso.

— Vocês me enganaram — disse Mikael por fim.

— Mikael... não era nossa intenção.

— A culpa é minha. Eu buscava indícios de falsidade e deveria ter entendido que esse era um deles. — Deu uma risada brusca, um riso seco. — Henrik é um velho tubarão. Tinha um produto para vender e me disse o que eu precisava ouvir.

Mikael levantou-se e foi até a bancada da cozinha. Virou-se para Frode e resumiu seus sentimentos em duas palavras.

— Vá embora.

— Mikael... lamento que...

— Caia fora, Dirch!

Lisbeth Salander não sabia se devia se aproximar de Mikael ou deixá-lo em paz. Ele resolveu o problema para ela ao pegar de repente a jaqueta, sem dizer nada, e bater a porta atrás de si.

Durante mais de uma hora, ela andou de um lado para o outro na cozinha. Sentia-se tão inquieta que limpou a mesa e lavou a louça — tarefa que normalmente deixava para Mikael. Várias vezes foi até a janela espiar. Por fim, resolveu pôr sua jaqueta de couro e ir procurá-lo.

Primeiro foi até o porto de recreio, onde havia luzes ainda nas janelas, mas não viu sinal de Mikael. Seguiu o caminho da praia, onde eles faziam seus passeios noturnos. A casa de Martin Vanger estava às escuras e já se notava que não era mais habitada. Foi até a pedra do promontório, onde Mikael e ela costumavam se sentar, depois retornou para casa. Ele ainda não tinha voltado.

Lisbeth foi procurar do lado da igreja. Nenhum sinal de Mikael também. Ela hesitou um momento, perguntando-se o que devia fazer. Resolveu pegar a moto, pôs uma lanterna no estojo debaixo do assento e partiu pelo caminho da praia outra vez. Demorou um pouco até pegar o atalho invadido em parte pela vegetação e mais algum tempo até encontrar a trilha que conduzia à cabana de Gottfried. Avistou-a de repente na escuridão, atrás de algumas árvores, quando estava quase chegando. Não viu Mikael na varanda e a porta estava trancada.

Já ia voltar ao povoado, quando se deteve ao avistar a silhueta de Mikael no escuro, no pontão onde Harriet afogara o pai. Deu um suspiro de alívio.

Mikael percebeu que ela se aproximava pelo barulho das tábuas e se virou. Ela sentou ao lado dele sem dizer nada. Por fim ele rompeu o silêncio.

— Desculpe. Eu precisava ficar um pouco sozinho.

— Eu entendo.

Ela acendeu dois cigarros e estendeu um a ele. Mikael olhou para ela. Lisbeth Salander era a pessoa mais anti-social que ele conhecera; recusava-se a falar de coisas pessoais e nunca aceitara a menor demonstração de simpatia dele. Tinha salvado sua vida e agora saía no meio da noite para procurá-lo pela ilha. Ele pôs um braço em torno dela.

— Agora sei o quanto valho. Abandonamos todas aquelas mulheres — disse. — Eles vão abafar a história. Tudo que há no porão de Martin vai desaparecer.

Lisbeth não respondeu.

— Erika tinha razão — ele continuou. — Teria sido melhor se eu tivesse ido à Espanha dormir com as espanholas por um mês, depois voltar a me encarregar de Wennerström. Foram meses jogados fora.

— Se você tivesse ido à Espanha, Martin Vanger continuaria agindo no seu porão.

Silêncio. Eles ficaram ali juntos por bastante tempo até que Mikael se levantou e propôs que voltassem.

Mikael adormeceu antes de Lisbeth. Ela ficou acordada escutando a respiração dele. Esperou um momento, depois foi à cozinha fazer café. Sentou-se no banco, no escuro, e fumou vários cigarros enquanto refletia intensamente. Para ela, era evidente que Vanger e Frode iam enganar Mikael. Essa gente era assim por natureza. Mas o problema era de Mikael, e não dela. Ou era?

Acabou tomando uma decisão. Esmagou o cigarro, foi para junto de Mikael, acendeu a lâmpada de cabeceira e sacudiu-o até que despertasse. Eram duas e meia da manhã.

— Que foi?

— Tenho uma pergunta pra te fazer. Sente-se.

Mikael sentou-se, ainda sonolento.

— Quando você foi condenado por difamação, por que não se defendeu?

Mikael sacudiu a cabeça e olhou para ela. Depois olhou para o despertador.

— É uma longa história, Lisbeth.

— Conte. Não tenho pressa.

Ele permaneceu um bom tempo em silêncio, refletindo sobre o que deveria dizer. Por fim decidiu contar a verdade.

— Eu não tinha como me defender. O conteúdo do artigo estava errado.

— Quando pirateei seu computador e os e-mails que você trocou com Erika Berger, havia muitas referências ao caso Wennerström, mas sempre para discutir detalhes práticos do processo e nunca o que realmente aconteceu. O que foi que não deu certo?

— Lisbeth, não posso revelar a verdadeira história. Caí numa armadilha. Erika e eu estamos totalmente de acordo que seria ainda mais prejudicial à nossa credibilidade se tentássemos contar o que de fato se passou.

— Então me diga, Super-Blomkvist. Ontem à tarde você me passou um sermão sobre amizade, confiança e não sei mais o quê. Acha que estou pretendendo divulgar a sua história pela internet?

Mikael protestou uma ou duas vezes. Lembrou a Lisbeth que era madrugada e que não tinha ânimo para pensar no assunto. Ela permaneceu obstinadamente sentada até ele ceder. Mikael foi lavar o rosto e esquentar o café. Então voltou para a cama e contou como, dois anos antes, seu ex-colega de classe Robert Lindberg havia despertado sua curiosidade na cabine de um veleiro atracado na marina de Arholma.

— Quer dizer que seu colega mentiu?

— Não, de modo nenhum. Ele contou exatamente o que sabia e verifiquei cada palavra do que ele disse em documentos existentes no Comitê de Apoio Industrial. Cheguei a ir à Polônia fotografar o hangar onde a empresa Minos tinha sido instalada. E entrevistei várias pessoas que haviam sido contratadas. Todas disseram exatamente a mesma coisa.

— Não entendo.

Mikael suspirou. Demorou um pouco para prosseguir.

— Eu tinha uma ótima história. Ainda faltava colocar Wennerström na parede, mas a história era consistente e, se eu tivesse publicado na hora, teria desestabilizado o cara. Ele talvez não fosse condenado por fraude, o caso já tinha o aval dos auditores, mas pelo menos eu teria abalado sua reputação.

— E o que impediu isso?

— Nesse meio-tempo alguém percebeu a jogada e Wennerström ficou sabendo da investigação. E um monte de coisas estranhas começaram a acontecer. Primeiro recebi ameaças. Telefonemas anônimos feitos de cabines públicas impossíveis de localizar. Erika também recebeu ameaças. Os absurdos de sempre: pare de investigar senão vamos te pegar, coisas desse tipo. Ela evidentemente ficou irritada.

Ele pegou um dos cigarros de Lisbeth.

— Depois aconteceu algo muito desagradável. Uma noite, ao sair da redação bem tarde, fui atacado por dois sujeitos que me deram uma surra. Eu estava completamente desprevenido, eles me espancaram pra valer e desmaiei. Não consegui identificá-los, mas um deles me pareceu ser um motoqueiro.

— E?

— Bem, todas essas manifestações de simpatia acabaram deixando Erika mais furiosa e eu mais obstinado. Reforçamos a segurança da *Millennium*. O problema é que eram ataques desproporcionais em relação ao conteúdo da nossa história. Não entendíamos por que tudo aquilo estava acontecendo.

— Mas a história que você publicou era muito diferente.

— Exato. De repente descobrimos uma brecha. Fizemos contato com uma fonte, um Garganta Profunda do círculo de Wennerström. O sujeito estava borrado de medo e só nos encontrávamos com ele em quartos de hotéis anônimos. Contou que o dinheiro do caso Minos fora utilizado para comprar armas destinadas à guerra na Iugoslávia. Wennerström tinha feito negócios com o grupo de direita croata Ustacha. E mais: o cara nos deu cópias de documentos que confirmavam suas denúncias.

— E vocês acreditaram?

— Ele foi habilidoso. Também nos passou informações suficientes para nos levar a uma outra fonte que podia confirmar a história. Tivemos inclusive uma foto que mostrava um dos mais próximos colaboradores de Wennerström apertando a mão do comprador, diante de caixas com a etiqueta "Explosivos". Tudo parecia verídico, e publicamos.

— Era uma isca.

— Uma isca do começo ao fim — confirmou Mikael. — Os documentos haviam sido habilmente falsificados. E o advogado de Wennerström provou que a foto do subalterno de Wennerström e do chefe da Ustacha era uma montagem de duas fotos diferentes feita no Photoshop.

— Fascinante — disse Lisbeth Salander, assentindo com a cabeça pensativamente. Tudo estava muito claro para ela.

— Não é mesmo? Depois foi fácil ver como havíamos sido manipulados. Nossa história original teria prejudicado Wennerström, no entanto ela se perdeu numa falsificação e caiu numa armadilha. Publicamos uma história que permitiu a Wennerström desmantelá-la ponto por ponto e provar sua inocência. Foi um golpe de mestre.

— E vocês não podiam voltar atrás e contar a verdade. Não tinham nenhuma prova de que Wennerström fizera a falsificação.

— Pior que isso. Se tentássemos contar a verdade e cometêssemos a imbecilidade de acusar Wennerström de estar por trás de tudo, ninguém acreditaria em nós. Interpretariam isso apenas como uma tentativa desesperada de culpar um grande empresário inocente. Seríamos vistos como uns obcecados por complô e doidos completos.

— Entendo.

— Wennerström estava duplamente protegido. Se o truque fosse revelado, ele poderia dizer que um de seus inimigos quisera arrastá-lo para a lama. E nós da *Millennium* perderíamos mais uma vez a credibilidade, pois teríamos engolido informações que depois se revelaram falsas.

— Então você escolheu não se defender e encarar uma pena de prisão.

— Mereci a pena — disse Mikael com voz amarga. — Fui culpado por difamação. É isso, agora você já sabe. Posso dormir?

Mikael apagou a luz e fechou os olhos. Lisbeth estendeu-se ao lado dele. Não disse nada por um momento.

— Wennerström é um gângster.

— Eu sei.

— Não, eu quis dizer que eu *sei* que ele é um gângster. Ele negocia com tudo, desde a máfia russa até o cartel de Medellín na Colômbia.

— O que está querendo dizer?

— Quando entreguei meu relatório a Frode, ele me incumbiu de uma missão suplementar. Pediu que eu tentasse descobrir o que realmente havia acontecido no processo. Eu estava envolvida nisso quando Armanskij me chamou para cancelar o trabalho.

— E?

— Suponho que não precisavam mais da investigação depois que você aceitou a proposta de Henrik Vanger. Não havia mais interesse.

— Sim, e daí?

— Bem, não gosto de deixar as coisas pela metade. Tive algumas semanas... digamos, livres na primavera, num período em que Armanskij não tinha trabalho para mim. Então, para me distrair, comecei a escavar o caso Wennerström.

Mikael empertigou-se, acendeu a lâmpada e olhou para Lisbeth. Os olhares dos dois se cruzaram. Ela parecia realmente alguém que tinha feito algo errado.

— Descobriu alguma coisa?

— Tenho todo o disco rígido dele no meu computador. Se te interessa, posso fornecer quantas provas você quiser de que ele é um verdadeiro gângster.

28. TERÇA-FEIRA 29 DE JULHO — SEXTA-FEIRA 24 DE OUTUBRO

Fazia três dias que Mikael Blomkvist estava debruçado sobre as cópias dos fichários de Lisbeth Salander — pastas repletas de documentos. O problema é que as evidências seguiam em todas as direções. Uma negociação com títulos em Londres, outra com moedas estrangeiras em Paris através de um agente. Uma empresa-fantasma em Gibraltar. O saldo de uma conta no Chase Manhattan Bank, em Nova York, de repente multiplicado por dois.

E também vários pontos de interrogação: uma empresa comercial com duzentas mil coroas numa conta sem movimentação aberta cinco anos antes em Santiago do Chile — uma entre trinta outras semelhantes em doze países diferentes — e sem a menor indicação da atividade principal. Empresas em estado latente? *À espera de quê?* Biombos para ocultar outras atividades? O computador não fornecia respostas para o que Wennerström guardava na cabeça, e que certamente era muito evidente para que precisasse estar num documento eletrônico.

Salander tinha se convencido de que jamais encontrariam resposta para a maior parte dessas questões. Eles podiam ver a mensagem, mas não podiam interpretar seu sentido sem o código. O império Wennerström era como uma cebola cujas peles podiam ser retiradas uma a uma; um conjunto de empresas proprietárias umas das outras. Companhias, contas, fundos, valores. Eles constatavam que ninguém, nem mesmo Wennerström, conseguiria ter uma visão global. O império Wennerström era dotado de vida própria.

Havia uma estrutura, ou pelo menos um esboço de estrutura. Um labirinto de empresas interdependentes. O império Wennerström podia ser avaliado, de acordo com a pessoa que fizesse o cálculo e de acordo com a maneira de calcular, entre 100 bilhões e 400 bilhões de coroas. Mas, no caso de empresas proprietárias umas das outras, que valor têm, afinal, essas empresas?

Quando Lisbeth lançou a pergunta, Mikael olhou-a com um ar atormentado.

— Tudo isso é esotérico — respondeu ele antes de passar ao exame das contas bancárias.

Eles deixaram a ilha de Hedeby às pressas, de manhã, depois que Lisbeth Salander soltou a bomba que agora absorvia Mikael o tempo todo. Foram direto para a casa de Lisbeth e passaram dois dias e duas noites diante do computador dela, enquanto Mikael era conduzido ao universo de Wennerström. Ele tinha muitas perguntas a fazer. Uma delas por pura curiosidade.

— Lisbeth, como você pode pilotar o computador dele?

— É uma pequena invenção fabricada pelo meu colega Praga. Wennerström trabalha num laptop IBM, tanto em casa como no escritório. Isso quer dizer que toda a informação fica guardada num único disco rígido. O cabo de banda larga está na casa dele. Praga inventou uma espécie de tubo que se conecta ao cabo propriamente dito e que venho testando para ele; tudo o que Wennerström vê é registrado por esse tubo, que envia a informação a um servidor em algum lugar.

— Ele não tem um *firewall*?

— Sim, tem, mas a idéia é que o próprio tubo funcione também como uma espécie de *firewall*. Demora um pouco para piratear desse modo. Digamos que Wennerström receba um e-mail; ele chega primeiro ao tubo de Praga e podemos lê-lo antes mesmo que seja captado pelo *firewall* de Wennerström. Mas o engenhoso é que a mensagem é reescrita e injetamos alguns *bytes* de um código-fonte. A operação repete-se toda vez que ele faz um *download* em seu computador. A coisa funciona ainda melhor com imagens. Ele navega muito na internet. Sempre que baixa uma foto pornô ou abre um novo site, acrescentamos alguns sinais desse código-fonte. Depois de um certo tempo, algumas horas ou dias, conforme o uso que ele fizer do computador, Wennerström terá baixado um programa inteiro de cerca de três megabytes, em que os *bits* foram se somando uns aos outros.

— E?

— Depois que os últimos *bits* foram instalados, o programa se integra ao navegador da internet do laptop. Ele pensa que o computador travou e é obrigado a reiniciar. Ao fazer isso, está carregando um novo programa. Wennerström usa o Microsoft Explorer. Na próxima vez que abrir o Explorer, na verdade abrirá um programa diferente, invisível no seu computador e semelhante ao Explorer. Funciona como o Explorer, mas faz também um monte de outras coisas. Esse programa começa a escanear o computador e envia *bits* de informação sempre que Wennerström clica no mouse ao navegar. Depois de um tempo, e dependendo do período que ele passa navegando, acumulamos um espelho completo do conteúdo do disco rígido dele num outro servidor. É então que o TH intervém.

— TH?

— É como Praga chamou: *Takeover hostil.*

— Ah!

— O engenhoso é o que vem a seguir. Quando a estrutura está pronta, Wennerström tem dois discos rígidos completos, um em sua própria máquina e outro no nosso servidor. Na verdade, quando ele inicia o computador, está iniciando o computador-espelho. Não trabalha mais no próprio computador, e sim no nosso servidor. Seu computador vai rodar um pouco mais lento, mas nem se percebe. E, quando estou conectada ao servidor, posso acompanhar o computador dele em tempo real. Toda vez que Wennerström digita uma tecla, aparece no meu monitor.

— Vejo que o seu colega também é um *hacker.*

— Foi ele que montou a escuta telefônica em Londres. Socialmente falando, é um incompetente, mas na internet é legendário.

— Certo — disse Mikael com um sorriso resignado. — Pergunta número dois: por que não me falou de Wennerström antes?

— Você nunca me pediu.

— E se eu nunca tivesse pedido — digamos que não tivéssemos nos conhecido — então você teria se calado sobre as atividades ilícitas de Wennerström, enquanto a *Millennium* caía em desgraça?

— Ninguém nunca me pediu para denunciar Wennerström — respondeu Lisbeth com uma voz sentenciosa.

— Mas e se pedissem?

— Ora, já contei a você! — ela retrucou na defensiva.

Mikael deixou o assunto de lado.

Mikael estava totalmente absorvido pelo que descobria no computador de Wennerström. Lisbeth gravara o conteúdo do disco rígido de Wennerström — cerca de cinco gigabytes — nuns dez CDs, e tinha mais ou menos a impressão de ter se mudado para a casa de Mikael. Esperava pacientemente e respondia às perguntas que ele não parava de fazer.

— Não entendo como ele pode ser tão imbecil a ponto de guardar todas as informações dos seus negócios suspeitos num disco rígido — disse Mikael. — Se caísse nas mãos da polícia...

— As pessoas não são racionais. Eu diria que ele nem imagina que a polícia possa querer confiscar seu computador.

— Acima de qualquer suspeita. Concordo que ele é um sujeito arrogante, mas deve estar bem cercado de consultores em segurança que lhe dizem como lidar com seu computador. Vi arquivos de 1993.

— O computador é bastante recente. Foi fabricado há um ano, mas Wennerström parece ter transferido toda a sua velha correspondência e coisas do gênero para o disco rígido, em vez de salvar em CDs. Mas ele se previne com programas de encriptação.

— Precaução totalmente inútil, já que você está dentro do computador dele e lê as senhas toda vez que ele digita.

Fazia quatro dias que eles tinham voltado a Estocolmo, quando Christer Malm ligou para o celular de Mikael e o despertou às três da manhã.

— Henry Cortez foi a uma festa com uma namorada esta noite.

— Ah, sim? — respondeu Mikael, ainda tonto de sono.

— Antes de voltarem para casa, passaram no bar da Estação central.

— Não é o melhor lugar para namorar.

— Escuta esta: Janne Dahlman está de férias e Henry o viu numa mesa junto com um homem.

— E?

— Henry reconheceu imediatamente o tal homem. Krister Söder.

— O nome me diz alguma coisa, mas...

— Trabalha no *Finansmagasinet Monopol*, que pertence ao grupo Wennerström — prosseguiu Malm.

Mikael ergueu-se na cama.

— Está me ouvindo?

— Sim, estou. Pode não significar nada. Söder é jornalista, talvez seja um velho colega de Dahlman.

— Talvez eu esteja sendo meio paranóico, mas há três meses a *Millennium* comprou a reportagem de um *freelancer*. Uma semana antes de nós a publicarmos, Söder publicou uma notícia quase idêntica. Era o mesmo assunto sobre um fabricante de celulares. Ele ocultava a informação de que utilizavam um componente defeituoso que pode causar curtos-circuitos.

— Entendo. Mas essas coisas acontecem. Comentou isso com Erika?

— Não, ela está viajando, só volta a semana que vem.

— Não faz mal. Volto a te ligar — disse Mikael e desligou o celular.

— Problemas? — perguntou Lisbeth Salander.

— A *Millennium* — disse Mikael. — Preciso dar uma saída. Quer vir comigo?

A redação estava deserta às quatro da manhã. Lisbeth precisou de três minutos para descobrir o código de acesso do computador de Janne Dahlman e mais dois para transferir seu conteúdo para o notebook de Mikael.

A maior parte dos e-mails, porém, achava-se no laptop pessoal de Dahlman, ao qual não tinham acesso. Mas no computador dele na *Millennium* Lisbeth encontrou um endereço hotmail de Dahlman, e ela levou seis minutos para entrar na conta dele e transferir toda a sua correspondência do ano anterior. Cinco minutos depois, Mikael tinha provas de que Janne Dahlman deixara vazar informações sobre a situação da *Millennium* e de que informara o redator do *Finansmagasinet Monopol* sobre as reportagens que

Erika programava publicar nos próximos números. A espionagem prosseguira pelo menos até o outono anterior.

Eles desligaram os computadores e voltaram ao apartamento de Mikael para dormir mais algumas horas. Ele chamou Christer Malm por volta das dez da manhã.

— Tenho provas de que Dahlman trabalha para Wennerström.

— Eu tinha certeza disso. Certo, vou despedir esse canalha ainda hoje.

— Não faça isso. Não faça absolutamente nada.

— Nada?

— Christer, confie em mim. Até quando Dahlman estará de férias?

— Ele volta na segunda-feira de manhã.

— Há quantas pessoas na redação hoje?

— Mais ou menos a metade.

— Será que pode anunciar uma reunião para as duas da tarde? Não diga qual o assunto. Estarei aí.

Seis pessoas estavam sentadas em volta da mesa de reunião diante de Mikael. Christer Malm tinha um ar cansado. Henry Cortez exibia aquela felicidade que só os jovens apaixonados de vinte e quatro anos conseguem sentir. Monika Nilsson parecia ansiosa, à espera de revelações bombásticas; Christer Malm não dissera uma palavra sobre o tema da reunião, mas ela já trabalhava na redação havia bastante tempo para entender que algo incomum estava sendo tramado, e não saber de nada a deixava aborrecida. A única que exibia um comportamento normal era Ingela Oskarsson, funcionária de tempo parcial encarregada da administração, das assinaturas e de outras tarefas que lhe ocupavam dois dias da sua semana, embora ela não parecesse muito folgada desde que se tornara mãe dois anos antes. A outra funcionária de tempo parcial era a jornalista *freelancer* Lotta Karim, com um contrato semelhante ao de Henry Cortez e que acabava de voltar de férias. Christer também conseguira trazer para a reunião Sonny Magnusson, embora ele ainda estivesse de férias.

Mikael começou cumprimentando a todos e desculpando-se por ter estado fora durante o ano.

— Nem Christer nem eu tivemos tempo de informar Erika sobre o que nos preocupa hoje, mas posso garantir que nesse assunto falo também em nome dela. Hoje vamos decidir o futuro da *Millennium*.

Fez uma pausa e deixou as palavras produzirem efeito. Ninguém fez perguntas.

— Este ano foi pesado. Estou surpreso de que nenhum de vocês tenha ido procurar emprego em outro lugar. Só posso concluir que vocês são ou completamente loucos ou excepcionalmente leais e que gostam de trabalhar na revista. Por isso vou botar as cartas na mesa e pedir uma última contribuição.

— Última contribuição? — espantou-se Monika Nilsson. — É como se você tivesse a intenção de fechar a *Millennium*.

— Isso mesmo — respondeu Mikael. — Quando voltar das férias, Erika convocará nós todos para uma triste reunião, na qual anunciará que a *Millennium* vai deixar de circular no Natal e que todos serão dispensados.

Desta vez, uma certa inquietação se espalhou no ar. Mesmo Christer Malm acreditou, por um segundo, que Mikael falava sério, antes de notar seu sorriso satisfeito.

— Durante este outono, vocês vão desempenhar um duplo papel. Devo dizer que o nosso caro secretário de redação, Janne Dahlman, andou passando informações nossas para Hans-Erik Wennerström. O que significa que o inimigo está sempre muito bem informado do que se passa aqui, e isso explica muitos dos reveses que sofremos neste ano. Sobretudo você, Sonny, pois alguns anunciantes que pareciam firmes se retiraram subitamente.

— Dahlman, aquele merda! Não me surpreende — disse Monika Nilsson.

Janne Dahlman nunca fora muito popular na redação e a revelação não chegou a chocar ninguém. Mikael interrompeu os murmúrios.

— Só estou contando isso porque tenho inteira confiança em vocês. Trabalhamos juntos há vários anos e sei que vocês têm a cabeça no lugar, por isso sei também que aceitarão participar desse jogo, não importa o que acontecer neste outono. É fundamental que Wennerström seja levado a acreditar que a *Millennium* está afundando. E o trabalho de vocês será fazê-lo acreditar nisso.

— Qual é a nossa verdadeira situação? — perguntou Henry Cortez.

— Resumindo: foi um período difícil para todos e ainda não estamos livres das dificuldades. Tudo levava a crer que a *Millennium* ia acabar. Mas garanto que isso não vai acontecer. A *Millennium* hoje está mais forte do que há um ano. Depois desta reunião, vou desaparecer novamente por dois meses. Lá pelo fim de outubro estarei de volta. Então cortaremos as asas de Hans-Erik Wennerström.

— De que maneira? — quis saber Cortez.

— Sinto muito, mas não posso revelar detalhes. Vou escrever uma nova história sobre Wennerström, só que desta vez faremos tudo direitinho. Então começaremos a preparar a festa de Natal da revista. Espero ter como prato principal do cardápio Wennerström assado e diversos críticos como sobremesa.

A descontração logo tomou conta do ambiente. Mikael se perguntou como estaria se sentindo se estivesse ali, sentado, escutando a si mesmo naquela mesa de reunião. Cético? Provavelmente. Mas parecia que ele contava com um capital de confiança entre os colaboradores da *Millennium*. Levantou a mão outra vez.

— Para que isso aconteça, é importante que Wennerström acredite que a *Millennium* está afundando. Não quero que ele monte uma campanha defensiva ou que elimine provas no último minuto. Por isso vamos traçar um roteiro para os próximos meses. Em primeiro lugar, é fundamental que nada do que discutimos aqui hoje seja registrado por escrito em e-mails ou comunicado a alguém fora desta sala. Não sabemos até que ponto Dahlman tem acesso aos nossos computadores, e descobri que é bastante fácil ler os e-mails particulares dos colaboradores. Portanto, faremos tudo verbalmente. Se nas próximas semanas quiserem discutir alguma coisa, falem com Christer na casa dele. Com extrema discrição.

Mikael escreveu numa lousa: *nenhuma mensagem eletrônica.*

— Em segundo lugar, vocês farão fofocas. Quero que comecem a me denegrir toda vez que Janne Dahlman estiver por perto. Não exagerem. Apenas dêem vazão ao ego naturalmente avacalhador de vocês. Christer, gostaria que você e Erika tivessem uma discussão séria. Usem a imaginação e guardem mistério sobre as razões, mas dêem a impressão de que a revista está rachando e que todos estão se indispondo uns contra os outros.

Ele escreveu *Avacalhem* na lousa.

— Em terceiro lugar: quando Erika voltar, você, Christer, a informará sobre a trama. Caberá a ela, em seguida, fazer Janne Dahlman acreditar que nosso acordo com o grupo Vanger, que nos mantém à tona no momento, afundou porque Henrik Vanger está gravemente doente e porque Martin Vanger morreu num acidente de carro.

Escreveu a palavra *Desinformação.*

— Então isso significa que o acordo é sólido? — perguntou Monika Nilsson.

— Pode acreditar em mim — disse Mikael sério. — O grupo Vanger está empenhado em que a *Millennium* sobreviva. Daqui a algumas semanas, digamos, no final de agosto, Erika convocará uma reunião para avisar das dispensas. É importante que todos entendam que é uma isca e que o único a desaparecer daqui será Janne Dahlman. Mas vocês precisam continuar fingindo. Comecem a dizer que estão procurando emprego e falem da referência ruim que a *Millennium* representa no currículo.

— E você acha que essa comédia vai salvar a *Millennium*? — perguntou Sonny Magnusson.

— Tenho certeza que sim. Sonny, quero que faça um relatório mensal fictício mostrando que a tendência dos anunciantes se inverteu nos últimos meses e que o número de assinantes caiu outra vez.

— Vai ser divertido — disse Monika. — Isso vai ficar só dentro da redação ou deixaremos vazar para outras mídias?

— Só dentro da redação. Se a história vazar, saberemos quem é o responsável. Se daqui a alguns meses alguém nos pedir explicações, poderemos simplesmente dizer: Não, meu velho, você ouviu boatos sem fundamento; de modo nenhum, nunca se falou em fechar a *Millennium.* O melhor que pode acontecer é Dahlman ventilar a informação para outras mídias. Então, ele é que passará por imbecil. Se puderem soprar a Dahlman uma história plausível mas completamente idiota, têm carta branca.

Passaram duas horas montando um roteiro e distribuindo o papel de cada um.

Depois da reunião, Mikael foi tomar um café com Christer Malm no Java, no centro da cidade.

— Christer, é muito importante que vá esperar Erika no aeroporto, para colocá-la a par da situação. Terá que convencê-la a jogar o jogo. Se eu bem a conheço, ela vai querer se confrontar com Dahlman imediatamente, mas isso não pode acontecer. Não quero que Wennerström suspeite de alguma coisa e dê sumiço nas provas.

— Certo.

— E diga a Erika que se mantenha longe do correio eletrônico até ter instalado o encriptador PGP e ter aprendido a utilizá-lo. É provável que, através de Dahlman, Wennerström esteja lendo todos os nossos e-mails internos. Quero que usem o PGP, você e todo mundo na redação. Como se fosse a coisa mais natural. Darei o nome de um técnico de informática, você vai chamá-lo e ele virá dar uma olhada na rede interna e nos computadores da redação. Deixe-o instalar o programa como se fosse um serviço normal.

— Farei o melhor possível. Mas diga, Mikael, o que você está tramando exatamente?

— Vou acabar com a carreira de Wennerström.

— De que maneira?

— Sinto muito, por enquanto é segredo. Só posso dizer que tenho informações sobre ele que farão nossa denúncia anterior parecer uma coisa à-toa.

Christer Malm pareceu incomodado.

— Sempre confiei em você, Mikael. Você não confia em mim?

Mikael riu.

— Claro que confio. Mas neste momento estou envolvido numa atividade criminosa muito séria, que pode me valer uns dois anos de prisão. É que os procedimentos da minha pesquisa são, por assim dizer, um pouco duvidosos... Utilizo métodos tão ilícitos quanto os de Wennerström. Não quero que nem você nem Erika nem ninguém da *Millennium* se envolva nisso.

— Você tem o dom de me deixar preocupado.

— Fique tranqüilo. E pode dizer a Erika que essa história vai repercutir. Muito.

— Erika vai querer saber o que você está tramando...

Mikael refletiu um segundo, depois sorriu.

— Diga a ela que, na última primavera, ela deixou muito claro para mim, quando assinou o contrato com Henrik Vanger à minha revelia, que eu não passava de um reles e mortal *freelancer*, sem lugar no conselho administrativo da revista e sem nenhuma influência na linha seguida pela *Millennium*. Isso também significa que não sou obrigado a informá-la de nada. Mas prometo que, se ela se comportar direitinho, vai ser a primeira a saber da história.

Christer deu uma risada.

— Ela vai ficar furiosa — comentou, divertido.

* * *

Mikael sabia muito bem que não dissera a verdade a Christer Malm: ele estava evitando Erika propositalmente. O normal teria sido avisá-la de imediato das informações de que dispunha. Mas Mikael não queria falar com ela. Chegou a digitar seu número uma dezena de vezes no celular. Sempre desistia.

Sabia qual era o problema: não podia olhá-la nos olhos.

Ter concordado em abafar o caso de Hedestad era jornalisticamente imperdoável. Ele não sabia como explicar isso sem mentir, e se havia uma coisa que nunca queria fazer era mentir para Erika Berger.

Além do mais, não tinha coragem de enfrentar esse problema e ao mesmo tempo atacar Wennerström. Assim adiou o confronto, desligou o celular e poupou-se de falar com ela. Sabia que era um descanso de curta duração.

Logo depois da reunião da redação, Mikael foi se instalar em sua cabana em Sandhamn, onde não punha os pés havia mais de um ano. Na bagagem, levou duas caixas de folhas impressas e os CDs que Lisbeth lhe dera. Fez provisões, trancou-se ali, abriu o notebook e pôs-se a escrever. Todos os dias saía para passear e aproveitava para comprar jornais e mantimentos. Ainda havia muitos veleiros no porto, e vários daqueles jovens que tinham pedido emprestado o barco do papai estavam, como sempre, enchendo a cara no Bar do Mergulhador. Alheio a tudo a sua volta, Mikael passava os dias na frente do computador, desde o momento em que abria os olhos até cair de cansaço à noite.

Mensagem eletrônica encriptada da diretora de publicação erika.berger@millennium.se ao editor licenciado mikael.blomkvist@millennium.se:

> [Mikael. Preciso saber o que está acontecendo — entenda, voltei de férias e caí em pleno caos. Primeiro fico sabendo o que Janne Dahlman andou fazendo, depois o jogo duplo que você bolou. Martin Vanger está morto. Harriet Vanger está viva. O que está havendo em Hedeby? Onde você está? Temos uma história para publicar? Por que não atende o celular? E.
>
> P. S. Entendi a sua alfinetada que Christer divertiu-se muito em me transmitir. Você me paga. Está zangado comigo de verdade?]

De mikael.blomkvist@millennium.se
A erika.berger@millennium.se:

[Oi, Ricky. Não, fique tranqüila, não estou zangado. Perdoe-me por não ter tido tempo de esclarecer as coisas para você, é que nos últimos meses minha vida virou uma montanha-russa. Contarei tudo quando nos virmos, mas não por e-mail. Agora estou em Sandhamn. Há uma história para ser publicada, mas não se trata de Harriet Vanger. Vou ficar aqui enfurnado por algum tempo. Até terminar, confie em mim. Bjs. M.]

De erika.berger@millennium.se
A mikael.blomkvist@millennium.se:

[Sandhamn? Vou aí te ver assim que eu puder.]

De mikael.blomkvist@millennium.se
A erika.berge@millennium.se:

[Não venha já. Espere algumas semanas, pelo menos até eu ter um texto consistente. Além disso, estou esperando uma visita.]

De erika.berger@millennium.se
A mikael.blomkvist@millennium.se:

[Certo, não vou impor a minha presença, claro. Mas tenho o direito de saber o que está acontecendo. Henrik Vanger tornou-se membro do conselho, mas ele não responde quando chamo. Se o acordo com Vanger deu em nada, você precisa me dizer. Não sei o que fazer. Preciso saber se a revista vai continuar ou não. Ricky.

P. S. Como ela se chama?]

De mikael.blomkvist@millennium.se
A erika.berger@millennium.se:

[Primeiro: fique tranqüila, Henrik não vai sair. Mas ele teve um infarto sério e só tem trabalhado poucas horas por dia, e suponho que o impacto causado pela morte de Martin e a ressurreição de Harriet absorveu todas as suas forças.

Segundo: a *Millennium* vai continuar. Estou trabalhando na reportagem mais importante da nossa vida e, quando a publicarmos, liquidaremos Wennerström de uma vez por todas.

Terceiro: minha vida está de pernas para o ar neste momento, mas entre mim, você e a *Millennium* nada mudou. Confie em mim. Bjs. Mikael.

P. S. Te apresentarei a ela assim que der. Você vai se surpreender.]

Quando Lisbeth Salander chegou a Sandhamn, foi recebida por um Mikael de olheiras e com uma barba de alguns dias. Ele a abraçou rapidamente e pediu que preparasse um café enquanto terminava uma passagem do texto.

Lisbeth deu uma olhada na cabana e percebeu quase imediatamente que se sentia bem ali. O chalezinho ficava junto a um pontão, com o mar a dois metros da porta. Media apenas seis metros por cinco, mas a construção tinha altura suficiente para um mezanino, ao qual se chegava por uma escada em caracol. Lisbeth podia ficar de pé ali, porém Mikael era obrigado a baixar um pouco a cabeça. Ela inspecionou a cama e constatou que era suficientemente larga para os dois.

A cabana tinha uma janela ampla que dava para o mar, bem ao lado da porta de entrada. A mesa da cozinha também servia como mesa de trabalho para Mikael. Na parede ao lado dela, havia uma pequena prateleira com um aparelho de CD e alguns discos de Elvis Presley e de *hard rock*, dois gêneros que ela não teria posto no topo da sua lista.

Num canto havia um aquecedor a lenha. O resto da mobília resumia-se a um grande armário embutido, para guardar roupas, lençóis e toalhas, e uma bancada de cozinha que prosseguia, separada por uma cortina, até uma pia e um chuveiro. Acima da bancada abria-se uma pequena janela. Sob a escada em caracol, Mikael montara um banheiro com vaso sanitário. Toda a cabana lembrava a cabine de um barco, com arranjos e compartimentos engenhosos.

Na sua investigação particular sobre Mikael Blomkvist, ela dissera que ele mesmo havia reformado a cabana e cuidado da decoração — dedução baseada no e-mail que um amigo de Mikael, impressionado com sua habilidade, lhe enviara após uma visita a Sandhamn. Tudo era limpo, modesto e simples, quase espartano. Ela entendeu por que gostava tanto daquela cabana.

Depois de duas horas, ela conseguiu distrair a atenção de Mikael do trabalho. Ele deixou o computador com ar frustrado, barbeou-se e levou-a para conhecer Sandhamn. O tempo estava chuvoso e ventava, e eles logo foram para o albergue. Mikael contou o que havia escrito, e Lisbeth lhe entregou um CD com informações atualizadas do PC de Wennerström.

Depois voltaram para a cabana, e no mezanino ela conseguiu despi-lo e distraí-lo ainda mais. Lisbeth despertou tarde da noite sozinha na cama e, ao dar uma espiada para baixo, o viu debruçado sobre o teclado. Ficou um bom tempo com a cabeça apoiada na mão, olhando-o. Ele parecia feliz e ela, por sua vez, sentiu-se estranhamente satisfeita com a vida.

Lisbeth só ficou cinco dias. Depois voltou a Estocolmo, atendendo a um chamado de Dragan Armanskij ao telefone, que, desesperado, a convocava para um novo trabalho. Dedicou a esse trabalho onze dias, fez seu relatório e regressou a Sandhamn. A pilha de folhas impressas ao lado do notebook de Mikael crescera.

Desta vez ficou quatro semanas. Eles acabaram criando uma espécie de rotina. Levantavam-se às oito e tomavam o café-da-manhã juntos por uma hora. A seguir, Mikael trabalhava intensamente até depois do meio-dia quando, então, saíam para passear e conversar. Lisbeth passava a maior parte do dia na cama lendo livros ou navegando na internet pelo modem ADSL de Mikael. Evitava perturbá-lo durante o dia. Jantavam bem tarde e somente então Lisbeth tomava a iniciativa e o forçava a subir até o mezanino, onde queria todo tipo de atenção dele.

Lisbeth tinha a impressão de viver as primeiras férias de sua vida.

Mensagem eletrônica encriptada de erika.berger@millennium.se a mikael.blomkvist@millennium.se:

[Oi, Mikael. É oficial agora. Janne Dahlman pediu demissão e começa a trabalhar no *Finansmagasinet Monopol* dentro de três semanas. Segui suas instruções, não disse nada e todos estão representando a farsa. E.

P. S. De qualquer maneira, todos estão se divertindo um bocado. Outro dia, Henry e Lotta trocaram injúrias a ponto de quase se agredir. Levaram a brincadeira tão longe com Dahlman que me espanta ele não ter sacado que era um blefe.]

De mikael.blomkvist@millennium.se
A erika.berger@millennium.se:

[Deseje-lhe boa sorte e deixe-o ir embora. Mas guarde a prataria num armário fechado a chave. Bjs. M.]

De erika.berger@millennium.se
A mikael.blomkvist@millennium.se:

[Estou sem secretário de redação a duas semanas de sair o próximo número e meu repórter investigativo está recolhido em Sandhamn e se recusa a falar comigo. Micke, ponho-me de joelhos. Será que pode nos ajudar? Erika.]

De mikael.blomkvist@millennium.se
A erika.berger@millennium.se:

[Agüente mais algumas semanas, e aí chegaremos a um porto tranqüilo. E comece a preparar o número de dezembro, que será diferente de tudo o que já publicamos. Meu texto ocupará cerca de quarenta páginas da revista. M.]

De erika.berger@millennium.se
A mikael.blomkvist@millennium.se:

[Quarenta páginas!!! Você ficou louco?]

De mikael.blomkvist@millennium.se
A erika.berger@millennium.se:

[Será uma edição temática. Preciso de mais três semanas. Será que você pode: (1) criar uma estrutura editorial em nome da *Millennium*, (2) conseguir um número ISBN, (3) pedir a Christer a criação de um belo logotipo para nossa nova editora e (4) encontrar uma boa gráfica que possa lançar um livro de bolso rápido e barato? Aliás, precisaremos de dinheiro para os custos de impressão do nosso primeiro livro. Bjs. Mikael.]

De erika.berger@millennium.se
A mikael.blomkvist@millennium.se:

[Edição temática. Editora. Custos de impressão. Às suas ordens, meu comandante. Que mais quer que eu faça? Dançar nua na Slussplan? E.

P. S. Suponho que saiba o que está fazendo. Mas o que eu faço com Dahlman?]

De mikael.blomkvist@millennium.se
A erika.berger@millennium.se:

[Não faça nada com Dahlman. Deixe-o ir embora. O *Monopol* não sobreviverá por muito tempo. Arranje substitutos para esse número. E contrate um novo secretário de redação, pelo amor de Deus! M.

P. S. Gostaria muito de te ver dançar nua na Slussplan.]

De erika.berger@millennium.se
A mikael.blomkvist@millennium.se:

[Para o *strip-tease* em público, não conte comigo. Mas sempre fizemos as contratações juntos. Ricky.]

De mikael.blomkvist@millennium.se
A erika.berger@millennium.se:

[Sempre estivemos de acordo sobre a pessoa a contratar. E continuaremos de acordo, seja quem for que você contrate. Vamos encurralar Wennerström. A história toda é essa. Mas deixe-me terminá-la em paz. M.]

No começo de outubro, Lisbeth Salander leu um pequeno artigo que encontrou no *site* do *Hedestads-Kuriren*, e informou Mikael. Isabella Vanger havia falecido após uma breve doença. Sua morte era lamentada pela filha, Harriet Vanger, que recentemente voltara da Austrália.

Mensagem eletrônica encriptada de erika.berger@millennium.se a mikael.blomkvist@millennium.se.

[Oi, Mikael.

Harriet Vanger passou hoje na redação para me ver. Telefonou cinco minutos antes de chegar e me pegou totalmente desprevenida. Uma bela mulher, muito elegante e de olhar frio.

Veio anunciar que participaria do conselho administrativo no lugar de Martin Vanger, que estava substituindo Henrik. Mostrou-se cortês, amável, e me garantiu que o grupo Vanger não tem nenhuma intenção de abandonar nosso acordo; ao contrário, a família apóia os compromissos de Henrik com a revista. Pediu para ver a redação e quis saber como estavam as coisas.

Eu disse a verdade. Que tenho a impressão de estar andando sobre areia movediça, que você me proibiu de ir a Sandhamn e que eu não sei sobre o que você está escrevendo, a não ser que espera encurralar Wennerström. (Acho que eu podia dizer isso. Afinal, ela faz parte do conselho.) Ela levantou uma sobrancelha, sorriu e perguntou se eu tinha dúvidas sobre o seu êxito. Como responder a essa pergunta? Eu disse que estaria bem mais calma se soubesse o que você está tramando. E que evidentemente confio em você, mas que você me deixa louca!

Perguntei se ela sabia o que você está escrevendo. Ela respondeu que não, mas acrescentou que o achava muito perspicaz, com uma maneira de refletir inovadora (palavras dela).

Eu também disse ter concluído que algo de dramático havia acontecido em Hedestad no passado, e que estava muito curiosa para saber mais. Ela respondeu que eu e você parecíamos ter uma relação especial e que você me contaria tudo assim que tivesse tempo. Depois me perguntou se podia confiar em mim. O que eu podia dizer? Ela faz parte do conselho da *Millennium* e você não me deu nenhuma informação para que eu pudesse estabelecer uma conduta nesse caso.

Então ela disse uma coisa estranha: me pediu que eu não julgasse nem a ela nem a você com demasiada severidade. Que tinha uma dívida de gratidão com você e que gostaria muito de que ela e eu fôssemos amigas. E prometeu me contar a história oportunamente, se você não contasse. Acho que gosto muito dela, mas não sei muito bem se posso confiar. Erika.

P. S. Sinto sua falta. Tenho a impressão de que aconteceu algo terrível em Hedestad. Christer disse que você está com uma marca estranha — de estrangulamento? — no pescoço.]

De mikael.blomkvist@millennium.se
A erika.berger@millennium.se:

[Oi, Ricky. A história de Harriet é tão triste, tão lamentável, que você nem vai acreditar. Seria melhor que ela mesma te contasse. De minha parte, coloquei-a um pouco de lado na minha cabeça.

Mas pode confiar em Harriet Vanger, eu garanto. Ela é sincera quando diz ter uma dívida de gratidão comigo, e pode crer que ela nunca fará nada que possa prejudicar a *Millennium*. Se gosta dela, seja sua amiga; se não gosta, deixe pra lá. Mas ela merece respeito. É uma mulher que passou por duras provas e sinto uma grande simpatia por ela. M.]

No dia seguinte, Mikael recebeu mais um e-mail.

De harriet.vanger@vangerindustries.com
a mikael.blomkvist@millennium.se:

[Oi, Mikael. Há semanas venho tentando encontrar uma horinha para te dar notícias, mas o tempo passa rápido. Você saiu tão depressa de Hedeby que nem pude me despedir.

Desde que voltei à Suécia, estou soterrada por uma quantidade de impressões e por muito trabalho. As empresas Vanger estão um caos só, e trabalhei duro com Henrik para pôr ordem nos negócios. Ontem visitei a *Millennium*; daqui em diante representarei Henrik no conselho. Ele me descreveu em detalhe a situação da revista e a sua.

Espero que aceite me ver desembarcar assim. Se não me quer no conselho (ou a alguém mais da família), vou entender, mas garanto que farei tudo para servir a *Millennium*. Tenho uma enorme dívida com você e asseguro que minhas intenções serão sempre as melhores. Conheci sua amiga Erika Berger. Não sei muito bem qual foi a opinião dela a meu respeito e fiquei surpresa de que não tenha contado a ela o que aconteceu.

Quero muito ser sua amiga. Se está disposto, é claro, a freqüentar os membros da família Vanger. Um abraço. Harriet.

P. S. Erika deu a entender que você pretende atacar novamente Wennerström. Dirch Frode me contou como Henrik te levou na conversa. Que posso dizer? Apenas que sinto muito. Se houver algo que eu possa fazer, diga-me.]

De mikael.blomkvist@millennium.se
A harriet.vanger@vangerindustries.com

[Oi, Harriet. Desapareci de repente de Hedeby e neste momento estou trabalhando no que deveria ter feito este ano. Você será informada antes de o texto ir para a impressão, mas acho que posso adiantar que os problemas deste último ano logo vão terminar.

Espero que você e Erika se tornem amigas e evidentemente não há problema nenhum de você "desembarcar" no conselho da *Millennium*. Vou contar o que aconteceu a Erika. Só que neste momento não tenho disposição nem tempo, ainda gostaria de manter uma certa distância.

Continuamos em contato. Um abraço. Mikael.]

Lisbeth não mostrava muito interesse pelo que Mikael estava escrevendo. Ela levantou a cabeça do seu livro. Mikael acabara de dizer algo que ela não ouvira. Pediu que ele repetisse.

— Desculpe. Estava pensando em voz alta. Eu dizia que é o cúmulo.

— O que é o cúmulo?

— Wennerström teve um caso com uma servente de vinte e dois anos que ele engravidou. Não leu a correspondência dele com o advogado?

— Querido Mikael, existem dez anos de correspondências, e-mails, contratos, relatórios de viagens e não sei mais o que no disco rígido. O seu Wennerström não me fascina a ponto de eu querer guardar na cabeça seis gigas de bobagens. Li uma parte ínfima, apenas para satisfazer a minha curiosidade, e foi o suficiente para entender que esse cara é um gângster.

— Concordo. Mas escute isso: ele a engravidou em 1997. Quando ela exigiu uma compensação, os advogados de Wennerström despacharam alguém para convencê-la a abortar. Suponho que a intenção era oferecer-lhe dinheiro, mas ela não aceitou. Então a persuasão tomou outro caminho: um capanga qualquer manteve a cabeça dela mergulhada numa banheira até que aceitasse deixar Wennerström em paz. E esse advogado idiota do Wennerström escreveu isso num e-mail! Encriptado, é verdade, mas mesmo assim... O nível de inteligência dessa gente é muito baixo.

— O que aconteceu com a moça?

— Abortou. Wennerström ficou satisfeito.

Lisbeth Salander não disse nada durante dez minutos. Seus olhos ficaram de repente sombrios.

— Mais um homem que odiava as mulheres — murmurou enfim. Mikael não a ouviu.

Ela pegou os CDs e passou os dias seguintes vasculhando o correio eletrônico de Wennerström, assim como outros documentos. Enquanto Mikael continuava seu trabalho, Lisbeth estava no mezanino com seu Powerbook sobre os joelhos, refletindo sobre o estranho império Wennerström.

Ocorrera-lhe um pensamento curioso, do qual agora não conseguia mais se afastar. Antes de mais nada, perguntou-se por que não havia tido essa idéia antes.

Num dia de fins de outubro, Mikael imprimiu a última página e desligou o computador por volta das onze da manhã. Sem uma palavra, subiu até o mezanino e entregou a Lisbeth uma pilha de papéis. Depois foi dormir. Ela o despertou no final da tarde e passou-lhe suas observações.

Pouco depois das duas da manhã, Mikael fez uma última correção no texto.

No dia seguinte, fechou as janelas da cabana e trancou a porta. As férias de Lisbeth haviam terminado. Voltaram juntos para Estocolmo.

Antes de chegar a Estocolmo, Mikael precisava conversar com Lisbeth sobre uma questão delicada. Entrou no assunto quando tomavam café na balsa de Vaxholm.

— A questão é o que devo contar a Erika. Ela vai se recusar a publicar isto se eu não explicar como obtive as informações.

Erika Berger! A amante de Mikael há muitos anos e sua chefe. Lisbeth nunca a vira e não tinha muita certeza se queria vê-la. Erika Berger era um ligeiro aborrecimento em sua vida.

— O que ela sabe de mim?

— Nada. — Ele suspirou. — Venho evitando Erika desde o verão. Não consegui contar a ela o que houve em Hedestad porque estou muito envergonhado. Ela está frustrada com a pouca informação que lhe dei. Sabe, evidentemente, que me recolhi em Sandhamn para escrever esse texto, mas não faz idéia do seu conteúdo.

— Humm.

— Daqui a algumas horas ela estará com o texto nas mãos e vai me encher de perguntas. A questão é: o que devo dizer a ela?

— O que você tem vontade de dizer?

— A verdade.

Uma ruga surgiu entre as sobrancelhas de Lisbeth.

— Escute, Lisbeth: eu e Erika discutimos o tempo todo, isso já é um hábito nosso. Mas temos uma confiança ilimitada um no outro. Ela é absolutamente confiável. Você é uma fonte. Ela preferiria morrer a traí-la.

— E a quem mais você vai precisar contar?

— A ninguém mais. Nós dois levaremos isso para o túmulo. Se você se opuser, não revelarei o segredo a ela. Contudo, não tenho a intenção de mentir para Erika e de inventar uma fonte.

Lisbeth refletiu até a balsa atracar ao pé do Grande Hotel. *Análise das conseqüências.* Com relutância, ela acabou permitindo que Mikael a apresentasse a Erika. Ele ligou o celular e chamou.

Erika recebeu o telefonema de Mikael em meio a um almoço profissional com Malu Eriksson, que ela pretendia contratar como secretária de redação. Malu tinha vinte e nove anos e havia trabalhado como substituta durante cinco anos. Nunca teve emprego fixo e começava a perder as esperanças de encontrar um. Nenhum anúncio havia sido feito para o cargo; Erika entrou em contato com Malu através de um velho colega jornalista. Chamou-a no mesmo dia em que Malu terminava uma substituição, para saber se lhe interessava um bico na *Millennium*.

— É apenas por três meses — disse Erika. — Mas, se der certo, posso vir a contratá-la.

— Ouvi boatos de que a *Millennium* em breve vai fechar.

— Não acredite em boatos.

— Esse Dahlman que devo substituir... — Malu hesitou. — Ele vai para um dos jornais de Hans-Erik Wennerström...

Erika assentiu com a cabeça.

— Não é segredo para ninguém nesse meio que estamos em litígio com Wennerström. Ele não gosta de pessoas que trabalham na *Millennium*.

— Isso significa que, se eu aceitar o cargo, também vou ser incluída nessa categoria.

— É muito provável que sim.

— Mas Dahlman conseguiu trabalho no *Finansmagasinet*...

— Pode-se dizer que é a retribuição de Wennerström pelos serviços prestados por Dahlman. Ainda está interessada?

Malu refletiu um instante e depois assentiu com a cabeça.

— Quer que eu comece quando?

Foi nesse momento que Mikael Blomkvist chamou, interrompendo a entrevista de contratação.

Erika utilizou as próprias chaves para abrir a porta do apartamento de Mikael. Era a primeira vez, desde a breve aparição dele no final de junho, que ela o encontrava. Entrou na sala e viu uma jovem de uma magreza anoréxica sentada no sofá, vestindo uma jaqueta de couro gasto e com os pés apoiados na mesinha de centro. A princípio, deu uns quinze anos à moça, até ver seus olhos. Contemplava essa aparição quando Mikael chegou trazendo café e biscoitos.

Mikael e Erika se examinaram.

— Desculpe meu comportamento estranho — disse Mikael.

Erika inclinou a cabeça para o lado. Alguma coisa havia mudado em Mikael. Parecia mais sofrido, mais magro. Seus olhos estavam envergonhados, e por um breve segundo ele evitou o olhar dela. Erika olhou para o pescoço, onde se via uma mancha amarelada, pálida mas muito distinta.

— Andei evitando você. É uma longa história e não estou muito orgulhoso do meu papel nela. Mas falaremos disso mais tarde... Agora, gostaria de apresentá-la a essa jovem. Erika, essa é Lisbeth Salander. Lisbeth, Erika Berger é a diretora de publicação da *Millennium* e minha melhor amiga.

Lisbeth observou as roupas elegantes e a aparência segura de Erika, e em menos de dez segundos concluiu que ela não seria sua melhor amiga.

A reunião durou cinco horas. Erika telefonou duas vezes para desmarcar outras reuniões. Dedicou uma hora à leitura de algumas partes do texto que Mikael lhe pôs nas mãos. Tinha mil perguntas a fazer, mas percebeu que levaria semanas antes de obter uma resposta. O importante era o texto, que ela acabou colocando a seu lado. Se uma parte mínima daquelas afirmações fosse correta, eles estavam diante de uma situação totalmente nova.

Erika olhou para Mikael. Nunca duvidara da honestidade dele, mas bastou um segundo para sentir uma vertigem e se perguntar se o caso Wennerström não teria afetado a mente dele — se não o fizera imaginar coisas. No mesmo instante, Mikael lhe mostrou duas caixas cheias de dados impressos. Erika empalideceu. Naturalmente quis saber como havia obtido aquele material.

Foi preciso um bom tempo para convencê-la de que a estranha jovem, que ainda não pronunciara uma só palavra, tinha acesso irrestrito ao computador de Hans-Erik Wennerström. E não só isso: também havia pirateado vários dos computadores de seus advogados e colaboradores próximos.

A reação natural de Erika foi dizer que eles não podiam utilizar esse material, pois fora obtido por meios ilícitos.

Mas isso não era um empecilho. Mikael lembrou-a de que eles não eram obrigados a declarar como haviam obtido as informações. Podiam muito bem contar com uma fonte que tivera acesso ao computador de Wennerström e copiara seu disco rígido em alguns CDs.

Erika logo se deu conta da arma que tinha nas mãos. Sentia-se exausta e gostaria de fazer algumas perguntas, mas não sabia por onde começar. Por fim, deixou-se cair no sofá e balançou a cabeça.

— Mikael, o que aconteceu em Hedestad?

Lisbeth Salander levantou vivamente a cabeça. Mikael ficou em silêncio por um longo tempo. Respondeu fazendo outra pergunta.

— Como está se entendendo com Harriet Vanger?

— Bem, eu acho. Estive com ela duas vezes. Christer e eu fomos a Hedestad na semana passada para uma reunião do conselho administrativo. Exageramos um pouco no vinho, ficamos bem embriagados.

— E como foi a reunião?

— Harriet cumpre suas promessas.

— Ricky, sei que você está frustrada de ver que estou me esquivando e inventando pretextos para não falar. Nunca tivemos segredos um para o outro e, de repente, tenho seis meses da minha vida que... não consigo te contar.

Erika olhou Mikael bem nos olhos. Conhecia-o de cor, mas o que viu em seus olhos era algo completamente novo. Ele parecia suplicar, implorar que ela não perguntasse. Ela abriu a boca e olhou para ele totalmente desamparada. Lisbeth observava essa conversa muda com um olhar neutro. Não se intrometeu.

— Foi tão catastrófico assim?

— Pior. Tenho medo dessa conversa. Prometo te contar, mas passei vários meses reprimindo meus sentimentos e deixando meu interesse se voltar todo para Wennerström... Ainda não estou inteiramente preparado. Preferiria que Harriet tivesse te contado.

— O que são essas marcas no pescoço?

— Lisbeth salvou a minha vida. Se não fosse ela, eu estaria morto agora.

Erika arregalou os olhos. Ela olhou a moça da jaqueta de couro.

— E agora você precisa fazer um acordo com ela. Ela é a nossa fonte.

Erika ficou imóvel durante um bom tempo, refletindo. Então fez uma coisa que desconcertou Mikael e chocou Lisbeth, e que surpreendeu a ela própria também. O tempo todo em que estivera junto à mesa da sala de Mikael, ela sentira o olhar de Lisbeth Salander. Uma moça taciturna com vibrações hostis.

Erika levantou-se, contornou a mesa e tomou Lisbeth nos braços. Lisbeth defendeu-se como uma minhoca sendo enfiada num anzol.

29. SÁBADO 1º DE NOVEMBRO — TERÇA-FEIRA 25 DE NOVEMBRO

Lisbeth Salander navegava no ciberimpério de Hans-Erik Wennerström. Estava grudada à tela do computador havia mais de onze horas. A idéia vaga que se materializara num canto inexplorado de seu cérebro, na última semana em Sandhamn, transformara-se numa atividade obsessiva. Durante quatro semanas, isolou-se em seu apartamento e ignorou todos os chamados de Dragan Armanskij. Passou de doze a quinze horas por dia na frente do monitor e, no resto do tempo em que estava acordada, pensava no mesmo problema.

Ao longo do mês, teve contatos esporádicos com Mikael Blomkvist; ele estava tão obcecado e ocupado quanto ela com seu trabalho na redação da *Millennium*. Duas ou três vezes por semana conversavam por telefone e ela o mantinha continuamente informado sobre a correspondência de Wennerström e de seus outros negócios.

Pela centésima vez, repassou cada detalhe. Não temia ter esquecido alguma coisa, mas não estava certa de haver entendido o que reunia todas aquelas conexões complexas.

O império Wennerström, tão badalado na mídia, era um organismo vivo, informe, pulsante, que não parava de mudar de aparência. Consistia em títulos, ações, parcerias, juros de empréstimos, juros de receita, hipotecas, contas, transferências e uma série de outras operações. Uma parte imensa dos ativos estava aplicada em empresas-fantasmas imbricadas umas nas outras.

As análises mais entusiasmadas dos economistas calculavam o valor do grupo Wennerström em mais de novecentos bilhões de coroas. Era um blefe, ou pelo menos um número muito exagerado. Mas Wennerström certamente não tinha do que se queixar. Lisbeth Salander calculou os verdadeiros recursos em noventa ou mesmo cem bilhões de coroas, o que também não era pouco. Um exame sério do grupo exigiria anos. Ao todo, Salander identificou cerca de três mil contas e ativos bancários diferentes no mundo inteiro. Wenneström dedicava-se à fraude em tão grande escala que não se tratava mais de crime, e sim de negócios.

Em alguma parte desse organismo wennerströmiano, havia também substância. Três fundos apareciam continuamente na hierarquia. Os ativos suecos eram inatacáveis e autênticos e estavam disponíveis para o exame de todos, com balanços e auditorias. A atividade americana era sólida, e um banco em Nova York servia de base para a movimentação de todo o dinheiro. Mas o interessante da história eram as empresas-fantasmas em cantos do mundo como Gibraltar, Chipre e Macau. Wennerström era como um bazar onde se praticava o tráfico de armas, a lavagem de dinheiro de empresas suspeitas na Colômbia e de negócios muito pouco ortodoxos na Rússia.

Uma conta anônima nas ilhas Caimãs tinha uma particularidade: era controlada pessoalmente por Wennerström e não estava conectada às demais empresas. Algumas frações de milésimo de cada negócio feito por Wennerström pingava o tempo todo na conta das ilhas Caimãs através das empresas-fantasmas.

Salander trabalhava como que hipnotizada. Contas — *clique* — e-mails — *clique* — balanços — *clique*. Anotou as últimas transferências. Acompanhou a trajetória de uma pequena transação do Japão a Cingapura, depois para as ilhas Caimãs através de Luxemburgo. Percebeu seu funcionamento. Ela era como uma parte dos impulsos do ciberespaço. Minúsculas mudanças. O último e-mail, uma breve mensagem que tratava de uma questão acessória, fora enviado às dez da noite. O programa de encriptação PGP era uma piada para ela, que parasitava o computador. Leu claramente a mensagem:

[Berger parou de correr atrás de anúncios. Ela desistiu ou tem outra coisa no bolso? O informante na redação confirmou que eles estão em queda livre, mas parece que contrataram alguém. Informe-se sobre o que está havendo. Blomkvist passou as últimas semanas escrevendo como um louco em Sandhamn, mas ninguém sabe o quê. Ele apareceu na redação há poucos dias. Pode me conseguir as provas do próximo número? HEW.]

Nada de dramático. Ele que fique matutando. — *Você já tá fodido, meu caro!*

Às cinco e meia ela se desconectou, desligou o computador e procurou outro maço de cigarros. Havia bebido cinco Cocas durante a noite, foi pegar uma sexta e instalou-se no sofá. Vestia só calcinha e camiseta de camuflagem desbotada da Soldier of Fortune Magazine, com os dizeres: *Kill them all and let God sort them out.* Começou a sentir frio e pegou uma manta para se cobrir.

Sentia-se meio chapada, como se tivesse ingerido algum entorpecente. Fixou o olhar numa lâmpada diante da janela e ficou sem se mexer enquanto seu cérebro trabalhava sob pressão. Mamãe — *clique* — irmãzinha — *clique* — Mimmi — *clique* — Holger Palmgren. Evil Fingers. E Armanskij. O trabalho. Harriet Vanger. *Clique.* Martin Vanger. *Clique.* O taco de golfe. *Clique.* Dr. Nils Bjurman. *Clique.* Um monte de detalhes que ela não conseguia esquecer nem se tentasse.

Perguntou-se se Bjurman ainda estaria se despindo diante de uma mulher e, nesse caso, como estaria explicando a tatuagem na barriga. E como faria para não tirar a roupa da próxima vez que fosse ao médico.

E depois Mikael Blomkvist. *Clique.*

Ela o considerava um homem bom, em alguns momentos com um complexo de primeiro aluno da classe um pouco exagerado. E, infelizmente, de uma ingenuidade insuportável em algumas questões morais elementares. Ele tinha uma natureza indulgente e pronta a perdoar, que buscava explicações e desculpas psicológicas para as atitudes dos outros e que jamais entenderia que as feras deste mundo só conhecem uma linguagem. Ela sentia quase um desconfortável instinto de proteção quando pensava nele.

Não se lembrou em que momento adormeceu, mas despertou às nove da manhã seguinte com torcicolo, a cabeça apoiada de mau jeito na parede atrás do sofá. Foi cambaleando para o quarto e voltou a dormir.

* * *

Sem dúvida nenhuma, era a reportagem da vida deles. Pela primeira vez em um ano e meio, Erika estava feliz como só pode estar um proprietário de veículo que tem um furo sensacional no forno. Ela revisava uma última vez o texto com Mikael, quando Lisbeth Salander o chamou no celular.

— Esqueci de te dizer que Wennerström está começando a se preocupar com o que você andou escrevendo nesse tempo e pediu as provas do próximo número.

— Como é que você soube... Ah, esqueça! Tem idéia do que ele pretende fazer?

— Não. Apenas uma suposição lógica.

Mikael refletiu alguns instantes.

— A gráfica! — exclamou.

Erika levantou as sobrancelhas.

— Se o pessoal da redação ficou mesmo de boca fechada, não há muitas outras possibilidades. A menos que um dos capangas dele faça uma visita noturna à redação.

Mikael virou-se para Erika.

— Arranje outra gráfica para a próxima edição. Agora. E ligue para Dragan Armanskij: quero vigias noturnos para a semana que vem.

Ligou de volta para Lisbeth.

— Obrigado, Sally.

— Isso vale quanto?

— O que quer dizer?

— A informação, quanto vale?

— Quanto quer?

— Gostaria que discutíssemos isso tomando um café. Agora.

Encontraram-se no Bar-Café na Hornsgatan. Salander tinha um ar tão sério que Mikael, ao sentar-se no banquinho ao lado dela, sentiu uma certa inquietação. Como sempre, ela foi direto ao ponto.

— Preciso de um dinheiro emprestado.

Mikael exibiu um de seus sorrisos mais retardados e puxou a carteira.

— Claro. Quanto quer?

— Cento e vinte mil coroas.

— Uau! — Repôs a carteira no bolso. — Não tenho tanto assim comigo.

— Não estou brincando. Preciso de um empréstimo de cento e vinte mil coroas por... digamos, seis semanas. Surgiu uma oportunidade de investimento, mas não tenho a quem recorrer. Você tem uma conta com cento e quarenta mil coroas no momento. Devolverei o dinheiro.

Mikael não comentou nada sobre Lisbeth ter quebrado o sigilo bancário de sua conta e descoberto quanto dinheiro ele tinha. Ele acessava o banco pela internet e a resposta era evidente.

— Não precisa me pedir dinheiro emprestado — ele respondeu. — Ainda não discutimos a sua parte, mas ela é bem maior do que esse empréstimo que está querendo.

— Que parte?

— Sally, tenho honorários insanos para receber de Henrik Vanger e vamos acertar isso no final do ano. Sem você eu estaria morto e a *Millennium* teria afundado. Pretendo dividir meu pagamento com você. Meio a meio.

Lisbeth Salander o examinou com o olhar. Havia uma ruga em sua testa. Mikael já estava se habituando com essas pausas silenciosas. Por fim ela balançou a cabeça.

— Não quero o seu dinheiro.

— Mas...

— Não quero uma única coroa. — Ela sorriu de esguelha, de repente. — A menos que elas venham sob a forma de um presente de aniversário.

— Agora é que me dei conta que não sei quando é o seu aniversário.

— O jornalista é você. Descubra.

— Sinceramente, Sally, estou falando sério quando digo que quero dividir o dinheiro com você.

— Eu também estou falando sério. Não quero o seu dinheiro. Quero as cento e vinte mil coroas emprestadas, e preciso delas para amanhã.

Mikael Blomkvist calou-se. *Ela nem quer saber qual é o valor da sua parte.*

— Sally, irei hoje ao banco com você e emprestarei o que você me pede. Mas no fim do ano teremos uma outra conversa sobre a sua parte. — Ele levantou a mão. — Por falar nisso, quando é o seu aniversário?

— Trinta de abril — ela respondeu. — Não é perfeito? Sempre saio com uma vassoura entre as pernas para festejar com as feiticeiras a noite de santa Walpurgis.

Ela aterrissou em Zurique às sete e meia da noite e tomou um táxi até o hotel Matterhorn. Havia feito uma reserva sob o nome de Irene Nesser e apresentou um passaporte norueguês com esse nome. Irene Nesser tinha cabelos louros um pouco compridos. Ela comprara a peruca em Estocolmo e utilizara dez mil coroas do empréstimo de Mikael Blomkvist para adquirir dois passaportes através de seus contatos obscuros com a rede internacional de Praga.

Subiu para o seu quarto, trancou a porta e se despiu. Estendeu-se na cama e ficou olhando para o teto do quarto, cuja diária era de mil e seiscentas coroas. Sentiu-se vazia. Já havia gasto a metade da quantia que Mikael emprestara e, embora tivesse juntado o que tinha em sua própria poupança, seu orçamento era estreito. Parou de pensar e adormeceu imediatamente.

Despertou pouco depois das cinco da manhã. Primeiro tomou um banho e depois passou um bom tempo camuflando a tatuagem do pescoço com uma espessa camada de base e pó. O segundo item da lista era uma hora marcada num salão de beleza, no saguão de um hotel consideravelmente bem mais caro, às seis e meia. Comprou mais uma peruca loura, com franja reta, depois foi à manicure para aplicar falsas unhas vermelhas sobre suas unhas roídas, falsos cílios, mais pó, *blush*, batom e outros embelezamentos. Custo: um pouco mais de oito mil coroas.

Pagou com um cartão de crédito de Veronica Sholes e apresentou como identidade um passaporte inglês com esse nome.

A parada seguinte foi na Camille's House of Fashion, cento e cinqüenta metros adiante. Uma hora depois, saiu vestida com botas pretas, saia cor de areia combinando com a blusa, casaco curto e boina. Apenas peças caras, de grife. Teve o cuidado de deixar que a vendedora escolhesse as roupas. Comprou ainda uma luxuosa maleta de couro e uma bolsa de mão Samsonite. Para completar, brincos discretos e uma corrente de ouro ao redor do pescoço. O cartão de crédito acusou um débito de quarenta e quatro mil coroas.

Pela primeira vez na vida, Lisbeth Salander tinha também um busto que, quando se olhou no espelho da porta, a fez perder a respiração. Os seios eram tão falsos como a identidade de Veronica Sholes. Eram de borracha e tinham sido comprados numa loja de Copenhague freqüentada por travestis.

Lisbeth Salander estava pronta para o combate.

Pouco depois das nove, ela caminhou duas quadras até o respeitável hotel Zimmertal, onde reservara um quarto em nome de Veronica Sholes. Deu o equivalente a cem coroas de gorjeta a um rapaz que carregou a maleta que acabara de comprar e onde estava sua sacola de viagem. A suíte era pequena e a diária era de apenas vinte e duas mil coroas. Ela fizera a reserva para uma noite. Quando ficou sozinha, olhou ao redor. A janela oferecia uma vista esplêndida para o lago de Zurique, o que não a interessou nem um pouco. Passou os cinco minutos seguintes examinando-se, de olhos arregalados, num espelho. Via uma pessoa totalmente diferente. Veronica Sholes, de peitos generosos e cabelos com franja reta, tinha mais maquiagem no rosto que a que Lisbeth usaria em um mês. Ela parecia... diferente.

Às nove e meia, desceu ao bar do hotel para tomar o café-da-manhã, que consistiu em duas xícaras de café e um *bagel* com geléia. Custo: duzentas e dez coroas. *Mas não são mesmo doidas as pessoas que pagam isso?*

Pouco antes das dez da manhã, Veronica Sholes pousou sua xícara de café na mesa, pegou seu telefone celular e digitou um número que a conectava ao Havaí. Depois de três chamadas, ouviu um sinal que confirmava a conexão via modem. Veronica Sholes respondeu digitando um código de seis algarismos no celular e enviou uma mensagem de texto com a instrução para que fosse aberto um programa que Lisbeth Salander havia preparado exatamente para essa finalidade.

Em Honolulu, o programa foi acionado num site anônimo de um servidor formalmente situado na universidade. O programa era simples. Sua única função consistia em enviar instruções que abriam outro programa em outro servidor, no caso um site comercial muito conhecido que oferecia serviços pela internet na Holanda. Esse programa, por sua vez, tinha como tarefa procurar o disco rígido espelhado de Hans-Erik Wennerström e assumir o comando do programa que gerenciava o conteúdo de mais de três mil contas bancárias no mundo inteiro.

Somente uma apresentava algum interesse. Lisbeth Salander observara que Wennerström verificava essa conta duas ou três vezes por semana. Se ele fosse buscar justamente esse arquivo em seu computador, tudo pareceria normal. O programa assinalava pequenas mudanças esperadas, calculadas segundo a evolução da conta nos últimos seis meses. Se Wennerström entrasse na conta nas próximas quarenta e oito horas e emitisse ordens de pagamento ou de transferência, o programa registraria obedientemente esses pedidos. Mas na verdade a mudança ocorreria apenas no disco rígido espelhado na Holanda.

Veronica Sholes desligou seu celular no momento em que ouviu quatro breves sinais confirmando que o programa fora acionado.

Ela deixou o Zimmertal e foi até o Bank Hauser General, em frente ao hotel, onde havia marcado um encontro com um certo Herr Wagner, diretor, às dez da manhã. Chegou três minutos antes e utilizou esse tempo de espera para ficar bem em frente à câmera de segurança, que a fotografou quando ela se dirigiu às salas de consultas privadas.

— Estou precisando de ajuda para algumas transações — disse Veronica Sholes num impecável inglês de Oxford. Quando abriu sua pasta de documentos, deixou cair sem querer uma caneta com o logotipo do hotel Zimmertal, que indicava que ela estava hospedada lá. O diretor Wagner gentilmente pegou a caneta e lhe devolveu. Ela lançou-lhe um sorriso malicioso e anotou o número da conta num bloco colocado à sua frente na mesa.

O diretor Wagner a examinou rapidamente e a classificou como a filha mimada de algum ricaço.

— São algumas contas no Banco de Kroenenfeld nas ilhas Caimãs. Transferência automática mediante códigos de compensação bancária.

— *Fräulein* Sholes, imagino que a senhorita tenha todos os códigos de compensação...

— *Aber natürlich* — ela respondeu, com um sotaque tão pronunciado que ficou evidente seu conhecimento mínimo do alemão.

Ela começou a recitar séries de números de dezesseis algarismos sem recorrer ao papel uma única vez. O diretor Wagner viu que a manhã ia ser trabalhosa, mas por quatro por cento sobre as transferências estava disposto a atrasar o almoço.

Levou mais tempo do que ela previa. E somente depois do meio-dia, um pouco atrasada em seus horários, é que Veronica Sholes deixou o Bank Hauser General para retornar ao hotel Zimmertal. Exibiu-se na recepção antes de subir ao quarto e tirar as roupas que acabara de comprar. Conservou os seios de borracha, mas substituiu a peruca pela de cabelos louros mais compridos de Irene Nesser. Vestiu roupas mais familiares: botas de salto alto, calça preta, uma blusa e uma elegante jaqueta de couro comprada na Malungsboden, em Estocolmo. Examinou-se no espelho. Sua aparência continuava bem-cuidada, mas sem sinais da herdeira rica. Antes de deixar o quarto, Irene Nesser contou algumas debêntures, que acomodou numa pequena pasta.

À uma e cinco da tarde, com alguns minutos de atraso, entrou no Bank Dorffmann, situado a cerca de setenta metros do Bank Hauser General. Irene Nesser marcara um encontro com um certo Herr Hasselmann, diretor. Desculpou-se pelo atraso num alemão perfeito com sotaque norueguês.

— Não há problema, *Fräulein* — disse o diretor Hasselmann. — Em que posso ajudá-la?

— Gostaria de abrir uma conta. Tenho algumas debêntures que desejo resgatar.

Irene Nesser pôs a pasta em cima da mesa.

O diretor Hasselmann percorreu o conteúdo, primeiro bem depressa, depois mais e mais devagar. Levantou uma sobrancelha e sorriu educadamente.

Ela abriu cinco contas que podia movimentar pela internet e cujo titular era uma empresa-fantasma particularmente anônima em Gibraltar, que um intermediário local abrira para ela mediante cinqüenta mil coroas emprestadas de Mikael Blomkvist. Ela converteu cinqüenta debêntures em dinheiro, que foi depositado nas contas. Cada debênture tinha o valor de um milhão de coroas.

Seus negócios no Bank Dorffmann demoraram muito tempo e ela se atrasou ainda mais no seu cronograma. Não teria tempo para concluir as demais operações antes do fechamento dos bancos no dia. Irene Nesser voltou então ao hotel Matterhorn, onde passou uma hora exibindo-se e marcando presença. Mas estava com dor de cabeça e em seguida se retirou. Comprou analgésicos na recepção, pediu para ser acordada às oito da manhã seguinte e voltou ao quarto.

Eram quase cinco da tarde e todos os bancos da Europa já estavam fechados. No continente americano, porém, os bancos acabavam de abrir. Ela pôs seu Powerbook para funcionar e conectou-se à internet pelo celular. Passou uma hora esvaziando as contas recém-abertas no Bank Dorffmann.

O dinheiro foi dividido em partes e utilizado para pagar faturas de um grande número de empresas-fantasmas no mundo inteiro. Quando terminou, o dinheiro fora curiosamente transferido de novo para o Bank of Kroenenfeld nas ilhas Caimãs, mas desta vez numa conta diferente daquela de onde saíra mais cedo naquele mesmo dia.

Irene Nesser considerou que essa primeira etapa estava segura e que era quase impossível de ser rastreada. Fez uma única retirada dessa conta; um pouco mais de um milhão de coroas foi transferido para uma conta vinculada a um cartão de crédito que ela utilizava. O titular da conta era uma sociedade anônima com o nome Wasp Enterprises, registrada em Gibraltar.

Alguns minutos depois, uma loura de franja deixou o Mattherhorn por uma porta lateral do bar do hotel. Veronica Sholes foi ao hotel Zimmertal, cumprimentou o recepcionista com um educado gesto de cabeça, pegou o elevador e subiu até seu quarto.

Dedicou-se então a vestir o uniforme de combate de Veronica Sholes, refazendo a maquiagem e pondo uma camada suplementar de base sobre a tatuagem, antes de descer ao restaurante do hotel para comer um delicioso peixe. Pediu uma garrafa de vinho do Porto do qual nunca ouvira falar mas que custava mil e duzentas coroas, bebeu apenas um copo e deixou negligentemente o resto, antes de dirigir-se ao bar do hotel. Distribuiu quinhentas coroas de gorjeta, o que lhe valeu a atenção dos atendentes.

Passou três horas flertando com um jovem italiano bêbado, com um nome aristocrático que ela nem se deu o trabalho de guardar. Dividiram duas garrafas de champanhe, das quais ela consumiu apenas um copo.

Por volta das onze da noite, o sedutor de bigodes inclinou-se e apalpou seus seios sem o menor constrangimento. Satisfeita, ela afastou sua mão. Ele parecia não ter notado que apalpara seios de borracha. Em vários momentos, comportaram-se de maneira bastante indiscreta para causar uma certa indignação nos outros hóspedes. Pouco antes da meia-noite, notando que o segurança começava a ficar de olho neles, Veronica Sholes ajudou seu amigo italiano a subir ao quarto dele.

Enquanto ele estava no banheiro, serviu-lhe um último copo de vinho tinto. Abriu um saquinho de papel e adicionou ao vinho um comprimido de sonífero triturado. Ele bebeu e, um minuto depois, jazia de bruços sobre a cama. Ela desatou-lhe o nó da gravata, tirou seus sapatos, lavou os copos no banheiro e os enxugou. Então deixou o quarto.

No dia seguinte, Veronica Sholes tomou o café-da-manhã em seu quarto às seis, deixou uma gorjeta generosa, pagou a conta e foi embora do Zimmertal quando não eram ainda sete horas. Antes de deixar o quarto, passou cinco minutos apagando as impressões digitais em maçanetas de porta, armários, pia do banheiro, aparelho de telefone e em outros objetos que havia tocado.

Irene Nesser fechou sua conta no hotel Matterhorn por volta das oito e meia, pouco depois de acordar. Tomou um táxi e deixou suas malas num guarda-volumes da estação ferroviária. Passou as horas seguintes indo a nove bancos, nos quais depositou partes das debêntures das ilhas Caimãs. Às três da tarde, havia convertido cerca de dez por cento das debêntures em dinheiro, depositado em cerca de trinta contas. Guardou o restante dos títulos num cofre bancário.

Irene Nesser teria de voltar a Zurique, mas não havia pressa.

Às quatro e meia, Irene Nesser tomou um táxi até o aeroporto. Foi ao banheiro e com uma tesoura destruiu o passaporte e o cartão de crédito de Veronica Sholes, fazendo-os sumir com a descarga de água na privada. Jogou a tesoura num cesto de lixo. Depois do 11 de setembro de 2001, não era aconselhável chamar a atenção com objetos pontiagudos na bagagem de mão.

Irene Nesser embarcou no vôo GD 890 da Lufthansa para Oslo, depois pegou um ônibus até a estação ferroviária central da cidade, onde foi ao banheiro fazer uma triagem de suas roupas. Pôs todos os pertences da personagem Veronica Sholes — a peruca e as roupas de grife — em três sacos plásticos, que jogou em diferentes lixeiras da estação. Deixou a bolsa Samsonite, vazia, num compartimento aberto do guarda-volumes. A corrente de ouro e os brincos eram objetos de *designer* cuja pista poderia ser seguida; ela os fez sumir numa boca de lobo.

Após um momento de uma angustiada hesitação, Irene Nesser decidiu conservar os seios falsos de borracha.

Dispondo de pouco tempo, fez um lanche rápido, um hambúrguer no McDonald's, enquanto transferia o conteúdo da luxuosa maleta de couro para sua sacola de viagem. Ao sair, deixou a maleta vazia em cima da mesa. Comprou um copo de *caffè latte* num quiosque e correu para pegar o trem noturno com destino a Estocolmo bem no momento em que anunciavam a partida. Havia reservado uma cabine no vagão-leito.

Só depois que trancou a porta da cabine é que sentiu sua adrenalina baixar a um nível normal pela primeira vez em dois dias. Abriu a janela e, desrespeitando a proibição de fumar, acendeu um cigarro para acompanhar o café enquanto o trem se afastava de Oslo.

Repassou mentalmente sua *cheklist*, para ter certeza de que não esquecera nenhum detalhe. Um momento depois, franziu o cenho e tateou os bolsos da jaqueta. Tirou de lá a caneta do hotel Zimmertal, avaliou-a pensativamente por um minuto ou dois e em seguida jogou-a pela janela.

Quinze minutos depois, esticou-se no leito e dormiu quase instantaneamente.

EPÍLOGO: ACERTO DE CONTAS
QUINTA-FEIRA 27 DE NOVEMBRO — TERÇA-FEIRA 30 DE DEZEMBRO

A edição temática da *Millennium* sobre Hans-Erik Wennerström tinha quarenta e seis páginas e caiu como uma bomba na última semana de novembro. A matéria principal era assinada por Mikael Blomkvist e Erika Berger. Nas primeiras horas, a imprensa não soube muito bem como lidar com esse furo; um texto do mesmo gênero, publicado um ano antes, condenara Mikael Blomkvist a uma pena de prisão por difamação e ocasionara seu aparente afastamento da revista *Millennium*. Sua credibilidade, portanto, era bastante frágil. E eis que o mesmo jornalista voltava na mesma revista com uma história carregada de acusações bem mais pesadas que o texto pelo qual fora condenado. O conteúdo parecia às vezes tão absurdo que alguns suspeitaram da saúde mental dos autores. Assim, a imprensa sueca permaneceu desconfiada e na expectativa.

Mas, no começo da noite, o programa *Ela*, da TV4, mostrou seus trunfos, resumindo em onze minutos os pontos fortes das acusações de Blomkvist. Erika Berger almoçara com a apresentadora do programa dias antes e lhe apresentara as provas com exclusividade.

O furo dado pela TV4 eclipsou as tevês públicas, que só mencionaram as informações nos noticiários das nove da noite. A TT emitiu um primeiro comunicado, prudentemente intitulado: "Jornalista condenado acusa financista de crimes graves". O texto retomava o essencial da reportagem da TV4, mas o fato de a TT abordar o assunto desencadeou uma atividade febril nas redações do jornal matutino conservador e de uma dúzia de outros grandes diários da província, que decidiram modificar às pressas sua primeira página antes que as rotativas começassem a rodar. Até então os jornais haviam mais ou menos decidido ignorar as acusações da *Millennium*.

O jornal matutino liberal comentou o furo da *Millennium* num editorial escrito pelo próprio redator-chefe na mesma tarde. Esse redator compareceu depois a um jantar no momento em que iam ao ar as informações da TV4 e ignorou os insistentes apelos de seu secretário de redação — para quem "podia haver alguma coisa" nas afirmações de Blomkvist — com uma frase que ficaria famosa: "Bobagem, nossos repórteres de economia já teriam descoberto isso há muito tempo". Resultado: seu jornal foi a única voz na mídia do país a negar totalmente as afirmações da *Millennium*. O editorial continha expressões como *perseguição pessoal*, *imprensa marrom*, *atitude criminosa*, e reclamava *medidas contra os que lançam afirmações contrárias à lei e atacam cidadãos honestos*. Mas foi a única contribuição desse redator-chefe ao debate que começaria a seguir.

Ninguém arredou pé da redação da *Millennium* à noite. Estava previsto que apenas Erika Berger e Malu Eriksson, a nova secretária de redação, ficariam para atender eventuais chamados. Mas às nove da noite todos os colaboradores ainda estavam por ali, além de quatro ex-associados e meia dúzia de *freelancers* fiéis. Por volta da meia-noite, Christer Malm abriu uma garrafa de champanhe, depois que um velho amigo de um jornal vespertino lhe passou uma primeira cópia de um dossiê de dezesseis páginas dedicado ao caso Wennerström sob o título "A máfia das finanças". Quando os jornais vespertinos saíram no dia seguinte, uma investigação sem precedente havia começado na mídia.

A secretária de redação Malu Eriksson concluiu que ia se divertir muito na *Millennium*.

Nos dias seguintes, a Bolsa da Suécia tremeu quando o departamento de polícia especializado em crimes financeiros começou a se envolver no caso, com procuradores sendo chamados para participar do inquérito, e uma lufada de pânico desencadeou uma onda de vendas. Dois dias após a denúncia, o caso Wennerström transformou-se em assunto governamental, obrigando o ministro da Indústria a se pronunciar.

A investigação não significou que a mídia engoliu as denúncias da *Millennium* sem questionamento — eram revelações sérias demais para isso. Mas, diferentemente do primeiro caso Wennerström, desta vez a *Millennium* respaldou seu dossiê com provas muito consistentes: o correio eletrônico pessoal de Wennerström e cópias do conteúdo de seu computador, com movimentos de fundos secretos nas ilhas Caimãs e em vinte e tantos outros países, acordos sigilosos e outros disparates que um criminoso mais prudente jamais teria deixado no disco rígido de seu computador. Ficou rapidamente estabelecido que, se as afirmações da *Millennium* fossem levadas à Corte Suprema — e todos concordavam que cedo ou tarde o caso acabaria chegando lá —, seria sem dúvida nenhuma a maior bomba a explodir no mundo sueco das finanças desde o colapso financeiro de Kreuger em 1932. Em comparação com o caso Wennerström, as negociatas do Banco Gota e a fraude de Trustor pareciam amenas. Tratava-se agora de um crime de dimensões tão amplas que ninguém ousava sequer especular sobre o número de infrações à lei que ele implicava.

Pela primeira vez no jornalismo econômico sueco foram usadas expressões tais como *criminalidade sistemática, máfia* e *reinado de gângsteres*. Wennerström e seu círculo de jovens corretores, associados e advogados em traje Armani foram comparados a um bando qualquer de assaltantes de banco ou traficantes de droga.

Durante os primeiros dias da investigação na mídia, Mikael Blomkvist permaneceu invisível. Não respondia a e-mails nem atendia telefone. Todas as declarações foram dadas por Erika Berger, que ronronava como um gato ao ser entrevistada por representantes das principais mídias do país, por jornais de províncias importantes e, aos poucos, também pela imprensa internacional. Sempre que lhe perguntavam como a *Millennium* tivera acesso àquela documentação interna altamente privada, ela respondia com um sorriso misterioso que se transformava depressa em cortina de fumaça: "Não podemos, evidentemente, revelar nossas fontes".

Quando lhe perguntavam por que a denúncia do ano anterior contra Wennerström fora um fiasco, ela se mostrava ainda mais enigmática. Não mentia, mas também não dizia toda a verdade. *Off the record*, quando não tinha um microfone sob o nariz, deixava escapar algumas frases impenetráveis que, quando ligadas entre si, incitavam a conclusões apressadas. Assim, surgiu um boato que logo adquiriu proporções legendárias, segundo o qual Mikael Blomkvist não se defendera no processo e deixara-se voluntariamente condenar a uma pena de prisão para proteger a sua fonte. Ele foi comparado a modelos da mídia americana que preferem a prisão a ter que revelar uma fonte, e descreveram-no como um herói em termos tão lisonjeiros que ele se aborreceu. Mas não era momento de desmentir mal-entendidos.

Todos concordavam sobre uma coisa: a pessoa que passara as informações era certamente alguém do círculo mais íntimo de confiança de Wennerström. Assim teve início um debate paralelo interminável para saber quem seria o "Garganta Profunda". Colaboradores descontentes, advogados, e mesmo a filha viciada em cocaína de Wennerström e outros membros de sua família foram apontados como possíveis informantes. Nem Mikael Blomkvist nem Erika Berger disseram nada. Nunca comentavam o assunto.

Erika exibiu um grande sorriso de satisfação e soube que eles haviam ganhado quando um dos jornais vespertinos, no terceiro dia da investigação, deu a manchete "A revanche da *Millennium*". O texto apresentava uma imagem muito positiva da revista e de seus colaboradores e era ilustrado com uma foto em que Erika aparecia muito bem. Ela era chamada de a rainha do jornalismo investigativo. Isso significava pontos na hierarquia das personalidades colunáveis e já se cogitava no Grande Prêmio de Jornalismo.

Cinco dias depois de a *Millennium* ter disparado a primeira salva de canhão, o livro de Mikael Blomkvist, *O banqueiro da máfia*, chegou às livrarias. O livro, escrito durante os dias febris em Sandhamn nos meses de setembro e outubro, fora impresso a toque de caixa e no maior sigilo pela Hallvigs Reklam em Morgongava, uma gráfica de folhetos publicitários. Era o primeiro livro lançado por uma nova editora que trazia o logotipo Millennium. A dedicatória era misteriosa: *A Sally, que me apresentou aos benefícios do golfe.*

Tratava-se de um calhamaço de seiscentas e quinze páginas em formato de bolso. A pequena tiragem de dois mil exemplares antevia um lançamento a fundo perdido, mas a primeira edição esgotou-se em poucos dias e Erika rapidamente providenciou uma reimpressão de mais dois mil exemplares.

Os críticos constataram que desta vez Mikael Blomkvist não havia economizado munição no que se referia à divulgação de suas fontes, e nisso tinham toda a razão. Dois terços do livro eram dedicados a anexos, com cópias diretas da documentação proveniente do computador de Wennerström. Juntamente com a publicação do livro, a *Millennium* disponibilizou em seu site trechos dessas páginas sob forma de dados que podiam ser baixados no formato PDF. Qualquer um que se interessasse podia ter acesso a esses dados.

A estranha ausência de Mikael Blomkvist fazia parte da estratégia de mídia que Erika e ele haviam montado. Todos os jornais do país o procuravam. Para o lançamento do livro, porém, Mikael concedeu uma entrevista exclusiva ao programa *Ela* da TV4, que mais uma vez saiu na frente das tevês públicas. Não se tratava, porém, de uma conversa entre amigos, e as perguntas foram tudo menos obsequiosas.

Ao assistir ao vídeo da entrevista, Mikael ficou particularmente satisfeito com seu desempenho numa troca de réplicas. A entrevista fora realizada ao vivo no momento em que a Bolsa de Estocolmo estava em queda livre e jovens arrivistas do mundo financeiro ameaçavam se jogar pela janela. Perguntaram-lhe sobre a responsabilidade da *Millennium* no naufrágio da economia sueca que ocorria naquele momento.

— Afirmar que a economia da Suécia está naufragando é um contra-senso — respondeu Mikael sem pestanejar.

A entrevistadora da TV4 mostrou-se perplexa. A resposta não seguia o esquema previsto e ela foi obrigada a improvisar. A pergunta seguinte foi exatamente a que Mikael esperava: "Estamos passando pelo maior desastre individual da história da Bolsa sueca e o senhor afirma que é um contra-senso?".

— Veja, não podemos misturar estas duas coisas: a economia sueca e o mercado da Bolsa sueca. A economia sueca é a soma de todas as mercadorias e de todos os serviços produzidos neste país diariamente. São os telefones da Ericsson, os veículos da Volvo, os frangos da Scan e os transportes marítimos de Kiruna a Skövde. Essa é a economia sueca, e hoje ela continua tão forte ou tão fraca quanto uma semana atrás.

Fez uma pausa retórica e bebeu um gole de água.

— A Bolsa é algo bem diferente. Nela não há economia, nenhuma produção de mercadorias ou de serviços. Há somente fantasias nas quais, de uma hora para outra, decide-se que essa ou aquela empresa vale alguns bilhões a mais ou a menos. Isso não tem nada a ver com a realidade nem com a economia sueca.

— Quer dizer então que não tem a menor importância que a Bolsa esteja em plena queda livre?

— Isso mesmo, não tem a menor importância — respondeu Mikael com uma voz tão cansada e resignada que ele parecia uma espécie de oráculo. Sua frase seguinte seria citada mais de uma vez ao longo do ano. Ele prosseguiu: — Significa apenas que os grandes especuladores estão transferindo suas aplicações financeiras em empresas suecas para empresas alemãs. Se comportam como as hienas das finanças que um repórter um pouco mais corajoso deveria saber identificar e levar ao pelourinho como traidores da pátria. São eles que, de forma sistemática e deliberada, minam a economia sueca para satisfazer os interesses de seus clientes.

Em seguida, a entrevistadora da TV4 cometeu o erro de fazer exatamente a pergunta que Mikael desejava ouvir.

— Então está querendo dizer que a mídia não tem nenhuma responsabilidade?

— Ao contrário, a mídia tem uma enorme responsabilidade. Durante pelo menos vinte anos, um grande número de jornalistas econômicos se omitiu de examinar o caso Hans-Erik Wennerström. Em vez disso, esses jornalistas ajudaram a construir o prestígio dele através de retratos idólatras e delirantes. Se tivessem trabalhado corretamente durante todos esses anos, não estaríamos nessa situação hoje.

Sua aparição significou uma mudança de atitude. Erika foi percebendo que somente no instante em que Mikael defendia calmamente suas acusações na televisão é que a imprensa sueca ia entendendo, embora a *Millennium* figurasse nas manchetes havia uma semana, que a história era consistente e que as alegações da revista eram de fato reais. A atitude dele determinou o rumo da história.

Depois dessa entrevista, o caso Wennerström passou imperceptivelmente da área de economia para a da reportagem policial. Houve também uma mudança na maneira de pensar da imprensa. Antes, os repórteres policiais raramente, ou nunca, escreviam sobre crimes econômicos, exceto para falar da máfia russa ou dos contrabandistas de cigarros iugoslavos. Não se esperava que repórteres policiais investigassem as operações escusas da Bolsa. Um jornal vespertino chegou a levar ao pé da letra o que Mikael havia dito e abriu duas páginas duplas com fotos de um dos corretores mais importantes de agências financeiras adquirindo títulos alemães. A manchete do jornal: "Eles estão vendendo o país". Os corretores foram convidados a comentar as acusações. Todos se recusaram. Mas o volume de transações diminuiu consideravelmente nesse dia e alguns corretores desejosos de parecer progressistas começaram a remar contra a corrente. Mikael Blomkvist divertia-se a valer.

A pressão foi tão forte que homens sérios de terno escuro assumiram um ar grave e pecaram contra a regra número um do círculo mais fechado das finanças suecas — pronunciaram-se sobre um colega. De repente, dirigentes aposentados da Volvo, industriais e diretores de banco apareceram na tevê respondendo às perguntas e tentando diminuir os prejuízos. Todos admitiam a gravidade da situação e queriam se distanciar o mais rápido possível do grupo Wennerström, desembaraçando-se de suas ações. Wennerström (eles constataram quase por unanimidade) não era um verdadeiro industrial e nunca fora inteiramente aceito no "clube". Alguém lembrou que, no fundo, era apenas um filho de operário do Norrland que talvez tivesse se deixado levar pelo sucesso. Outro descreveu suas ações como *uma tragédia pessoal.* Não faltou quem dissesse que sempre duvidara de Wennerström — era muito arrogante e mal-educado.

Nas semanas seguintes, à medida que os documentos que a *Millennium* apresentara eram examinados com lupa e o quebra-cabeça remontado, foi estabelecida a ligação entre o império wernnerströmiano de empresas obscuras e a máfia internacional, que englobava tudo, desde o tráfico de armas e a lavagem de dinheiro vindo do tráfico sul-americano de drogas até a prostituição em Nova York e até mesmo, indiretamente, o comércio sexual de crianças no México. Uma empresa de Wennerström sediada em Chipre suscitou uma indignação colossal quando se divulgou que ela havia tentado comprar urânio enriquecido no mercado negro da Ucrânia. Por toda parte, uma ou outra das inúmeras empresas-fantasmas de Wennerström parecia surgir num contexto nebuloso.

Erika Berger constatou que o livro sobre Wennerström era o que Mikael já havia escrito de melhor. O estilo era desigual e a própria linguagem era pobre em alguns momentos — ele não tivera tempo de cuidar da forma —, mas Mikael dava o troco e o livro inteiro era movido por uma raiva que seria forçosamente percebida por qualquer leitor.

Por acaso, Mikael Blomkvist topou com seu antagonista, o ex-repórter de economia William Borg, à porta do Moulin, onde Mikael, Erika Berger e Christer Malm foram festejar com seus colaboradores o Dia de Santa Luzia, numa noitada generosamente regada a bebidas, patrocinada pela revista. Borg estava acompanhado de uma garota completamente bêbada, da idade de Lisbeth Salander.

Mikael deteve-se e o encarou. Borg sempre lhe despertara seus piores impulsos e ele foi obrigado a se controlar para não dizer ou fazer algo inconveniente. Os dois mediram-se com o olhar sem dizer uma palavra.

A aversão de Mikael por Borg era visível. Erika interrompeu esse comportamento de machos tomando Mikael pelo braço e conduzindo-o para dentro do bar.

Mikael decidiu que, numa próxima ocasião, pediria que Lisbeth Salander fizesse uma de suas investigações pessoais sobre Borg. Apenas formalidade.

Durante toda a tempestade na mídia, o personagem principal do drama, o financista Hans-Erik Wennerström, permaneceu praticamente invisível. No dia em que a reportagem da *Millennium* saiu, o magnata das finanças comentou o texto numa entrevista coletiva de imprensa já marcada para tratar de outro assunto. Wennerström declarou que as acusações não tinham fundamento e que a documentação apresentada era falsa. Lembrou que o mesmo repórter fora condenado por difamação um ano antes.

Depois disso, somente os advogados de Wennerström responderam às perguntas da imprensa. Dois dias após o lançamento do livro de Mikael Blomkvist, rumores insistentes indicavam que Wennerström havia deixado a Suécia. Os jornais vespertinos usaram a palavra “fuga” nas manchetes. Quando, durante a segunda semana, a polícia de crimes financeiros tentou entrar em contato com Wennerström, constatou-se que ele não se encontrava mais no país. Em meados de dezembro, a polícia confirmou que Wennerström estava sendo procurado e, na véspera do Dia de São Silvestre, um comunicado de busca formal foi expedido para as polícias internacionais. Nesse mesmo dia, um dos conselheiros próximos de Wennerström foi detido quando tentava pegar um avião para Londres.

Várias semanas depois, um turista sueco disse ter visto Hans-Erik Wennerström entrando num carro em Bridgetown, capital de Barbada, nas Pequenas Antilhas. Para provar o que dizia, o turista enviou uma foto tirada a grande distância que mostrava um homem de óculos escuros vestindo uma camisa branca desabotoada e calça clara. O homem não podia ser identificado com certeza, mas os jornais vespertinos enviaram repórteres que tentaram, sem êxito, seguir a pista de Wennerström nas ilhas antilhanas. Foi o começo de uma perseguição fotográfica do bilionário em fuga.

Seis meses mais tarde, a caçada foi interrompida. Hans-Erik Wennerström foi encontrado morto num apartamento em Marbella, na Espanha, onde residia sob o nome de Victor Fleming. Fora morto com três tiros na nuca disparados à queima-roupa. A polícia espanhola seguiu a hipótese de que ele fora vítima de um assaltante.

A morte de Wennerström não foi surpresa para Lisbeth Salander. Ela tinha boas razões para suspeitar que sua morte estava relacionada ao fato de ele não ter mais acesso ao dinheiro de um certo banco nas ilhas Caimãs, que teria necessitado para pagar algumas dívidas na Colômbia.

Se alguém tivesse se dado o trabalho de pedir a ajuda de Lisbeth Salander para localizar Wennerström, ela teria podido dizer exatamente onde ele estava quase todos os dias. Ela acompanhara pela internet sua fuga desesperada por cerca de dez países e observara seu pânico crescente através do correio eletrônico, quando ele conectava seu computador em algum lugar. Mas nem Mikael Blomkvist teria acreditado que o ex-bilionário em fuga fosse tão cretino a ponto de levar consigo o mesmo computador que fora tão cuidadosamente invadido.

Depois de seis meses, Lisbeth cansou-se de seguir Wennerström. A pergunta que ela devia responder agora era até onde ia seu envolvimento.

Wennerström era certamente um vigarista de primeira categoria, mas não era seu inimigo pessoal; ela não tinha interesse em interferir na vida dele. Poderia avisar Mikael Blomkvist, mas ele se contentaria em publicar uma boa história. Poderia avisar a polícia, mas a probabilidade de Wennerström ser avisado a tempo e desaparecer era muito grande. Além disso, por princípio ela não falava com a polícia.

Mas havia outras contas a acertar. Ela pensava na servente de vinte e dois anos cuja cabeça fora mantida mergulhada na banheira.

Quatro dias antes de encontrarem o corpo de Wennerström, ela tomou uma decisão. De seu celular, ligou para um advogado em Miami, na Flórida, que parecia ser uma das pessoas que Wennerström mais tentava evitar. Falou com uma secretária e pediu que lhe transmitisse uma mensagem sibilina. Um nome, Wennerström, e um endereço em Marbella. Nada mais.

Quando a tevê anunciou a morte de Wennerström, ela abandonou a reportagem pela metade. Foi preparar um café e um sanduíche de patê de fígado com pepinos em conserva.

Erika Berger e Christer Malm ocupavam-se dos costumeiros preparativos para o Natal. Sentado na cadeira de Erika, Mikael olhava os dois enquanto bebia um vinho quente. Todos os colaboradores e muitos dos *freelancers* regulares receberam de presente de fim de ano uma sacola de couro com o logotipo da *Millennium*. Depois de prepararem os pacotes, eles se lançaram ao trabalho de escrever e selar mais de duzentos cartões de Natal destinados à imprensa, fotógrafos e colegas.

Mikael tentou resistir à tentação, mas não conseguiu. Pegou um último cartão de Natal e escreveu: *Feliz Natal e Feliz Ano Novo. Obrigado por sua inestimável contribuição ao longo deste ano.*

Assinou e endereçou o cartão a Janne Dahlman, aos cuidados da redação do *Finansmagasinet Monopol*.

Quando Mikael voltou para casa à noite, encontrou um aviso do correio na caixa de correspondência. Foi buscar a encomenda na manhã seguinte e a abriu assim que chegou à redação. O pacote continha um repelente contra mosquito e meia garrafa de Reimersholm Aquavita. Um bilhete dizia: *Se não tiver programa melhor, estarei ancorado em Arholma no próximo solstício de verão*. Estava assinado por seu ex-colega de classe Robert Lindberg.

* * *

Tradicionalmente, a redação da *Millennium* parava de trabalhar antes do Natal e durante as festas de fim de ano. Desta vez as coisas não puderam ser assim; a pequena redação estava sendo muito solicitada, e jornalistas do mundo inteiro continuavam a procurá-la diariamente. Dois dias antes do Natal, Mikael Blomkvist leu quase por acaso um artigo no *Financial Times* que resumia a situação atual da comissão bancária e financeira internacional, constituída às pressas para investigar o império Wennerström. O artigo dizia que a comissão trabalhava com a hipótese de que Wennerström recebera no último momento uma advertência de que seria desmascarado.

De fato, suas contas no Bank of Kroenenfeld nas ilhas Caimãs, com duzentos e sessenta milhões de dólares, haviam sido esvaziadas na véspera da denúncia publicada pela *Millennium*.

Esse dinheiro encontrava-se em contas que somente Wennerström podia movimentar. Ele nem tinha necessidade de ir ao banco; bastava apresentar uma série de códigos de compensação para que o dinheiro fosse transferido a qualquer banco de qualquer lugar do mundo. O dinheiro fora transferido para a Suíça, onde uma colaboradora convertera a soma em obrigações nominativas anônimas. Todos os códigos de compensação estavam em ordem.

A Europol expedira um comunicado de busca internacional da mulher desconhecida que utilizara um passaporte inglês roubado em nome de Veronica Sholes e que teria se hospedado num dos hotéis mais caros de Zurique. Uma foto relativamente nítida, tirada por uma câmera de segurança, mostrava uma mulher de baixa estatura com cabelos de franja reta, uma boca grande, seios generosos, roupas de grife e jóias de ouro.

Mikael Blomkvist examinou a foto, primeiro com uma rápida olhada, depois com expressão cada vez mais cética. Passados alguns segundos, pegou uma lupa na gaveta de sua mesa e tentou distinguir detalhes do rosto na foto do jornal.

Por fim, largou o jornal e ficou de boca aberta por alguns minutos, até soltar uma gargalhada tão histérica que Christer Malm levantou a cabeça e perguntou o que estava acontecendo. Mikael conseguiu apenas agitar a mão como resposta.

* * *

Na manhã da véspera de Natal, Mikael foi a Arsta se encontrar com a ex-mulher e a filha Pernilla para a troca de presentes. Pernilla recebeu o computador que estava no topo da sua lista e que Mikael e Monika haviam comprado juntos. Mikael ganhou uma gravata de Monika e, da filha, um romance policial de Ake Edwardson. Diferentemente do Natal anterior, todos estavam excitados com a atenção que a *Millennium* despertava na imprensa.

Almoçaram juntos. Mikael olhava Pernilla com o rabo do olho. Não via a filha desde que ela passara por Hedestad. Deu-se conta de que não havia conversado com Monika sobre a atração de Pernilla por aquela seita tradicionalista em Skelleftea. Tampouco podia contar que foram os conhecimentos bíblicos dela que o puseram finalmente na pista certa sobre o desaparecimento de Harriet Vanger. Não havia falado com a filha desde então e sentia uma ponta de remorso.

Ele não era um bom pai.

Depois do almoço, despediu-se da filha com um beijo e foi se encontrar com Lisbeth Salander no Slussen, para irem juntos a Sandhamn. Pouco haviam se visto desde que a *Millennium* soltara a bomba. Chegaram lá tarde da noite e ficaram até depois do Natal.

Como sempre, Mikael era uma companhia divertida, mas Lisbeth Salander teve a desagradável sensação de que ele a olhou de um modo particularmente estranho quando ela devolveu, com um cheque de cento e vinte mil coroas, o dinheiro que ele lhe emprestara. Mikael se absteve, porém, de qualquer comentário.

Fizeram um passeio até Trovill (o que Lisbeth considerou uma perda de tempo) e na volta compartilharam a ceia de Natal no albergue. Depois recolheram-se à cabana de Mikael, acenderam o aquecedor a lenha, puseram um disco de Elvis e se entregaram a brincadeiras sexuais tranqüilas. De tempo em tempo, quando Lisbeth voltava à tona, ela tentava compreender o que estava sentindo.

Ela não tinha nenhum problema com Mikael como amante. Eles se divertiam na cama, era um entendimento físico muito espontâneo. E ele nunca tentava se impor.

O problema é que ela não entendia o que sentia por ele. Desde a puberdade, nunca baixara a guarda desse modo, deixando outra pessoa se aproximar tanto. Mikael Blomkvist tinha uma capacidade impressionante de transpor seus mecanismos de defesa e de levá-la, mais de uma vez, a falar de assuntos e sentimentos pessoais. Mesmo tendo o bom senso de ignorar a maior parte das perguntas dele, ela falava de si mesma como não podia imaginar que o faria com alguém, nem se ameaçada de morte. Isso a inquietava e a fazia se sentir nua e entregue à vontade dele.

Ao mesmo tempo — quando o olhava adormecido e escutava os seus roncos —, sentia que nunca confiara tão incondicionalmente em alguém. Sabia com uma certeza absoluta que Mikael Blomkvist jamais se aproveitaria do que sabia dela para feri-la. Não fazia parte da natureza dele.

A única coisa de que não falavam era da relação deles. Lisbeth não ousava falar e Mikael nunca tocava no assunto.

Na manhã seguinte à noite de Natal, tudo lhe pareceu de uma clareza assustadora. Ignorava como isso havia acontecido e tampouco não sabia o que iria fazer. Estava apaixonada pela primeira vez na vida.

Pouco importava que ele tivesse quase o dobro da sua idade. Nem que ele fosse, no momento, uma das pessoas mais badaladas da Suécia, que tinha inclusive sido capa da *Newsweek* — tudo não passava de blablablá. Mikael Blomkvist, porém, não era nem uma fantasia erótica nem um sonho acordado. Aquilo teria um fim e não poderia dar certo. Que necessidade ele tinha dela? A rigor, ela era apenas um passatempo enquanto ele aguardava a chegada de alguém cuja vida não fosse um maldito ninho de ratos.

De repente ela percebeu que o amor era o instante em que o coração fica a ponto de explodir.

Quando Mikael acordou, quase no final da manhã, ela já havia preparado o café e posto a mesa para o desjejum. Ele a acompanhou à mesa e logo percebeu que alguma coisa mudara na atitude dela — ela estava um pouco mais reservada. Quando ele perguntou o que havia, ela o olhou com uma expressão indefinida, como quem não está entendendo.

Depois do Natal, Mikael Blomkvist tomou o trem para Hedestad. Estava bem agasalhado e com verdadeiros calçados de inverno quando Dirch Frode foi buscá-lo na estação e o felicitou em voz baixa por seu sucesso jornalístico. Desde agosto não vinha a Hedestad e fazia quase um ano que aparecera ali pela primeira vez. Os dois trocaram um aperto de mão, trataram-se cortesmente, mas havia entre eles muitas coisas não ditas, e Mikael sentia-se pouco à vontade.

Tudo fora preparado e a transação na casa de Dirch Frode durou apenas alguns minutos. Frode propôs que o dinheiro fosse depositado numa conta no exterior, mas Mikael quis que o pagamento fosse feito como honorários comuns.

— Não disponho de meios para receber o pagamento de outra forma — respondeu, seco, quando Frode insistiu.

Não era uma visita de natureza meramente econômica. Mikael tinha deixado roupas, livros e alguns objetos pessoais na casa dos convidados, quando ele e Lisbeth saíram às pressas de Hedeby.

Henrik Vanger continuava frágil desde o infarto, mas deixara o hospital de Hedestad e estava de volta à sua casa. Era constantemente acompanhado por uma enfermeira particular que o proibia de fazer longas caminhadas, subir escadas e discutir qualquer coisa que pudesse lhe causar fortes emoções. Bem naqueles dias ele pegara um resfriado e tinha ordens de não sair da cama.

— Além de tudo, ela custa caro — queixou-se Henrik Vanger.

Mikael Blomkvist não ficou especialmente comovido; achou que o velho tinha condições de pagar, considerando o número de coroas que sonegara na vida. Henrik Vanger olhou para ele, contrariado, mas logo começou a rir.

— Dane-se! Você valeu todo esse dinheiro. Eu sabia.

— Para falar a verdade, não achei que pudesse resolver o mistério.

— Não pretendo te agradecer — disse Henrik.

— E eu nem esperava por isso — respondeu Mikael.

— Você foi regiamente pago.

— Não me queixo.

— Fez um trabalho para mim e o salário deveria bastar como agradecimento.

— Vim apenas para dizer que considero o trabalho encerrado.

Henrik Vanger fez um trejeito de fingida contrariedade.

— Você ainda não terminou o trabalho — disse.

— Eu sei.

— Não escreveu a crônica da família Vanger, como está no nosso acordo.

— Eu sei. E não vou escrever.

Refletiram em silêncio sobre essa quebra de contrato. Depois Mikael continuou:

— Não posso escrever essa história. Não posso falar da família Vanger e deixar deliberadamente de lado os acontecimentos essenciais das últimas décadas: Harriet, seu pai, seu irmão e os assassinatos. Como poderia escrever um capítulo sobre o empresário Martin Vanger e fazer de conta que não sei o que havia no porão da casa dele? E tampouco posso escrever a história sem destruir mais uma vez a vida de Harriet.

— Entendo seu dilema e agradeço a escolha que fez.

— Portanto vou jogar essa história no lixo.

Henrik Vanger assentiu com a cabeça.

— Parabéns — disse Mikael. — Você conseguiu me corromper. Vou destruir todas as minhas anotações e os registros das nossas conversas.

— Não acho que tenha sido corrompido — disse Henrik.

— É como estou me sentindo. E acho que é isso mesmo.

— Precisou escolher entre seu trabalho como jornalista e seu trabalho como ser humano. Eu não teria conseguido comprar seu silêncio. Tenho certeza de que teria escolhido seu papel de jornalista e nos exposto à degradação pública, se Harriet estivesse de algum modo implicada no caso ou se você me considerasse uma pessoa baixa.

Mikael não disse nada. Henrik olhava para ele.

— Informamos Cecilia de tudo. Em breve Dirch Frode e eu não estaremos mais aqui e Harriet vai precisar do apoio de alguns membros da família. Cecilia passará a participar de forma ativa do conselho administrativo. Ela e Harriet é que dirigirão o grupo no futuro.

— Como ela reagiu quando soube?

— Ficou chocada, evidentemente. Viajou ao exterior por algumas semanas. Achei que não fosse voltar.

— Mas voltou.

— Martin era um dos raros membros da família com quem Cecilia sempre havia se dado bem. Foi duro para ela saber a verdade a respeito dele. Cecilia agora também sabe o que você fez por nossa família.

Mikael encolheu os ombros.

— Obrigado, Mikael — disse Henrik Vanger.

Mikael encolheu novamente os ombros e depois falou:

— De qualquer forma, eu não conseguiria escrever essa história. A família Vanger me dá náuseas.

Refletiram um pouco, antes de Mikael mudar de assunto.

— Qual a sensação de voltar a ser diretor-executivo depois de vinte e cinco anos?

— É temporário, mas... eu gostaria de ser mais jovem. Agora só trabalho três horas por dia. Todas as reuniões se realizam aqui neste cômodo e Dirch Frode reassumiu seu lugar como meu homem de confiança, caso haja algum problema.

— Os jovens executivos devem estar tremendo. Demorei para entender que Dirch Frode não era apenas um fiel conselheiro econômico, mas alguém que resolve problemas para você.

— Exatamente. Mas todas as decisões são tomadas com Harriet, é ela quem fica no escritório.

— Como ela está? — perguntou Mikael.

— Herdou as partes do irmão e da mãe. Juntos controlamos mais de trinta e três por cento do grupo.

— É o suficiente?

— Não sei. Birger está resistindo e tentando fazê-la tropeçar. Alexander descobriu que tem uma possibilidade de ser importante e aliou-se a Birger. Meu irmão Harald tem um câncer e não vai viver muito. É ele que ocupa o segundo lugar com sete por cento das ações, que passarão aos filhos. Mas Cecilia e Anita vão se aliar com Harriet.

— Então controlarão mais de quarenta por cento.

— Nunca houve uma tal aliança de votos na família. E há muitos pequenos acionistas, com um ou dois por cento, que votarão conosco. Harriet deverá me suceder como diretora em fevereiro.

— Ela não ficará feliz.

— Não, mas é necessário. Precisamos de novos parceiros e de sangue novo. Temos também a possibilidade de trabalhar com o grupo dela na Austrália. Os meios existem.

— Onde está Harriet agora?

— Você não teve sorte. Ela está em Londres. Mas tem muita vontade de ver você.

— Eu a verei na reunião do conselho da *Millennium* em janeiro, se ela o substituir.

— Certo.

— Diga-lhe que nunca falarei com ninguém sobre o que aconteceu em 1966, exceto com Erika Berger.

— Sei disso, e Harriet também sabe. Você é um homem honesto, Mikael.

— Mas diga-lhe também que tudo o que fizer a partir de agora pode aparecer nas páginas da revista se ela não tomar cuidado. O grupo Vanger não estará livre de observação.

— Eu a prevenirei.

Mikael deixou Henrik Vanger quando ele começou a pegar no sono. Pôs seus pertences em duas malas. Fechou a porta da casa dos convidados pela última vez, hesitou um instante, depois foi bater na porta de Cecilia Vanger. Ela não estava. Ele pegou sua agenda de bolso, arrancou uma página e rabiscou algumas palavras. *Perdoe-me. Desejo-lhe uma vida feliz.* Deixou a folhinha de papel com seu cartão de visita na caixa de correspondência. A casa de Martin Vanger estava vazia. Havia uma luminária de Natal acesa na janela da cozinha.

Ele voltou a Estocolmo no trem da noite.

Entre o Natal e o Ano-novo, Lisbeth Salander desconectou-se do mundo. Não atendeu o telefone e não ligou o computador. Passou dois dias lavando suas roupas e arrumando o apartamento. Embalagens de pizza e jornais velhos de um ano foram empacotados e jogados fora. Ao todo, utilizou nessa triagem seis sacos pretos de plástico, grandes, e uns vinte sacos de papel com jornais. Parecia ter decidido começar vida nova. Pretendia comprar um apartamento — quando encontrasse um que lhe conviesse —, mas até lá seu apartamento atual estaria tão reluzente como ela não se lembrava de ter visto.

Depois, ficou como que paralisada, refletindo. Nunca sentira uma vontade como aquela. Queria que Mikael Blomkvist tocasse a campainha e... o quê? Que a erguesse nos braços? Que a levasse apaixonadamente até o quarto e arrancasse suas roupas? Não, na verdade desejava apenas a companhia dele. Queria ouvi-lo dizer que gostava dela como ela era. Que ela era uma pessoa especial no mundo e na vida dele. Queria que lhe fizesse um gesto de amor, não apenas de amizade e camaradagem. *Estou ficando doida*, pensou.

Ela duvidava de si mesma. Mikael Blomkvist vivia num mundo habitado por pessoas com profissões respeitáveis, que tinham vidas organizadas e talentos de gente adulta. Os amigos de Mikael faziam coisas, apareciam na tevê e produziam grandes manchetes. *Para que eu serviria?* O maior terror de Lisbeth Salander, tão grande e negro que assumia proporções fóbicas, era que as pessoas rissem de seus sentimentos. E de repente teve a impressão de que todo o seu amor-próprio, tão laboriosamente construído, desmoronava.

Então decidiu-se. Levou várias horas mobilizando a coragem necessária, mas sentia-se na obrigação de vê-lo e de dizer a ele o que sentia.

Todo o resto era insuportável.

Ela precisava de um pretexto para ir à casa dele. Não lhe dera um presente de Natal, mas sabia o que comprar. Tinha visto num antiquário uma série de cartazes publicitários de metal dos anos 1950, com figuras em relevo. Um dos cartazes mostrava Elvis Presley apoiando a guitarra no quadril e os dizeres: *Heartbreak Hotel*, Hotel do Coração Partido. Ela não tinha o menor jeito para a decoração, mas sabia que o cartaz caberia perfeitamente na cabana de Sandhamn. Custava setecentas e oitenta coroas e, por princípio, regateou o preço e baixou para setecentas. Fizeram-lhe um pacote, ela o pôs debaixo do braço e foi a pé para o apartamento de Mikael na Bellmansgatan.

Quando passava pela Hornsgatan, olhou para o Bar-Café e viu Mikael saindo dali acompanhado de Erika Berger. Ele disse alguma coisa, Erika riu, passou o braço pela cintura dele e beijou seu rosto. Eles desapareceram pela Brännkyrkagatan em direção à Bellmansgatan. A linguagem corporal dos dois não dava margem a falsas interpretações — era óbvio o que eles tinham em mente.

A dor foi tão instantânea e insuportável que Lisbeth se deteve imediatamente, incapaz de se mexer. Uma parte dela quis correr para alcançá-los. Ela queria usar a borda afiada do cartaz de metal para cortar a cabeça de Erika Berger. Não fez nada, enquanto os pensamentos se agitavam em sua cabeça. *Análise das conseqüências.* Acabou se acalmando.

Salander, que ridícula, que idiota você é!, disse a si mesma em voz alta.

Virou as costas e tomou o caminho de volta ao seu reluzente apartamento. Passava pelo hotel Zinkensdamm quando começou a nevar. Jogou o Elvis num coletor de lixo.

ESTA OBRA FOI COMPOSTA POR 2 ESTÚDIO GRÁFICO
EM ELECTRA E IMPRESSA PELA GEOGRÁFICA EM OFSETE
SOBRE PAPEL PÓLEN SOFT DA SUZANO PAPEL E CELULOSE
PARA A EDITORA SCHWARCZ EM OUTUBRO DE 2010